독자님들께 깊이 감사드립니다.

박스오피스

홍비문시록 82-88

5

MOON PHASE

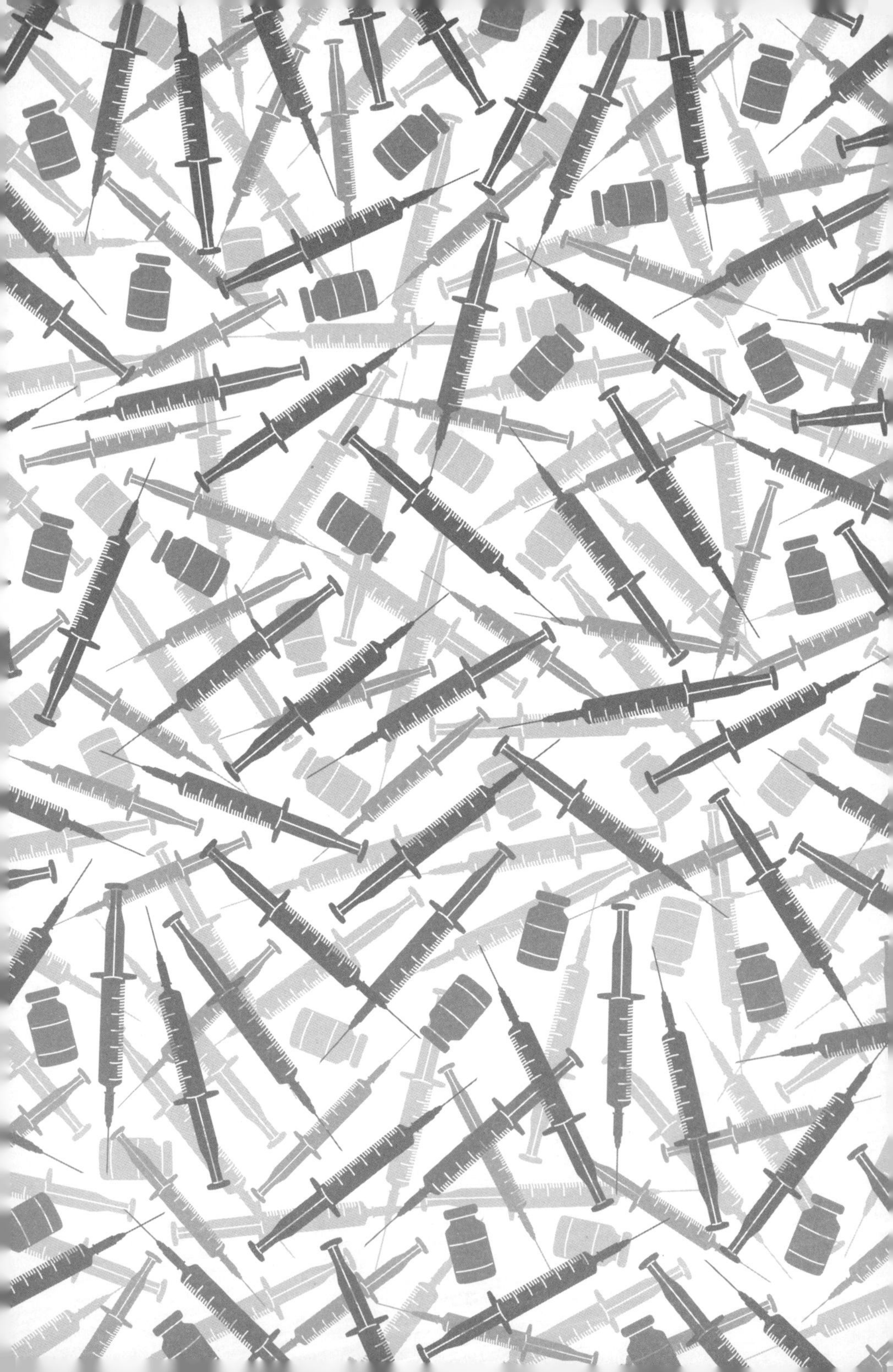

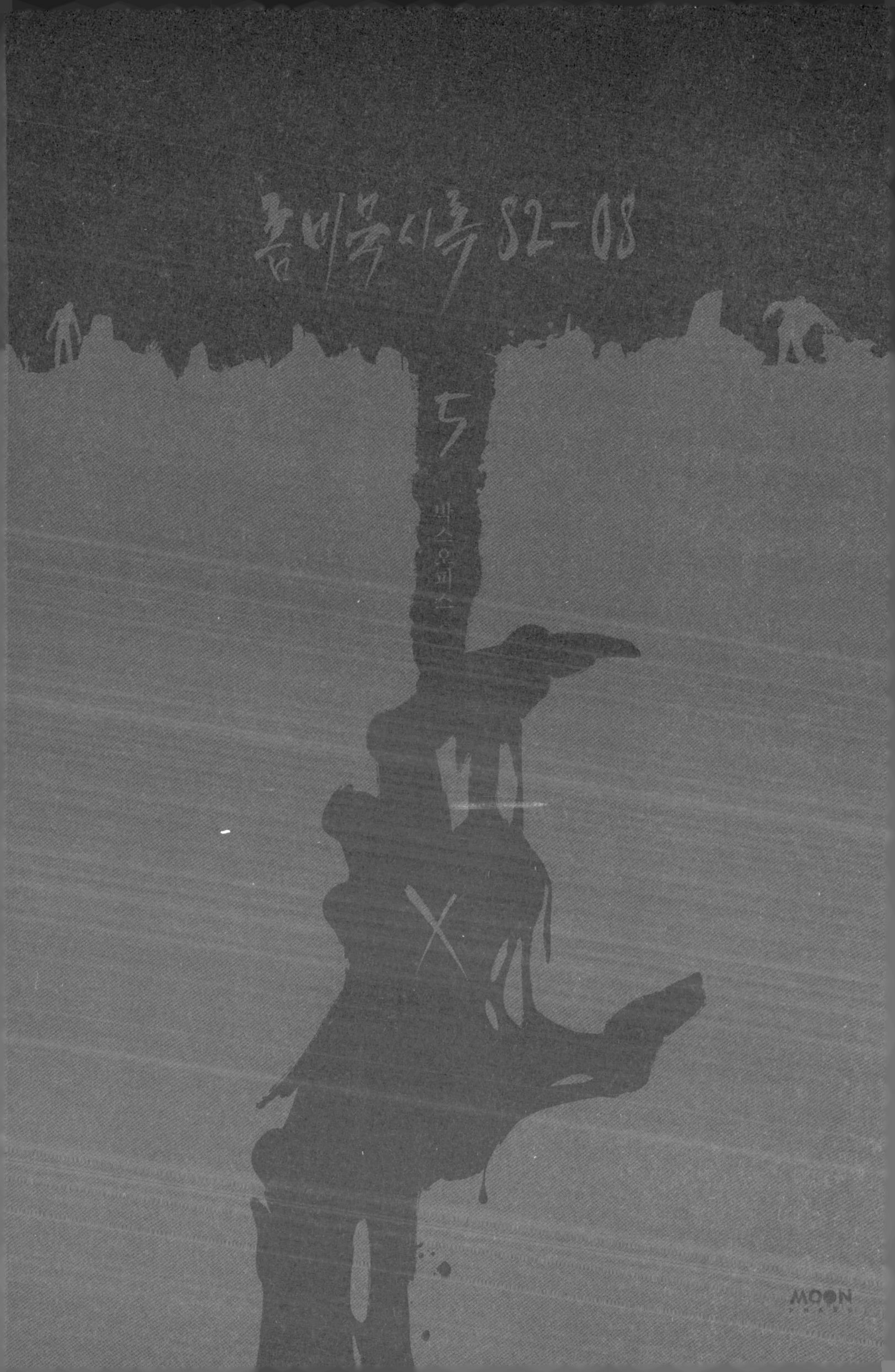
좀비묵시록 82-08
5
박스오피스
MOON

MOON PHASE

5

좀비묵시록 82-08

초판 1쇄 인쇄	2023년 07월 17일
초판 1쇄 발행	2023년 08월 16일
ISBN	979-11-91841-37-4 [04810]

지은이	박스오피스

기획	이하늘
교정·교열	김경희, 윤화리
디자인팀장	공가을
디자인책임	이화정
편집디자인	임은영
타이틀제작	진유성

펴낸이	문상철
펴낸곳	주식회사 바이프로스트
주소	서울시 강남구 선릉로 549, 에본빌딩 3층(역삼동 694-35)
출판등록	제2020-000007호, 2020년 1월 9일
대표전화	070-8833-7312
전자우편	bifrostkr@gmail.com

BIFROST SERIES

X

CONTENTS

Chapter 36
광기와 폭력

01

"오후 2시부터 주차장 사용 금지합니다! 산책하시는 분들 들어가 주십쇼! 흡연하시는 분들도 그거 빨리 마저 피우시고 체육관 내부로 이동해 주십쇼!"

경비병들이 목청껏 외치며 건대 쉘터의 넓은 주차장을 돈다. 빗물이 뚝뚝 떨어지는 처마 밑에서 멀리 자신의 집 쪽 하늘을 보고 있던 임수정도, 군인들에게 함박웃음을 지으며 애교를 부리던 가희도, 담배를 피우던 기동이도 모두 쫓겨 들어가야 했다.

나흘에 한 번씩, 오후 3시에 공식 보급품이 배달되기 때문에 그 한 시간 전부터는 주차장에 민간인 출입을 금하고 있다.

좌악, 민간인들이 사라진 주차장에는 군인들이 뛰어다니며 정신없이 대형 천막을 세우고, 발판으로 삼을 팔레트를 넓게 깔며 보급품을 적재하기 위한 준비를 한다.

이렇게 비가 올 때면 준비 과정도 더 복잡하고 번거로워진다. 세종대 방향에서 진행되던 가로수 제거 공사도 잠시 중단하고, 그 인력을 여기에 투입할 만큼 중요한 일이다. 나흘 치의 살림이 걸린 문제니까 그렇다.

"그…… 참, 여기 책임자도 고집이 세단 말이죠. 우리 신도들이 도와드리겠다고 몇 번을 제안했는데 어쩌면 그렇게 번번이 호의를 거절하는지. 덕분에 저 젊은 군인 친구들만 배로 고생을 하는 거잖습니까? 쯧쯧쯧."

창가에 뒷짐을 지고 서서 군인들의 작업을 지켜보던 이요섭이 한심하다는 듯 혀를 찬다. 그러게요, 이 대표님 말씀이 백번 지당하십니다. 곁에 선 육만배는 건성으로 맞장구를 쳐 줬다.

육만배에 의해 교인 대표로 추대된 이래, 이요섭은 줄곧 우쭐해져서 이젠 제법 건방도 떨 줄 알게 되었다. 한마디로 완장에 행복해지는 멍청이다.

'확실히 내가 사람 하나는 기가 막히게 보지.'

아래턱을 쭉 내밀고 위엄을 가장하는 이요섭의 옆모습을 보며 육만배는 생각했다. 이놈은 허수아비로 꽤 쓸 만한 재목이다. 신념과 자부심을 가진 차별주의자보다 잔인해질 수 있는 놈은 별로 많지 않다. 게다가 기꺼이 똥물을 뒤집어쓰고도 오히려 그걸 자랑스러워할 놈이다. 그러니 사람들에게 욕먹을 만한 일을 할 때에는 당분간 이 멍청이를 앞세워 진행하면 된다. 유효기간이 다할 때까지는.

"빨리 움직여! 저거 치워 둬!"

2시 반이 넘은 시점부터 쉘터 내 군인들의 움직임은 더 분주해지고, 장교들의 지시 사항도 늘었다.

"이 녀석들아! 여기에서 박스 글씨가 다 보인다! 저걸 가린 거라고 한 거냐? 장막으로 잘 덮고, 그 앞에 둘 정도 서 있어!"

부사관들의 지적에 따라 병사들은 주차장 한쪽 구석에 쌓인 과자와 음료수 박스 앞에 국방색 드럼통들을 세워 가리고 그 위로 두꺼운 캔버스 천을 덮었다.

장막이 비바람에 들썩이지 않도록 끈으로 고정까지 한 뒤, 병사들은 마치 주요 군사시설이나 되는 양 근엄하게 그 앞을 막아선다.

쓰레기통 안에 들어 있던 쓰레기와 재활용품들은 모두 수거된 뒤 철책으로 연결된 근처의 건물에 버려지고, 빈 박스들은 차곡차곡 접혀 별도로 보관되었다.

병력을 함부로 동원해서 사제 물건을 털어 오는 행위는 위험하니까 금지한다는 게 국방부 공식 명령인지라, 타 부대 사람이 올 때는 그걸 준수하는 흉내라도 내야 한다. 주차장에서 어슬렁거리며 산책하던 사람들까지도 불러들이고, 체육관의 문을 닫아 수용자들을 통제하는 것도 이런 준비의 일환이었다.

혹시라도 아무 생각 없는 민간인이 우리는 간식도 많이 먹었다거나 하는 식의 이야기를 흘리면 귀찮아진다. 내부가 보일 여지를 차단하기 위해 모든 유리에는 다 두꺼운 커튼을 쳤다.

넓은 주차장을 구석구석 돌며 바람에 날아다니는 빈 라면 봉지까지 싹 다 수거하자 건대 쉘터에서 사제 물건의 흔적이 깨끗이 지워졌다. 이제 비로소 보급품을 받을 준비가 끝난 것이다.

"어휴, 참. 매번 때마다 이게 뭐 하는 짓인지……."

판초 우의까지 걸치고 급하게 준비와 위장을 병행하느라 땀을 뺀 병사들은 땀과 빗물을 훔쳐 내고 게이트 앞에 도열해 섰다. 그러나 투덜거리면서도 그들의 얼굴에는 묘한 자부심이 자리하고 있다.

이렇게 부산을 떨어 가며 민간인들에게 과자 한 봉지라도 더 주는 일들과, 그들이 내민 그 작은 사제 물건 꾸러미를 받으며 민간인 수용자들이 보여 주는 미소가 그들 모두를 뿌듯하게 만들기 때문이다.

— 칙, 보급 차량 들어옵니다. 치익.

인근 건물의 옥상에 배치되어 도로를 감시하고 있던 저격조가 무전으로 알려 오자 인수 담당자인 박 소위는 뒤쪽을 돌아보며 다시 한번 준비 상황을 점검했다.

10여 분 뒤, 자동차 엔진 소리가 가까워지고 장갑차, 5톤 트럭 두 대, 급수차, 그리고 다시 장갑차의 행렬이 게이트 앞에 멈춰 섰다. 예정 시간보다 30분 이상 지연되었지만, 흔한 일이다. 좀비들이 철책 인근을 지나가면 놈들의 행렬이 다 돌아 나갈 때까지 기다렸다가 이동해야 하기 때문이다. 안 그랬다가는 매일 피 말리는 교전을 벌여야 한다. 그러나 보면 철책을 매일 교체해야 하는 수고와 위험이 더 늘어날 뿐이다.

"게이트 열어."

박 소위의 명령을 받은 초소 경비병들이 철책으로 된 문을 당겨 열고, 지그재그로 설치해 둔 바리케이드를 한쪽으로 접어 길을 텄다.

장갑차가 양쪽으로 벌려 정차하고, 트럭들은 다시 철책 사이로 50여 미터를 더 전진한 후 멈춰 선다.

"아, 오느라고 수고 많았다."

트럭에서 내려 물품 목록을 전달하는 소위에게 박 소위가 인사를 건네며 어깨를 두드렸다. 육사 동기이고 막역한 사이다. 보급 소대장이 파일을 내민다.

"늦었다. 많이 기다렸지? 자, 여기 목록. 확인해."

"좀비들이 많이 돌아다니는 모양이네?"

"아, 점점 양이 느는 기분이야. 도저히 시간에 맞춰 올 수가 없어."

박 소위가 목록을 점검하는 동안 쉘터의 경비병들은 내리는 빗속을 정신없이 누비며 트럭에서 보급품을 하적하고 주차장 중앙에 각을 맞춰 쌓았다.

수용 민간인만 350명. 거기에 중대 병력과 50여 명에 달하는 재소자들을 더하면 총 600명이 넘는 데다 계속 잠실 쉘터에서 생존자들이 유입돼 불어나고 있는, 나름 큰살림이라 나흘에 한 번씩 지급되는 물품들도 양이 꽤 된다.

7,200인분의 식재료, 보잘것없는 몇 종류의 간식, 비누와 비상약, 콘돔, 그리고 각종 소모품들, 시멘트와 모래, 철책, 거기에 탄약과 전차용 연료, 쉘터의 심장이라 할 수 있는 두 대의 군용 방음형 130㎾ 발전기 연료까지……. 모두 하적해서 천막 아래에 쌓는 동안 급수차는 주차장 뒤쪽으로 돌아 들어와서 비상용 물탱크에 호스를 연결하고 펌프를 돌려 물을 공급했다.

"매번 네가 진짜 고생 많다. 자, 한 대 피우자. 그런데 시멘트 부탁한 건 왜 소식이 없어?"

목록 확인을 마친 박 소위가 보급 소대장에게 담배를 권하며 묻는다.

"응? 시멘트 가져왔는데? 저기 스무 포대."

"아니, 저렇게 찔끔찔끔 장난치는 거 말고, 레미콘으로 두 대 보내 달라고 한 지가 언제야?"

"그거야…… 아이구, 야, 내가 무슨 힘이 있냐? 나는 그저 지정해 준 물품, 지정된 수용소로 가지고만 오는 계급이잖아. 너 몰라?"

끄응~. 박 소위는 답답해지는 마음을 담배 연기에 담아 뿜어 버렸다. 이놈의 국방부는 도대체 일선의 요구 사항을 적극적으로 반영해 주는 법이 없다.

이곳에 수용소를 건설할 때 입지 선정부터도 그랬고, 지금도 계속 원하는 물품을 지원해 주지 않는다. 한번 보급 물품이 정해지면 거기에서 토씨 하나도 틀리지 않으려는 것 같다.

레미콘 두 대를 부탁한 이유는 자꾸 좀비들이 출몰하는 세종대 방향 도로에 아예 높이 3미터 이상의 장벽을 쌓기 위해서였다. 자동차들을 끌어다가 받치고 기둥을 박으면 꽤나 오래 버텨 줄 텐데, 그걸 도무지 지급받지 못하고 있다.

"저기, 이거는 너 근무 없을 때 너희 애들이랑 살짝 기분만 내. 중대장님이 꼭 전해 주라고 하시더라."

박 소위가 옆에 놓아뒀던 군용 배낭을 들어 건네자 보급 소대장이 히죽 웃는다.

"이거, 또 그거냐?"

"그래. 생존자 수색하던 중에 발견해서 징발한 거니까…… 알지? 소문내지 말고."

군용 배낭을 슬쩍 열어 본 보급 소대장이 고개를 끄덕인다. 안에는 종이로 둘둘 만 수입 양주 두 병이 들어 있다. 박 소위는 젖은 담배를 빽빽 빨며 다시 부탁을 했다.

"아무것도 아닌 걸로 생색내자는 건 아니고, 우리 시멘트 꼭 필요해. 그러니까 네가 눈치 보다가 윗분들 기분 좋을 때 한 번이라도 더 부탁 좀 해 주라. 동기 좋다는 게 뭐냐? 아, 그리고 벌집탄! 그것도 좀 더 필요한데."

"벌집탄이고 뭐고, 중화기나 전차 포탄은 점점 귀해져서 요즘 구경하기도 힘들어. 아예 우리 창고에도 비축 분량이 거의 없어."

"그건 또 뭔 소리야? 포탄 없이 어떻게 싸우라고?"

"모르지. 아직 공장에서 제조하는 게 수요를 못 따라오나? 하여튼 그래. 벌집탄은 입고가 되는 대로 가지고 올게. 그리고……."

보급 소대장은 길 건너편의 수감자 숙소를 돌아보고 나서 은밀한 목소리로 물었다.

"너희는 저 새끼들 무슨 말썽 없었어?"

"왜? 무슨 사고라도 있었다는 투네?"

"아, 있었지. 그것도 보통 사고가 아니라 꽤 큰 사고였어. 그…… 성수동 1쉘터에서 저 새끼들 몇 놈이 오랫동안 모의를 한 거야. 그러던 어느 날…… 작업하다가 한 새끼가 연장을 잘못 놀려서 옆 새끼 발목을 찍었네? 물론 찍힌 새끼는 그 일당이 아니었고. 여튼 발목이 작살났으니 오죽 소리를 지르고 살려 달라고 빌었겠냐? 그래서 걔 실어 내오려고 경비병들이 철책 열고 들어가는데…… 다친 놈 지혈한다고 붙잡고 있던 새끼들이 홱 돌아서서 여기를 푹!"

보급 소대장은 자신의 목젖을 가리키며 혀를 내둘렀다.

"그래서 그 경비병들이 죽었다는 말이야?"

"걔네만 죽었으면 그나마 나았을 텐데, 걔들 피 흘리고 쓰러진 사이에 개인 화기 탈취해서 난사하는 바람에 여럿 전사했어. 물론 그 새끼들도 총 들고 튀는 거 뒤에서 다 사살했고. 두 놈인가 다리만 관통되고 살아남았는데, 뭐…… 어떻게 됐겠어? 애들이 눈이 돌아가서 아주 해부를 한 모양이야. 그걸 또 민간인이 봐 버려서 비명을 지르고……. 하여간 거기는 그 개새끼들 때문에 여러 사람 인생 골치 아파졌더라고. 에휴~ 쓰레기 같은 새끼들……. 너희도 신경 바짝 써. 거기 모의했던 새끼들도 사고 치기 직전까지 아주 순한 양처럼 굴었다더라고. 경비 보는 애들 방심하게 만들려고 말이야. 야, 가야겠다. 중대장님께 잘 마시겠다고 전해 드려."

보급품을 모두 부린 트럭들이 장갑차의 호위를 받으며 떠나고 난 뒤에도 박 소위의 귓가에는 조금 전 전해 들은 이야기가 떠나지 않고 빗소리와 함께 울리며 반복되었다.

— 쓰레기 같은 새끼들. 너희도 신경 바짝 써. 그 개새끼들 때문에 여러 사람 인생 골치 아파졌더라고.

공포와 증오가 한데 뒤섞여 이성을 마비시키는 바람에 논리적으로 당연히 던졌어야 할 질문은 아예 뇌리에서 지워졌다. 왜 그 수감자들은 굳이 그런 위험을 감수하면서까지 좀비들이 점령한 도시 속으로 탈출하려 했던 것인지, 그 이전에 그들을 위험에 내몰거나 부당한 처우를 한 적은 없는지, 그들이 목숨을 걸도록 내몬 심각한 문제는 없었는지 같은 질문들은 박 소위에게 중요하지 않았다.

그에게 가장 절실하게 와닿은 것은 그저 자신의 신념과 공명하는 단 한마디, '쓰레기'였다. 박 소위는 도로 너머 철책 사이로 보이는 파란색 외출복의 수감자들을 빤히 노려보았다.

빗속에 다시 작업에 투입될 준비를 하러 나온 수감자들은 기가 죽고 지쳐서 다들 구부정하게 걷고 있었지만, 그마저도 박 소위의 눈에는 불량스럽게 보인다.

보급품 트럭이 떠나고 난 뒤, 쉘터의 가용 병력은 둘로 나뉘었다. 강 소위는 주차장에 남아 정리를 하고, 박 소위가 인솔하는 병력은 능동로 북쪽에서의 작업을 지원하기 위해 이동했다.

현재 그들이 진행하고 있는 작업은 어린이 대공원 방면으로 조금씩 영역을 넓혀 가서 철책으로 바리케이드를 설치하는 일이다.

왜 그렇게 귀찮은 짓을 사서 하고 있는지 최대한 간략하게 정리하자면, 좀비들이 점점 더 멀리까지 나다니고 있기 때문이다. 이유는 알 수 없지만, 처음 쉘터와 그 주변에 철책을 구축할 때보다 좀비들의 활동 반경이 훨씬 넓어졌다. 게다가 그 수도 비교할 수 없을 만큼 늘었다. 이대로라면 몇 주 내로 쉘터가 놈들에게 포위당할 게 분명하다.

이럴 때 선택할 수 있는 방법은 세 가지다. 첫째는 좀비들의 진행 방향을 피해 다른 곳에 쉘터를 마련하는 것. 이건 현실적으로 곤란하다. 쉘터라는 게 아무리 허술하게 세워진다고 해도 육칠백 명이 머물 숙소 하나를 새로 만드는 게 여간 까다로운 일이 아니기 때문이다. 또 만약 그게 가능하다고 해도 상부에서 보급로나 기타 계획을 수정해 줘야 하는데, 그런 일은 애초에 기대하지 않는 게 좋다.

두 번째 선택지는 다가오는 좀비들을 원거리에서 모두 섬멸해 버림으로써 위험 발생의 가능성을 미연에 방지하는 것이다. 첫 번째 선택지보다는 가능성이 높지만, 이것 역시 녹록하지 않은 일이다.

그렇게 하려면 네 방향에서 각각 중대 이상의 규모 병력이 쉬지 않고 외곽으로 돌며 좀비 무리를 찾아 소탕해야 할 것이다. 즉, 지금보다 다섯 배 이상의 화력을 유지할 수 있을 때 가능한 작전이다.

결국 남는 건 하나뿐이다. 기존의 철책보다 더 먼 곳까지 진출해 새로운 방호벽을 쌓고 거기에 막힌 좀비들이 방향을 바꿔 주기를 기대하는 것인데, 이건 현재 건대 쉘터의 부족한 인력만으로도 어찌어찌 도모해 볼 수 있을 것 같았다.

그래서 문형식 대위는 가장 빈번하게 좀비 무리가 출몰하는 능동로 북쪽부터 차단벽을 설치하기로 했다. 이 작업이 완료된 후, 그다음 블록을 아예 날려 버린다면 쉘터의 북쪽에 커다란 성을 쌓는 것만큼이나 효과가 있을 것이라는 판단이었다.

이 일의 가장 큰 난점은 역시 6차선 도로를 가득 메운 채 세워져 있는 자동차들을 이동시키는 데 있었다. 한강에서 건대까지의 이동 경로는 대량의 탱크가 동원되어 뚫어 냈지만, 그 너머의 영역은 여전히 처음 좀비 사태가 일어났던 7월 14일과 별반 다르지 않은 상태로 방치되어 있다. 버려진 자동차들은 두 가지 문제를 안겨 준다.

첫째, 당연한 것이지만 도로를 차지하고 있어서 아군 이동 시의 기동력과 수송 능력을 현저하게 저하시킨다.

둘째, 좀비들이 달려들었을 때, 그것 자체가 일종의 방어벽이 되어 아군의 명

중률과 생존 가능성을 낮춘다.

할 수 없이 문 대위는 이 버려진 자동차들을 인도까지 끌고 가 상가 건물에 완전히 밀착시켜 세운 뒤 고정하고, 거기에 와이어와 시멘트 구조물을 더해 도로의 절반가량을 완전히 봉쇄하는 계획을 세웠었다. 좀비들이 숨어들 여지를 아예 차단하려는 것이다.

하지만 거기에 반드시 필요한 대량의 시멘트를 지원받지 못해 어쩔 수 없이 계획은 수정되어야 했다. 수정된 계획은 차량을 일렬로 밀착시켜 아예 그것만으로 도로를 차단하는 벽을 만드는 것이다. 아쉬운 대로 그 정도만 해 둬도 좀비들이 저격을 피해 그린 존, 즉 안전 지역까지 침투할 가능성을 획기적으로 낮출 수 있다.

물론 모든 일을 오로지 인력으로만 해내야 하기에 시간과 노동력이 더럽게 많이 필요한 작업이다. 게다가 늘 긴장을 하게 만드는 일이다.

근방을 완전히 정화한 것이 아닌지라 불시에 출몰하는 소규모 좀비들이 언제 어느 골목에서 불쑥 튀어나올지 모르기 때문이다. 하지만 얌전히 손 놓고 기다리다가 좀비 밥이 되고 싶지 않으려면 꼭 해야만 한다.

쿠르르르르릉~ 쿠르르르~.

이중의 철책으로 된 게이트가 열리면 가장 먼저 K-2 흑표 전차가 전진한다. 미리 갓길 쪽으로 밀어 둔 차량 사이를 헤치고 400여 미터를 전진한 전차는 현재 작업 현장인 구의사거리까지 진출해서 광나루로 위에 멈춰 섰다.

어린이 대공원역의 남쪽 끝이라 할 수 있는 이 사거리에 방벽만 제대로 구축해도 안심하고 운신할 수 있는 영역이 몇 배나 넓어진다.

"자, 나갑시다."

탱크의 시야 내에 좀비가 없다는 것을 확인한 경비병이 내부의 게이트를 열었다. 비를 고스란히 맞으며 대기하고 있던 파란 옷의 수감자들은 물이 질퍽하게 고인 도로로 발을 내디뎠다.

철책 좌우, 양쪽 끝의 사대에서는 네 명의 병사가 그들의 움직임을 감시하고 있다. 수감자 50여 명 중 소지를 담당하고 있는 다섯을 제외한 45명이 외부 게이트 앞에 줄을 맞춰 서고, 작업반장으로 지목된 수감자가 보고를 마쳤다. 작업이 시작되기 전, 주임 원사가 다시 한번 당부의 말을 했다.

"에, 뭐…… 이런 때에 서로 만나 가지고 이런 일을 하게 돼서 고맙기도 하고, 유감이기도 하고…… 뭐, 그럽니다. 오늘은 비도 오는데 참 여러모로…… 저희가 마음대로 여러분을 풀어드릴 수는 없어요. 또 워낙에 인력이 없다 보니까 이렇게 일을 부탁하지 않을 수도 없고요. 다만, 한 가지 약속할 수 있는 거는, 그거는 뭐냐면, 작업하시는 동안에 안전, 그거 하나는 최선을 다해서 지켜 드리겠다는 거예요. 저희 중대장님 성격 아시죠? 훌륭하신 분입니다. 그러니까 그분 믿고 일하시면 됩니다. 저기 저 군인들이 잘 지키고 있으니까 너무 무서워하지 마시고요. 네. 지금 벌써 시간이 꽤 됐는데 모쪼록 사고 없이 오늘 작업도 마무리 잘하십시다."

주임 원사가 인사를 마쳤다. 이미 4시가 넘은 시각. 빈말이 아니라 마음 같아서는 정말 이렇게 궂은 날 한나절쯤은 쉬게 해 주고 싶다. 하지만 이 작업은 시간이 성패를 가를지도 모른다.

하루 쉬면 그만큼의 할 일은 고스란히 남는 것이고, 막상 좀비가 들이닥쳤을 때 반나절의 시간을 벌기 위해서 어떤 희생을 감수해야 할는지는 예측이 불가능하다. 그러니 하루도 그냥 마음 편히 거를 수가 없다.

수감자들에 앞서 외부 게이트의 문을 열고 나간 병사 넷이 재빨리 50여 미터 앞으로 뛰어가 도로 양 끝의 가로수를 기둥 삼아 레이저 와이어를 걸었다.

위아래 두 겹으로 쳐 둔 이 허술한 임시 철책이 도로에서 작업을 진행해야 하는 수감자들에게는 그래도 생명줄처럼 심리적 안정을 준다. 좀비들이 달려든대도 최소한 저 철조망을 넘을 때까지는 시간을 벌 수 있다. 그 아주 작은 보험이 그들을 작업에 몰두할 수 있게 해 주는 것이다.

"자, 시작하자!"

작업반장의 말이 끝나자마자 외부 게이트를 열고 나간 재소자들은 두 무리로 갈라져 각자 자신이 맡은 일을 하기 시작했다.

자동차조의 작업은 멈춰 선 차들의 문을 열고 여러 방법을 동원하여 그걸 도로 끝까지 밀고 가 나란히 세우는 것이고, 혹시 모를 사고를 예방하기 위해 도로 반대편으로 간 가로수조는 도끼와 톱 따위의 연장을 이용해 가로수를 잘라 낸다.

"차! 지나갑니다!"

문을 뜯고 기어를 바꾼 자동차를 대여섯 명씩 달라붙어 밀고 지나가는 동안, 잠시 멈췄던 도끼질이 다시 시작됐다. 그렇게 도로 끝자락에서부터 쉘터 가까운 방향을 향해 수감자들은 자동차를 옮기고 가로수를 베어 냈다.

그들이 작업하는 동안 게이트 안쪽에서는 라이트를 비춰 준다. 5시까지는 그 평화로운 리듬이 지속되었다.

— 치이익, 본 망에 대기 중인 본부 예하 통사 수신 바람. 당소, 광나루사거리 경비 중인 흑표. 당소, 광나루사거리 경비 중인 흑표. 아홉 시 방향에서 좀비 접근 중. 추정 규모 삼 이상, 넷 가능. 현재 거리 오공공.

17시 12분. 사거리에서 날아든 무전 때문에 게이트 경비대의 얼굴에 잠시 긴장의 기운이 돌았지만, 체육관 3층의 중대 본부에서 작업 중지 명령까지는 내려지지 않았다. 수없이 많은 좀비들의 무리가 매일 어지럽게 얽혀드는 사거리에서 작업을 진행하고 있는 만큼, 그 정도의 일로 멈춘다면 하루 작업 가능 시간이 채 두 시간이 못 될 것이다.

대규모 좀비 떼가 100여 미터 근처까지 접근해 왔다가 방향을 틀어 이동하는 일은 자주 있어 왔다. 가장 가까이 왔던 놈들은 60미터 전방까지도 접근했던 적이 있다. 하물며 이건 500미터 이상 떨어진 놈들이니 별문제가 되지 않을 거라 생각했다.

"당소, 중대 본부. 당소, 중대 본부. 대기 중인 흑표 수신 바람. 관측 지속하여 둘공공 내로 접근 시 즉각 벌집탄 사용하라. 귀소, 입감되었는지?"

체육관 3층에서는 흑표에게 포격의 재량권을 부여했다. 흑표에서 곧바로 응답이 돌아온다.

— 당소 흑표, 감명도 삼삼으로 양호하고, 포격 명령 확인했다. 보고 과정 생략하고 실행에 옮기겠다. 치익.

이제 상황은 명확하게 정리됐다. 만약 좀비들이 200미터 범위 이내로 접근하면 사거리를 지키고 있는 흑표가 벌집탄을 발사해서 광범위 살상을 하고, 그 후까지도 생존한 놈들을 K6 기관총과 7.62㎜ 공축 기관총을 이용해 사살할 것이다.

첫 포성이 들려왔을 때, 그 소리를 신호로 삼아 작업자들을 귀환시켜도 그들이 게이트 내로 퇴각할 만큼의 시간은 충분히 확보된다. 일단 K-2 전차가, 그리고 사거리에 쳐 둔 레이저 와이어 철책이 좀비들의 접근을 지연시켜 줄 것이므로 시간이 모자라지는 않는다.

더 먼 거리에 있을 때부터 공격을 하지 못하는 이유는, 그렇게 하는 것이 끝없는 소모전으로 이어질 수밖에 없기 때문이다. 보이는 대로 좀비들을 모두 다 죽일 수는 없다.

포탄과 탄약도 소모품이지만, 탱크의 포신도, 기관총의 총열도 모두 소모된다. 위협이 될 만큼 근접해 오지 않는 놈들까지 모두 상대하기에는 화력도, 장비도 너무 부족했다.

쿵— 쿵—.

자신들의 운명이 지금 얼마나 아슬아슬한 상황에 있는지 모르는 수감자들은 바로 그 순간에도 아름드리 가로수의 밑동을 향해 힘차게 도끼질을 하고 있다. 오늘의 두 번째 가로수가 넘어가기 직전이다.

02

한편, 흑표의 포수는 계속 긴장을 유지하며 조준경을 통해 다가오는 좀비들을 주시하고 있었다. 왕복 6차선 도로의 버려진 차량들 사이로 부패한 시체들이 걸어온다.

목표물로 지정된 맨 앞줄 좀비와의 거리는 느리지만 꾸준하게 줄어들고 있다. 400, 370, 330, 280…….

포수는 방아쇠에 손가락을 걸었다. 오늘 이놈들은 어째 그냥 지나갈 것 같지 않다. 조준경에 표시된 숫자는 또다시 깎여 나가고 있다. 230, 210…… 그리고 200.

"거리 둘공공! 발포합니까?"

포수가 물었다. 전차장은 K6 기관총의 손잡이를 꽉 쥐며 승인했다.

"때려!"

투웅―.

둔중한 발사음과 함께 벌집탄, 정식 명칭 대인 화살탄. 현재 그들 중대가 보유하고 있는 최고, 최강의 대좀비 살상 무기가 K-2의 120㎜ 주포에서 발사되었다.

포신을 빠져나가자마자 시한신관이 작동을 하고 탄체가 분리되면서 내부에 빼곡하게 갇혀 있던 8천여 개의 소형 금속 화살들이 방출되었다.

방출된 금속 화살들은 순식간에 19도 이상의 각도로 확산된다. 자동차, 가로수, 간판, 건물의 유리창, 그리고 좀비들……. 도로 전체에 있던 모든 것이 일시에 관통되면서 기묘한 울림이 만들어졌다.

파파악―.

비록 한 개의 무게가 8그레인에 불과하지만, 음속을 돌파하는 속도가 화살에 사람의 두개골을 관통할 만큼의 파괴력을 부여했고, 수십 개의 관통상을 일시에 입은 좀비들은 장풍에 맞은 것처럼 뒤로 날아가 떨어진다.

이 무기가 가진 가장 탁월한 장점은 주변을 불바다로 만드는 일반 포탄과 달리 뒷감당을 걱정해 가며 쏘지 않아도 된다는 데 있다. 단, 자동 장전 장치에 넉넉하게 탄약이 채워져 있기만 한다면…….

그러나 그렇게 우수한 무기임에도 불구하고 명중시켜 사살한 좀비의 수는 수십 마리에 불과했다. 나머지 수천 개의 화살들은 가로수와 자동차에 무수한 흠집을 만들어 냈을 뿐이다.

이것이 문형식 대위가 그토록 가로수와 자동차 제거에 열중하는 이유였다. 시가전을 벌일 때, 가로수와 자동차는 좀비들을 위한 훌륭한 방패고, 병사들에게는 통곡의 벽이다.

그롸아아아악—.

지형지물의 지원을 받아 살아남은 좀비들이 크게 울부짖으며 K-2를 향해 달려온다.

"후진! 속도는 20. 벌집탄 한 번 더 때려!"

명령을 내린 전차장이 K6 기관총의 장전 레버를 당기려 할 때였다. 우측의 광진 광장 숲이 흔들리는가 싶더니, 거기에서도 좀비들이 튀어나오기 시작했다.

그 방향에서의 접근은 처음 있는 일이었다. 거리도 아홉 시보다 훨씬 가까워서 채 30미터도 안 된다.

젠장, 이게 무슨! 더 위험한 건 이쪽이었는데 엉뚱한 곳에 신경이 팔려 있던 건가!

당황한 전차장의 얼굴이 파랗게 질렸다.

투웅—.

상황을 모르는 포수는 또 한 번 아홉 시 방향을 향해 벌집탄을 날렸다. 수십 대의 차량 유리가 박살 나고, 수십 마리의 좀비가 그야말로 벌집처럼 꿰뚫린 채 고꾸라졌다.

"후진 속도 올려! 포탑 우로 돌려! 회전각 60! 7.62㎜ 전방 사격해!"

미친 듯이 명령을 내린 전차장은 양손으로 K6를 꽉 잡고 방아쇠를 당겼다. 특별히 겨냥을 한 것도 아닌데 십자가 모양의 조준경 안에는 보름달만큼이나 커다랗게 보이는 좀비들의 얼굴이 몇 개나 들어 있다.

텅텅텅텅텅텅— 텅텅텅텅텅텅!

12.7㎜탄이 난사되자 좀비들의 사지가 뚝뚝 떨어져 나가고 놈들의 몸은 종잇장처럼 너덜너덜해져서 뒤로 나뒹군다. 게이트를 기준으로 아홉 시 방향을 향해 퍼부어지는 공축 기관총도 끊임없이 수많은 좀비들의 몸통과 머리를 꿰뚫고 터뜨렸다.

하지만 양방향에서 몰려오는 좀비들을 피하기 위해 전차가 후진하면서 작업을 하던 수감자들의 가장 큰 보험은 사라져 버렸다.

"히에에엑~! 사람 살려!"

자동차를 밀고 있던 수감자들과 나무 베기를 하고 있던 수감자들 모두가 총소리를 듣자마자 비명을 지르며 뒤로 돌아 뛰었다. 탱크가 빠져나가 버린 사거리의 빈 공간에는 그 빗발치는 총알들 사이를 용케 헤치고 나온 좀비들이 덮쳐오고 있다.

투투툭— 투투툭—.

작업 현장 북단을 지키고 있던 네 명의 경비병은 레이저 와이어에 접근하려는 좀비들을 향해 3점사를 갈겼다.

그롸아아아—.

그 모든 저항에도 불구하고 첫 번째 좀비가 몸을 날려 레이저 와이어를 덮친다.

카랑— 캉, 캉!

레이저 와이어가 흔들리는 소리와 함께 놈의 얼굴과 복부, 팔다리가 철조망에 얽혀들며 가죽이 찢기고 살점이 벌어졌다.

투투툭— 투투둑—.

얼굴이 와이어에 잘려 나가면서도 발버둥을 치고 기어오르려던 좀비의 머리통에 5.56㎜탄이 쏟아졌다.

파바박—.

빗물이 고인 도로로 좀비의 뇌와 뼛조각들이 튄다. 그 뒤를 이어 제2, 제3의 좀비들이 또다시 몸을 날렸다.

"게이트 열어!"

그 네 명의 경비병을 지원하기 위해 외부 게이트를 열고 나온 대기조가 길가에 세워진 승합차 문을 연다. 이런 경우를 대비해서 배터리도 갈고 기름도 채워 둔 차량이다.

부우우웅~.

네 명의 병사를 태운 승합차가 400미터 전방을 향해 달려 나갔다. 도망쳐 오던 수감자들은 돌진해 오는 승합차 때문에 도로 가장자리로 몸을 피했다.

"빨리 들어와요! 빨리! 빨리!"

게이트 경비병들이 달려 들어오는 수감자들을 향해 재촉의 손짓을 한다. 하지만 그들이 달려와야 하는 거리는 300미터가 넘는다.

헤에엑~ 헤에엑~. 수감자들은 숨을 헐떡이며 미끄러운 도로를 열심히 뛰었다. 자동차를 밀어 놓으러 갔다가 오는 바람에 맨 뒤로 처진 대여섯 명의 그룹이 중간 지점을 넘어섰을 때, 뿌드드드득— 엄청난 소리와 함께 커다란 가로수가 쓰러지며 그들을 덮쳤다.

조금 전, 가로수 베기조가 열심히 도끼질을 하고 줄을 잡아당겨서 넘어뜨리기 직전이었던 바로 그 나무다. 그저 우연이라고 치부해 버리기에는 너무 끔찍한 일이었다.

"으아악!"

쿵—.

높이 10여 미터. 멋대로 가지가 뻗은 커다란 가로수가 곁에 주차되어 있던 자동차를 박살 내고 튕긴 뒤, 다섯 명의 수감자를 동시에 깔아뭉갰다.

아름드리 몸통에 직격을 당한 수감자는 그 자리에서 즉사했고, 나뭇가지에 머리를 맞은 두 명은 아스팔트에 내동댕이쳐지며 정신을 잃었다. 그리고 나머지 두 사람은 나무와 지면 사이에 다리가 끼어 비명을 내질렀다.

"아아아악! 끄으으으~!"

부러진 다리가 주는 고통보다 좀비들이 몰려오는 도로에서 꼼짝없이 갇혀 움직일 수 없다는 사실이 더 끔찍하게 부상자들을 압박한다.

이이이익! 이익! 수감자들은 이를 악물고 몸을 빼내 보려 애를 써 보지만, 그 정도로 빠져나올 수 있을 만큼 가볍지가 않았다.

"도, 도와줘! 살려 줘!"

깔린 두 사람은 뒤쪽으로 몸을 뻗으며 필사적으로 외쳤다.

투타타타타— 투투투투—.

멀리 광나루로 쪽에서는 계속해서 총성과 좀비들의 포효가 들려온다. 살아 있어도 산 게 아니다.

"이런 썅! 염병!"

소리에 놀라 뒤를 돌아본 작업반장이 욕설을 퍼부으며 멈춰 섰다. 그리고 그 곁에서 달리던 다섯 명의 수감자도 그와 함께 돌아섰다.

잠시 망설이던 수감자들은 왔던 길을 되짚어 달려가 자빠진 나무에 달라붙었다. 이때까지만 해도 이 나무가 그렇게까지 무거울 것이라고는 생각하지 않았다. 만약 알았더라면 애초에 뒤돌아서지도 않았을 것이다.

"거기 당겨! 우리가 들어 볼게! 위로 들어!"

각각 한 사람씩 두 명이 깔린 사람들을 잡아당기고, 작업반장을 포함한 나머지 넷은 나무 사이에 손을 넣고 용을 썼다.

으으읏! 으읏! 혈관이 터질 것처럼 힘을 줘 봐도 가로수는 도무지 들리지 않고, 당겨지는 부상자들은 고통에 비명을 질러 댄다.

하지만 이렇게 도와주러 온다는 것이 얼마나 고마운 일인지 알기에 다리가 끊어지는 것 같은 아픔을 느끼면서도 끝끝내 '그만~.'이라고 외치는 이는 없었다.

"한 번 더! 셋에 맞춰서! 하나! 둘! 셋! 으야아아압!"

작업반장이 아무리 머리를 써 보고 나머지 다섯 사람이 호흡을 맞춰도 자빠진 가로수는 꿈쩍을 않는다. 온몸의 에너지를 극도로 짧은 시간에 모두 소진한 여섯 수감자는 가쁜 숨을 몰아쉬었다.

하아~ 하아~ 씨발, 이거는 안 돼, 이 방법은…….

작업반장의 입에서 그런 말이 새어 나오자 깔려 있는 두 부상자는 눈물을 흘리며 비명을 질렀다.

"안 돼! 제발! 가지 마요! 제발!"

"좀 닥쳐, 이 새끼들아! 누가 버리고 간댔어? 허억~ 허억~."

빗물과 섞여 흐르는 땀을 닦아 낸 작업반장은 고개를 들어 멀리 사거리 쪽을 힐끗 살폈다.

승합차를 옆으로 대놓고 철망을 향해 총을 난사하는 병사들과 원래 그 자리를 사수하던 경비병들이 열심히 싸우고는 있지만, 레이저 와이어에 걸린 좀비들과 그 너머에서 달려오는 좀비들의 수가 워낙 많다.

비관적이다. 서둘러야 한다. 좀 더 솔직히 말하자면, 달아나고 싶다. 하지만 지금 곁에 서 있는 다섯 놈의 증인, 이것들이 나중에 자신에 대해 동료를 버리고 온 놈이라는 평판을 말할까 봐 그것이 두렵다.

다섯 수감자도 역시 도망은 가고 싶었다. 하지만 작업반장의 지시를 어겼다가 나중에 어떤 후환을 입게 될지 몰라 발이 묶여 있는 것이다. 폭력범인 데다가 장기수였던 터라 작업반장에게 두려움을 느끼는 수감자들은 많았다.

끄으으으~. 기절해 있던 사람들의 입에서 신음 소리가 흘러나온다. 워낙 죽은 듯이 뻗어 있고, 찢어진 머리에서는 피가 철철 흘러나오고 있어서 당연히 죽었다고만 생각했다.

이런 젠장, 수감자들은 어쩔 줄 몰라 하며 쓰러진 사람들의 고개를 들어 올린다. 끄으윽~. 그래도 정신을 차리지 못한다. 난감하다. 이제 할 일이 또 늘었다.

"비켜 봐! 이것 좀!"

작업반장이 바닥에 내던져져 있던 도끼와 톱을 들고 와서 다른 수감자들의 손에 쥐여 주자 깔려 있던 부상자들이 겁에 질려 두 손을 휘젓는다.

"자르지 마세요! 안 돼! 제발!"

뭐? 영문을 몰라 하던 작업반장은 1초 늦게 그 말의 의미를 이해하고 고개를 저었다.

"미쳤냐, 너희? 다리 자르겠다는 게 아니야! 야! 저기 앞에 가서 이걸로 가지를 바투 잘라! 저거! 저거 무게라도 줄여야 해. 너! 너는 이걸로 저기 받쳐 줘. 날을 안쪽으로 해서 최대한 깊이 넣어 봐!"

그렇게 말한 작업반장은 자신도 톱을 주워 들고 나무에 달려들어 녹색 나뭇잎이 무성하게 달린 가지들을 잘라 내기 시작했다.

쓱싹쓱싹, 톱질이 가해질 때마다 나무가 가볍게 들썩거렸고, 그 진동은 깔려 있는 사람들의 다리에 고스란히 전달된다.

끄으으으~! 으으으! 부상자들은 손가락으로 아스팔트 바닥을 긁으며 고통을 참아 내려 애를 썼다. 도끼날을 눕혀 쐐기처럼 바닥에 넣고 진동을 최소화해 보려고 하지만, 부상자들의 일그러진 얼굴을 보니 거의 효과가 없는 모양이다.

"빨리! 빨리! 뛰어!"

게이트를 열고 뛰어나온 병사들이 작업반장과 수감자들을 스쳐 간다. 팔꿈치까지 오는 두툼한 장갑을 낀 그들의 손에는 레이저 와이어가 잔뜩 들려 있다. 그리고 그 뒤를 개인 화기로 무장한 병력이 따른다. 기지에서 쏘는 라이트가 정신없이 어른거리고, 총소리가 귀를 쩌렁쩌렁 울려 혼이 빠지는 것 같다.

팟! 주변 건물 옥상에 배치된 저격조들도 아래쪽을 향해 조명을 비춘 채 만일의 사태에 대비했다.

"도와줘! 얘들 빼야 돼! 잠깐만 도와줘!"

여전히 톱질을 멈추지 않으면서 작업반장이 외쳤다. 하지만 모두 자신의 임무에 열중해 있어서 그의 말을 듣지 못한다.

그 역시 톱을 들고 휘두르며 고함을 치는 자신의 모습이 얼마나 위협적으로 보일지 상상도 하지 못할 만큼 다급했다. 작업반장은 피와 빗물로 범벅이 된 사람들을 가리키며 악을 썼다.

"아니면 이 사람들이라도 좀 업고 가! 피가 많이 나서 위험하다고!"

군인들은 순식간에 그들을 지나쳐 저 앞으로 달려가 버렸고, 쓰러진 가로수 주변에는 다시 수감자들만 남았다.

쓱싹쓱싹, 쓱싹쓱싹, 다들 입을 굳게 다문 채 죽어라 가지들을 잘라 냈다. 하지만 도통 가벼워지는 기미가 없다.

03

“여기에다가 쳐! 그리고 저 뒤 신호등에 하나 더 걸고! 그리고 너희! 열두 시로 가서 경비대 불러들여! 빨리!”

박 소위의 명령에 따라 병사들은 사거리에서 300미터 떨어진 제2철책 지점을 완전히 봉쇄하기 시작했다. 어제까지 그 고생을 하면서 수색과 작업을 해 둔 곳이다.

철책에 가슴 높이로 레이저 와이어 끝을 걸어 고정하고, 반대쪽에서는 같은 작업을 무릎 높이로 수행한다. 그리고 병사들은 중앙에 차선 한 개만을 열어 둔 채 레이저 와이어를 잡고 대기했다.

이제 이 열어 둔 공간으로 승합차가 지나가면 양쪽 끝까지 철조망을 다 연결할 것이고, 그게 새로운 1차 저지선이 될 것이다.

그리고 그로부터 50미터 떨어진 곳에 박 소위의 명령에 따라 설치되고 있는 제3저지선 뒤에서 이곳을 향해 사격을 가하면 효율적인 전투를 수행할 수 있다.

물론 어제까지 힘들게 땅에 말뚝을 박고 철조망을 연결했던 작업들은 모두 수포로 돌아간다. 처음서부터 다시 시작하는 셈이다.

흑표는 이제 아예 포탑 상면의 해치를 닫아건 채 농성 모드로 들어가 천천히 앞뒤로 이동하며 공축 기관총과 55톤이라는 무게를 무기로 삼아 도로에 좀비들의 시체로 된 곤죽을 만드는 중이다.

기관총 사격을 뒤집어쓴 자동차들에서는 불길이 활활 타오르고, 여기저기서 작은 폭발이 일어난다. 하지만 놀랍게도 그 대단한 화력조차 밀려드는 좀비들을 모두 제압하기에는 역부족이었다.

그만큼 광진 광장 숲 쪽에서 몰려온 놈들의 수효가 많았고, 저지선과의 거리도 짧았다. 또 좀비들이 저지선을 넘어가 버리면 아군들과 같은 선상에 놓이기 때문에 그 방향으로 사격을 할 수 없다는 점도 큰 제약이었다.

"야! 저기 뚫린다!"

승합차 주변에서 언제라도 달아날 준비를 한 채 1차 저지선을 지키고 있던 여덟 명의 병사가 한 시 방향 보도 위로 몸을 날리려는 좀비를 향해 일제히 방아쇠를 당겼다.

투투투투투—.

난사당한 좀비와 상가 건물에서 뼛가루와 돌가루가 함께 튄다. 좀비의 살과 뼈로 뒤덮인 레이저 와이어 철책은 이미 한참 전부터 저지선으로서의 역할을 거의 수행하지 못하고 있었다.

게다가 시체들의 무게가 집중된 방향은 아래로 축 처져서 거의 평지와 다름없다. 병사들은 후진하는 승합차와 보조를 맞춰 천천히 뒷걸음질을 치며 미친 듯이 사방을 훑고, 눈으로 확인하기도 전에 방아쇠부터 당겼다.

그렇게 죽어라 쏴 대는데도 실제로 머리가 터져 죽는 좀비의 수는 얼마 되지 않았다. 그들이 무슨 타고난 명사수도 아니고, 빗속에 야간의 도로를 뛰어다니며 쏘는 총알이 제대로 명중될 리가 없는 것이다.

무엇보다도 조명이 너무나 부족했다. 흑표에서 쏘는 헤드라이트는 열한 시 방향에 집중되어 있어서 오히려 그늘진 부분의 어둠을 더 짙게 만들었고, 그 사각에 대한 공포 때문에 점점 시야가 줄어들었다.

"후퇴하시랍니다!"

등 뒤쪽에서 들려오는 그 말이 얼마나 반가웠던지! 혹시 여기에서 죽는 건가 싶어서 다리가 후들거리던 병사들은 얼른 승합차에 몸을 실었다.

타타타타— 타타타타—.

그들이 차에 타는 동안 지원 온 병력들이 엄호사격을 해 준다. 그러나 이미 좀비들의 파도는 저지선을 완전히 무력화시킨 이후다.

그롸아아아—.

가로수와 자동차들 사이로, 그리고 뻥 뚫린 가운데 차선으로 좀비들이 달려온다.

부우우우웅—.

그사이 병사들을 태운 승합차도 속도를 냈다.

"차 들어오면 곧바로 설치해!"

박 소위의 말이 끝나기도 전에 승합차가 중앙 차선을 통과해 뒤쪽으로 지나갔고, 2차 저지선 주변에 대기하던 병사들은 일제히 사격을 개시했다.

투타타타타— 투투투투— 투투투투—.

중앙의 열린 공간으로 달려오던 좀비들은 머리에서 뇌수를 뿜고, 혹은 가슴에 커다란 구멍이 뚫린 채 고꾸라졌지만, 보도와 자동차들 사이로는 여전히 뛰어오는 놈들이 있다.

퓽~ 퓨웅~.

K-201 유탄 발사기에서 발사된 노란색 탄두의 40㎜ 유탄들이 날아가 상가와 자동차들 사이에 꽂힌다.

콰앙!

자동차가 들썩이고 상가의 유리창은 박살이 난다. 엄청나다고는 할 수 없지만, 달려오던 좀비들의 몸통을 조각내 날려 보내기에는 충분했다.

그렇게 시간을 버는 사이에 2차 저지선을 쳐 둔 병사들은 곧바로 50미터 더 후방에 설치하고 있는 3차 저지선을 향해 달렸다. 좀비들을 막아 둔 2차 저지선과 병사들이 넘어가 몸을 숨기려는 3차 저지선, 그리고 그 지점에서 20미터 뒤에는 쓰러진 가로수와 거기에 깔린 부상자들과 그들을 구하려는 여섯 명의 수감자가 있었다.

"이런 니미 씨발! 이거, 왜 이렇게 무거워! 그렇게 잘라 냈는데! 끄으응~!"

나무는 여전히 꿈쩍도 않고, 총소리는 바로 귀 옆에서 쏴 대는 것처럼 울려 댄다. 군인들이 계속 뒤로 물러나는 것을 보면서 작업반장을 도와 어떻게든 해 보려고 안간힘을 쓰던 수감자들조차도 눈빛이 흔들렸다.

그러던 중에 깔린 부상자들이 이미 의식이 없다는 걸 깨달았다. 수감자들은 스스로에게 거짓말을 해 보려 했다.

이 사람들 다 죽었어. 그러니 공연히 헛힘 쓰지 말고 빨리 피해…….

납득할 만하다! 이제 달아나도 비겁한 게 아니다!

모두의 시선이 작업반장에게 쏠리고, 작업반장이 고개를 끄덕이는 것으로 부상자들을 두고 가는 데 무언의 합의를 마쳤다. 그리고 한 발을 딱 떼려는 순간, 그때까지 숨조차 변변히 쉬지 않던 부상자가 발목을 붙잡으며 빽! 소리를 지른다.

"안 돼!"

그러더니 곧바로 손의 힘이 풀리고 부상자는 눈을 까뒤집은 채 움직이질 못한다. 단말마다운 커다란 절규였다.

발목을 잡혔던 수감자는 심장이 떨어질 만큼 놀라서 덜덜 떨었고, 그때까지 전방에만 온 신경을 집중하고 있던 박 소위도 그 소리에 놀라 뒤를 돌아보았다.

그리고 자신의 바로 뒤에서 벌어지고 있는 광경을 보았다. 당연히 게이트 안으로 들어가 있어야 할 죄수 놈들이 자신의 배후, 나무 주변에 잔뜩 뭉쳐 서 있다. 게다가 톱과 도끼를 든 채로……. 바닥에 쓰러진 두 놈의 머리에서는 1리터는 족히 되어 보이는 엄청난 피가 흘러나와 있다.

— 큰 말썽 났었지. 쓰레기 놈들. 여기를 푹, 총을 탈취해서 난사했대…… 여기를 푹, 연장으로 옆의 놈을 찍었네? 구하러 들어갔더니 여기를 푹…… 쓰레기 놈들.

보급 소대장이 해 줬던 이야기가 검붉은 피와 겹쳐지며 뭉쳐 서 있는 수감자들이 좀비보다 더 끔찍한, 어떤 괴물처럼 보인다.

이 개새끼들이…… 이렇게 정신없는 상황에서 대체 뭘 해 보려고…… 우리는 지금 여기를 지키기 위해 목숨을 걸고 뛰어다니는데…….

흥분한 박 소위의 충혈된 눈이 광기를 뿜어냈다.

"야! 이 개새끼야! 이게 뭐야, 지금? 죄수 관리 안 해? 모가지 따여야 정신 차릴 거야?"

박 소위는 곁에 서 있던 병사의 허벅지를 걷어차고, 숨을 씩씩거리면서 수감자 무리를 향해 걸어갔다.

투투투투투투투— 투투투투투—.

체육관 4층에 배치된 K-3가 한 번씩 훑고 지나갈 때마다 전방에서는 달려들던 좀비들이 잘리고, 터지고, 고꾸라졌다.

그 비명과 총소리가 심장을 흔들어 대는 바람에 박 소위의 이성은 상당히 마비됐다.

철컥, K-2 개머리판을 어깨에 바짝 붙인 채 노리쇠 뭉치를 뒤로 당긴 박 소위가 수감자들을 향해 소리를 질렀다.

"야! 이 개새끼들아! 엎드려! 무기 버리고 엎드리라고!"

"어? 이, 이게 무, 무슨……."

"엎드리란 말이야! 그리고 닥쳐!"

박 소위에게 걷어차인 뒤 절룩거리며 따라온 일병도 엉겁결에 수감자들을 향해 소총을 겨눈다. 수감자들은 톱과 도끼를 손에서 놓고 바닥에 무릎을 꿇었다. 작업반장을 제외하고…….

그만은 여전히 서 있었다. 그 상황이 어지간히 분했는지, 아니면 그에게 나름의 근성이 있던 건지는 모른다. 어쨌든 작업반장은 박 소위의 명령을 이행하기 전에 항의 한 번쯤은 해야 체면을 유지할 수 있다고 생각했던 모양이다.

"소위님, 너무 심하십니다. 우리는 얘들이 나무에 깔려서 그거를 구해 주려고……."

빠악—.

작업반장의 말이 다 끝나기도 전에 박 소위는 힘차게 팔을 돌려 그의 머리통을 후려쳤다. 개머리판에 관자놀이를 맞은 작업반장은 통나무처럼 고꾸라졌다.

"닥치라고 했지, 이 개새끼야!"

소위가 악을 쓴다. 하지만 눈을 홉뜬 채 땅에 얼굴을 처박은 작업반장은 이미 대답을 할 수 있는 상황이 아니었다.

피싯— 피싯— 찢어진 피부 사이로 가느다란 핏줄기가 솟아오른다. 작업반장의 옆얼굴은 이내 선명한 빨간 점으로 덮였다.

하아~ 하아~. 박 소위는 거칠게 숨을 몰아쉬었다.

콰쾅~! 투투투투— 투투투투—.

수류탄이 터지고 K-2가 난사되는 소리가 등 뒤에서 울려 대는데도 오히려 자신의 심장 소리가 더 또렷하게 들리는 기분이다.

쿵쿵— 쿵쿵— 쿵쿵…….

"주, 죽었나 봐."

엎드려 있던 수감자들이 겁에 질려 중얼거린다. 박 소위는 다시 큰 소리로 그들을 윽박질렀다.

"입 다물어, 이 새끼들아! 야! 이것들 끌고 가서 처넣어! 도주 및 살인 미수 현행범들이다."

병사들이 수감자들을 일으켜 세우는 것을 확인한 박 소위는 3차 저지선 쪽으로 몸을 돌렸다. 이제 어느 정도 마무리가 되어 가는 모양새였다. 지원을 나와 병사들과 함께 전투를 벌이던 강 소위가 짜증을 부린다.

"어디서 뭘 하고 있었어? 애들을 지휘해야지!"

"네 목숨 구해 줬다!"

박 소위도 지지 않고 받아쳤다.

"뭐라고?"

"탈옥 모의한 죄수 새끼들이 도끼 들고 설치는 걸 진압했다고! 나 아니었으면 너도 지금 모가지가 날아갔을지 몰라!"

이게 무슨 소리야? 이 세상에 어떤 바보가 좀비들이 저렇게 몰려올 때를 일부러 골라서 탈옥을 한다고…….

강 소위는 박 소위의 주장을 이해할 수 없었지만, 그의 눈빛이 광기에 사로잡혀 있다는 것을 느꼈기에 굳이 대거리를 하지 않았다. 지금은 그런 것보다 훨씬 더 중요한 볼일이 앞쪽에서 접근해 오고 있으니까…….

그롸아아아아—.

그 빗발치는 총알 세례 속에서도 좀비들은 아가리를 벌린 채 달려들고 있었다.

"저기, 뭉쳐서 넘으려고 한다! 유탄으로 날려!"

2차 저지선에 달라붙어 자신의 가죽과 살로 철조망을 무력화시키는 좀비들. 그 위로 옥상에서 퍼부은 K-3의 5.56㎜ 세례가 쏟아졌다.

수십 마리분의 내장과 말라붙은 피, 뇌수와 뼛조각이 빗속으로 튀어 섞인다. 그리고 그 바로 뒤에서 살덩이로 덮인 철조망을 향해 또 다른 좀비들이 뛰어오른다.

2차 저지선 역시 함락 직전까지 내몰렸다. 애초부터 그리 오래 버텨 줄 것을 기대하지는 않았지만, 그것보다도 훨씬 빨리 무너지는 느낌이다.

아니, 사실 건대 쉘터의 경비병들은 지금 빠르다거나 늦다는 개념도, 처음 좀비들에게 사격을 개시한 후 얼마 정도의 시간이 흘렀는지에 대한 개념도 아예 없었다. 그저 이 끔찍하고 긴장되는 순간이 끝없이 이어지는 것 같다는 두려움만이 커다랗게 부풀어서 그들을 짓눌러 댔다.

강 소위는 병사들의 다리가 후들대고 있다는 것을 알아봤다. 지금은 그나마 50미터나 거리를 두고 설치된 두 겹의 철책 뒤에 숨어 있는데…… 그런데도 이렇게 두려워하고 있다.

병사들만의 문제가 아니다. 자신도 지금 뭐가 뭔지 모를 지경이다. 게다가 그와 함께 지휘를 해야 할 박 소위는 광인처럼 흥분해서 마구 난사를 해 대는 중이고…….

게이트 안으로 들어가 거기에서 거리를 두고 이 세 번째 저지선을 보며 교전을 하는 게 맞을까……. 그게 정말로 합리적인 판단일까, 아니면 그저 겁먹은 개처럼 꼬리를 말고 달아나고 싶은 것인가.

그렇게 강 소위가 망설이고 있을 때, 체육관 쪽에서 확성기를 통해 문 대위의 명령이 울려왔다.

"셋으로 나눠서 순차적으로 내부 게이트까지 퇴각해! 게이트 안에서 재정비하고 다시 시작한다!"

휴우~ 명장의 귀환인가…….

문 대위 목소리를 듣는 것만으로도 강 소위는 숨통이 트이는 것 같았다. 그가 자신의 상관이고 이곳의 책임자라는 게 얼마나 다행인지, 좀비들이 밀려오는 상황을 마주하자 절감할 수가 있었다.

~~투투투투— 투투투투투투—.~~

양쪽 건물의 옥상에 설치된 경기관총들이 쉬지 않고 울리며 도로의 병사들에게 퇴각할 시간을 벌어 주었다.

임수정은 체육관 구석에 기대앉은 채 귀를 막고 있었다.

~~두두두두— 두두두—.~~

밖에서 끊이지 않고 울리는 총성 때문에 귀가, 그리고 고막 너머에 있는 무언가가 정말이지 어떻게 되는 것 같다.

~~투웅—.~~

외부에서 폭발이 있을 때마다 벽을 타고 그 울림이 고스란히 전해지면 자신의 심장도 함께 멎는 것 같다.

하지만 이 벽에라도 기대 있어야 한다. 다리가 후들거리고 쓰러질 것만 같아서 그러지 않고서는 몸을 가누기가 어렵다. 정수장에서 구조되던 날, 그 도로에서 벌어지던 전투의 공포가 생생하게 되살아난다.

죽는 건가? 잠실에 있었으면 이렇게 되지는 않았을까…….

임수정은 터질 것처럼 쿵쾅거리는 심장을 달래 가며 용기를 내기 위해 애를 썼다.

체육관의 중앙에서는 각 종교의 신도들끼리 모여 앉아서 저마다의 신을 향해 기도와 찬양을 하며 웅성대고 있다. 병사들의 무운을 빌고, 이 체육관의 안전을 기원하고, 좀비들의 죽음을 청한다.

울부짖고, 소리를 지르고, 한편에서는 끊임없이 절을 하는 그 모습들을 보고 있는 것만으로도 신경이 날카로워지는 것 같다.

거, 좀 닥쳐! 씨발, 정신 사나워!

임수정처럼 벽에 붙어 앉아 떨던 누군가가 욕설을 퍼부어도 큰 변화는 없었다. 벽 쪽의 그늘에서는 흡연자들이 담배 연기를 뻑뻑 뿜어내고 있다.

자기들 딴에는 몰래 숨어서 피운다고 하는 것 같지만, 이미 체육관 전체에 지독한 냄새가 퍼져 있다. 보초병들이 말로 제지를 해도 별 효과가 없다.

보초병들이 더 애를 먹는 상대는 흡연자들이 아니라 자신들에게도 총을 달라고 악을 쓰는 아저씨들 쪽이었다. 이판사판이라고 생각들을 하는 모양이다. 하긴 그들 모두는 외부의 상황이 어떤지 전혀 알지 못한다.

이기고 있는지, 밀리고 있는지, 전멸 직전인지…… 지금 당장 바깥에서 총성이 울리고, 저 문이 벌컥 열리며 좀비들이 들이닥친다고 해도 이상할 게 없다.

"여기 좀 앉아도 돼요?"

말을 건네는 것과 거의 동시에 임수정의 옆에 누군가가 등을 댔다. 깊숙이 눌러쓴 모자 때문에 그녀가 가희라는 것을 알아보기까지 조금 시간이 걸렸다.

"하아~ 티를 안 내려고 해도 씨발…… 하아, 너무 떨려서……. 어떤 잘나신 분은 저기 저 보초병들이 아직 여기 있는 걸로 봐서 별거 아니라고, 그러니까 걱정 안 해도 된다고 냉정한 척을 하시지만…… 그게 되나요, 사람이?"

그렇게 말하는 가희의 시선은 육만배를 향해 있었다. 육만배는 이요섭의 근처에서 함께 찬송가를 부르고, 기도를 하다가 또 기동이를 불러 뭔가 귀엣말을 건네고 있다.

젠장……. 가희는 고개를 절레절레 저으며 부들거리는 손으로 손가방에서 담배와 라이터를 꺼낸다. 긴장으로 떨리는 손가락으로 몇 번의 시도 끝에 겨우 담배를 물고 불을 붙였다.

“후우~ 아! 언니도 피울래요?”

가희가 떨리는 손으로 담뱃갑을 내민다. 임수정은 아니라고 했다. 가희는 벽 쪽으로 고개를 돌려 몰래 담배 연기를 뿜으면서 중얼거렸다.

“후우~ 하아~ 미안해요. 이런 거 보여 줘서…… 근데, 너무 무서워서요……. 후우~ 나도 험한 꼴 꽤 보고 살았는데, 이렇게 계속 총소리가 나니까 적응이 안 되네요.”

“다 그럴 거예요. 저도 무서워요. 보세요, 다리가 계속 후들거리잖아요. 이렇게 앉아 있는데도.”

임수정이 자신의 두 다리를 가리키자 가희가 코웃음을 터뜨렸다.

“그러네요. 훗, 나는 팔이…… 계속 떨리고 막 저려요. 피가 안 통하는 것같이……. 하아, 담배는 피우고 싶고, 누구랑 이야기가 좀 하고 싶었어요. 입을 다물고 가만히 있으니까 미치는 거 같아서…….”

투타타타타타— 타타타타—.

4층에서 또 기관총 소리가 울리기 시작하자 가희는 움찔하며 말을 멈췄다. 1인칭 대명사 대신 자신의 이름을 사용하며 혀 짧은 소리를 내던 평소의 그녀와는 완전히 달라 보인다.

후우, 후우, 씨발……. 가희는 입술을 깨물며 신경질적으로 담뱃재를 털었다.

“근데…… 그놈의 이미지가 뭐라고, 소문이 날까 봐 자꾸 신경이 쓰여서, 왜 그런 거 있잖아요. ‘가희라는 년, 그거 순 골초래.’, 그런 소리 나는 게 싫거든요. 그런데 언니가 여기 앉은 게 보이더라고요. 언니는 좀 점잖은 사람이라서…… 뭔가 배운 것도 좀 있어 보이고…… 뭐, 그랬어요. 최소한 남들한테 제 험담은 안 하고 다닐 것 같았거든요. 언니는 잠실에서 테라하고도 오래 같이 있었지만, 여기에서 걔 이야기 하는 것도 못 봤고요. 후우우~."

가희가 무슨 말을 하고 싶은 건지 임수정은 대강 짐작이 됐다.

"험담……할 사람도 없어요. 친한 사람이 없어서. 그런 걱정 안 해도 돼요. 그리고 살아 있어야 그런 것도 신경이 쓰이는 거죠, 뭐."

"후, 후후, 그러네요. 하아~."

가희는 허탈하게 웃으며 중앙의 육만배 쪽으로 시선을 돌렸다. 육만배는 신도들과 둥글게 둘러앉아 목청껏 찬송가를 부르고 있다. 그의 곁에 앉은 다른 신도들이 저리 의지하는 것도 무리는 아니다.

겉모습만 보자면 언제라도 순교할 준비가 되어 있는, 진짜 독실한 신도 같으니까.

콰아앙—.

또다시 밖에서는 폭발이 일어나고, 체육관 전체에 가벼운 진동이 인다.

하아~. 가희는 한숨을 쉬었다.

"언니는 아무것도 안 믿어요?"

"저도 기도해요. 믿고도 싶고요. 엄마가 말해 줬던 것처럼 죽고 나면 다 하늘나라에서 만나게 된다는 걸요. 지금 같아서는…… 정말 그랬으면 좋겠어요."

임수정은 옷 속에 늘어져 있던 십자가 목걸이를 꺼내 들어 가희에게 보여 주었다. 가희는 조금 의외라는 표정으로 물었다.

"그런데 왜 저 찬송가 부르는 사람들이랑 같이 안 있어요?"

"딱히 이유를 말하라고 하면, 그냥…… 저렇게 모인다고 해서 더 나을 것 같지 않아서요. 우습잖아요. 신이 목소리 더 큰 놈들부터 먼저 보고 '아, 쟤네가 저렇게 많이 모여 있으니까 쟤들부터 복을 줘야겠다.'라고 할 것 같지는 않으니까."

"훗~ 맞아요. 저런 거 다 부질없는 짓이에요. 모지리들이 괜히 자기들끼리 불안하니까 모여 가지고……. 모여 있다고 복을 받을 것 같으면 좀비들이 제일 먼저 천국 가겠네."

각종 종교 신자들 전체에게 비웃음 섞인 시선을 던진 가희는 자신의 윗옷 속에 손을 넣고 브래지어 주변을 주물럭거렸다. 그러고는 잠시 후, 꼬깃꼬깃 접힌, 작은 노란 종이를 꺼내 떨리는 두 손으로 꼭 쥐고 사연을 들려주었다.

"언니도 한번 만져 봐요. 이거 정말 용한 선생님이 그려 주신 거거든요. 1,500 내고 열 달을 기다려서 받은 거예요. 지니고 있으면 죽을 고비를 세 번 넘기게 해 준대요. 자요…… 살짝, 살짝만 건드려 봐요. 신기하죠? 종이인데 따뜻한 기운이 나죠?"

그거야 당연히 조금 전까지 네 살과 속옷 사이에 끼어 있었으니까…….

하도 열심히 권하는 가희의 기세에 눌려 종이를 살짝 쓰다듬으면서 임수정은 생각했다.

하지만 이 가희라는 사람이 특별히 이상한 건 아니다. 누구에게나 믿고 버틸 수 있는, 아주 작은 끈 하나가 필요한 법이니까. 그리고 요즘은 그 끈이 과거 그 어느 때보다 소중해졌으니까.

후훗, 부끄럽게 웃은 가희는 다시 부적을 잘 접어 옷 속에 넣으며 중얼거렸다.

"근데 문제가 뭔지 알아요? 그 세 번이 벌써 다 지나갔는지, 아니면 아직 두 번은 더 효과가 남았는지 그걸 모르겠다는 거예요. 후후, 우습죠? 받을 때는 그런 생각 안 했었는데…… 무슨 표시가 바뀌는 것도 아니고. 그러니까 불안하기는 사실 마찬가지더라고요. 후우~ 아직 한 번은 남은 거여야 하는데."

그렇게 별로 중요하지 않은 이야기들을 나누는 것만으로도 현실의 두려움을 조금은 덜어 낼 수 있어서 임수정과 가희는 바짝 붙어 앉아 말을 하고 또 들었다.

그녀와의 대화가 왜 그렇게 안정을 주는지 임수정은 알고 있다. 아무리 죽음은 혼자 겪는 것이라지만, 그것이 닥치기 직전까지는 그 진리를 망각하고 싶은 것이 인간이다. 자신과 가희는 지금 현실을 직시하지 않으려 열심히 발버둥을 치고 있는 것이다.

저기 멀리서 찬송가를 부르는 사람들도, 열심히 절을 하고 있는 사람들도, 중얼중얼 주문을 외우는 사람들도, 사방에 욕설을 해 대는 사람들도 다 마찬가지였다.

"……어?"

얼마나 그렇게 대화를 나누었을까, 갑자기 가희가 눈을 위로 올리며 말을 끊었다.

"왜요?"

임수정이 물었다.

"총소리가…… 아까보다 훨씬 줄었어요. 그죠? 그죠?"

그러고 보니 쉬지 않고 난사해 대던 4층의 기관총도 언제부터인가 조용하다. 들려오는 총성이라고는 간간이 울리는 단발들뿐이다. 임수정도 가희에게 고개를 끄덕여 주었다.

"뭐죠? 좋은 거겠죠? 다 죽인 거 맞겠죠? 언니 생각은 어때요?"

"제 생각에도 우리가 이긴 것 같아요."

경비병들의 얼굴을 보며 임수정이 대답했다. 만약에 아니라면 경비를 서는 군인들 표정이 저것보다 어두울 테니까.

살아남았다. 전투가 끝났다.

하아아~. 긴장이 풀린 임수정은 쪼그리고 있던 두 다리를 펴서 바닥에 붙였다. 가희는 줄곧 물고 있던 담배를 바닥에 비벼 끄고 자리에서 일어난다. 후들거리는 다리 때문에 두어 번 중심을 잃고 비틀댄 끝에 겨우 제대로 설 수 있게 된 가희는 흐흥~ 하고 어색한 웃음을 지었다.

"고마웠어요, 언니. 근데 가희가 골초라는 건 꼭 비밀로 해 주세요. 네? 그리고…… 이것도요. 이것도 남들이 알면 창피해요."

자신의 가슴께를 가리키며 가희가 눈을 찡긋한다. 아마 속옷 속에 숨겨 놓은 부적을 말하는 모양이다. 임수정은 미소를 지어 줬다.

"걱정하지 마요. 그리고 저도 고마웠어요. 정말…… 가희 씨랑 같이 있지 않았다면 견디기 힘들었을 거예요."

후훗, 갑자기 기분이 좋아진 가희가 허리를 굽혀 임수정을 가볍게 끌어안아 준다.

다음에도 또 무서워지면 옆에 올지도 몰라요, 가희는 그 말을 남기고서 사람들이 모여 있는 쪽으로 걸어갔다.

다른 사람들 역시 웅성거리며 조금씩 제정신을 찾아가는 중이다. 긴장 때문에 얼음장처럼 차가워진 자신의 손을 주무르며 임수정은 몇 번이고 심호흡을 해야 했다.

세상에…… 이렇게 무섭고 두려운 일을 대체 몇 번이나 더 겪어야 하는 걸까? 아니, 이런 날들이 정말 끝나기는 하는 걸까? 나는 앞으로 몇 번이나 그걸 견뎌 낼 수 있을까?

04

"저기 저쪽, 흰색 소나타 옆에! 저기 다시 봐 봐! 뭐 움직였다!"

부사관이 지목한 곳을 라이트가 따라가 비춘다. 차량 아래에서 흔들리던 검은 그림자가 천천히 밖으로 기어 나온다. 하체는 잘려 나가고, 오른팔도 팔꿈치 아래로는 없는 좀비다.

하지만 놈은 여전히 강력한 적의를 뿜어내며 부지런히 기어서 쉘터의 게이트 쪽으로 다가온다. 왼손, 오른쪽 팔꿈치, 그리고 다시 왼손, 번갈아 땅을 짚고 거리를 줄이던 놈이 아가리를 쩍 벌리며 포효한다.

그롸아아…….

투투툭—.

총알이 놈의 머리를 박살 내자 좀비의 목이 뒤로 꺾이고 왼손도 맥없이 툭, 떨어진다. 움직이지 않은 것을 확인했지만, 그래도 모자라 한 차례 더 확인 사살이 가해졌다.

투투툭ㅡ.

좀비의 목과 머리가 산산조각 나서 사방으로 튄다.

"중앙에 제2저지선 한번 비춰 보자! 거기 뭐 잔뜩 있네!"

라이트가 영역을 밝혀 주고, K-3 경기관총이 좌에서 우로 철망 전체를 훑었다. 그리고 다시 한번 반대 방향으로 총알을 박아 넣었다. 끊어진 철조망에 끼인 채 움직이지 못하고 있던 좀비들의 몸과 머리가 엉망으로 꿰뚫리고 잘려 나간다. 그럼에도 살아남은 놈들은 개인 화기로 처리했다.

좀비의 머리를 조준한 병사가 방아쇠를 당긴다.

투투툭ㅡ.

조금 빗맞기는 했어도 뇌가 터져 나왔다. 고개를 갸웃거리면서 다시 겨냥을 하고 쏜 확인 사살은 좀 더 정확하게 좀비의 머리 전체를 파괴하였다. 비로소 병사의 얼굴에 만족한 표정이 어린다.

"자기 라인 철저하게 다시 확인해! 내일 아침에 작업 나갔다가 물리면 아무도 못 고쳐 준다! 정신 바짝 차리고 잘 봐!"

건대 쉘터의 북쪽 게이트에서는 이제 대좀비 마무리 작업이 한창 진행 중이다. 아까부터 계속 사거리를 배회하던 흑표도 불러들였고, 부사관들은 쉬지 않고 서치라이트를 움직여 가며 깜깜한 도로에 혹시나 아직 공격이 가능한 좀비가 남아 있는지 수색을 했다.

옥상의 저격수들도 천천히 거리를 훑어보며 움직이는 놈들의 머리에 구멍을 뚫었다. 이따금씩 시체 더미 사이를 비집고 일어나 멀쩡히 뛰어오는 좀비도 있다.

일몰 후, 400여 미터에 달하는 6차선 도로에서 움직이는 것들을 모두 찾아 저격하는 것이니만큼 시간이 걸리는 작업이다. 게다가 시야를 가리는 장애물들도 많다.

할 일은 아직 좀 남았지만, 전투는 끝났다. 그리고 놀랍게도 경비 중대의 사망자는 0이다. 사소한 찰과상을 입은 부상자들은 있지만, 아무도 죽지 않았다.

'역시…….'

강 소위는 경외심이 가득한 시선으로 문 대위를 돌아보았다. 매년 봄, 폴 이글 훈련 때마다 소규모 가상 모의 전투에서 미군들을 압도했던 지휘관답다. 가장 유리할 때 가장 확실한 전술로 최소한의 손실을 입으며 목표를 성취한다. 그게 그가 모시는 중대장이 전쟁을 하는 방식이었다.

물론 타고난 재능도 있지만, 매일 밤 끝없이 지도와 씨름을 하고, 현장을 살피고, 계속 작전을 개선하기 위해 고민한다. 강 소위는 그의 그런 노력을 잘 안다.

'신도 참 어지간히 잔인해. 천재성을 좀 덜고, 융통성을 그만큼 넣어 주실 것이지. 아니, 그 반만큼이라도.'

현장 정리와 부상자 격리 보호를 명령하고 체육관으로 돌아가려는 문 대위를 보면서 강 소위는 그런 생각을 했다. 보급 장교에게 뇌물을 좀 주어야 우리가 받을 물량이 제대로 온다는, 그 사소한 진리를 설득하는 데도 며칠씩이나 걸릴 만큼 답답한 원칙주의자.

하지만 그 덕분에 이곳으로 와서 벌인 최대 규모의 전투가 성공적으로 끝났다. 아무도 목숨을 잃지 않고…….

한 가지 신경이 쓰이는 것이 있다면, 그건 좀비들의 규모였다. 그렇게 급박한 것처럼 느껴졌지만, 막상 전부 제압을 하고 보니 실제로 그들이 사살한 좀비의 수는 결코 2천을 넘지 않을 것 같다. 규모 넷 중에서는 소규모인 셈이다.

그런데도 중대 전체가 발칵 뒤집힐 만큼 당황해서 어쩔 줄을 몰라 했다. 이런 상황에 더 대규모의 좀비 무리가 몰려온다면…… 그건 상상하고 싶지도 않다.

그러나 서울에는 규모 오, 여섯짜리 무리들이 아주 흔하다. 오늘 밤 중대 본부로 돌아가 복기해 보면 몇 군데나 악수를 둔 지점을 발견하게 될 테지만, 역시 가장 큰 문제는 장교들을 포함한 중대 거의 전부가 이렇게 목숨을 걸고 벌이는 싸움에 익숙하지 않다는 데 있었다.

사제 물품을 얻기 위해 타고 나가는 높다란 트럭에서 거리의 좀비들에게 방아쇠를 당긴 게 교전 경험의 거의 대부분이니, 압도적으로 밀고 들어오는 놈들과 같은 높이에서 마주 보고 싸우는 일은 두려울 수밖에 없을 것이다. 하지만 겁에 질린 병사들을 데리고는 전쟁을 할 수 없다.

'음, 그건 확실히 고민을 좀 해 봐야 할 문제겠는데…….'

그렇게 강 소위가 이따금씩 울리는 총성을 들으며 생각에 잠겨 있을 때, 도로에 쓰러져 있던, 아까 모두가 죽었다고만 여긴 작업반장이 의식을 찾았다.

"응? 뭐, 뭐야? 왜 이렇게 컴컴해? 뭐, 뭐가 이렇게 번쩍번쩍하고? 으, 씨발. 내 머리…… 아주 쪼개진다. 씨발, 아이고……."

작업반장이 옆머리를 꽉 눌러 일단 통증부터 좀 잠재우려 할 때, 허공을 흔들며 커다랗게 총소리가 울렸다.

타타탕— 타타타아아앙~.

총성은 상점가의 벽을 울리며 길고 우렁찬 메아리를 만들어 냈고, 깜짝 놀란 작업반장은 그 자리에서 벌떡 일어나…… 일어나려고 했다. 하지만 너무도 어지러워 곧바로 다시 고꾸라져 버렸다. 팔다리에 힘이 들어가지 않는다.

뭐지? 소위, 그 개새끼가 도대체 어디를 어떻게 후려쳤기에 이렇게 됐지?

기절해 있는 동안 자신이 얼마나 많은 양의 피를 흘렸는지 모르고 있기에 작업반장은 그 어지러움이 부상의 후유증이라고만 생각했다. 두 손으로 땅을 짚은 채 천천히 무릎을 대고 일어나는, 그 간단한 동작을 하는 데도 눈앞이 빙글거린다.

타아앙~.

총성이 계속 고막을 자극해서 안 그래도 욱신거리는 머리가 아예 터져 나갈 것 같다.

도대체 어디서 왜 이 총성이 들려오는지, 군인들은 다 어디로 갔는지 따위의 문제들을 생각하는 것조차 버거울 만큼 어지럽고 고통스럽다. 숨은 차오르고, 다리는 후들거린다.

그때, 자빠진 가로수 뒤쪽에서 소름 돋는 울음소리가 들려왔다.

그롸아아~ 그롸악!

헉! 반사적으로 고개를 돌리던 작업반장은 그만 중심을 잃고 다시 고꾸라졌다.

첨벙!

비릿한 냄새가 나는 빗물을 뒤집어쓴 작업반장은 필사적으로 허우적거렸다.

눈앞에는 아까 그가 구해 내지 못한, 머리에서 피를 흘리며 기절해 있던 수감자의 시체가 있다. 그 광경도 나름 끔찍하지만, 그런 것은 문제조차 되지 않을 만큼 강력한 공포가 뒤에서 다가오고 있다.

파스락, 파스락, 아까 그가 잘라 냈던 가로수 가지들을 헤치며 좀비가 기어 온다. 무릎 아래가 송두리째 날아갔는데도 저렇게 멀쩡하게 움직인다.

흐으윽! 작업반장은 비명조차 제대로 지르지 못하고 다급하게 몸을 일으켰다.

“허억~! 허억~ 안 돼, 이, 이거는 아니야!”

필사적으로 네댓 걸음을 떼던 작업반장이 다시 옆으로 넘어졌다.

찌익, 넘어지는 걸 뻔히 아는데도 손이 미처 따라오질 못해서 아스팔트에 얼굴을 갈고 말았다.

왼쪽 눈 주변 살갗이 다 벗겨지고 피범벅이 되었다.

끄으윽! 작업반장의 힘없는 비명이 목구멍 안쪽에서 울린다. 도무지…… 똑바로 설 수가 없다. 사람이 급해지면 초능력이 생긴다고들 했는데, 그게 다 순 거짓말이었던 모양이다.

그러는 동안에도 좀비는 계속해서 다가온다.

파사삿— 파사삭—.

당황한 작업반장의 눈에 아까 떨어뜨렸던 연장들이 들어온다.

톱! 그리고 도끼!

그는 네 발로 기어가 연장에 손을 뻗었다.

그롸아아아!

등 바로 뒤에서 울리는 포효!

작업반장은 가장 가까이에 있는 양날톱을 잡고 고개를 돌렸다. 악취가 풍기는 좀비의 아가리가 쫙 벌어진 채 덮쳐 온다.

으아앗! 작업반장은 비명을 지르며 톱을 휘둘렀다.

칵—!

톱이 좀비의 아가리에 박혔다는 것을 확인하고 기뻐하는 것도 잠시. 놈이 그대로 덮쳐 오며 작업반장의 팔이 꺾이고 반대쪽 톱날이 그의 가슴팍을 파고든다.

콰직! 콰직!

좀비가 몸을 움찔거리며 짓누를 때마다 놈의 턱 안과 작업반장의 가슴 근육 안으로 날카로운 톱날이 더 깊숙이 박혀 든다.

"으아아아악! 끄아아!"

이런 힘이 어디에 있었나 싶을 만큼 고성의 비명이 작업반장에게서 터져 나왔다. 사방에서 울리는 총성 사이를 헤집고 게이트 안쪽까지 닿을 만큼 날카로운 비명이었다.

"뭐야, 이 비명? 사람이잖아! 어디서 난 소리야?"

게이트 경비대는 깜짝 놀라 사방으로 라이트를 돌렸다.

끄아아~. 작업반장이 한 번 더 울부짖으며 자신의 위치를 알린다.

한 뼘 거리까지 접근해 온 좀비의 찢어진 아가리에서는 점액이 뚝뚝 떨어지고, 놈이 몸을 비틀 때마다 말 그대로 가슴을 후벼 파는 통증이 작업반장의 모든 신경을 갈기갈기 찢는다.

앞뒤 계산할 겨를도 없이 왼손을 가슴과 톱 사이에 넣고 밀어 보지만, 톱날은 얄팍한 목장갑을 순식간에 잘라 내고 그의 손바닥 깊숙이 박혀 들어왔다.

그롸아아! 그르르~.

그를 깔아뭉갠 좀비가 힘을 쓸수록 그의 몸속 더 깊은 곳까지 톱에 잘려 나간다. 기절할 것 같은 고통이 끝없이 밀려오는데도 그는 여전히 살아 있다.

"저기다! 저기 가로수 자빠진 곳 옆에!"

"수감자인데? 뭐야? 왜 저기 있어?"

병사들이 외친다. 생존자를 놔두고 게이트를 닫았다는 사실을 알게 된 문 대위의 표정이 굳었다. 그리고 강 소위와 박 소위를 번갈아 쳐다보았다.

후우우~ 후우우~. 벌겋게 달아올라서 아무 말도 못 하고 있는 박 소위의 얼굴이, 그가 이 사태의 책임자라는 걸 알려 주고 있다. 하지만 지금은 그 책임 소재를 따질 때가 아니다.

문 대위는 게이트로 달려가 비명이 나는 방향으로 시선을 돌렸다. 게이트로부터의 거리는 약 40미터. 좀비와 한 중년 남자가 얽혀 있고, 그 사이에 양날톱이 끼어 있다. 어떻게든 좀비를 밀쳐 내 보려던 중년 남자가 놈의 위턱을 잡고 들어 올린다. 스스로 물리려는 것과 마찬가지다. 이젠 구할 수도 없다.

"끄으으윽!"

작업반장은 오른 손바닥으로 좀비의 턱을 밀쳐 냈다. 이빨이 손바닥에 박히는 게 위험하다는 생각조차 들지 않을 만큼 톱에 잘리고 있는 가슴과 왼손이 고통스럽다.

좀비의 얼굴은 벌써 반 이상 잘려 있다. 이대로 뜯어낼 수도 있을 것 같다.

콱!

좀비가 또 한 번 몸을 챈다. 작업반장은 전기가 오른 사람처럼 일순간 멈칫했다. 너무나 큰 고통이 밀려오자 순간적으로 눈앞이 하얗게 바뀌었다가 다시 돌아온다.

하아~ 하아~. 탈진한 작업반장의 오른손이 힘없이 바닥에 떨어져 내렸다.

'이게…… 이게 내가 죗값을 치르는 방식인가?'

생각이 거기까지 미치자 이 끔찍한 통증이 오히려 공정한 것처럼 여겨진다. 사회에 있을 때, 그는 두 명을 죽였다. 그들이 받았던 고통을 온전히 다시 돌려받는다면, 그렇게 하고 나면 정말 지은 죄가 사라지게 되는 것일까?

쿨럭! 피를 토하며 죽어 가는 작업반장의 뇌리에서는 마지막으로 그런 생각들이 어지럽게 펼쳐졌다.

"변하기 전에 고통을 덜어 줘."

밀리시 지켜보고 있던 문 대위가 박 소위를 향해 명령했다. 거부하기 어려운 목소리였다.

굳은 표정의 박 소위는 자신의 K-2를 들고 사대로 올라가 좀비와 사내의 겹쳐진 머리를 향해 세 차례나 3점사를 퍼부었다.

투투툭— 투투둑— 투투툭—.

빗나가는 총알은 없다. 그는 꽤 뛰어난 사수다. 완전히 머리가 박살 난 작업반장과 좀비의 시체에서 연기가 피어오른다.

"고생들 했어. 정리는 부사관들에게 맡기고 잠깐 올라오지. 할 이야기도 있으니."

문 대위는 평상시와 다를 바 없는 어조로 강 소위와 박 소위를 향해 명령하고 체육관 안으로 돌아갔다. 물론 그렇다고 해서 그가 화가 나지 않았다는 의미는 아니다. 문 대위는 원래 여러 사람 앞에서 부하 장교들을 야단치는 법이 없다. 그건 시정을 기대하는 게 아니라 그저 망신을 주는 것에 지나지 않는다고 믿기 때문이다.

후우~. 박 소위가 길게 한숨을 내쉬었다.

10분 뒤, 두 소위가 체육관 3층의 중대 작전 본부로 올라갔을 때, 그곳에는 문 대위뿐이었다. 당번병도, 경비병도 미리 자리를 피하도록 한 걸 보면 화가 꽤 많이 난 모양이다.

"앉아. 커피 마시지, 다들?"

막 물이 끓어오른 전기 포트를 들어 올리며 문 대위가 물었다. 두 소위는 가볍게 고개를 끄덕였다.

"감사합니다."

믹스 커피가 든 종이컵을 받으며 인사를 하는 강 소위와 박 소위의 목소리 톤이 완전히 다르다. 오늘 전투의 성과와 용기에 대해 치하를 하던 대위가 커피 잔을 다 비울 때쯤 물었다.

"아까 그 수감자, 어떻게 된 일인지 설명할 수 있나?"

나직하고 근엄하다. 문 대위의 시선이 자신에게 향해 있다는 것을 알면서도 박 소위는 고개를 숙인 채 아무 대답도 하지 않았다.

할 말은 많다. 하지만 너무 많아서 어디에서부터 시작해야 할는지 그걸 정하는 게 어려웠다. 성수 1쉘터에서 있었다는 대형 인명 사고, 수감자들의 반항적이고 반사회적인 천성, 좀비들이 들이닥치는 위급한 상황, 그리고 놈들이 들고 있던 톱과 도끼……. 역시 성수 1쉘터의 이야기부터 해야 할 것 같다.

박 소위가 그렇게 침묵 속에서 생각에 잠겨 있는 동안 강 소위는 빠르게 상황을 추리했다.

아까 그 광기 어린 박 소위의 표정, 그가 내질렀던 말들, 그리고 버려졌다가 좀비에게 죽은 수감자, 쓰러진 나무 주변에 죽어 있던 다른 수감자들. 거기에 평소 박 소위의 우직하다 못해 미련하기까지 한 성격을 더하니 스토리가 딱 맞아떨어진다.

아하—! 강 소위는 자신의 빠른 계산에 감탄하면서 다시 한번 가설을 점검해 봤다. 역시 허술한 구석은 없다.

"그…… 중대장님께서는 혹시 성수 1쉘터 인명 사고에 관해 들으신 적 있으십니까?"

박 소위가 땀을 뚝뚝 떨어뜨리며 입을 열었다. 문 대위는 고개를 젓는다.

"아니, 이야기해 봐."

"얼마 전, 그곳에서 한 무리의 수감자들이 계획적인 사고를 일으켜 경비를 보던 사병들이 사망하고 총기를 탈취당해……."

강 소위는 답답한 마음에 박 소위를 돌아보았다. 그도 처음 듣는 이야기라 자세한 내용은 모르지만, 지금 이 상황에서 그 말을 꺼내면 논리를 펴기에 불리해질 뿐이다. 오히려 편견을 가지고 오해를 한 것 아니냐는 공격에 노출되기 딱 좋아진다. 하지만 미련한 박 소위는 계속 그 사건을 자세하게 서술하고 있다.

"그래서?"

문 대위가 물었다. 누구에게 들었냐고 묻지 않고 '그래서'라고 묻는다는 것은 그 사건과 오늘의 사건을 별개로 놓는다는 의미다. 박 소위는 당황해하며 더듬거렸다.

"저…… 그, 오늘도 마찬가지였습니다. 3차 저지선으로 물러나 교전이 진행 중일 때, 큰 소리가 나서 뒤를 돌아봤습니다. 그랬더니 톱과 도끼로 무장한 수감자들이 몰래 저희 부대원들을 향해 접근하고 있었습니다. 저는…… 일단 정지하라고 누차 경고를 했지만, 계속 무시하며 달려드는 바람에 제가 가장 가까운 거리의 수감자를 개머리판으로 쳐서 제압하고 나머지 수감자들을 체포했습니다. 그, 죽은 수감자는…… 저는, 아니, 다른 동료 수감자들이 그 수감자가 그때 이미 사망했다고 판단했습니다."

"톱과 도끼를 든 다수의 수감자들이 경고를 무시하며 달려들었는데, 박 소위 단독으로 제압을 했다는 거지?"

"네, 넷! 그렇습니다."

거짓말에 서툰 박 소위가 얼굴을 붉히며 고개를 주억거렸다. 질문을 던지는 문 대위의 시선이 자신을 꿰뚫어 보는 것 같아 등에서는 땀이 줄줄 흘러내린다.

"앞쪽에서는 좀비들이 달려오고 있고, 뒤쪽은 군인들과 철책으로 막혀 있는데 그 수감자들은 왜 그런 행동을 했다고 생각하나? 박 소위가 한 사람을 제압하자마자 투항한 걸 보면 강한 동기도 없었던 것 같고 말이야. 그 부분이 제대로 설명이 되지 않는다고 생각하는 건 나뿐인가?"

문 대위는 감정을 드러내지 않으며 냉정하게 묻지만, 박 소위는 벌써 억울해서 감정이 폭발하려 한다.

왜? 왜? 대체 왜 부하 장교가 아니라 죄수 놈들 편을 드시는 겁니까!

그의 벌어진 입은 그 말을 외치고 싶어 미치겠는 모양이다. 그 고지식한 반응을 도저히 더 보고 있기가 불편해서 강 소위는 한 수 거들기로 했다.

"중대장님, 박 소위가 그 수감자들을 제압할 때, 저도 보고 있었습니다. 무장했다고는 하지만 선두에 서서 선동하는 주범만이 이상할 정도로 흥분해 있었고, 나머지 수감자들은 마지못해 따르는 인상을 받았습니다. 사망한 주범은 박 소위가 두 차례나 경고를 하는 동안에도 오히려 욕설을 퍼부으며 도끼를 쥔 채 뛰어들었고, 박 소위로서는 선택의 여지가 없어 보였습니다. 그때, 개머리판에 맞아 쓰러지지 않았더라면 누군가에게 치명적인 상해를 가한 다음에야 끝을 봤을 거라고 생각합니다."

갑자기 끼어든 강 소위의 말을 듣고 문 대위는 잠시 생각에 잠겼다. 1분쯤 침묵 속에서 두 부하 장교의 얼굴을 번갈아 보던 그는 결론을 내렸다는 듯 고개를 끄덕이며 말했다.

"눈이 돌아갔었나 보군. 있을 수 있는 일이지."

"그렇습니다."

강 소위는 뻔뻔한 얼굴로 고개를 끄덕였다. 박 소위도 아직 꾹 참고 있는 말이 많은지 숨을 씩씩댔다.

"알았다. 다들 피곤할 테니 그 이야기는 그만하기로 하자고. 앞으로도 너희들이 서로 잘 협조하고 도와라. 눈 돌아가는 사람 없도록 챙기는 것도 잊지 말고. 이만 돌아가서 쉬어."

박 소위는 경례를 붙이고 돌아 나와 장교 숙소로 이동할 때까지도 가슴을 들썩일 만큼 흥분을 삭이지 못하고 있었다. 아무 말 없이 자신의 방으로 들어가려던 강 소위가 결국 먼저 입을 열었다.

"어이, 박 소위. 나한테 한 번 신세 진 거야. 그거는 알고 있지?"

"음? 아아, 그래, 고맙다. 근데 중대장님이 네가 한 그 말, 믿으셨을까?"

"참 나, 우리 중대장님이 무슨 어린애냐, 아니면 바보냐? 그걸 믿으실 리가 있어?"

"응? 그럼 왜……."

"그거야 당연히 문 대위님이 참아 주신 거지. 동료끼리 돕겠다고 내가 나선 게 플러스 2점! 네가 사고 친 거가 마이너스 2점! 똔똔 났는데 굳이 처벌을 해 봐야 죽은 사람 살아 돌아오는 것도 아니고. 앞으로 잘해서 그걸 만회하라고 하시는 거잖아. 기억해 봐. '눈이 돌아갔었나 보군.'이라고만 하셨어. '누가'라는 말이 없다고. 박 소위, 너 들으라고 하신 말씀인데, 정작 너는 못 알아들은 것 같아서 내가 이렇게 다시 설명해 주는 거야. 또 사고 치지 말라는 의미로."

"가, 강 소위, 네가 그 상황을 못 봐서 그런 말이 나오는 거야. 그 새끼가 톱을 들고 서 있었다고! 성수 1쉘터에서도 바로 그런 새끼들이……."

박 소위가 다른 쉘터 수감자의 이야기를 다시 거론하며 언성을 높이자 강 소위도 잡았던 문손잡이를 놓고 이마를 찌푸렸다.

"다른 데서 어떤 새끼가 어떤 사고를 쳤는지, 그런 건 나는 몰라! 관심도 없고! 내가 아는 걸 이야기해 줄게. 우리 쉘터에서 작업 나가는 수감자 중에 절반은 톱이나 도끼를 들어. 왜? 나무를 잘라야 하니까! 그리고 오늘 막 잘린 나무가 있어! 거기에 깔린 사람들도 있었고! 너도 아까 그쪽으로 겨냥을 했으니 봤겠지. 걔들이 자기 동료 깔렸다고 소리소리 질렀을 텐데, 우리는 못 들었어. 우리는 좀비 때문에 존나게 무서웠거든! 총소리도 계속 났고! 그러다가 네가 걔들을 본 거야. 알겠어? 내 말이 안 믿기면 네가 한번 오늘 일을 복기를 해 봐. 그러면 알게 될 거야. 걔가 정말로 돌아서 박 소위, 너를 어떻게 해 보려고 연장 들고 설친 건지, 아니면 그 연장으로 깔린 사람들을 어떻게 빼내려고 했던 건지……. 운이 없었다는 건 나도 인정해. 하지만 네가 혼자 암만 고집을 부려 봐야 사실관계는 안 바뀌어. 계속 그런 식이면 나도 네가 싼 똥 못 치워 준다!"

아픈 말을 잔뜩 쏟아 낸 강 소위는 항변할 틈도 주지 않고 쾅! 문을 닫으며 방 안으로 들어가 버렸다. 복도에 혼자 남겨진 박 소위는 그 상황이 분해서 견딜 수가 없었다.

하지만 그를 더 화나게 하는 것은 저 약아빠진 강 소위의 말들이 대부분 옳은 이야기처럼 들린다는 사실이었다. 너무 늦게 보기는 했지만, 그도 나무에 깔린 수감자의 시체를 눈으로 직접 확인했다. 게다가 돌이켜 보면 그 작업반장이 그런 비슷한 말을 했던 것도 같다.

억울하다고 했었나? 그리고 그다음에 뭐라고 했더라…….

그게 기억이 나지 않을 만큼 자신은 흥분해 있었다. 그리고 겁에 질려 있었다. 좀비 때문에, 그리고 그 염병할 동기 새끼에게서 전해 들은 다른 쉘터의 사고 이야기 때문에…….

씨발, 애먼 사람을 죽였다. 그것도 두 번, 아니, 세 번 죽인 거나 마찬가지다. 대갈통을 후려쳐서 한 번, 좀비에게 물리게 해서 두 번, 그리고 자신이 직접 사살하는 것으로 세 번…… 대체 무슨 철천지원수라고…….

그렇게 생각하니 너무 슬프고 우울해진다.

아니, 아니, 안 돼…….

박 소위는 고개를 세차게 저었다. 차라리 분통을 터뜨리고 누군가를 원망하는 편이 훨씬 속이 편해질 것 같았다. 하지만 누구를 원망해야 하는 건지, 누구의 죄가 커져야 자신의 죄가 덜어지는 것인지 그걸 모르겠다.

박 소위는 얼굴을 쥐어뜯다가 밖으로 뛰어나갔다. 사람의 시선이 싫어서 아직 정비가 끝나지 않은 건너편 건물까지 건너간 박 소위는 거기에서조차 컴컴한 구석을 찾아 어둠 속으로 몸을 밀어 넣었다. 여기라면 아무도 없다. 나를 심판하고 원망하고 나무라는 새끼가 없다.

나를 심판한다고? 왜 씨발! 왜 죄수 새끼들이 아니고, 나를!

담배를 뻑뻑 피우며 계속 욕설을 늘어놓아도, 자기 합리화를 해 봐도 마음은 편해지지 않는다. 강 소위와 문 대위의 책망이 뇌를 직접 쑤시고 들어와 전해지는 것 같다. 개머리판으로 후려치기 직전 망막에 새겨진 그 죄수의 얼굴이 뱃속 어딘가에 있는 죄책감을 후벼 판다.

하아~ 씨발, 하아~ 씨발.

박 소위는 벽을 걷어차고 계속해서 새 담배에 불을 붙였다.

“박 소위님?”

귀에 익은 혀 짧은 소리에 박 소위는 깜짝 놀라 고개를 돌렸다. 가희다.

왜 이 시간에 혼자서 이렇게 후미진 곳에?

순간적으로 의문이 들었지만, 그보다는 지금의 자기 모습을 보여 주고 싶지 않다는 부끄러움이 더 컸다.

“아후, 세상에…… 얼마나 여기 계셨던 거예요? 이 비를 맞으면서…… 다 젖으셨잖아요. 안 추우세요?”

“아…… 가희 씨, 아…… 지금 제가…… 아니, 그보다 여기에 어쩐 일로?”

당황한 박 소위가 말을 더듬거리자 가희는 바짝 다가와 어깨에 손을 얹으며 소곤거렸다.

“이건요, 정말 기적 같은 일인데요, 가희가 깜빡 졸았었거든요. 조금 있다가 박 소위님 방에 놀러 가야지~ 하는 생각 하면서요. 그런데 꿈을 꿨어요. 꿈속에서 바로 여기, 이 자리에 소위님이 비를 맞고 계시는 거예요. 너무 슬픈 표정으로……. 가희도 같이 울다가 잠에서 깼는데, 근데 그 꿈이 너무 생생한 거예요. 그래서 무섭지만 나와 봤어요. 그랬더니 세상에, 정말 여기 박 소위님이 계시지 뭐예요? 가희 꿈이 맞았던 거야. 어떡해요. 가희랑 소위님은 하늘이 맺은 인연인가 봐요. 그래서 이렇게 만나게 된 거겠죠.”

가희가 몸을 꽈 대며 말도 안 되는 소리를 나불댄다. 물론 새빨간 거짓말이다. 박 소위의 동향을 계속 감시하던 만배파 조직원이 육만배에게 박 소위가 심상치 않아 보인다는 보고를 했고, 육만배는 재빨리 가희를 이곳으로 보냈다. 녹여 놓으라는 당부와 함께.

“제, 제가 꿈에 나왔다고요? 그, 그런 일이…… 참 이상하네요.”

박 소위에게도 허무맹랑하게 들리긴 했지만, 믿고 싶다는 욕망이 더 우세하게 작용했다. 이 젊고 예쁜 여자 연예인과 운명의 짝이라는 걸 인정하면 자신이 뭔가 더 특별한 존재가 되는 것 같다.

게다가 이 여자, 이 가희라는 여자의 모습이 그의 숨을 가쁘게 만든다. 비에 젖어 몸에 밀착된, 흰 티셔츠를 통해 비쳐 보이는 그녀의 브래지어와 날씬한 라인이, 젖은 머리카락과 입술이, 뭔가를 갈구하는 듯한 눈빛이…… 욕망을 끓어오르도록 한다.

하지만…… 더 이상 사고를 칠 수는 없다. 그랬다가는 문 대위가 자신을 어떤 눈으로 쳐다볼지……. 생각이 거기에 미치자, 팽팽히 부풀어 올랐던 그의 욕망은 순식간에 사그라졌다.

죽은 죄수의 얼굴과 죄수를 감싸던 문 대위의 얼굴, 그리고 죄수들을 조심하라던 동기 놈의 얼굴이 모두 교차하며 그의 감정을 부정적인 기운으로 가득 채웠다.

"제가…… 오늘 사고를 쳤습니다. 죄수 하나가 저 때문에…… 죽었습니다. 하아…… 그게 괴로워서 이렇게 하고 있습니다."

"어머, 하지만 죄수는 나쁜 사람이잖아요. 가희 생각에 그건 죄가 안 될 것 같아요. 소위님은 죄 없어요. 이렇게 착한 분인데."

"아니요, 그렇게 간단하지 않아요. 문 대위님 말씀이…… 그리고 강 소위도 비슷한 말을 했어요. 제가 실수한 거라고."

"가희는 그런 거 몰라요. 그냥 소위님 속상하게 하는 사람들은 다 싫어요."

가희는 점점 더 바짝 몸을 밀착시키며 속삭였다. 그 숨결이 귀를 간질이고 탱글탱글한 가슴이 느껴지자 정신이 다 아득해지는 것 같다.

"가, 가희 씨, 이, 이렇게 있으면 안 될 것 같습니다. 다, 다른 사람들의 눈이…… 저 때문에 무슨 소문이라도 나면……."

박 소위가 황급하게 자리를 피하려 하자 가희가 그의 손을 붙잡는다. 긴장한 박 소위가 멍해 있는 사이, 가희는 박 소위의 손을 자신의 가슴에 가져다 댔다.

얇은 옷 사이로 느껴지는 이 감촉!

아아, 너무 아찔해서 박 소위는 눈을 질끈 감았다. 그의 목 뒤로 두 팔을 둘러 당기며 가희가 말했다.

"그래요, 박 소위님 말이 맞아요. 가희도 여기 안 있을래요. 우리 같이 박 소위님 방으로 가요. 가서 좀 더 솔직해지고 싶어요."

"저, 저는…… 그, 그런 일은 금지한다고 문 대위님이……."

"가희는 지금 박 소위님밖에 안 보여요. 문 대위도 모르고, 아무것도 몰라요. 방으로 가요. 박 소위님도 가희 생각만 나도록 해 줄게요. 슬픈 것도, 화나는 것도 다 잊어버리고 가희 생각만 남도록 만들어 줄게요. 아주우~ 기분이 좋게, 행복하게 해 줄게요. 봐요, 벌써 이렇게…….”

가희의 손이 박 소위의 바지춤을 훑고 지나자 그의 절제가 녹아내려 입 밖으로 흘러나온다.

으으으~. 박 소위는 미친 사람처럼 가희의 입술을 빨고, 두 손으로 그녀의 온몸을 수색하듯 더듬었다. 그녀를 탐하고 싶다는 것 외의 모든 생각이 그의 뇌에서 깨끗이 지워져 버렸다. 의무도, 명예도, 부끄러움도 사라지고, 그 자리를 빨갛고 뜨거운 욕망이 채웠다.

박 소위는 가희를 바닥에 눕히고 지퍼를 내렸다. 그가 가희의 노예로 전락하는 순간이었다.

Chapter 37
킬러

01

아침이 밝았을 때, 잠실 쉘터는 평소보다 조금 더 소란스러웠다. 6시가 되자마자 울리기 시작한 장내 확성기는 10시 30분에 성수 1쉘터행 장갑 트레일러가, 11시 30분에는 건대 쉘터행 장갑 트레일러가 출발한다는 내용의 방송을 몇 시간 동안이나 반복해서 틀어 댔다.

미리 이동 의사를 밝혀 놓았던 신청자들은 졸고 있는 사람들 사이를 바쁘게 오가며 자신의 짐을 챙기고, 화장실을 가고, 여느 때보다 일찍 배식을 시작해 한산한 식당에서 밥을 챙겨 먹었다. 초희와 민구도 그런 사람들 중 한 무리였다.

“근데 강 실장 오빠, 의외로 짐 싼 사람이 별로 없다, 그치? 나는 이것보다는 훨씬 많을 거라고 생각했었는데. 저번에 육 회장님이랑 우리 식구 다 움직일 때는 꽤 바글바글했었거든.”

3분의 1쯤 남은 오징어 국을 수저로 휘적거리며 초희가 재잘거린다. 초희는 무슨 나들이라도 가는 것처럼 짧은 치마까지 골라 입었다. 어제저녁부터 군인들 열댓 명으로부터 이별 선물 비슷한 걸 받은 터라 그녀의 기분은 좀 들떠 있다. 과자를 받아서가 아니라 자신의 팬이 있다는 걸 확인할 수 있어서 그게 어지간히 좋은 모양이다. 민구는 선선히 고개를 끄덕였다.

"뭐…… 그렇겠지. 갈 마음이 있던 사람들은 다 그때 그 첫차 타고 갔을 테니까."

"그런가 봐. 아, 오빠. 근데 좀 웃긴 게 뭔 줄 알아? 여기 사실 별로 아쉬울 것도 없는데, 막상 떠난다고 하니까 괜히 막 그리워질 것 같은 거야. 아련하고…… 눈물도 좀 날 것 같고. 이상해. 정들었나 봐. 오빠도 그런 기분 쪼금 들었지? 그쵸? 내 말 맞지?"

"그런 거 없고, 다 먹었으면 일어나. 짐 찾으러 가야 하니까."

'칫, 뭐야. 낭만도 존나 없어.'라고 꽁알거리는 초희를 데리고 식당을 나선 민구는 그가 처음 이곳에 왔을 때 지나온 1층의 경기장 외부로 향했다. 평소 민간인들의 출입을 철저하게 통제하던 지역이지만, 오늘은 장갑 트레일러 탑승객들을 위해 개방되어 있었다.

"창고 L5, 창고 L5……."

철책을 따라 경기장 외곽을 걸으며 민구는 어제저녁 대민 지원 센터에서 전해 들은 창고의 이름을 되뇌었다. 과거에 음식점이나 기념품 판매점이었던 공간들이 이제는 창고로 개조되어 있고, 셔터가 내려진 그 창고들 내부에는 여러 가지 보급품들이 가득하다.

원래 편의점이었던 곳에 세워진 L5의 앞에는 몇 명인가 짐을 찾아가려는 민간인들이 줄 서 있었다. 민구는 초희와 함께 끝에 가서 섰고, 20여 분가량을 기다리자 그의 순서가 됐다.

"짐 찾으러 오셨습니까?"

물어보는 병사를 포함해 경비병 전원은 긴 가방을 내려놓는 민구보다 그 뒤에 서 있는 초희에게 더 관심이 많아 보인다. 그 시선을 눈치챈 초희가 가볍게 어깨를 까딱거리며 인사를 건네주자, 병사들의 얼굴에는 금방 발그레한 웃음이 피어올랐다. 민구는 자신의 사물함 열쇠를 탁자에 올려놓으며 말했다.

"음, 이걸 반납하면 여기 들어올 때 보관시킨 내 물건을 찾아갈 수 있다던데."

"네, 잠시 기다리십쇼. 이게 시간이 좀 걸립니다. 전산이 아니고 제가 선반에서 직접 찾는 방식이라……."

빙글거리는 낯으로 사물함 열쇠의 번호를 확인하며 창고 내부로 들어간 병사는 몇 분 뒤, 경직된 표정을 하고 돌아왔다.

"저기 확인차 다시 한번 여쭤 보겠습니다……. 선생님, 그…… 찾으시는 물건이라는 게 혹시…… 도검류를 말씀하시는 겁니까?"

오, 제대로 보관해 뒀군.

민구는 반가운 마음에 고개를 끄덕였다.

"그렇소. 전부 다 해서 세 점. 마세티 하나, 쿠크리 하나, 울트라마린 나이프 하나."

"아니, 그게…… 선생님, 그…… 하하하, 참 내……."

어처구니없다는 듯 너털웃음을 터뜨리던 병사가 급정색을 하고 말했다.

"그건 가져가실 수가 없습니다. 이 세상에 어떤 민간인 수용소가 그런 걸 가지고 들어오도록 허락하겠습니까?"

"하지만 그건 내 개인 물건이잖소? 일단 가져갔다가 옮겨 간 데에서도 반입이 안 된다고 하면 그때는 거기에 맡기면 되는 거고."

"선생님이 만약에 혼자 걸어서 건대 쉘터까지 가시는 거라면 그러셔도 됩니다만, 저희가 제공하는 이동 수단을 이용하실 거잖습니까? 그것도 다른 분들이랑 같이. 입장을 바꿔서 생각을 좀 해 보십쇼. 생판 모르는 어떤 분이 날 길이가 팔뚝보다 긴 칼을 가지고 선생님 옆자리에 타면 그 기분이 어떻겠나. 그리고 딱 봐도 불법 도검류인데."

"괴물들이 법 따져 가면서 덤벼들지는 않지. 그리고 정 신경이 쓰이면 군인 아저씨들이 따로 가져가도 나는 별로 상관없는데…… 중요한 건 여기 버려 두고 가기 싫다는 거요. 내가 내 돈 주고 산 걸 버려라 마라 할 권리는 없지 않소?"

"무슨 말씀을 어떻게 하셔도 제 대답은 안 바뀝니다. 이건 못 가져가십니다. 아니, 그리고 대체 뭐 하시던 분이기에 그런 걸 몇 개씩이나…… 후우~ 뭐, 그건 제가 관여할 바는 아닙니다만, 어쨌든 안 돼요. 안 됩니다! 칼을 가지고 이동하신 전례가 없어요."

군인이 강경하게 고개를 젓는다. 옆에서 온갖 예쁜 척을 다 하고 있던 초희가 끼어들어 한마디를 거들었다.

"근데요, 군인 오빠. 내가 태클 거는 건 아니지만, 저번에 보니까 태술이 아저씨는 칼 잔뜩 챙아 가지고 갔었거든요. 이렇게 두루마리에다가 한 열댓 자루? 완전 많았어요. 왜 그거는 되고, 이거는 안 돼요?"

태술이 아저씨? 그게 누구야? 칼을 잔뜩 가지고 간 사람이 있다고?

병사들은 자기들끼리 웅성거린다.

아, 아, 그 사람…….

정보를 확인한 군인이 대답을 해 준다.

"아, 초희 씨가 말씀하시는 분이 누군지 알겠네요. 전에 건대로 이동하신 요리사분 말씀이시죠? 그분은 요리사니까 칼이 자기 작업 연장이잖습니까. 연세도 꽤 되셨고."

"우리 강 실장 오빠한테도 그거 작업 연장이에…… 아우, 오빠. 왜 말을 못 하게 당겨! 내가 도와주려고 하는데!"

민구는 초희를 뒤로 당겨 치우고 다시 한번 설득을 해 봤다. 칼이 있어야 만일의 사태에 내 힘으로 내 몸을 지킬 수 있다는 논리였는데, 별로 먹혀들지 않는다. 이 군인 놈도, 그 옆에서 고개를 젓는 놈들도 전부 다 어지간히 고집불통이다.

하지만 신기한 점은 그렇게 자신의 말을 반대하고 뜻을 막아서는 이 어린 군인 놈들이 별로 밉지 않다는 사실이었다. 괴물들의 대규모 습격 때, 이 녀석들이 목숨을 걸고 싸우는 모습을 보고 난 이후의 변화랄까? 하여튼 말로 설명하기는 어렵지만, 그의 마음속에서 뭔가가 조금은 바뀌었다.

논쟁이 길어지자 지나다니던 병사들도 멈춰 서서 멍하니 구경을 하고 있다.

짧은 치마의 미녀, 칼자국 난 사내.

충분히 호기심을 자극할 만하다. 그들이 말다툼을 하는 동안 몇 사람인가가 와서 이런저런 사정 때문에 보관시켜 뒀던 물건들을 찾아갔다. 물론 칼은 아니다. 한쪽 구석으로 옮겨 가서 민구와 계속 흥정을 하던 병사가 단호하게 말했다.

"선생님, 안 됩니다. 아무리 길게 이야기를 하셔도 결론은 똑같아요. 절대 못 드려요. 계속 말씀을 하시는 건 상관없는데, 그래도 달라지는 건 없을 겁니다. 물론 저희가 임의로 저 물건들을 폐기 처분하지도 않을 겁니다. 세상이 좋아지면, 그때 오셔서 찾아가세요. 그리고요…… 이러시다가 건대 가시는 장갑 트레일러 놓치셔도 전 그 책임은 못 집니다."

그러고 보니 조금 전부터 확성기에서는 통로 앞으로 와서 줄을 서라는 안내가 계속 울려 퍼지는 중이다. 뒤에서 구경하던 병사들도, 다른 민간인들도 다 어딘가로 사라진 뒤였다.

후우~. 민구는 한숨을 내쉬고 고개를 끄덕였다. 이놈들을 설득하기는 텄다.

민구는 칼을 보관소에 남겨 두고 초희와 함께 통로로 이동했다.

"첨부터 나한테 맡겨 뒀으면 잘됐을지도 모르는데…… 하여간 오빠는."

조그만 캐리어를 끌고 따라오면서 계속 쫑알거리는 초희도 그렇고, 두고 온 칼도 그렇고, 여러모로 속이 좋지는 않다. 게다가 대기 구역에도 또 신경을 긁는 게 기다리고 있었다. 테라라는…… 그 말라깽이 계집애다.

줄 선 사람들을 살피던 테라가 민구를 알아보고 다가온다. 여전히 트레이닝복을 입고 있는 걸 보니, 아직 팔다리의 멍이 다 빠지지 않은 모양이다.

"넌 머리가 나쁘냐? 얼쩡거리지 말라고 내가 분명히 말했을 텐데?"

민구는 차갑게 내뱉었다. 민구의 태도에 신이 난 초희도 쏘아붙였다.

"하여간 미친년이라니까. 우리 오빠가 경고했잖아. 재수 없으니까 꺼지라고. 울 강 실장 오빠는 너처럼 엉겨 붙는 년들 딱 질색이야. 너, 스토커야? 우리가 오늘 다른 데로 간다는 건 도대체 어떻게 알고 졸졸 따라다녀? 아우, 섬뜩해. 저년 쳐다보는 눈깔 좀 봐, 오빠."

성질 같아서는 끼어들지 말라고 초희의 머리채를 잡아채고 싶었지만, 민구는 그냥 그녀가 떠들도록 내버려 뒀다. 혹시나 이 테라라는 아이가 건대까지 따라올 생각을 했더라도 이렇게 모욕을 당하고 나면 마음을 바꿔 먹을 것 같았기 때문이다.

육만배가 있는 곳은 언제나 피와 음모가 지배하게 된다. 그런 곳에 이 아이를 끌어들이고 싶지 않다. 그러나 테라는 초희의 욕설이 들리지 않는 사람처럼 차분한 표정으로 민구를 바라보고 있다가 입을 열었다.

"왜 저한테 그렇게 화가 나셨는지 아무리 생각을 해 봐도 모르겠어요. 하지만 제가 확실하게 아는 건 제가 아저씨께 정말 큰 도움을 받았다는 사실이에요. 그건 변하지 않아요. 다른 쉘터로 가시기 전에 인사는 드리고 싶었어요. 그게 제가 할 수 있는 전부여서요. 정말 감사했습니다. 건강하시길 빌게요."

테라가 깊숙이 허리를 숙였다가 들었다. 잠시 민구의 눈을 바라보던 테라는 더 돌아올 말이 없다는 걸 깨달았는지 뒤돌아 멀어져 갔다.

그 가녀린 어깨를 보며 민구는 생각했다.

이제 더 볼 일 없다. 이 정도면 된 거라고…….

"오빠, 오빠는 근데 저년이 왜 그렇게 싫어? 응? 말 좀 해 줘, 응? 난 그 얘기 너무 듣고 싶다."

트레일러에 올라서도 초희는 계속 바짝 달라붙어서 테라에 관한 험담을 듣고 싶어 했다. 민구가 반응을 보이지 않아도 막무가내다.

귀찮아진 민구는 그녀를 내버려 두고 앞쪽으로 좌석을 옮겼다. 그리고 따라오면 혼난다는 의미를 담아 지그시 노려보는 것으로 그녀가 제자리에 엉덩이를 붙이고 있도록 만들었다. 암만 미우니 고우니 해도 자기 식구라서 여러 사람들 눈이 있는 데에서까지 쥐 잡듯 하고 싶지는 않다.

20여 명이 탑승하고 나니 앞쪽에서 견인하는 장갑차가 서서히 출발했고, 덜컹— 하는 소리와 함께 듬성듬성 찬 트레일러도 움직이기 시작했다.

원래대로라면 청담 대교를 타고 강을 건너는 것이 건대까지 이르는 최단 거리겠지만, 좀비들의 유입을 막기 위해 탄천을 잇는 모든 다리를 폐쇄했기 때문에 모든 장갑 트레일러는 잠실 대교 쪽으로 우회하여 이동했다.

쉘터를 벗어난 지 10분가량이 지나고 슬슬 단조로운 덜컹거림에 익숙해질 무렵, 민구는 오른쪽으로 고개를 돌렸다. 아까부터 계속 자신을 쳐다보는 시선이 느껴졌기 때문이다. 시선의 주인공은 트레일러의 앞쪽 끝에 앉은 두 군인 중 하나였다.

동글동글하고 귀염성이 있는 밤톨 같은 놈이다. 밤톨은 민구와 눈이 마주친 뒤에도 계속 빙글거리는 얼굴로 빤히 그를 쳐다본다. 초희의 짧은 치마에 꽂혀서 그 허벅지를 뚫어져라 보고 있는 놈의 동료와 너무 대조적이었다.

뭐지, 이 새끼?

의문이 들려고 할 때, 밤톨이 물었다.

"형님, 저 기억하십니까?"

잠시 생각해 보다가 민구는 고개를 저었다. 워낙 평범한 얼굴이기도 하지만, 인연이 얽혔던 기억이 없다. 밤톨은 수긍하는 표정으로 웃었다.

"하하, 그럴 것 같기는 했습니다. 그날 말입니다, 그…… 왜 형님이 처음 우리 쉘터에 오신 날이요. 지하철에서 걸어 나오셔 가지고 철책 앞에서 군인들 만난 건 기억하시죠? 이것 좀 열어 보라고 하시고, 왜 지하철 입구에다가 출입문을 안 만들었냐고도 하셨고……. 그러다가 좀비들이 뛰어오니까 안에 있던 군인들이 형님 보고 막 소리 질렀잖습니까, 도망가라고."

민구가 머리를 끄덕이자 밤톨은 자신을 가리키며 말했다.

"그 도망가라고 소리 지르던 군인이 저였습니다. 제가 그날 외곽 철책 담당이었거든요. 근데 여기에서 또 뵙네요."

아, 그랬나…….

기억을 되짚어 봐도 잘 모르겠다. 용건이 없는 남자의 얼굴을 기억하는 성격이 아니라서. 밤톨은 신이 나서 계속 말을 했다.

"그날 형님이 가방에서 칼 꺼내고 그다음에 좀비들하고 싸우신 거, 정말 멋있었습니다. 검도 선수신가 봐요? 아니다, 그런 칼은 우슈인가? 진짜…… 그런 게 가능하다고 한 번도 생각해 본 적이 없었는데…… 우와, 혼자서 그 많은 놈들을……. 제 눈으로 본 건데도 믿어지지가 않더라고요. 휙— 휙— 캬!"

밤톨이 한 손으로 작게 칼 휘두르는 시늉까지 해 가며 감탄을 한다. 민간인 같은 말투도 그렇고, 어딘가 군대 간 막내들 생각이 나서 민구도 피식 미소를 지었다.

처음 보는 사람에게, 그것도 누가 봐도 불량해 보이는 자신의 이 얼굴을 보면서 형님, 형님 해 가며 말을 거는 밤톨의 어설픈 추리 능력과 붙임성이 싫지 않았다. 한창 신이 나서 칼 쓰는 시늉을 하던 밤톨이 물었다.

"근데 결국 칼은 못 돌려받으셨나 보네요."

아까 한창 실랑이를 벌일 때 이 녀석도 아마 그 뒤에 서서 구경을 하고 있었나 보다. 민구는 그렇다고 했다.

"음, 안 주더군. 다른 사람들에게 위협적이라서 곤란하다고."

"크, 사실 그렇기는 하죠, 그거는. 그렇게 큰 칼을 보고 겁이 안 날 사람이 있겠습니까? 저도 처음에는 제가 뭘 잘못 본 줄 알았거든요. 가방에서 이따만 한 칼이 나오니. 크크."

민구와 밤톨은 서로 마주 보고 훗, 웃었다.

"어? 어? 왜 속도를 줄여? 이거, 고장 난 거 아니야?"

바람구멍에 매달려 바깥을 보고 있던 구경꾼들이 당황한 목소리로 떠들어 댄다. 다른 민간인들 사이에서 웅성거림이 커지기 전에 얼른 밤톨이 끼어들어 진정시켰다.

"걱정하지 마십쇼. 원래 그런 겁니다. 원래 구간에 따라서 잠시 멈춰 섰다가 가고 그럽니다."

"그럴 리가 있어? 말이 안 되잖아요. 그냥 휭, 밟으면 몇 분 걸리지도 않을 거리인데?"

"평상시면 그렇습니다. 그런데 지금은 평상시가 아니잖습니까? 위에 헬기 소리 들리십니까? 저 헬기가 하늘에서 미리 보고 경로 인근에 좀비들이 움직이고 있으면 무전으로 일러 줍니다. 그럼 이렇게 잠시 섰다가 그놈들 지나가고 나면 다시 출발하는 겁니다."

"조, 좀비? 그럼 근처에 좀비 떼가 있다는 말이잖아? 그런데 이렇게 멈춰 서면 더 위험해지는 거 아니에요?"

여자들이 패닉을 일으키려 하자 밤톨이 빙글거리며 달랬다.

"어머니, 그리고 누님들, 좀비들 지나쳐 가는 데는 여기서 몇백 미터나 떨어진 곳입니다. 헬리콥터에서 지시하는 대로만 따르면 쓸데없는 교전 안 하고도 조용히 갈 수 있습니다. 그리고 이거요."

밤톨은 전투화 뒤축으로 컨테이너의 벽을 퉁퉁, 걷어찼다.

"이거, 엄청 튼튼한 겁니다. 좀비들이 못 뜯어 먹어요. 걱정하지 마세요."

그, 그런가…….

민간인들은 조금 납득한 얼굴로 옆의 사람들과 웅성거리기 시작했다. 중년 사내 하나가 갑자기 목소리를 높여 혼잣말을 중얼거렸다.

"옌장! 좀비가 싸돌아다니면 그거를 보이는 족족 쏴 죽여야지! 언제까지 자꾸 그렇게 도망만 칠 거야? 그러니까 이게 시간이 가도 해결이 안 되지! 좀비가 지나가 줄 때까지 기다렸다가 몰래 살살 피해 간다고? 상전이네, 상전. 왜, 아예 좀비님들이라고 부르지? 대한민국 국군의 기강이 완전 바닥이구만. 빠져도 너무 빠졌어. 내가 군 생활 할 때 같으면 상상도 못 할 일인데."

하~! 어처구니가 없어진 밤톨과 그 동료는 서로 잠시 얼굴을 마주 보고 웃었다.

빠졌다고? 지난 보름 동안 1인당 평균 600발을 넘게 사격을 했는데! 잠실 경계 근무를 맡은 3천 명 중에 50명이 넘게 전사를 했는데! 빠졌다고?

육이오 때 이래로 가장 빡세게 군 생활을 하고 있건만, 저런 말을 들으니 섭섭하기도 하고 헛웃음밖에는 안 난다.

물론 처음 쉘터 간 이동을 할 때에는 그들 역시 저 중년 남자의 말처럼 그냥 막무가내로 직진했었다. 뭐, 그땐 워낙 아는 게 없었으니까. 그리고 몇 차례의 생지옥 같은 전투와 좀비 시체의 산, 총격을 받아 박살이 난 철책을 경험한 뒤, 군에서는 수송의 원칙을 바꿨다.

시간이 걸려도 최대한 조우를 회피한다. 그렇게 해서 소요되는 시간이 교전을 하고 철책을 다시 세우는 데 드는 시간이나 비용보다 훨씬 적다. 게다가 안전하기도 하다.

02

그저 막연히 산길을 따라 북쪽으로만 걷기를 이틀째.

진우의 상황은 나쁘지 않았다. 총을 두 자루나 메고 다녀야 하니까 그 무게가 조금 부담스럽기는 해도 그만큼 든든하고, 어젯밤 바람막이 점퍼를 입고 잠을 잘 수 있던 덕에 새벽에도 오한이 들지 않았다.

아직은 먹을 것이 배낭 안에 꽤 남아 있고 날씨도 이만하면 화창하다. 산속 오솔길을 걷는 거라 누군가에게 방해받을 일도 없다. 또 언젠가 한적한 계곡을 만나서 목욕을 하게 된다면 갈아입을 새 속옷도 가지고 있다. 아, 오늘은 아직까지 좀비도 안 만났지, 참.

"근데 씨발, 왜 이렇게 서글프냐?"

미쳐 버리지 않기 위해 자신이 행복을 느껴야 하는 이유들을 마음속으로 나열하던 진우는 혼자 중얼거리고는 씁쓸히 웃었다.

꼬르륵, 배 속에서 음식을 달라는 신호를 보낸다. 새로 장만한 시계를 보니 점심을 먹어도 될 만큼 시간이 지났다. 배낭 속에서 양갱을 꺼내 조금씩 천천히 베어 먹으며 걸었다. 해와 그림자로 방향을 분간할 수 있는 시간 동안 부지런히 걸어 둬야 한다.

"우와, 저런 데가 있네……."

굽이를 돌았을 때, 나무 사이로 나타난 녹색 구릉과 그 건너편의 개울을 보며 진우는 감탄했다. 잔디밭도 좋지만, 개울이 마실 수 있는 물처럼 보인다. 불어난 흙탕물이 아니라 꽤나 맑은 물이 아주 잔잔하게 흐르고 있다.

"물을 채울까?"

진우는 배낭에서 등산용 물병을 꺼내 흔들어 봤다. 절반 정도 차 있던 놈을 꿀꺽꿀꺽 마시며 구릉 아래로 걸어 내려갔다. 물은 보충할 수 있을 때 채워 두지 않으면 정말 애를 먹게 된다.

"엇? 이거 봐라? 이런 걸 해 놨었네? 밀렵꾼들인가?"

나무를 잡고 비탈길을 살살 미끄러져 내려가던 진우가 발을 멈추고 방향을 바꾸었다. 아주 허술한 올무가 길목을 막고 있다. 야생동물이라면 아무 생각 없이 그걸 밟았다가 발목을 잡혔을 거다. 그리고 발버둥을 치다가 끝내는 물이 끓는 솥 속으로 들어가야 했을 것이고. 뭐, 저걸 만든 놈들도 이제는 다 좀비가 되어 버렸을 테지만…….

그냥 사 먹을 것이지, 고기 얼마나 한다고. 사람들 참…….

진우는 도리질을 치며 비탈 아래 자갈밭으로 내려섰다.

"우와, 시원해~."

손바닥으로 물을 떠 올려서 냄새를 맡아 보고 얼굴을 적셨다. 그 청량함이란…… 정신이 다 깨끗해지는 것 같아 진우는 몇 번이고 반복해서 물을 끼얹었다.

삼복더위가 기승을 부릴 시기에 긴팔 군복에 전술 조끼, 배낭, 두 자루의 총멜빵까지 겹쳐 메고 다니던 그에게 이렇게 차가운 물은 축복이나 다름없다.

목덜미와 팔뚝을 씻으며 등산용 물병에 물을 담던 진우는 충동적으로 배낭을 벗어 바닥에 두고 그 자리에 주저앉았다. 이런 날 물가에서 잠시 쉰다고 해도 그리 문제는 없을 것 같다. 그리고 발을 씻고 싶었다.

지난…… 아, 이제 기억도 잘 나지 않는다. 대체 마지막으로 발에 비누칠을 했던 때가 언제인지. 하여간 동료들을 모두 잃은 그 날 이후, 그는 발을 씻어 본 적이 없다.

"그렇게 하고도 용케 아무 탈이 안 났네. 야생에서 살도록 태어난 몸일까?"

진우는 대견하게 견뎌 내고 있는 자신의 발에게 칭찬을 해 주며 전투화의 끈을 풀었다. 그동안 고생했던 발에게 이 시원한 물에 담그는 보상을 해 주기 위해서다.

흠흠흠흠흠~. 콧노래를 부르며 전투화를 벗고, 찐득하게 달라붙은 양말을 벗겨 내자 굳은살과 물집이 적절히 섞인 발이 모습을 드러낸다. 정말이지, 지독한 고린내는 덤이었다.

킁킁.

"우와!"

자신의 발을 코에 가져다 대 본 진우는 기겁을 하며 인상을 찌푸렸다. 짜릿하다. 살아오면서 맡아 본 최악의 발 냄새다.

뭐, 씻으면 되는 거지……. 진우는 빙글거리며 두 발을 얕은 물속에 담갔다.

하아……. 발가락 끝이 물에 닿자마자 신음과 한숨이 섞여 터져 나온다. 이렇게 시원할 수 있다니. 복숭아뼈까지 푸욱 물속에 담그고 먼 산을 보면서 양갱을 씹다가 이따금씩 손바닥으로 물을 떠서 마셨다.

좋다. 신선놀음이라는 게 별게 아니구나 싶을 만큼 좋다. 발가락을 까딱거릴 때마다 새로운 감촉이 되살아난다. 안전한 것 같은데, 아예 여기서 몸까지 좀 씻어도 괜찮지 않을까?

그렇게 망설이면서 얼마나 시간을 보냈을까.

"응?"

상류 쪽에서 뭔가 움직이는 소리랄까, 기척을 느낀 진우는 개울에서 급히 발을 빼고 조심스레 뒤로 물러났다. 달궈진 자갈을 밟고 몇 걸음을 떼자 발바닥의 물기는 금세 말라 버렸다.

바스락, 저 멀리에서 풀숲이 흔들린다. 잘못 들은 게 아니다. 진우는 바위 뒤에 몸을 숨기고 새로 획득한 K-2를 고쳐 잡았다.

"그냥 물 마시러 온 노루여라. 아니면 멧돼지거나……."

진우는 조그만 목소리로 빌었다. 좀비도 지겹고, 군인들도 지겹다. 이제는 머리통에 구멍 뚫는 것도, 죄 없이 도망 다니는 것도 그만하고 싶다.

바스락, 풀숲이 더 흔들리고 기척의 주인공이 모습을 드러냈다. 노루도, 멧돼지도 아니었다.

"여자?"

진우의 눈동자가 흔들렸다. 좀비라고 하기에는 너무 멀끔한 몰골의, 소매 없는 헐렁한 7부 원피스를 입은 여자가 천천히 개울가로 다가온다. 꽤나 멀리 떨어져 있지만, 삐져나온 내장도 보이지 않고 팔다리의 피부도 다 온전하다. 고개도 똑바로 서 있고, 무엇보다도 눈동자가 까맣다.

뭐지? 이런 산속에 여자라고? 그것도 혼자? 금욕 생활을 너무 오래 해서 헛것을 보나? 아니면 조금 전에 마신 물에 독버섯이라도 잠겨 있었던 걸까?

자신의 감각을 믿을 수 없어진 진우는 볼을 살짝 꼬집어 봤다. 약한 통증이 느껴지는 걸 보니 환각 상태는 아니다.

하지만 그녀가 사람이라고 단정 짓기는 아직 이르다. 좀비가 된 지 얼마 지나지 않았다면 시체의 상태가 저만큼 온전할 수도 있으니까. 저 짙은 색의 원피스가 실은 피에 흠뻑 젖은 것일지도 모른다. 그리고 맨발이라는 게 아무래도 수상하다.

말을 하거나 노래를 불러 준다면 확실해질 텐데, 여자는 그저 느릿느릿 개울을 따라 걸어오고 있을 뿐이었다. 아직 거리가 꽤나 남아 있지만, 진우는 어떻게 해야 할는지 몰라 식은땀을 흘렸다.

만약 그녀가 좀비라면 총소리를 내서 근처의 다른 놈들까지 불러들이는 것보다 자신이 먼저 빠지는 편이 나을 것이다. 진우는 서둘러 양말을 신고 전투화에 발을 밀어 넣었다.

그런데 만약에 그녀가 사람이라면? 그리고 지금의 자신처럼 그녀도 혼자만 살아남은 거라면? 그녀 역시 믿을 만한 일행을 간절히 기다렸던 거라면?

우와~. 찰나의 순간 동안 생각만 해도 아찔한 수천 가지 상상들이 떠올랐다가 사라졌다. 함께 길을 걷고, 함께 밥을 먹으며 이야기를 하고, 함께 잠을…….

여자가 우뚝 멈춰 섰다. 그러고는 고개를 든 채 좌우를 둘러본다. 저건 좀비가 자주 하는 행동이다. 영문을 알 수 없는 멍 때리기. 저러다가 갑자기 '끄롸아악—.' 하고 포효하는 놈들을 많이 봤다.

여자는 다시 시선을 정면으로 돌렸다. 그런 후, 좀비가 하지 않는 행동을 한다. 등 뒤로 손을 돌려 지퍼를 내린 뒤, 원피스를 바닥에 벗어 놓았다.

"헉—!"

계곡물에 맨발을 담갔을 때보다 더 큰 신음이 진우의 입에서 흘러나왔다. 나체가 된 여자가 물속으로 걸어 들어가 손으로 물을 떠 몸에 끼얹고 있다. 자신의 눈앞에서……. 속옷 같은 건 입지도 않았다.

후우~ 후우~. 진우의 호흡은 엄청나게 거칠어졌다. 여자다. 살아 있는, 게다가 발가벗은 여자가 바로 20여 미터 떨어진 곳에서 목욕을 하고 있다.

지금 당장 뛰어나가 말을 걸고 싶은 충동을 꾹 눌러 참으며, 진우는 여자가 목욕을 마치고 나올 때까지 기다렸다. 물론 그녀에게서 눈을 떼지 않은 채로 계속 주시하면서. 그게 점잖은 행동이 아니라는 걸 잘 알고 있지만, 고정된 고개와 눈동자는 도무지 양심의 말을 들으려 하지 않았다.

좋은 핑계도 하나 있다. 지금 저 여자는 목욕을 하고 싶은 거야. 어쩌면 보름만에 처음으로 물에 들어가는 것일지도 몰라. 그러니까 그녀를 방해하지 말고 혹시 나타날지도 모르는 좀비들에게서 지켜 주자…… 뭐, 그런 식으로 생각하니 양심을 달래는 데 조금은 도움이 된다.

"후우우~."

물에서 나온 여자가 처음으로 목소리를 냈다. 그러고는 몸의 물기를 몇 번 털어 낸 후, 돌 위에 벗어 두었던 원피스를 집어 다시 걸친다. 여자가 지퍼를 올릴 때까지 기다린 뒤, 진우는 큼, 목소리를 가다듬었다.

"저기요."

놀라게 하고 싶지 않아 작게 불렀는데도 여자는 기겁을 하며 가슴을 움켜쥐고 뒤를 돌아보았다. 진우는 아주 천천히 일어서서 바위 옆으로 걸어 나갔다.

"놀라지 마세요. 나쁜 사람이 아닙니다. 정말이에요."

"헉! 구, 군인이에요?"

"네, 맞습니다. 대한민국 국군입니다."

진우는 아주 천천히 거리를 좁혔다.

여자는 한 번씩 주변을 두리번거리면서도 큰 움직임 없이 그 자리에 가만히 서 있었다. 뒷걸음질을 치거나 뛰어서 달아날까 봐 걱정을 했던 것과는 다른 반응이었다.

"군인이 왜 여기에? 어디 소속이에요? 다른 부대원들은요?"

"없습니다. 저 혼자뿐이에요."

"왜요? 어째서 혼자만?"

여자의 얼굴에 갑자기 실망의 기운이 돈다.

구조대라도 만났다고 생각한 걸까?

진우는 솔직하게 말을 했다.

"작전을 수행하다가 전부 전사했습니다. 저만…… 남았어요."

아아~. 여자의 입에서 탄식이 쏟아진다. 급한 마음에 진우는 얼른 그녀를 달랬다.

"동료 병사들은 없지만 제가 충분히 지켜 드릴 수 있습니다. 혼자십니까? 혹시 일행분들이 있으신가요?"

"이병 혼자서 나를 지켜 준다고요? 좀비가 사방에 깔린 이 험한 세상에서? 하하하~."

여자가 어처구니없다는 듯 웃는다. 작대기 하나가 가슴에 붙어 있기는 하지만, '군인 아저씨'가 아니라 '이병'이라는 호칭을 쓰는 게 조금 의외이다. 잠시 어쩔 줄 몰라 하며 젖은 머리를 계속 쓸어 넘기던 여자는 문득 생각이 났는지 머리를 갸우뚱한 채 물었다.

"지금 내가 목욕하는 거 다 봤죠?"

으아…… 난감하다.

아니라고 하고 싶지만, 그럼 계속 거짓말을 해야 할 것 같아 진우는 고개를 작게 끄덕였다.

"그런데 왜 옷을 다 입은 다음에 불렀어요?"

"그렇게 해야 덜 당황하실 것 같았습니다. 믿지 않으셔도 어쩔 수 없지만."

"아뇨, 믿어요."

여자는 당연하다는 표정으로 말했다.

"착한 사람이네. 총도 있겠다, 보통은 덮치고도 남았을 텐데."

'착한 사람'이라는 말에 진우는 얼굴이 달아올랐다. 조금 전까지도 그의 눈은 젖은 원피스 위로 도드라진 그녀의 가슴을 힐끔거리고 있었기 때문이다.

음……. 뭔가를 고민하며 여전히 머리카락을 넘기던 여자가 진우의 오른팔에 감긴 붕대에 관심을 보였다.

"부상당했군요? 언제?"

"아, 예. 이거…… 이틀 전에 유리에 찢겨서……."

"치료는 했고?"

"그냥 진통제 먹고 소독했습니다. 연고 발랐고요."

"어디 봐. 좀 볼게요?"

여자가 다가와 팔의 붕대를 푼다. 살 냄새를 맡을 수 있을 만큼 가까운 거리에서 여자를 본 게, 아니, 살아 있는 사람을 본 게 얼마 만인가. 여자의 손길이 스치자 진우의 가슴은 콩닥콩닥 뛰었다.

"안 좋아. 곪기 시작하잖아."

퉁퉁 부어올라 있는 진우의 상처를 살피면서 여자가 중얼거렸다. 뭐, 눈이 있는 사람이라면 누구나 알 수 있는 거라서 별로 새로운 소식도 아니다. 그렇게 심하게 찢어진 상처를 대충 소독만 한 후에 염천에 꽁꽁 싸매고 다녔으니, 당연하다면 당연했다. 붕대를 다시 고쳐 감은 여자가 말했다.

"따라와요. 드레싱을 새로 해 줄 테니까."

그렇게 돌아선 여자는 여전히 맨발로 자갈밭을 걸었다.

뭐지, 이 상황?

진우는 모든 것이 혼란스러워졌다. 산중에서 낯선 사람을 만났는데 조금도 당황하지 않고 대응하는 저 여자, 그리고 부상당한 부위에 대한 그녀의 관심, 그리고 무엇보다도…… 드레싱이라고? 무엇으로 소독을 하고 감싼단 말인가. 신발도, 팬티도 없는 여자가 그런 도구는 가지고 있다는 게…….

"뭐 해요, 오라니까?"

진우가 멍하니 서 있자 앞서 걷던 여자가 뒤돌아보며 손짓을 한다.

아, 이거, 무슨 옛날이야기 속에서 봤던 전개 같아……. 여우에게 홀려 저택인 줄 알고 무덤에서 잠이 드는 그런 패턴인 건가?

진우는 고개를 갸웃거리면서도 그녀의 뒤를 따랐다.

여자는 맨발로도 꽤나 능숙하게 부드러운 흙이나 풀만을 골라 디디며 언덕을 올랐다. 5분여쯤 더 산길을 걷자, 저 멀리 작은 오두막이 눈에 들어온다. 아래에서는 나무들에 가려 전혀 보이지 않던 집이다. 울창하게 들어선 나무들의 끝자락에 진우를 멈춰 세우고 여자가 말했다.

"여기서 기다려요. 금방 다녀올 테니까."

"아, 저, 저도 같이……."

진우는 말까지 더듬을 정도로 다급했다. 혹시라도 여자가 사라져 버리는 게 아닐까 두려웠다. 어떻게 만난 사람인데, 이렇게 쉽게 그 인연을 놓을 수는 없다. 그러기에는 너무 외롭다.

훗, 여자가 가볍게 웃는다.

"저기 저 집에 갔다 오는 거예요. 여기에서 훤히 보이잖아. 설마 맨발인 여자가 도망갈까 봐 무서워? 아 참, 그리고……."

여자는 하늘의 해를 보며 잠시 뜸을 들였다.

"아직 올 때가 된 것 같지는 않은데, 그래도 혹시 모르니까 말은 해 둬야지. 있죠, 누가 저쪽 산에서 내려오는 걸 보더라도 말 걸지 말고 가만히 숨어 있어요. 여기에서 기다리고 있으면 금방 갔다 올 테니까."

고개는 끄덕였지만 점점 더 미궁 속으로 빠져들고 있다. 이 여자, 너무 수수께끼투성이다. 어쨌든 남의 집에 함부로 따라 들어갈 수는 없는 노릇이라 진우는 얌전히 앉아서 여자가 오두막으로 걸어가는 모습을 지켜봤다.

대체 이게 무슨 상황일까? 혹시…….

진우의 머릿속에 가설이 하나 떠올랐다. 여자는 미끼인 거다. 의도적으로 냇가에서 목욕을 해 지나가는 사내들을 유혹하고, 이런저런 핑계로 여기까지 불러오는 거다. 딱 바로 이 지점, 이 소나무 아래. 그러면 미리 매복하고 있던 놈들이 목에 밧줄을 걸어 당기거나 화살을 쏴서 죽이고 가지고 있던 물건들을 훔치는 거다.

그렇게 생각하면 앞뒤가 딱 맞아떨어……지기는 개뿔. 지나가는 사람이 있을 리가 없잖아! 이 지독한 산골에.

진우는 얼른 자신의 멍청한 추리를 지워 버렸다. 하지만 그러면서도 여전히 그는 등 뒤로 돌려 멘 K-2를 왼손으로 꺼내 방아쇠를 당길 수 있는지 확인해 봤다. 정말 여자가 치료를 해 줄 요량이라면, 혹시라도 오른팔을 내주고 있는 동안 무슨 일이 생겼을 때를 대비할 필요가 있다.

의심 없이 시작되는 관계라는 건 대개 좋지 않은 결말로 이어지기 마련이니까.

"그렇다면 뭐지? 왜 이런 데 혼자 있지? 그리고 저쪽 산에서 내려올 사람이라는 건 또 뭐고?"

진우가 혼잣말을 중얼거리는 동안 오두막을 나와 다시 그가 있는 곳으로 돌아온 여자의 손에는 빨간 십자가가 그려진 흰 플라스틱 가방이 들려 있었다.

"여기 앉으면 내가 처치하기가 편할 것 같네. 이쪽을 보고 앉아요."

진우를 평평한 바위에 앉힌 여자가 다시 붕대를 풀어냈다. 고름과 진물, 피가 잔뜩 묻은 붕대를 잘 말아 건네주며 여자가 말했다.

"이건 따로 모아 놓을 테니까 배낭이나 건빵 주머니에 넣어요. 여기 버리고 가지 말고."

한쪽 무릎을 꿇고 앉아 진우의 상처를 자세히 살피던 여자가 플라스틱 가방을 열고 그 안에 들어 있던 새 라텍스 장갑의 포장지를 벗겨 내 낀다. 뭔가 전문적인 냄새가 풍기기 시작했다. 여자는 알코올 적신 솜들을 뜯어 일회용 종이 트레이에 펼쳐 두고, 라텍스 장갑을 낀 손으로 상처를 벌린다.

"참아요, 아플 테니까."

흐읍! 진우의 눈이 똥그래진다. 찌릿찌릿 전기 고문을 당하는 기분이다. 하지만 신음도 흘리지 않았다. 알코올 솜으로 소독하는 내내 이를 꽉 문 채 버티는 진우를 보며 여자가 웃었다.

"그렇게 이를 깨물면 오히려 안 좋아요. 이에 상당한 부담이 가니까. 그래도 뭐, 남자답기는 하네."

여자가 핀셋을 내려놓는다. 그녀가 상처 내부를 쑤셔 댄 솜에는 고름과 피뿐 아니라 아주 작은 이물질들도 잔뜩 묻어 있다. 소독을 끝낸 후, 여자는 상처에 군인이라면 누구나 아는 그 빨간 약도 듬뿍 발라 주었다.

"자, 이것도 챙겨 가시고."

여자는 더러워진 소독솜들을 전부 모아서 장갑이 들어 있던 비닐에 담고, 아까 풀어낸 붕대 옆에 놓았다.

"그런데 내 소견으로는…… 물론 내가 의사는 아니지만, 꿰매는 게 나을 것 같긴 해요. 지금 이대로는 자꾸 벌어져서 붙지를 않을 거야."

"꿰맨다고 해도 뭐로 말씀이신지……. 그리고 하실 줄 아십니까?"

진우가 묻자 여자는 '하겠다는 거지?'라고 중얼거리며 가방 안에서 휘어 있는 바늘과 의료용 봉합사를 꺼내 비닐을 뜯었다. 없는 게 없다. 작은 펜치와 바늘을 들고 다가서던 여자가 진우의 망설이는 얼굴을 보며 말했다.

"봉합용 밴드만 붙여 줄 수도 있기는 해. 하지만 워낙 자주 움직이는 부위라서 지금 조금 아픈 게 훨씬 나을 거예요. 어떻게 해요? 봉합해 줘? 나 이거 배웠어."

여자의 눈에서 진심과 자신감을 읽은 진우는 고개를 끄덕였다.

"……그, 그럼 부탁드리겠습니다."

"잘 생각했어요. 어찌 보면 조금 전 소독보다 오히려 이게 덜 아플 거야."

안심하라는 듯 말을 했지만, 바늘이 생살을 파고드는 순간, 진우의 몸은 저절로 경직됐다.

윽! 팔이 부르르 떨린다.

후우~ 후우~. 이를 악물고 고통을 잊기 위해 노력하던 진우의 시선이 한쪽 무릎을 꿇고 앉은 여자의 다리에 머문다.

벌어진 원피스 사이로 허벅지 안쪽이 훤히 들여다보이는데, 팬티도 없다. 그리고 여자는 자꾸 조금씩 자세를 고쳐 앉는다. 바늘이 들어갈 때마다 움찔움찔하면서도 진우는 계속 눈을 부릅뜨고 있었다.

"좀 도움이 됐지?"

열네 바늘을 꿰매고 나서 바늘을 내려놓은 여자가 치맛단을 정리하며 물었다.

예? 진우의 입에서 얼빠진 소리가 나오자 두툼한 습윤 밴드를 상처에 붙여 주던 여자가 미소를 짓는다.

"뭐, 입으로는 모른 척해도 여기 증거가 있어. 그나저나 엄청나시네. 생살을 쇠로 쑤시는데 정작 여기는 이렇게 팽팽해졌어. 어이구, 이거, 내가 뿌듯해야 하는 건가, 아니면 민망해야 하는 건가 잘 모르겠네. 후후."

여자가 가리킨 부위는 물론 진우의 사타구니다. 진우 자신이 봐도 대단하구나 싶을 만큼 분기탱천해 있다. 그녀는 천사처럼 착한 마음으로 자신을 치료해 줬는데, 자신은 그런 그녀의 치마 속을 노골적으로 훔쳐보면서 이걸 세우고 있었다니…….

부끄럽다. 하지만 여전히 흥분은 가라앉지 않는다. 여자가 애잔하다는 듯 미소를 지으며 물었다.

"하긴 군인인데 여자 구경 언제 해 봤겠어……. 어때요, 한 번 해 줄까? 목욕도 했겠다."

예? 진우는 또 깜짝 놀라 여자의 얼굴을 쳐다봤다. 여자는 콧방귀를 뀐다.

"참 내, 무슨 못 할 말 들은 사람처럼 왜 그래요? 나는 괜찮으니까 정 하고 싶으면 한 번 하자고. 뭐, 두 번 해도 되고."

하마터면 이번에도 '그럼 부탁드리겠습니다.'라고 말할 뻔했다. 사실 그렇게 말하고 싶은 욕망도 꽤 컸다. 하지만 이건 찢어진 살을 꿰매 주는 것과는 다른 문제다.

아니…… 잠깐만. 다르긴 뭐가 다르지?

그렇게 분열을 일으키던 진우의 자아가 겨우 제 궤도를 찾는다.

"아, 아니, 저는…… 그 정말 감사한 말씀이지만…… 일단…… 이야기부터 좀……."

진우는 민망해서 어쩔 줄 몰라 하며 말을 더듬었다. 깨끗한 흰 붕대로 습윤 밴드를 한 번 더 감싸서 묶어 주던 여자가 웃었다.

"후후, 그렇게 말할 것 같은 타입이기는 하더라."

팔이 한결 개운해졌다. 이쯤 되면 은혜를 받은 게 한두 가지가 아니다. 감동한 진우가 고개를 숙였다.

"정말 고맙습니다, 누나."

"누나가 아니라 중위다, 박진우 이병."

여자가 군복의 명찰을 읽으며 아무렇지도 않은 듯 대꾸했다.

예? 진우는 세 번째 놀랐다. 놀라서 다시 얼빠진 소리를 냈다.

하긴 그 능숙한 치료 솜씨는……. 자기도 모르게 엉거주춤 일어나서 경례를 붙이려던 진우를 붙잡아 앉힌 여자가 미소를 지으며 말했다.

"됐어요. 정말 고지식하다. 제복도 안 입고 신분증도 없는데 뭘 그 정도로 예의를 갖춰? 증거라야 그저 내가 중위라고 말하는 것뿐이잖아. 근데, 군 생활 어지간히 빡세게 했나 봐? 상처가 그거 하나만 있는 게 아니네. 사방에 다 찢기고 벗겨지고…… 어이구, 이거, 손톱도 하나 날아갔고."

장갑을 벗으려던 여자는 다시 소독약과 솜, 붕대를 꺼내 이곳저곳의 상처를 돌봐 준다. 그녀에게 얼굴을 맡긴 채 진우가 물었다.

"질문 하나 드려도 되겠습니까, 중위님?"

"음, 물어봐도 돼요. 어차피 입은 한가하니까."

"그…… 왜 여기에 계신 겁니까? 그리고 저쪽 산에서 내려온다던 사람들은 누구를 말씀하시는 겁니까?"

"그건 질문 하나가 아닌데? 뭐, 상관은 없지만. 간단히 말하면, 그 사람들도 군인이야. 같은 국군 병원에 있던……. 파견 나갔다가 돌아오는 차 안에서 갑자기 그러더라고. '씨발, 그냥 재낄까, 우리?', 그 말을 듣고 같이 타고 있던 오 대위님이 화를 버럭 냈지. 너 지금 장교 앞에서 그게 무슨 말버릇이냐고. 그랬더니 다른 병사가 곧바로 주먹을 날리더라고. 후후후, 네 명이 다 짰는데, 오 대위님이랑 나만 몰랐던 거야. 그리고 우리는 여기까지 끌려왔네? 차는 저기 멀리 버려두고."

"잘 이해를 못 했습니다."

"왜 이래…… 다 빤한 이야기잖아. 호위를 위해 딸려 보낸 사병 네 명이 여자 간호 장교 둘을 태우고 이동하다가 이러다가는 어차피 얼마 못 가 좀비에게 죽을 텐데, 차라리 그 전에 술이나 실컷 마시고 섹스나 실컷 하자고 의기투합해서 탈영을 했다고. 끌려온 여자 장교 둘 중 하나가 나고. 그게 벌써 열흘도 더 된 일이네. 하주연이라는 사람에게서 국군 강릉병원 내외과 소속 중위라는 수식어는 이제 다 사라지고, 그냥 여자라는 성별만 남은 거야. 생각해 봐요. 총을 눈앞에 딱 들이대면 계급장 따위 아무 소용 없다고. 그까짓 게 뭐야. 지킬 마음 없는 사람한테는 그냥 그림이잖아. 그리고 사실 남자 넷 대 여자 둘이면 총까지도 안 필요하지."

하 중위는 진우의 얼굴을 소독하며 의외로 담담하게 엄청난 이야기를 털어놓았다.

아니, 그래도 어떻게…… 라고 말하던 진우는 갑자기 입을 다물어 버렸다.

돌이켜 보니 자신도 이 병장, 김 상병과 탈영을 모의했고, 그 과정에서 필요한 걸 얻기 위해 장교의 턱에다가 총구를 겨눈 채 위협을 해 끌고 다녔었다. 그 모든 일의 끝에 결국 전사한 장교의 계급 역시 공교롭게도 중위였다.

이런 씨발…… 뭐야……. 엄청 나쁜 새끼들이라고 생각했는데, 이 개새끼들보다 내가 나은 건 강간을 하지 않았다는 것 외에는 없구나…….

진우는 한숨을 내쉬었다. 어쨌든 이만큼 신세를 진 사람이 당하는 걸 알면서 이대로 지나쳐서는 안 된다.

"네 명에게 끌려왔다고 하셨고, 또 저쪽 산에서 내려올 거라고도 하셨는데, 그럼 그놈들이 그냥 자리를 비운다는 말씀입니까? 남아서 감시하는 놈이 없이요?"

"아…… 그게, 그게 좀 웃기는 일이긴 해. 들어 봐요. 다들 무서운 거야. 그래서 사냥이든, 말려 놓은 고기를 가지러 가든, 뭘 훔치러 가든…… 그냥 다 같이 움직이더라고. 훗, 하긴 안 무서울 수 있나? 좀비들이 돌아다니는데. 물론 여기 와서는 좀비 구경은 못 해 봤지만……. 게다가 지킬 필요가 있을까? 이걸 봐요."

하 중위가 자신의 맨발을 들어 보인다.

"신발이 없잖아. 이 산속에서 신발도 없이, 무기도 없이, 여분의 식량도 없이 얼마나 멀리 도망갈 수 있겠어? 근데 오 대위님은 붕대로 잘 묶으면 된다고 생각했나 봐. 무리한 계획이었지. 애초에 우리가 여기로 들어올 때, 이 옷이랑 술 같은 거 집어 온 조그만 마을에서부터도 사흘 밤낮을 계속 산속으로만 들어왔거든. 그 거리를 제대로 먹지도, 마시지도 않고 맨발로 주파할 수 있다고 생각한다는 게……."

"오 대위님이라는 분은 지금 어디 계십니까?"

진우가 묻자 하 중위의 손이 처음으로 멈칫한다. 잠시 침묵하던 하 중위가 한숨을 섞어 대답했다.

"나흘 전에 사망했어요."

"아…… 어째서……."

"글쎄…… 그분은 나보다 자존심이 셌던 걸까? 뭐, 그건 나도 잘 모르겠네. 하여튼 이렇게 비참한 꼴은 더 당할 수 없다고 하면서 도망을 쳤지. 나한테도 같이 가자고 했는데, 나는 자신이 없더라고. 그래서 여기 있겠다고 했어."

"그래서 저놈들이 쫓아가 죽인 겁니까?"

진우가 분노한 눈으로 물었다. 이 하주연이라는 여자가 아까 자신에게 왜 그리 쉽게 섹스 제의를 해 줬는지, 그게 짐작이 되자 화가 나서 참을 수가 없다. 넷이나 되는 놈에게 몹쓸 짓을 당해 왔으니 한 명 정도와 더 상대를 한다고 해도 크게 다를 것 없다는…… 그런 자포자기의 심정이었으리라.

상황이 상황이니만큼 탈영까지는 그럴 수 있다고 쳐도 사람을 납치해서 온갖 모욕과 괴로움을 주고, 결국 죽이기까지 하는, 그런 놈들은 용서할 수 없다.

그렇게 진우가 자기 마음대로 분노의 불꽃을 피우고 있을 때, 하 중위는 의외의 대답을 했다.

"여자가 둘뿐인데, 그 정도로 죽이기까지 하겠어? 다시 잡아 와 장난감으로 쓰면 되는데. 오 대위님은 좀 기구했어요. 혹시 여기 오다가 봤나 모르겠는데, 이 주변에는 밀렵꾼들이 쳐 둔 덫이 많아. 박 이병도 조심해요. 오 대위님도 고개를 넘어가다가 중턱에서 올가미에 걸렸는데, 자기 혼자 어떻게든 풀어 보려고 했던 것 같아요. 그런데 그게 어디 그렇게 쉽나. 계속 시간이 흘렀겠지. 그러다 해가 지고 나서야 오 대위님도 깨달았겠지. 여기서 벗어날 수 없다는 걸. 오 대위님은 계속 구해 달라고 소리를 쳤어요. 그런데 남자 넷이 겨우 방향을 찾아갔을 때는…… 들개들이…… 올무에 걸려 꼼짝도 못 하는 상태에서 개들한테 뜯어 먹히고 있던 거야. 슬프다고 해야 할지, 소름이 끼친다고 해야 할지 모르겠는데, 하여간 이상한 기분이었어요. 좀비도, 사람도 아니라 개들에게 죽었다고 하니……. 남자들은 개를 다 쏴 죽이고, 죽은 오 대위님을 묻어 주고 왔어요. 덕분에 지금까지도 질리도록 개고기만 먹었지."

"그 이야기를 믿으십니까? 혹시 그분을 죽여 놓고 중위님에게 거짓말을 하는 건……."

진우가 끝까지 의심을 풀지 않자 하 중위는 씁쓸하게 웃었다.

"하하…… 나한테 그런 거짓말을 해서 뭐 득 될 게 있을까요? 그리고 오 대위님이 구해 달라고 소리 지르는 건 나도 들었는데."

"그 이후로 감금이나 감시는 없었습니까?"

"묶으려고 했었지. 그것참, 기분 더럽더라고요. 밧줄을 딱 꺼내는데, 그거 하나로 갑자기 사람이 아니고 동물이 되어 버리는 느낌이었어. 그래서 내가 말했어요. 난 도망 안 간다. 오 대위랑 같이도 안 도망간 사람이 혼자 무슨 배짱으로 그러겠느냐. 하지만 너희가 그걸로 묶으면 난 아마 자살할 것 같다. 그렇게는 못 견딘다. 사람을 잡아 두고 싶으면 줄로 묶을 게 아니라 계속 머물고 싶은 마음이 들도록 잘해 줘라. 그게 서로 편해지는 방법이다…… 뭐, 그런 이야기를 했더니, 이 사람들도 알아듣는 눈치였어요."

음……. 고개를 끄덕인 진우는 붕대와 소독솜을 건빵 주머니에 넣고 장비들을 챙겨 일어났다. 그러고는 정자세를 하고 하 중위에게 말했다.

"그동안 고생 많으셨습니다. 이제부터는 제가 보호해 드리겠습니다. 가시죠, 중위님."

"간다고? 하하, 어디로 가요? 박 이병 복장이며 상태 보니까 그동안 바깥의 상황이 더 악화되었으면 악화되었지, 나아진 것 같지가 않은데. 안전한 곳이 어디 있겠어요?"

"일단 화천을 거쳐야 하겠지만, 최종 목적지는 서울입니다. 거기에는 사람들을 보호해 주는 대형 시설이 운영되는 중이라고 들었습니다. 그리고 만나고 싶은 사람들도 있습니다."

"서울? 강릉이나 원주라고만 해도 까마득할 텐데, 서울이라고요? 여기가 어딘지는 정확히 몰라도 거리가 200킬로미터는 넘을걸? 그 먼 곳까지 걸어서 가겠다는 거예요? 게다가 나라는 혹까지 달고서? 우와, 나 같은 사람은 상상하는 것만으로도 벌써 지치는 것 같은데……. 그리고 난 맨발이라니까. 그렇게 빨리 못 걸어요. 멀리도 못 가고. 아마 금방 따라잡히게 될 거야."

하 중위는 고개를 저으며 웃었다. 그녀의 말을 듣고 나서야 진우도 깨달았다. 일단 출발을 같이한다고 해도 목적지가 다를 수 있다는 것을…….

그녀에게는 서울까지 그 먼 여정을 감내해야 할 이유가 없다. 가족과 친구들에게 돌아가겠다는 목표를 가진 자신과는 다르다. 그제 터널에서 보았던 부대를 떠올린 진우는 자신이 걸어온 방향을 손으로 가리켰다.

"오솔길을 따라서 저 방향으로 하루만 가면 제가 지나온 작은 마을이 나옵니다. 길도 좋습니다. 그리고 제 배낭 안에 양말이랑 여분의 옷이 좀 있습니다. 붕대로 잘 싸고 양말을 신으신 뒤에 테이프를 덧대면, 조금 고생스러우시겠지만 하루 정도는 버틸 수 있을 겁니다. 그곳에서 신발과 옷, 다른 장비들을 갖추신 후 반나절을 더 가면 중대 규모의 군부대가 주둔 중입니다. 차량과 장비도 갖추고 있고, 명령 체계도 유지되는 부대였습니다. 거기까지 호위해 드리고 저는 서울로 가겠습니다."

험로 대신 평지를 찾아 돌아가야 하므로 사실은 그가 말한 것보다 두 배 정도의 시간이 걸릴 것이다. 하 중위는 선뜻 대답을 하지 않고 가만히 진우를 쳐다봤다. 잠시 고민을 하던 그녀가 입을 열었다.

"처음 박 이병이 냇가에서 말을 걸었을 때, 아주 잠시나마 가슴이 두근거렸던 건 사실이에요. 당연히 다른 부대원들과 이동하던 중이라고 생각했으니까 이제 구조될 수 있나 하는 기대가 들었었지. 물론 박 이병의 그 낡은 군복이랑 부상당한 상태를 보고 나서 그게 아니라는 걸 곧바로 깨달았지만……. 저는 못 가요. 이제 조금 있으면 남자들 네 명 다 돌아올 텐데, 그 사람들 내가 없어진 걸 알면 아마 미친 듯이 찾아 나설 거야. 뭐, 당연하잖아요, 여자가 이제 하나밖에 안 남았으니. 그러다 보면 곧 잡히겠지. 공연히 나 때문에 박 이병까지 위험에 빠뜨리고 싶지 않아요. 그 사람들 아직 실탄도 잔뜩 남았어."

"저는 전투 경험이 많습니다. 네 사람을 제압하는 건 그리 어려운 일이 아닙니다."

자신 있게 말하자 하 중위는 대견하다는 표정으로 진우의 얼굴을 보았다.

"……다시 말할게요. 난 안 가요. 가지는 않지만, 그렇게 말해 줘서 정말 고마워요. 총 가진 군인 네 명하고 싸우게 될 거라고 하는데도 물러나지 않는 배짱도

멋지고. 하지만 아무래도 안 되겠어요. 너무 위험해. 가만히 서 있는 표적을 맞히는 것하고 총알을 주고받는 건 완전히 다른 이야기잖아. 박 이병의 말대로 하면 결국 추격전이 벌어질 거고, 누군가는 죽어야 끝이 날 거야. 그리고 만약 그 불운하게 목숨을 잃는 누군가가 박 이병이라면 나는 정말 견딜 수 없을 것 같아요. 내가 그냥 여기에 있으면 수치스럽고 힘들긴 하겠지만, 아무도 안 죽고, 아무도 안 위험해져. 나는 그걸로 됐어요."

"하지만…… 여기에 남으시면 중위님은 계속 불행하게……."

"불행? 그래요, 이렇게 사는 게 정상적이지는 않지. 고통스러울 때도 있고, 부모님들께는 절대 보여 드리고 싶지 않은 모습인 것만은 분명해. 그런데 지금 우리나라에 불행하지 않은 사람이 있을까? 내 생각에는 없을 것 같아요. 여기로 끌려오기 전에 내가 맡은 임무는 강릉 인근에서 발생한 사고의 부상병들을 응급 처치해서 후송할 때까지 살리는 거였어요. 참 많이도 다치더라고…… 폭발물을 설치하다가, 진지 구축 공사를 하다가, 또는 좀비들이랑 싸우다가 오발 사고로……. 그 사람들 대부분, 며칠을 못 넘기고 죽었어요. 국군 병원엔 애초부터 그만큼 많은 부상자들을 다 수술하고 치료해 낼 만큼의 설비도, 인원도 없거든. 태양 그룹에서 의료 지원을 해 준 덕에 그나마 경상 환자들은 그쪽으로 보냈지만…… 그래도 병원이 미어터질 지경이었지. 매일매일이 지옥이었어요. 비명 지르는 사람들 사이로 뛰어다니느라 하루에 두 시간도 못 자면서 피를 닦고, 살을 자르고, 게다가 가끔씩 좀비로 변하는 환자라도 나오면……."

하 중위는 눈살을 찌푸리며 진저리를 쳤다. 이 사람이 있던 곳도 삼척 원자력 발전소와 다를 바가 없었다. 진우가 무슨 이야기인지 알겠다는 표시를 하자, 중위가 한숨을 내쉰다.

"나를 납치한 저 사병들도 애초부터 미친 사이코패스라 이런 짓을 하는 게 아니에요. 매일 철책 앞에서 좀비들에게 총질을 해 대고 동료들을 잃는 동안 조금씩, 조금씩 돌아 버린 거지. 그리고 나도 아마 반쯤은 미쳐 있는 거겠지. 맨정신으로 이렇게 하고 산다는 게 말이 돼? 그리고 나는 다시 병원으로 돌아가는 게 두려웠는지도 모르겠어요. 박 이병이 나에게 가자고 말해 주고 나니까 그걸 새삼 깨닫게 된 것 같아. 어차피 죽음이 코앞까지 와 있다는 점에서 여기나 거기나 다를 게 아무것도 없는데, 뭘 걸고 누군가의 희생을 바라고…… 그렇게 하는 게 다 무의미해. 그러니까…… 나는 괜찮아요. 오 대위님이 죽은 다음부터는 저 녀석들도 조심을 하는 분위기고, 그 짓도 이제는 실컷 했는지 며칠 전부터는 한결 덜 요구해. 술만 먹지 않으면…….”

거기까지 이야기했을 때, 멀리 구릉 저편의 숲에서 말소리가 들려왔다. 남자들의 목소리였다. 하 중위는 얼른 진우를 끌고 숲 안쪽으로 더 깊이 들어갔다. 그러고는 나무 사이로 얼굴을 내민 채 소리가 나는 방향을 살폈다. 병사 넷이 이야기를 나누며 오두막을 향해 걸어오는 중이었다.

“가야겠어, 찾으러 오기 전에…… 박 이병.”

하 중위의 목소리가 다급해졌다. 진우의 얼굴을 유심히 바라보던 하 중위는 그를 꼭 끌어안고 등을 토닥여 주며 말했다.

“그 용기, 정말 멋있었어. 박 이병이 무사히 목적지에 도착하기를 바랄게요. 그리고 그리운 사람들을 만날 수 있기를 빌게. 조심해서 잘 가요.”

하 중위가 가방을 집어 들고 돌아가려 할 때, 진우가 그녀의 팔목을 잡았다. 그러고는 물었다.

“정말 이대로 괜찮은 겁니까?”

엷은 미소를 지으며 진우를 보던 하 중위는 말없이 고개를 끄덕였다. 진우는 그녀를 잡았던 손에서 힘을 뺄 수밖에 없었다. 그녀를 데리고 나서는 순간부터 안전을 장담할 수 없다는 걸 잘 안다.

그리고 서울까지 가는 동안 겪어야 할 고통이 얼마나 클지도 모른다. 아무것도 약속해 줄 수 없다. 그러니 그녀가 원치 않는다고 하면 강요할 수는 없다.

“가요, 빨리! 내가 안심하게 해 줘요.”

하 중위의 말에 진우는 고개를 끄덕이며 뒷걸음질을 쳐서 언덕 아래로 내려갔다. 하 중위는 이내 돌아서서 오두막 쪽으로 뛴다. 그 뒷모습을 보는 게 왜 그렇게 속이 쓰린지……. 진우는 입술을 꽉 깨물었다.

'어쩌자고? 응? 이 미친놈아, 어떻게 하잔 말이야? 함부로 개입하려고 하지 마. 네가 책임질 수 없잖아? 당장 너조차도 그저께 폭풍 속에서 죽을 뻔했어! 잘 알잖아? 저 누나는 그래도 지붕 달린 집이 있어. 개고기라도 먹을 수 있고, 근처에 냇물도 졸졸 흐른다고. 좀비들이 들이닥치기 전까지는 안전해. 그리고 저번에 그 터널도 그렇고, 이 산도 좀비들이 정말 덜 보여. 청정 지역에 가까워서 얼치기들이라도 버틸 만하다고. 그러니까 그냥 내버려 둬. 원하는 대로 살게 두라는 말이야! 저 누나가 오래 살아남을 가능성이 너보다 더 높아!'

03

오솔길로 돌아와 걷던 진우는 자꾸 발길을 돌리려는 자신의 머리통을 쥐어박으면서 잊어버리라고 스스로를 설득했다. 등에 10킬로그램을 짊어지고 매일 산길 30킬로미터를 도보로 이동하는 것과, 남자 네 명을 상대하는 것 중에 어떤 것이 더 힘들까에 대해서 비교하며 이마를 찌푸리기도 했다. 그러나 자꾸 마음이 쓰인다.

그러다가 오른팔의 그 눈부시게 흰 새 붕대가 눈에 들어왔고, 그 자리에 멈춰 섰다. 그러곤 뒤돌아 뛰었다. 순식간에 오솔길을 지나 언덕을 뛰어넘은 진우는 다시 냇가를 건너 그녀가 자신을 치료해 줬던 그 숲속으로 돌아왔다.

"보기만 하고 가자, 보기만. 누나가 말한 것처럼 그 정도로 괜찮은 것만 확인하면 더 이상 미련 가지지 않을게. 인간으로서 대접받고 있는 것만 확인하면 다시는 뒤돌아보지 않고 갈게. 그럼 되잖아."

진우는 또 다른 자아를 향해 혼잣말을 중얼거리면서 새로 얻은 K-2의 조준경을 오두막 쪽으로 겨눴다.

잠시 후, 오두막의 문이 열리고 병사 둘이 하 중위와 함께 걸어 나왔다. 세 사람의 손에는 빈 대용량 플라스틱 소주병이 들려 있었다. 물을 뜨러 오는 것이다. 그렇다면 이리로 지나간다.

진우는 그들에게서 눈을 떼지 않은 채 얼른 위치를 옮겼다. 20여 미터 뒤로 물러나 아름드리나무 세 그루가 밀집한 곳에 몸을 숨겼다. 여기라면 내려가는 길목도, 그리고 5미터 정도 언덕 아래의 계곡에서 일어나는 일도 모두 보인다.

진우가 자리를 잡는 동안 세 사람은 숲을 지나 냇가로 내려갔다. 하 중위가 물병을 씻고 다시 물을 채우는 동안 바짝 마른 병사 하나는 바위에 앉아 기다렸고, 또 다른 녀석은 총을 동료에게 맡긴 채 세수를 했다.

"이리 와 봐."

물을 다 채우고 기다리던 하 중위에게 씻던 놈이 말했다. 하 중위는 천천히 그에게 걸어갔다. 씻던 놈은 빙글거리며 그녀의 허벅지를 쓸더니 치마를 들어 올렸다.

"왜 여기에서 이래? 옷 다 젖어. 하고 싶어? 그럼 좀 편한 데로 가. 나, 지금 넘어질 뻔했어."

"안 넘어진다! 내가 잡아 주잖아. 크크크, 그리고 옷이야 좀 젖으면 어때? 쟤가 하는 동안 바위에 널어 두면 다 마를 텐데."

씻던 놈은 뒤쪽에 앉은, 마른 놈을 가리킨다. 마른 놈도 동의한다는 듯 고개를 끄덕이며 낄낄댄다. 씻은 놈의 손이 몸을 훑어 대는 중에도 하 중위는 차분하게 대응했다.

"너 많이 취했니? 이렇게 두 명씩 한꺼번에 덤벼들면 내가 못 버틴다니까. 기분도 문제지만, 몸이 망가진다고. 이런 식으로 함부로 대하지 않는다고 약속했잖아."

"응. 그건 알지, 알아. 약속한 것도 기억하고, 너 힘들 것도 알아. 흐흐흐, 근데 저 새끼가 말린 고기 가지고 오는 동안에 자꾸 구라를 치면서 사람을 열받게 하잖아. 자기가 제일 오래 한다고. 야, 너는 당사자니까 제일 잘 알잖아. 저 새끼가 별거 없다는 거. 그치? 내 말이 맞지?"

"하아…… 그런, 시간 같은 걸 재면서 하는 여자 없어. 그리고 너희 다 잘해. 그러니까 이상한 걸로 싸울 필요 없어. 전에 이야기했던 것처럼 다섯이서 서로 몰래 연애하듯 그렇게 지내자. 응? 그렇지 않아도 힘든 세상이잖니."

"거 봐, 내가 주연이 요게 이렇게 두루뭉술하게 말하면서 여우처럼 넘어가려 할 거라고 했지? 요년은 요렇다니까? 존나 자기가 무슨 도사야, 씨발. 그래서 우리가 내기를 했거든. 공정하게 동일한 환경에서 누가 제일 오래 하는지. 조금 있다가 나머지 애들도 올 거야. 그러니까 오늘만 딱 예외적으로 네 번 해. 대신 내 일하고 모레는 쉬게 해 줄게. 응? 그럼 되지? 서로 기분 좋게 되는 거지?"

"되긴 뭐가 돼? 아! 아! 아파! 그렇게 만지지 좀 마. 너 왜 그래? 짐승처럼 무례하게 굴면 기분이 좋아지니? 입장을 바꿔서 생각해 봐. 너는 하루에 여자 네 명 상대할 수 있겠어? 그리고 왜 자꾸 이렇게 불편한 데에서……."

하 중위가 몸을 비틀어 피하자 씻던 놈이 그녀의 머리통을 때린다. 그러고는 머리칼을 움켜쥐고 뒤로 당겼다.

"자꾸 토 달지? 응? 매가 고팠어? 한 새끼 끝나면 와서 씻고, 또 하고 씻고, 그러라고 물가에서 하자는 거 아니야! 내기니까 동일한 환경에서 해야 한다고! 이 똥걸레 같은 년이 진짜 며칠 오냐오냐해 줬더니 무슨 상전이나 되는 양 이래라 저래라…… 야, 요년 요거, 버릇 좀 고쳐 줘야겠지?"

씻던 놈이 윙크를 하며 망보던 놈을 돌아본다. 하지만 거기에 앉아 있던 마른 놈은 이미 눈을 까뒤집은 채 고꾸라져 있다. 대신에 분노한 진우가 시야를 가득 채우고 뛰어온다.

"억!"

외마디 비명을 지르려던 놈의 불룩한 사타구니에 진우의 발길질이 꽂혔다. 진우는 개머리판을 돌려 놈의 턱을 후려갈겼다.

큭, 씻던 놈은 숨이 넘어가는 신음 소리만 남기고 바위에 얼굴을 찧으며 쓰러졌다.

"왜? 왜 안 가고?"

하 중위는 수치심과 당혹감이 가득한 표정으로 물었다. 진우는 입을 꾹 다문 채 그녀의 흐트러진 옷을 제대로 걸쳐 줬다.

"두 명이 또 온다고 했어. 금방 올 거야."

하 중위도 이제는 결심을 한 듯, 진우의 손을 꽉 잡았다. 고개를 끄덕인 진우가 놈들의 총을 물속에 집어 던져 버리려 하자 하 중위가 말했다.

"나도 개인 화기 줘. 나도 군인이야."

진우는 한 정을 골라 탄창을 확인하고 그녀에게 넘겼다. 파지하는 모습만 봐도 군사훈련을 받았다는 그녀의 말이 허풍이 아니라는 걸 알 수 있을 만큼은 되었다. 하지만 그래도 불안함이 남은 진우가 나머지 한 자루를 물속에 던지며 당부를 한다.

"제가 앞에 섭니다. 제 뒤에서 벗어나지 마십쇼."

하 중위가 고개를 끄덕이는 걸 확인한 진우가 그녀가 내려온 비탈 쪽으로 몸을 틀려 할 때, 손을 잡은 하 중위의 저항이 느껴졌다.

"그쪽으로 가면 오두막이야. 이리로 가야 멀어지는 거……."

진우는 고개를 끄덕였다.

"네, 압니다. 가까이로 가서 내려오는 길목에 숨었다가 제압할 겁니다. 저기 저 언덕 아래 숨으면 위에서 안 보여요."

이해할 수 없다는 표정으로 잠시 머뭇거리던 하 중위는 결국 진우가 잡아끄는 대로 따라왔다. 두 사람은 내리막길 바로 옆, 움푹 파인 비탈에 바짝 붙어 몸을 숨겼다.

저벅, 발소리가 울린다. 그런데 두 놈이 아니다.

"야, 너네, 씨발, 왜 이렇게 급해? 응? 좀 기다리라니까, 씨발. 아, 여기는 참 비탈이 안 좋아. 언제 날을 잡아서 계단을 만들든가 해야지……."

개소리를 지껄이며 발아래로 시선을 돌리던 놈의 멱살을 잡아 바닥에 내리꽂았다.

끅! 당연히 기절을 할 거라고 생각했는데, 놈은 용케 목을 들고 버텼다.

자신에게 무슨 일이 일어난 건지 정신을 못 차리는 놈의 눈앞에 진우가 총구를 댔다. 그러고는 전투화로 목을 밟았다.

끄윽, 놈은 신음조차 제대로 내뱉지 못하고 버둥댄다. 놈의 목을 밟은 발에 힘을 주었다. 숨이 차오르자 놈의 얼굴이 파랗게 질렸다.

"끄으, 사, 살려 줘…… 나, 나는 마, 말리려고…… 끄윽, 컥, 컥! 사, 살려……."

놈의 눈에서 눈물이 솟는다.

말리려고 했다고? 거짓말이잖아. 너도 낄낄거리며 시간을 재러 온 거였잖아…….

진우는 총을 돌려 개머리판으로 놈의 얼굴을 내리찍었다.

칵! 칵! 칵!

세 번을 찍자 바위에 뒤통수를 연달아 부딪친 놈은 눈을 홉뜨고 뻗어 버렸다. 그 과정에서 녀석이 비명을 질렀던 것일까? 진우는 그걸 모르겠다. 하여간 위쪽에서 또 다른 목소리가 들려온다.

"야, 너 왜 죽는소리 했어? 뭐야?"

쉿—.

진우는 왼손 검지를 입술에 대고 하 중위를 돌아봤다. 하 중위도 입술을 꾹 다문 채 고개를 끄덕인다. 대답이 들려오지 않자 네 번째 놈의 신경은 극도로 날카로워졌다.

"어어? 씨발, 기집년도 안 보이고…… 야! 야! 대답하라고! 씨발 놈들아! 뭔데? 습격이냐? 응? 나 놀리는 거면 다 죽일 거야! 쏜다고!"

말의 끝맺음이 정확하지 않은 걸 보니 술을 꽤 마신 것 같다. 머리 위에서 네 번째 놈이 좌우로 움직이며 풀을 밟는 발소리가 와삭와삭, 울린다. 아마도 시야를 확보해 보려는 모양이다. 그러더니 갑자기 발악하는 소리가 들려왔다.

"뭐야! 왜 이래! 씨발, 뭐냐고! 으아아아! 어떤 개새끼들이야!"

네 번째 놈은 언덕 아래를 향해 무차별 난사를 하기 시작했다.

투투투투툭— 투투투투둑—.

머리 위의 흙이 파이고, 발 아래로 총알이 날아와 자갈을 쪼갠다. 예상을 넘어선 반응이었다.

퍼버벅—.

목이 밟혀 기절해 있던 놈의 얼굴과 가슴을 총알이 관통하며 피가 솟아오른다.

꺄아악, 하 중위가 비명을 지르며 몸을 움츠렸다. 이러다가는 눈먼 총알에 목숨을 잃게 생겼다.

괜찮아요, 괜찮아요……. 진우는 하 중위를 안전한 벽으로 밀고 자신의 등으로 막으면서 계속 중얼거렸다.

투투투투둑—.

철컥, 총소리가 끊겼을 때, 진우는 냇가를 향해 몸을 날리면서 방향을 틀어 언덕 위로 총구를 겨눴다. 나무 뒤에 몸을 숨긴 채 예비 탄창을 끼우던 놈이 총을 고쳐 잡는 게 시야에 들어왔다.

늦었다, 개새끼야…….

진우는 방아쇠를 당겼다.

투투둑—.

점사된 세 발의 탄환이 놈의 몸 중에서 나무 바깥쪽으로 노출된 부분, 즉 오른 무릎과 허벅지, 종아리를 관통했다.

끄아아아—! 으으으아!

다리가 꺾여 쓰러진 네 번째 놈은 총을 떨어뜨리고 높게 비명을 질러 댔다.

툭.

놈의 소총이 언덕을 굴러 계곡 아래 자갈 위로 떨어진다.

하아……. 진우는 가볍게 한숨을 내쉬며 일어났다. 이제 다 끝났다. 마지막 놈까지 무장해제 시켰고, 전투 불능 상태로 만들었다. 이 개새끼들에게서 누나를 구했다.

아직까지 벽에 바짝 붙어 있는 하 중위에게 손을 내밀기 전에 진우는 언덕 위의 네 번째 놈을 향해 K-2를 겨눴다. 흙과 피범벅이 된 채로 바닥을 기며 비명을 지르던 네 번째 놈의 시선이 진우와 마주쳤다.

자신에게 총구를 겨누고 있는 게 낯선 사람이라는 걸 깨달은 놈의 얼굴로 좌절과 공포가 확 번졌다. 놈은 울부짖으며 애원을 하기 시작했다.

"으아아! 쏘지 마세요! 제발! 이제, 이제 됐잖아요! 여자도 데려가고, 다! 다 가져가요! 끄으으~ 그러지 마요. 쏘지 말라고요. 이렇게 일어서지도 못하는 놈을 죽인다고 뭐가 달라져요! 제발! 쏘지 마세요! 살려 주십시오! 살고 싶습니다! 제발……."

간단한 일이었다. 이미 조준이 끝나 있는, 저놈의 눈물과 콧물이 범벅이 된 얼굴을 향해 방아쇠만 당기면 모든 게 다 마무리되는 거였다. 손가락만 까딱! 그걸로 끝이다.

……바로 그게 문제였다.

총을 마주 겨눈 상대를 향해 방아쇠를 당기는 건 쉽다. 누가 더 정확하고 빠른가로 죽느냐 사느냐가 정해지니까. 하지만 이놈은 이제 무력하다. 무력한 상태에서 울부짖으며 살려 달라고 비는 놈의 얼굴에 총알을 박아 넣는 건 지금까지의 각오와는 또 다른 수준의 결기를 요하는 것이었다.

그리고 진우는 아직 그것을 가지고 있지 않았다. 자신에게 그런 각오가 갖춰져 있지 않다는 것을, 상황과 직접 맞닥뜨린 다음에야 깨달은 것이다.

진땀이 흘렀다. 아주 짧은 시간 동안 진우는 망설였다. 놈이 애원을 시작한 뒤로부터 10여 초 정도를 허비했다. 그사이 네 번째 놈은 앞으로 기어오며 하 중위에게도 간청을 한다.

"살려 줘! 살려…… 주연아! 네가 말 좀 해 줘! 나, 나는 다른 새끼들이랑 달랐잖아! 응? 나는…… 나는 말리기도 하고…… 응? 주연아? 거기 있어?"

"네가 말렸다고? 네가 가장 악질이었어!"

듣다 못한 하 중위가 벽에서 나와 뒤를 돌아보며 외쳤다. 그러지 말았어야 했다. 그녀의 위치를 확인하자마자 네 번째 놈은 앞으로 몸을 기울여 언덕 아래로 떨어져 내렸다.

"씨발 년아! 같이 가자!"

하 중위를 향해 몸을 날린 놈의 손에는 대검이 들려 있다.

투투둑—.

당황한 진우가 뒤늦게 방아쇠를 당겼다. 총알은 놈의 미간을 관통했지만, 중력을 거스를 수는 없었다.

네 번째 놈의 시체가 하 중위를 덮치며 대검이 그녀의 목에 깊숙이 박힌다.

투두둑—.

하 중위가 발사한 총알들이 놈의 등을 엉망으로 꿰뚫었지만, 그것은 상황을 변화시키지 못했다.

"끄르륵!"

하 중위가 손을 뻗으며 피가 끓는 신음 소리를 낸다.

"안 돼! 안 돼!"

진우는 미친 듯이 외치며 달려가 네 번째 놈의 시체를 밀어 치고 하 중위를 들어 올렸다. 대검은 목의 경동맥을 뚫고 들어가 있었다. 하 중위가 눈을 부릅뜬 채 손을 바들바들 떨 때마다 상처와 입에서 뜨겁고 붉은 피가 꿀럭꿀럭 솟아오른다.

"안 돼! 제발! 안 돼! 누나!"

빌고 또 빌어 봐도 돌이킬 수가 없다. 하 중위는 진우의 품에 안긴 채 괴로움에 몸부림치다가 숨을 거뒀다. 진우는 아무것도 해 줄 수가 없었다. 그녀 대신 숨을 쉬어 줄 수도, 그녀의 아픔을 덜어 올 수도 없었다.

"으아아아아!"

하 중위의 부릅뜬 눈이 더 이상 움직이지 않게 되었을 때, 진우는 고개를 뒤로 젖히고 울부짖었다. 눈물이 차올랐다. 눈앞이 흐려지는 것을 막으려고 자꾸만 눈을 깜빡거려 봐도 지끈거리는 콧잔등을 타고서 고이는 뜨거운 것이 그보다 더 빨랐다.

뚝, 뚜둑.

진우의 눈물이 활짝 열려 있는 하 중위의 눈동자에 떨어진다. 그 폭풍우 치던 날 이후로 줄곧, 목구멍 저 안쪽까지 메워져 더 이상 담아 둘 수 없게 된 후회와 오열이 이제 봇물처럼 터져 나왔다.

"이 등신! 개새끼! 멍청한 등신 새끼! 어흐흐흑~."

너를 믿으라고? 너 같은 등신을 믿으라고? 우유부단하고 말만 앞세우는 너 같은 새끼를?

진우는 하 중위를 지키지 못한 자신이 치욕스러워서 할 수 있는 온갖 욕설과 자조를 스스로에게 퍼부었다. 눈물과 침과 콧물이 범벅되어 떨어져 내린다.

또 지키지 못했다……. 이 병장님, 김 상병님, 강 일병님, 분대원들 모두…… 그리고 하 중위까지……. 다정했던 사람들, 지켜 줬어야 하는, 그 소중한 생명들을 단 하나도 구해 내지 못했다.

이게 아니었다. 조금만 더 빨리 결단을 했더라면…… 그랬으면 나쁜 새끼들은 죽고, 좋은 사람은 살 수 있었다.

네 명의 개새끼가 오두막을 향해 걸어가던 그때, 방아쇠를 당겼더라면…… 단 몇 초 만에 모든 걸 아주 안전하게 끝낼 수 있었다. 바로 조금 전에도 먼 곳에 몸을 숨기고 있다가 마지막 남은 두 놈을 쏴 죽였더라면, 하 중위의 털끝 하나도 다칠 일이 없었다.

'왜 가까이 가?' 의아해하던 하 중위의 얼굴이 '제압할 수 있습니다.'라고 건방을 떨던 자신의 목소리와 겹쳐져 깊고 깊은 후회를 남긴다.

"네가 죽인 거야, 이 개새끼야! 네가 죽인 거라고!"

자갈밭에 이마를 짓찧으며 진우는 자책했다. 하 중위의 어깨를 안았던 진우의 손등에는 그녀의 손톱이 깊게 박혀 있다. 얼마나 괴로웠으면…… 살갗이 찢어진 자신의 손등과 오그라든 그녀의 손을 보고 있으니 그녀가 느꼈을 고통이 상상된다.

차라리…… 차라리 돌아오지 않았더라면 이렇게 죽지는 않았을 텐데…… 미안해요. 누나, 미안해요…….

한참을 그렇게 미친 사람처럼 울부짖던 진우는 초점 없는 눈으로 하 중위를 보다가 그녀의 목에서 칼을 뽑아 주었다. 어찌나 깊이까지 박혀 있었는지 뽑아내는 것조차 힘이 든다.

으흐흐흑, 피가 잔뜩 엉겨 붙은 그 칼날을 보며 진우는 또 통곡을 했다.

아무도 죽이지 않고 그녀를 구해 낼 수 있다고 생각했던 것 자체가 문제였다. 저까짓 것들도 사람이라고, 죽이는 걸 망설였던 게 문제였다. 다 기절시켜 제압한 뒤 묶어 놓고 가겠다는 같잖은 계획이…… 죄를 짓고 싶지 않다는 알량한 양심이, 나는 착한 사람이라는 그 좆같은 자만심이…… 누나를 죽인 거다. 이 착한 여자의 목에 칼을 박은 거다.

"하아아~."

진우는 가슴 저 안쪽에서 터져 나오는 한숨을 내쉬며 일어났다. 끌려 올라간 원피스의 매무새를 바르게 해 주고 그녀를 똑바로 눕힌 뒤, 진우는 냇가로 걸어갔다.

"일어나."

진우가 발로 밀어 물가로 빠뜨리자 조금 전까지 정신을 잃고 있던, 그 씻던 놈의 코로 물이 빨려 들어간다.

"으으으~ 읏, 컥! 커억! 어? 어?"

코로 들어간 물을 토해 내며 일어나던 놈은 진우를 보며 기겁을 했다. 이제야 정신이 돌아온 모양이다. 무표정한 얼굴로 총을 겨누고 있는 진우에게 녀석이 다급하게 외쳤다.

"저, 저기 드릴게요, 여자……."

타앙—.

진우의 K-2에서 발사된 5.56㎜탄이 씻던 놈의 오른쪽 복부를 뚫자 놈은 더 말을 잇지 못하고 뒤로 나자빠졌다.

놈이 허우적거리며 발버둥을 칠 때마다 주변의 물이 솟아오른 피로 붉게 물든다.

꾸루룩, 꾸룩, 한 번씩 놈의 머리가 수면 위로 올라왔다가 물을 잔뜩 마시고 다시 잠긴다.

씻던 놈이 무릎 깊이의 물에 잠겨 고통스럽게 천천히 죽어 가는 모습을 빤히 쳐다보고 있던 진우는 놈이 더 이상 움직이지 않게 되자 뒤로 돌아섰다. 이제 아까 뒤통수를 쳐서 기절시켰던 저 마른 놈의 차례다.

Chapter 38

운수 좋은 날

01

그르릉—.

한 시간 이상을 기다린 뒤에야 밤톨의 말처럼 장갑 트레일러는 다시 출발했다. 속도를 시속 30킬로미터까지 올린 장갑 트레일러가 잠실 대교를 통과한다. 후텁지근하던 컨테이너 내부로 외부의 공기가 유입되자 그나마 좀 숨을 쉴 수 있었다.

"이제 한강 다 건넜나 봐요. 크, 여기도 아주 엉망이네. 전쟁터가 따로 없네, 그냥. 쯧쯧쯧."

구경꾼이 외부 상황을 중계해 준다. 그의 주변에 앉은 사람들이 물었다.

"전쟁터라니? 뭐가 어떤데요? 사람들이 죽어 있고, 막 그래요?"

"아…… 뭐, 시체도 있기는 있어요. 사람인지 좀비인지는 모르겠는데. 그러게 저런 건 좀 치워 놓으면 좋을 텐데. 보기도 흉하고, 썩으면 여러 가지 병균도 돌 것 같은데. 근데 그것보다 다리 기둥 같은 게 불탄 데가 많아요. 그리고 사방이 다 총알에 맞아서 팬 자국도 많고. 그다음에는 다 철조망이에요. 예전에 뉴스에서 중동 전쟁 난 거 본 적 있잖아요. 딱 그런 데 시내를 보는 기분이랄까?"

"아휴, 세상에 말만 들어도 끔찍해라. 어쩌다가 우리나라가 이 모양이 됐어, 그래."

듬성듬성 앉은 사람들은 저마다 한마디씩 떠들어 댔다. 다들 뭔가 자신이 추리하는 이유가 있고, 할 말들도 많다. 물론 자세히 들어 보면 그저 누군가를 탓하고 있을 뿐이다.

회전 구간을 통해 진입로에 접어든 장갑 트레일러의 속도가 다시 줄어들었다. 공기구멍을 타고 비쳐 들던 햇살이 머리 위를 지나는 고가 도로에 막혀 잠시 사라지자 밤톨의 얼굴에는 가벼운 긴장감이 깃들었다. 녀석을 관찰하던 민구가 목소리를 낮춰 물었다.

"이번에는 뭔가 있는 모양이군."

"아…… 겉으로 표가 나던가요? 나름 숨긴다고 했는데."

쑥스럽게 웃으며 하이바를 만지작거리던 밤톨은 몸을 민구에게 기울인 채 마음속에 숨겼던 걱정을 조곤조곤 털어놓았다.

"저희들끼리 다니면서 무서워하는 데가 있어요. 바닥에 금 간 게 살짝 보이니 어쩌니 해서 말입니다. 지금 우리가 달리는 이 도로들이 처음부터 탱크가 지나가라고 만들어 놓은 게 아니잖습니까? 길이 넓게 나 있는 지역은 그나마 좌우로 골고루 밟고 다닌다고 하는데, 여기 진입로는 넓은 차선 하나뿐이라 신경을 바짝 쓰는 거죠. 계속 같은 길 위로 지나다니면서 노면에 스트레스를 주고 있으니까요."

"어차피 큰 차들도 매일 다녔던 길인데 탱크라고 뭐 다를 게 있나?"

무슨 말인지 이해하지 못한 민구가 물었다. 밤톨이 더욱 목소리를 낮춰 일러준다.

"전차나 장갑차라는 게 어지간히 무겁거든요. 상상을 초월해요. 지금 우리 트레일러 끌고 가는 장갑차도 무겁지만, K-2 같은 건 55톤이나 나간다고 합니다. 그런데 그게 한두 번도 아니고, 하루에도 몇 차례나 여기로 지나다니면서 막힌 차들 밀어 치우고, 공사 지원하고, 가끔씩은 기관총도 갈겨 대고 그런단 말입니다. 그러니까 만날 뻑하면 길에 구멍이 뻥뻥 뚫리는 거예요. 가뜩이나 허술하게 지어 놨는데 거기에 반복적으로 엄청난 하중이 실리니까……. 그, 왜, 잠실에 계실 때, 그런 거 보신 기억 없으십니까? 멀쩡한 도로에 전차 지나가고 나면 구멍 뻥 뚫리는 거."

밤톨의 말을 듣고 보니 그런 게 있긴 했다. 그때는 그저 군인들이 뭔가 공사를 하기 위해 일부러 구멍을 뚫었나 보다 했는데, 그게 아니었던가 보다.

"그런데 왜 이리로만 다니는 걸 고집하는지 모르겠군. 위험한 걸 알면서."

"다른 길로 갈 수 있다면 좋겠지만, 지금 현재로서는 선택의 여지가 없어요. 이게 유일하게 뚫려 있는 길이에요. 이만큼의 경로를 확보한 것도 시간이 꽤 걸렸거든요. 게다가 이쪽 도로는 강변이라 한쪽만 철책으로 막아도 되는 장점도 있고 말입니다."

구우웅—.

앞에서 끌고 가는 장갑차가 방향을 틀자 관성이 작용해서 트레일러가 가볍게 흔들린다. 또다시 구우웅— 하고 트레일러와 연결한 고리에서 마찰음이 들려온다.

사람들이 이리저리 기우뚱거리는 모습을 보자니, 아마 길 위의 뭔가를 피하기 위해 크게 반원을 그리는 것 같다.

"강 실장 오빠, 나 심심해. 언제까지 거기 앉아 있을 거야?"

초희가 벌떡 일어나 다가오는가 싶은 순간, 갑자기 쿵— 하는 소리와 함께 트레일러가 급격하게 앞으로 당겨졌다. 매달려 서 있던 구경꾼이 바닥에 나뒹굴고, 중심을 잃은 사람들이 엎어진다.

그리고 또다시 쿵—!

이번에는 조금 전보다 충격이 적었지만, 그래도 꽤 강하게 인력이 작용했다. 바닥에 얼굴을 찧은 사람들이 내는 비명과 앓는 소리가 트레일러 내부 여기저기서 새 나왔다.

"아우~ 아, 뭐야? 존나 발모가지 나갈 뻔했네. 오빠가 잡아 줬으니 망정이지."

앞으로 고꾸라질 뻔한 초희가 민구의 팔에 안겨 안도의 한숨을 내쉰다.

끼이이이이이— 뿌드드드드—.

트레일러 앞쪽에서 쇠가 갈리는 날카로운 소리가 울려왔다. '나와! 일단 빨리 나와!' 하는 다급한 외침도 섞여 있다.

민구는 밤톨과 눈을 마주쳤다. 밤톨의 얼굴에서 조금 전까지의 애교와 붙임성은 사라지고, 대신 그 자리를 긴장감과 두려움이 채우고 있다. 뭔가 심상치가 않다.

텅—.

쇠가 울리는 소리. 바깥에서 병사들이 뭔가 시끄럽게 떠들어 대는 중이다.

"나가 봐야 하는 것 아닌가? 아까 그 구멍인지 뭔지 같은데."

참다못한 민구가 밤톨에게 물었다. 밤톨과 그 동료는 고개를 저었다.

"앉아 계십쇼. 밖에서 신호를 줘야 엽니다. 트레일러는 안에서 열지만 않으면 안전합니다."

하지만 밤톨의 믿음과 달리 외부의 상황은 심각했다. 난데없이 도로가 뻥 뚫리며 그 구멍에 빠져 버린 장갑차 주위로 왈칵왈칵 물이 솟아오른다. 대체 어디에서 이렇게 많은 물이 쏟아져 들어오는 것인지 신기할 지경이다.

으으~. 신음 소리를 내며 후방 해치를 열고 나오는 병사들의 얼굴은 코피로 범벅이 되어 있다. 가장 크게 부상을 당한 것은 포탑 밖으로 상반신을 내놓은 채 주행하고 있던 장갑차장이었다. 척추 때문인지 목 때문인지 분간할 수는 없지만, 흙더미에서 건져 낸 이후에도 그는 도무지 몸을 가누지 못하고 있다. 물론 의식도 없다.

"김 상사님부터 옮겨! 야! 목을 고정해! 목을!"

"거기서 빨리 나와! 이러다가 빨려 들어간다!"

장갑 트레일러 지붕의 사대에 앉은 병사들이 장갑차 탑승원들에게 외친다. 장갑차를 운용하고 있던 인원들과 탑승 구역에서 대기하고 있던 네 명이 비틀거리면서도 힘을 합쳐 흙투성이가 된 장갑차장을 트레일러로 옮기고, 그들도 도로로 뛰어내렸다.

끼이이잉—.

장갑차가 옆으로 기울어지면서 그 무게를 고스란히 받는 견인 고리에서는 쇠 갈리는 소리가 요란하게 울렸다.

"하아, 하아~ 이, 이거, 분리시켜야 하나? 이러다가 트레일러까지 구멍 안으로 빨려 들어갈 것 같은데?"

가장 먼저 정신을 차린 한 병사가 물었고, 나머지 병사들은 싱크홀에 빠진 장갑차와 트레일러를 번갈아 쳐다보았다.

구멍의 깊이는 5미터 이상. 중간에 걸린 장갑차를 3분의 2가량이나 집어삼켰다. 게다가 더 커질 가능성도 충분해 보인다. 하지만 고리를 분리시킨다고 해도 어차피 트레일러는 그 자체의 힘만으로는 단 1미터도 이동할 수 없다. 애초에 동력 기관이 달려 있지 않은 것이다.

끼이이잉—.

그렇게 고민을 하는 동안에도 고리는 계속 갈리며 신경을 긁어 댄다.

어쩌지? 어쩌지? 쉽게 결론을 내지 못하고 망설이던 병사들에게 결단을 내리도록 만든 것은 도로였다.

쿠쿵—.

육중한 소리와 함께 1평방미터 이상의 아스팔트 판이 깨져 나가고, 지면에 걸려 있던 장갑차 무한궤도의 뒷부분마저 아래로 빨려 들어간다. 더 이상 보고 기다릴 수는 없는 상황이 됐다.

퉁퉁퉁—.

병사들은 다급하게 트레일러의 문을 두드리기 시작했다.

"내려! 내려! 다 내보내!"

헉! 바깥에서 두드리는 소리에 밤톨과 동료는 숨을 꿀떡 삼켰다. 그리고는 호흡을 가다듬은 후, 최대한 침착한 목소리를 가장해서 탑승자들에게 외쳤다.

"드, 들으셨죠? 일단 내리셔야 합니다! 다들 조용히 질서정연하게 내립니다!

앞사람을 밀거나 서두르지 마시고, 대기하고 있는 병사의 지시를 따라 주십쇼!"

그렇게 신신당부를 했는데도 밤톨이 문을 여는 동안 트레일러 내부는 비명과 울음소리, 각종 불만의 목소리들로 가득 채워졌다.

안 돼! 문 열지 마! 문 열면 다 죽어!

바깥의 상황을 전혀 모르면서도 지레짐작에 흥분해서 발작을 하는 사람도 있었다.

"조용히 해요! 제 말을 잘 듣고 따릅니다! 하차하는 즉시, 뒤쪽에서 대기하고 있는 병사들의 곁으로 가서 섭니다! 알겠습니까? 뒤쪽입니다!"

문이 열리자 대기하고 있던 세 명의 병사가 큰 소리로 주의 사항을 일러 준다. 혹시라도 흥분해서 싱크홀 쪽으로 뛰어가는 사고를 막기 위해서다. 게다가 하필이면 고가 도로 아래에서 이 사달이 나 가지고 헬기의 시야를 막는 바람에 여기에 멈춰 있으면 공중 엄호도 어렵다.

"제가 뭐라고 했습니까? 내리면 어디로 가라고요?"

맨 앞줄의 여자를 붙잡아 주며 병사가 물었다. 여자는 불안에 몸을 벌벌 떨면서도 뒤쪽이라고 중얼거렸다.

맞습니다. 잘하셨습니다!

병사는 여자를 땅에 내려 주고 나머지 병력이 대기하고 있는 쪽을 가리켰다.

사람들은 공포에 사로잡혀 비틀거리면서도 이렇다 할 사고 없이 트레일러에서 20여 미터 뒤쪽으로 이동을 마쳤다.

민간인들이 모두 안전하게 대피한 후, 몸을 가누지 못하는 장갑차장을 옮기고, 마지막으로 트레일러 상부의 사대를 지키던 병사들까지도 탈출했다.

훙훙훙훙―.

앞서 날아갔던 헬리콥터가 다시 돌아와서 고가 도로 주위를 크게 선회하며 그들을 엄호한다. 밤톨은 주변을 둘러보며 흘러내리는 땀을 닦았다.

"젠장, 난감하네."

공교롭게도 잠실 쉘터와 건대 쉘터의 딱 중간 정도 지점에서 이런 사고를 만났기 때문이다. 다시 말해 도보로는 둘 중 어디로도 이동하기가 힘들다. 그리고 두 쉘터 중 어느 곳에서 지원 차량을 보낸다고 해도 시간이 비슷하게 걸릴 것이다.

"헬리콥터가 잠실하고 건대 양쪽에 알려서 더 빨리 올 수 있는 쪽에 지원 요청을 하겠다고 합니다. 그리고 현재 인근에 대형 좀비 무리는 없답니다. 뭐, 바꿔 말하면, 소형 좀비 무리는 있다는 이야기도 되는 거지만 말입니다. 이제 어떻게 합니까?"

신호가 잘 잡히지 않아 소형 무전기를 들고 여기저기로 뛰어다니면서 겨우 헬기와 교신을 마친 무전병이 밤톨에게 다가와 보고한다.

"나? 나한테 물어본 거냐?"

밤톨은 영문을 몰라 되물었다. '장갑차장이 엄연히 있는데 왜 내가 지휘자…….'라고 중얼거리며 뒤를 돌아보니, 장갑차장의 안색은 이미 납빛이 되어 있었다.

"저, 전사하셨다고? 다시 확인해 봐. 정말로 숨 안 쉬셔?"

밤톨의 명령을 들은 병사가 장갑차장의 가슴에 귀를 대 보고 고개를 젓는다.

허! 이게 대체 무슨!

장갑차장의 사망으로 졸지에 인솔자가 되어 버린 밤톨은 그 책임이 너무 무겁게 느껴져서 병장 계급장을 뜯어내 버리고 싶었다. 아홉 명이나 되는 병사가 전부 그의 얼굴만 바라보고 있다.

어떡해, 우리 다 죽나 봐. 이게 웬일이야……. 아저씨! 이게 뭐예요! 왜 운전을 이렇게 해! 우리 안전한 거 맞아? 응? 대답을 하라고!

민간인들은 겁에 질려 울부짖고, 그사이에도 20톤이 넘는 무게를 버티던 연결 고리가 까드득대며 신경을 자극한다.

저건 이제 분리고 뭐고 다 불가능한 지경까지 하중이 실려 있다.

아니, 아니, 넋 놓고 있으면 안 돼. 내가 정신을 차려야 돼.

밤톨은 이를 악물고 지휘자로서의 첫 번째 명령을 내렸다.

“조용히 하십쇼! 병사들한테 욕하지 않습니다! 거기 여자분! 그리고 선배님! 뒤로 물러나 조용히 앉습니다!”

“뭐라고! 야! 애초에 너희가 운전을 똑바로 했으면…….”

“저분은 여러분을 위해 목숨을 바쳤습니다! 그래도 더 필요합니까? 앉아요!”

밤톨은 소리를 버럭 지르며 위압적으로 한 발을 내디뎠다. 그 위세에 눌렸는지, 아니면 전사한 장갑차장을 상기시킨 것이 효과를 발휘한 것인지, 하여간 민간인들이 일시에 조용해졌다.

“지원은 금방 옵니다! 그때까지 여러분을 지켜 드릴 수 있는 건 우리밖에 없습니다! 그리고 저희는 그렇게 할 겁니다! 그러니 지시를 잘 따라 주십쇼! 그러면 전원이 무사히 구출될 수 있습니다! 아시겠습니까?”

배에 힘을 주고 최대한의 용기를 발휘해서 외친 밤톨은 일행 모두를 20여 미터 후방의 진입로 입구까지 이동시켰다. 공연히 싱크홀 근처에서 위험을 감수할 이유도 없고, 고가 도로 아래라는 공간은 여러모로 안전치 못하다.

잔디가 무성하게 자란 삼각형의 안전 지역에 민간인들이 모여 앉게 한 뒤, 벌써 식어 가고 있는 장갑차장의 시신을 군복으로 덮어 주었다. 그러고는 트레일러에 부착되어 있던 연장을 떼어 오게 하고 병력을 2인 1조로 나누어 전후좌우의 경계를 하도록 배치했다. 거기까지 하고 나니 막막해졌다. 더 이상 아무 생각이 나질 않는다.

“이거 좀 마셔요, 오빠. 보고 있는데 너무 목이 말라 보여서요…….”

멍해져 있는 밤톨에게 초희가 다가와 물병을 건넸다. 그러고 보니 입이 바짝바짝 타고 가볍게 두통이 인다.

네, 고맙습니다.

밤톨은 물 한 모금을 들이켜고 한숨을 크게 내쉬었다.

애들한테도 수통에서 물 좀 마시라고 해야겠다…….

“조 병장님…….”

무전이 잡히는 위치에서 대기하고 있던 무전병이 다시 돌아와 밤톨의 귓가에 소곤거린다.

“제일 빨리 도착할 수 있는 구조 차량이 두 시간 후에 도착 가능하답니다. 그것도 주변 상황이 좋아야 그렇답니다.”

“뭐어?”

언성을 높였던 밤톨은 자신에게 쏠린 민간인들의 시선을 깨닫고 다시 목소리를 낮췄다.

“……두 시간? 왜 그렇게 오래 걸려? 아니, 씨발. 무슨 경기도에서 오는 것도 아니고, 건대하고 잠실이잖아. 오리걸음으로 와도 그것보다는…….”

말을 하던 도중에 밤톨은 자신들 역시 한강을 건너는 데만 한 시간이 넘게 걸렸다는 걸 깨닫고 입을 다물었다. 좀비들의 행렬이 통행로 주변을 지나면 그동안은 차량이 이동할 수 없다.

쉘터 부근을 좀비들이 장악하고 있어도 마찬가지다. 그럴 때 게이트를 열었다가 좀비들이 들이닥치거나 하면 여기에 있는 사람 수보다 몇 배나 많은 목숨이 위기에 처하게 되는 거다.

긴급하니까 빨리 와 달라는 소리 같은 건 안 통한다. 구조 요청을 하는 쪽도, 구조하러 오는 쪽도 다 목숨은 하나뿐이니까.

“어디에서 오는데? 왜 두 시간이래?”

“건대에는 흑표 전차 한 대밖에 기갑 차량이 없답니다. 그건 방어 때문에 절대 이동시킬 수가 없고, 징발해서 쓰는 차량 중에 5톤 트럭이 있는데, 그게 차고가 높고 화물칸에도 철제 덮개가 있어서 만일의 사태에도 대응을 할 수 있다고 했습니다. 그걸 여기로 보내겠다고…….”

“아니, 근데 왜 두 시간이냐고? 좀 더 빨리 안 된대?”

“그 트럭이 현재는 외부에서 작업 중이기 때문에 그걸 되돌려서 오느라 그렇다고 합니다.”

두 시간…… 이 사방이 다 뻥 뚫린 벌판 같은 데에서 고작 열 명이 두 시간을 버텨 내야 한다니…….

밤톨은 아득해져서 뺨을 문질렀다. 조금 전까지는 별 의미 없이 보이던 구멍 뚫린 철책들이 이제는 엄청난 중압감으로 다가왔다.

"자, 잠실은? 잠실에서는 더 빨리 올 수 없나?"

"잠실은 추가 지원이 아예 어렵답니다. 오늘만 벌써 성수행 한 대, 저희가 타고 온 저거 한 대, 이렇게 장갑차가 두 대 빠져나갔고, 저희가 서른 명이나 되다 보니까 다 태우려면 장갑차도 두 대 이상을 보내야 하는데, 그러면 화력 공백이 너무 커진다고……. 잠실 입장에서는 가장 빨리 도착할 수 있는 지원 차량이 성수 쉘터에 이주자들 내려 주고 되돌아오는 거랍니다."

"우와, 씨발. 매정하구나. 좆같다, 그치?"

"네, 좆같습니다."

말은 그렇게 하지만 상황은 이해가 간다. 자신이 지휘관이었어도 비슷한 결정을 내렸을 것이다. 이제 기다리는 수밖에 없다. 물론 어떻게 기다리느냐가 생사를 가를 수도 있으니 신중하게 생각하고 움직여야 한다.

쉬지 않고 얼굴에서 흘러내리는 땀을 닦아 내며 밤톨은 뇌를 최대한 가동했다. 물론 그래 봐야 애초부터 그다지 대단치 않은 뇌라는 건 본인도 잘 안다.

"야, 잠실 대교로 이동한다고 알리고, 애들 다 불러들여."

무전병에게 명령한 밤톨은 민간인들이 모여 앉아 있는 곳으로 걸어갔다. 불안에 질린 40여 개의 눈동자가 일시에 그에게 집중된다, 한 사람만 빼고. 예의 그 칼자국 난 사내는 천천히 고개를 돌리며 사방을 훑고 있다. 마치 그 혼자만 다른 차원에 속해 있는 것같이 여유롭다.

"저……."

밤톨은 민간인들이 받을 충격을 걱정하면서 조심스럽게 입을 열었다.

"구조대가 올 겁니다. 그런데 도로 상황이 여러분도 아시다시피 원활한 건 아니기 때문에 시간이 조금 필요합니다. 그러니까 지금부터 우리는……."

"시간? 시간이 대체 얼마나 필요하다는 거야? 몇 분?"

흥분하고 겁을 먹은 사람들이 저마다 한마디씩을 던져서 말을 끊는다. 밤톨은 긍정적인 쪽으로 숫자를 조금 속여서 대답했다.

"……한 시간 반에서 두 시간 사이라고 했습니다. 더 빨라질 수도 있고 말입니다."

"두 시간? 두 시간이라니! 두 시간을 어떻게 기다려, 여기서. 좀비들이 지금 사방에 득시글거릴 텐데. 민간인의 목숨이 위험하다고! 빨리 오라고 해!"

악다구니를 치는 사람들의 목소리가 높아지고 갈라졌다. 밤톨은 스트레스 때문에 뇌의 신경이 끊기는 것 같았다. 때마침 멀리서 좀비들의 포효가 울려오자 사람들은 더 난리가 났다.

"저기, 저거! 저거 타고 가면 되잖아요, 군인 아저씨. 응? 저거 내려오라고 해. 우리 타게."

여자가 가리킨 것은 그들 머리 위에 떠 있는 500MD 헬리콥터였다. 밤톨은 고개를 저었다.

"저기에는 최대한 끼어 앉아도 네다섯 명밖에 못 탑니다."

"일단 다섯 명씩 타고 빨리빨리 옮겨다 놓고, 또 오고 그러면 되잖아. 왜 자꾸 안 된다는 소리만 해? 왜?"

"저 헬리콥터가 그냥 떠 있는 게 아닙니다. 저기에서 관측을 하다가 대규모 좀비들이 몰려오거나 하면 저희에게 알려 줘서 피해야 한다는 말입니다. 화력 지원도 해 주고 말입니다. 게다가 저희한테만 매어 있는 게 아니라 이 부근을 계속 돌면서 이동하는 차량들 전부에게 훈수를 해 주는 겁니다. 다섯 명이 저걸 타고 가면 그 사람들은 좋겠지만, 그동안 나머지는 어떻게 합니까? 그리고 이렇게 좁은 지역에는 내리지도 않습니다. 소리 지르시지 말고 좀 진정하십쇼! 제가 지시하는 대로 잘 따르셔야……."

"너나 진정해, 인마! 너나! 지시? 누가 누굴 지시해? 나도 예비역 육군 병장이야, 이 새끼야! 빨리 다시 무전 때려! 민간인들이 위험하니까 최대한 빨리 오라고! 뭐 해! 빨리 무전 때리라고!"

거품을 물고 악을 쓰는 것은 아까 트레일러 안에서 기강이니 어쩌니 헛소리를 지껄이던 중년 남자다.

"그러지 말고 군인들 말을 들어요. 저 사람들이 더 잘 알지."

몇몇이 밤톨의 편을 들어 주려 한다. 하지만 중년 남자는 오히려 더 목소리를 높이고 생지랄을 한다.

"그러다 뒈지면? 응? 그러다가 뒈진다고! 이 좆도 무식한 여편네야! 모르면 잠자코 있어! 원래 군대는 쪼아야 뭐가 돌아가는 데야! 대가리에 똥만 찬 년이 어디서 끼어들어?"

밤톨은 이를 꽉 물었다. 밉다. 정말 성질 같아서는 반쯤 죽여 버리고 싶다. 시범 케이스로 한 놈을 조지면 나머지들도 다 순순히 지시를 따를 테니까.

하지만 그랬다가는 쉘터에 돌아가서 그 엄한 지휘관으로부터 어떤 처벌을 받게 될지……. 차라리 저 남자가 막 달려들기라도 하면 총을 빼앗길까 봐 그랬다는 핑계라도 대겠는데, 이놈은 앉은 자리에서 버럭버럭 고함만 친다.

가뜩이나 불안함이 극에 달해 있는 상황에서 그렇게 무질서를 부추기는 이 미치광이를 통제하기 위해 위협이 불가피했다고 하면 받아들여 줄까?

그렇게 밤톨이 고민하고 있을 때, 민구가 바지 주머니에 두 손을 꽂은 채 중년 남자 쪽으로 걸어갔다.

팍—.

민구의 킥이 턱을 돌리자, 여전히 뭐라고 악을 쓰며 핏대를 올리던 중년 남자가 맥없이 쓰러졌다. 말리고 자시고 할 여유도 없을 만큼 순식간에 일어난 일이었다.

어? 어?

민간인들이 놀라서 뒤로 물러나고, 군인들은 밤톨의 눈치를 본다. 민구가 민간인들을 향해 나직하게 내뱉었다.

"조용히 해. 지금부터 아가리 열지 마."

"어, 어이! 이, 이 새끼 왜 안 말려……."

군인들을 향해 하소연을 하던 남자가 두 번째 킥의 희생자가 됐다. 민구의 발이 번쩍 들리는가 싶더니, 얼굴이 새파래진 남자가 배를 부여잡고 쓰러져 신음한다. 격통에 휩싸인 남자를 향해 민구가 말했다.

"열지 말라고."

사람들은 순식간에 얼어붙었다. 밤톨과 군인들은 이래도 되는 걸까 싶어 불안했지만, 기분만은 속일 수가 없었다.

속이 다 시원하다. 정말 시원하다.

"아가리 처닫고 저 군인 말 들어."

밤톨을 지목한 민구는 초희의 곁으로 돌아갔고, 모처럼의 고요가 흐트러지기 전에 밤톨은 서둘러 지시 사항을 말했다.

"지금부터 우리는 왔던 길을 되돌아가서 잠실 대교 위로 올라갈 겁니다. 그곳에서는 전방과 후방 경계만 하면 되기 때문에 훨씬 안정적으로 방어를 할 수 있습니다. 거기에서 기다리다가 구조 차량이 도착했다는 무전을 받으면 다시 이 지점으로 복귀할 겁니다. 자, 알아들으셨으면 다들 일어나서 3열로 서세요. 거기 남자분들, 기절하신 분들 깨워서 양쪽에서 부축하시고 가장 앞에 서십쇼. 일어나요, 빨리!"

선봉과 후위를 둘씩 세우고, 나머지는 중간에서 민간인들을 호위하며 속보로 이동했다. 길고 완만한 곡선의 램프를 따라 걸어 올라가는 동안, 사방에 복잡하게 얽힌 고가 도로에서 언제 좀비가 뛰어내릴지도 모른다는 두려움과 싸우는 게 가장 힘이 들었다. 이윽고 잠실 대교의 북단에 도착한 병사와 민간인들은 안도의 한숨을 내쉬었다.

02

잠실 대교에 올라온 이후에야 새로 알게 된 사실은 이 도로에 꽤 많은 로드킬의 흔적이 있다는 것이었다. 장갑 트레일러의 옆으로 난 공기구멍을 통해서는 전혀 보이지 않던 광경이다. 물론 로드킬의 희생자는 동물이나 그런 게 아니라 사람 모양을 한 좀비들이었다.

신체가 심하게 훼손되고 머리가 터진 좀비들의 시체가 드문드문 널려 있다. 이곳 역시 청정 지역이 아니라는 걸 알리는 증거였다. 어쨌든 보기에 너무 끔찍해서 밤톨은 깔려 죽은 시체들이 눈에 띄지 않는 곳까지 일행을 이동시켰다.

“여기에서부터 저 다음다음 가로등까지, 가로등 세 개만큼을 민간인 구역으로 지정하겠습니다. 그 안에서만 이동하고 경계를 넘지 말아 주십쇼. 별도의 지시가 있을 때까지 휴식하셔도 좋습니다. 아, 그리고 가급적 도로 가운데에 계시고, 자동차 밀어서 쌓아 놓은 데에 기대거나 그 위에 올라서지 마십쇼. 대충 겹쳐 놓은 거라 언제 무너질지 모릅니다.”

밤톨은 가로등 세 개만큼의 길이, 약 40미터 안에 사람들을 모아 두고 병력을 반으로 나눴다. 트레일러의 포대에서 가져온 K-3 경기관총을 앞뒤로 한 정씩, 병력도 총 세 명씩이다. 좀비가 시야에 잡히면 머뭇거리지 말고 먼저 사격부터 하라고 지시했다. 그리고 자신과 무전병을 포함한 넷은 민간인 구역에서 양쪽을 번갈아 살피다가 필요할 때 지원을 하기로 했다.

“아, 아이구, 아야야…… 내가 저 개새끼…… 언젠가는 꼭 복수한다. 씨부랄 새끼…….”

민구에게 맞아 뻗었던 중년 남자가 민구의 뒷모습을 멀리서 흘겨보며 실현 가능성이 없는 이야기를 웅얼거렸다. 배를 맞고 숨을 쉬지 못했던 남자 역시 그 바로 곁에서 이를 북북 갈고 있다. 담배 생각이 간절한데 꽁초까지도 다 피운 지가 옛날이다.

“어이, 후배님. 담배 있으면 한 대만 빌립시다.”

중년 남자가 부탁해도 이 꼴 보기 싫은 놈에게 그걸 줄 만큼 속 좋은 병사는 없었다. 다들 못 들은 척 외면하거나 없다고 고개를 저었다.

“어?”

쌓여 있던 자동차를 보던 남자 하나가 기쁨과 놀람이 섞인 탄성을 지르고 밤톨에게 다가왔다. 무슨 용건이시냐고 묻는 밤톨의 질문에 남자는 엉망으로 망가진 승용차를 가리켰다.

“저, 저기 개머리판으로 한 대 툭, 치든가 해서 저 차 유리창 좀 깨 줘요. 아니면 아까 삽 가지고 오던데, 그걸 좀 빌려주면 내가 깨도 되고. 조수석에 담배가 있네. 그것도 갑이 아니라 보루로. 반 보루는 넘게 남은 것 같은데, 너무 아깝잖아. 여기 버려 두고 가면.”

내키지는 않지만 별로 힘이 드는 일도 아니었다. 이번만 특별히 해 주는 거니까 더 요구하지 말라고 이야기한 밤톨은 삽을 들고 가 유리창을 박살 낸 뒤, 담배를 꺼내 줬다. 정말로 한 대여섯 갑은 족히 들어 있다.

신이 나서 남자의 주변으로 모여든 흡연자들이 한 대씩을 얻어 물고 만족한 표정으로 연기를 뻑뻑 풍겨 댄다.

민간인 구역에서 30여 미터를 떨어져 경계 근무를 서고 있는 군인들도 한 대씩을 피워 물었다. 날은 후끈거리지, 시간은 죽여야 하지, 게다가 마음은 떨리지, 그야말로 담배 피우기 딱 좋은 조건이다.

“형님은 담배 안 피우십니까? 하나 드릴까요?”

초희와 함께 민간인 구역의 북단에 서 있던 민구에게 다가간 밤톨이 물었다. 철책을 사이에 두고 잠실에서 처음 보았던 날, 이 남자가 좀비들을 해치우고 여유롭게 담배 연기를 뿜어내던 모습을, 밤톨은 똑똑히 기억하고 있다. 하지만 민구는 고개를 저었다.

“아, 끊으셨습니까? 그럼 저만 한 대 피우겠습니다.”

“피우기는 하는데, 걸리는 게 조금 있어서.”

밤톨이 다시 물었다.

“걸리는 거요? 그게 뭡니까?”

“예전에 어떤 놈들한테 들은 이야기인데, 그놈들 말로는 괴물들이 담배 냄새를 맡고 온다고 하더군.”

불을 붙이려던 밤톨은 눈을 동그랗게 뜨고 잠시 민구를 바라보았다. 그러고는 곧바로 웃음을 터뜨리며 라이터를 켰다.

"하마터면 믿을 뻔했습니다. 큭큭큭, 농담도 꽤 잘하시네요. 후우~."

"그쵸? 그거, 말도 안 되는 이야기 맞죠? 아우! 오빠는 계속 담배도 못 피우게 난리야!"

초희는 밤톨이 온 걸 기회로 삼아 얼른 한 대를 피워 물고 철퍼덕 두 다리를 펴고 앉는다. 그녀의 다리를 잠시 바라보던 밤톨이 금방 제정신을 차리고 민구에게 고개를 돌렸다.

"아 참, 담배 이야기를 하러 온 게 아니었지……. 아까는 정말 고마웠습니다. 통제가 전혀 안 돼서 난감했거든요. 어휴~."

"뭐, 그럴 때는 하나 정도 본을 보여 주면 되니까."

민구가 덤덤하게 대꾸했다. 괜히 어영부영 시간을 끌었다가는 몰살당하기 딱 좋은 상황이었기에 나선 것뿐이다. 밤톨이 씁쓸하게 웃었다.

"그거야 저도 잘 알죠. 군대에서 1년 반 동안 배운 게 삽질이랑 사람 갈구는 건데요. 근데 저희 연대장님도 그렇고, 대대장님도 민간인들이랑 마찰 빚거나 피해 끼치는 거에 엄청 엄하시거든요. 그러니 신경이 쓰이더라고요. 군인이라는 게 원래 쓰는 사람 따라 색깔이 달라지는 거 아니겠습니까."

대민 지원 센터인가에서 만났던 낙타같이 생긴 놈의 경우를 생각하면 딱히 그런 것 같지만도 않았으나, 민구는 굳이 말을 꺼내지 않았다. 그보다는 눈앞의 전망에 집중했다.

도로 양쪽으로 자동차들을 밀어 둬서 약 2.5차선이 된 잠실 대교 송파 대로 위에 서 있는 건 꽤 묘한 기분이 드는 일이었다. 그 텅 비고 쭉 뻗은 길의 모습을 보고 있노라면, 인간의 종말이 실제로 자신의 주위에서 일어나고 있다는 것이 실감된다. 다들 그렇게 발버둥을 치고 살아온 결과가 이건가 싶어 헛웃음이 나올 지경이었다.

"저기 저 고가 도로…… 걱정돼서 그러시는 거죠? 저도 그렇습니다. 좀비 새끼들이 지나가다가 무더기로 뛰어내리면 어쩌나 하고 말입니다."

민구의 시선을 오해한 밤톨이 전방의 강변 북로를 가리킨다. 그들이 위치한 잠실 대교와 직각으로 교차하는 고가 도로다. 하필이면 그 교차하는 구간에는 높다란 차단벽조차 없이 그저 야트막한 난간뿐이다.

하지만 애초에 교각의 높이가 꽤 돼서 만약 괴물들이 뛰어내린다고 해도 멀쩡한 몸으로 일어설 수는 없을 것이다. 담배를 잡은 밤톨의 손이 덜덜 떨리는 걸 보며 민구가 말했다.

"긴장했군."

"창피하기는 하지만, 형님 말씀이 맞습니다. 무서워요. 상대가 좀비라는 게…… 물리면 그걸로 끝이잖습니까? 살짝 물리든 깊이 물리든 상관없이 그냥 전부 똑같이 죽어야 한다는 게 너무 매정한 것도 같고, 어딘가 불합리한 것처럼도 느껴지고…… 뭐, 그렇습니다. 다들 비슷하지 않을까요? 사람을 상대로라면 이렇게 무서워하지는 않을 것 같은데."

밤톨이 한숨을 내쉬는 걸 보며 민구는 히죽 웃었다.

"생각을 바꿔 봐. 한결 기분이 나아질걸?"

"생각을 바꾸라니, 그게 무슨?"

"저것들은 최소한 고문은 안 하잖아. 재미 삼아 시간을 끌지도 않고, 죽어 가는 걸 다시 깨워서 또 괴롭히는 법도 없지. 인간은 그런 짓을 할 수 있거든. 그러니까 인간과 싸우는 편이 훨씬 더 무서운 거야. 내가 얼마나 미친놈과 상대하고 있는지 싸움에서 지기 전까지는 절대로 알 수 없으니까. 산 채로 가죽을 벗긴 다음 얼마 만에 죽는지 시간을 재고 있는 놈에 비하면, 저 괴물 같은 건 그렇게 겁날 것도 없지."

넋을 놓고 민구의 이야기를 듣던 밤톨의 손에서 담뱃재가 툭, 떨어진다. 허어~. 밤톨이 고개를 저으며 두어 걸음 물러났다. 총 멜빵을 잡은 손에 힘이 들어간다.

"다른 사람이 그런 말 하는 걸 들었으면 '뭐지, 이건? 왜 이렇게 허세를 부리지?' 하겠는데, 형님이 말씀하시니까 확 오네요. 그 칼 들고 싸우는 걸 봐서 그럴까요? 어휴~ 소름이……. 근데 저도 한 말씀 드리면요, 어디 가서 그런 말씀 안 하시는 게 좋을 것 같아요. 진짜 리얼해서 형님 곁에 다가가기 싫어지니까 말입니다."

밤톨은 농담과 진심이 반반씩 담긴 말을 남기고 다시 무전병이 있는 곳으로 돌아갔다.

민간인 구역은 담배 연기가 쉬지 않고 피어오르는 중이다. 보행자 통행로 쪽으로 나가서 피우는 사람들도 있지만, 아까부터 꼴 보기 싫던 놈들은 대여섯 명이 아주 나들이라도 온 것처럼 모여 앉아서 줄담배를 피워 댄다. 비흡연자들이 콜록거리며 한쪽으로 피하는 걸 보니, 차에서 담배를 꺼내 준 게 후회스럽다.

"조 병장님."

무전병이 밤톨에게 뛰어와 은밀하게 부른다.

응? 밤톨은 무전병을 돌아보았다. 잘 터지지도 않는 소형 무전기를 들고 전파가 잡히는 데를 찾아 돌아다니느라 무전병의 얼굴은 땀으로 범벅이 되어 있었다. 장갑차의 통신 장비만 믿고 있었기 때문에 이런 것에 목숨을 맡기게 될 거라고는 생각하지 않았다.

"걱정하시던 그겁니다. 강변 북로에서 접근 중이랍니다. 규모는 넷이고, 20분 뒤쯤부터는 이 위로 지나갈 거라고 했습니다."

소식을 전하는 무전병의 목소리가 떨린다. 덩달아 밤톨의 가슴도 더 빠르게 뛰기 시작했다.

"넷? 넷이라고 했냐? 천 마리가 넘는다고? 아씨, 돌아 버리겠네, 진짜."

시간을 확인하던 밤톨은 자신의 시계가 망가진 것인가 잠시 의심했다. 아까부터 지금까지 겨우 40분도 지나지 않았다니. 1초, 1초가 너무 더디게 흐른다. 구조대가 도착하려면 앞으로도 한 시간 반은 기다려야 한다.

저 멀리 머리 위로 지나는 강변 북로와의 거리를 가늠해 봤다. 100미터 이상 떨어져 있는데도 충분하지 않아 보인다.

천 마리라니…… 자신들의 화력을 총동원해도 그만큼을 죽일 수는 없다. 고이 지나가 주면 제일 좋겠고, 그게 아니라면 위에 떠 있는 헬리콥터가 반 이상 처리해 줘야 한다. 아니, 반 가지고는 어림도 없다. 헬기가 8할은 잡아 줘야 생존의 희망이라도 가져 볼 수 있을 거다.

어쩌지? 뒤로 더 빠질까?

고민을 하고 있을 때, 뒤쪽에서 총성이 울렸다.

탕, 탕, 타타탕―.

밤톨은 기겁을 하며 돌아봤다. 심장이 멎는 것 같다. 놀란 게 그 혼자만이 아니어서, 민간인들 역시 비명을 지르며 기겁을 했다.

"조용히 해요! 시끄러워!"

소란을 잠재우기 위해 버럭 악부터 썼다. 조금 전하고는 다르게 이번 명령은 먹혔다. 찍소리도 없이 구석으로 물러나 앉는 걸 보니 다들 총소리에 어지간히 쫀 모양이다.

투투투― 투투투― 투투투―.

그사이에도 쉬지 않고 3점사 소리가 전해졌다. 밤톨은 병력 둘을 데리고 남단 쪽으로 뛰어가며 외쳤다.

"야, 뭐야? 응? 왜 그래?"

좀비입니다! 다리 남단에서 접근해 옵니다!

대답을 듣기 전부터 이미 밤톨도 눈으로 확인을 할 수 있었다. 스무 마리 정도의 좀비가 간격을 두고 이쪽을 향해 달려오고 있는 모습이 깨알같이 멀리 보였다.

투투투투투― 투투투투투!

K-3 사수가 놈들을 향해 총알을 퍼부어 대고 있지만, 덜덜 떠느라 제대로 맞히지를 못한다.

"막 갈기지 말고 조준해서 신중하게 쏴! 실탄 아끼라고! 아직 거리 있잖아!"

말은 그렇게 하면서도 밤톨 역시 경기관총 바로 옆에 자세를 취하고 앉았다.

어제까지 왔던 비가 증발하며 아지랑이가 피어오르기 시작한 넓은 도로로 좀비들이 뛰어온다.

가늠자를 통해 그 일렁이는 모습을 보고 있자니, 뭔가 비현실적인 풍경 같다. 하지만 이 상황은 너무도 냉혹한 실제다. 개미 새끼같이 조그맣게 보이는 저 좀비들이 여기까지 도달해서 몸 어느 곳에든 이빨을 한 번 박으면 그걸로 끝이다. 치료고 뭐고 아무 방법이 없다.

안전장치를 해제한 밤톨은 호흡을 가다듬고 표적에 집중하기 위해 애를 썼다.

후우~ 후우~. 숨을 들이쉴 때마다 자꾸 총구 끝이 흔들린다. 조금 전, K-3 사수 놈이 자꾸 엉뚱한 데로 총알을 날리던 것도 이제 이해가 된다.

제길, 여기는 나를 지켜 줄 울타리가 하나도 없다. 밀리면 죽는다는 게 너무도 뼈저리게 느껴져 두렵다. 등 뒤에서 불어오는 바람이 목덜미를 스치고 지나자 온몸에 소름이 돋아 올랐다.

진정해…… 진정…… 씨발, 어려울 거 없잖아? 지그재그로 뛰어오는 것도 아니고, 그저 똑바로 달려오기만 할 뿐이야.

그렇게 밤톨이 스스로를 진정시키고 있자니, 흔들리던 가늠쇠 안에 좀비의 모습이 잡혔다. 밤톨은 숨을 멈추고 방아쇠를 당겼다.

탕타탕— 탕타탕—.

잇달아 발사된 여섯 발의 탄환이 얼굴을 박살 내는 것과 동시에 좀비의 몸이 뒤로 나동그라진다.

그래! 그래! 잘하잖아! 좋아!

밤톨은 스스로를 칭찬하면서 총구를 옆으로 돌렸다. 자신의 한패가 죽든 말든 좀비들은 똑같은 기세로 달려오고 있다. 이놈들이 상대로서 마음에 드는 유일한 장점은 추호도 피할 생각을 않는다는 것이다.

“지원 갑니까?”

북단에 배치해 둔 병사들이 큰 소리로 묻는다. 밤톨은 뒤로 고개를 돌려 외쳤다.

"아니야! 아니야! 현 위치 지켜! 전방 경계해!"

투투투투— 투투투—.

계속 방아쇠를 당겨 대던 K-3 사수가 마침내 두 놈을 자빠뜨렸고, 밤톨을 따라 달려온 병사도 한 놈의 대가리를 명중시켰다.

아직 거리는 200미터 이상 남았지만, 느긋하게 굴 여유는 없다. 놈들과의 거리가 좁혀지면 명중률도 올라가겠지만, 그만큼 이쪽의 조바심도 커져서 허둥대게 될 테니까.

여섯 명의 병사는 열심히 방아쇠를 당겨 댔고, 스무 마리의 좀비는 이내 진짜 시체로 변해 잠실 대교 위에 널브러졌다.

이제 다음 이동 차량들이 지나면서 저것들을 깔아뭉개면, 조금 전 그들이 봤던 그 끔찍한 몰골이 되어 길바닥 위에서 천천히 썩어 가게 될 것이다.

휴우~. 긴장이 풀어지며 한숨이 나온다.

"잘했어! 잘했어!"

밤톨은 세 마리를 사살한 자신과 나머지 좀비들을 죽인 다른 병사들 모두를 향해 칭찬의 말을 쏟아 내고, 하이바를 한 번씩 두드려 줬다. 고작 스무 마리가 300여 미터 이상을 달려오는 동안 처리하는, 어찌 보자면 간단한 일이었는데도 병사들의 얼굴은 땀으로 범벅이 되어 있었다.

"대체 이 좀비 새끼들이 어디서 이렇게……."

거기까지 말을 하던 밤톨은 잠실 대교 남단의 수많은 아파트 단지들을 생각하고 입을 다물었다. 저기라면 넓은 대로로 규모 오 이상의 좀비들이 수시로 돌아다닌다. 오늘 장갑 트레일러도 그 지역으로 진입하기 전에 꽤나 긴 시간을 대기했다. 놈들이 이 정도 수만큼만 들어와 준 게 오히려 다행일 정도다. 그래서 밤톨은 질문을 바꿨다.

"왜, 왜 하필 이 시점에 여기로 온 거지? 우리가 여기 있는 걸 알기라도 하는 것처럼……."

휘이잉—.

불어오는 바람이 전술 조끼와 긴장 때문에 땀으로 범벅이 된 등을 두드린다. 마치 답이라도 해 주는 것처럼…….

— 괴물들이 담배 냄새를 맡고 온다고 하더군.

칼자국 난 사내의 말이 떠오른 밤톨은 뒤통수를 맞은 것 같은 충격을 느꼈다. 바람에 실려 자욱했던 화약 연기가 남단을 향해 날아가며 그의 의심을 더 부추겼다.

밤톨은 민간인들을 모아 놓은 뒤쪽으로 고개를 돌렸다. 초조함을 달래려는지 아직까지도 연신 담배 연기를 뿜어내고 있다. 하지만 코를 킁킁거려 봐도 담배 냄새가 실감되지는 않는다.

그도 그럴 것이, 30미터 이상 떨어져 있으니까…… 개코도 아니고, 설마 이 정도 냄새를 맡고 쫓아온다는 거야? 하지만 우연이라고 하기에는 너무 공교롭기도 하잖아…….

확신은 없지만 조심해서 나쁠 건 없어 보였다. 밤톨은 병사들에게 말했다.

"지금부터 구조 차량 올 때까지 금연이다. 다들 담배 꺼내지 마."

다들 이유를 묻지도 않고 알겠다는 대답을 한다. 민간인들에게도 같은 지시를 하기 위해 밤톨이 돌아섰을 때, 건너편 차선의 자동차들 사이로 뭔가가 쑥 지나쳤다.

'응? 뭐지? 잘못 본 건가…….'

밤톨은 무의식적으로 건너편 차선을 향해 한 발짝을 내디뎠다. 자동차들을 양쪽으로 밀어내고 길을 튼 북쪽 차로와 달리 남쪽 차로에는 여전히 자동차들이 방치되어 있어서 시야를 가렸다.

밤톨이 다시 한 걸음 더 다가갔을 때, 머리 가죽이 반쯤만 남은 좀비의 머리통이 버스 뒤쪽에서 쑤욱 튀어나왔다. 밤톨과 눈을 마주친 좀비가 곧장 아가리를 쫘악 벌리며 달려온다.

"으! 으아악!"

밤톨은 뒷걸음질을 치며 오른쪽으로 물러났다. 다급해지니 안전장치를 푸는 것조차 더듬거리게 된다. 그사이에 좀비는 몸을 날려 중앙선에 설치된 차단벽을 뛰어넘었다.

쿠당탕—.

밀어 놓은 자동차 더미를 들이받고 구른 좀비가 벌떡 일어섰다. 밤톨 역시 그동안 사격 자세를 갖출 수 있었다. 방아쇠에 손가락을 걸려는 순간, 탕타탕— 탕타탕— 탕탕탕— 날카로운 총성이 등 뒤에서 울리는가 싶더니, 차단벽에 돌가루가 튀고 좀비의 얼굴과 가슴이 박살 났다.

놈이 그야말로 짓뭉개진, 썩은 고깃덩어리가 되어 자동차 사이에 처박힌 걸 확인한 밤톨은 겁에 질린 표정으로 뒤를 돌아보았다. 아직도 귀가 찡찡 울릴 만큼 가까이에서 총알이 지나갔었다.

"하아~ 하아~."

밤톨과 대각선 방향에 서 있는 김 이병도 그만큼이나 두려움에 사로잡힌 채 총을 꽉 쥐고 있다. 이놈이다. 손가락이 아직도 방아쇠에 걸려 있는 이놈이 쏜 거다. 각도로 보자면 녀석이 쏜 총알은 자신의 몸에서 50센티도 안 떨어진 곳을 스치고 지나가 차단벽과 좀비를 때린 거다. 아찔하다. 밤톨은 최대한 침착하게 명령했다.

"……김 이병, 총구 내려."

녀석이 얼떨떨한 표정으로 고개를 끄덕이며 총구를 바닥으로 향하는 걸 확인한 밤톨은 놈의 하이바를 후려쳤다.

"야, 이 미친 새끼야! 누가 아군 등 뒤에서 총 쏘래? 응?"

"저, 저는 조 병장님께서 대응을 못 하시는…… 조, 조심하겠습니다!"

"죽을래, 이 개새끼야? 쏜다고 말을 하든가, '엎드려!'라고 외치든가 해야 할 거 아니야? 응? 아까 옆으로 한 발짝만 떼었으면 내가 맞는 거였잖아!"

분을 못 참아 또 손이 올라가려던 밤톨은 김 이병의 입술이 파랗게 질린 것을 보고 멈칫했다. 이놈도 마찬가지다. 무서워서 제정신이 아닌 것이다. 늘 철책 위의 사대에서만 좀비들을 상대하다 보니까 이렇게 훤히 뚫린 3차원의 전선에서 어디에 서야 하는지, 뭘 해야 하는지를 전혀 모르는 거다.

그리고 그건 자신도 마찬가지였다. 만약 그 자신이 그렇게 어리바리하게 움직이지 않았으면 김 이병이 욕을 먹을 일도 없었으리라.

밤톨은 싱크홀이 생긴 이래 자신이 분대원들과 가장 중요한 이야기를 하지 않았다는 걸 깨달았다. 아직도 먹먹한 귀를 꽉 눌러 진정을 시키며 밤톨은 김 이병을 포함한 모든 병사들에게 말했다.

"솔직하게 말한다. 지금 건 내 잘못도 컸다. 그동안 좀비들을 많이 상대해 봤기 때문에 우리가 전문가라고 착각할 수 있는데, 오늘처럼 딱 우리 분대끼리만 좀비들을 죽이는 건 처음이야. 그렇지?"

모두 고개를 끄덕이는 걸 확인하고, 밤톨은 이야기를 계속 이어 나갔다.

"당연히 뭔가 아귀가 안 맞고 허술할 거다. 누가 뭘 할지, 뭘 해야 다른 사람이 편한지, 서로 훤히 알지를 못한다는 말이다. 장갑차 몰던 너희 둘이야 말할 것도 없고. 뭐, 지금 그걸 안다고 해서 당장 문제가 해결될 것 같으면 훈련은 왜 하겠냐마는…… 내가 할 말은 이거다. 교전할 때 자기 머릿속에 생각하고 있는 것을 입으로도 계속 떠들어라. 무섭다, 도망가고 싶다…… 이런 말을 하라는 게 아니고, 어디로 이동할지, 발포할지, 어디에 지원이 필요한지, 이런 거를 다른 분대원들도 듣고 알 수 있도록 큰 소리로 외치라는 거다. 알겠나?"

"네, 알겠습니다!"

'그래, 좋아!' 하고 돌아서던 밤톨이 고개를 갸웃거렸다.

그런데 내가 왜 돌아섰지? 뭔가 하려고 했었는데?

아, 담배!

바람에 실려 오는 매콤한 냄새를 맡은 밤톨은 제 머리를 치고 민간인들을 향해 뛰어갔다. 헐레벌떡 달려오는 밤톨을 보고 더욱 위축된 민간인들이 조심스레 물었다.

“아, 아직 다 못 잡았어요? 좀비 또 옵니까?”

“지금은 다 잡았습니다. 하지만 계속 올 겁니다. 그보다 지금부터 금연입니다. 모두 담배 피우지 마십쇼! 지금 물고 계신 분들 빨리 버리고 불 다 끄십쇼! 빨리! 혹시라도 담배 피우시려는 분이 있으면 주변에서 말리셔야 합니다. 알겠습니까?”

담배를 버리라고 하면 분명 누군가 성질을 부리며 개지랄을 할 거라고 밤톨은 생각했다. 하지만 흡연자들은 겁에 질려 서둘러 담배를 바닥에 던지고 신경질적으로 비벼 껐다. 누구 하나 대거리를 하거나 이유를 물고 늘어지는 사람이 없었다. 조금 전의 총성이 이들을 어지간히 위축시킨 모양이다.

‘젠장, 순한 양이 따로 없구나. 이렇게 효과가 좋을 줄 알았으면 아까도 좀비가 나타난 척하고 허공에 몇 발 쏴 줄걸.’

밤톨이 혀를 끌끌 차고 있을 때, 무전병이 쫓아왔다.

“700미터 정도 남았답니다. 대피합니까, 아니면 현 위치 고수합니까?”

아, 이런 젠장! 강변 북로! 거기도 있었지. 벌써 그렇게 가까워졌다고? 700미터, 건성으로 걸어도 10분 정도면 이 근처에 도달한다. 밤톨은 정신이 아득해졌다.

분대장이라는 게 뭐 그리 대단한 벼슬이라고, 생각하고 준비해야 할 게 이렇게 많은 건지……. 이렇게 골치 아플 걸 알았다면 차라리 트레일러 안에 있을 걸 그랬나 하는 생각까지 든다.

밤톨은 이내 고개를 저었다.

아니야, 거기 있었다가 구덩이에 끌려 들어가 버리면 지하수하고 흙에 파묻혀서 문도 못 열어 보고 죽었을 거야…….

지금 해야 할 일은 후회가 아니라 앞으로의 계획을 짜는 거다. 그리고 조금 전 김 이병과 같이, 혹은 그 자신처럼 실수하는 놈이 나오지 않도록 분대장으로서 지휘를 해야 한다.

“다 모여 봐. 할 이야기가 있다. 그리고 민간인분들, 일어나십쇼. 후방으로 이동합니다. 저기 보이는 저 군인이 있는 데를 지나서 그 다음다음 가로등이 있는 데까지 쭈욱 걸어가십쇼."

"……더 가라고요? 왜 그래요? 담배도 그렇고…… 갑자기……. 무슨 일인지 좀 알려 줘요."

온순한 여자가 덜덜 떨며 묻는다.

아까도 군인들 말을 듣자고 하며 밤톨의 편을 들어 주던 여자다. 밤톨은 최대한 무덤덤하게 일러 줬다.

"몇 분 뒤면 저기 보이는 고가 도로로 좀비들이 지나갈 겁니다. 그냥 지나갈 건지, 아니면 여기로 뛰어내려서 달려올지 모르니까 일단 뒤로 피신하시라는 겁니다. 담배도 피우지 말고 소리도 내지 말고 조용히, 움직이지 말고 계세요. 제가 이젠 됐다고 할 때까지. 더 길게 이야기할 시간 없습니다. 빨리 걸으십쇼."

민간인들을 재촉해서 뒤로 보낸 후, 밤톨은 그의 지휘를 받는 아홉 명의 병사를 모두 한데 모이게 했다. 큰 소리로 생각과 다음 행동을 말하라는 이야기를 다시 한번 강조하고, 오늘뿐 아니라 어쩌면 생애의 마지막이 될지도 모르는 전술 지휘를 했다.

먼저 경기관총 사수와 K-1을 휴대하고 있는 장갑차 승무원들을 지목한 밤톨은 10여 미터 뒤에 있는 버스를 가리켰다.

"짧게 말할게. 5분 뒤에 저기에서 좀비가 올지도 몰라. 오면 꽤 많이 올 거니까 미리 준비를 하자. K-3 사수들하고 너희 둘은 탄통 다 챙겨서 건너편 차선의 버스 위로 올라가. 나도 버스 위에 올라가 본 적은 한 번도 없어서 어떻게 생겼는지 자세히는 모르겠지만, 너희 네 명이 비스듬히 사선으로 엎드릴 정도는 될 거다. 그리고 나머지 우리는 전부 여기 이 가로등을 기준으로 선다. 그럼 K-3보다 약간 앞서 있는 모양이 되겠지. 만약에 좀비들이 뛰어내려서 50미터 이내로 접근해 오면 우리는 다시 100미터 뒤로 간다. 그동안에 K-3가 지원을 해 주면 우리가 다시 재정비를 하고 너희를 지원해 줄게. 간단하지? 아 참, 너는 처음부터 완전히 뒤로 빠져서 민간인들을 인솔해 남단으로 가."

밤톨이 지목한 것은 무전병이었다. 무전병이 이해할 수 없다는 표정을 짓자 밤톨이 부연 설명을 해 준다.

"민간인을 뒤로 보내긴 하지만, 아까도 그쪽에서 좀비들이 왔었잖아. 그리고 나중에 지원 차량이 와도 무전 연락 주고받을 사람이 있어야 하고. 그 사람들 다 네 책임이다. 남단에 뭐가 기다리고 있는지 몰라도…… 민간인들한테 너무 바짝 붙지 말고, 하여튼 잘되면 부르러 갈 테니까. 이게 내 작전이다. 더 좋은 생각이 있으면 기탄없이 말해라. 계급 같은 거 신경 쓰지 말고."

자신을 에워싸고 있는 병사들을 둘러보며 밤톨이 말했다. 다들 겁에 질렸으면서도 그걸 겉으로 드러내지 않기 위해 노력 중이라는 게 훤히 보인다.

하아~. 밤톨이 가볍게 한숨을 내쉬고 말했다.

"뒤에 있는 저 사람들, 우리 부모님이나 삼촌, 숙모라고 생각해 봐. 우리 가족이 저기 모여 있는데 내가 총을 가지고 지켜 주는 거라고 상상했더니, 나는 좀 기운이 나더라. 자, 악으로 버티자! 준비해!"

K-3 사수들이 버스 위로 올라가도록 도와주고, 나머지 병사들은 갓길에 쌓아 둔 자동차들 사이에 몸을 숨겼다. 마지막 경고처럼 좀비들이 근접했다는 내용의 무전을 보낸 500MD는 강변 북로를 마주 보고 떠 있다. 힐끗, 밤톨은 머리만 내밀고 강변 북로의 야트막한 난간을 노려보았다.

"아우, 무서워. 이게 웬일이야? 싫어라, 정말. 왜 하필 내가 올 때 이 난리냐고. 길이 꺼져도 내일 꺼질 것이지. 아니, 근데 오빠…… 뭐 해, 지금?"

덜덜 떨며 뭉쳐 있는 사람들 곁에서 온갖 불평을 다 하던 초희가 민구를 보며 찡찡댔다. 남단에 외로이 버티고 서 있는 무전병이 그들의 모습을 힐끗 돌아보았지만, 중앙선을 넘는 것에 대해서까지 굳이 잔소리를 하지는 않았다.

민구는 대꾸하지 않고 건너편 차선의 자동차들 사이를 걸어 다니며 내부를 들여다보았다. 대답이 없자 초희는 더 언성을 높였다.

"아이 씨, 안 그래도 짜증 나는데 왜 강 실장 오빠까지 나 무시하냐고! 뭐 하는데? 이럴 땐 그냥 내 옆에 와서 손 좀 잡아 주면 안 돼?"

"옳지~."

여전히 자동차들을 뒤지고 다니던 민구는 구형 승용차 트렁크에서 타이어 교체용 렌치를 찾아냈다. 짧은 치마를 입고서 용케 중앙분리대를 넘어 곁으로 온 초희가 한숨을 쉰다.

"그게 뭐야? 그까짓 거 짧아서 별루 세 보이지도 않는다고! 오빠 쫓아오다가 허벅지 다 긁혔잖아! 아우, 씨발. 쓰라려! 이것 좀 봐, 까진 거! 꺄악! 이, 이거 뭐야? 사람 죽은 거잖아!"

치마를 풀썩거리며 허벅지의 생채기와 하늘하늘한 팬티를 동시에 보여 주던 초희가 바닥에 쓰러져 있는 시체들을 보고 기겁을 한다.

민구도 이런 허접한 걸로 싸울 생각은 없다. 애초에 무게중심이 안 맞아서 제대로 휘두르기도 어렵고, 너무 짧다. 하지만 이걸로 창문은 박살 낼 수 있다. 그리고 요령을 좀 부리면 트렁크도 열 수 있고.

"근데 오빠, 오빠가 암만 세도 세상엔 인력으로 안 되는 게 있어. 100마리도 넘게 올 거 아니야? 그럼 어차피 못 이겨. 차라리 우리 어디 숨어."

초희의 말은 반은 맞고, 반은 틀렸다. 100마리가 아니라 몇십 마리만 한꺼번에 달려들어도 도저히 이길 수 없을 거다. 하지만 만약 군인들이 걱정하듯 저 방향에서 놈들이 덤벼온다면, 그때는 든든한 아군이 생긴다. 높이라는 이름의 아군이…….

10여 미터 아래로 뛰어내리는 놈들의 다리가 멀쩡할 리가 없다. 그리고 만약 놈들의 속도가 부러진 다리 때문에 확 줄어든다면, 그런 놈들을 상대로는 싸워볼 만하다.

"떨어져 있어. 튄다."

민구는 뒤를 졸졸 쫓아오는 초희를 피하게 하고는 렌치를 휘둘러 애초에 그가 목표로 삼았던 승합차로 다가가 짙게 선팅된 유리창부터 박살 냈다. 손을 안으로 넣고 자물쇠를 당겨 열었다.

번거롭게……. 민구는 얼굴도 모르는 한심한 차 주인을 비웃었다. 이런 데다가 차를 버리고 달아날 만큼 다급했으면서 문을 잠그고 가다니, 인간의 습관이란 참 무섭다. 차 뒤쪽으로 들어간 민구는 허탕을 치고 나왔다.

젠장……. 잠실 쉘터에 고이 남겨 두고 온 칼들이 새삼 아쉽다. 양복 안쪽 나이프 홀더에 숨겨 둔 라 그리프 나이프는 너무 짧아 괴물들 상대로는 적당하지 않다. 그러니 뭔가 쓸 만한 걸 건져 내야 한다.

콰창—.

민구는 또 다른 SUV의 유리창을 박살 내고 뒤쪽 짐칸을 살펴보았다. 그렇게 예닐곱 대의 승합차 유리를 부숴 보고, 승용차 브레이크 등을 박살 내서 트렁크를 연 뒤에야 그는 겨우 갖고 싶은 물건을 하나 찾았다.

03

"잘한다, 잘한다. 그래, 계속 가라. 이쪽 돌아보지 말고 쭉 가라."

자동차 더미 뒤에 몸을 숨긴 채 강변 북로를 엿보고 있는 밤톨은 주문을 외우듯 작게 중얼거렸다.

좀비 사태 이후 몰라보게 맑아진 공기는 가시거리를 넓혔고, 덕분에 150미터 이상 떨어진 고가 도로의 자동차들 사이로 걸어가는 좀비들이 또렷하게 보였다. 적어도 지금까지는 이쪽을 돌아보는 놈이 없고, 아무것도 뛰어내리지 않고 있다.

"어? 저 새끼, 왜 저래? 야, 그냥 가!"

두어 놈이 갑자기 멈춰 서서 머뭇거리자 밤톨의 입에서 안타까운 탄성이 터져 나왔다. 행렬이 나타나고 10분 정도가 지난 시점에 일어난 변화였다. 왜인지는 모르겠다.

바람의 방향이 바뀌어서? 아니면 버스 위에 거치된 K-3의 총신이 반사되는 걸 보고? 또는 헬리콥터의 엔진 소리가 놈들의 신경에 거슬렸을 수도 있다.

하여간 놈들은 뭔가 그리운 것을 발견하기라도 한 양 그 자리에 멈춰 서서 하염없이 밤톨과 분대원들이 대기하고 있는 방향을, 그러니까 잠실 대교의 남단 쪽을 응시하고 있다. 좋지 않다. 밤톨의 턱을 타고 주르륵 식은땀이 흘러내린다.

헬리콥터 조종사도 비슷한 생각을 한 모양이다. 지금까지 조용히 지켜보고만 있던 헬리콥터가 갑자기 방향을 바꿔 선회하며 고가 도로와의 거리를 벌렸다. 적정 사거리 확보를 위해 뒤쪽으로 물러나는 헬리콥터의 움직임에 감응하기라도 하듯 멈춰 선 좀비들의 수가 점점 불어난다.

"아…… 씨발, 안 돼."

밤톨의 탄식과 거의 동시에 좀비의 포효가 울려 퍼졌다.

그롸아아아아—!

놈을 시작으로 수많은 좀비들이 동시에 울부짖었다. 맨 처음 울부짖던 녀석이 콘크리트 난간을 타 넘으며 부웅, 몸을 날렸다. 곧바로 두 번째, 세 번째 좀비가 휙휙 뛰어내린다.

물꼬가 터지자마자 곧바로 수많은 놈들이 잠실 대교를 향해 몸을 던져 대고 있다. 교전 시작이다.

쒜에에에에엥—.

500MD의 양쪽 측면에 장착된 두 정의 M134 미니 건 배럴들이 맹렬하게 회전하며 7.62㎜탄을 쏟아 낸다. 분당 3천 발이라는 엄청난 수치에 걸맞게 그야말로 빛줄기 같은 총알들이 쭉— 쭉— 뿜어져 나온다.

쒜에에에에엥—.

한 번씩 미니 건이 훑고 지날 때마다 자동차에서는 불길이 솟고, 부서져 날리는 돌가루들이 먼지처럼 자욱하게 피어올랐다.

그야말로 초토화! 강변 북로 고가 도로 위에서는 조각난 살덩이와 불꽃의 향연이 펼쳐졌다. 사람이라면 그 누구도 저 엄청난 위력 앞에서 감히 머리를 들 생각조차 할 수 없을 것이다.

하지만 상대는 좀비들이다. 제압사격이라는 건 아무 의미가 없다. 바로 옆에서 온몸이 너덜너덜해진 채 동료들이 터져 나가는데도 놈들은 망설임 없이 불구덩이 속으로 뛰어와 10여 미터 아래의 송파 대로를 향해 끊임없이 몸을 내던졌다.

쐐에에에에엥—.

고가 위를 두어 차례 훑은 뒤, 500MD는 잠실 대교 도로에서 뒹굴고 있는 좀비들을 향해 조준을 바꿨다.

파파파파파파—.

헬기가 지나가는 방향에 따라 30센티 간격의 먼지기둥이 두 줄로 솟는다. 그 범위 내에 들어가 있던 놈들의 몸뚱이는 갈기갈기 찢기고 사방으로 터져 나갔다.

"사격 개시합니다!"

K-3 사수 둘도 좀 전에 밤톨이 일러 준 매뉴얼대로 크게 외쳐 알리고 방아쇠를 당겼다.

투투투투— 투투투— 투투투둑—.

두 정의 경기관총이 동시에 불을 뿜자 M134 미니 건의 불세례를 통과해서 살아남았던 놈들의 팔다리가 잘리고 조각난 머리통이 흩뿌려졌다.

"우리도 나가자!"

밤톨이 소리치는 것을 신호로 자동차 더미 뒤에 몸을 숨기고 있던 나머지 네 명의 병사 역시 개방된 도로로 뛰어나와 살아남은 놈들을 향해 조준 사격을 시작했다. 놀랍게도 저 많은 총알을 두드려 맞은 도로에 여전히 빠른 속도로 움직이는 놈들이 잔뜩 있다.

쐐에에에에엥—.

헬리콥터가 방향을 돌려 다시 한번 고가 도로 위를 훑고 지나간다. 차량들이 일렬로 박살 나고, 좀비들의 머리가 통째로 날아가는 호쾌한 기세에 비해 실제 효율은 그리 높지 못했다.

애초부터 수백 발을 날려 한두 마리를 잡는 방식의 사격이고, 그나마도 워낙에 많은 자동차들이 가로막고 있어서 더 적중 확률을 낮춘다. 좀비들은 팔다리가 떨어져 나가는 정도로는 죽지 않는다.

더욱 치명적인 문제는 장탄량이다. 탄창을 가득 채워도 4천 발밖에는 되지 않는다. 최대 분당 3천 발을 발사할 수 있다는 말은 곧 헬리콥터의 화력 지원이 1분 30초 내에도 종료될 수 있음을 의미하는 것이기도 했다. 물론 한 번씩 끊었다가 쏘기 때문에 그보다는 오래 유지될 테지만, 이 압도적인 화력 지원이 영원히 계속되지 않는다는 점은 분명하다.

500MD가 한 번씩 사격을 멈추고 선회하여 방향을 바꿀 때마다 총알이 다 떨어진 것인가 싶어 병사들의 가슴은 철렁 내려앉곤 했다.

그롸아아악!

총알이 빗발치고, 불길이 치솟고, 화약 연기가 뽀얗게 피어올라도 뛰어내리는 좀비들이 있다. 10여 미터 이상을 자유낙하 해 잠실 대교에 떨어지는 놈들의 뼈가 부러지고, 머리가 터지고, 목이 꺾인다. 그리고 그 와중에 용케도 두 다리 대신 팔을 잃거나 갈비뼈만 박살 나는 놈들도 있다.

그르르—.

벌떡 일어서는 놈들과 발목이 부러진 채 네발로 기어오는 놈들, 그리고 척추가 부러진 놈들이 모두 뒤섞여 밤톨의 분대를 향해 아가리를 쫙쫙 벌린다.

가장 운이 좋은 놈들은 자동차 지붕에 떨어지면서 충격을 완화한 녀석들이다. 놈들은 금방 아무렇지도 않다는 듯 일어나 버스 위에 배치된 K-3를 노리고 뛰어온다.

훙훙훙훙—.

두어 차례 더 섬광 같은 총알 세례를 퍼부으며 놈들을 무력화시켜 주던 헬리콥터가 하늘로 떠오른다. 이제 실탄이 바닥난 것이다.

결국 남겨진 수백의 좀비들은 모두 밤톨 분대의 차지가 되었다. 그야말로 끔찍한 몰골의 좀비들이 8차선 대로를 내달려 그들을 향해 덮쳐 온다.

"뛰는 놈부터 잡아! 두 다리로 뛰는 놈부터!"

열심히 조준을 해서 방아쇠를 당기며 밤톨이 외쳤다. 네발로, 혹은 세 발로 제아무리 빨리 뛰어 봐야 두 다리로 달리는 놈보다는 느리다. 그리고 좀비라 해도 익숙하지 않은 자세로 달려오다 보면 제풀에 고꾸라지거나 멀쩡했던 나머지 관절마저도 부서져 나뒹굴기도 한다.

투투투투— 투투투둑—!

K-3 사수가 열심히 방아쇠를 당기고 있다. 하지만 그들 중에 대단한 명사수는 없다. 절반 이상의 총알은 허망하게 허공을 가르고 지나가 버렸다.

달려오는 좀비들의 수를 그리 줄이지도 못했는데 150미터라는 거리가 정말이지 눈 깜짝할 새에 좁혀졌다. 가로등 두 개 너머에까지도 놈들이 몰려왔다.

"지향 사격 해! 탄창 다 비우고 빠져! K-3! 우리 빠진다! 엄호해!"

밤톨의 명령에 따라 네 명의 병사도 열심히 연사를 해서 전방을 제압하고 뒤돌아 달리며 탄창을 버렸다. 부러진 팔과 다리를 부지런히 놀려 그들의 뒤를 쫓는 좀비들을 버스 위의 K-3가 처리했다.

"으아! 전방에 좀비! 고개 숙여!"

버스 위에 부사수로 배치되어 있던 장갑차 승무원이 자동차 사이로 풀쩍거리며 뛰어오는 좀비들을 향해 K-1을 난사했다. 뛰어오를 수 없는 높이에 위치해 있다는 걸 잘 알면서도 부러진 팔을 덜렁거리며 세 발로 뛰어오르는 놈들을 보면 자신도 모르게 반응하게 된다.

투투투— 투투투투— 투투투투—.

등 뒤로 울리는 K-3의 총성만을 믿고 밤톨과 병사들은 죽어라 달렸다. 도로 표지판이 있는 곳까지 150미터를 전속으로 뛰어야 한다.

하아~ 하아~. 이내 숨이 턱 끝까지 차오른다.

말이 150미터 달리기이지, 가뜩이나 두근거려 터질 것 같은 심장으로 혈액을 공급해 가며 3.5킬로그램짜리 개인 화기를 꽉 잡고, 무거운 것들이 잔뜩 달린 전술 조끼의 추를 달고 뛰는 것이라 극기 훈련처럼 괴롭다. 멀리 보이는 민간인들은 뛰어오는 군인들의 모습에 기겁을 하며 더 뒤로 물러난다.

"자! 여기에서 재정비한다! 탄창 끼워!"

숨을 헐떡거리며 재장전을 마친 병사들은 좀처럼 펴지지 않는 배에 힘을 꽉 주고 억지로 몸을 세워 자세를 취했다. 그동안 K-3가 선방을 해 줘서 그들의 뒤를 바짝 쫓는 놈들은 이제 일곱 마리에 불과했다.

거리는 50. 여기까지 닿는 데 5초밖에는 걸리지 않을 것이다. 5초 사이에 1인당 한 마리씩을 잡고, 누군가는 엑스트라로 그 이상을 처리해야 한다.

"자기 정면으로 오는 놈부터 쏴! 거리 따지지 말고! 자기 앞부터!"

방아쇠를 당기며 밤톨이 외쳤다.

거리는 50…… 투투툭— 40…… 투투둑— 30…… 마침내 자신의 앞으로 달려오던 좀비의 대갈통이 날아간다. 밤톨은 곧바로 몸을 틀어 그다음 녀석의 머리를 겨냥했다.

거리는 20…… 투투둑— 투투둑— 10…… 가슴팍이 터져 나가며 뒤쪽으로 나뒹구는 좀비. 이제 놈은 일단 됐다. 시야의 바깥쪽에 아직도 움직이는 놈들이 잡힌다. 그다음은…… 밤톨이 고개를 돌릴 때, 연사하는 총성이 울렸다.

그리고 마지막까지 따라잡을 듯 쫓아오던 좀비가 녹색 체액을 하늘에 뿜으면서 털썩 쓰러진다. 놈이 자빠져 아가리를 뻐끔거리는 곳은 그들의 전투화 끝으로부터 채 5미터도 떨어져 있지 않았다.

"남은 실탄 수 확인해! 또 온다!"

머리가 아직 파괴되지 않은 두 놈을 확인 사살하며 밤톨이 외친다. 병사들은 헐떡거리면서도 총을 옆으로 돌려 탄창을 확인하고, 다시 전방을 향해 섰다.

후우욱— 후우욱—. 흥분하지 않으려 해도 끝없이 샘솟는 아드레날린 때문에 계속해서 팔다리가 부들거리고, 턱은 경련이 온 것처럼 떨린다. 회색 아스팔트 위로 또다시 좀비들이 밀려드는 중이다.

버스 위의 K-3가 쉬지 않고 그어 대도 자빠져 뒹구는 놈의 수는 손에 꼽을 수 있는 정도밖에는 되지 않았다. 그만큼 빠르고, 또 많다.

밤톨과 병사들은 눈을 가늠자에 붙이고 떨리는 손가락으로 방아쇠를 당겼다.

타타탕— 탕타탕—.

5.56㎜탄이 세 발씩 날아가며 허공을 가르고, 이따금씩 좀비의 몸을 꿰뚫어 속도를 줄여 준다.

다섯 개의 소총이 일방적으로 사격을 하는데도, 어째 전세는 점점 이쪽이 불리해지는 것 같다. 부러진 관절 때문에 네발을 모두 사용하며 기괴한 형태로 뛰는 좀비들이 생각보다 빠른 데다가 동시에 맞히기도 어렵다. 뒤뚱거리며, 너무도 불규칙한 형태로 몸을 날리기 때문에 궤적이 예측되지 않는다. 그야말로 튕겨져 가며 굴러오는데, 그 속도가 무시할 수 있는 수준이 아니었다.

"조 병장님! 이쪽에! 이쪽에도 옵니다!"

김 이병이 애타게 부른다.

막연히 '이쪽'이라니, 이쪽이 대체 어디야?

밤톨은 김 이병을 향해 고개를 돌렸다. 그가 가리키는 것은 중앙선 너머의 반대 차선이다. 멈춰 서 있는 차량들 사이로 좀비들이 뛰어온다. K-3가 개방된 차선을 주로 저지하는 동안, 그 바로 곁을 뚫고 온 놈들이다.

K-3 사수들이 배치된 버스는 이미 수많은 좀비들에게 빙 둘러싸여 있다. 좀비들이 당장 그 위까지 뛰어오르지는 못하겠지만, 저것들을 다 상대하기 전까지 K-3가 이쪽을 지원해 주기는 어려울 것이다.

"침착해! 이제 느린 새끼들만 남았다! 이길 수 있어! 뒤로 물러나면서 계속 쏴! 전방부터 처리해!"

쉬지 않고 3점사를 날리며 밤톨이 외쳤다. 하지만 밖으로 뱉어 낸 말소리와 달리 그의 마음속에도 벌써 패배에 대한 불안이 밀려 들어오고 있었다.

너무…… 너무 많다. 고맙게도 아직까지 이 부족한 지휘관의 명령에 따라 뒷걸음질을 치며 방아쇠를 당기는 네 명의 병사를 곁눈으로 보며 밤톨은 더 큰 책임감과 죄의식을 느꼈다.

작전이 너무 허술했다. 아홉 명의 병사가, 아니, 거기에 더해 스무 명의 민간인도 그에게 목숨을 맡기고 있는데, 그걸 너무 안일하게 대비했다. 씨발…….

그롸아아아악!

바로 근처까지 접근해 온 맞은편 차선의 좀비들이 중앙분리대 위로 뛰어오른다.

쿵—.

쌓여 있는 자동차 더미를 향해 좀비들이 몸을 날렸다. 위로 기어오른 좀비들의 수가 늘어나면서 대충 겹쳐 쌓아 두었던 자동차들이 흔들린다. 그리고 마침내 열댓 마리의 좀비들과 자동차가 뒤섞이며 와르르 무너져 버렸다.

콰장창—.

거기에 깔려 뒈지는 고마운 놈들도 있지만, 자동차 사이에 팔다리가 낀 놈들은 어떻게든 빠져나오기 위해 뼈가 부러지고 힘줄이 끊어질 때까지 발버둥을 쳐 댔다.

으드득— 찌이익—.

그 끔찍한 소리를 듣고 그 믿기지 않는 광경을 보고 있자니, 정신이 어떻게 되는 것 같다.

"으아아아! 이 개새끼들아! 좀 뒈져라!"

인내심이라는 이름의 퓨즈가 가장 먼저 끊어진 일병 녀석이 뒷걸음질을 멈추고, 자동차와 엉켜 있는 좀비들을 향해 무차별 난사를 시작했다.

"야! 그만하고 빠져! 빠지라고, 서 일병! 야!"

밤톨이 아무리 불러도 대꾸하지 않고 계속 방아쇠를 당기던 서 일병이 탄창을 갈아 끼운다. 그러고는 다시 방아쇠를 당겼다. 조준도 거치지 않고 날아간 탄두가 자동차의 유리창과 연료통을, 그리고 좀비의 어깨를 관통했다.

꽈드득—.

총격의 도움을 받아 관절을 떼어 내는 데 성공한 좀비는 곧바로 몸을 날려 서 일병을 덮쳤다.

으득!

서 일병은 자신의 목덜미 살이 뜯겨 나가는 소리를 들으면서도 사격을 멈추지 않았다.

투투투투두—.

좀비의 갈비뼈와 내장이 꿰뚫리고 찐득하고 검은 피가 사방으로 튀어 올랐다. 그러나 서 일병의 목에 박힌 좀비의 이빨은 여전히 탐욕스럽게 살아 있는 인간의 살을 헤집고 피가 솟구치게 만들었다.

그리고 곧이어 제2, 제3의 좀비들이 서 일병의 팔과 다리에 달라붙었다.

후우욱—.

서 일병의 총격을 받았던 자동차에서 불길이 치솟으며 시꺼먼 연기가 도로 전체를 뒤엎는다.

"이런 씨발! 아우!"

자신의 동료가 아주 천천히, 고통스럽게 죽어 가는 모습에 밤톨과 세 명의 병사는 몸서리를 쳤다. 하지만 이미 돌이킬 수 없는 상황이고, 죽음은 그들에게도 가까이 와 있다.

투투투투— 투투투—.

밤톨은 한 덩어리처럼 들러붙어 있는 서 일병과 좀비들을 향해 총알을 퍼붓고 돌아서서 뛰었다.

와장창! 쿠당탕!

등 뒤에서 또다시 울려오는 요란한 소리들. 분명히 또 좀비들이 자동차 더미를 무너뜨리고 이쪽 차선으로 넘어온 것이리라.

화르륵—.

자동차들로 불길이 번지며 연기구름은 더 짙고 커졌다.

"으아아아!"

뒤를 돌아보던 김 이병이 뭔가에 발이 걸려 넘어지며 비명을 지른다. 그를 넘어뜨린 것은 20여 분 전에 그들이 죽인, 북단 방향에서 몰려오던 좀비의 시체다. 벌써 여기까지 밀려 버린 것이다.

끄아아아아!

일어나려다 뚫려 있는 좀비의 폐부 속 부러진 갈비뼈와 산산조각 난 폐를 짚은 김 이병이 죽는다고 고함을 친다. 밤톨은 그의 멱살을 잡아끌며 악을 썼다.

"진정해, 이 새끼야! 그냥 시체야! 일어나!"

"으…… 어어어! 으으……."

패닉에 빠진 김 이병의 눈동자가 심하게 흔들린다. 그러더니 곧바로 몸을 구부리며 구토를 시작했다.

"우웨엑!"

이런 미친!

밤톨은 아침 식사를 고스란히 게워 올리는 김 이병을 잡아끌며 뛰었다. 나머지 두 명의 병사는 이미 20여 미터 이상 앞서가고 있다.

그롸아아아—.

바로 등 뒤까지 쫓아온 좀비들의 울음소리.

조준도 하지 않고 그저 막연히 총구만 뒤로 돌려 몇 발씩을 날려 가며 달렸다. 토사물에 코와 입이 다 막혀 숨도 제대로 쉬지 못하고 뛰던 김 이병이 풀썩 쓰러진다.

"야, 이 새끼야! 빨리 가야 한다고!"

욕설을 퍼부어 보지만, 파랗게 질려서 캑캑거리는 놈의 얼굴을 보니 이미 움직이기는 텄다. 좀비들과의 거리는 점점 더 줄어들고 있다. 결단이 필요하다. 버리고 갈 것인가, 아니면 같이 싸우다 죽을 것인가.

머리가 선택을 하기도 전에 밤톨의 몸은 돌아서서 좀비들을 향해 방아쇠를 당기고 있다.

이상하다…… 이상해…… 이렇게 의리에 사는 인간이 아니었는데.

밤톨은 스스로의 결정을 납득할 수 없었다.

하지만 그는 여전히 그 자리를 지키며 근접해 오는 좀비들의 몸통과 얼굴에 총알을 박아 넣는 중이다. 정면을 향해 있는 그의 시야 왼쪽 끝, 그 검고 흐릿한 영역에 건너편 차선에서 달려오는 좀비들의 모습이 있다.

이제 끝이다. 정면에 있는 놈들을 다 처리한다고 해도 저놈들이 중앙분리대를 넘어오는 순간, 나 역시 좀비가 되는 거다…….

밤톨은 이를 악물었다.

갑자기 정의감이 북받쳐 오른다. 이왕 죽는 거, 한 마리라도 더 줄여 놓고 가야겠다는 생각이 공포보다 더 강력하게 그의 육체를 지배했다. 그래야 지금까지 자신의 명령을 잘 따른 병사들이라도 살아남을 수 있는 확률이 높아질 테니까.

"너도 쏴! 이 새끼야!"

가까스로 다시 숨을 쉬게 된 김 이병을 향해 악을 쓰면서 밤톨은 몰려오는 좀비들을 향해 연사를 퍼부었다. 죽기 직전의 마지막 행운을 쓰는 것인지, 웬일로 총알이 제대로 박힌다. 네발로 기어 오던 좀비들이 픽픽 쓰러져 바닥을 뒹굴었다.

"하아~."

바닥까지 다 비워 버린 탄창을 빼며 밤톨은 생각했다.

이제 내 할 바는 다 했다. 곧 저쪽 차선의 좀비들이 나를 덮칠 것이다. 그리고 조금 전 서 일병이 죽던 것처럼 나 역시 좀비의 밥이…….

그런데 왜 아직 덮쳐 오는 놈이 없지?

빠직—.

총소리를 뚫고 둔탁한 파괴음이 고막을 울린다.

"응?"

밤톨은 반대쪽 차선을 향해 고개를 돌렸다. 거기에는 그 남자가 서 있었다. 그 칼자국 난 사내가…….

민구는 이미 피와 뇌수로 범벅이 된 야구 배트를 힘차게 휘둘러 좀비의 다리뼈를 박살 내고, 쓰러진 놈의 뒤통수에 무지막지한 일격을 가했다. 그리고는 곧바로 몸을 돌려 공중에 떠 있는 좀비의 턱을 후려갈겼다.

콰작!

턱과 목이 동시에 꺾인 좀비가 자동차 사이로 굴러떨어진다.

"하아~ 하아~."

밤톨의 가슴이 두근거렸다. 성적 흥분과는 다른 종류의 뜨거운 감정이 목덜미까지 치솟아 오른다. 민구는 세 번째 좀비의 아가리를 피하고 거리를 벌린 뒤, 놈의 관자놀이를 향해 배트를 돌리는 중이었다.

씨발…… 나는 왜 포기하려고 했지?

밤톨은 어느새 미소를 짓고 있는 자신을 깨닫고 새 탄창을 장착했다. 이것이 그가 가진 마지막 탄창이지만, 그런 사실조차도 상관없는 것처럼 느껴졌다. 이제 겨우 일어난 김 이병의 얼굴도 잔뜩 상기되어 있다.

"야구 빠따에는 지지 말자!"

밤톨이 외쳤다.

넷! 김 이병도 힘차게 답했다. 네발로 시체 더미를 짓밟아 가며 또다시 좀비들이 달려든다.

투투투— 투투둑—.

밤톨은 놈들의 대가리를 조준하고 방아쇠를 당겼다.

두려움을 덜어 내자 명중률이 올라간다. 두 병사는 뒷걸음질을 치면서도 다섯 마리의 좀비를 쓰러뜨릴 수 있었다.

그사이 민구는 자동차 위로 기어오는 놈들의 척추를 부러뜨리고, 목뼈를 꺾고, 정수리를 쪼갰다.

잠시 아주 짧은 평화가 찾아왔을 때, 중앙분리대를 사이에 두고 밤톨과 민구는 서로 마주 보았다. 피식, 둘의 입가에 가벼운 미소가 번진다.

인사치레도, 칭찬도…… 아무런 말도 없었지만, 순식간에 수없이 많은 이야기를 주고받은 기분이다. 두 병사와 민구는 천천히 뒷걸음질을 쳤다.

그롸아악—.

멀리서 좀비들의 포효가 들렸다. 그리고 버스에서는 여전히 총성이 울려 댄다. 대체 몇 놈이나 살아남은 건지…… 정말 질리는 것들이다.

민구는 엉망으로 찌그러진 야구 배트를 버리고, 뒤차 지붕에 올려 뒀던 골프 웨지를 오른손에, 그 다음다음 차 지붕에 놓아뒀던 캠핑용 도끼를 왼손에 들었다. 길이는 짧지만 손잡이에 파라 코드까지 친친 감아 둔, 제법 괜찮은 도끼다. 그 뒤뿐 아니라 근처의 차 지붕마다 뭔가가 잔뜩 놓여 있다. 도끼를 빙글빙글 돌리고 있는 민구에게 밤톨이 물었다.

"그런 건 다 어디서 나셨습니까?"

"사람들 차에는 별게 다 있지."

민구가 대꾸했다. 조금 전까지 그 많은 좀비들을 두드려 패서 죽이던 사람이라고는 믿기지 않을 만큼 호흡이 안정적이다. 처음 철책을 사이에 두고 만났던 그날처럼 평온하고 침착하다. 잘 벼려진 칼날 같다.

"조 병장님! 조 병장님! 괜찮으십니까?"

무전병과 합류하고 나서야 밤톨과 김 이병이 처진 것을 뒤늦게 깨닫고 병사들이 되돌아왔다. 이제 활용할 수 있는 병력은 다섯이다. 무전병에게 민간인과 함께 있으면서 그들을 보호했어야 한다는 둥의 말은 하지 않았다. 그런 것도 다 허세였다는 걸, 목숨이 걸린 교전을 하다 보니 깨닫게 됐다.

불이 붙은 자동차 타이어에서 뿜어진 연기가 바람에 실려 날아오며 시야를 가리고 숨을 쉬기 어렵게 만든다.

"쿨럭! 쿨럭! 탄창 두 개 줘."

지금까지 교전에 참여하지 않은 무전병에게서 탄창을 얻고, 밤톨은 병력을 재배치했다. 자신은 민구가 있는 건너편 차선으로 가 자동차 지붕에 올라섰고, 나머지 넷을 조금 뒤쪽의 도로에 나란히 세웠다.

높이를 확보하자 도로 전체가 아까보다 훨씬 더 넓게 조망되었다. 흩날리는 연기 너머, 200여 미터 전방에서 달려오는 놈들의 수효는 이제 겨우 마흔 마리도 안 된다. 버스를 흔들어 대던 좀비 덩어리도 훨씬 작아졌다. 놈들의 물량도 슬슬 바닥을 드러내는 모양이다.

2.5차선에 네 사람. 충분히 감당할 수 있는 범위다. 자기 몸통 넓이만큼만 커버하면 된다. 아까 남단 쪽에서 달려오는 20마리 때문에 그 진땀을 흘렸던 게 우습다. 그 정도는 불알을 긁으면서도 여유롭게 처리할 수 있는 거였는데…….

"온다! 정신 바짝 차리고 자기 앞만 확실히 처리해! 내가 여기에서 지원할 테니까!"

네 병사의 대답을 듣자마자 밤톨은 민구에게 고개를 돌려 건너편 도로를 가리켰다.

"형님, 저는 저쪽 차선만 볼 겁니다. 믿을게요."

자동차를 타 넘어가며 달려오는 놈들을 모두 처리해 달라는 부탁이었다. 열 마리는 족히 되어 보이지만, 선택의 여지가 없다. 그리고 그라면 할 수 있을 것이다.

"나한테 걸면 손해는 안 봐."

도끼와 웨지를 든 채 차선의 중앙에 버티고 선 민구가 돌아보지도 않은 채 대꾸한다. 이제 준비는 다 끝났다.

밤톨은 몸을 돌리고 연기 사이로 비치는 좀비들을 향해 총구를 겨눴다. 가장 앞서 네발로 뛰어오는 놈의 머리와 옷은 활활 불타고 있다.

타타탕—.

놀랄 만큼 진정된 밤톨의 손가락이 방아쇠를 당기자, 불붙은 좀비가 뒤로 나자빠진다. 그와 거의 동시에 여남은 마리의 좀비들이 시꺼먼 연기와 쓰러진 자동차 더미를 뚫고 튀어나온다.

그롸아아아아!

"이야아아!"

병사들도 지지 않고 맞고함을 지르며 K-2를 발사했다. 자기 정면이라는 좁은 범위만을 전담하고 있기 때문에 특별히 명사수가 아니더라도 맞히는 건 가능하다.

간이 졸아드는 것 같은 이 공포만 극복할 수 있다면, 그리고 탄창을 갈아 끼우는 동안 생기는 공백만 아니라면……. 그만큼 거리도 가깝다.

투투투투투—.

다섯 개의 총구가 번갈아 가며 엄청난 천둥소리를 만들어 냈다. 동시에 온몸이 박살 난 좀비들의 불붙은 시체가 발아래 뒹군다.

"와라!"

부러진 다리와 꺾인 팔로 자동차 사이를 기듯이 달려온 괴물들을 향해 외친 민구가 웨지를 크게 휘둘렀다.

쨍—.

정수리를 직격당한 괴물이 맥없이 고꾸라진다. 그 바로 곁의 자동차를 뛰어넘은 놈이 민구를 향해 몸을 날린다. 민구는 크게 몸을 회전시켜 웨지로 놈의 관자놀이를 후려갈겼다. 방향이 바뀌어 떨어진 괴물의 머리가 자동차 운전석 유리창을 박살 낸다. 녀석의 뒷덜미에 민구의 캠핑 도끼가 내리꽂혔다.

카득!

목뼈와 힘줄이 끊기는 소리. 민구는 도끼를 비틀어 빼고는 놈의 옆구리를 발로 차 밀어 넘겼다. 비스듬히 자빠진 놈의 얼굴에 다시 둔탁한 웨지가 꽂힌다.

퍼걱!

광대뼈가 부러지고, 문틀에 걸린 목뼈도 함께 꺾인다.

그롸아아!

그사이 왼쪽에서 또 다른 괴물이 덮쳐 온다. 민구는 도끼를 바깥쪽으로 휘둘러 놈의 아가리에 박아 넣었다.

콰득!

이빨이 다 날아가고 위턱과 아래턱 사이에 단단히 도끼날이 박힌 괴물은 검은 승용차의 보닛 위로 나뒹굴었다. 민구는 도끼를 놓고 두 손으로 웨지를 휘둘러 도끼머리를 내려쳤다.

콰각! 콰각!

괴물의 턱뼈가 부서지며 머리 윗부분이 벌어진다.

놈의 머리가 잘리기 직전에 네 번째, 다섯 번째 괴물들이 민구를 향해 몸을 날린다. 민구는 방향을 틀어 네 번째 놈이 SUV 범퍼에 머리를 찧도록 몸을 피하고, 다섯 번째 괴물의 정강이를 후려갈겼다.

놈의 사지 중에서 유일하게 멀쩡했던 뼈가 부러지자 갑자기 중심을 잃은 괴물의 속도가 줄어든다. 민구는 놈의 뒤통수를 후려쳐서 자빠뜨리고, 몸을 틀어 범퍼에 대가리를 박았던 네 번째 괴물의 옆구리를 걷어찼다.

빙글, 괴물의 몸이 회전하는 것과 동시에 민구가 두 손으로 풀스윙한 웨지가 놈의 아가리에 꽂힌다.

와직!

녀석의 이빨과 입술이 한 덩어리로 뭉쳐진다. 민구는 다시 한번 일격을 가해 놈의 턱을 박살 냈다. 그러고는 놈을 뛰어넘어 검은 승용차 보닛 위로 뛰어올랐다. 거기에 도끼로 고정되어 있는 괴물은 머리가 거의 다 잘려 나간 상황에서도 여전히 벗어나 보려 발버둥을 치고 있었다.

콱!

민구가 도끼머리를 밟자 날이 더 깊숙이 들어가 꽂히며 놈의 머리 윗부분이 으지직, 잘려 나간다.

데구루루, 힘없이 굴러 내려오는 놈의 머리가 땅에 닿기도 전에 보닛 위의 민구는 풀스윙으로 다섯 번째 놈의 턱을 후려갈겼다.

그런 후, 도끼를 빼 든 채 땅으로 내려섰다. 예각으로 휘어 버린 웨지를 계속 휘둘러 네 번째 괴물의 아가리와 머리를 뭉개 버린 민구는 SUV 지붕을 더듬어 그가 놓아두었던 세 번째 예비 무기, 목검을 집었다.

이번에는 세 마리가 한꺼번에 온다. 왼쪽에서는 자동차 사이를 비집고 달려오는, 산발을 한 여자 괴물이, 가운데에서는 팔 하나는 어디에다 잃어버린 채 남은 세 발로 뛰는 괴물이 자동차 위를 풀쩍풀쩍 뛰어오고, 오른쪽에서는 온몸에 불이 붙은, 야차 같은 놈이 아가리를 쩍 벌리고 몸을 날린다. 그놈이 가장 위험한 놈이다.

쩌억!

야차의 턱을 목검으로 후려쳐서 넘어뜨린 민구는 곧바로 세 발 괴물의 눈을 향해 목검을 찔러 넣었다.

으직!

안구를 꿰뚫고 들어간 목검을 통해 놈의 눈 뒤쪽, 나비뼈가 부서지는 느낌이 전해진다. 민구는 잡아 빼는 목검에 끌려온 세 발 괴물의 목을 도끼로 찍었다. 그러고는 목검을 왼쪽에서부터 휘둘러 놈의 오른쪽 머리통을 후려쳤다.

그 충격에 더해 목의 왼쪽에 쐐기처럼 박혀 있던 도끼가 놈의 목뼈를 박살 내며 빠져나온다. 덜컥, 힘줄과 뼈를 잃은 괴물의 목이 뒤로 젖혀지며 제 무게를 이기지 못해 기울었다.

끄로아아아아!

산발을 한 여자 괴물이 두 팔을 휘저으며 달려든다. 민구는 옆구리를 틀어 그 공격을 피하면서 뒤통수를 후려쳤다.

화르륵!

불타는 야차와 겹쳐진 여자 괴물의 산발한 머리카락에도 불이 옮겨붙었다.

“뜨겁구나, 너.”

민구는 있는 힘껏 목검을 내려쳐서 지독한 냄새를 풍기며 활활 타오르는 여자 괴물의 머리통을 박살 냈다.

빠각! 빠각!

두개골이 엉망으로 쪼개져서 괴물이 쓰러질 무렵에는 목검도 그 수명을 다하고 두 동강이 나 버렸다.

민구는 도끼로 야차의 목을 걸어 끌어당긴 후, 조금 전 부러뜨렸던 턱 뼈 사이로 뾰족한 목검 조각을 콱 쑤셨다.

빠각!

얇은 뼈가 부서지며 뭉클한 것에 박히는 느낌이 전해진다. 손을 뗀 도끼를 빙글 돌려 머리 부분으로 한 번 더 세차게 목검 손잡이를 박아 넣었다.

칵, 목검 조각이 깊숙이 박힌 채 맥없이 쓰러진 야차의 머리에서는 여전히 연기가 피어올랐다.

이제 네 번째 예비 무기를 꺼낼 차례다. 도끼를 오른손으로 옮겨 쥔 민구는 한 걸음을 물러나 흰색 소형차의 지붕에서 60센티 길이의 아이스 바일을 집어 들었다.

빙벽 등반을 할 때 얼음을 찍고 몸을 끌어 올리는 도구다. 힐끔 옆을 돌아보니 병사들은 조금 물러서기는 했어도 여전히 용감하게 싸우고 있었다.

새끼들…… 간이 꽤 크군.

민구는 살짝 입꼬리를 올리고, 또 히죽 웃었다. 그러고는 달려드는 괴물을 향해 도끼를 휘둘렀다.

도끼날로 목을 걸어 잡아당긴 뒤, 보닛에 얼굴을 박고 쓰러진 놈의 귓구멍에 아이스 바일을 박아 넣었다.

으직! 으직!

내부의 뼈들이 저항을 하지만, 애초에 이쪽의 도구는 단단한 곳을 뚫고 들어가 박히기 위해 만들어진 것이다. 민구가 체중을 실어 당기자 톱날처럼 날카로운 피크가 피부와 뼈를 갈고 안으로, 안으로 더 깊숙이 파고들어 갔다. 마침내 괴물의 사지가 축 늘어진다.

"마지막이다! 긴장 놓지 마!"

불타는 자동차 사이로 달려오는 여섯 마리의 좀비를 보며 밤톨이 이를 악물고 외쳤다. 그가 굳이 말을 하지 않아도 긴장의 끈을 놓는 병사는 없었다. 오히려 너무 심하게 집중하는 바람에 숨을 쉬는 것도 잊을 지경이었다.

그에게는 이제 실탄이 다섯 발뿐이다. 다른 병사들 역시 사정은 비슷해서 다들 '마지막 탄창입니다!'라는 말을 외쳤었다. 지금 보이는 이놈들이 끝이어야만 한다.

04

투투투투— 투투투—.

200여 미터 거리를 두고 양방향에서 총성이 울리고, 버스 쪽에서도 그것을 마지막으로 사격하는 소리가 끝났다. 다 잡았거나, 총알이 바닥났거나 둘 중 하나다. 어느 쪽이든 간에 그렇게 난사를 했으면서도 K-3 사수들은 800발만으로 꽤 버텨 주었다.

그롸아아악!

틈을 노리고 뛰어드는 열 번째 놈의 정수리에 민구의 손도끼가 수직으로 내리꽂혔다.

쫘악—.

머리 가죽이 갈라지며 검붉은 핏줄과 흰 두개골이 드러난다. 이미 날이 다 죽은 도끼여서 뼈를 뚫고 박혀 들지는 않았지만, 타격을 주는 것은 얼마든지 가능하다.

민구는 반복적으로 뼈와 뼈 사이의 틈을 쪼개듯 후려갈겼다. 놈이 일어서려 하자 다리를 걷어차 다시 쓰러뜨리고, 마지막으로 일격을 가했다. 머리가 박살 난 좀비의 무릎이 뒤로 꺾여 넘어간다.

털썩.

가벼운 흙먼지가 일며 상황 종료를 알린다. 바로 곁의 총성도 막 그쳤다. 그래도 혹시 하는 마음에 민구는 다섯 번째 예비 무기인 야전삽을 향해 손을 뻗었다.

좀비들의 포효와 총성으로 가득 덮여 있던 도로가 순식간에 고요해졌다. 오직 검은 연기만이 피어오를 뿐이다.

"끝입니까? 이, 이제 이긴 겁니까?"

잠시 텅 빈 도로를 노려보고 있던 병사 하나가 환희에 찬 목소리로 외쳤다.

"그래! 그래! 이제 없다! 안 보여! 아, 아니! 긴장 풀지 마! 아직 대비 태세 유지하고 있어!"

분대원들과 민구를 돌아보는 밤톨의 목소리도 떨린다. 말로는 계속 대비하라고 했지만, 사실은 승리의 전율이 온몸을 흔들었다.

몰살당한다고만 생각했는데 이렇게 멀쩡히 살아남았고, 게다가 전사자도 한 명뿐이다. 밤톨은 크게 숨을 몰아쉬며 앞뒤를 훑어봤다.

'이제 뭘 하지? 지휘해야 할 게 또 뭐가 남았지? 젠장, 명령에 따라 움직일 때가 더 편했구나. 이건 뭐, 언제 긴장을 풀라고 해도 되는 건지 전혀 알 수가 없잖아. 다들 나만 보고 있는데.'

뒤쪽에는 아직도 두려움에 휩싸인 채 벌벌 떠는 민간인들, 앞쪽에는 그가 배치해 둔 버스 위의 병력이 저 시커먼 연기와 불기둥 너머에 고립되어 있다. 거리는 불과 200여 미터 정도지만, 연기 때문에 도무지 잘 보이지 않았다.

어느 쪽을 먼저 보살펴야 하는 걸까? 가용 병력이라야 겨우 다섯인데…….

목까지 차올랐던 위기를 벗어나자마자 또 새로운 고민이 시작되었다.

'쯧, 나는 평생 리더는 못 되겠어. 이런 건 너무 골 아프다고. 세상이 좋아져도 얌전히 월급쟁이 노릇이나 하고 살아야지.'

고민을 하던 밤톨은 손을 입가에 가져다 대고 버스가 있는 방향을 향해 외쳤다.

"K-3! 현 상황 보고해! 사상자 있나?"

두 번 반복해 목청껏 소리를 지른 밤톨은 가만히 귀를 기울였다.

"……!"

분명 사람의 소리긴 하다. 뭐라고, 뭐라고 외치는 거 같긴 한데, 도통 알아먹을 수가 없다. 거리도 거리인 데다 강바람이 부는 다리 위, 거기에 가끔 헬리콥터 지나가는 소리까지 섞이니까 자연스러운 일이다. 이마를 찌푸린 밤톨이 주변을 돌아보며 물었다.

"야, 저거 알아듣겠는 사람 있냐?"

"잘 안 들립니다."

"모르겠습니다."

분대원들도 다들 고개를 저었다. 밤톨은 생각했다. 내가 물어보는 소리도 저렇게 들렸겠지. 그렇다면 저 말들은 단순히 '안 들려!'라든가 '뭐라고?'였을 수도 있다. 어쨌든 전방에 생존자가 있다는 것만은 확실해졌다. 밤톨은 무전병에게 물었다.

"헬기랑 교신되냐? 좀 물어봐, 상공에서 보면 버스 주변 상황이 어떤지. 아, 그리고 민간인들 저기에 계속 둬도 되는 건지."

오늘 진종일 무전기 수신 감도 때문에 애를 먹어 온 무전병은 또다시 손을 하늘로 올렸다가, 중앙선을 넘어갔다가, 가로등에 가까이 가 봤다가…… 아주 생쇼를 해야 했다.

그게 P96K라는 소형 기종이 가진 태생적 결함인지, 아니면 이 무전 기기 단품의 불량인 건지는 몰라도 헬리콥터가 조금만 멀어지거나 각도가 맞지 않으면 먹통이 되어 버린다. 특히 지금처럼 헬리콥터와 무전기의 사이에 건물이 있으면 안 터질 확률이 100퍼센트라고 봐야 한다.

"당소, 이동차 찰리 공둘! 당소, 이동차 찰리 공둘! 올빼미 다섯, 응답하라! 올빼미 다섯!"

저러다가 저놈 목이 터지겠다 싶어진 밤톨은 무전병을 불렀다.

"야, 됐어. 그만해. 그 시간에 벌써 중간 정도까지는 이동하고도 남았겠다. 너희 둘, 민간인분들 호위해서 와. 다 같이 버스로 이동한다. 나머지는 계속 전방 감시한다."

병사 두 명이 빠른 구보로 다리의 남단 쪽을 향해 달려가 민간인들을 호위해 왔다. 다행히 아직까지 새로운 좀비들은 보이지 않았다. 이제 정말 전투가 끝났다는 공식적인 선언은 없었지만, 모두의 총구가 조금 아래로 내려가고, 여전히 상기되어 있는 병사들의 얼굴에 비로소 웃음기가 돌았다.

"이, 이제 끝난 겁니까? 좀비 다 죽었어요?"

민간인들이 겁에 질린 눈동자를 좌우로 굴리며 묻는다. 앞에서는 자동차들이 불타고 있지, 바닥에는 대가리가 터져 죽은 좀비들의 시체가 가득하지, 누구라도 떨릴 상황이다.

"네. 전사자가 발생하기는 했지만, 다행히 모두 제압할 수 있었습니다. 저분께서 도와주신 게 정말 큰 힘이 되기도 했고 말입니다."

밤톨은 민구를 가리키며 그의 공로를 알렸다. 이렇게 공식화해 놓아야 아까 그가 두 사람을 구타한 게 알려져도 문제가 되지 않을 터이다.

깡패 새끼니 싸움이야 오죽 잘하겠어…… 라고 비아냥대는 목소리도 섞여 있지만, 대부분의 민간인들은 박수를 보냈다. 살아남았다는 큰 기쁨 앞에서 다들 약간씩은 들떠 있다.

"우리 오빠가 원래 좀 멋있어요. 으흐흥~ 감사합니다. 네, 감사합니다."

정작 민구가 귀찮아하는 동안, 초희는 자신을 향한 박수인 양 시상식에 참석한 여배우처럼 가슴에 손을 얹고 연신 우아하게 허리를 숙였다.

"저, 저기로 못 걸어가요. 무서워서…… 그, 시체 좀 치워 주시면……."

이동하자는 말에 여자들이 엉덩이를 뒤로 빼며 거리에 쌓인 시체들을 가리켰다.

"어, 맞아. 한쪽으로 딱 밀어 두면 왕래하기가 아무래도 좋지. 시체 밟고 자빠질 일도 없어지고. 음, 그러네!"

남자들도 그 말에 동조해서 뭐라고 한마디씩 보탠다. 기강을 강조하던 그 중년 사내도 목소리를 높이고 있다.

밤톨은 그들이 가리킨 방향을 돌아봤다. 물론 징그럽고 무섭다. 머리와 온몸이 불타 버리고, 총구멍이 숭숭 뚫린 채 쓰러져 있는 시체가 수십 구나 쭈욱 잇달아서 널브러져 있으니까.

게다가 녹색의 체액과 진득한 검은 피, 그리고 내장과 뇌수가 바닥에 고여 있다. 무너져 내린 자동차 더미 때문에 보행자 통로도 막힌 지금, 저기를 지나가기 위해서는 징검다리를 건너듯 시체가 없는 빈 공간만을 밟으며 걸어야 할 것이다.

그렇다고는 해도 조금 전까지 저 징그러운 것들과 목숨을 걸고 싸우느라 탈진 직전까지 몰려 있는 군인들에게 길거리 청소도 해 달라는 저 뻔뻔함은 정말이지…… 이기적이다. 병사들의 눈에도 불만이 가득 서렸다.

후우~. 밤톨은 치미는 화를 달래고 스스로에게 동기를 부여하기 위해 또 상상을 했다. 지금 저 부탁을 하는 사람이 우리 엄마라고 생각하자……. 우리 엄마가 무서워서 벌벌 떨며 '아들, 나 무서워서 저기 못 지나가겠어.' 하는 거라고 생각을 하자……. 그래, 그렇게 생각하자…… 후우~.

조금 진정을 한 밤톨이 병사 셋을 지목했다. 그리고 자신도 합류해 각각 시체의 양쪽 끝을 잡고 들어 길가로 던졌다. 시체를 움직일 때마다 관통된 상처 사이로 온갖 것들이 뚝뚝 떨어져 흐른다.

"윽!"

왼쪽에서 길을 트던 병사들이 움찔하며 멈춰 선다.

왜 그래? 밤톨이 돌아보자, 녀석들은 침통한 표정으로 말했다.

"서 일병입니다."

끄응~. 밤톨의 입에서도 탄식이 흘러나왔다. 몇 겹으로 겹쳐진 상태에서 불을 뒤집어쓰고 타 버린 너덧 구의 시체들. 그 가장 아래쪽에 깔린 것이 서 일병의 시신이다. 까맣게 타 버린 얼굴로는 구분할 수 없지만, 근처에 떨어진 하이바와 착용하고 있는 복장을 보면 알 수 있다.

"씨발 새끼들……."

위에서 깔아뭉갠 채 죽어 있는 좀비들의 시체를 전투화로 차서 밀어 버리자 끔찍한 몰골의 서 일병이 드러난다. 오늘 아침까지만 해도 함께 밥을 먹고, 함께 차를 타고 온 녀석이 지금 여기 물어뜯기고 총에 꿰뚫려, 불에 탄 채 죽어 있다.

"……미안하다."

서 일병의 시체를 중앙선 너머의 차량 지붕으로 옮기고, 군번표를 회수하면서 밤톨이 중얼거렸다. 상황이 상황이다 보니 유가족조차도 남아 있을 것 같지가 않다.

"자…… 됐습니까? 이제 이동합니다."

밤톨은 이를 악물고 말한 뒤, 대충 만들어 놓은 길을 앞장서 걸었다.

타다닥— 타닥— 턱—.

불타오르고 있는 자동차 더미가 이따금씩 제풀에 움직이며 둔중한 소리를 낼 때마다 저절로 움찔하게 된다. 저것들을 다 치워 내고 여기를 다시 이동 경로로 사용하기 위해서는 또 적지 않은 시간과 노력이 들게 될 것이다.

"조 병장님!"

중간 정도 지점, 시꺼먼 연기 너머로 버스에 배치해 두었던 병력의 목소리가 들려온다. 그들 역시 밤톨을 향해 이동하던 중이었다. 웃는 얼굴로 뛰어가 반기려던 밤톨이 멈칫한다.

"나머지 한 명은?"

밤톨이 물었다. 버스 위에 올라가 부사수 역할을 하던 장갑차 승무원 둘 중 하나만 돌아왔다. K-3 사수가 고개를 젓는다.

"초반에 버스가 흔들릴 때 아래로 떨어졌습니다. 좀비들이 수십 마리씩 달려들어 미니까 버스가 파도타기 하는 것처럼 들썩거렸습니다."

으윽, 밤톨은 난감한 마음에 이마를 훑었다. 잠시 들떠 있던 게 미안해진다.

이제 오늘 전사자만 셋이 되었다. 두 시간을 버티면 되는 거였는데, 그 별거 아닌 일을 수행하느라 병력의 30퍼센트를 잃었다. 게다가 아직도 구조 차량의 예상 도착 시간까지는 20분 이상이 더 남았다.

"……고생했다. 그리고 정말 잘 싸워 줬다. 이제 20분만 더 버티자. 다 끝나 간다. 알겠지? 자, 순번을 정해서 둘씩 경계를 서고 나머지는 휴식한다."

비교적 시체들이 덜 널려 있는 곳까지 돌아온 밤톨은 병사들에게 칭찬과 격려를 하고 휴식 시간을 주었다. 분대 지원 화기가 배치되었던 버스 옆면, 더러운 얼룩 사이로 유달리 붉은 핏자국이 선명하게 남아 있다. 누구의 피였을지 짐작할 수 있는 데다가 그에게 버스 위로 올라가란 명령을 내렸던 게 자신이어서 괴롭다.

그렇게 우울한 상념에 젖어 있는 밤톨과 병사들에게 민간인 몇 명이 다가와 부탁을 한다.

"저기…… 미안한데요, 저 사람…… 저것 좀 버리라고 해 줘요. 흉측하게 자꾸 저런 쇠붙이를 긁어모아서 들고 돌아다니네. 보기만 해도 소름 끼치게시리. 안 그래도 아까 보니까 성질이 아주 더럽던데."

물론 사람들이 지칭하는 대상은 민구다. 민구는 북단 방향으로 이동해 와서도 열심히 건너편 차선의 차량들을 뒤지며 무기로 쓸 수 있을 만한 것들을 고르는 중이었다.

시선을 느낀 민구가 도끼와 식칼을 날끼리 부딪쳐 보이며 히죽 웃는다. 그 섬뜩한 모습을 보고 나니 불안해하는 민간인들의 심리도 이해 못 할 바가 아니었다. 밤톨은 고개를 끄덕였다.

"알겠습니다. 제가 말을 할게요."

민간인들을 안심시켜 돌려보낸 밤톨이 무전병을 데리고 민구 쪽으로 걸어갔다. 민구는 새로 얻은 식칼을 햇빛에 반사시켜 가며 날을 살피는 중이었다.

"형님, 이제 다 끝났어요. 그렇게 칼이니 무기니 챙기셔 봐야 쓰실 일 없습니다."

"그거 이상하군. 나 그거랑 똑같은 이야기 오늘 아침에도 들었던 것 같은데 말이야."

민구의 농담에 밤톨과 무전병은 쓴웃음을 지을 수밖에 없었다.

"하하, 그러게요. 그 칼들이 있었다면 한결 편하셨을 테죠? 뭐, 보관소에 있던 그 녀석들도 이런 일 있을 줄 상상이나 했겠습니까? 이해해 주십시오. 게다가 걔들은 형님이 어떤 분인지도 전혀 모르고 있으니까 말입니다."

"음, 내가 어떤 사람인데?"

"겉모습하고 달리 사실은 남을 위협하거나 해칠 만한 분이 아니라는 거 말입니다."

그 말에 조금 놀라 민구는 밤톨을 빤히 쳐다봤다.

아닌데? 그게 내가 하고 다니던 일 맞아! 이놈 참, 귀염성은 있는데 사람 보는 눈이 영…… 이런 판단력으로 용케 이만큼이나 지휘를 해서 버텼군…….

후후후, 민구의 입에서 웃음이 터졌다. 그러나 이 밤톨 같은 놈의 허술한 면이 싫지 않았다.

"저 꼰대들이 가서 일렀구만? 칼자국 난 새끼가 자꾸 흉기를 주물럭거리면서 사람들 위협한다고."

"정확하게 그런 말은 아니었지만, 비슷하기는 합니다. 뭐, 그렇지 않아도 한 방 맞았던 사람이 있으니까요. 아 참, 그러고 보니 아까 그 싸움이 끝나고 고맙다는 인사도 안 드렸네요. 형님, 도와주셔서 감사합니다."

밤톨이 인사치레를 하려 들자 민구가 머쓱해한다.

"나도 살겠다고 한 짓이었으니까 그런 소리 하지 않아도 되는데. 그리고 다 같이 싸운 거였잖아. 누가 누굴 돕고 그런 건 아니지."

"저희는 군인이고, 형님은 민간인 신분이잖습니까? 맡은 책임이 다르죠. 그…… 보관소에 맡겨 두신 칼 있잖습니까, 그건 제가 돌아가면 다시 말을 잘 해 보겠습니다. 혹시라도, 물론 그런 일이 없으면 더 좋겠지만, 건대 쉘터에도 위기 상황이 닥치거나 하면 형님이 힘을 좀 쓰셔야죠."

"별로 기대는 안 되는데…… 걔들 순 고집불통이더라고. 그리고 언제 또 건대로 올 일이 있겠나? 이번에도 이동하려는 사람들이 그리 많지 않던데."

민구는 획득한 무기들을 자동차 지붕에 나란히 늘어놓으며 대꾸했다. 도끼, 야전삽, 식칼…… 연장의 질을 선택할 수 있는 입장이 아니니까 양이라도 넉넉히 채워야 한다.

이 녀석들, 아까 마지막 탄창이니 뭐니 하는 소리들을 떠드는 걸 들었다. 만약 한 번 더 괴물들이 몰려오거나 하면 그때는 거의 몸으로 때워야 할 것이다. 물론 죽는 놈의 수도 훨씬 늘어나게 될 테고.

"그런데 헬리콥터는 왜 저렇게 멀리 가 있지? 근처에서 날아야 아까처럼 기관총으로 갈겨 주든가 할 수 있는 것 아닌가?"

먼 하늘에 떠 있는 500MD를 가리키며 민구가 물었다.

"아, 저 헬기 하나가 이 부근 도로 상황을 다 살피고 통보해 주는 거라 저분도 어지간히 바쁘십니다. 그리고 이젠 실탄도 없고요. 잠시 후에 건대에서 보낸 구조 차량이 근처까지 오면 그것도 저걸로 알려 줄 겁니다."

밤톨은 무전병이 어깨에 끼고 있는 P96K를 가리켰다. 자동차 시트에 도끼날을 닦고 있던 민구가 고개를 갸웃거린다.

"저 조그만 거, 어지간히 안 터지는 것 같던데…… 저걸로 알려 주면 다른 차들은 다 알아듣나?"

"하하하, 장갑차에 장착된 무전 설비를 이용하면 이렇게 직직거리지 않습니다. 선명하게 들리죠."

밤톨이 웃고 있을 때, 양반이 아닌 헬기로부터 무전이 날아왔다.

— ……소, 올빼미 다섯. 건대 둥지에서…… 치익…… 이동차 찰리 공둘…… 대기…… 치익…… 하기 바람…… 이상.

어? 찰리 공둘? 우리다! 우리를 부른다!

무전병과 밤톨의 얼굴에 화색이 돈다. 문제는 구체적인 내용이 싹 다 짓뭉개져 들어온다는 데 있었다. 무전병은 다시 안테나가 잘 터질 만한 위치를 찾아 자동차 위로 뛰어다니며 고래고래 악을 썼다.

"당소, 이동차 찰리 공둘! 올빼미 다섯, 응답하라! 감도 불량하여 수신되지 않았음! 재송신 바람! 재송신 바람!"

무전병이 자동차 더미에 가까이 갔을 때, 밤톨이 외쳤다.

"야! 그런 데 너무 붙지 마! 무너진다고!"

"예? 잘 못 들었습니다!"

강바람에 청각이 무뎌진 무전병이 뒤돌아보며 얼굴을 찡그린다.

"위험하다고! 새끼야!"

그 말이 밤톨의 입에서 다 빠져나오기도 전에 중앙분리대와 자동차 더미 사이에서 뭔가가 확 튀어나오며 무전병을 덮쳤다.

그르륵—.

얼굴과 목이 새까맣게 타 버린 좀비다.

억! 엎어지는 무전병과 그걸 보고 있는 밤톨의 입에서 동시에 비명이 터져 나온다. 민구는 도끼를 들어 무전병 쪽으로 던지기 위해 어느새 몸을 틀고 있다.

투투둑— 투투둑—.

좀비에게 밀린 무전병이 엎어지며 발사된 총알이 세워져 있는 자동차들의 유리창을 박살 낸다.

채애앵—.

쇠에 탄두가 맞고 튀는 요란한 소리도 함께 섞여 있다.

콱—!

민구가 재빠르게 날린 도끼가 좀비의 목을 직격하자 그 충격에 달려들던 좀비의 기세가 휘청 꺾였다.

"으아아아~!"

무전병은 미친 듯이 발버둥을 치며 좀비로부터 빠져나왔고, 밤톨은 개머리판을 휘둘러 도끼날이 박힌 좀비의 목을 반복적으로 후려쳤다.

칵— 칵—.

점점 더 깊이 들어가 박힌 날이 목을 3분의 2 이상 잘라 낸 다음에야 불탄 좀비는 움직임을 멈췄다.

"하아~ 하아~ 너, 너 괜찮아? 안 물렸어?"

정신없이 개머리판을 휘두르느라 숨이 턱 끝까지 찬 밤톨의 질문에 무전병은 울상을 지으며 고개를 저었다.

"모, 모르겠습니다. 으흐흑, 저, 저 어떻게 됐습니까?"

서둘러 옷을 들추고 두 손으로 목덜미를 더듬는 무전병의 피부에는 다행히 물린 흔적이 없다. 대신 원수 같던 소형 무전기가 아주 박살이 나 있다.

"하아~ 이, 이게 막아 준 모양이다. 너 진짜 무전기한테 절이라도 해라."

조금 마음에 여유가 생긴 밤톨은 무전병의 머리통을 두드려 준 후, 좀비의 목에 박힌 도끼를 보았다.

5미터 거리는 족히 될 것 같은데, 그 찰나의 시간에 이걸 이리도 정확하게…….

"야, 무전기보다도 저 형님한테 감사하다는 인사 먼저 드려. 너 진짜 저세상 문고리 만지고 왔어, 인마. 형님, 또 신세를 져…… 엇! 형님! 형님!"

밤톨의 목소리가 떨리고 커진다.

"끄응…… 요란 떨지 마. 별거 아니야."

민구는 인상을 쓰면서 왼쪽 가슴에 가로로 길게 박힌 칼날을 뽑아냈다. 저 멍청한 녀석이 쏜 총알이 하필이면 그가 왼손에 들고 있던 칼에 스치면서 튕긴 칼날이 가슴에 박혔다. 우연치고는 참 더럽다.

"으읏!"

땡그렁—!

민구는 뽑아낸 칼날을 바닥에 버렸다. 다행인 점을 고르라면 칼날이 그리 깊이 파고들지는 않았다는 거다. 물론 갈비뼈 한두 개 정도는 금이 간 모양이다. 그렇지 않고서는 이 정도까지 통증이 심할 리가 없다.

"형님! 아흐~!"

밤톨과 무전병, 그리고 주변의 다른 병사들까지도 뛰어와 걱정스러운 표정으로 민구를 에워쌌다.

뭔데…… 뭘 그렇게 쫄아? 칼을 만지다 보면 칼에 맞기도 하고 그러는 거지, 뭐…….

그렇게 이야기하려던 민구는 놈들의 시선이 가슴이 아니라 자신의 옆구리에 집중되어 있다는 걸 깨달았다.

응? 골반을 짚어 본 민구의 미간이 찌푸려진다. 지독하게 아프다. 그리고 뜨겁다.

"후우~ 후우~."

손을 들어 보니 온통 빨갛다. 익숙한 피의 색깔이다. 지금까지 그가 진창을 구르며 평생 흘렸던 양을 다 합친 것보다도 더 많은 피가 흥건하게 손바닥을 적시고 있다.

"죄송합니다! 죄송합니다! 저 때문에!"

무전병과 밤톨이 울부짖으며 민구를 부축한다.

아니야, 멍청아. 눈먼 총알이지, 네가 아니라고. 어디 가서 네깟 놈이 강민구를 죽였다고 하지 마. 그런 건 절대로 용납 못 하니까…….

그 말을 꼭 남기고 싶었지만, 민구의 입에서는 후우우~ 후우우~ 긴 신음만이 새어 나온다. 정신이 아득해지는 걸 느끼며 민구는 눈을 껌벅였다. 점점 시야가 어두워진다.

흐리고 흐려지다가…… 결국 완전한 암흑이 그를 찾아왔다.

Chapter 39

Redemption

01

민구가 눈을 떴을 때, 그의 곁을 지키고 있던 것은 의외의 얼굴이었다.

"너…… 네가 왜?"

놀란 민구가 물었다. 그러면서 일어나 앉아 보려 했지만, 몸이 말을 듣지 않는다. 그의 뜻대로 움직여 주는 것은 눈꺼풀과 입뿐, 나머지 부분은 아무런 감각이 없다. 목을 움직여 팔다리를 돌아보지 못할 만큼 너무나 무기력하다.

"쉬잇— 아저씨, 말씀 많이 하시면 안 돼요."

테라가 민구의 머리를 쓸어 주며 조용히 말했다. 주변에 다른 사람의 기척은 느껴지지 않았다. 흰 수건으로 이마의 땀을 콕콕 찍어 주는 이 깡마른 계집애와 힘없이 누워 있는 그 자신뿐이다.

이 아이와 마주하고 있다는 건 다시 잠실로 돌아왔다는 말인가? 그렇다고 해도 왜 하필이면 이 계집애가 내 간호를…….

"초희는 어디 갔어? 왜 네가……. 그리고 밤톨이랑 그 부하들은 다 어떻게?"

테라는 아무 대답도 않고 물수건으로 입술을 적셔 주었다. 바짝 말라 갈라진 그의 입술은 뜻대로 움직이지 않는다. 답답해진 민구가 목소리를 높였다.

"다들…… 어떻게 됐냐고 묻잖아."

망설이던 테라가 침울한 표정으로 입을 열었다.

"잘 아시잖아요."

"무슨 소리야? 이제 겨우 정신을 차린 사람에게…… 말해 줘, 다들 어디에 있어?"

"죽었어요, 전부 다."

"뭐라고? 그럴 리가…… 대체 왜?"

민구의 눈이 커졌다.

이게 무슨 소리인가. 다리 위에서 함께 싸워 위기를 넘긴 기억이 선명하건만, 그 이후에 대체 무슨 일이 있었기에…….

하지만 그렇게 당황스러운 마음의 이면 저 안쪽에 키득거리며 웃는 또 다른 목소리가 있다.

큭큭큭, 내 그럴 줄 알았어…….

또 다른 목소리는 그 상황에 대해 적극적으로 납득한다. 비 오듯 쏟아져 내리는 땀을 닦아 주며 테라가 담담하게 말했다.

"당연한 일이었는데요, 뭐. 아저씨랑 얽혔으니 끝이 좋을 리가 없죠."

그래, 옳은 말이야. 당연한 일이었잖아. 그래서 너도 이 말라깽이 계집애와 자꾸 거리를 두려 했던 거고…… 뭘 그렇게 순진한 척을 하려고 해?

키득거리던 내면의 목소리가 민구의 심장을 간질였다. 구역질이 솟는 것 같다.

"후우우~."

민구는 한숨을 내쉬며 눈을 감고 속을 진정시켜 보려 했다. 끔찍한 기분이다. 모두가 죽고 자신만 살아남은 싸움…….

또인가. 그러고 보면 그날 새벽 강서 정수장에서도 그랬었지……. 정문을 들이받고 떠올랐던 승용차에서 살아 걸어 나온 사람은 그 자신밖에 없었다.

두 눈을 부릅뜬 채 피를 뒤집어쓰고 죽어 있던 조직원 놈들의 얼굴과 머리가 잘려 나간 괴물의 모습이 아직도 선명하게 기억난다.

정수장 건물 내부에서도 마찬가지였다. 몇 명인가가 있었지만, 그중 오직 강민구, 혼자만이 정수장 문밖으로 빠져나왔다. 살려 준다는 약속을 했던 그 가방끈 긴 여자도…… 나름 애를 써서 냉장고에 넣어 놨지만, 아직 살아 있을 성싶지가 않다.

세상이 이 모양이 되었으니 용케 정신을 되찾아 밖으로 나왔다고 해도 지금쯤은 아마 괴물들 중 하나가 되어 있든지, 아니면 시체가 되어 어느 길바닥에 널브러져 있을 것이다.

후후후후, 손만 대면 다 죽어 자빠지는 건가. 저승사자가 따로 없군. 뭐, 이런 엿 같은…… 후후후…….

민구는 자조적으로 웃었다. 하지만 그 지독한 악귀로서의 삶도 이제 끝이다. 그는 안다, 자신의 목숨이 이제 아주 힘없이 사그라지고 있다는 것을.

"다행이에요."

테라가 이마를 짚어 보며 미소를 지었다. 민구는 그녀가 무슨 말을 하는지 이해할 수가 없었다.

다행이라니…… 대체 이 거지 같은 상황의 어떤 면이 다행이라는 말인가.

민구가 의아한 표정을 짓는 동안 테라는 자신의 두 손에 입김을 불어 넣었다. 한겨울에 얼어붙은 손을 녹이기 위해 하는 행동과 비슷하다. 하지만 민구는 자신의 생명이 꺼져 가는 와중에도 그녀의 그런 행동이 뭔가 위험한 일이라는 걸 직감할 수 있었다.

테라가 열심히 입김을 불어 넣자 그녀의 희고 가느다란 손이 빛나기 시작했다. 그와 비례해서 원래부터 그리 혈색이 좋지 않던 그녀의 얼굴은 더더욱 파리하게 변해 갔다. 테라는 눈부시게 빛이 뿜어져 나오는 두 손을 뻗어 민구의 두 눈가를 덮었다.

따뜻하다. 안구부터 시작해 얼굴 전체로 따뜻한 기운이 번지기 시작하며, 극심한 무력감과 고통에 지쳐 있던 몸에 생기가 돈다.

"이렇게…… 은혜를 갚을 수 있어서요."

그렇게 말한 테라는 한 번 더 두 손을 얼굴로 가져가 입김을 불어 넣었다.

……위험하다.

민구는 그녀를 말려야 한다고 생각했다. 이 짓을 계속했다가는 그녀가 죽고 말 것이다. 테라의 두 손이 다시 눈을 덮는다. 그녀의 기운을 받아 간신히 움직일 수 있게 된 팔로 민구는 테라를 밀어냈다.

"그만! 그만둬! 왜 이래!"

"아직, 치료를 더 해야 해요. 그렇지 않으면 죽게 될 거예요."

"오히려 네가 못 버텨! 너도 알잖아!"

"하지만 보답을 하고 싶어요……."

"보답 같은 거 필요 없어! 내가 경고했지, 나한테 가까이 오지 말라고! 그런데 왜 이래? 내가 결국 너의 시체를 봐야겠어? 이 세상에 마지막으로 살아남은 게 나뿐이라는 걸 내 눈으로 확인하도록 할 셈이야? 그냥 죽도록 내버려 두라고!"

민구는 두 눈을 질끈 감았다. 테라의 손이 다시 한번 뻗어 왔다. 이마에 닿는 손길을 느끼자마자 민구는 그 손을 쳐내고 고함을 질렀다.

"꺼지라고! 내 몸에 손대지 마! 참견 말고 꺼져!"

탁, 손끝에 닿는 느낌이 생생하다. 그리고 곧바로 귀에 익은 목소리가 쨍쨍댔다.

"아우, 진짜 이 오빠는 기절해서까지도 성질이 지랄 맞아! 왜 이렇게 짜증을 부리고 난린데? 좀 가만히 좀 있어 봐! 쫌! 아우 썅! 간호해 주다가 욕먹으니까 기분 존나 더럽네, 진짜!"

초희다. 민구는 자꾸 감기려고 하는 눈을 억지로 떴다. 초희는 작은 수건에 물을 적셔 그의 얼굴을 닦아 내는 중이었다. 자신의 주변을 밤톨, 무전병, 그리고 몇몇 군인들의 걱정스러운 얼굴이 빙 둘러싸고 있다.

하아…… 모든 게 다 환상이었나? 그 계집애도, 이상한 빛이 나던 손도…….

민구는 몸을 일으켜 보려 했다.

그윽!

엄청난 고통이 옆구리 전체를 휘감는다. 환상 속에서처럼 평화롭지도, 나른하지도 않다. 1초가 멀다 하고 무지막지한 아픔이 신경의 여기저기를 잔인하게 쑤신다.

"아, 그렇게 무리하게 움직이지 마세요! 지혈해야 하니까 좀 가만히……."

밤톨이 땀을 뻘뻘 흘리며 민구의 옆구리에 고개를 처박고 있다. 민구는 초희가 닦아 준 입술 주변의 수분을 할짝거려 삼킨 후 물었다.

"내가…… 끄으응, 얼마나 오래 뻗어 있었던 거지?"

"오래요? 아닙니다. 지금 기절하시고 몇 초 안 돼서 곧바로 눈 뜨신 거예요. 한 20초나 되었을까? 뭐, 그렇습니다. 그나저나 형님, 운이 좋았어요! 총 맞은 사람한테 운이 좋았다는 말 하는 건 좀 그렇지만, 하여간 그냥 관통상 같아요! 그것도 옆구리 쪽이라서 뼈나 내장이 다치지는 않았을 겁니다! 이제 피만 좀 멎으면…… 아, 근데 이거 잘 안 되네."

민구는 잘 움직이지 않는 고개를 억지로 움직였다. 뜨끈뜨끈한 아스팔트에 대자로 뻗어 있는 자신의 팔다리가, 그리고 붉은 피가 옅게 배어 나오는 가슴의 상처가 눈에 들어온다.

하지만 옆구리는 어떻게 된 것인지 도통 보이지 않았다. 밤톨이 상처 주변에 뭔가 검붉은 천을 잔뜩 쑤셔 박아 가려 뒀기 때문이다. 다리 위로 강바람이 불어올 때마다 검붉은 천의 끝자락이 어지럽게 춤을 추며 날렸다.

"그게…… 뭐야? 뭘 그렇게……."

민구는 손을 뻗어 검붉은 천을 쥐었다. 그러고는 곧바로 깨달았다. 자신이 잡은 게 원래는 흰색이었을 지혈용 붕대라는 것을. 그리고 그걸 흠뻑 적신 액체가 자신의 몸에서 흘러나온 피라는 사실도…….

밤톨은 황급하게 고개를 저으며 민구를 만류했다.

"만지시면 안 돼요! 감염이 될지도 모르니까! 아, 그리고 자세를 바꾸지 마세요! 심장이 낮게 가야 합니다!"

그 말을 듣고 보니 녀석은 얇은 고무장갑 같은 걸 낀 채다. 바닥에는 몇 개의 소독 솜뭉치가 역시 시뻘건 피를 잔뜩 머금고 뒹굴었다.

"크크크, 감염 같은 소리 하네. 괴물들 시체 바로 옆, 맨바닥에 눕혀 놓고 그런 걱정을 하다니. 그나저나…… 끄응, 어디서 이런 걸 구했어?"

"아, 이거 말씀입니까? 이거…… 아이 팩이라고, 그 장갑 트레일러 배치용으로 지급받은 겁니다. 인디 비주얼 퍼스트인가 뭐라고 했는데…… 하여튼, 저희도 대강 교육만 받았지 실제로 써 보는 건 처음이라서…… 아이, 젠장. 거즈가 한참 모자라잖아. 씨발, 벌써 피범벅인데…… 이 상태로는 압박을 못 해. 야, 더 뒤져 봐. 이게 다야?"

민구의 옆구리에 계속해서 거즈를 밀어 넣던 밤톨이 난감한 표정을 짓는다. 식판 정도 크기의 국방색 천 가방 안쪽을 살피던 무전병이 '없습니다!' 하며 고개를 저었다.

제대로 지혈이 되지 않은 상태에서 압박붕대를 둘러 보려던 밤톨이 결국 포기를 하고 다시 가방에서 작은 봉지 하나를 꺼낸다.

"맞다, 맞다. 이런 게 있었어. 그래. 야, 여기 좀 치워서 시야를 확보해 봐. 이걸 뿌려서 지혈시키고 그다음에 거즈로 누르자."

밤톨의 명령에 무전병이 피투성이 거즈를 가슴 쪽으로 옮긴다. 민구의 시선도 자연스럽게 그곳으로 향했다. 자신의 어디가 얼마나 작살이 났기에 이렇게 정신을 잃기까지 했는지 알고 싶었다.

"아우! 어떡해! 완전 초전박살이 났네, 울 오빠. 아유."

상처가 드러나자 초희는 눈살을 찌푸리며 앓는 소리를 했다. 골반과 갈비뼈 사이, 총알이 할퀴고 지나가며 살을 한 움큼 떼어 낸 자리에서는 계속해서 꿀럭꿀럭 빨간 피가 배어 나오고 있다.

"어디, 어디…… 어이구, 저거는 못 살아. 저렇게 피가 나면……."

"흉측해라. 세상에, 저 피 좀 봐. 아주 그냥 수도꼭지 돌려 놓은 것처럼 줄줄 흐르네. 쯧쯧쯧, 옛말 그른 거 하나도 없다니까…… 칼로 흥한 놈은 칼로 망한다고, 남한테 발길질하고 욕지거리할 때부터 알아는 봤지."

병사들의 등 뒤로 다가와 어깨 너머로 민구의 상처를 훔쳐보던 놈들이 한마디씩 도움 되지 않는 소리를 내뱉는다. 아까 얻어맞은 두 놈과 그 일행들이다. 사이를 헤집고 들여다보기 위해 가뜩이나 진땀이 흐르는 병사들의 어깨에 손을 짚어 누르며 발돋움을 하느라 여념이 없다.

물러납니다! 가까이 오지 않습니다!

병사들이 녀석들을 밀어냈다.

크흐흐~. 민구는 운이 좋았다는 밤톨의 말이 이해가 되는 것 같아 쓴웃음을 지었다.

평상시에 총을 맞고 이 정도 부상에 그쳤다면 조상님 은덕이라는 말이 나올 법도 하다. 내장이 꿰뚫린 것도 아니고, 뼈가 작살나서 조각이 살 속을 휘저은 것도 아니고, 복부가 벌어져 체액이 흘러나오는 것도 아니다. 그저 근육이 잘려 나가고 출혈이 심한 것뿐이니, 빨리 구급차만 부르면 된다. 그렇게만 하면 생명에는 아무런 지장이 없을 것이다.

하지만 지금은 평상시가 아니다. 사이렌을 울리며 달려와 주는 구급차도 없고, 병원에서 기다려 주는 의사도 없다. 잠실야구장에서 출발해 여기까지 오는데만 한 시간이 넘게 걸렸고, 그 후에도 구조 차량을 두 시간째 기다리고 있다.

그 차를 용케 타게 된다고 해도 돌아가는 동안 또 한 시간 이상은 허비하게 될 터였다. 그렇게 예측하는 게 이치에 맞다.

그러니 지금 그에게 닥친 현실은 그가 제일 혐오하는 상황에 가까워져 버렸다. 무력하게 피를 잃으며 천천히 죽어 가는 상황 말이다.

민구가 그런 생각을 하는 동안 밤톨은 신형 분말 지혈제 봉지를 잡고 거기에 적힌 주의사항을 이해하느라 애를 썼다.

"음, 퀵 클랏 분말은 넓은 범위에서 일어난 출혈을 빠르게…… 아, 이런 개소리는 됐고, 음…… 봉지를 뜯고 상처 위에 충분한 양의 분말을 고루 도포하시오……. 음, 그냥 뿌리기만 하면 되는 거네? 아니, 근데 씨발, 애초에 달랑 이거 한 봉지를 줘 놓고서 뭘 충분한 양을 뿌리라는 거야?"

이제 와 뒤늦게 사용 설명서를 숙지하는 밤톨의 진지한 얼굴에는 땀이 송골송골 맺혀 있다. 밤톨은 밀봉된 퀵 클랏 분말 봉지를 이로 물고 다급하게 찢었다.

서둘러야 한다. 매초 민구의 상처에서는 피가 울컥거리며 흘러나오고 있으니까. 병사 둘이 민구의 몸을 잡아 분말을 뿌리기 좋도록 돌렸다.

"뿌립니다! 움직이지 마십쇼!"

밤톨은 눈살을 찌푸리며 상처에 봉지를 가져다 대고 거꾸로 들었다.

탁, 탁, 두어 번을 털자 단단히 뭉쳐져 있던 흰 가루 분말이 확 쏟아졌다. 그리고 그 순간에 바람이 불어왔다. 휙— 톱밥보다도 곱고 가벼운 결정체들이 바람에 흩뿌려지며 사방으로 날아간다.

"헉—!"

밤톨과 무전병, 그리고 민구의 몸을 잡고 있던 두 병사의 입에서 동시에 외마디 비명이 터져 나왔다. 믿을 수가 없다. 퀵 클랏 분말은 주변의 모든 이들을 조롱하듯 화려하게 휘날리며 순식간에 흩어져 버렸다.

쿨럭—!

그러는 동안에도 피는 부지런히 샘솟는다.

"아, 안 돼! 이…… 이런 씨발! 이게 뭐야!"

밤톨은 원망스럽다는 듯 빈 봉지를 노려보며 욕설을 퍼부었다.

"이 씨발! 제일 중요한 말을 왜 안 적어 놨어! 바람 불 때는 쓰지 말라고 했어야지! 이런 개좆같은 새끼들이! 아…… 아니지, 이럴 때가 아니야. 거, 거즈! 그걸로라도 다시 막고 이 압박붕대로 감싸서……."

허둥대며 다시 거즈를 끌어와 상처에 대려는 밤톨의 손을 민구가 잡았다.

"에? 형님, 미안합니다. 근데 좀 가만히 계세요."

"그걸로…… 안 돼."

민구의 말처럼 이미 피에 푹 젖은 거즈는 지혈의 기능을 해 줄 성싶지가 않아 보이긴 한다. 아니, 사실 지혈이 어떤 원리로 되는 건지도 모르겠다.

애초에 밤톨은 의무 병과와는 아주 거리가 먼 보병이었고, 이 응급 키트 사용

법은 장갑 트레일러에 처음 배치되던 때 30분 정도 교육받은 게 전부다. 그나마도 쓸 일이 없을 거라고 생각해서 그저 귓등으로 들었었다.

"하, 하지만 이것 외에는 방법이 없어요."

밤톨의 말에 민구가 고개를 저었다. 그러고는 밤톨의 어깨에 부착된 대검을 가리켰다.

"옛날 방식으로 가자. 그거…… 좀 빌려줘. 불로 달궈서 지지면…… 피는 멎는다. 후우~."

짧은 말을 하는 동안에도 숨이 차올라서 민구는 진땀을 흘렸다. 옆구리의 출혈이 물론 제일 큰 문제지만, 금이 간 갈비뼈 쪽에서도 숨을 쉴 때마다 찌릿찌릿한 고통을 안겨 주었다. 그러면서도 오한이 든다.

칼을 맞았을 때와는 영 다르다. 쇼크로 언제 뻗어 버리게 될지 모르는 상황이니, 정신이 온전할 때 얼른 이 피를 멎게 만들어야 한다.

"어서!"

망설이던 밤톨도 민구의 채근에 못 이겨 자신의 대검을 뽑았다.

"제가 해 드리겠습니다."

"아니, 내가 한다."

민구가 고개를 젓는다. 밤톨은 결국 칼을 넘겨주었다. 극심한 고통 때문에 칼을 쥔 민구의 손끝이 미세하게 떨렸다. 라이터를 켜서 칼에 대 보지만, 바람이 불어와 라이터의 불을 자꾸만 앗아 갔다. 그 모습을 보다 못한 병사 중 하나가 지포라이터를 찾아 건넸다.

화륵—!

라이터의 불꽃이 바람에 춤을 추면서 대검을 달군다. 쇠끝이 빨갛게 달아오를 때까지 잠자코 기다리며 민구는 상처를 유심히 살폈다. 지포라이터 하나가 데운 면적으로는 전부 지져질 것 같지 않은 크기다. 위쪽을 한 번, 아래쪽을 한 번, 이렇게 두 번은 지져야 한다.

민구가 달궈진 대검을 상처 쪽으로 움직이는 동안 무전병은 마지막으로 거즈를 움직여 상처 주위의 피를 최대한 닦아 냈다.

거리를 가늠하던 민구는 대검을 상처의 윗부분에 바짝 붙였다.

치이잇—.

피가 끓어오르고 살이 익는다. 그리고…… 고기 타는 냄새와 함께 덮쳐든 격통이 그를 마구 잡아 뜯고 뒤흔들었다.

흐윽! 꽉 다문 민구의 입에서 아주 가느다란 신음이 새어 나왔다.

어흐~. 주위를 둘러싼 군인들의 입에서도 동시에 고통스러운 탄성이 터졌다.

쇠가 식어 버려서 더 이상 인두로서의 기능을 하지 못하게 되었을 때, 민구는 대검을 상처에서 떼어 냈다. 피부는 뻘겋게 화상을 입고 짓물러졌지만, 지진 부위에서 더 이상 피가 솟지는 않는다. 이제 똑같은 방식으로 아래쪽만 마무리하면 된다.

민구는 부들거리는 손으로 대검을 고쳐 쥔 후, 라이터를 들고 기다리는 밤톨을 향해 뻗었다. 눈이 가물거리고, 손에 경련이 인다.

젠장, 피를 너무 흘린 건가…….

민구는 이를 악문 채 아득해지려는 의식을 붙잡으려 노력했다. 이렇게까지 도움을 받고 애를 썼는데 그 끝이 허무한 죽음이고 싶지는 않다. 밤톨은 흔들리는 민구의 손을 꽉 잡고 라이터로 대검을 지졌다.

치이익—!

두 번째 지질 때의 고통은 처음보다 훨씬 덜 날카로웠다. 그만큼 의식이 가물거리고 감각이 둔해졌다는 의미다. 민구는 꿈을 꾸는 것처럼 몽롱한 정신 속에서 달궈진 대검을 계속 옆구리에 문댔다.

휘청.

민구의 고개가 흔들리고 대검을 잡은 손이 아래로 떨어지려 할 때, 밤톨이 그의 팔을 붙잡았다. 그러고는 대검을 바닥에 내려 두고 거즈로 상처를 지그시 눌렀다. 압박붕대를 편 밤톨이 병사들에게 지시했다.

"그쪽 허리 들어! 이거 넣어서 돌려야 돼!"

물속에서 듣는 것처럼 주변의 소리들이 길게 일렁였다. 몸이 들려지는 순간 갈비뼈가 욱신거렸고, 가물거리던 민구의 눈은 다시 감겼다. '물을 좀 줘…….'라는 말을 끝내 하지 못하고 그는 또다시 정신을 잃었다.

02

깜빡—.

다시 의식이 돌아왔을 때, 그의 몸은 흔들리고 있었다. 땀내가 진동하는 사내의 등에 업힌 채다.

뛰어! 트럭이 왔다!

밤톨의 목소리가 귀를 울린다. 업고 있는 사람이 쿵쿵거리며 땅을 내디딜 때마다 온몸이 돌가루처럼 다 부서져 나가는 것 같다.

깜빡—.

어딘가에 누워 있다. 답답한 공기, 쇠의 냄새가 난다. 그리고 바닥에 모포가 깔려 있다. 그…… 트럭이라는 것에 탄 걸까?

주위를 돌아보려는데 목이 돌아가지 않는다. 머리는 계속 빙글빙글 돈다. 밤새도록 소주를 마시고 뻗었을 때와 비슷하지만, 훨씬 더 기운이 없다는 점이 다르다. 바짝 마른 목구멍과 입술은 갈라지다 못해 타오르는 듯하다.

"무…… 무우……."

'물'이라는 한 단어를 뱉어 내기가 이렇게 어려운 줄은 몰랐다. 밤톨이 민구의 얼굴을 보더니 반색을 한다.

"형님! 정신 차리셨네! 혈액형 알려 주세요! 형님! 혈액형! 수혈하려면 알아야 합니다!"

다시 뻗으려는 민구의 뺨을 두드리며 밤톨은 계속 같은 말을 반복한다. 그 옆에서 초희가 답답해 미치겠다는 말투로 잔소리를 늘어놓았다.

"아우, 그냥 자게 놔둬요! 이 군인 오빠, 참 답답하네! 그걸 뭐 자꾸 물어봐요! 빤한 거잖아! B형이야! 100퍼센트 B형이라고! 그건 보나 마나지. 강 실장 오빠가 성질이 얼마나 더러운데! 아니, 오빠도 봐서 알잖아요!"

바보 같은 년…… A……형이야…… A. 잘하면 너 때문에 내가 죽겠구나……. 그만 개소리 그만 지껄이고 물이나 좀…….

하지만 민구의 생각은 소리로 이어지지 못했다. 다시 눈이 감기기 전에 그의 뇌리를 스친 것은 흔들리는 차의 진동 때문에 죽을 것 같다는 감상이었다.

깜빡—.

트럭의 열린 뒷문 사이로 빛이 쏟아져 들어온다. 그리고 밤톨과 무전병이 그를 업고 받치고 해 가며 달린다. 구경하던 사람들의 입에서 '어머.'라든가, '뭐야, 저거.' 따위의 감탄사가 터져 나왔다.

졸지에 눈요깃거리로 전락해 버린 자신이 한심하고 슬프지만, 손 하나 까딱할 기운이 없다.

윽, 그러면서도 옆구리에 충격이 가해지기라도 하면 저절로 팔다리가 움찔거렸다.

"비켜요! 비켜! 의무대 어딥니까? 의무대!"

밤톨이 미친 사람처럼 소리를 지르며 체육관 내부를 가로지른다.

이쪽이야! 이쪽! 한 사람만 와요! 우르르 다 따라오지 말고!

누군가가 알려 주는 소리…….

어머! 초희야! 어머! 강 실장 오빠?

언제나 가식으로 덮여 있는 가희의 놀란 목소리도 들렸다.

빛과 사람 얼굴, 그늘과 철책들이 휙휙 스쳐 간다. 그리고 마침내 민구는 안정된 바닥에 눕혀졌다.

"여기 어딥니까, 하사님? 의무대 아니잖습니까? 허억! 허억~ 이건 꼭 창고……."

밤톨이 숨을 헐떡이며 묻는다. 초희도, 무전병도 다 물리치게 하고 두 명의 의무병이 그를 인도한 곳은 체육관과 철책으로 연결된, 허름한 건물 2층의 구석방이었다. 침대 하나, 의자 두 개, 박스들, 책상에 놓인 가방 몇 개가 전부다. 냉담한 목소리가 대꾸했다.

"외상자잖나! 그것도 외부에서 외상을 입고 왔고."

"하지만 총상입니다! 물린 게 아닌데……."

"그런 말은 다들 해. 나 물렸어요, 하는 사람 본 적 있어? 게다가 너희 좀비랑 접촉도 했고, 교전도 있었다면서? 그러니까 당연히 48시간 외부 격리할 수밖에 없다고. 뭐, 의무대나 여기나 비슷해. 무슨 차이가 있겠나. 무전 받고 미리 침상까지 다 마련해 놨구만."

"하사님! 좀비와 접촉 이야기가 나왔으니까 드리는 말씀인데, 이분 꼭 살려야 합니다! 이분 아니었으면 좀비들한테 여러 사람 죽었을 겁니다. 의인입니다! 의인! 꼭 좀 살려 주셔야 합니다!"

밤톨이 진심을 담아 외치는 소리가 웅웅거리며 귓가를 어지럽혔다.

큭, 의인…… 젠장, 그렇게 고통스럽고 정신이 아득한 상황인데도 민구는 속으로 웃었다. 평생 온갖 별명으로 불려 봤지만, 설마 의인이라는 말을 다 듣게 될 거라고는 단 한 순간도 생각해 본 적이 없다.

'의인 아니야, 이 새끼야…… 사람 미안하게 만들지 마……. 오히려 이 세상을 이렇게 좆같은 괴물들이 설치고 돌아다니게 만든 장본인이지…… 젠장…….'

진통제의 효과가 더해진 민구가 그런 생각을 하며 의식을 잃어 가는 동안, 의무대 하사는 그의 팔을 알코올로 닦고 수액부터 찔러 넣었다. 그러고는 밤톨을 돌아보며 말했다.

"살려야 한다? 뭐, 그게 의무대 구호니까 만날 우리도 외치기는 하는데…… 일단 진정해. 부상 부위부터 좀 보고 말하자."

"군의관님은 안 계십니까? 아니면 혹시 민간인 의사라도……."

붕대를 풀던 하사는 밤톨의 말에 바로 옆의 의무병을 가리키며 코웃음을 쳤다.

"큭, 의사? 그래, 요새 나랑 쟤가 의사 뺨치긴 하지."

"그렇습니까? 하사님, 잘 부탁드리겠습니다! 하사님 실력만 믿겠습니다!"

"실력이 그렇다는 게 아니라, 해야 하는 임무가 의사 뺨친다는 말이야. 골절 깁스해, 찢어진 거 꿰매, 탈진한 사람 보살펴…… 옘병, 이런 추세로 가다가는 뇌수술도 하게 되는 거 아닌지 모르겠다. 아우! 이거 완전 화상이 심하네…… 뭐야? 왜 이렇게 지져 놨어?"

민구의 옆구리에서 압박붕대와 거즈를 떼어 낸 하사는 눈살을 찌푸렸다. 밤톨이 이유를 설명한다.

"지, 지혈을 해야 했습니다. 그래서 대검을 불로 달궈서……."

"야이, 미련한 새끼야. 무슨 원시인이야? 지금 여기가 무슨 소말리아 해적 수용소냐, 인두로 지져서 지혈을 하게? 너희 다 아이 팩 지급됐을 텐데, 거기에 지혈용 거즈랑 그런 거 들어 있잖아? 그걸로 압박을 해서 피를 멎게 해야지. 아휴, 이 사람 이거 괜찮나? 고문을 당했네, 아주……."

입으로는 툴툴거리면서도 의무대 하사는 부지런히 손을 놀렸다. 가방에서 화상용 시트를 꺼내 비닐 포장을 뜯고 민구의 상처에 밀착시켰다.

총에 맞아 뜯겨 나간 상처인 데다가 제멋대로 지진 굴곡이 있어서 까다로운 작업이지만, 하사의 손이 워낙 야무졌다. 순식간에 화상 입은 곳이 시트로 덮이자 밤톨이 감탄한다.

"와, 그런 것도 지급이 됩니까?"

"국방부에서 이런 거를 챙겨 주겠냐? 이거 다 근처 병원이랑 소방서 같은 데 털어 가지고 집어 온 거야. 여기 쉘터 중대장이 그런 거 엄청 꼼꼼하게 준비하는 양반이라."

하사는 어느새 옆구리를 붕대로 감싸고 가슴의 상처를 살피고 있다. 흉기에 맞아 찢기고 잘린 것보다도 뼈의 골절이 의심되었다. 보라색으로 부어오른 갈비뼈 주위를 소독하던 하사는 한숨을 내쉬었다.

"이 아저씨도 참…… 운이 좋았다고 해야 되나, 기구하다고 해야 되나. 옆구리

총상도 그렇고, 이것만 해도…… 이거, 갈비뼈가 안쪽으로 꺾여서 폐를 찔렀으면 그냥 죽는 거거덩. 뭐, 자기가 운동을 열심히 해서 근육이 감싸 준 거니까 운이라고만 할 수도 없는 건가? 야, 여기 잘 잡아서 들어. 뼈 나갔을지도 모르니까 조심해서."

소독을 마친 하사는 붕대를 단단히 감아 가슴 전체를 왼팔과 고정했다. 일을 마친 하사는 라텍스 장갑을 벗어 휴지통에 넣으며 한숨을 쉬었다.

"후아, 다 끝났다. 80만 원입니다. 보호자분, 창구에 가서 수납하고 오세요."

하사의 농담에 얼떨떨해진 밤톨은 당황한 기색을 감추지 못했다.

"이, 이게 끝입니까? 의료 처치가?"

"항생제랑 소염진통제 섞어서 수액 놔드려, 소독하고 골절 부위 고정해, 거기에 화상 시트까지 붙여 드렸는데 뭐? 또 뭐를 더 해야 돼? 서비스로 포경수술이라도 해 드릴까? 이미 하셨을 거 같은데?"

"그…… 그런 게 아니라 수혈이라도 해야 할 것 같은데 말입니다. 이분, 피를 엄청 흘리셨습니다."

"야, 나 같은 돌팔이가 거부반응도 못 살피면서 수혈한다고 껍죽대는 게 훨씬 더 위험해. 혈액형 일치한다고 그냥 푹 쑤신 다음에 아무 피나 넣어도 될 것 같으면 의사들이 공부를 왜 그렇게 오래 하겠냐? 병원마다 이상한 기계들은 또 왜 그렇게 많고? 그런 짓 하다가 한 방에 쇼크로 간다고. 자, 나와. 환자분 안정해야 된다. 궁금하면 내일 또 와 봐. 어차피 너희들도 이동 수단이 마련될 때까지 며칠은 여기 있어야 할 거 아니야."

하사와 또 다른 의무병은 자꾸 미련을 갖는 밤톨을 억지로 끌고 방을 나왔다. 밤톨은 문을 닫기 전 다시 한번 누워 있는 민구를 돌아보았다.

그래도 이제 깨끗한 침대와 붕대, 수액이 제공되는 안전한 공간에 누워 있다는 걸 위안으로 삼아야 할 것 같다. 2층인 데다 창이 양쪽으로 나 있어서 맞바람도 쳐 줄 테니, 환기 문제도 걱정할 필요 없어 보인다. 문을 조용히 닫는 하사에게 밤톨이 물었다.

"저…… 하사님, 저분 완쾌되실 수 있겠습니까?"

"하아~."

한숨을 내쉰 하사는 밤톨의 어깨를 감싼 채 몇 걸음을 걸어 나온 뒤에야 나직한 목소리로 대답했다.

"솔직히 말하자면 어렵다. 반반이라고 해 주고 싶은데, 그 정도로 좋은 상태는 아니고……. 뭐, 너도 봐서 알겠지만, 저 사람은 지금 몸을 못 가누고, 우리는 설비라야 개뿔 아무것도 없어. 태양 그룹에서 민간 의료 지원을 해 주니까 거기 요청을 해 볼 수도 있긴 한데, 그것도 사람이 좀 모이든가 해야 헬리콥터가 뜨지, 이 사람 하나 땜에 오겠냐? 게다가 이쯤 심각한 환자는 거기에서도 잘 맡지 않으려는 눈치더라고. 그러니까 그냥 썩지 않을 정도로 관리해 주면서 수분이나 영양분 보충시켜 주고 똥오줌 기저귀 갈아 주는 정도? 나로서는 이게 최선이다. 그렇게 안타깝다면 그냥 이겨 내시기를 기도해라. 내가 소독은 매일 해 드릴게. 그거는 약속할 수 있으니까."

"아, 네…… 감사합니다. 꼭 부탁드리겠습니다."

밤톨은 하사와 의무대 상병을 향해 간곡히 인사했다. 녀석의 진지한 열의가 좀 의아한 듯 하사는 고개를 갸웃거렸다.

"근데 너희 오늘 전사자도 나왔다면서? 저 사람한테만 너무 집중하는 것 아니냐? 혹시 개인적으로 각별한 인연이 있는 분이야? 아니면 친인척이라거나?"

"아닙니다. 그저 오다가다 수용소에서 본 적은 있지만, 전혀……. 그런 게 아니라 저희 분대원이 오발 사고를 일으켜서 그렇게 된 거기 때문에 책임감을 느끼는 겁니다……. 아까도 말씀드렸지만, 좀비들이랑 싸울 때 도움도 받았고요. 저도 그렇고, 오발 쏜 당사자 놈도 저분 괜찮아졌다는 이야기를 들어야 좀 진정이 될 거라서."

"애초에 너희가 생존자들 지키려고 싸운 거잖아. 그러니까 그런 생각 하지 마라. 너희는 의무를 수행하려다가 일어난 사고니까……. 뭐, 의무가 없었으면 책임질 일도 없었겠지. 그런 걱정 그만하고 너도 가서 좀 쉬어라. 오늘 진짜 고생했다."

하사는 밤톨을 데리고 같은 건물의 1층으로 내려왔다. 거기에는 오늘 트레일러를 타고 온 민간인들과 밤톨의 분대가 몇 개의 방에 분리 수용되어 있었다.

철책을 사이에 두고 건대 쉘터 민간인들과 이야기를 나누는 이주민들도 더러 보이고, 지급받은 음식으로 늦은 점심을 때우는 이주민들도 있다. 외부에서 좀비들과 접촉을 한 만큼 당장 쉘터로 들이지 않고 격리된 옆 건물에서 하루를 보내게 하는 것이다.

경비를 맡은 병사가 탄창을 반납하라고 해서 밤톨은 빈 탄창을 내주었다. 하사는 가볍게 휘파람을 불며 고개를 저었다.

"우와! 너네, 실탄도 없었구나. 완전 아슬아슬했네. 보고하러 가기 전에 주차장에서 담배 한 대 피울래? 거기가 흡연 구역이니까 너도 나중에 옥상에 가든가, 아니면 주차장으로 가서 피우면 된다."

"아! 담배! 맞습니다, 하사님! 그거를 보고하려고 했는데, 저분 부상에만 정신이 팔려서 까맣게 잊고 있었습니다. 담배! 담배 피우시면 안 됩니다. 담배 연기가 좀비들을 부릅니다!"

담배 이야기가 기억난 밤톨은 두 손을 마주치며 눈을 빛냈다. 하사도, 그 옆에 선 의무대 상병도 별 반응 없이 빤히 밤톨을 쳐다본다. 잠시 뜸을 들이던 하사가 물었다.

"놀랍네요. 그런 대발견을 하시게 된 계기는 뭡니까, 조 병장님?"

그래, 안 믿는구나…….

존댓말을 써 가며 자신을 놀리는 하사를 향해 밤톨은 고개를 끄덕였다.

"물론 저도 오늘 처음 그 이야기를 들었을 때에는 하사님처럼 믿지 않았습니다. 하지만 실제로 담배를 피우고 얼마 안 지나니까 좀비들이 왔습니다. 다리 양쪽에서 전부 다 말입니다. 이건 정말 확실합니다. 위에도 보고를 해야……."

밤톨이 애타게 떠들어 대는 동안에도 하사는 담배에 불을 붙인 후, 느긋하게 연기를 내뿜었다. 그러고는 말했다.

"너는 대민 지원 업무를 거의 안 해 본 모양이구나. 내 말이 맞지? 생존한 민간인들하고 이야기 나눠 본 적이 없지?"

"예? 아, 예. 저는 주로 쉘터 외곽 근무이기는 한데 말입니다. 근데 갑자기 그게 무슨 말씀이십니까?"

"나는 의무대에 있으니까 뭐 하루에도 수십 명씩 아프다고 찾아오는 민간인들을 만나야 돼. 간판은 의무대라고 떡하니 걸어 놓고 있지만, 사실은 약도 그저 그렇고, 의료 지식도 별게 없잖아. 그러니까 나나 다른 의무병들이 하는 일이라야 빤한데…… 그냥 아픈 사람들한테 진통제 주고, 잠시 하소연 들어 주는 거야. 그러다 보면 대부분의 경우는 좀 나아지는 기분이 들거든. 사람들이랑 이야기 해 보잖아? 그럼 다들 좀비 전문가야. 뭐를 어떻게 하면 좀비가 나타나는지 모르는 사람이 없다고. 우리도 처음에는 그런 소리 들을 때마다 귀를 쫑긋 세우고 '오오, 그렇습니까? 참고해 보겠습니다.' 이딴 식으로 진지하게 대응했었지. 그런데 문제가 하나 있더라고. 그게 뭐일 것 같아?"

"……잘 모르겠습니다."

"열이면 여덟은 각기 다른 이야기를 한다는 거야. 진짜 별의별 소리를 다 해. 노래를 하고 있으니까 좀비가 왔다는 둥, 김치 냉장고를 열면 좀비들이 나타난다는 둥, 소주 마시면 그렇다는 사람, 떡 치고 있으면 좀비가 온다는 사람…… 우리가 듣기에는 말 같지 않은 소리들이 대부분이지만, 이 사람들 본인은 자기가 하는 이야기를 철석같이 믿고 있어. 왜 그러냐면, 그 사람들 개개인은 실제로 그렇게 하고 있을 때 좀비를 만났거든. 완전 100퍼센트 리얼이라고. 그 한 번의 경험이 머리에 완전히 콱 박혀서 그걸 진리라고 믿는 거지."

"아…… 하지만 말입니다, 담배는 진짜로……."

밤톨이 억울하다는 표정을 짓자, 하사는 고개를 끄덕였다.

"그래그래, 그럴 수도 있지. 하지만 반대로 담배를 안 피우고 있으면 좀비가 안 온다는 게 증명되는 건 아니잖아. 너도 알다시피 좀비는 존나게 많아. 그러니까 언제 나타나도 하나 이상할 게 없다고. 근데 이놈들이 나타나는 순간에 네가 하고 있던 일을 무조건 원인으로 지목하지는 말란 소리야. 그건 그냥 까마귀 날자 배 떨어지는 거랑 비슷할 수도 있는 거니까. 내가 건의서에 적어는 놓을게. 너도 잠실로 복귀하면 그렇게 하고. 그런데 그래 봐야 워낙 의견들이 많아서 별로 달라지지는 않을 거야. 사람들이 주장하는 원인을 다 금지하면 할 수 있는 게 별로 없어."

하사의 여유로운 표정과 설명하는 방식은 이미 한두 번 해 본 솜씨가 아니었다. 아마 뭔가가 좀비를 부르니 금지해야 된다고 역설하던 모든 사람들에게 비슷한 이야기를 해 주었을 것이다. 그리고 그의 말을 다 듣고 나자 밤톨도 자신의 담배 가설에 대해 의문이 들기 시작했다.

하긴…… 그때에 도로에는 사람들이 뭉쳐 있었고, 200여 미터라고 해 봐야 높은 고가 도로에서 내려다보면 다 보일 만한 거리다. 또 바로 근처에서 헬리콥터가 낮게 날면서 엄청난 소리를 냈었지……. 그러니 담배 하나에만 모든 원인을 돌리면 안 될 것 같기도 하다.

"그, 그럼 저도 한 대 피우겠습니다."

밤톨은 주머니에서 담배를 꺼내 불을 붙였다.

후우우~. 아까부터 몇 시간이나 참았던 담배가 기도를 타고 들어가자 반가운 친구를 만난 것처럼 안정감이 든다. 목숨을 건 싸움 뒤에 처음 피우는 것이라 맛이 더 각별하다. 밤톨은 자신의 검지와 중지 사이에 끼워진 담배를 유심히 바라보았다.

확실히…… 이 좋은 게 좀비를 부르는 원흉으로 지목돼서 금지된다면 그 역시 곤란하다. 담배에 대한 경고는 흩어지는 연기와 함께 밤톨의 머릿속에서 옅어져 갔다.

같은 시각, 쉘터와 옆 건물을 잇는 공간에는 초희와 가희가 이중 철책을 사이에 두고 이야기를 나누고 있었다. 분위기는 당연히 무겁고 당혹스럽다.

장교들과 통하는 가희로부터 잠실에서 새 이주민이 온다는 소식을 전해 들은 육만배는 기뻐했었다. 민구가 올지도 모른다는 기대를 적잖이 하고 있었기 때문이다. 구조 차량을 보낸다고 했을 때에도 별걱정이 없었다. 만약 거기에 민구가 타고 있다 하더라도 그에게 어떤 문제가 생길 것이라고는 생각하지 않았던 것이다.

그런데 하필이면 부상당한 단 한 사람이 강민구라니…… 이런 날벼락이 없다. 육만배가 느낀 상실감은 그의 휘하 모든 사람들에게도 고스란히 전달되었다. 민구가 누워 있는 건너편 건물을 바라보며 가희가 물었다.

"어머, 초희야. 어떡하니……. 저 오빠 다 죽어 가더라. 아휴, 도대체 뭘 어쩌면 천하의 강 실장 오빠가 저런 꼴이 될 수가 있니?"

"아우, 몰라. 존나 짜증 나. 좀비들은 신나게 다 죽여 놓고 괜히 군인들 사이에서 낄낄거리다가 한 방에 뻗었어. 너 상처 못 봤지? 완전 빵꾸가…… 와~ 이따만 한 게 옆구리에…… 아흐, 소름 끼쳐. 피가 있지, 막 콸콸 쏟아지는데…… 근데 저 오빠, 존나 독종이다? 자기가 자기 살을 막 불로 지졌어, 피 멎게 한다고."

"어머, 어머, 그건 좀 짱이다. 비명도 안 질러?"

"비명은 고사하고, 두 번이나 지지더라. 위에 한 번 치익! 흐읏! 이러더니, 또 아래 한 번 치익! 아, 맞다. 또 그 전에는 자기 가슴에 칼 박힌 거 빼면서 막 실실 쪼갰다? 그거 실제로 보면 완전 소오름!"

두 여자의 수다가 멎은 것은 굳은 표정의 육만배가 등장하면서부터다. 주변의 눈치를 살피며 천천히 가희의 곁으로 다가온 육만배가 초희를 빤히 쳐다보며 독기가 서린 입술을 뗐다.

"짧게 대답해라. 무슨 일이 난 거냐?"

"그냥…… 사고였어요. 갑자기 좀비가 매달리니까 놀란 군인이 아무 데나 막 총을 갈겼는데, 그게 하필이면 강 실장 오빠한테 맞은 거예요."

"상처는 얼마나 깊은지 봤나? 내장이 상하거나 했느냔 말이야. 뼈가 부러져서 밖으로 튀어나오지도 않았고?"

"네, 당연히 봤죠. 제가 바로 옆에서 계속 땀도 닦아 주고, 얼마나 열심히 간호해 줬는데요. 오빠가 피는 엄청 나왔는데, 그…… 뭐라더라, 군인이 한 말이 있었는데, 간…… 간통상이라고 했던가? 뭐, 그런 비슷한 말을 했어요. 그러면서 간통상이라서 다행이라고. 뼈나 내장은 안 다쳤을 거래요."

"그래? 그건 확실한 거지? 의식은 있나?"

쏘아보는 육만배의 눈빛에 압도된 초희가 진땀을 흘리며 고개를 끄덕인다. 아무 잘못도 하지 않았는데 공연히 죄인이 되는 것만 같다.

"네. 여기 트럭 타고 올 때에도 가끔 한 번씩 눈을 떴어요. 그리고 제가 말을 하면 고개를 끄덕이기도 했고요."

"아이구, 하하하, 고생 많으셨습니다. 자매님도 놀라셨겠네요. 이렇게 무사히 도착하신 것도 다 주님의 은총이고, 성령의 보살핌입니다. 이 격리가 마무리되고 나면 꼭 모임에 참여하셔서 감사 기도를 드리도록 하세요……."

근처에 다른 사람들이 지나는 동안 목소리와 표정을 바꿔 엉뚱한 소리를 다정히 지껄이던 육만배가 다시 정색을 하고 말했다.

"……며칠이나 저기에 따로 둘지는 모르겠지만, 그 안에 있는 동안에는 초희, 네가 강 실장 병수발을 잘 들어라. 해 달라는 거 해 주고. 군인들만 믿고 있으면 안 돼. 물론 걔들한테도 잘 봐달라는 부탁 단단히 하고…… 알아들었지? 강 실장 목숨이 곧 네 목숨이다 생각하고 정성을 다해야 한다는 말이야. 그리고 가희는 얘랑 자주 만나서 강 실장 상태 전해 듣고."

"네."

공손히 고개를 숙인 두 여자는 육만배가 멀어진 걸 확인하고 나서야 겨우 한숨을 내쉬었다. 그만큼 그의 얼굴은 표독한 살기로 가득했다. 기다리던 민구가 저 꼴이 되어 돌아온 게 어지간히 분하고 화가 치미는가 보다.

초희는 핸드백을 뒤져 담배를 꺼낸 뒤, 떨리는 손가락으로 라이터를 켰다.

"가희야, 너도 지금 육 회장 얼굴 봤지? 와, 씨발, 강 실장 오빠 잘못되면 곧바로 내 목 딸 기세다, 그치? 염병, 좆 됐네. 아니, 솔직히 내가 무슨 죄야? 그 넓은 잠실에 나 혼자 똑 떨어뜨려 놓고 이제 와서 강 실장 오빠 총 맞은 게 내 잘못인 것처럼 구네. 아니, 막말로 내가 쐈나? 후우~ 야, 나 어떡하니…….”

“그러게. 가희는 아까 피만 봐도 막 몸이 벌벌 떨리던데, 너는 그래도 그 무서운 거 잘 참고 간호도 해 줬는데 상은 못 줄망정……. 어쩌겠어. 이제 강 실장 오빠가 내 서방님이다, 생각하고 피땀으로 간호해. 그거밖에 방법이 없잖아.”

“아, 씨발. 돌겠네. 저 오빠가 지랄해서 담배도 몇 시간째 못 빨고 계속 참았구만. 후우~ 가희, 너도 한 대 줄까?”

“으응? 아니, 아니. 가희는 여기서 그런 이미지 아니야, 얘. 가희 완전 요조숙녀걸랑. 그리고 여기는 코딱지만 해서 소문이 빨라. 그래서 남이 안 볼 때 몰래 숨어서 피워야 돼. 후훗.”

그녀들이 이야기에 몰두하고 있을 때, 뒤에서 누군가 말을 걸었다.

“암만 미인이시더라도 여기에서 담배 피우시면 안 되는데요. 흡연 구역은 저 뒤쪽 주차장이지 말입니다. 뭐, 그렇다고 해서 거기랑 여기가 공기가 차단되어 있는 건 아닙니다만.”

초희가 돌아보니 거기에는 밤톨과 의무대 병사 둘이 서 있었다. 아까 민구를 데리고 옆 건물로 들어갔던 그 멤버들이다. 초희는 반색을 하며 물었다.

“어머, 군인 의사 오빠들, 왜 여기서 이러고 있어요? 벌써 수술 다 끝났어요? 우, 울 오빠 이제 괜찮아요?”

“수술이요?”

하사는 반문을 하며 잠시 시간을 끌더니 고개를 끄덕였다.

“네. 뭐, 저희로서는 최선을 다했습니다. 상태가 그리 좋은 건 아닙니다만.”

“아니, 오빠, 그렇게 건성으로 말하지 말고요. 우리 강 실장 오빠 정말로 꼭 나아야 돼요. 죽으면 큰일 난단 말이에요. 수술 정말 성공한 거 맞아요? 그럼 이제 말은 할 수 있게 됐어요?”

초희가 하사의 손을 붙잡은 채 호들갑을 떨고, 가희도 다리를 꼬아 가며 애교와 간절함을 섞어 거들었다.

"네, 하사님. 얘 말이 맞아요. 그 오빠 꼭 살아야 돼요. 가희도 이렇게 부탁드릴게요. 강 실장 오빠 낫게 해 주세요."

"어이구, 저 새로 오신 환자분이 인기가 아주 대단하신 분인가 보네. 아까부터 이놈도 계속 저분 의인이라서 살려야 한다고 난리를 치더니…… 이제는 미녀 두 분이 합창으로 걱정을 하시네요. 암만 봐도 친오빠는 아닌데, 이쯤 되니까 어째 살짝 질투도 나는 것 같고……. 지금 약에 취해 거의 기절하신 상태라 말은 못 하십니다. 아마 당분간 어려울 거예요."

능글거리며 대응하던 하사의 손을 더 꼭 잡으며 초희가 찡긋 윙크를 보냈다.

"그렇구나, 말 못 하는구나. 근데…… 아유, 군인 의사 오빠, 질투를 왜 해요? 강 실장 오빠만 살려 주시면 원하는 건 제가 다 해 드릴 수 있는데. 응? 아시잖아요? 기브 앤 테이크!"

초희의 속삭임을 들은 하사는 빙그레 웃으며 고개를 저었다.

"아뇨. 제발 그런 말씀은 하지 말아 주세요. 저도 이렇게 아름다운 분을 보고 있으면 갑자기 원하는 게 막 생겨나고 뭐 그러지만, 사람 생명이 달린 문제에서 기브니 뭐니 그런 말은 못써요. 기술은 없지만 저는 최선을 다할 겁니다. 하지만 그렇게 하는 건 제가 우연히 저 환자분을 담당하게 됐기 때문이지, 아름다운 여성이 보상을 약속해 주셔서가 아니에요. 그거 하나는 확실하게 해 두고 싶습니다."

초희와 가희는 멍해져서 잠시 하사의 얼굴을 바라보다가 서로 마주 보았다. 짧은 침묵 뒤에 초희가 말했다.

"그러니까…… 미리 해 달라고요?"

03

불과 몇 시간 만에 장갑차 두 대만큼의 화력 손실을 입은 잠실 쉘터는 병력 재

배치를 하느라 여념이 없었다.

늦어도 오후 늦게까지는 돌아올 거라 기대했던 두 대 중 한 대는 사고를 당해 유실되었고, 또 한 대는 길이 막혀 복귀를 못 한다. 장갑차와 트레일러까지 삼켜 버린 30여 미터 길이의 싱크홀을 메우고, 그 주변의 지반을 보강하는 공사까지 마무리하려면 적지 않은 시일이 소모될 것이다.

좀비들이 몰려오는 시간을 피해 일을 진행해야 하기 때문에 그렇고, 누가 공사의 주체가 되어 인력과 장비를 지원할지 정하는 것만 해도 또 시간이 걸린다. 국방부는 그런 일에 거의 신경을 쓰지 않으므로 추가 지원 따위는 기대할 수 없다. 그러니 당분간 그 두 대는 열외로 놓고 모든 방어와 전투 계획을 수립해야 한다.

쿠르르르릉— 쿵— 쿵—.

전차와 장갑차들이 위치를 바꾸기 위해 도로를 서행하고, 병사들은 철책과 게이트를 세우고 망루를 건설하는 중이다. 중장비들은 도로에 구멍을 뚫고 말뚝을 박아 진지 공사의 기초를 마련하고 있다.

그리고 야구장 내에 수용된 민간인들 중 몇몇은 외부가 보이는 곳을 찾아 멍하니 그걸 구경한다. 그 사내도 그런 구경꾼 중 하나였다. 매우 눈에 띄는 구경꾼.

잠실 쉘터 내에서 그는 여러모로 이질적인 존재였다. 체격부터가 남달랐다. 190센티미터의 키, 130킬로그램에 달하는 몸무게는 쉘터 어느 곳에 가더라도 사람들의 눈길을 끈다. 물론 결코 우호적인 시선은 아니다. 수용소의 열악한 환경 속에서 뚱뚱하다는 것은 곧 죄악처럼 취급받는다.

그렇게 크니 옷차림 역시 남들과 달랐다. 대부분의 수용자들이 입고 있는 트레이닝복은 그에게 맞지 않는다. 혹시 더 큰 사이즈를 구할 수 있겠느냐고, 최대한 예의 바르게 물어봐도 카운터의 군인들은 인상을 찌푸리며 고개를 저을 뿐이다.

그래서 그는 찢어지고 땀과 먼지에 찌들어 이제 거의 넝마에 가까운 양복을 입고 산다. 교묘한 라인으로 신체적 단점을 적절히 보정해 주던 이탈리안 슈트가 한 달도 안 돼서 노숙자의 옷처럼 전락했다.

냄새도 이질적이다. 그가 근처에 가면 사람들은 코를 막아 쥐었다. 땀이 많아 체취가 강한 것뿐인데, 그걸 이해해 주지 못하고 괴물을 대하듯 하는 사람들을 볼 때마다 그의 기분도 불쾌해졌다.

정작 온갖 냄새 때문에 숨 쉬기가 괴로운 것은 오히려 그 자신인데…… 그러니 자연스레 사람의 왕래가 적은 구석진 곳에 자리를 잡아야 했다.

그리고 가장 결정적으로 그는 눈동자의 색깔이 다른 수용자들과 달랐다. 어머니로부터 물려받은 밝은 파란색 눈동자는 그의 고향에서 그리 특별하지 않지만, 여기 이 동양의 이국에서는 그것이 피부색과 더불어 그를 이 수용소 내의 이방인으로 도드라지게 했다.

42세의 타일러 젠킨스는 잠실 쉘터에서 외로운 이방인이었다.

"제기랄……."

젠킨스는 꼬르륵, 소리가 나는 배를 꽉 움켜쥐고서 낮게 욕설을 내뱉었다. 버릇처럼 내야석 꼭대기까지 올라와 외부의 풍경과 하늘을 보고 서 있지만, 우울함은 그대로다. 무심하게 빛나는 파란 하늘을 향해 젠킨스가 중얼거렸다.

"오늘도 소식이 없는 건가? 지치는데 말이지."

지난 이틀 동안 쉬지 않고 내린 비 때문에 축축하고 무거워진 공기 속에는 여러 가지 냄새들이 잔뜩 섞여 있다. 이곳에서 지내는 동안 내내 지겹게 맡아야 했던 경유 냄새, 제대로 씻지 못한 사람들에게서 풍겨 나오는 고약한 체취, 그리고 급식소의 환풍기를 통해 배출되는 음식 냄새. 그 음식 냄새가 그를 우울하고 비참하게 만든다.

흙탕물처럼 뿌연 짜디짠 갈색 수프와, 소이 소스로 범벅이 된 형편없는 가공육들, 거기에 마늘 냄새가 섞여 있다. 그런데 우습게도 그것이 미치도록 먹고 싶다. 평소의 그였다면 거들떠보지도 않을 그런 형편없는 요리들이…….

문제는 그가 이미 한 시간 전에 그 음식들을 먹었다는 데 있다.

대체 누가 정했는지, 이 수용소에서는 모든 사람들에게 동일한 양으로 매끼 식사를 제공한다. 100파운드도 나가지 않을 것 같은 바짝 마른 여자애들과 한 때 체중이 320파운드에 달했던 그가 똑같은 양을 배급받아야 한다니! 세상에 이렇게 불합리한 일이 또 있단 말인가.

— 보시다시피 저는 다른 사람들보다 크고 몸무게도 많이 나갑니다. 당연히 더 많은 칼로리가 필요해요. 폐가 되지 않는다면 밥을 몇 번 더 퍼 주실 수 있겠습니까?

……라고 최대한 예의를 갖춰 부탁도 해 봤다. 물론 영어로. 그것이 그가 사용할 줄 아는 유일한 언어니까. 그 방법은 통하지 않았다. 못 알아들은 건가 싶어 이제는 무례함을 무릅쓰고 'Rice! more! please! hungry' 따위의 단어들만 나열한다. 그러면 군인들은 인심 쓴다는 듯 밥을 반 주걱 더 얹어 주었다.

애초에 식판의 크기가 작아서 그보다 더 담을 수도 없다. 팔찌를 대고 급식대로 입장하는 시스템이라 두 번 줄을 서는 것도 안 된다.

한마디로 이곳에 온 이후 그는 늘 배가 고팠다. 식사를 마치고 나온 직후에조차도! 하루에 한 봉지 지급되는 건빵은 한 입 거리도 안 된다.

"후후후."

젠킨스는 냉소적으로 웃으며 자신의 손가락과 팔목을 바라봤다. 처음 구조되어 왔을 때에는 파텍 필립 시계와 플래티넘 반지로 치장되어 있었건만, 지금은 아무런 장신구도 없이 허전하다.

그것들 외에도 그가 지니고 있던 많은 값비싼 물건들이 너무도 헐값에 싸구려 음식들과 맞바꾸어졌다. 생각해 보면 쓴웃음만 난다.

물론 아깝다거나 억울하다거나 하는 의미는 아니다. 그런 것쯤이야 은행이 제 기능을 회복하기만 한다면 얼마든지 다시 사도 그만이다. 그저 더 이상 간식거리와 교환할 물건을 갖고 있지 못하다는, 그 엄혹한 현실이 가슴 아플 뿐이다.

그의 외양은 끔찍해졌다. 헤어 드레서의 손길을 보름 이상 받지 못한 머리는 듬성듬성 빠지고 엉클어져서 거울을 보기가 두려울 만큼 형편없고, 렌즈 모퉁이가 깨진 안경 때문에 그 초라함은 몇 배나 증폭되어 있다. 과거의 그를 아는 사람이 지금 이런 모습을 본다면 도저히 믿지 못할 것이다.

"아, 씨발, 노린내. 냄새 존나게 나네."

근처를 지나던 두 명의 청년이 그를 쳐다보며 뭐라고 떠든다. 한국어를 전혀 모르지만, 그 어휘들 속에 경멸의 의미가 담겨 있다는 것은 확실하다. 분하지만 젠킨스는 노려보거나 대거리를 하지 않았다. 싸움이 벌어진다면 이방인인 그의 편을 들어 줄 사람은 없을 테니까.

"속 쓰려. 그런데 너도 이제 줄어든 식사량에 익숙할 때가 되지 않았나?"

젠킨스는 배를 쓸어 비어 있는 위장을 달래며 먼 하늘로 시선을 돌렸다. 구름의 모양을 살피는 일에 싫증이 나자 그는 공사하는 군인들의 동선 관리에 관심을 가지려고 노력했다. 생각을 다른 곳으로 돌리면 이 굶주림을 좀 잊을 수 있을까 해서다. 그러나 그의 시도는 이내 실패로 돌아갔다.

"2파운드짜리 스테이크…… 거기에 으깬 감자."

그의 단골 식당 메뉴가 눈앞에 아른거린다. 그 진한 버터 향기가 코끝에서 느껴지는 것 같다.

와인…… 거기에는 사토 마고가 잘 어울리는데…….

꾸르륵!

배에서는 또 난리가 났다. 젠킨스는 스스로를 힐난했다.

너는 이럴 자격이 없어! 저 사람들을 봐! 저 지치고 우울해진 사람들을! 이 뻔뻔한 개자식! 이렇게 되었는데도 그런 욕망을 가진다고?

물론 그런 자책을 해 봐야 기분이 나아지는 데에는 아무런 긍정적인 효과를 거둘 수 없다. 그저 자존감에 상처만 줄 뿐이다. 그리고 사실 그의 진심도 아니다.

"결국 이걸 팔아야 하나……."

젠킨스는 안주머니를 뒤적거려 만년필을 꺼냈다. 다른 모든 사치품들을 다 팔 동안 이 만년필을 간직하고 있던 이유는, 이것이 아마 지금은 사망했을 아내의 선물이기 때문이다.

아내의 마지막 선물.

젠킨스는 금으로 정교하게 장식된 만년필을 물끄러미 바라봤다.

지난봄, 함께 도쿄로 여행을 갔을 때 로라가 몰래 사 놓았던 물건이다. '매년 결혼기념일 카드는 이 만년필로 써 줘요.' 부탁하던 그녀의 목소리가 아직도 생생하다. 하지만 그는 굶주렸고, 카드를 받을 로라는 이미 세상에 없다.

……없을 것이다.

"나중에 다시 되찾으면 돼."

가망이 없는 말로 스스로를 속인 젠킨스는 24시간 언제나 열려 있는 암시장으로 향했다.

"크크, 이 아저씨 또 왔네? 씨발, 뭐가 이렇게 줄줄이 계속 나와? 그렇게 팔아먹고도 아직 팔 게 또 남았어?"

"크크크, 그러게. 얘, 그젠가 어제 목걸이랑 바꿔서 건빵 한 박스 가지고 가지 않았냐? 와, 벌써 그 많은 걸 다 처먹었어? 참 너도 이젠 완전히 거지 꼬라지구나. 첨엔 대가리에 기름도 바르고 번쩍번쩍하더니…… 크크크, 헤이! 와썹 맨! 웰컴! 웰컴!"

그를 기억하는 사내 두 놈이 낄낄거리며 인사를 한다. 팔을 벌려 인사를 하는 녀석이 손목에 차고 있는 물건은 며칠 전까지 젠킨스의 것이던 시계다.

놈들의 곁에는 아직 10대로 보이는 계집애들이 핫팬츠와 탱크톱만 입은 채 쪼그려 앉아 있다. 발아래에는 저것들이 몸을 팔아 수집해 온 게 분명한, 허접한 물건들이 쌓여 있다. 젠킨스는 어색한 미소와 함께 건빵 박스를 가리켰다.

"오! 건빵! 그거 좋은 거지. 맛도 있고, 배도 부르고! 근데 뭘 내놓을 건데? 쇼우 미! 쇼우 미! 왓 유 갓?"

"……이건 한정판이라서 100개밖에는 존재하지 않는 거야. 정말 귀한 거지."

놈들이 알아듣지 못한다는 걸 알면서도 구구절절 설명을 하게 된다. 그만큼 간절하다. 하지만 놈들의 반응은 싸늘했다.

"뭐야, 씨발? 이 새끼, 볼펜 가지고 왔어. 떽! 야, 인마! 이젠 공부할 일이 없어요. 세상이 싹 다 좆 됐거든!"

"크크킄."

놈들의 비웃음이 당혹스럽다. 젠킨스는 열심히 만년필의 가치를 역설했다.

이건 '마키에'라고 일본 전통의 금 세공법이야…… 그중에서도 최고의 장인이 만들어 낸 예술이라…….

"노! 이 새끼야! 어디서 씨발, 아무짝에도 쓸모없는 볼펜 쪼가리를 가지고 와서. 거지 같은 새끼가. 그런 거 말고 시계나 목걸이 이런 거 없어? 야, 노 모어 골드? 응? 골드! 와치!"

"야, 그냥 받고 건빵 한 두어 봉지 줘서 보내라. 냄새나서 머리 아파지려고 한다."

두 놈이 뭐라고 떠들어 대더니 건빵 두 봉지를 집어 들었다. 그러고는 선심 쓴다는 표정으로 만년필을 달라는 손짓을 한다. 젠킨스는 고개를 저었다.

이건…… 아내의 유품이다. 그렇게 헐값에 넘길 수는 없다.

"박스…… 박스째 줘. 제발."

"됐어, 꺼져! 안 팔아, 개새끼야!"

녀석은 만년필을 올려놓은 젠킨스의 손을 사납게 후려쳤다.

탁, 아내의 유품이 바닥에 나뒹군다. 젠킨스는 얼른 그걸 줍고, 놈을 노려봤다.

벌레 같은 하찮은 놈이…… 며칠 전까지만 해도 내 구두나 핥았을 천한 밑바닥 놈들이…….

"어쭈, 이 씨발 새끼가 꼬나보네? 뭐, 꼬와? 꼬우면 덤벼! 컴 온! 이 개새끼야!"

놈의 그 역겨운 얼굴에 주먹을 날릴 만한 배짱도, 기술도 젠킨스에게는 없다. 그가 이 세상에 가지고 태어난 무기는 무력이 아니라 뇌의 기능과 인맥이었다.

젠킨스는 분한 마음을 꾹 삼키며 돌아섰다. 거래는 결렬되고 자존심은 상처를 입었는데, 여전히 배는 고프다. 이래저래 지친 젠킨스는 자신의 돗자리가 깔린 야구장 구석으로 쓸쓸히 돌아왔다. 컴컴한 그늘 아래에는 아무도 없다. 애초에 그런 자리를 골랐고, 다른 사람들도 냄새 때문에 그를 피했으니까.

괜찮아, 괜찮아…… 너는 저런 것들보다 몇백 배나 뛰어난 인간이야. 잊어버려. 그리고 잠들어. 자야 해. 다음 식사 시간이 올 때까지 자는 게 가장 덜 괴로운 방법이야……. 그리고 조금만 더 참아. 이 고생을 영원히 계속해야 하는 건 아니야…….

그렇게 스스로를 달래며 딱딱한 바닥에 몸을 뉘었을 때, 그의 눈앞에 문제의 꼬마가 나타났다. 이제 만으로 두 살이나 세 살 정도 되었을 어린 사내애가 부모의 보호도 없이 혼자서 뛰어다닌다. 시끄럽게 꽥꽥! 소리를 지르면서.

젠킨스는 눈을 떼지 못하고 그 꼬마의 움직임을 따라 고개를 돌렸다. 귀엽다거나 사랑스러워서가 아니었다. 그 젠장 맞을 꼬마 녀석이 커다란 과자 봉지를 들고 있기 때문이다. 달콤하고 맛이 좋은 과자가 잔뜩 들어 있는 봉지.

"좋겠구나, 꼬마야."

처음에는 그저 부럽다는 생각만 들었다. 그러다 불현듯 근처에 아무도 없다는 사실을 깨달았다. 아무도 없다. 그와 저 과자를 든 꼬마 외에는…….

벌떡 몸을 일으킨 젠킨스는 혹시 이쪽에 시선을 두는 사람이 있나 싶어 주변을 둘러봤다.

……없다!

저걸 빼앗아 먹겠다고? 미쳤어? 쟤는 보호를 받아야 할 어린이라고! 아무것도 모르는 어린이!

거의 퇴화되어 있는 그의 양심이 그래도 한번 반항을 해 본다. 젠킨스는 자신의 양심을 비웃었다.

'이 멍청아, 바로 그 '아무것도 모르는'이라는 게 가장 매력적인 부분인 거야. 후후후.'

저 꼬마의 부족한 어휘로는 과자를 빼앗아 먹은 게 자신이라는 걸 아무에게도 하소연할 수 없을 것이다. 아니, 어쩌면 빼앗을 필요조차 없을지도 모른다.

그래, 맞아. 아이니까 그냥 순순히 과자 봉지를 넘겨줄 가능성도 있어. 가치를 모른다고. 걔는 저걸 다 먹지도 못해…….

젠킨스가 스스로의 비열하고 한심한 계획을 합리화시키는 데는 몇 초도 필요하지 않았다.

"이리 오렴. 그래, 착하지. 이리 와."

젠킨스는 가능한 한 친절한 미소를 지으면서 아이에게 손짓을 했다. 어지간히 부산스러운 놈이라서 주의를 끌기까지 꽤나 시간이 걸렸다. 마침내 젠킨스를 인지한 아이가 아무런 의심 없이 다가왔다. 젠킨스의 굵고 통통한 손에 땀이 솟는다. 긴장되는 순간이다.

"이리 줘. 응? 착하지? 그거 이리 줘."

아이가 3피트 정도의 간격을 남기고 더 가까이 오지 않는 바람에 젠킨스는 자리에서 일어나 녀석에게 다가갔다. 이미 그의 시선은 과자 봉지에만 고정되어 있다. 주변의 상황 같은 건 눈에 들어오지 않았다.

"꼬마야, 아저씨가 그거 한 번만 만져 볼게. 응? 줘 봐."

아이는 쉽사리 과자 봉지를 넘기지 않고 오히려 뒷걸음질을 쳤다. 젠킨스는 다급해지고 더 간절해졌다. 광적인 집착 때문에 입가에는 침이 고이고, 눈엔 핏발이 섰다.

"내놔. 제발! 놓으라고!"

젠킨스는 과자 봉지의 끝을 잡고 서서히 당겼다. 이 빌어먹을 꼬마가 울음을 터뜨리지 않을 거라는 보장만 있다면 그냥 확 잡아채고 싶은 심정이다.

턱—!

그 순간, 자신의 팔목을 잡는 가냘픈 하얀 손.

헉, 젠킨스는 심장이 멎는 듯했다.

우리밖에 없었는데…… 꼬마와 나밖에 없었는데…….

젠킨스는 공포에 사로잡힌 채 고개를 들었다. 긴 검은 머리의 소녀가 무표정한 얼굴로 자신을 내려다보고 있다. 젠킨스는 그 소녀가 누구인지 안다. 야구장의 스코어보드 옆에는 음료수를 광고하는 그녀의 사진이 붙어 있다.

곧바로 이성을 찾은 젠킨스는 과자 봉지에서 손을 뗐다. 그러자 소녀도 그의 팔목을 놓아주었다. 그러곤 곧바로 아이를 들어 올렸다.

“이렇게 멀리까지 왔어? 어이구, 종민이 잘 컸네. 자아, 이제 누나랑 엄마한테 가자아~.”

아이를 어르는 소녀를 향해 젠킨스는 미리 준비해 두었던 변명을 필사적으로 늘어놓았다.

“베이비, 큐트. 마이 선, 띵크. 베이비, 호프.”

젠킨스는 뻔뻔한 얼굴로 외마디 소리들을 나열했다. 영어를 할 줄 모르는 것들과 사느라 변명조차 궁색한 단어 나열로만 해야 해서 그게 좀 불편하지만, 그래도 의미는 충분히 전달되었을 것이다.

자신은 과자를 빼앗으려던 게 아니다. 아기가 너무 귀엽고 예뻐서 어르려던 것뿐이다.

하지만 소녀는 아무 대꾸도 하지 않았다. 아이를 안고 인파 속으로 사라질 때까지 소녀는 뒤를 돌아보지 않았다. 마치 젠킨스가 그 자리에 존재하지 않는 사람인 것처럼 행동한다. 소녀를 납득시키지 못했다는 것 때문에 불안감을 느낀 젠킨스의 목소리가 커진다.

“아기가 귀여워서 웃은 것뿐이야! 과자를 건드린 건 장난을 친 거니까 그걸 가지고 무슨 도둑놈 취급 하지 말라고! 너 설마 아기라는 영어 단어도 모르는 바보냐? 혹시? 나를 소아성애자 취급 하려고? 아니야! 그런 게 아니라고! 야! 대답을 해! 나를 보고 대답을 하라고! 이 천박한 것아! 비록 지금 내 꼴이 이래도, 나는 네까짓 것들이 그렇게 깔봐도 되는, 그런 사람이 아니야! 너희들과는 비교도 할 수 없는, 중요하고 특별한 사람이라고! 어차피 너는 내가 무슨 말을 하는지 하나도 못 알아듣겠지만!”

온갖 개소리를 다 지껄이고 목에 핏대를 세워도 소녀는 돌아보지 않았다. 그녀의 종잇장처럼 날씬한 몸매가 사람들에 가려져 보이지 않게 되자 젠킨스의 불안감은 더욱더 커졌다.

"젠장…… 타일러, 너답지 않게 무슨 멍청한 짓을 한 거야……. 오, 하느님."

두려움이 온몸을 감싸고 짓누른다. 젠킨스의 자아는 겨자씨만큼 작게 줄어들었다. 혹시 저 멍청한 여자애가 돌아가서 내가 소아성애자라는 소문을 퍼뜨리기라도 한다면?

끔찍한 상상이 떠오른다.

아이를 건드린, 더러운 이방인을 때려죽이기 위해 몰려드는 사람들…… 가뜩이나 온갖 스트레스 때문에 날카로워져 있던 사람들이 자신을 분노의 분출구로 삼아 몽둥이를 휘두르는 상상…… 이 보잘것없는 것들에게 맞아 죽는 자신의 모습…….

"어쩌지?"

초조함 때문에 자신의 투실투실한 뺨을 문질러 대면서도 젠킨스는 그 자리에 그대로 앉아 있었다. 어차피 숨거나 달아나지 못한다는 걸 알기 때문이다. 이 수용소 내에 그와 비슷한 사람은 단 하나도 없으니까.

꾸르륵, 그 상황에서도 여전히 제 기능을 충실히 하는 위장이 비었다는 신호를 보낸다.

제발 닥쳐! 난 지금 너 때문에 위기에 처해 있다고!

젠킨스는 자신의 위장을 향해 원망을 퍼부었다.

"엇!"

5분쯤 뒤, 소녀가 다시 찾아왔다. 혼자서. 예상치 못한 일이었다. 젠킨스는 자신도 모르게 몸을 벌떡 일으켰다. 그러고는 가식적인 미소를 지으며 최선을 다해 또 외마디 단어들을 늘어놓기 시작했다.

이 여자아이도 알아들을 수 있고, 자신에 대한 인식을 바꿀 수 있는, 그런 수준의 단어들.

"아임 굿 가이. 투 키즈 파더. 노멀. 아이 러브 코리아. 코리안 피플 프렌드! 김치, 불고기 베스트."

“제발 그렇게 단어들만 나열하지 좀 마요. 사람 무시하는 것 같아서 열받으니까.”

엄지를 치켜세우고 ‘킴취, 풀코기’를 발음하던 젠킨스의 입이 멈췄다. 그녀가 하는 말을 너무도 분명하게 알아들을 수 있었기 때문이다. 영어다, 그것도 아주 유창한. 얼떨떨한 젠킨스에게 소녀가 과자를 내밀었다.

“자요, 이건 아까 그 아이를 밀어 넘어뜨리지 않아 줘서 고맙다는 의미의 선물이에요. 또는 아저씨에게 인간으로서 최소한의 자존심을 지켜 달라는 부탁이라고 생각하셔도 되고요. 뭐가 됐든 다시는 아이들 가까이 가서 그 애들이 가진 음식을 빼앗으려고 하지 마세요.”

젠킨스는 과자 봉지를 받아 들고 얼떨떨해진 채 물었다.

“동부에서 왔구나…… 뉴저지?”

“제가 동부에서…… 더 정확히 하자면 플로리다지만, 어쨌든 거기 살았다는 것 따위보다 아저씨 본인에게 몇 배나 더 중요한 사실을 알려 드릴게요. 여기에는 아저씨가 하는, 그 차별적이고 못된 말들을 알아듣는 사람이 저 하나만 있는 게 아니에요. 사람들이 화내 주기를 바라는 게 아니라면 제발 다시는 그러지 말아 주세요. 제가 무슨 말 하고 싶은 건지 아시죠, 텍사스에서 오신 ‘대단하신’ 아저씨?”

“알아듣는 사람이 많다고? 그런데 왜 다들 아무 반응을 하지 않는 거야?”

“그야 귀찮으니까, 남의 일에 신경 쓰고 싶지 않은 거겠죠. 하지만 어느 순간 화가 많이 난다면 그때는 이야기가 다를 거예요.”

“그, 그건…… 좀 공정하지 못하구나. 사람은 누구나 남들이 모른다고 생각할 때 아무 소리나 하게 마련이잖니. 말하자면 머릿속으로 생각을 하는 거랑 비슷한 거지. 아무리 천사 같은 가면을 쓰고 있는 사람이라도 머릿속으로는 꽤나 나쁜 생각들을 하기 마련이니까…….”

“그럼 이제 그 나쁜 생각이 아주 선명한 소리로 표현되고 있고, 그걸 다 알아듣는 사람들이 있다는 걸 아셨네요.”

젠킨스는 초조하게 과자 봉지를 주무르다가 결국 뜯었다. 자존심이 상하지만, 이 건방진 말투의 소녀에게 과자 봉지를 되돌려 줄 여유가 그에게는 없었다. 젠킨스가 과자를 우걱거리며 말했다.

"그런데 말이지…… 어린 소녀에게 과자를 얻어먹는 이 시점에 이런 말을 하는 게 좀 설득력이 없어 보일 거라는 건 안다만, 내가 특별하고 중요한 사람이라는 건 명백한 사실이야. 내 정체를 알게 된다면 이 스타디움 안에 있는 모든 인간들이 앞다투어 머리를 조아릴걸? 물론 내가 이야기해 주지는 않겠지만."

"후우~ 저는 단지 아저씨가 겨우 과자 한 봉지 때문에 화난 사람들에게 맞아 죽는 걸 보고 싶지 않았던 것뿐인데, 이제 보니 그것조차도 굉장히 무리한 바람이었나 보네요."

고개를 저으며 돌아서려는 소녀에게 젠킨스가 다급하게 말했다.

"농담이야, 농담. 여기 있는 보름 만에 처음으로 영어를 할 줄 아는 사람과 만난 게 너무 좋아서 한 농담이라고! 알겠어, 알겠어. 잘난 척을 하지 말라는 거잖아. 그래, 그건 받아들일게. 네가 화를 내고 가 버리기 전에 내게 과자를 선물한 고마운 사람의 이름 정도는 알고 싶구나. 난 타일러 젠킨스라고 한다."

잠시 머뭇거리던 소녀는 아주 우아하고 아름다운 미소와 함께 까딱 고개를 숙였다.

"……테라입니다."

그러고는 곧바로 돌아서려는 테라에게 젠킨스가 말했다.

"테라 양, 우리가 만나게 된 계기는 그다지 아름답다고 할 수 없겠지만, 어쨌든 이렇게 이야기를 나눌 수 있게 되어 영광이야. 나도 광고를 볼 줄 아니까 네가 슈퍼스타라는 것도 알고, 군인들이 너를 보면 좋아서 미칠 지경이라는 것도 알지. 그리고 네 개인 사물함 속에는 저 젊은 군인들이 바친 엄청난 양의 간식거리가 있다는 사실도……. 그래서 말인데, 앞으로도 내가 계속 얌전하고 매너 있게 굴면 매일 이렇게 과자를 얻어먹을 수 있을까? 너도 알다시피 이 수용소에서 주는 식사만으로 버티기에는 내 몸이 너무 크거든."

"아뇨, 과자는 이번 한 번만 드리는 거예요. 매정하게 잔소리만 하고 싶지 않았거든요. 정 힘드시면 다이어트를 위한 조언은 해 드릴 수 있어요. 물론 그건 아저씨가 음식 때문에 자존심을 버려야 하는 이 상황에 지고 싶지 않을 때의 이야기겠죠."

테라가 의외로 냉담하게 나오자 젠킨스는 이마의 땀을 닦으며 더듬거렸다.

"그…… 좋아, 이, 이러면 공정하지 않을까? 앞으로 네가 매일 과자를 가져다주면 내가 그걸 기록해 두었다가 이 좀비 사태가 정리된 이후에 네게 현금으로 대가를 지불한다면 말이야. 과자 1그램을 금 1그램의 가격으로 계산해 줄게. 약속할 수 있어. 어떠냐? 매력적인 제안이잖아. 부작용이 없는 마이더스가 되는 셈이라고."

"저를 도둑이나 사기꾼으로 만드시려는 건가요? 그런 짓은 하지 않아요. 좀비 사태가 정리되기만 하면 제게도 필요한 만큼의 돈은 있고요. 젠킨스 씨, 제가 계속 아저씨께 호의를 가지고 있을 수 있게 해 주세요."

"너는 그렇게 여유로울 수 있겠지! 왜냐면 너한테는 다 먹지도 못할 양의 엄청난 과자가 있고, 음료수가 있고! 또 필요한 건 뭐든지 있으니까! 하지만 우리 둘을 봐라! 무게가 100파운드도 나가지 않을 너는 그렇게 많은 음식을 가지고 있고, 300파운드에 가까운 나는 아무것도 없단 말이야! 이건 너무 불공평해! 공정하지도 않고! 비인도적이야! 이러면 안 된다고!"

젠킨스는 억울함을 강조하고 극적 효과를 부여하기 위해 두 팔을 쫙 벌렸다. 하지만 테라는 조금도 흔들리지 않았다.

"노동자들의 반년 치 봉급보다 비싼 값을 치르며 그 키톤 양복을 맞추셨을 때도 그런 생각을 하셨나요? 아저씨는 이 세상이 불공평하다는 걸 누구보다도 잘 알던 사람이잖아요."

말을 마친 테라가 돌아서서 걸어간다. 보통 이쯤 되면 아니꼽고 치사해서라도 협상은 결렬되기 마련이다. 하지만 젠킨스는 절박했고, 이 수용소에서 가장 부유한 자본가와 마주하는, 아주 흔치 않은 기회를 잡은 상태였다. 그러니 쉽게 포기할 수는 없는 노릇이었다.

그리고 젠킨스는 안다, 목표까지 닿는 과정이 비굴하다거나 비윤리적이라고 해서 그 열매가 가진 달콤함이 훼손되는 법은 없다는 것을. 젠킨스는 비대한 몸을 끌고 테라를 앞질러 가서 다시 말을 걸었다.

"박애주의자인 줄 알았더니, 자본주의자였구나. 그러면서 동시에 금을 사랑하지 않는, 이상한 자본주의자. 좋아, 그러면 뭘 지불해야 내가 이 굶주린 배를 채울 수 있겠니?"

"젠킨스 씨, 치사하게 굴고 싶지는 않지만, 이 과자들은 파는 물건이 아니에요. 많은 군인 오빠들의 호의거든요."

"호의라…… 아름다운 말이야. 이렇게 생각해 보자. 만약에 나도 너에게 호의를 베푼다면, 그러면 네가 가지고 있는 그 많은 달콤하고 짭짤한 호의들을 우리가 일정 부분 공유할 수도 있지 않을까? 예를 들어 세상이 모르고 나만 아는 비밀을 네게만 몰래 알려 준다거나 하는 식으로 말이지. 다행히 너와 나는 대화가 가능하잖아. 이 수많은 좀비들이 애초에 왜 만들어졌는지 같은 이야기는 어떨까?"

테라는 슬슬 귀찮아졌다. 이 미국인 남자…… 배가 고픈 것은 알겠지만, 이 정도로 집요할 줄은 몰랐다. 그리고 슬슬 광인이 아닐까 하는 의심마저 들기 시작했다.

"미안하지만 젠킨스 씨, 전 관심이 없어요. 계속 이렇게 길을 막으시면 화낼 거예요."

"제발 화내지 말고 들어 봐. 그럼 좀비에게 물리고도 죽지 않은 사람의 이야기에도 관심이 없다고 할 거니? 아닐 텐데? 관심이 있을 텐데?"

응? 테라는 뜨끔해서 자신도 모르게 왼쪽 발가락을 내려다보았다. 아직도 상처가 다 아물지 않은 새끼발가락.

이 남자 뭐지? 설마 지금 이게 내 이야기인가? 어디까지 알고 있는 거지?

테라는 두근거리는 가슴을 진정시키며 애써 태연을 가장했다.

"그런 사람이…… 정말로 있다고요?"

"이제야 흥미를 보여 주는구나. 후후후, 응, 있고말고. 지금 사람들은 좀비에 물린 피해자들을 무조건 죽이지. 또는 죽도록 방치하거나. 그렇게 하는 이유는 한 가지 확고한 믿음 때문이지. 좀비에 물리면 100퍼센트 전염된다는 가설에 대한 믿음 말이야. 그 가설은 대부분 옳지만, 몇몇 예외적인 경우가 있단다. 좀비에 물린 후에도 죽지도, 전염되지도 않는 사람. 이런 건 사람들이 전혀 모르는 이야기지. 어때? 이 정도라면 과자 한 봉지의 값어치로 충분하지 않을까?"

테라의 표정에서 흥미를 읽어 낸 젠킨스는 말을 끌며 털북숭이 손을 비볐다. 자신의 이야기는 아닌 것 같아 테라는 안도했다. 그런데 정말로 궁금한 이야기이기는 하다.

좀비에 물리면 변한다는 건 누구나 확실히 알고 있는 사실이다. 그러나 그녀는 시몬에게 물리고도 아직까지 변하지도, 죽지도 않고 멀쩡히 살아 있다.

대체 그 차이는 무엇 때문에 만들어지는 걸까?

조금이라도 더 잘 알고 싶었지만, 누구에게도 털어놓을 수 없던 비밀을 지금 이 남자가 대화의 장으로 끌어낸 것이다. 게다가 자기가 그것에 대해 잘 알고 있다고 주장한다.

그냥 아무 거짓말이나 막 늘어놓는 걸까, 아니면 정말로 뭔가 알고 있는 걸까…….

잠시 생각에 잠겼던 테라가 고개를 끄덕였다. 과자 몇 봉지를 더 주고 이야기를 들어 본 후에 판단을 해도 늦지 않을 거라는 결론이다.

"좋아요, 여기에서 기다리세요. 과자를 가져오죠."

거래를 성사시켜 신이 난 젠킨스는 테라의 등에 대고 떠들어 댔다.

"많이 가져와야 해! 여러 가지 맛으로! 나는 위가 크고, 신기한 이야기는 넘치니까."

04

잠시 후, 테라는 다용도 비닐봉지에 몇 가지 과자와 음료수를 가지고 돌아왔다. 얼굴이 상기된 걸 보니 걸음을 서두른 게 분명하다.

"자, 과자를 가지고 왔어요. 이야기를 계속해 주세요."

테라가 내미는 작은 과자 봉지를 뜯어 입에 가져가면서 젠킨스는 생각했다.

한 번에 다 주지 않는군. 이 아이도 어지간히 약다. 하지만 그래도 저 과자가 전부 내 배 속에 들어갈 거라는 사실엔 변함이 없지…….

그런 생각을 하며 만족한 웃음을 짓던 젠킨스의 시야에 테라의 잘린 발가락이 들어왔다.

"세상에 이렇게 예쁜 발이…… 대체 어쩌다가 이렇게 다친 거지?"

"제 발가락이 아니라 다른 것에 관해서 말해 주신다고 했었잖아요."

테라가 단호하게 주제 변경을 막자, 젠킨스도 납득한다는 표정을 지었다.

"네 말이 맞아. 우리는 좀비들에게 물리고 나서도 여전히 살아 있는 사람들 이야기를 하고 있었지. 어디에서부터 시작할까…… 좀비를 중심으로 생각하자면 말이지, 이 세상에는 크게 두 가지 부류의 사람들이 있단다. 녀석들에게 물렸을 때 변하는 사람과 그렇지 않은 사람. 물론 전자가 압도적으로 많아. 비율로 따지자면 대략 1만 대 1 정도라고 생각하면 될 거다. 유전자와 관련된 문제라서 자세하게 이야기하자면 엄청 길어질 테니, 그냥 결론만 말하는 거야. 그런데도 목이 마르는군. 그 음료수 좀 마셔도 될까?"

테라에게서 주스 팩을 받은 젠킨스는 빨대를 쪽쪽 빨면서 말을 계속했다.

"만 명 중 한 명 있는 면역자들도 항체의 종류에 따라서 또 세 종류로 나눌 수가 있단다. 사실 여기가 재미있는 부분이지. 첫 번째 경우는 면역이 단발성인 경우야. 가장 쉽게 이해하자면, 말벌에 쏘이는 것과 비슷하다고 생각하면 돼. 처음 한 번 물렸을 때에는 괜찮아. 하지만 그때 독성이 강한 항체가 형성되기 때문에 나중에 다시 한 번 더 물리면 그때는 과다 면역에 의해 즉사하고 좀비로 변하게 되는 거지. 그게 첫 번째 경우고, 항체 중에서는 가장 흔해. 어떤 집단에서는 이런 유전자 유형을 아나필락시스 진이라고도 부르지……. 이번엔 짭짤한 맛 과자를 주면 좋겠는데."

테라는 작은 포테이토칩 봉지를 건넸다. 젠킨스의 큰 손으로는 서너 번 집으면 다 없어질 정도 양밖에 안 된다.

"자, 이제 두 번째 경우야. 이런 유전자는 더욱 낮은 확률로 발견돼. 10만분의 1 정도 확률이니까 정말 귀한 것처럼 여겨지지만, 동시에 인류 전체의 관점에서 보자면 6만 명 이상이 존재하는 것이기도 하지. 처음 물렸을 때 무사하다는 점에서는 좀 전에 말했던 아나필락시스 진과 같아. 그런데 항체가 형성되면서 차이가 발생해. 이 두 번째 경우의 항체에는 '아나' 즉, 반대가 없고, '필락시스'…… 그러니까 방어만 있는 거야. 이 필락시스 진들은 한 번 좀비에 물린 뒤에 항체를 갖게 되고, 쇼크를 일으키지 않으니까 그 뒤에 몇 차례든 아무리 좀비에 물려도 무사해. 물론 급소를 물린다거나 과다 출혈이 생기면 죽겠지."

젠킨스의 이야기를 들으며 테라는 곰곰이 생각에 잠겼다.

나는 그 둘 중 어느 편일까? 독성이 있는 항체가 생긴 걸까, 아니면 이제부터는 좀비들에게 물려도 무사한 걸까? 아니, 애초에 이 이야기를 어느 정도나 신뢰할 수 있는 걸까?

그런 그녀의 고민을 모르는 젠킨스는 과자를 씹으며 설명을 계속했다.

"자, 이제 이 이야기의 하이라이트로 들어가 볼까? 아나필락시스 진과 필락시스 진은 모두 좀비 사회에서 꽤나 유용한 유전자들이야. 적어도 한 번의 재생 티켓을 가지고 있는 거니까 말이지. 하지만 거시적 관점에서 보자면 둘 다 그다지 쓸모가 없어. 왜냐하면 그 두 유전자에게서 만들어진 항체는 다른 사람의 몸에 주입되었을 때 효력을 발휘하지 않거든. 다시 말해서 자기들만 좋은 거고, 구세주가 되어 주지는 못한다는 거지. 지금도 지구 어딘가에서는 아나필락시스 진이나 필락시스 진을 발견한 멍청이들이 항체를 만든답시고 열등한 머리들을 쥐어짜고 있겠지만, 그건 아무 소용 없는 헛고생일 뿐이야. 절대로 안 된다고! 하지만 세 번째 유형의 유전자는 좀 이야기가 달라. 우리는…… 이런 젠장, 내가 우리라고 말해 버렸구나. 뭐, 어때? 이쯤 되면 내가 관련이 있다는 것쯤 너도 짐작할 수 있겠지. 우리는 이 유전자를 '널 키드'라고 불러. N, U, L, L, 키드. 좀비 세상에서 유일한 축복이자 구원이지."

테라는 고개를 갸웃거렸다.

"축복의 유전자라고 하면서 어째서 아무 가치가 없다는 의미의 이름을 붙여요? 그리고 이번에는 Gene이 아니라 Kid네요?"

"그건 너무나 귀해서 실은 존재하지 않는 것과 다를 바가 없다는 의미지. 널의 어원을 따지고 들어가면 제로라는 뜻도 있으니까. 그리고 내 설명을 다 듣고 나면 그런 이름이 적절하다는 걸 깨닫게 될 거야. 자, 설명을 시작해 보자. 널 키드들은 수학적 가설로만 존재했어. 이 연구의 방대한 데이터를 모두 가지고 있는 슈퍼컴퓨터들이 1억분의 1 확률로 널 키드가 존재할 것이라는 가설을 내놓았을 때, 우리의 분위기는 반신반의였거든. 전 세계에 단 60명뿐이라니. 뭔가 허황되기까지 한 느낌의 숫자 아니냐. 하지만 몇 년 뒤, 조지아의 앱테크나야라는 도시에서 실재하는 널 키드가 처음으로 확인되었던 거야. 그건 정말 놀라운 일이었지."

"잠깐만요. 몇 년 전에 이미 좀비에 대한 연구가 방대한 데이터를 가지고 있었다고요? 좀비가 발생한 지 이제 겨우 보름 정도가 지났을 뿐인데요?"

테라가 당황해하며 말을 끊고 묻자 젠킨스는 만족한 웃음을 지었다. '자, 과자를 다오.' 하는 식으로 손을 벌리며 젠킨스가 말했다.

"그것 봐, 점점 네가 모르는 이야기들이 나오잖아. 게다가 흥미롭기까지 하고 말이야. 이런 대단한 정보들을 고작 과자 몇 봉지를 주면서 들을 수 있다니, 네가 얼마나 행운아인지 알겠지? 후후후, 이번엔 그 초콜릿이 좋겠구나."

젠킨스는 점점 아까의 그 오만한 표정으로 돌아가 탐욕스럽게 음식을 먹으며 말을 이었다.

"널 키드와 다른 면역 유전자들을 구분하는 가장 큰 특징은 항체를 다른 사람들에게 나눠 줄 수 있다는 점이지. 그리고 더 매력적인 것은 널 키드가 좀비들과 사람, 양쪽 모두에게 동족으로 인식될 수 있다는 데 있어. 무슨 말인지 알겠어? 널 키드는 단순히 좀비 박테리아에 대한 항체를 가지고 있는 게 아니야. 일단 첫 번째 접촉을 하고 항체가 만들어지면 좀비들은 더 이상 널 키드를 공격하지 않아. 자신들과 동류라고 판단하기 때문이지. 하지만 널 키드는 어디까지나 사람인 거야. 상상을 해 봐. 백만, 아니, 천만의 좀비들이 운집해서 파도처럼 움직이고 있는데, 그 한가운데에서 아무런 두려움도 없이 역방향으로 좀비들을 헤치며 걸어가는 널 키드의 모습을……. 모세가 홍해를 가르며 걸었던 것보다 더 멋진 장관일 거라고 확신한다. 널 키드는 좀비 세상에서 가장 강력한 무기이자 동시에 구원자인 거지."

젠킨스는 고개를 젖힌 채 자신의 말에 빠져 환상을 보는 것 같은 표정을 지었다. 테라의 심장 박동이 빨라진다. 그녀는 그가 했던 말들을 되짚어 봤다. 그러고는 물었다.

"그러면 널 키드에게서 얻은 항체를 주입받은 사람은 어떻게 되나요? 모두 다 널 키드처럼 될 수 있어요? 그러니까…… 좀비에게 보이지 않고, 물리지도 않는, 그런 안전한 상태로 바뀔 수 있냐는 뜻이에요."

"그렇게 간단하지는 않아. 널 키드의 항체는 분명 사람들에게 면역 체계를 만들어 줘. 원래대로라면 좀비에 물리는 순간 죽어 버렸을 인간이 두 번째 삶의 기회를 얻는 거지. 하지만 그 후에 아나필락시스 진이 될지, 필락시스 진이 될지, 또는 정말로 또 다른 널 키드가 될지는 그저 확률에 의해 결정되는 것뿐이야. 그리고 그때에도 널 키드의 확률은 지극히, 아주 무시해도 좋을 정도로 낮다는 것만은 확실하지."

"그렇다는 건…… 그 널 키드라는 존재는, 계속 피를 뽑혀야 하겠네요. 항체를 구할 수 있는 유일한 방법이니까. 아니면 제가 모르는 어떤 다른 길이 있나요? 최초에 한 번만 항체를 추출하면 그다음엔 인공적으로 만들어 낼 수 있는, 그런?"

젠킨스는 고개를 저었다.

"인공적인 제조법 같은 건 없어. 혈청에서 추출해 내는 게 유일한 방법이야. 네 말대로 널 키드의 피는 굉장히 중요한 자원이 맞아. 그러니 추출할 수 있는 만큼 최대한 추출해야 하고."

"그 널 키드가 있는데 왜 아직 좀비 사태가 개선되지 않는 거죠? 조지아의 어떤 도시에서 찾았다면서요? 그럼 항체를 만들 수 있는 충분한 시간이 있었을 것 같은데. 백신이라든가."

젠킨스가 피식거리며 웃었다. 자조가 섞인 웃음이었다.

"그게 이 이야기에서 비극적인 부분이지. 좀비는 자신의 동류를 공격하지도, 죽이지도 않지만, 인간은 긴 역사 동안 자신의 동류들을 계속해서 죽여 왔거든. 여러 가지 이유 때문에 엄청난 숫자를 말이지……. 어쩌면 그게 우리가 가진 가장 두드러진 특성인지도 몰라."

"설마, 지금 그 귀하고 위대한 널 키드가 죽었다는 말을 하려는 건가요? 그래서 이 모든 이론들이 다 물거품이 되었다는, 그런 이야기로 흘러가는 거냐고요? 그렇다면 전설과 별로 다를 바가 없어지는데요?"

테라가 의심스럽다는 눈초리로 젠킨스를 보며 물었다. 젠킨스는 아주 당당한 표정으로 대답했다.

"널 키드의 행방과 그 원인에 대한 이야기는 내일 또 과자를 먹으면서 들려주면 어떨까? 너 정도 영리하고 사람들을 많이 만나 본 아이라면 대화의 상대가 거짓말을 하는 건지, 아니면 믿겨지지 않는 진실을 말하고 있는지 정도는 분간할 수 있다고 생각한다. 어때? 지금 네가 들은 나의 이야기가 단순히 과자에 미친 어떤 중년 뚱보가 먹을 것을 얻어 내기 위해 아무렇게나 막 지어낸 거짓말이라고 여겨지나? 그렇지 않을걸?"

"모르겠어요. 전…… 전 솔직히 혼란스러워요. 만약에 젠킨스 씨가 정말 그 모든 놀라운 비밀들을 알고 있는 사람이라면, 왜 여기에서 제게 과자를 달라고 하고 있는지부터 모르겠어요. 정말 그런 사람이라면 지금 훨씬 더 중요한 일을 하고 있어야 하는 것 아닌가요?"

테라가 힘없이 중얼거리는 걸 들으며 젠킨스의 얼굴에는 점점 화색이 돌았다.

"그것 봐. 너도 이제는 내가 중요한 사람이라는 걸 인정하잖니? 내가 미친 차별주의자라서 그런 소리를 한 게 아니라니까?"

자신만만하게 운을 뗀 젠킨스는 입술 주변에 묻은 음식 부스러기들을 혀로 날름거리며 테라의 몸을 위아래로 훑어보았다.

"어때? 내 이야기를 더 듣고 싶은가, 테라 양? 널 키드와 항체와 인류의 미래 같은 것 말이야."

"네."

한꺼번에 너무 많은 새로운 이야기들을 듣고 고민에 빠진 테라는 별생각 없이 고개를 끄덕였다. 그러자 젠킨스가 한 발짝 가까이 다가서며 은근한 목소리로 속삭였다.

"근데 어쩌지? 나는 이제 슬슬 배가 부른 것 같아. 그러니 별로 더 이야기하고 싶은 기분이 아니구나. 후후후, 물론 네가 내 입술을 움직일 수 있는 방법은 아직 있지. 내가 지난 보름 동안 꾹 참았던 건 배고픔만은 아니었거든. 그리고 너는 정말 매력적인 외모를 가지고 있어. 동양의 신비라는 게 이런 걸까 싶은, 그런 모습이야. 후후후, 내가 무슨 말 하는지 알지? 음, 아마 잘 알 거다. 너는 영리한 아이니까."

테라는 믿을 수 없다는 표정을 지으며 눈살을 찌푸렸다.

"진심이세요? 아니면 이것도 아까처럼 말이 통하는 사람과 만난 기쁨 때문에 나오는 농담인가요? 진심이라면 저 화낼 거예요."

"그저 농담으로만 원하기에는 네가 너무나 아름답구나. 후후후, 발끈하는, 그런 모습마저도 말이지."

느릿느릿 징그러운 말투로 그런 소리들을 지껄이며 젠킨스는 점점 더 테라에게 가까이 다가갔다. 그러고는 손을 뻗어 테라의 어깨를 쓸어 보려 했다.

그의 손이 테라의 몸에 닿기 직전…….

찰싹—.

테라의 작고 하얀 손이 젠킨스의 손등을 때렸다. 물리적으로 아프다거나 한 건 아니지만, 가슴 저 안쪽이 흠칫 놀라게 만드는 매서움이 있었다. 아까 아이의 과자를 빼앗으려 할 때 저지했던, 그 손길과도 유사한 느낌이다.

젠킨스는 깜짝 놀라 황급하게 손을 뒤로 물렸다. 그러고 나자 곧바로 수치심과 분노가 동시에 밀려왔다.

감히 이 쪼그만 계집아이가 나를 거부하고 위협해?

"젠킨스 씨."

젠킨스의 감정이 폭발하기 직전에 테라가 나지막한 목소리로 그의 이름을 불렀다. 이유는 알 수 없지만, 대단히 위압적으로 느껴진다. 젠킨스는 기가 죽어 한 걸음 물러나면서도 마지막 무기를 꺼냈다.

"우정을 쌓고 싶지 않다면 좋다. 강요할 생각은 없어. 하지만 이제 내 이야기를 더 들을 수 있다고 기대하지도 마. 이렇게 중요한 정보를 고작 과자 몇 봉지에 넘겨받으려는 너는 정말 비양심인 거야. 이런 건 부당한 거래라고."

"아뇨, 당신은 앞으로도 계속 말하실 수밖에 없을 거예요. 알고 있는 걸 전부 다 말이죠. 제가 정당한 거래가 되도록 해 드릴게요."

테라는 눈빛 하나 변하지 않은 채 평온하게 말했다. 젠킨스의 욕망이 다시 부푼다.

"그럼 내 제안을 받아들인다는 의미냐? 더 깊은 우정을 준다는 뜻이지?"

"당신의 생명은 우리의 우정보다 훨씬 값어치 있는 게 아닐까요? 상상해 보세요. 지금 당장이라도 저기 저 군인들에게 다가가서 내가 몇 마디만 속삭이면 당신이 어떻게 될는지."

테라는 까만 눈동자를 돌려서 근처를 순찰하고 있는 군인들을 가리키며 말을 이었다.

"저 외국인이 나를 협박하고 욕보이려 했다…… 정도면 충분하겠지만, 저는 거기에 눈물도 몇 방울 곁들일 생각이에요. 그러면 군인 오빠들의 분노도 훨씬 커질 테니까요. 어때요, 젠킨스 씨. 제가 무슨 말을 하는지 아시겠죠? 아마 잘 알 거예요. 아저씨가 그렇게 대단하고 영리한 분이라면."

자신이 사용한 표현을 고스란히 되돌려 받아치는 테라의 당돌한 얼굴을 보면서, 젠킨스는 상대방을 너무 얕잡아 봤음을 깨달았다. 확실히 실수였다. 하지만 이미 되돌리기에는 너무 늦었다. 당황하고 있는 젠킨스를 향해 테라가 또박또박 말했다.

"안심하세요. 앞으로도 오늘처럼 당신이 배가 고프다고 하면 나는 이야기를 듣고 당신은 과자를 먹을 수 있을 거예요. 하지만 젠킨스 씨, 당신이 확실히 기억해야 할 것은 한 가지예요. 절대 거짓말은 하지 마세요. 아까 당신이 말했듯이 난 상대가 거짓말을 하고 있다는 것 정도는 파악할 수 있으니까요. 이해하셨죠?"

젠킨스는 힘없이 고개를 끄덕였다. 잠시 옛날 생각을 하다가 들떴지만, 이제 다시 초라하고 힘없는 이방인의 신분으로 돌아왔다. 아무도 그의 편을 들어 주지 않는 외로운 이방인으로.

젠킨스와 헤어진 후, 테라는 천천히 3루 측 내야석 쪽을 향해 걸음을 옮겼다. 원래대로라면 주부와 아이들로 둘러싸인 그녀의 성으로 돌아가야 하겠지만, 지금은 아무의 방해도 받지 않고 혼자서 생각을 좀 하고 싶었다.

"하아~."

꾹꾹 참아 왔던 한숨이 터져 나오자 그것을 기점으로 팔다리가 가볍게 떨리기 시작했다. 흥분과 기대, 두려움과 쾌감이 한꺼번에 밀려온 탓이다.

지난 14일, 시몬에게 물렸던, 그래서 스스로 발가락을 잘랐던 그 날 이후 처음으로 자신에 대해 조금이나마 알게 됐다. 아무에게도 물어보지 못하고 누구에게서도 듣지 못했던 이야기, 좀비에 물리고도 살아남는 사람들…….

자신과 같은, 그런 사람들이 존재했던 것이다. 자신이 기이한 돌연변이이거나 좀비의 피를 몸 안에 숨기고 살아가야 하는 괴물이 아니라, 확률적으로 존재하는 어떤 유형에 속한다는 걸 알게 된 것만으로도 조금은 구원을 받은 것 같다.

드라마에서 흔히 보았던 출생의 비밀을 알게 된 사람의 기분이 이런 것일까?

잘린 발가락을 내려다보는 그녀의 눈에는 눈물이 맺혀 있다.

그동안 내내 테라는 두려웠었다. 자신의 핏줄을 타고 돌아다니는 더러운 좀비의 세균이 언제든지 번식을 시작할 수 있다는 생각 때문에 남몰래 떨었었다.

자신의 까만 눈동자가 흰 막으로 덮이고, 그 혐오스러운 괴물들처럼 변하는 악몽도 여러 번 꾸었다. 그리고 그 악몽은 언제나, 머리가 펑! 하고 터져서 죽은 격리장의 그 중년 여자와 오버랩되며 끝을 맺곤 했다. 이제 그 두려움을 벗어 버려도 된다.

"다행이야, 다행이야, 잘됐어……."

내야석의 상단에 앉아 눈물을 훔친 테라는 자신의 가냘픈 허벅지를 두 손으로 쓸며 연신 안도의 말을 중얼거렸다. 이제 겨우 평범한 사람들과 비슷해졌다. 좀비에게 감염되어 썩어 가고 있을 내부 장기 어딘가에 대해 불안해하지 않아도 된다. 젠킨스의 말이 사실이기만 한다면.

거짓말처럼 보이지는 않지만, 젠킨스의 이야기는 솔직히…… 황당했다. 몇 년 동안 좀비에 관해 연구했다는 것부터가 애초에 말이 되지 않는다.

게다가 만분의 1이니, 10만분의 1이니, 1억분의 1이니 하는 단위들도 너무 어마어마하다. 평소였다면 테라 역시 코웃음을 치고 말 이야기다. 하지만 바로 그녀 자신이 좀비에 물리고도 살아남은 당사자가 아닌가.

게다가 젠킨스를 만나기 전까지 그녀는 좀비 면역에 대해 이야기하는 사람을 본 적이 없다. 모두 물리면 그것이 곧 끝이라고만 생각하고 있었으니까.

테라는 일단 젠킨스의 이야기를 믿기로 했다. 아니, 믿고 싶었다. 그의 말이 사실이라고 인정해 버리면 두려움과 걱정에서 해방될 수 있다.

'그럼 나는 그 세 가지 유형의 면역 유전자 중 어떤 것이었을까?'

우습게도 아나필락시스 진은 아니었으면 좋겠다는 욕심이 든다. 단 한 번이라도 면역이 작용했다는 것에 그저 감사해야 맞겠지만, 이왕이면 앞으로도 계속 좀비가 될 걱정이 없었으면 하고 바라게 되는 것이다.

혹시…… 널 키드일 가능성도 있는 걸까? 1억분의 1에 든다고?

그것이 아주 희박한 가능성이라는 걸 인정하면서도 테라는 잠시 상상을 해봤다. 엄마, 아빠에게, 그리고 제니에게 자신의 피를 나누어 주는 상상…….

그러나 곧 격리 시설에서 난리를 치던 그 중년 여자 좀비의 생생한 기억이 떠오르면서 그 행복한 상상은 깨져 버렸다. 자신과 수정 언니를 향해 팔을 휘저어 대던 좀비의 모습이 아직도 선명하게 뇌리에 각인되어 있다.

그래, 맞아…… 좀비의 눈에 보였잖아. 그러니 널 키드는 아니겠지.

예상치 못했던 자신의 욕심을 깨닫고 테라는 엷은 미소를 지었다.

'욕심쟁이네, 나…… 후후.'

내일은 젠킨스에게 아나필락시스 진과 필락시스 진을 어떻게 구분할 수 있는지 물어봐야겠다고 생각하며 테라는 먼 하늘로 고개를 돌렸다. 노을로 물든 하늘이 점점 붉어지다가 어둑한 저편으로 잠겨 간다. 자주 보던 풍경이지만, 오늘은 그 아름다움이 각별하게 느껴져서 테라는 한동안 자리를 떠나지 않았다.

Chapter 40

걷히는 안개

01

다음 날, 아침 일찍부터 젠킨스는 테라가 지정한 장소에서 불안한 표정으로 서성였다. 대부분의 사람들은 아직 아침 식사 배급을 받기도 전일 만큼 이른 시간이지만, 그는 이미 자신의 몫을 먹어 치운 뒤였다.

테라는 그가 기다리고 있을 것을 알면서도 의도적으로 천천히 아침을 먹고, 아이들과 조금 시간을 보낸 뒤에야 사물함으로 가서 과자들을 챙겼다.

"이만큼만 가져가야지."

과자의 양도 어제보다 약간 줄여 담았다. 길지 않은 시간 동안이지만 그의 행태를 보고 테라가 내린 결론은, 젠킨스의 위장은 적당히 비어 있는 편이 낫다는 것이다.

어제 그가 처음 치근덕거렸을 때에는 제니의 흉내를 내서 겁을 줬지만, 협박은 테라의 전문 분야가 아니다. 매번 성공하리라는 보장이 없다. 그러니 성욕에까지 신경이 미치지 않을 정도로 식욕을 활성화시켜 둘 필요가 있다.

"늦었구나. 후우~ 계속 기다렸는데…… 혹시 어제 내가 했던 말들을 오해해서 안 오는 건 아닌지 걱정하고 있었다. 오, 크래커를 가지고 왔네? 마침 딱 그게 먹고 싶던 참이었거든."

아침이어서 아직 그리 덥지 않은데도 젠킨스는 끊임없이 땀을 흘리고 입가를 손으로 닦았다. 절제라는 게 사라진 그의 지금 모습은 내부의 무언가가 버터처럼 계속 줄줄 녹아 흘러내리는 듯한, 그런 이미지다.

"아무 데라도 가서 좀 앉으면 어떨까? 기다리느라고 계속 서 있었더니 허리가 아파."

젠킨스의 제안에 테라는 고개를 끄덕여 줬다. 사람들이 오가는 곳에서 이 이방인과 함께 서 있으며 눈길을 끄는 건 그녀 역시도 원하지 않는 바였다. 물론 이 욕망덩어리와 으슥한 곳에서 단둘이 있는 건 더 싫다.

그래서 그들이 택한 장소는 내야석의 한구석. 두 사람은 의자 하나를 사이에 두고 앉아 시선을 그라운드에 둔 채 이야기를 나눴다.

"어제 마지막으로 했던 이야기는 조지아의 널 키드에 관한 것이었지? 오늘도 거기에서부터 시작하면 될까?"

"아뇨. 그보다 아나필락시스 진과 필락시스 진에 대해 먼저 듣고 싶어요. 그 두 유형을 어떻게 구분할 수 있는지 말이에요."

테라는 비어 있는 의자 팔걸이에 조그만 크래커 봉지를 올려놓았고, 젠킨스는 얼른 그걸 집었다. 거래가 개시되었다.

"널 키드가 아니라? 그건 또 의외구나. 사람들은 대부분 구세주에게 더 관심이 많은데. 뭐, 내겐 상관이 없는 일이다만……."

젠킨스는 크래커를 두 개씩 겹쳐 입 안으로 욱여넣으며 이야기를 계속했다.

"두 유형 모두 항체가 생길 때 두통이 발생한다는 점에서는 같아. 어지럽거나 메스껍거나, 심하게는 정신을 잃는 경우도 있지. 말 그대로 몸 전체의 모든 세포들이 좀비 박테리아와 전쟁을 치르는 것이니까 짧은 시간에 엄청난 에너지가 소모되거든."

테라는 그 기분을 안다. 스스로 발가락을 자르고 방 안으로 들어가던 중에 핑글 돈다는 기분이 들었었고, 곧바로 기절해서 꽤 한참이 지난 후에야 깨어날 수 있었다. 그 당시에는 발가락을 자른 쇼크 때문이라고만 생각했는데, 그게 아니었던 모양이다.

"거기까지는 동일하지만, 필락시스 진의 경우에는 하루 이상, 심장의 박동이 빨라지고 체온이 올라가지. 한쪽 눈의 실핏줄이 터져서 흰자가 붉게 물드는 경우도 보고되기는 했지만, 그건 보편적인 특성은 아니야. 물론 더 정확하게 분류하기 위해서는 혈청을 확보해서 항체를 살펴봐야겠지."

테라는 자신의 기억을 더듬어 봤다.

눈의 혈관이 터진 적은 없었다. 그렇다면 심장 박동은? 그건 모르겠다. 체온도 마찬가지고.

워낙 더운 여름날이었고, 당장 생존의 위협을 받고 있었기 때문에 그런 사소한 문제에는 신경도 쓰지 않았었다.

결국 검사를 받아 보기 전에는 알 수 없다는 건가…….

단서는 여러 가지 얻었지만, 자신이 두 유형 중 어디에 속하는가 하는 수수께끼는 풀리지 않았다. 답답하다. 그렇게 고민을 하던 테라는 문득 이상한 점을 깨달았다.

"잠시만요, 젠킨스 씨."

크래커 한 줄을 다 먹어 치우면서도 열심히 떠벌리던 젠킨스가 고개를 돌린다.

"응? 왜 그러지?"

"저기…… 이런 것들을 다 어떻게 아는 거죠? 단순히 컴퓨터로 계산을 해서 알 수 있는 정보가 아니잖아요. 감염이 된 후의 반응이라든가 하는 것들은 실제 눈으로 보지 않고는 말할 수 없는 이야기인 것 같은데요."

테라의 질문에 젠킨스는 잠시 입을 다물고 통통한 손가락으로 의자 팔걸이를 두드렸다. 그러고는 이어 말했다.

"음…… 이 시점에서 우리가 대화를 더 진행하기 전에 먼저 입장을 정리해야 할 필요가 있을 것 같다."

"무슨 뜻인가요?"

"어제 너는 나에게 한 가지 조항을 달았지. 거짓말을 하지 말라는 것 말이야. 나는 그렇게 하겠다고 합의를 했고. 그런데 말이지, 지금 네가 물어본 질문 같은 경우에는 어제의 그 계약과 나의 인간으로서의 기본권이 서로 충돌을 일으키도록 한단 말이지."

"어떤 기본권을 말씀하시는 거죠?"

"스스로에게 불리하게 작용할지 모르는 진술을 거부할 수 있는 권리지. 왜, 알잖아? 형사 드라마에서 범인에게 수갑을 채울 때 미란다 원칙을 고지해 주는 형태로 대중매체에서도 수없이 재생산되었으니까."

젠킨스는 뻔뻔한 표정으로 어깨를 으쓱한 채 에둘렀고, 테라는 이마를 찌푸리며 물었다.

"장황한 수식어는 빼고, 좀 더 직접적으로 말해 봐요. 무슨 말인지 못 알아듣겠어요, 도스토예프스키 씨."

"후~ 좋아. 뭐, 이런 거지. 너는 진실을 듣고 싶어 해. 그래서 나에게 이 과자를 미끼로 주고 있지. 아, 물론 너의 행동을 비하하려는 건 아니야. 우리가 서로 선의에 기반을 두고 충실히 계약을 이행하고 있다는 의미지. 그런데 말이야, 내가 너의 궁금증을 만족시키기 위해 최선을 다해 내놓은 진실한 답변 때문에 나에 대한 너의 가치판단이 부정적으로 변하게 될지 모른다는 우려가 생긴다면, 그때 나는 어떤 선택을 해야 할까? 계약이 파기될지도 모르는 부담을 안고서라도 너에게 진실을 말하는 게 옳을까, 아니면 왜곡된 말로 위기를 모면해 보려는 시도를 해야 옳을까? 젠장, 말이 또 길어졌군. 다시 정리하자. 그래, 이런 질문으로 대체하지. 테라 양, 너의 윤리 의식은 호기심보다 강한가, 아니면 그 반대인가?"

테라는 잠시 고민했다.

대체 무슨 죄를 얼마나 지었기에 이 남자는 이렇게까지 엉덩이를 빼는 걸까?

"빨간 알약을 선택한다면 끔찍한 이야기를 해 주실 모양이네요……."

"음, 아주 끔찍하다고 할 수 있겠지. 의사 결정권자들을 제외한다면, 우리 회사의 법무팀 중에서도 극히 제한된 인원만이 사건의 전말을 파악하고 있으니까. 만약 네가 원하지 않거나 마음의 준비가 미비한 상황이라면 우리는 이 주제를 살짝 덮어 두고 다음 스텝으로 넘어갈 수 있어. 서로가 상처받지 않고 이야기와 과자를 계속 교환할 수 있도록 말이야."

그렇게 대답하는 젠킨스의 표정에서 죄의식이나 부끄러움은 전혀 읽을 수 없었다. 몇 초 정도 뜸을 들이던 테라가 무겁게 입을 뗐다.

"제 생각에…… 지금 제 호기심은 윤리 의식보다 강한 것 같아요."

"좋아, 아주 마음에 들어. 진실이라는 것에는 선악의 판단이 결코 줄 수 없는 쾌감이 있거든. 그러면 지금부터 내가 하는 이야기 때문에 나에게 불이익이 생기지 않으리라는 약속을 받은 거지? 네가 나를 범죄자라고 군인들에게 신고하거나, 나에 대한 혐오감 때문에 과자를 다 챙겨서 가 버리거나 하지 않을 거라고 믿어도 될까?"

"네, 약속하겠어요. 그러니까 진실을 말하세요."

테라가 고개를 끄덕이자 젠킨스는 만족한 미소를 지으며 비어 있는 의자의 팔걸이를 두들겼다. 테라는 초코파이 두 개를 올려놓았다.

"그런 약속들에도 불구하고 이제부터는 행동의 주체를 '나'나 '우리'가 아니라, 회사의 이름으로 할 계획이야. 그렇게 하는 게 나에 대한 경멸을 완화시켜 줄 거라고 믿으니까……. JL이라는 회사가 있어. 꽤나 유명한 회사지. 그리고 만약 그 이름을 별로 들어 본 적이 없는 사람이라고 해도 실제로는 이미 JL의 상품을 구입하거나 사용해 본 경험이 있을 거다. 꽤 많은 약과 의료 기계를 만드는 곳이니까. 병원도 운영하고 있지. 최근에 뉴스에서 가장 크게 다뤄졌던 거라고 하면……."

"……의수였죠. 기억나요."

테라가 멍해진 표정으로 대답했다. 젠킨스는 꽤나 의외라는 반응을 보인다.

"오호, 테라 양이 의료 산업에 관심을 가지고 있을 줄은 몰랐는데……."

"구조 중에 두 손을 잃은 소방관 아저씨께 한국 JL이 최신 의수를 선물했었거든요. 그 행사에 저와 제니가 초대를 받아서 의수를 낀 소방관 아저씨와 악수를 하고 함께 게임을 했었어요. 아무렇게나 섞여 나오는 달걀과 쇠공을 다른 접시로 옮기는 게임이었죠. 그때 놀랐었어요. 의수인데도 꽤나 정교한 작업을 빠르게 하시는 걸 보고서."

"그랬군. 뭐, 당연한 이야기지. 팔의 신경과 전기신호를 주고받으며 작동하니까, 조금만 익숙해지면 기능 면에서는 진짜 자신의 신체와 큰 차이가 없을 거야. 어쨌거나 너도 알고 있는 그 JL이 지금부터 들려줄 이야기의 주체다. 좀비 면역체계에 대한 연구가 어느 특정 단계를 넘어선 시점부터 JL은 살아 있는 인체를 사용했어. 좀비 박테리아는 동물이나 인간의 몸에서 떼어 낸 세포에서는 전혀 반응을 하지 않기 때문이지. 그러니까 네가 들었던 그 모든 정보들은 전부 인체 실험을 통해 얻은 지식의 일부란다. 신뢰할 만한 이야기라는 뜻이지."

거기까지 이야기하고 젠킨스는 잠시 말을 끊은 채 한 자리 건너에 있는 테라의 눈치를 살폈다. 테라는 믿기 어려웠다.

"말이 안 돼요. 필락시스 진의 경우는 10만분의 1 확률로 발견된다면서요? 그러면 10만 명 이상을 좀비에게 물리도록 했다는 건데, 그게 가능할 리가 없잖아요. 10만이면 작은 도시 하나의 전체 인구라고요."

"말이 돼. 첫째, 유럽이나 미국에서 10만 명이 사라진다면 엄청난 문제가 되겠지만, 분쟁 지역에서 매일 5천 명 정도가 모습을 감추는 건 그리 대단한 뉴스가 아니지. 전쟁으로 어수선한 나라에서는 난민이 발생하기 마련이고, 사람들은…… 아무리 문명화된 현대인들이라 해도 다른 대륙의 난민들이 어떻게 되었는지에 대해 그렇게 많은 관심을 보이지 않거든. 예를 들어볼까? 넌 소말리아 난민의 수가 얼마나 되는지 알고 있나?"

테라는 입을 다물 수밖에 없었다. 젠킨스가 이야기해 주기 전까지 그런 난민들이 존재한다는 사실조차 인식하지 못하고 있었으니까.

"……그러네요. 젠킨스 씨의 말이 맞아요. 전혀 몰라요."

"당연한 거야. 언론에서 다루지 않는 일은 일어나지 않은 거나 마찬가지니까.

한창 많을 때였던 2013년의 경우에는 정착지를 구하지 못한 난민의 수가 102만이 넘었어. 소말리아 한 나라에서 탈출한 사람만! 그중에 52퍼센트가 17세 이하였고, 정착한 건 15퍼센트 내외에 불과해. 그 외에도 난민은 엄청나게 많은 국가와 지역에서 계속 발생하지. 그러니 10만 같은 건 그리 큰 숫자가 아니야. 말이 되는 둘째 이유는, 샘플 선택의 과정이야. JL 정도 되는 기업이 수만의 사람들을 일렬로 줄 세운 다음 좀비들에게 물리도록 하는, 그런 미련한 방법을 택하지는 않지. 일단 난민촌에서 혈액 샘플을 먼저 채취하는 거야. 명분이야 얼마든지 그럴듯하게 댈 수 있는 거잖아. 의료 지원 차원에서의 건강검진이든, 전염병 검사든 말이야. 그렇게 채취한 혈액에서 적혈구 표면의 항원을 검사하면…… 음, 거기에는 대략 340가지 정도의 항원이 있거든. 하여간 그걸 분석하면 대강은 알 수 있지. 이 혈액의 주인에게서 항체가 생겨날 수 있는지 아닌지 말이야. 그러면서 항체 형성 가능한 대상들만 따로 모으지. 브로커를 통해서 망명시켜준다고 속이면 실험 대상들은 자발적으로 열심히 이동하니까."

"세상에…… 그 불쌍한 사람들을……."

"어? 테라 양, 분명히 이야기했잖아. 귀하의 호기심이 윤리 의식보다 강하다고. 계속 그런 눈으로 나를 보면 나는 거짓말을 꾸며 낼 수밖에 없어."

젠킨스의 말이 맞다. 테라는 다른 곳으로 시선을 돌리면서 분노와 소름을 가라앉혔다. 지금 자신이 화를 낸다고 해서 실험체로 이용당한 난민들이 살아 돌아오는 것도 아니고, 그 비극이 없던 일이 되지도 않는다.

그리고 무엇보다도 테라는 면역체에 대해 더 알고 싶었다. 자신이 어느 쪽에 속하는 것인지 판단하기 위해서는 많은 정보가 필요하다. 그런데 그 정보는 역겨운 이야기들 속에 묻혀 있다.

테라는 음료수 팩을 건네는 것으로 자신이 진정되었음을 알려 줬다. 젠킨스는 다시 평온한 목소리로 이야기를 이어 갔다.

"물론 혈액검사의 정확도라는 게 30퍼센트 정도밖에는 되지 않기 때문에 때로는 실험 대상이 연구자들의 기대를 배신하는 경우도 있어. 항체가 생길 것이라고 생각해서 박테리아를 주입했는데, 심장이 멈췄다가 좀비가 돼 버리는 거지."

"그렇게 만들어진 좀비들은 어떻게 됐나요?"

테라는 끔찍한 이야기를 들을 준비를 하기 위해서 눈살을 찌푸리며 물었다.

쪼로록—.

음료수를 단번에 다 들이마신 뒤, 젠킨스가 대답했다.

"대부분…… 배에 실었어."

"배요? 갑자기 배가 왜? 의미가 잘 연결이 안 돼요."

테라가 고개를 갸웃거리며 물었다. 아차, 하는 표정을 짓고 있던 젠킨스는 잠시 망설이다 입을 열었다.

"보트들인데…… 그것에 관해 설명을 하자면 이야기의 흐름이 엉망으로 흐트러질 수밖에 없으니 일단은 작은 배가 잔뜩 있었다고 해 두지. 그리고 지금 느낀 걸 말하자면, 아예 연구가 시작되던 시점으로 돌아가서 거기서부터 차근차근 시간의 순서대로 사건을 짚어 가는 게 어떨까? 이렇게 중구난방으로 이야기하다 보면 오해가 발생할 확률이 더 높아질 것 같아서 하는 말이야."

"표현은 거창하지만, 결국은 젠킨스 씨 본인의 입장을 옹호하고, 조금이라도 책임을 덜기 위해서 이야기를 포장하려는 것뿐이잖아요."

"뭐…… 완전히 아니라고 하기는 어렵군. 하지만 현명한 사람이라면 사건의 결과뿐 아니라 그 원인도 함께 알고 싶어 할 거라 생각하는데……."

말을 잠시 끊고 테라의 눈치를 살피던 젠킨스는 그녀의 표정에서 동의를 읽어 내고 차분히 이야기를 이어 갔다.

"내가 이 긴 고백을 시작하기 전에 전제해 두고 싶은 건 딱 하나야. JL이 물론 천사는 아니지만, 그렇다고 해서 인류 멸망을 위해 존재하는 조직도 아니었어. 세상이 이 지경이 되어 버린 건…… 결코 의도했던 결과가 아니었다는 거지. 이만큼이나 다수의 사람이 무작위로 죽는 일은 그 어떤 기업이라고 해도 원하지 않으니까 말이야. 내가 하고 싶은 말을 알겠나? 대부분의 JL 직원과 그 가족들 역시 이 잔혹한 비극의 무대 위에 서 있었다고. 배후가 아니라. 그 점에서는 나도 예외가 아니지."

젠킨스는 엉망으로 구겨지고 찢어진 양복을 손으로 훑으며 자신도 피해자라는 사실을 환기시킨다. 그의 입가에 묻은 싸구려 크래커 부스러기와 제멋대로 헝클어져 있는 머리카락을 보고 있자니 테라도 인정할 수밖에 없었다.

글로벌 회사의 간부로 화려한 삶을 누리던 이 남자는, 7월이 시작되기 전 자신이 이런 신세가 되리라는 걸 상상이나 해 봤을까…….

테라의 눈빛에서 동의를 확인한 젠킨스는 다시 시선을 야구장 쪽으로 돌린 뒤, 이야기를 시작했다.

"세상의 꽤 많은 일들은 우연한 접촉을 그 시작점으로 두지. 그리고 그 접촉이 의지를 수반한 행위의 결과로서 이루어질 때에 사람들은 그걸 발견이라고 불러. SPO는 그런 발견을 위해 존재하는 장소라고 할 수 있지. 아, SPO라는 건 남극점에 위치한 남극 관측소의 줄임말이야. 영하 55도 이하의 기온에서 수천 년 이상의 시간 동안 외부의 영향을 받지 않은 채 보존되어 왔던 무언가를 발견하기 위해 세계 여러 나라에서 파견된 연구원들이 바쁘게 경쟁하는 곳이지. 상상이 가나, 테라 양? 영하 55도의 세계란 말이야. 바이러스가 생존할 수 없어서 아무도 감기에 걸리지 않는, 그런 아이러니한 곳이라고."

말을 끊은 젠킨스가 의자를 통통, 두드려 과자를 달라고 한다. 초코파이 한 개를 놓으며 테라가 선을 그었다.

"이렇게 누구나 알 수 있는 이야기를 길게 끈다면 더 이상은 과자를 드리지 않을 거예요. 비밀스러운 그 '무언가'가 나오기 전까지는요."

"후후후, 냉정하고 계산적이군. 뭐, 좋아. 나도 그러려는 의도는 없었으니까. 이제부터는 누구나 아는 이야기 따위 더 이상 없어. 믿어도 돼. 그러니까 그게 아마 내 기억이 정확하다면…… 2010년 3월 20일이었어. 네 명의 영국 연구팀이 스노우 캣을 타고…… 스노우 캣이 뭔지 아나? 설원에서 달리기 위해 만든 무한궤도 장착 차량이지. 왜, 영화 〈샤이닝〉에서 잭 니콜슨이 그것의 엔진을 부수잖아. 그 광기 어린 표정, 섬뜩했지."

테라가 아무런 반응을 보이지 않자 젠킨스는 고개를 끄덕였다.

"음…… 모르는 모양이군. 하긴 옛날 영화니까. 하여간 그걸 타고 그들의 기지에서 북서쪽으로 10킬로미터 떨어진 지점까지 이동했다가 돌아와. 그게 이 이야기의 시작점이지. 외출 자체의 목적은 일상적인 탐사였지만, 그리 주목할 만한 건 아니었어. 어차피 낮이 급격하게 짧아지는 시기였기 때문에 외부 활동 시간도 길지 않았고, 그저 미리 설치해 둔 장비를 회수하는 정도였지. 그날 외출했던 네 명의 연구원 중 한 사람인 폴 휴슬리라는 지질학자가 얼음을 파고 단층 속에 넣어 뒀던 장비였어. 그날 네 사람의 일지에 별다른 기록은 남겨져 있지 않아. 뭔가 새로운 걸 접촉했다는 메모도 없고. 그리고 그 일주일 뒤부터 긴 밤이 찾아오지. 자그마치 여섯 달 동안이나 밤만 계속되는 긴 겨울 말이야. 이게 지구라고 하면 이게 태양인데……."

젠킨스는 주먹 두 개로 지구와 태양의 각도를 설명하려 들었다. 테라는 아무래도 상관없다는 손짓을 하며 이야기를 진행시켰다. 좀비와는 무관한 잡설처럼 느껴졌기 때문이다.

"여섯 달의 길고 어두운 겨울이 지나간 뒤 9월에 다시 해가 떠올랐을 때, 영국 연구팀들 전원은 그 기분 좋은 첫 햇볕을 쬐려고 기지 밖으로 나오지. 그리고 빛을 쐬고 돌아온 휴슬리는 40여 분 뒤, 갑자기 의식을 잃고 쓰러졌어. 1분 내외만에 다시 정신을 차렸고, 기지 내에 상주하던 의사로부터 간단한 진단을 받았지. 아무런 이상을 감지하지 못했지만, 그래도 모르는 일이라고 생각한 의사는 그에게 외부로 가서 정밀 진단을 받으라고 조언해. 휴슬리 자신도 그것에 동의했고. 아무래도 흡연자다 보니 신경 쓰이는 부분이 있었을 테지. 그래서 휴슬리는 열흘 동안 기지를 벗어나 뉴질랜드의 병원에서 검진을 받고 돌아와. 아주 건강하다는 보증과 함께. 그리고 멀쩡하게 잘 지냈어. 보름이 지날 때까지는 그랬지. 자, 시간이 얼마나 지났는지 알겠어?"

젠킨스의 질문을 받은 테라는 머릿속으로 계산을 해 봤다. 여섯 달, 열흘, 보름, 그리고 또 그전의 며칠…….

"일곱 달인가요?"

"응, 맞아. 일곱 달이 넘는 시간이 지났어. 우리가 첫 접촉이라고 간주하는 그 3월 20일로부터 계산한다면 말이야. 놀랍지 않아? 지금 좀비들에게 감염되면 변하는 시간이 얼마나 될까? 아마 아무리 길어도 너덧 시간을 넘기지 않을 거야. 짧으면 일이십 분 안에도 변할지 모르지. 그런데 그때 휴슬리는 무려 일곱 달을 생존해 있었던 거야. 보균자로서 말이야."

"잠깐만요, 젠킨스 씨. 어째 굉장히 신뢰하기 어려운 말들이 막 지나간 것 같은데요? 얼마나 될까, 라고요? 아마라고요? 무슨 소리를 하시는 거예요? 어제는 저한테 좀비에 관한 최고 권위자인 것처럼 말씀하셨잖아요. 그런데 지금은 그저 누군가에게 전해 들은 이야기를 하는 사람처럼 어휘를 사용하고 계시네요. 물린 사람이 얼마 만에 좀비로 변하는지도 몰라요?"

당황한 테라가 말을 끊으며 묻자 젠킨스는 뒤를 힐끔 돌아본 뒤, 오히려 그녀의 무지를 동정한다는 듯한 어조로 평온하게 대꾸했다.

"기생하는 원핵생물에 대해 잘 모르면 그렇게 생각할 수도 있지. 그것들은 주변 환경과 숙주의 양에 따라 번식의 방법과 속도를 변화시킨단 말이야. 그렇게 하지 않으면 너무 빨리 숙주를 죽여서 번식이 이루어질 수 없게 되어 버리니까 그런 특성을 가진 것들만 도태되지 않고 살아남는 거지. 좀비 박테리아도 마찬가지야. 햇볕이 없고 고립된 환경 속에서 좀비 박테리아는 숙주를 아주 천천히 변이시켰다고. 발병의 시기도 아주 늦추고, 게다가 이놈은 스스로의 존재를 숨기기까지 했지. 그러니 JL의 실험실에서 기록되었던 변화의 속도와 이렇게 사람들로 넘쳐 나는 대도시에서 좀비로 변하는 시간은 다를 수밖에 없어. 대도시 쪽의 박테리아가 훨씬 더 빠르고 활발하게 활동하겠지."

"그럼 젠킨스 씨가 마지막으로 기억하는 좀비로 변하는 시간이, 지금 우리가 아는 것보다 훨씬 느렸다는 말씀인가요?"

"엄청난 차이가 있지. 배에 실었던 샘플들의 기대치는 빠르면 여섯 시간, 늦으면 이틀 만에 새 숙주를 좀비로 변화시키는 거였어. 그 정도면 딱 좋을 거라고 예상했었지. 당연하잖아. 이렇게 눈 깜짝할 사이에 변해 버리면 그 증식의 속도를 걷잡을 수가 없으니까."

02

배에 싣다…… 기대치…… 예상…… 딱 좋다…… 증식의 속도…….

젠킨스가 아무렇지도 않게 흘리는 단어들이 테라의 피부에 소름이 돋게 한다. 이제 알겠다. JL은 단순히 좀비 백신을 만들던 곳이 아니었다. 아니, 오히려 좀비들을 양산해서 풀어놓았던 놈들이다.

이 대규모의 확산은…… JL이라는 회사의 의도적 행위였던 것이다. 이놈들이 범인이었다.

헉, 가벼운 탄성이 테라의 입에서 터져 나오자 그녀의 마음을 알아챈 젠킨스가 다급하게 손을 젓는다.

"제발 그렇게 미리 판단해서 나를 돌로 쳐 죽이겠다는 눈빛으로 노려보지 말아 줘. 아까 말했잖아, 이 나라에 좀비들이 퍼진 것은 적어도 JL의 공식적인 의지가 아니었어. 어떤 똥멍청이가 자신들이 달아날 구석도 만들지 않은 채 좀비를 풀겠느냐고. 하아~ 참, 대체 같은 말을 몇 번이나 반복해야 믿어 줄 건가? 그 정도의 신뢰도 없이 무작정 나에게 진실을 말하라고 했던 거야?"

젠킨스의 다급한 만류에도 불구하고 테라는 입술을 꽉 깨문 채 그를 노려보았다. 도무지 진정이 되지 않는다. 바로 눈앞에 엄청나게 탐욕스러운 악마가 앉아 있다. 어떻게 이 사악한 존재를 용서할 수 있을까?

흥분한 테라가 그 자리에서 일어날지 말지를 고민하고 있을 때, 젠킨스가 말을 덧붙였다.

“이런 상황에서 누군가를 미워하고, 희생양으로 삼아 벌을 내리고자 하는 욕망이 강해진다는 건 알아. 사람들은 보통 자신이 상대보다 도덕적 우위에 있다고 판단하면 대상을 폄하하고 혐오하는 것으로 우월감을 느끼려고 하니까. 게다가 나는 그 희생양이 되기에 여러모로 적합한 조건을 갖추고 있지. 하지만 그걸 실행으로 옮긴다고 해서 달라지는 게 뭔지 생각해 봐. 없어. 그런 일차원적인 행위보다는 무엇이 우리에게 도움이 될 수 있는가를 생각해야 돼. 그러니까 우리가 지금 이렇게 대화를 하고 있는 것 아닌가. 나는 네가 가진 풍부한 음식을 통해 생존할 수 있기를 원하고, 너는 내가 알고 있는 이 지식들이 간절하게 필요해. 암, 그 누구보다도 간절하지. 그러니까 우리는 서로 도와야 해. 서로가 필요한 사람들이란 말이야.”

“하…… 내가 젠킨스 씨의 지식을 그 누구보다도 간절하게 필요로 한다고요? 대체 뭘 보고 그런 생각을 하게 됐죠?”

테라가 분노와 경멸을 담아 냉소하고 있을 때, 젠킨스는 태연히 그녀의 잘린 발가락을 가리켰다.

“이거지.”

덜컹, 심장이 흔들리는 소리가 들리는 것만 같다. 정곡을 찔린 테라는 숨조차 제대로 내쉬지 못하고 얼어붙은 채 젠킨스의 그 뻔뻔한 얼굴을 바라보았다. 두 볼이 붉게 달아오른다.

……언제부터 눈치를 채고 있었던 걸까?

당혹스러워하는 테라와 달리 젠킨스는 표정 하나 바뀌지 않은 채로 담담하게 말을 이었다.

“어제는 과자에 눈이 돌아가서 아무 주제나 막 던졌지만, 이 징그럽고도 딱딱한 이야기를 들으러 오늘도 또 나타나 줄 거라고 기대하기는 어려웠지. 좀비 면역자? 세 가지 유형? 생각해 봐. 누가 그런 소리를 믿어 주겠어? 인간이란 자신의 상식을 넘는 주장에 대해 쉽게 신뢰를 보내지 않는 법이거든. 그리고 여기 있는 모든 사람들이 경험한 것은 좀비에게 물린 이들이 변해 가는 끔찍한 광경뿐이야. 면역 같은 건 허상처럼 느껴진다고. 왜? 자기 주변에서 변하지 않는 사람을 본 적이 없으니까. 하지만 테라 양, 귀하는 별 의심 없이 이 이방인의 이야기에 귀를 기울였지. 이상한 일이었어. 게다가 오늘은…… 널 키드에 관해 말하려는 걸 만류하고 굳이 아나필락시스 진과 필락시스 진의 차이에 대해 먼저 듣고 싶어 하더란 말이야. 둘 다 항체를 다른 사람에게 전파시키지 못한다는데도 그게 굳이 궁금했다? 후후후, 이 모든 게 의미하는 바는 하나뿐이지."

그랬나…… 그렇게나 표가 났던 건가.

테라는 이마의 땀을 닦아 냈다. 성급해서 마음을 읽혀 버리다니…… 욕심을 드러내는 일에 좀 더 신중해야 했다. 뒤늦은 후회가 밀려온다. 기세가 꺾인 그녀가 의자에 깊숙이 기대앉자 젠킨스의 목소리는 더욱 차분해졌다.

"테라 양, 운이 좋았어. 물리고도 살아남았으니 말이야. 그렇지? 그리고 그 후에도 좀비들에게 공격을 받을 뻔했겠지. 그러니까 자신이 널 키드일 가능성을 아예 배제해 버렸던 거고. 후후후, 사람들에게는 그 상처, 어떻게 생겼다고 둘러댔나? 응? 불쌍해라. 그동안 얼마나 많은 고민과 공포의 시간을 보냈을까? 아무에게도 말을 못 한 채 속으로만 끙끙 앓으면서. 혹시 입을 잘못 놀렸다가는 돌팔매질을 당해서 죽게 될까 봐 두려웠겠지. 후후후."

"그런 이야기…… 사람들에게 해 봐야 믿지 않을 거예요. 그러니까 저를 협박할 생각은 관두는 게 좋아요."

테라는 떨리는 가슴을 진정시키며 최대한 당당한 어조로 젠킨스에게 말했다. 그것이 그녀가 할 수 있는 저항의 전부였다. 젠킨스는 그녀의 말에 동의한다는 듯 고개를 끄덕였다.

"협박 같은 건 하지 않아. 그래 봐야 나에게 아무것도 생기지 않으니까. 난 그저 테라 양이 차분하게 이 이야기의 마지막까지 함께 되짚어 가 주기를 바랄 뿐이야. 내가 중요한 사람이던 시절의 이야기를 말이야. 지금처럼 보상으로 과자를 챙겨 주면서……. 사실 그 정도의 가치는 충분하다고 생각하는데? 그리고 혹시 모를 일이지, 이 이야기 끝에 정말로 구원의 힌트가 숨어 있을 수도. 나 같은 관찰자는 절대 알아챌 수 없는, 아주 작은 단서가 실제 좀비 면역자에게는 엄청 중요한 정보가 되어 줄 수도 있는 거잖아? 어때, 서로 비밀을 가진 사람들끼리 좀 차분하게 대화를 나눌 준비가 되었나?"

손바닥을 비비며 다음 이야기를 준비하는 젠킨스의 모습에서는 언뜻언뜻 광기마저 내비친다. 테라가 가볍게 입술을 떨며 물었다.

"저는 솔직히…… 당신이 왜 이렇게까지 그 이야기를 하고 싶어 하는 건지 그 이유를 모르겠어요. 이쯤 됐으면 그냥 나에 대한 비밀을 지키는 대가로 과자를 달라고 흥정할 수도 있을 텐데……. 젠킨스 씨, 대체 뭘 바라고 있는 건가요?"

"좋은 지적이야. 어젯밤 나도 같은 의문을 가졌었지. 왜 나는 그까짓 과자 부스러기의 대가로 나 자신을 파괴할 수도 있는 고백을 이렇게 열심히 하고 있는 걸까? 진실과 거짓을 적절하게 섞어서 적당히 둘러대지 않고 말이야. 그런데 그에 대한 대답은 의외로 아주 간단한 거였어. 그 생각을 하던 중에 나는 잠이 들었지. 이 수용소에 와서 처음으로 아주 편안하게…… 그 지긋지긋한 자기혐오에 빠지지도 않고, 마음을 뒤흔드는 후회와 압박감에 신음하지도 않고, 아주 편안하게 잠이 들었던 말이야. 바로 그거였어. 나는 그동안 혼자만 담아 놓고 있기에는 너무 벅찬 비밀을 이 뇌 안에 꼭꼭 파묻어 두고 억압해 왔던 거야. 미다스 왕의 당나귀 귀를 본 이발사처럼 말이지. 단 한 사람이지만 누군가와 그걸 공유했다는 것만으로도 나는 숨 쉬기가 한결 편해졌어. 이 정도면 대답이 된 건가?"

거짓말 같지는 않았다. 무슨 음흉한 꿍꿍이가 있어 보이지도 않고……. 그런 거라면 대화를 이어 가도 될 것이다. 그리고 어제의 대화 후 마음이 홀가분해졌다는 면에서는 테라도 같았다. 테라가 천천히 고개를 끄덕이자 젠킨스는 만족한 미소를 지으며 이야기를 계속했다.

"좋아, 다시 SPO 영국 기지의 휴슬리에게 돌아가 보자고. 뉴질랜드에서 귀환한 휴슬리는 보름 동안 정상적인 연구 활동을 지속했어. 그건 그가 쓴 일지가 증명하는 거니까 알 수 있지. 그리고 16일째 아침, 긴급 의료 지원 요청이 들어왔어. 휴슬리의 심장 박동이 비정상적으로 느려졌다는 내용이었지. 칠레의 푼타아

레나스에서 곧바로 의료팀을 실은 경비행기가 출발했고, 가사 상태에 빠진 그를 싣고 돌아와. 병원에 도착한 뒤, 두 시간 만에 휴슬리의 심장은 완전히 멎지. 그런데…… 뭐, 여기서부터는 상상할 수 있지? 사망 판정을 받은 휴슬리가 다시 움직이기 시작한 거야. 바이탈 사인이 쭉 평평한 가로줄을 긋는 채로 말이지. 담당 의사는 처음에는 기기 이상이라고 생각해서 다른 심전도 측정기를 연결했어. 그리고 맥도 짚어 봤겠지. 하지만 실제로 휴슬리는 심장이 전혀 뛰지 않으면서 신체 활동을 하고 있었던 거야. 의사는 재빨리 병실의 문을 봉쇄하고 전화 한 통을 걸었어. 그 놀라운 발견을 가장 비싼 값에, 그리고 확실하게 사 줄 상대를 알고 있었으니까. 물론 그건 JL이었지. 그 병원의 실제 소유주이기도 했고."

"되살아난 휴슬리가 아무도 공격하지 않았나요? 그 의사나 다른 간호사들도 모두 무사하지 못했을 것 같은데요."

"음…… 타당한 의문이야. 지금의 좀비에 대해서만 기억하고 있는 사람이라면 누구나 그렇게 생각할 수밖에 없지. 빠르고, 호전적이고, 강한 힘을 가진…… 그런 좀비를 떠올리고 있을 테니까. 하지만 당시 휴슬리의 모습은 좀 달랐어. 그 자료 화면을 보여 줄 수 없는 게 아쉽군. 되살아난 휴슬리에 대해 내가 아까 '움직였다'고 표현을 해서 그런 오해를 부추긴 경향도 없다고는 할 수 없겠군. 실제 그 움직임이라는 건 마치 경련과 비슷했어. 왜, 이런 것 있잖아."

젠킨스는 두 팔과 두 다리를 곧게 뻗은 채 덜덜 떨어 댔다. 그러다가 이내 얼굴이 빨갛게 달아올라서 숨을 몰아쉬었다. 그 정도의 운동도 거구의 그에겐 꽤나 힘이 든 모양이다.

"헤에~ 헤에~ 무슨 말인지 알겠지? 심장도, 폐도 기능하지 않는 상태에서 감전된 사람처럼 계속 몸을 떨어 대는 휴슬리를 보자마자 JL의 고위층 멤버들은 자신들이 미지의 영역 안으로 발을 들여놓았다는 걸 알 수 있었지. 무한한 가능성의 혁명적인 세계 말이야. 그들은 곧바로 온갖 핑계를 대서 영국 기지의 모든 멤버들과 뉴질랜드 병원의 담당 의료진을 차례차례 불러들이고, 각종 검사를 실시했어. 그리고 할 수 있으면 그들을 JL의 직원으로 스카우트했지. 물론 대놓고 감시하기 위한 조처였지만. 그렇게 거의 모든 자료들을 독점하고 연구를 진행하면서 JL은 좀비 박테리아에 대해 조금씩 알아 나가게 되었어. 그런데 문제는…… 같은 기간 동안 좀비 박테리아 역시 인간의 몸에 대해 파악해 가고 있었던 거야. 그것도 JL의 첨단 연구진보다 훨씬 더 빠른 속도로!"

젠킨스는 아이들에게 귀신 이야기를 해 줄 때처럼 눈을 동그랗게 뜨고 과장된 표정을 지었다. 테라는 미간을 찡그린 채 몸을 뒤로 기울이며 고개를 저었다.

"놀라게 하는 건 싫어요. 그러니까 괜히 극적인 효과를 넣거나, 갑자기 달려들면서 왁! 하고 고함을 지르는 건 하지 마세요."

"후후후, 그런 부탁은 휴슬리에게 했으면 좋았을걸. 바로 그런 일이 휴슬리의 병실에서 일어났거든. JL의 연구실로 옮겨진 지 두 달이 지난 시점이었어. 계속 경련만 하고 있던 휴슬리가 갑자기 몸을 벌떡 일으켰지. 새로운 증상을 발견한 연구원들이 반색을 하고 다가가려는 순간, 휴슬리는 날아올랐어. 말 그대로 날아올랐지. 그리고 순식간에 방에 있던 세 명의 연구원과 차후에 지원을 하러 들어갔던 네 명의 연구원 모두를 공격해서 적어도 한 차례 이상씩 물어뜯었지. 박테리아가 인간의 몸에 대한 파악을 끝냈던 거야. 계속 경련하듯 흔들면서 근육의 양과 이완, 수축하는 방향, 관절의 기능 따위를 알아 가고 있었던 거지. 그 결과, 휴슬리는 지금의 우리가 아는 좀비들처럼 아주 훌륭한 운동 능력을 선보였어. 감각과 신경의 도움이 없이 그 모든 걸 해냈다고! 연구원들은 일단 피 흘리는 동료를 부축하고 그 방에서 달아났어. 휴슬리는 왼쪽 다리가 침대에 고정되어 있었기 때문에 그들이 달아나는 걸 제지하지 못했지. 관절을 잘라 줄 만큼 날카로운 구속 장치가 아니었거든."

"그래서 그 연구원들은 얼마 만에 좀비로 변했나요?"

지친 목소리의 테라가 물었다. 타인들의 과거를 듣는 것만으로도 그들이 겪었던 경악과 공포, 아픔이 고스란히 전달되는 것 같아 견디기가 힘이 든다. 반면, 젠킨스의 목소리는 점점 더 기세를 높이는 중이다.

"개인들마다 다소 차이는 있었지만, 고열에 시달리던 희생자들은 대개 두 달

정도 만에 심장이 정지했어. JL은 연구소 전체를 폐쇄하고 해당 기관에 출입했던 인원 전부를 격리했지만, 더 이상의 전이는 없었지. 공기 전염이 아니었다는 걸 확인하게 된 JL은 휴슬리와 7인의 연구원에게 동물실험을 시작했어. 쥐나 토끼 같은 작은 동물들에게 아무런 관심을 보이지 않자 점점 대상이 대형화되었고, 비슷한 종을 동원했지. 하지만 좀비들은 유인원에게조차 전혀 반응하지 않았어. 오로지 인간을 마주하고 있을 때만 흥분하며 공격성을 드러냈지. 그러니 어쩌겠어, 인간을 원하면 인간을 주는 수밖에. 자원은 꽤나 풍부했지. 작년의 경우라면 난민의 수만 1300만 정도였으니까…… 굳이 애써 가며 다른 대상자들을 물색하지 않아도 될 정도였고."

"지금 숫자를 잘못 말하신 거 아닌가요? 아까는 100만이라고 했으면서 지금은 1300만 명이라뇨. 순식간에 열 배가 넘게 늘었다고요."

"아니, 말이 바뀐 건 없어. 소말리아의 난민이 100만이라고 했지. 전 세계 난민을 다 따지면 1300만. 물론 그 수가 점점 늘면 늘었지, 줄어들지는 않아. 그 절반 정도가 미얀마나 아프가니스탄 같은 아시아 출신, 3분의 1 정도가 아프리카…… 저기 말이지, 테라 양. 이제 슬슬 내 이야기를 신뢰하면서 들을 때도 됐잖아? 하여간 그런 대상들 중에서 혈액검사 결과에 따라 선별한 소수들만을 연구소로 이동시켰고, 그들을 통해서 여러 가지 의미 있는 발견을 할 수 있었지. 그 동그란 초콜릿 파이 더 있나?"

테라는 초코파이 두 개를 다시 팔걸이에 올려놓았고, 젠킨스는 만족한 미소를 지으며 크게 한입을 베어 물었다. 테라로서는 보는 것만으로도 질릴 만큼 빠르게, 많이 먹어 댄다. 그것도 아침 식사를 마친 지 얼마 지나지 않은 시간에, 이 역겨운 이야기를 하면서. 통통한 손가락에 묻은 것까지 쪽쪽 빨아 먹고 있는 젠킨스에게 테라가 물었다.

"그 많은 사람들이 전부 조지아의 그 연구소에서 실험의 희생자가 된 건가요? 그리고 칠레에서 보고된 첫 희생자를 조지아까지 옮겨 갔던 이유는 또 뭐죠? 지구의 양 끝이라고도 할 수 있을 만큼 먼데요."

"그럴 리가…… 그렇게 하면 이동 거리도 너무 멀고, 대기 시간이 길어지니까 효율도 떨어지지. 그래서 난민들의 위치에서 가까운 연구소를 우선해서 분산 수용했지. 콜롬비아, 과테말라, 필리핀, 인도네시아, 조지아, 우크라이나, 러시아, 이탈리아, 에리트레아…… 뭐, 다양했어."

하아~. 듣는 것만으로도 아득해지는 기분이 들어서 테라는 잠시 눈을 감았다. 사람을 희생시키기 위해 만들어진 시설이 그렇게나 많았다니, 그것도 전 세계 여러 나라에…….

그중에는 테라가 최근 방문했던 나라도 포함되어 있다. 그 희생이 일어났던 장소 곁을 자신이 지났을지 모른다는 생각이 들자 구역질이 난다.

"대체 뭘 위해서 그렇게까지……."

"그 목적이라…… 테라 양, 귀하가 이 귀한 과자들을 투자해 가면서 나의 그로테스크한 이야기들을 꾹 참으며 듣고 있는 것은 어떤 이유일까? 거시적으로 보자면 JL이 천문학적인 비용을 지불하며 그 연구를 진행했던 것도 그것과 크게 다르지 않다네. JL은 미지의 무언가를 만났고, 일단 그 끝에 무엇이 있는지 보고 싶었던 거야. 그래야만 그것으로 뭘 할 수 있는지도 알 수 있으니까. 사실 애초부터 용도라고 하면 단 한 가지뿐이지만……. '신은 생명을 만들고, 우리는 더 건강한 삶을 만듭니다?' 그런 건 다 개소리지. 이게 JL의 슬로건이지만, 어떤 회사도 그런 걸 위해서 일하지는 않아. 목표는 언제나 돈이지. 그 누구도 확보해 본 적이 없는 엄청난 액수의 돈. JL은 좀비들이 역사상 최고의 판매 사원이 되어 줄 거라고 예상했었지. 효율은 엄청나면서 동시에 복지도, 급료도, 장비도 요구하지 않는, 그런 판매 사원 말이야. 물론 널 키드를 찾기 전에는 아무것도 준비되는 게 없으니 낙관만 할 수 있는 입장은 아니었지만……."

읍, 테라는 치솟는 구역질을 가까스로 참았다. 슬슬 견디기 힘든 부분을 향해 이야기가 치닫고 있다.

"……끔찍한 이야기네요. 그러니까 좀비를 퍼뜨리고 백신을 판매하려고 했다, 이런 말인가요? 그렇게까지 하고 싶었어요? 다른 사람들의 생명을 희생시켜 가며 실험을 하고, 그 후에도 또 수많은 희생자를 만들어서 그 공포를 무기로 삼아 약을 팔고……. 어떻게 인간이 그렇게까지 잔인할 수 있는 건지 모르겠네요. 나치도 아니고……."

테라의 날 선 공격에도 젠킨스는 별로 부끄러워하는 기색이 없었다.

"냉혹하게 들리겠지만, 인간은 대부분의 경우 다른 존재의 희생을 통해서 이득을 얻어. 그리고 그걸 합리화시키거나 애써 외면하지. 그 점에서는 테라 양도 크게 다를 바가 없을 거라고 생각하는데? 세상이 평화롭던 시절, 아침마다 마시던 한 잔의 커피만 예로 들어도 그렇지. 커피를 마시면서 콜롬비아나 에티오피아에서 커피를 수확했을 노동자들의 열악한 노동환경이나 풍족하지 못한 삶에 대해 고민하던 사람이 몇이나 되겠어? 인정해. 인간이란 타인의 고통에 둔감한 존재고, 그래서 자신의 고통을 타인에게 미룰 수 있기를 바란다고. 정도의 차이가 있을 뿐, 본질적으로는 크게 다르지 않아."

"그렇지 않아요! 저는……."

벌떡 일어나서 '저는 달라요!'라고 항변하려던 테라는 곧 입을 다물어 버렸다. 물린 것을 알면서도 그녀는 아이들과 여자들에게 둘러싸인 곳에서 생활했다. 아무도 그녀에게 변하지 않을 것이라는 확답을 해 준 적이 없고, 면역자라는 것의 존재를 전혀 모르고 있을 때에도 그렇게 처신했던 것이다.

만약 어느 날 갑자기 자신이 변해 버리면 주변에 있는 가장 약한 존재들을 공격할지도 모른다는 걸 빤히 알면서…… 오로지 자신의 안전을 위해…….

거기까지 생각이 미치자 테라는 더 이상 논리를 펴기가 어려워졌다. 힘없이 다시 의자에 앉는 테라를 보며 젠킨스는 꺼억, 하고 트림을 했다. 테라는 이마를 짚으며 중얼거렸다.

"……좀 쉴게요. 과자를 먹고 싶으면 드세요. 하지만 이야기는 잠깐 멈춰요. 너무 잔인하고 괴로운 이야기라서 계속 듣고 있기가 무척 힘이 들어요."

젠킨스는 사양하지 않고 멸균우유와 건빵 봉지를 집어 갔다. 건빵을 우물거리던 젠킨스가 테라의 빌가락에 관심을 보이며 물었다.

"그 발가락은 누구에게 언제 물린 건가? 상처를 직접 좀 보고 싶은데, 붕대를 걷어 봐 줄 수 있을까?"

테라는 고개를 들어 젠킨스를 노려보았다. 그러고는 말했다.

"알려 드리고 싶지 않아요. 나를 연구의 대상으로 보지 마세요."

"혹시 도울 수 있을지도 모르잖아. 그리고 누가 알겠어? 어쩌면 이렇게 아름다운 대스타께서 진정한 구세주인 널 키드일 수도 있는 것 아니야? 후후후, 그러면 정말 기가 막힌 일 아닌가. 미녀의 피라……. '겉모습만 아름다운 것이 아닙니다. 혈관 속을 흐르는 피까지도 아름답습니다.' 이 카피를 사용하면 다른 널 키드의 항체보다 네 항체가 몇 배나 비싸도 사람들은 그걸 살 텐데 말이야. 후후후후."

"널 키드가 아니에요. 확실히 아니니까 관심 끊으라고요."

"그건 아쉽군……. 왜 그걸 확신하게 되었지? 좀비들이 공격하던가? 어디서? 내 기억에 테라 양은 꽤나 초기부터 이 수용소에 있었는데…… 좀비들을 대면할 기회 자체가 없었을 거라고."

테라는 대답하지 않았다. 그의 이야기에 관심이 없는 건 아니지만…… 젠킨스라는 인간을, 그리고 그가 몸담았던 JL이라는 회사를 혐오하고 있다. 게다가 이 잔인하고 이기적인 사람이 자신을 이용하려 드는 것도 원치 않는다. 아무런 단서도 제공하지 않을 것이다.

응? 응? 어때? 정말로 물리고 난 뒤, 좀비와 단둘이서 대면한 적이 있나?

젠킨스는 계속해서 집요하게 질문을 던지고 있다. 이럴 때는 차라리 이쪽에서 대화의 주도권을 쥔 채 상대방이 계속 대답만 하도록 하는 편이 낫다.

후우~. 테라는 다시 좀비 연대기를 듣기로 마음먹고 물었다.

"돈이라고는 하지만, 널 키드의 존재를 발견한 게 얼마 되지 않았다면서요? 그럼 그 이전에는 항체도, 백신도 없었다는 의미 아닌가요?"

"맞아. JL에겐 상품'만' 없었지. 판로도, 소비자도, 대량생산할 수 있는 설비도 다 준비되어 있었는데 말이야. 그거야말로 기업에게는 최적의 조건이었다고 할까? 물건을 확보하는 그 순간, 판매를 시작할 수 있다는 건 행복한 일이지. 이해가 가지 않는다면 그 반대의 경우를 상상해 보면 될 거야. 상품은 갖춰졌는데 마케팅이나 유통망의 부족으로 그것이 소비자의 선택을 받지 못하는 경우를 말이야. 잘 모를 테지만, 시장에는 그렇게 잊히는 상품들이 엄청나게 많거든. 그중에는 아주 빼어난 상품들도 있고."

아니, 나도 잘 알아요…….

테라는 속으로 중얼거렸다. 데뷔 후 얼마 지나지 않아 태양 그룹의 작은 회장이 그녀들을 점찍었을 때, 소속사 사장은 완곡하게 거절했었다.

허허, 회장님, 애네 아직 미성년자들입니다. 좀만 더 기다려 주시죠…….

아하! 그렇구나. 애들이 어려서 안 되는 거구나…….

작은 회장은 미소를 지으며 고개를 끄덕였다고 한다.

그리고 곧바로 노골적이면서도 집요한 괴롭힘이 시작되었다. 아무도 그녀들의 음악을 틀어 주지 않았고, 방송과 인터넷에서 핑크 펀치라는 네 글자는 사라졌다. 그녀들에 관한 게시물에는 조직적인 악성 댓글과 욕설이 달렸다.

수청을 거절하고 채 한 달이 지나기도 전에 핑크 펀치뿐 아니라 소속사 전체 모든 연예인의 스케줄 표에는 아무런 일정도 적혀 있지 않게 되었다. 더럽고 치사한 일이었다.

톡톡.

상념에 잠겨 있던 테라는 젠킨스가 의자를 두들기는 소리에 정신을 차리고 자신을 위해 남겨 두었던 캔 음료 하나를 올려 주며 물었다.

"그 상품이라는 건…… 좀비들에 대한 항체를 말하는 거겠죠? 개발되었나요?"

이것이 이 소름 끼치는 대화를 지금까지 끌고 온 이유였다.

상품화된 항체라는 건 존재하는 것일까? 만약 존재한다면 어떻게 그걸 손에 넣을 수 있는 걸까?

테라의 질문에 젠킨스는 가볍게 너털웃음을 웃었다. 그러고는 정색을 한 채 입을 열었다.

"하하하, 그건 자본주의를 우습게 보는 질문이군. 자본은 끊임없는 증식을 목표로 해. 증식할 수단이 사라지는 순간, 소멸하기 시작한단 의미지. 항체라…… 물론 그것도 팔 계획이었어. 하지만 그건 끝이 선명하게 보이는 시장이 아닌가. 전 세계 인구가 모두 그 항체를 하나씩 구입한다고 해도 60억 개로 판매가 마감돼. JL이 목표로 삼았던 연구는 그보다 훨씬 더 거대하고 오래도록 지속되는 시장을 만들어 내는 것이었지. JL은 모든 항체가 필락시스 진처럼 영구적으로 작용하면서도 아나필락시스 진처럼 두 번째 접촉부터 쇼크를 일으킬 수 있기를 바랐어. 그리고 그 쇼크를 억제할 수 있는 약을 개발하기 위해 노력했지. 약의 효능은 24시간으로 한정시키려 했고. 그렇게 하면 항체를 구입한 모든 구매자가 살아 있는 동안 평생 JL의 충성스러운 소비자가 되는 거니까 말이야."

"거창한 이야기지만, 실제 개발에는 이르지 못했다는 것이라 들리네요. 목표로 했다, 노력했다, 바랐다…… 전부 이룬 게 아니라 꿈꿨던 것들에 관해 이야기하는 거잖아요. 결국…… 실패했군요?"

그렇게 말하면서도 테라는 자신의 의견이 부정당하기를 원했다. '아니, 이제 곧 백신을 실은 비행기가 올걸?' 따위의 당돌하고 자신만만한 대답이 돌아와 주기를 바랐다. 그래야만 이 지긋지긋한 좀비 세상도 끝이 나는 거니까.

하지만 그녀의 기대와 달리 젠킨스는 깊은 한숨을 내쉬었다. 그러고는 갑자기 식욕이 사라졌다는 듯, 먹던 것을 놓고 얼굴을 쓸어내린다. 지금까지의 자신만만하고 야심 찬 태도와는 꽤 큰 차이가 있는 행동이었다.

03

"그래…… 실패했어. 완전히 망했지. 대실패라고 할까?"

젠킨스가 멍하니 하늘을 올려다보며 중얼거렸다.

"하지만 그 실패의 원인은 연구 능력의 부족 같은 게 아니었어. 계속 좀비에만 관심을 가지고 집중하느라 인간에게 무관심하고 소홀했던 게 문제였지. 우리는 인간에 대해서 너무도 무지했던 거야."

"그게 무슨 소리예요?"

"올해 봄이었어. 닐 키드를 확보한 덕에 앱테크나야의 연구소에서 드디어 백신과 쇼크 억제제의 대량생산이 가능해졌을 때, 아주 작은 사고가 일어났어. 합선으로 인해 화재가 발생했는데, 그곳은 실험체로 사용하다 폐기하기로 결정한 좀비들을 보관하던 창고였지. 그까짓 것들이야 다 타 버리든 말든 큰 상관이 없고, 자체적으로 진화할 능력도 충분했는데, 누군가 신고를 한 거야. 출동한 소방관들이 셔터를 여는 바람에 좀비들이 풀려나 버린 거지. 젠장! 그야말로 난리가 났어. 도시 하나가 홀랑 뒤집혀 버렸지. 그러나 그때까지만 해도 부수적인 피해는 2만에서 3만 정도에 불과했어. 도시 경계를 막고, 좀비들을 모두 처리해 버리면 끝나는 일이었으니까. 하지만 갑자기 러시아가…… 확실히 밝혀진 증거는 없지만 여러 가지 정황상 러시아였다고 생각하는데…… 미사일을 발사해 버렸어. 어떤 매뉴얼에 기반을 둔 결정이었는지 그건 지금도 모르겠어. 하여간 도시와 그 인근 전역이 허망하게 날아가 버렸지. 완전히…… 한순간에 잿더미가 되어 버린 거야. 젠장, 닐 키드가…… JL의 100년을 책임질 미래가 거기에 있었는데……."

어지간히 분한지 젠킨스는 회상을 하는 내내 턱을 쥐어뜯었다. 테라는 그의 말이 이해가 가지 않았다.

"닐 키드가 그렇게 죽어 버렸다는 건 알겠어요. 그래서 더 이상 백신의 대량생산이 어렵다는 것도 이해했고요. 하지만 그렇다고 해도 갑자기 왜 한국이 좀비들의 공격 대상이 된 건지, 그 부분이 연결이 안 돼요."

하, 젠킨스는 답답하다는 듯 테라를 돌아보았다. 그러고는 말했다.

"이 나라만 이런 꼴이 된 게 아니야. 전 세계야. 전 세계가 거의 동시에 좀비들의 공격을 받은 거라고."

전 세계라는 단어를 듣는 순간, 테라의 뇌리에는 엄마와 아빠의 얼굴이 스쳐 지나갔다. 펜서콜라의 집과 해변의 전경이 그 바로 뒤를 이어 떠올랐다. 가슴속에 품고 있던 단 하나의 희망과 바람.

설마…….

테라가 떨리는 목소리로 물었다.

"지금…… 여기만 이런 게 아니라고요? 미국도, 미국도 같은 상황이란 말이에요?"

"미국, 러시아, 중국, 프랑스, 영국, 브라질, 일본, 호주…… 또 어느 나라가 궁금해? 물어봐. 얼마든지 대답해 주지. 어차피 대답은 똑같으니까. 전부 같은 꼴이야. 모조리 좀비들에게 덮여 버렸다고."

"왜, 왜요?"

테라가 울상을 지으며 물었고, 역시 찌푸린 얼굴로 젠킨스가 대답했다.

"사랑이야. 빌어먹을 사랑 때문이지."

그의 대답을 선뜻 이해할 수 없는 테라가 멍하니 쳐다보자, 젠킨스는 한숨을 내쉬었다.

"사람이란 게 원래 한없이 잔인해질 수 있는 동물이라는 걸 모르지는 않았어. JL도 그 잔인함이라는 측면에서는 누구에게도 뒤지지 않을 조직이었으니까. 하지만 동시에 인간에게는 합리성이라는 게 있잖아. JL에서 중요 임무를 맡을 정도면 더욱 그렇지. 그러니까 잔인함의 이유도, 그 잔혹성이 만들어 낸 결과의 범위도 어느 정도 예측이 가능한 거고. 그런데 이건…… 그런 상식의 한계를 넘어선 일이었어. 그렇게 합리적이라고 믿었던 인간이 순식간에 이성을 잃는 경우는 사랑밖에는 없지. 역사적으로 늘 그랬어. 하지만 규모가 달라. 이번 일에 비하면 트로이 전쟁을 일으킨 헬레네와 파리스의 도주는 그냥 불장난 수준도 안 돼. 핵심적인 관계자가 아무도 증언하지 않을 테니까 이게 공식적으로 논의되는 일은 없겠지만, 이번 좀비 사태는 인류의 역사상 사랑이라는 이름으로 행해진 가장 미친 짓일 거야."

격한 감정에 도취된 젠킨스는 땀을 뻘뻘 흘리며 연극배우 같은 톤으로 떠들어 댔다. 그의 목소리가 점점 높아지면서 그들을 돌아보는 시선이 늘어난다. 원래부터 눈길을 끄는 조합인 데다가 거기에 소음이 더해지니 흥미를 끌기에 충분한 것이다.

테라는 굳은 표정으로 다른 방향을 돌아보며 낮게 속삭였다.

"목소리 좀 낮춰요, 젠킨스 씨. 사람들이 다 쳐다보잖아요. 중범죄를 고백하고 싶은 거예요? 화난 사람들에게 끌려가서 맞아 죽기를 원하는 거냐고요?"

흠, 그렇군.

젠킨스는 바람 빠진 풍선처럼 어깨를 축 늘어뜨리더니, 다시 목소리를 원래대로 낮췄다. 너무 급격한 감정 변화라서 슬슬 정상적인 사람이라 보기 어려워진다. 그가 만약 한 번 더 목소리를 높이면 일단 이 자리를 떠나야겠다고 테라는 생각했다.

"넋두리도 아니고, 무슨 말인지 하나도 모르겠어요. 사랑? 누가 사랑을 했다는 건가요?"

"세상이 멸망하도록 다이얼을 최대로 돌린 사람이지. 뿜! JL 사업의 큰 그림을 아는 사람 중 하나였어."

"이렇게 계속 수수께끼 놀이를 하고 싶은 거라면, 저는 이제 이 대화를 그만둘 거예요. 그러니까 알아들을 수 있도록 차근차근 이야기해 줘요."

"어떤 다이얼이 있다고 가정해 보자고. 0부터 맥스까지의 눈금이 있는, 그런 다이얼이지. 물론 비유적인 거야. 하여튼 이 다이얼을 아주 살짝, 눈금 하나만큼을 돌리면 한 사람이 좀비에게 죽는 거야. 좀 더 과감하게 돌리면 그때는 다수의 사람들이 죽을 테고, 더 확 돌리면 여러 지역에서 더 많은 사람들이 희생되겠지. 맥스까지 돌아간다면 그때는…… 인류 문명의 위기가 오는 거고 말이야. 바로 지금처럼."

손을 허공에 뻗어 다이얼을 돌리는 시늉을 하는 젠킨스에게 테라가 물었다.

"사람이 죽는 다이얼이라니, 그런 걸 대체 왜 만들었다는 거예요?"

"사업의 어두운 단면이지. 아무도 알고 싶어 하지 않는 단면. 자, JL은 우연한 발견으로 좀비 박테리아에 대해 알게 됐어. 그것이 강한 전염성을 가지고 있으며 현존하는 그 어떤 약으로도 치유나 예방이 불가능하다는 것도 알았고, 널 키드를 통해 상품도 개발했지. 그러면 그다음엔 이 병의 존재와 그 위험성에 대해 알려야 하겠지? 그래야 공포에 질린 사람들이 백신을 맞고 쇼크 억제제를 매일 복용할 테니까. 그런데 어떻게 알리지? '우리 연구소에 좀비가 있습니다.'라고 할 수는 없는 노릇이잖아. 그리고 그래 봐야 아무도 무서워하지 않아. 철창 안에 있는 호랑이를 무서워하지는 않는 법이니까. 그럼 어떻게 알리는 것이 가장 효과적이면서도 사람들의 소비 심리를 자극할 수 있는 걸까? 아이돌 스타들은 자신을 상품화할 때 어떤 전략을 사용하나?"

젠킨스는 생각을 해 보라는 듯 집게손가락으로 자신의 머리를 톡톡, 두드린다. 테라는 그런 그의 얼굴을 빤히 쳐다보았다. 엄청난 죄인인 주제에 반성은커녕 오히려 자만심을 부리고 있는 이 건방진 남자. 과연 그의 말을 계속 들어 줄 만한 가치가 있는 것일까?

"좀비를 풀어놓았다는 말이잖아요. 아무도 몰래, 사람들이 무서워하도록."

"그래, 맞아. 역시 영리하군. 하지만 실제로 어려운 문제는 그다음 단계부터지. 과연 몇 개체를 어디에 풀어놓는 것이 가장 효과적인 동시에 JL의 이익을 극대화할 수 있을까? 한꺼번에 인류의 반 이상이 좀비로 변해 버린다면 공포야 말할 것도 없겠지만, 그 줄어든 사람들의 수만큼 JL의 이익도 감소하는 거니까 말이야. 그래서 JL은 널 키드를 발견하기 이전부터 시나리오를 짜 뒀어. 백신과 쇼크 억제제의 대량생산이 가능해진 이후에 어떻게 일을 벌일 것인가 하는 시나리오였고, 그에 맞춰 준비도 진행했지."

"약이 있는지 없는지도 모르면서 독을 풀 계획부터 세웠다고요?"

"응, 맞아. 두 가지 작업을 병행한 거지. 사실 시간과의 싸움이었으니까."

젠킨스는 당연하다는 반응이다. 테라는 이해할 수가 없었다.

"무슨 시간이요? 경쟁자 자체가 아예 없었는데."

"아니, 정확하게 말하자면, 경쟁자가 있는지 없는지 그걸 몰랐지. 우리는 3월 20일 이후 휴슬리와 관련한 대부분의 사람들을 확보했었어. 하지만 휴슬리가 정밀 검진을 위해 뉴질랜드로 이동하면서 발생했던 열흘간의 공백. 그때, 기지 외부에서 머물던 그가 얼마나 많은 사람들과 접촉을 가졌는지 전혀 파악할 수 없었으니까. 그게 가장 두렵고도 골치 아픈 문제였지. 혹시 또 다른 휴슬리가 있는 건 아닐까? 경쟁사에서 이미 좀비를, 혹은 면역자까지도 확보하고 있으면 어쩌지? 불안할 수밖에 없었어. 만에 하나 백신의 특허 등록을 빼앗긴다면 그건 곧 이 거대한 시장에서의 도태를 의미하는 거였으니까 말이야."

"대단하네요. 그 망상이 우릴 이 지경으로 몰고 왔어요."

테라가 비꼬자 젠킨스는 살찐 볼을 흔들며 부인했다.

"그렇지 않아. 계획은 단순하면서도 우수했어. 이 계획대로만 실행되었다면 우리 둘 중 누구도 이런 곳에서 이런 꼴로 이야기를 나누고 있지 않았을 거야. 들어 봐. 먼저 아주 인구밀도가 낮은, 별로 알려지지 않은 지역에 좀비를 한 개체만 푸는 거야. 아프리카나 서아시아의 시골 마을 정도면 적당하겠지. 남태평양의 작은 섬이라고 해도 괜찮아. 그러면 당연히 그 지역 내에 좀비들이 확산될 테고, 얼마 지나지 않아 뉴스에 소개가 되겠지. 굉장히 자극적이고 선정적인 뉴스잖아. 좀비라니! 사람의 생살을 물어뜯고, 신체가 훼손되어도 죽지 않는 좀비!"

흥이 나서 몸짓을 곁들이며 언성을 높이던 젠킨스는 테라의 냉담한 시선을 느꼈는지, 다시 차분한 어조로 돌아가 말을 이었다.

"하지만 그렇게 인구가 적은 곳에서 그런 일이 있어 봐야 곧 진압이 될 거고, 사람들은 금방 그 일을 잊게 되지. 나중에는 누군가 상기시켜 줘야 비로소 '아, 맞아. 그런 일이 있었지.' 하며 겨우 기억이 날 정도로……. 제3세계라는 곳에서는 온갖 이상한 일들이 일어나기 마련이니까. 바로 그때가 두 번째 포인트야. 서구 사회에서 좀비라는 단어가 여전히 낯설기는 하지만 더 이상 허구로만은 느껴지지 않을 때, 두 번째 좀비 투입이 시작되는 거지. 두 번째 타깃은 많은 사람들에게 널리 알려진, 문명이 발달한 장소여야 했어. 생활수준과 인구밀도가 높은, 그러면서도 지리적으로는 매우 단절되어 있는 곳, 동시에 국제적 항공망의 허브가 아닌 곳. 예를 들자면 코르시카나 카프리, 혹은 산토리니 정도? 하여간 지정학적으로는 유럽의 어딘가로 정해야 할 필요가 있었지. 타인들의 공포를 쉽게 동일시하고 겁을 먹는 미국인들과 달리, 유럽인들은 냉담하고 낙천적인 면이 있어서 문제가 그들의 내부에서 발생하는 경우에만 적극적인 반응을 보이거든. 일단 그런 곳에 좀비들을 풀어놓고, 제보를 이쪽에서 먼저 하자는 계획이었어. 좀비가 첫 감염자 셋 이상을 내는 순간 익명으로……. 그러면 공항이나 항만 폐쇄가 이루어질 테고, 대륙 전체로까지 확산이 이어지지는 않을 테니까."

"바보 같은 계획이에요. 그렇게 신고를 하더라도 경찰이 출동하는 동안에 좀비들은 엄청나게 늘어나 버릴걸요? 통제가 안 된다고요."

"지역 봉쇄만 선행된다면 좀비가 늘어나는 건 나쁘지 않은 일이야. 사태를 완전히 정리하는 데 시간이 걸릴수록 사람들의 관심과 걱정도 커질 테니까. 그리고 아까 말했듯이, 당시에는 좀비 박테리아에 감염된 사람들이 좀비로 변하기까지 꽤 오랜 시간이 걸렸다고. 그러니 우리가 경험했던 것 같은 급격한 증식은 일어나지 않았을 거야. 적어도 시나리오상으로는 그랬어."

"그 시나리오 참 대단하네요. 아직 며칠 지나지도 않았는데 세상을 이 모양으로 만들었으니. 끝에 가면 어떻게 되나요? 살아남는 주인공이 있기는 한 거예요?"

테라는 진심으로 원망을 담아 물었다. 젠킨스도 그 부분에 이르러서는 적잖이 기가 죽은 모습이다.

"시나리오와 무관하게 일이 흘러가 버렸어. 러시아의 미사일 공격으로 잿더미가 된 앱테크나야 연구소에서 널 키드만 사망한 게 아니었거든. 수백 명의 JL 직원들이 죽었지. 그리고 그중에는 본사에서 파견된 안나 크리핀이라는 여자의 이름도 포함되어 있었어."

"또 이름이 나오네요. 이제 다 기억하기도 힘들어요. 저와는 무관한 사람들이잖아요."

"테라 양에게는 그럴 테지. JL의 간부들도 비슷하게 생각했어. 적당한 지위의 중간 간부를 통해 가족들에게 사망 소식을 통보하고, 소송이 발생하지 않도록 보상금을 지급하고, 그런 정도의 프로세스면 충분하다고 생각했지. 그런 다음 안나 크리핀의 데이터베이스에 '업무 중 재해로 사망' 이렇게 기입하면 모든 게 깔끔하게 끝이 난다고 믿었지. 젠장, 조금만 더 관심이 있었더라면 좋았을 텐데……. 하지만 한 사람, 앤드루 코링턴에게 그 사건은 그렇게 정리될 일이 아니었지. 세상의 끝이었으니까."

"또, 또 새 이름이잖아요. 그만해요. JL의 직원들 이름을 전부 알려 줄 작정인가요?"

이야기가 늘어지는 것 같아 짜증을 내는 테라에게 젠킨스가 히죽거리며 말했다.

"기억하지 않아도 돼. 하지만 나라면 적어도 이름 정도는 알고 싶을 것 같아서 말해 준 것뿐이야. 줄곧 궁금해했을 텐데, 아닌가? 아름답던 세상을 이렇게 만든, 그 개같은 놈이 누구인지."

"그, 그럼 그 사람이……."

테라의 눈이 흔들린다. 젠킨스는 의미심장한 표정으로 고개를 끄덕였다.

"음, 그래, 맞아. 다이얼을 맥스까지 돌려 버린 놈이 바로 그 개자식이야."

"왜? 대체 왜 그런 무지막지한 짓을……."

"7월 11일. 여기 시간으로 자정이 다 되었을 때, JL의 간부들에게 다급한 전화가 걸려왔어. 앤드루 코링턴이 안나 크리핀과 깊이 사귀는 관계였다는 걸 아는 사람이 있었느냐고 묻는 전화였지. 대부분의 대답이 뭐였을 것 같아? 'No'조차도 아니었어. '안나 누구? 그게 누군데?'였다고. 사람들은 설명을 듣고 나서야 안나 크리핀이 앱테크나야에서 사망한 직원이었다는 걸 알게 되었고, 곧바로 패닉에 빠졌지. 앤드루 코링턴이 다이얼 담당자였기 때문에 무슨 미친 짓을 할지 두려워졌거든. 앤드루와 친분이 있던 사람들은 곧바로 그에게 전화를 걸었지만,

받지 않았어. 물론 그 시각에 본사에서는 무장한 경비대원들을 긴급 파견해서 앤드루가 있던 뉴욕 사무실을 점거했지. 하지만 그때는 이미 늦은 후였어. 늦어도 너무 한참 늦었지. 잠긴 문을 부수고 안으로 들어간 경비대는 권총 자살한 앤드루의 시체를 확보했어. 그리고 그의 사무실 전면 유리에 커다랗게 적힌 문장 하나를 발견했지."

"무슨 문장인데요?"

"너흰 전부 좆 됐어!!!"

'느낌표가 세 개였다고 했어.'라며 젠킨스는 비지땀과 과자 부스러기로 엉망이 된 얼굴을 쓸어내리고 한숨을 내쉰 뒤 말을 이었다.

"그게 무슨 뜻인지 알았지. 앤드루는 안나를 죽인 세상에게 똑같이 파멸로 복수를 하기로 했던 거야. 하지만 대처하기란 쉽지 않았지. 컴퓨터는 다 박살이 난 상태였고, 데이터 자체를 삭제해 버리는 바람에 모든 걸 수작업으로 확인해야 했거든. JL의 최고위 간부들이 네 시간이 넘게 물 한 모금 제대로 못 마시고 사방에 전화를 돌리는 원시적인 방법으로 알아낸 것은, 이미 예전에 다이얼이 끝까지 완전히 돌아갔고, 돌이킬 수 있는 단계를 넘었다는 거였어. 전 세계에 좀비를 풀어 버린 거지. 한꺼번에."

"……말도 안 돼요. 한 사람이 전 세계를 멸망시킬 수 있었다고요? 그것도 아무도 모르게? 그런 일이 가능할 리가 없잖아요. 중간에 누군가는…… 일이 이상하게 돌아간다는 보고를 했어야 하는 거 아닌가요? 그게 논리에 맞아요."

너무 믿기지 않는 이야기여서 테라는 고개를 저을 수밖에 없었다. 젠킨스는 무슨 말을 하는 건지 안다는 표정을 지으며 이렇게 물었다.

"테라 양, 엄청나게 큰 이득을 안겨 줄 것이라 기대되는 불법적인 일을 도모할 때, 가장 신경이 쓰이는 부분이 뭔지 아나?"

"몰라요, 그런 거. 평생 불법적인 일은 꾸며 본 적도 없어요. 그보다 지금 갑자기 주제를 바꾼……."

"이 세상에 불법적인 일을 해 보지 않은 사람은 없어. 하지만 누군가 물어보면 다들 일단 자기는 죄가 없다고 주장하지. 왜냐면 대부분 혼자서 몰래 그 짓을 저질렀으니 남들은 알 리가 없다고 생각하는 거야. 아무도 보지 않을 때, 아무 증거도 남지 않게…… 그게 불법을 저지르는 사람들의 기본적인 전제 조건이니까. 바로 그거야. 그게 가장 신경이 쓰이는 부분이지. 비밀 유지. 아는 사람이 많아지면 막아야 하는 입의 개수도 늘어나니까."

속삭이는 듯한 어조로 그렇게 말한 젠킨스는 다시 비통한 얼굴로 과거의 일들을 회상하기 시작했다.

"JL도 마찬가지였어. 좀비 박테리아에 관한 연구 자체는 불법이 아니야. 하지만 살아 있는 사람을 샘플로 사용한다면, 그때는 이야기가 달라지지. 그리고 그 좀비들을 일부러 사람들이 사는 도시에 풀어놓는 건 훨씬 더 무서운 범죄고. 그러니까 이 그림 전체의 윤곽을 아는 사람의 수는 적으면 적을수록 좋은 거야. 예를 들자면 이런 거지. 혈액검사팀은 이 박테리아가 뭔지 정체도 모르는 상태로 항체에 대한 검사만 해. 반대로 샘플 조사팀은 적합 판정을 받은 난민들을 데려오기만 하는 거지. 데려오는 목적도 모르고, 이 사람들이 향후 어떤 취급을 받게 될 것인지 따위도 몰라. 알고 싶어 하지도 않지. 모르는 편이 여러모로 유리하니까. 그래서 전체 큰 그림이 어떤 형태인지를 아는 사람은 극히 소수라고. JL의 직원들 중 오직 열세 명만이 그걸 알고 있었지."

"그런데요?"

"그럴 경우의 가장 큰 문제는 뭔가 하면, 어떤 지시를 따를 때 그것이 무슨 결과를 유발할지 대부분의 구성원들이 모른다는 거야. 그저 명령을 수행했는지 아닌지 하는 것만이 중요해지는 거지. 예를 들어서 내가 이 버튼을 3초에 한 번씩 누르도록 명령을 받았다고 가정해 보잔 말이야. 나는 시간을 지켜서 버튼을 누르지. 3초, 삑— 또 3초, 삑— 그렇게 하는 동안에 나는 조금도 불안하지 않고 버튼을 누른 뒤의 결과에 대해서도 궁금해하지 않아. 왜냐면 누군가 계획을 짠 사람이 어련히 알아서 이 작업을 배정했겠는가 하는 믿음이 있기 때문이지. 기업의 합리성을 믿는 거야. JL의 다이얼도 마찬가지의 원리로 작동했을 뿐이야.

아주 세부적으로 나뉘어서, 하지만 누구도 전체의 구도는 파악할 수 없도록."

테라는 세차게 고개를 저었다.

"……무슨 말을 하는 건지 모르겠어요. 제가 물은 건 세상이 좀비로 뒤덮일 때까지 왜 아무도 그걸 말리지 않았느냐는 거예요. 결국은 자신들도 무사하지 못할 거잖아요. 죽을 걸 알면서 왜 그런 짓을 하느냐고요."

진정해, 진정해.

젠킨스는 테라에게 격앙된 감정을 가라앉히라는 손짓을 하며 설명을 계속했다.

"잘 봐, 이런 식이야. 과테말라의 한 연구소에서 좀비가 된 샘플을 냉동 보관해. 그리고 기계가 좀비를 냉동 컨테이너로 옮기지. 컨테이너에는 라벨이 붙어. 며칠 후, 운송팀에서는 라벨의 바코드를 찍은 뒤, 기계에 뜨는 행선지로 컨테이너를 배달해. 이 사람들은 안에 든 게 뭔지도 모른다고. 그리고 한 창고에 컨테이너가 보관돼. 또 며칠 뒤, 전산으로 컨테이너 전원을 끄고 문을 열라는 명령이 와. 여기까지 수많은 사람들이 개입되지만, 그들 중 아무도 불안을 느낄 사람은 없어. 분업화 사회에서 그건 당연한 거야. 앤드루처럼 전체적 맥락을 아는 극소수가 아니라면 대부분의 사람들은 자신이 명령받은 그 업무만을 그저 수행할 뿐이지."

결국에는 자기가 죽게 되는 명령인지도 모르고 아무 생각 없이 성실하게 따랐던 사람들…….

멍해진 테라가 물었다.

"우리나라도…… 한국도 그렇게 당한 거예요? 먼 외국에서 좀비가 들어 있는 컨테이너를 가지고 와서 보관하다가 어느 날 갑자기 그 문을 열어 버린 건가요?"

"음…… 한국이나 동아시아의 국가들 같은 경우에는 컨테이너보다 작은 배로 접근하는 편이 더 용이했을 거야. 컨테이너선이 공해상을 돌며 시간과 조류에 맞춰 동력을 끈 배를 띄우는 거지. 그러면 알아서 천천히 해안으로 접근하고, 거기에서 접촉이 이루어질 테니까. 트럭에 실어 이동시키는 건 유럽 내륙이나 미주에 최적화된 방식이었고.”

“왜 그렇게 많은 좀비들이 필요했어요? 아까 시나리오에서는 좁은 섬 같은 곳에 소수의 좀비만 풀 계획이었잖아요. 전 세계가 아니라.”

“그거야 뭐, 일종의 보험이었지. 백신의 판매가 부진할 경우에 대해서도 대비했어야 하니까. 언제 어디든 좀비를 투입할 수 있어야 한다고 생각했어. 백신의 판매가 예상만큼 활발히 이뤄지지 않는 지역에는 말이야. 또 백신의 판매가 활발한 곳에서도 좀비들을 가끔 풀어놓을 필요가 있었어. 좀비에게 팔다리를 잃은 사람의 수가 많아질수록 의수를 비롯한 의료 신체 산업은 호황을 누릴 테니까.”

젠킨스는 수학 공식을 설명하듯 별다른 죄의식이나 미안한 감정이 없이 덤덤하게 중얼거렸다.

아……. 테라는 깊은 한숨을 몰아쉬었다. 그라운드 쪽으로 시선을 돌린 테라는 작업을 하는 군인들을 물끄러미 바라보았다. 다들 초췌한 표정에 지친 기색이 역력하다. 자신들을 이 지옥에 몰아넣은 주범 중에 하나가 바로 여기에 앉아 있다는 걸 알면 저들은 어떤 표정을 지을까?

믿기지가 않는다. 다른 사람들의 목숨을 파리 목숨처럼 다루던 한 여자가 난데없는 폭격에 사망을 했고, 그 죽음에 대한 복수를 하겠다고 그 여자의 연인은 전 세계에 사형선고를 내려 버렸다니…….

차라리 JL의 계획이 성공했더라면, 그렇게 됐더라면 그래도 이보다는 안전한 세상이 되지 않았을까?

옳지 않은 일이라는 건 알지만, 차라리 그렇게라도 되었더라면 하는 망상이 머릿속을 스친다. 고개를 푹 숙인 테라가 기어 들어가는 목소리로 물었다.

“왜? 왜…… 연구소를 좀 더…… 안전한 나라에 짓지 않았나요? 미국이나 북유럽이나 영국 같은 곳에…… 그런 곳이었다면 그렇게 사람들이 밀집한 도시로 미사일을 날리거나 하지는 않았을 텐데…… 왜 그렇게 몸서리쳐지게 무서운 일을 하면서 준비를 그렇게 허술하게 했나요?"

"안전한 나라는…… 곤란해. 법과 원칙이 철저히 지켜지는 곳에서는 여러 제약이 많거든. 그런 데에서 위험한 연구를 하다 보면 여러모로 귀찮아지고 아슬아슬해지는 경우가 생기니까, JL로서는 당연히 그렇지 않은 나라들을 찾아 좀비 연구소를 건설할 수밖에 없었지."

법과 원칙을 피해 다닐 게 아니라 지켰어야지…….

테라는 눈물이 살짝 고인 커다란 눈으로 젠킨스를 노려보았다. 젠킨스는 그 시선에도 아랑곳하지 않고 빈 비닐봉지를 뒤적거리며 '과자를 더 가져오지 그랬어.' 따위의 말들을 지껄이고 있다.

이제는 이 사람이 뻔뻔한 건지, 아니면 정신이 이상해진 건지조차 잘 구분이 되지 않는다. 하긴 세계를 정복할 거라고 믿고 있다가 그 직전에 이렇게 거지꼴이 되었으니 미쳐 버렸다고 해도 이상할 건 없다.

크래커 봉지에 남은 부스러기들을 손가락으로 찍어 먹고 있는 젠킨스에게 테라가 물었다.

"계속 교묘하게 주어를 바꿔서 말했지만, 젠킨스 씨도 그 앤드루라는 사람처럼 대단한 열세 명 중 하나였죠? 세상을 쥐락펴락하는 계획을 세우던 사람들 말이에요. 비록 몇 시간인지, 한나절인지는 모르겠지만, 그래도 이렇게 될 거라는 걸 미리 알고 있었잖아요? 그런데 지금 왜 여기에 있어요? 여기는 당신네 나라도 아니고, 좀비들로부터 지켜 줄 안전한 벙커 같은 것도 없는데……."

흠, 젠킨스가 초코파이 봉지를 혀로 핥으며 대답했다.

"그걸 뭐라고 부르는 게 더 적합한지 모르겠군. 희망이라고 하자니 너무 계산적이지 않은 것 같고, 기댓값이라고 하자니 그러기에는 지나치게 낮은 수치였다는 걸 알고 있으면서도 뛰어든 거니까 비합리적이고…… 어쨌든 남은 열두 명은 그들이 할 수 있는 뭔가를 통해 혹시라도 이 사태를 개선할 수 있지 않을까, 모든 걸 원점으로 돌리지는 못해도 적어도 앤드루가 기대했던 것보다 피해를 최소화시킬 수 있지 않을까 하는…… 그런 생각을 했던 거지. 안간힘이라고 불러도 좋겠군. 그들은 그런 안간힘을 써 보려고 했던 거야. 자신이 가지고 있는 힘을 최대한 동원해 보려는 노력이라고나 할까? 같은 회사라고는 해도 다들 저마다 히든카드를 숨기고 있었으니, 그것이라도 어떻게 써 볼 수 있지 않을까 하는 기대였지."

"또 빙 돌려서 애매모호한 말들로 진실을 감추시네요. 정확히 뭘 했다는 대답은 아니잖아요."

"붕대 한 번을 안 풀어 보여 주는 소녀에 비하면 이 정도는 정말 진실하고 최선을 다한 답변이었다고 생각해. 하지만 더 쉽게 알아들을 수 있도록 도와주지. 왜냐면 나는 앞으로도 한동안 계속 너의 호감을 필요로 하니까. 그리고 나의 대답을 듣고 나면 너의 호감도가 올라갈 것이라고 확신해. 한국에도 JL의 연구소가 있어. 요새화시킬 수 있는 조건을 갖추고 있는 연구소지. 지리적으로도 그렇고, 외부에 의존하지 않고 일정 기간 모든 것을 자급할 수 있는, 그런 조건 말이야. 다량은 아니지만, 널 키드의 혈청도 확보하고 있어. 쇼크 억제제도."

테라의 가슴이 두근거린다.

백신…… 쇼크 억제제…… 정말 그런 것이 있다면 얼마나 좋을까…….

좀비로 변할까 봐 두려워서 악몽 속에 살고 있는 수많은 사람들이 해방된다.

그리고…… 그걸 갖고 제니를 찾으러 갈 수만 있다면…….

하지만 너무 꿈같은 이야기다.

이 사람, 과자를 더 얻어 내고 싶어서 이런 말을 하는 걸까?

자기 입으로 나의 호감이 필요하다고 고백을 한 데다가 뼛속까지 장사꾼인 사람이니까 그 정도 속이는 건 대단한 일도 아닐 것 같다.

"거짓말…… 허풍이죠?"

"하하하, 허풍? JL은 이 종말 상황을 만들기로 하고 그 시나리오를 썼던 기업이야. 가장 최악의 시나리오 버전 중에는 이만큼은 아니지만 그래도 꽤나 심각한 것도 있었고, 당연히 거기에 대처하는 매뉴얼도 존재했지. 그 개자식 앤드루가 나이일 담당이었다면, 나는 그 매뉴얼을 책임지고 있었으니까. 여기에 있는 연구소는 만일의 돌발 상황을 위한 나의 히든카드였어. 사회의 대대적 혼란이라는 조건이 발동하는 것과 동시에 그곳도 외부와의 모든 관계를 끊고 자급에 들어갔을 테지. 물론 거기까지 도착하기 전에 좀비들이 너무 많아져서 그 매뉴얼 담당자마저 이 꼴이 되어 버렸지만."

그 말을 하면서도 젠킨스는 별로 기죽은 모습이 아니었다. 아직 희망을 가지고 있는 사람의 자신감이 보인다. 테라는 그의 자신감이 광기가 아니라 논리적인 근거에 바탕을 둔 것이기를 바랐다. 이 지옥을 만든 범인 중의 한 사람에게 뭔가를 바라야 한다는 것이 굉장히 신경을 거슬리게 하지만, 그래도 그가 현재 이 나라 전체에서 좀비를 가장 오랫동안 연구해 온 사람인 것이다.

"그…… 연구소가 어디에 있는 거예요? 정말 있다면 알려 주세요."

"오, 하느님. 너무하는 거 아닌가, 테라 양? 그건 지금 내가 가지고 있는 유일한 히든카드를 홀랑 까라고 요구하는 거잖아. 안 돼, 알려 줄 수 없어. 물론 앞으로 우리 대부분의 삶은 상당히 외로워질 테니까 테라 양처럼 아름다운 인연이 나와 함께하기를 원한다면 기꺼이 동행으로 삼아는 주겠지만. 그리고 위치를 안다고 해도 이쪽에서는 못 가. 요새화시킬 수 있는 독립적인 장소라니까? 서울 복판에 있는 우리가 자력으로 거기까지 도달할 수 있을 리가 없지."

"그럼 뭐예요? 그저 배나 채우면서 다가오는 죽음을 기다리겠다는 건가요? 안간힘을 써 보겠다고 투쟁심을 불사르던 때와는 너무 다른 태도잖아요."

테라가 불안한 목소리로 물었을 때, 젠킨스는 근처를 지나는 사람들이 늘어난 것과 그들이 향하는 방향을 주목하고 있었다. 그러더니 벌떡 일어나 주변을 두리번거렸다.

"이런 젠장, 지금 저 사람들 식당 가는 거지? 점심시간이 시작됐나 봐! 빨리 가서 앞줄에 서야 조금이라도 밥을 더 받을 수 있는데! 테라 양, 지금 몇 시야? 시계를 건빵이랑 바꿔 버렸더니 이럴 때 영 불편하다니까. 이거…… 돼지고기 냄새 아닌가? 오!"

임수정이 건대 쉘터로 떠날 때 선물로 줬기 때문에 테라에게도 시계는 없다.

그리고 점심시간 같은 건 중요하지도 않다. 그들은 조금 전까지 한국 어딘가에 있을 구원의 땅, 백신이 있는 연구소에 대해 이야기하고 있었으니까.

하지만 젠킨스의 영혼은 이미 급식소에 가 있었다. 전광판 상단의 디지털시계를 보고 12시가 넘은 것을 확인한 젠킨스는 식당을 향해 잰걸음으로 걸어가며 말을 남겼다.

"이따가 아까 거기에서 또 만나. 그땐 과자를 좀 넉넉하게 가져와 주면 좋겠어. 아, 그리고 연구소에서도 내가 이 나라에 와 있다는 걸 알아. 그러니까 나를 데려갈 준비가 되면 저 하늘을 통해 신호를 보내올 거야. 누구라도 놓칠 수 없는 확실한 신호니까 걱정하지 않아도 돼."

"……하늘에서 신호가? 그게 무슨……."

테라는 눈살을 찌푸렸다. 지금까지 자신이 대화를 나눈 게 제정신인 사람이었는지조차도 의심스러워지는 말이었다.

이 사람, 미친 건가? 마음이 약해져서 미치광이가 아무렇게나 지껄인 소리에 홀렸던 걸까?

하지만 젠킨스는 자신만만한 표정으로 하늘을 향해 손가락질하며 같은 말을 한 번 더 반복했다.

"하늘을 봐! 거기에서 신호가 올 거라고! 나를 부르는 신호가!"

Chapter 41

무지개

01

“준비됐어? 당긴다?”

삼식이가 고개를 끄덕이자 보안관은 양손에 힘을 꽉 주고 굵은 로프를 당겼다. 도로 표지판 파이프를 도르래 삼아 걸린 로프가 당겨지자 커다란 욕조가 머리 위로 쭉쭉 올라간다.

자동차 지붕에 올라서 있던 삼식이와 유빈은 욕조가 한쪽으로 기울어 자빠지지 않도록 양쪽에서 중심을 잡았다. 보안관이 한 번씩 줄을 잡아당길 때마다 땀에 젖어 밀착된 티셔츠를 통해 그의 팽팽한 역삼각형 등 근육이 드러난다.

“얘, 저것 좀 봐. 저 자식, 저거…….”

뒤쪽에서 페인트와 희석제 통을 끌어 나르던 태권 소녀가 제니의 옆구리를 툭툭, 쳤다. 제니는 이마의 땀을 훔치며 고개를 끄덕였다.

“아, 네…… 보안관 오빠, 근육 진짜 장난 아니죠. 하하, 언니…… 저런 취향이었네요? 우락부락, 울퉁불퉁.”

“……갖고 싶다.”

보안관의 등에 시선을 고정한 태권 소녀가 멍하니 입을 벌린 채 중얼거린다.

너무 의외라는 표정을 지으며 제니가 장난스럽게 받아쳤다.

“하! 지금 그거, 설마 보안관 오빠한테 공개 구애하는 거예요? 제가 다리 놔 드릴까요? 그렇지만 의외인데요? 매일 쏘아붙이기만 하던 언니가 며칠 만에 이렇게 적극적으로 변할 줄은…….”

“아, 아니야! 무슨 소리 하는 거야, 바보! 저 근육 말한 거야. 저런 광배근, 나도 정말 갖고 싶었어. 저게 다 펀치력이거든. 그런데 저만큼 큰 근육은 쉽게 못 얻어. 자, 봐 봐. 나도 나름 열심히 한다고 했는데, 이게 한계야.”

태권 소녀는 양팔과 등에 힘을 준 채 몸을 돌리며 제니에게 만져 보라고 한다.

하하, 제니는 쑥스러워하면서도 선의를 거절하기 어려워 태권 소녀의 등을 살짝살짝 눌렀다. 꽤나 탄탄하면서도 동시에 탄력이 있다. 과연 운동을 오래 한 사람의 몸이라는 생각이 드는, 그런 등이었다.

“너희 뭐 해? 그 페인트 파란색만 골라 둔 거 맞아?”

첫 번째 욕조를 버스 위에 고정하고, 거기에 채울 내용물을 가지러 온 유빈이 호기심이 가득한 눈으로 태권 소녀와 제니를 번갈아 본다. 제니가 밝게 웃으며 대답해 줬다.

“하하, 혜주 언니가요, 오빠를 한 방에 눕힐 수 있었던 강한 펀치력의 원천이 자기 등 근육이었다고 자랑했어요. 그래서 만져 봤더니, 정말 고무공 같은 거 있죠?”

네, 네, 그렇겠지요. 하하, 저도 맞을 때 고무망치에 맞는 기분이 들더라고요.

유빈은 체념한 듯 고개를 끄덕이며 페인트 통과 희석제를 양손에 들었다.

“이게 정말 효과가 있을까? 이렇게 고생을 해 가며 페인트를 가져오고, 또 저렇게 욕조까지 끌어 올려 가며 힘을 쏟을 만한 가치가 있는 건지 모르겠어.”

태권 소녀도 페인트를 들고 따라오면서 유빈에게 물었다. 희석제 깡통 하나만 들어도 낑낑거리는 제니와는 완력이 다르다. 다쳤던 발목도 이제 꽤나 나았는지 힘쓰는 일에 자꾸 참여하려고 한다.

“뭐, 워낙 많아서 좀비들을 얼굴로 구분할 수 없으니, 일단 색칠을 해 둬야 구분하기가 편하지. 대체 몇 무리가 얼마나 자주 다니는지 정도는 알고 있어야 우리도 그다음 수를 생각할 수 있을 테니까. 페인트를 뚝뚝 떨어뜨리면서 걸어갈 테니까 나중에 어디로 갔는지도 확인해 볼 수 있고. 자, 삼식아, 받아."

유빈은 페인트 통을 들어 버스 위에서 기다리고 있던 삼식이에게 건넸다. 태권 소녀도 똑같이 따라 한다. 페인트 두 통과 희석제 두 통을 받아 올려둔 삼식이가 하지 않아도 될 한마디를 중얼거렸다.

"이상하다. 왜 그렇지? 혜주가 줄 때가 받기에 더 편하네."

쿵!

그거야말로 가슴에 꽂히는 비수.

허허허, 유빈은 또 헛웃음을 흘려야 했다.

당연하지, 삼식이, 이 개새끼야! 얘가 나보다 아주 약간이기는 하지만 키도…… 젠장, 키도 더 크고 팔다리도 더 기니까…….

"삼식아, 쓸데없는 소리 실실거리지 말고 욕조 좀 잡아 봐! 지금 이쪽에서 고정시킬 거야! 잡았어?"

버스 안쪽으로 들어가 창문 사이로 욕조에 연결해 둔 빨랫줄을 잡아당기면서 보안관이 외쳤다. 욕조에 페인트를 부어 놓고 기다리다가 행진하던 좀비들이 간단한 트랩을 건드리면 머리 위로 페인트가 쏟아지게 하는 장치를 만드는 중이다.

이것이 바로 유빈이 고안해 낸 좀비 무리 구별법. 빨강, 파랑, 초록, 노랑, 검정, 흰색…… 가지각색의 페인트로 각 무리마다 색깔을 입혀 놓으면, 그다음부터는 구분하는 데 어려움이 없어질 것이다.

물론 여관 욕실에서 욕조들을 몇 개나 떼어 내서 그걸 여기까지 끌고 와야 했고, 200여 미터 아래쪽의 공구상에서 페인트를 털어 올 때에는 근처를 배회하던 좀비들을 다 처치해야 해서 땀도 꽤 뺐지만, 그래도 이만큼 명확하고 간단한 분류 방법은 없다.

이건 좀비들을 대상으로 하는 게 아니라면 쓸 수 없는 방법이다. 좀비들은 외부의 자극에 거의 반응을 하지 않으니까 머리 위로 페인트가 쏟아져 내려도 그걸 피하거나 멈춰 서지 않고 기꺼이 맞아 줄 놈들이다.

"좀비들이 여기 자동차들 사이로 지나가는 것까지는 알겠어. 그런데 페인트는 어떻게 해서 딱 타이밍을 맞춰서 쏟아지게 할 건데?"

머리 위로 삐죽 나와 있는 욕조의 배수구를 올려다보며 태권 소녀가 물었다. 유빈은 비닐 더미를 올리며 별거 아니라는 듯 대답한다.

"그거…… 규영이더러 기다리고 있다가 마개를 당기라고 할 건데?"

"뭐? 걔는 끼워 넣지 마! 왜 하필 몸도 불편한 어린애를……."

"정색 좀 하지 마라. 당연히 농담이지. 버스하고 욕조에 조그만 도르래를 달 거야. 그리고 여기에 발목보다 조금 높게 줄이 걸리도록 만들어 둘 거고. 그렇게 하면 여기에서 당기는 힘으로 위쪽 마개가 빠지겠지. 그러면 저기로 페인트가 좌악— 쉽지?"

삼식이에게 비닐을 넘긴 유빈은 바지 주머니에서 주먹보다 조금 작은 도르래를 꺼내 보여 준다. 물론 공구상에서 가져온 것 중 하나다.

"좀 전의 비닐은 뭐야? 그건 왜 가지고 왔는데?"

"페인트를 다 부어 놓은 다음에 이걸로 욕조를 덮어 놔야지. 그래야 마르기도 덜하니까."

"그냥 욕조 자체가 당겨져서 확 엎어지는 편이 더 간단하고 확실한 거 아니야?"

"그러면 몇 놈한테만 묻고 말잖아. 바닥에 그냥 버려지는 양이 더 많을 거고. 우리가 바라는 건 별로 신경 써서 찾지 않아도 한눈에 어떤 놈들인지 알아볼 수 있는 거니까, 가능한 많은 놈들에게 골고루 묻혀 둬야 해."

흠, 태권 소녀는 보안관을 도와 빨랫줄 매듭을 묶고 있는 유빈을 빤히 쳐다봤다. 힘 좋고 싸움 잘하는 리더 뒤에 숨어서 어찌어찌 잘도 도망 다니며 운 좋게 살아남은 놈이라고만 생각했는데, 며칠 두고 보자니 그보다는 장점이 많은 녀석 같다. 생수 두 통을 써서 머리도 감고, 목욕도 시켜 놓으니 거지꼴도 면했고…….

하지만 아직도 온전히 신뢰하는 것은 아니다. 그리고 이 페인트 뒤집어씌우기 작전이 정말로 그렇게 유효할 것인지에 대해서도 회의가 남았다.

"시간 얼추 흘러간 것 같은데, 호루라기 소리가 안 들리네? 쟤들, 망 확실히 보고 있는 것 맞아?"

매듭을 다 묶어 놓은 보안관이 시계를 보며 중얼거린다. 그 소리를 듣기라도 한 것처럼 마침 길가 모텔 옥상에서 호각이 울렸다.

삐익— 삐이익—.

"가자! 빨리 내려와!"

보안관이 버스 안에 기대 세워 두었던 해머를 집어 들며 삼식이에게 손짓을 한다. 삼식이는 아주 가볍게 몸을 날려 옆 차의 지붕과 도로를 차례로 밟았다.

맞아, 이놈도…… 운동신경이 꽤나 좋다. 입만 열지 않으면 멀쩡하다고 할 수 있는데…….

태권 소녀는 삼식이의 찰랑거리는 머리카락을 보며 생각했다. 일행은 대부분의 연장을 그대로 내버려 두고 모텔 안으로 뛰어 들어갔다.

드르륵—.

셔터를 내린 뒤, 안에서 자물쇠를 잠가 고정을 한 태권 소녀가 열쇠를 트레이닝복 주머니에 넣었다.

"이거야 원, 일하는 시간보다 숨어서 기다리는 시간이 더 긴 것 같아. 그렇지, 보안관?"

계단을 오르며 삼식이가 중얼거렸다. 보안관도 고개를 끄덕인다. 평균 30분도 나가 있기가 어려우니 이대로라면 코스트코를 털다가 대로 쪽에서 밀어닥치는 좀비들에게 당할 판이다.

뭔가 수를 낼 필요가 있다. 그래서 이렇게 바삐 움직이는 거고.

"우리 올라왔다, 얘들아!"

옥상 문을 연 삼식이가 두 팔을 쫙 펴며 방긋 웃어 준다. 신입과 함께 망을 보고 있던 규영은 남자들을 시큰둥한 눈으로 바라보다가 뒤이어 나오는 제니와 태권 소녀를 향해 해맑은 미소를 지어 보인다.

"물 좀 마시자. 우와, 여기는 더 더운 것 같네. 태양이랑 가까워서 그런 걸까?"

삼식이는 싱거운 소리를 하며 배낭을 뒤적거려 물병을 꺼냈다. 신입도 거기에 동조했다.

"내 말이…… 여기에서 망보는 게 표는 안 나도 은근 고되다니까. 한순간도 집중력을 놓을 수 없잖아. 후우~ 씨발, 이 땀 좀 봐라. 수건이 푹 젖었다, 아주."

그러면서 신입은 머리에 쓰고 있던 수건을 펴 얼굴과 목을 닦고 그걸 규영의 휠체어 등받이에 걸쳤다.

"여기다가 좀 말리자. 땀이…… 뭐야, 새끼야. 왜 그런 눈으로 쳐다보는 건데?"

규영은 어지간히 열받는다는 듯 숨을 몰아쉬며 이를 악물고 신입에게 말했다.

"내가, 후우~ 나도 몸이 편치가 않으니까 웬만한 남의 허물은 굳이 말을 안 하려고 애를 쓰는 중이야. 그래서 같이 밥을 먹는 것도 뭐라고 하지 않았고, 옆에 가까이 올 때도 싫은 티를 내지 않으려고 노력했어. 근데…… 근데 이건 아니잖아."

"뭐가, 인마? 수건 걸쳐 놓은 거? 물기 마르라고 그런 건데 뭘? 더러운 것도 아니고, 이 엉아 땀이야. 노동의 신성한 결과라고."

신입은 수건을 다시 들어 허공에 팡팡, 털었다.

이익! 규영은 또 질색을 한다.

"에이씨~ 튄다고! 너무하잖아! 피부병이 있는 사람이면 자기가 좀 알아서 조심을 할 것이지! 내가 이런 말까지 해야 돼? 옮으면 어쩔 거야! 아으, 더러워. 막 가려워지는 것 같아!"

"무슨 피부병? 야, 인마! 엉아 그런 거 안 키운다! 깔끔한 사람이야."

"우길 걸 우겨! 거울도 안 보냐? 보아하니까 눈썹도 다 빠지고 이제 속눈썹으로까지 옮아간 것 같은데! 얼굴에 여기저기 붉은 반점도 보이고! 무슨 병이야? 매독이지?"

"뭐? 뭐라는 거야, 이 미친 새끼가! 이, 이건 좀비들이랑 싸우다가 다친 거야!

천 마리도 넘게 죽이다가 화상 입은 영광의 상처인데, 누가 피부병이래! 저 새끼들 목숨을 내가 구한 거라고! 야! 너희가 뭐라고 말 좀 해 줘!"

신입은 자신의 눈썹이 불타 없어진 거라는 걸 강조하기 위해 규영의 눈에 바짝 들이대고, 규영은 진저리를 친다. 태권 소녀를 제외한 나머지들은 그걸 보고 또 한참 웃고 있다. 이런 상황에 참 웃을 일도 더럽게 많은 놈들끼리 잘도 만났다.

태권 소녀는 신입을 냉담한 시선으로 노려보며 생각했다.

이놈은 정말로 독특하다. 이놈만은 아무리 좋은 면을 찾아보려 해도 어떻게 살아남은 건지 도저히 모르겠다. 잘하는 것도 없고, 열심히 하겠다는 의욕도 없는 데다가, 미안해하는 마음조차도 보이지 않는다.

밤에 밖에 나가서 보초라도 서라고 하면 자긴 무서워서 어두울 때는 못 움직인다고 하고, 조금이라도 위험한 일은 절대로 하지 않을 거라면서 오히려 당당하게 큰소리를 친다. 여자가 두 명이나 있는데, 그 앞에서……. 이쯤 되면 그 뻔뻔함이 이놈이 가지고 있는 가장 강력하고 유일한 무기인 건가 싶다.

"너, 이 새끼야. 내가 진짜 마음이 넓어서 그냥 봐주는 거다. 그거는 알아라, 응?"

툴툴거리는 신입과 삐죽거리는 규영을 좀 조용히 하도록 만들고 일행은 옥상 난간에 붙어 서서 아래쪽 도로로 진입해 오는 좀비들의 무리를 바라보았다.

확실히…… 많기는 정말 많다. 기분 탓인지는 모르겠지만, 어째 날이 갈수록 더 불어나는 것 같기도 하고……. 그룹을 분간할 수가 없으니, 시간 간격도 미리 계산이 안 되어서 한두 무리가 사이사이에 새로 끼어 들어온대도 그걸 알 재간이 없다.

대체 어디에서 이렇게 많은 좀비들이 모여든 걸까 하는 의문이 들다가도, 근처에 높고도 빽빽하게 솟아 있는 초고층 아파트들을 보면 단박에 수긍하게 된다. 하긴 저렇게 많은 아파트가 있으니 한 집에서 한 마리씩만 튀어나왔다고 해도 수천 마리쯤은 금방이다.

"으아, 냄새. 정말 지독하다. 근데 정말 용하네, 쟤들. 아무 생각 없을 것 같은데, 계단에서 떨어져 죽지도 않고 신기하게 평지로만 걸어 다녀."

삼식이가 한 손으로 코를 움켜쥐고 대로와 인도를 가득 메운 좀비들을 가리킨다. 유빈이 고개를 돌려 물었다.

"응? 그건 또 뭔 소리야? 계단이 어디 있어?"

"계단이야 많지. 페인트 가지러 가던 길에도 지하철역이 있더구만. 근데 저기 저놈들처럼 인도 가운데로 걸어가는 놈들은 딱 계단이랑 만나는 각인데도 거기로 굴러떨어지지 않고 잘만 피해 다닌다는 뜻이야. 너도 지하철역 계단 아래에 좀비들 서 있는 거 못 봤잖아. 계단에 모가지 부러져 죽어 있는 놈도 없었고. 어라? 그러고 보니 경전철역이랑 번화가 사이의 지하 통로도 한산했어……. 쟤네, 지하 별로 안 좋아하는 건가?"

그런가…….

듣고 보니 그럴듯해서 유빈과 보안관도 기억을 되짚어 봤다. 정말로 행진하다가 계단 아래로 굴러떨어지거나 걸어 내려가 있던 놈을 별로 본 경험이 없다.

놈들이 지하로 뛰어드는 걸 본 적은 7월 14일, 좀비가 퍼진 첫날, 번화가에서 눈이 마주친 뒤 자신들을 쫓아 달려오던 그놈들뿐이었다. 그 이후에는 대부분, 거의 언제나 지하 통로는 비워져 있었다.

분위기상으로는 좀비들이 나타나기에 오히려 딱 좋은 최적의 장소인데…….

"그러네. 삼식이 말이 좀 일리가 있는 것 같은데? 혜주, 네 생각은 어때? 좀비들이 계단 내려가는 거 본 적 있어? 사람 쫓아갈 때 빼고."

잠시 고민에 잠겼던 태권 소녀가 고개를 저었다.

"난, 모르겠어. 지하에는 별로 내려가 본 적도 없고, 저기 상봉역 지하 2층 정도로 들어가면 좀비들 엄청 많거든. 정말 바글바글해. 그러니 굳이 위험한 데를 갈 이유가 있겠어? 뭐 대단한 거 있다고 거기를 꾸역꾸역 들어가겠냐고. 그리고 저 멀대가 하는 말은 별로 귀담아듣고 싶지 않아. 쟤 입에서 나온 말 중에 싱거운 소리가 아닌 걸 들어 본 적이 없어."

태권 소녀는 삼식이의 면전에서 대놓고 그렇게 말했다. 물론 삼식이도 그 정도에 상처받을 인간은 아니다. '하하, 그런 걸 유머 감각이 풍부하다고 하는 건데…… 그치, 제니야?' 하고 마주 웃으며 대수롭지 않게 공격을 받아넘긴다.

비록 태권 소녀의 동의는 얻어 내지 못했지만, 유빈은 삼식이의 좀비 지하 회피설이 꽤나 마음에 들었다. 확률적으로 보아도 저만큼 빼곡하게 인도를 메운 채 걸어가는 놈들이라면 계단 아래로 내려가는 놈들이 20퍼센트 이상은 되어야 정상이다. 그런데 번화가에서 코너를 돌아 나가던 좀비들은 그렇게 하지 않았다. 단순한 우연이 아닌 것 같았다. 분명 뭔가 법칙이 있다.

그럼 만약에…… 좀비들이 좋아하는 것과 싫어하는 것이 결합된다면? 그러면 그때 좀비들은 어떤 선택을 할까? 예를 들어 지하 2층에서 담배 연기가 올라온다거나 한다면…… 그래, 그거 꽤나 흥미로운데?

"야, 무슨 생각 해? 내려가자. 좀비들 다 갔다. 빨리빨리 페인트랑 신나 섞어서 붓고, 함정 만들어 놓자. 시간 별로 없어. 이 새끼들, 금방 또 올 테니까."

멍하니 생각에 잠겨 있던 유빈의 어깨를 보안관이 두드린다.

응? 어, 그래.

유빈은 장비가 든 배낭을 집어 들고 보안관을 따라 뛰었다. 태권 소녀도 제니와 함께 계단 쪽으로 이동했다.

"어휴, 얘 땀 좀 봐라. 너 아직 발목 온전하지 않잖아. 좀 쉬어. 욕조들 다 올려놨겠다, 페인트 분류해 놨겠다. 이제 힘쓸 일도 거의 없어."

진땀을 흘리는 태권 소녀에게 보안관이 말했다. 옥상까지 계단을 계속 오르락내리락하는 게 시큰거리는 발목에 좋을 턱이 없다. 하지만 혜주는 고개를 저었다.

"나는 그냥 신세 지는 짓은 못 해. 걱정하지 마. 한 사람 몫은 할 수 있으니까."

"어휴, 왜 이해를 못 하냐? 지금은 그렇게 참아 가면서 제 몫을 할 필요가 없다는 거야. 아프면 쉬고, 몸이 다 나을 때까지는 조심을 해야지."

그렇게 말하는 보안관의 팔뚝에는 아직도 다 낫지 않은 베인 상처들이 잔뜩 있고, 물집과 굳은살로 덮인 손바닥은 나무껍질 같았다.

이 고릴라…… 정작 자신의 몸은 죽는지 사는지 모르고 혹사하는 주제에…….

훗, 태권 소녀는 녀석이 사내답다는 생각이 들어 가볍게 웃었다.

"제니야, 얘랑 같이 옥상에 있어. 안 그래도 쟤들 둘한테만 망보라고 하는 게 영 불안했으니까. 내려오면 화낼 거야!"

보안관은 제니에게 태권 소녀를 맡기고 빠르게 계단을 뛰어 내려갔다. 그러고는 잠시 후, 숨을 헐떡거리며 뛰어 올라와 손을 벌린다.

"열쇠!"

아, 내 정신 좀 봐. 열쇠를 내가 가지고 있었으면서…….

태권 소녀는 미안한 표정으로 셔터 열쇠를 꺼내 주었다. 보안관은 이렇다 저렇다 말없이 후다닥 다시 계단을 뛰어 내려간다.

"하…… 정말 이상한 놈들이야."

순식간에 거리로 내려가 다시 작업을 시작한 세 친구를 내려다보며 태권 소녀가 중얼거렸다. 절대 손해 보는 사람이 없도록 공평하게 모든 일을 분배해야만 했던 예전 동료들과 너무 다르다. 심지어 마음이 안 맞는 인철이네 무리를 몰아내고 난 후에도 끊임없이 큰소리가 나고, 크고 작은 다툼이 있었었다. 그것도 아주 작은, 콩알 한쪽만 한 치사한 문제로 서로 얼굴을 붉히고 고성이 오갔었다.

만약 자신이나 경순이 같은 군기 반장이 없었다면 훨씬 더 잦게 시비가 일었을 것이다. 그런데 이놈들은…… 저 신입이라는 놈이 정말 아~무것도 하지 않고 있어도 그냥 내버려 둔다.

"제가 말했잖아요. 멋있는 오빠들이라니까요."

세 녀석이 비정상적이기까지 한 놈들이란 가장 강력한 증거가 미소를 지으며 말을 건다. 태권 소녀는 제니의 얼굴과 몸을 물끄러미 바라봤다.

어떻게…… 대체 어떻게 이렇게 예쁜 애가 바로 곁에서 생글거리고 있는데 손끝 하나 건드리지 않고 참는 거지? 다들 소림사의 제자여서 동자공을 연마하고 있는 것도 아닐 텐데.

"자요, 언니. 물 좀 마셔요. 오늘도 엄청 덥네요."

제니가 배낭에서 생수병을 꺼내 건넨다. 날씨는 정말 말 그대로 푹푹 쪄 댄다. 내리쬐는 햇살의 온도도 견디기 어렵지만, 배수가 제대로 되지 않아 고인 물이 증발하면서 습도가 올라가 숨이 턱턱 막히는 것 같다. 물병을 건네받던 태권 소녀는 제니의 배낭에 달랑달랑 걸려 있는 긴 밧줄과 돌멩이들에 눈길을 줬다.

"아, 이거요? 이거 유빈 오빠가 만들어 준 거예요. 제가 힘이 약하니까 혹시 좀비 한 마리랑 마주하게 되면 이거라도 쓰라고. 전에 만들어 준 1호는 불타 버렸거든요. 이건 완성도를 높인 2호 볼라. 후훗, 이렇게 돌리다가 던지면 발목을 묶어서 넘어뜨리는 거예요. 물론 쓸 일이 없으면 젤 좋겠죠."

오~. 제니가 볼라를 돌리는 시늉을 하자, 흔들리는 가슴을 보던 신입과 규영이 동시에 탄성을 터뜨렸다. 여자 둘이 올라온 이후, 두 놈 다 도로 쪽보다 옥상 위를 더 오래, 자주 보고 있다.

"야! 너희 똑바로 망 안 보고 뭐 하는 거야? 저 아래 애들은 너희한테 목숨을 맡긴 거란 말이야. 안 되겠어. 망원경 내놔."

태권 소녀는 신입과 규영에게서 망원경을 압수했다. 신입이 억울하다는 표정을 지으려 했지만, 태권 소녀가 눈을 부라리며 주먹을 꽉 쥐어 보이자 이내 포기하고 망원경을 넘긴다.

엄한 규율은 필요하다. 적어도 이 철없는 두 녀석에게는 그렇다.

02

30여 분 뒤, 호각 소리를 듣고 뛰어 올라온 세 친구는 땀을 닦고 수분을 보충하며 난간에 기대 숨을 헐떡였다. 킁킁, 보안관이 자꾸 자신의 몸에 코를 대고 냄새를 맡아 본다. 비록 잠깐이지만 뜨거운 햇살 아래에서 신나를 만졌더니, 그

독한 냄새가 아주 몸에 밴 것 같다.

"이 앞에 지나가요. 페인트 통 근처에 다 왔어."

규영이 다시 찾은 망원경을 눈에 대고 도로 쪽을 주시하고 있다. 삼식이가 일어나 규영의 머리를 쓸면서 미소를 지었다.

"트랩이라고 해야 더 있어 보이지."

규영이 질색을 하며 다시 머리단장을 하는 동안 보안관과 유빈도 일어나서 난간에 기댔다. 잠시 후, 버스 아래를 지나는 좀비들의 발목이 로프를 당긴다.

툭.

팽팽하게 당겨진 로프가 도르래에 의해 수직으로 방향이 바뀌면서 욕조 배수구에 끼워 뒀던 고무마개를 잡아 뺐다.

그러자 갑자기 저항을 잃은 좀비 서너 마리가 나자빠지는 것과 동시에 짙은 파란색 페인트가 쏟아져 내렸다. 배수구에 연결해 둔 50센티 길이의 구멍 뚫린 파이프는 샤워기 역할을 제대로 수행해서 그 아래를 지나는 좀비들 전체에게 골고루 충분히 페인트 세례를 퍼부어 주는 중이다.

"랄라라, 랄랄라, 랄랄랄라라! 랄라라, 랄랄라, 랄랄랄라라~."

온통 파란색으로 뒤덮인 좀비들이 버스 아래를 빠져나오자 삼식이가 스머프 주제가를 흥얼댔다. 정말이지 흰 모자만 쓰지 않은 스머프들 수십 마리가 생겨났다. 스머프 좀비들이 걸어가는 자리에는 파란색 페인트가 뚝뚝 떨어진다. 한동안은 마르지 않고 흐를 테니까 저 파란 발자국만 쫓으면 놈들이 어디로 가는지도 파악할 수 있다.

"저기도 지나간다."

반대편 차선, 두 번째 욕조를 설치해 둔 트럭 아래의 좀비들도 트랩을 건드렸다.

콰악.

파이프에서 또 파란 페인트가 쏟아져 내린다. 세 번째 욕조까지도 모두 성공적으로 색깔 입히기에 돌입했다. 이제 이 무리의 녀석들은 파랑이라는 이름으로 불릴 것이고, 다른 놈들과 헷갈릴 일은 없을 것이다. 욕조 가득 들었던 페인트는 10분 정도 계속해서 흘러내리며 충실히 임무를 수행했다.

"너무 순조로워서 이상할 지경이네. 그다음은 무슨 일을 해야 하나요, 유빈 반장니~임?"

도로를 파란색으로 물들이며 멀어져 가는 스머프들의 뒷모습을 바라보며 삼식이가 물었다. 유빈은 도로를 흥건하게 적시며 흐르는 페인트를 보면서 중얼거렸다.

"다음은…… 귀찮은 게 남았어. 욕조에 남아 있는 페인트, 신나로 닦아서 흘려 버리고 그다음에 또 트랩 원위치시켜서 막아 두고, 새로운 색깔 페인트 붓고…… 뭐, 그런 거지. 아, 그나저나 저 바닥에 흐른 페인트는 아깝기도 하고 귀찮네. 다음에 오는 새끼들이 저거 밟고 다니면 발자국이 헷갈릴 텐데. 젠장, 다음에는 저 아래에 비닐을 깔아 둬야겠다. 그거만 치우면 되도록."

"아, 신나 냄새 머리 아픈데! 마스크를 써도 존나 독해."

세 친구는 투덜거리면서도 훌훌 털고 일어나서 다시 아래로 내려갔다. '나도 도울게.'라고 나서려는 태권 소녀에게 보안관이 얼굴을 바짝 들이대며 고개를 저었다.

"다리 다 나을 때까지 힘쓰지 말라니까. 그리고 우린 이런 일에 익숙해서 초짜가 없는 편이 더 편해. 손발도 잘 맞고."

"그래, 좀 쉬어. 대신 이따가 밤에 보초 서면 되잖아."

유빈도 마음의 짐을 덜도록 거든다. 응석받이라는 게 이런 과정을 거쳐서 만들어지는 건가 싶어 찜찜하면서도 태권 소녀의 내심은 그런 배려가 싫지 않았다.

"너희가 정 그렇다면 뭐……."

태권 소녀가 쭈뼛거리며 말을 다 끝맺기도 전에 세 친구는 또 후다닥 계단을 뛰어 내려간다. 도로로 나선 유빈과 보안관, 삼식이는 고글과 마스크, 장갑으로 무장을 단단히 하고 신나를 흘려 욕조를 대강 닦아 내고, 페인트 범벅이 된 도로에 대걸레질을 했다. 욕조 아래에 두꺼운 비닐을 깐 뒤, 테이프로 단단히 고정할 때쯤 다시 호각이 울렸다.

"하아~ 하아~ 옘병, 계단 오르내리기가 제일 힘들었어요. 하아~."

삼식이가 숨을 몰아쉬고, 유빈도 다리를 주무른다. 보안관은 땀을 뚝뚝 떨어뜨린다. 가만히 그 꼴을 구경하고 있던 규영이 근원을 뒤흔드는 질문을 던졌다.

"근데…… 왜 이렇게 기를 쓰고 여기까지 올라와? 6층이나 되는 계단을 다 꾸역꾸역. 그냥 건물 안에 들어와서 아무 데나 피해 있으면 되는 거 아니야? 2층 구석방이나 그런 데에. 다른 건물에 숨어도 되고."

띠잉~ 문화 충격을 받은 세 친구는 서로 멍하니 얼굴을 마주 봤다.

이렇게나 단순한 문제였는데, 그렇게나 힘든 방법으로 풀어 나갔다니……. 고등학교 수학 시험 때 어차피 남는 시간에 확률 주관식 문제 하나 맞아 보겠다고 검은 공, 흰 공을 100개씩 빼곡하게 그려 놓고 하나하나 직접 대입해 봤던 이래 가장 멍청한 짓을 한 게 아닐까…….

"끄응~ 그러네. 다음부터는 2층에 숨어 있다가 내려가야겠다. 그러니까 이제부터는 좀비가 지나간 다음에도 호각을 불어 줘. 삑삑— 짧게 두 번이면 되겠다."

삼식이가 수긍을 하며 아래로 내려가려 할 때, 보안관이 단호하게 반대를 표명했다.

"아니! 난 계속 여기로 올라올 거야!"

"왜? 종아리 더 굵어지고 싶어서 그래, 보안관? 지금도 무지하게 굵은데."

"바보냐? 그야 당연히 제니가 여기 있으니까 그렇지. 잠깐씩 얼굴 한 번 보고 가는 게 얼마나 소중하고 힘이 나는데. 저기를 봐. 저 예쁜 얼굴, 저 미소."

어후~ 보안관 오빠는 진짜…… 어떻게 그런 말을 대놓고…….

제니가 민망해서 어쩔 줄을 몰라 하는 동안 유빈과 삼식이, 태권 소녀의 시선이 서로 교차한다.

어처구니가 없다. 누가 누구더러 바보라는 거지? 정말 완전한 100퍼센트 바보 천치 주제에…….

하지만 규영이만은 진지하게 보안관에게 동의하며 고개를 끄덕였다.

"어, 그건 맞는 말이라고 생각해. 단테도 말했어. 아름다움이 영혼을 깨워 움직이게 만든다. 나도 다리만 멀쩡했으면 이까짓 6층쯤 계속 오르락내리락했을 거야. 라푼젤이 기다리고 있는 탑처럼."

아니…… 지금 뭔 소리야? 언제부터 계단을 오르는 게 사랑의 척도가 됐는데?

유빈은 이야기가 더 한심해지기 전에 상황을 정리했다.

"그래그래, 보안관은 기운이 좋으니까 여기로 와. 허약한 우리는 2층 구석에 짱 박혀 있을게. 호각이고 뭐고 불어 줄 필요도 없네. 보안관이 내려오는 길에 우리 부르면 되잖아. 이걸로 끝! 됐지?"

"끝 좋아하네. 그냥 얘를 데리고 가서 같이 움직여. 저렇게 좋아서 미치려고 하는구만."

태권 소녀가 웃고 있는 제니를 가리키며 한 겹의 지혜를 더 보탠다.

분분했던 의견은 결국 원래처럼 6층까지 오르락내리락하는 것으로 정리가 되었다. 그것도 제니와 태권 소녀까지 더해서. 제니는 팀에 도움이 되기 위해 기꺼이 따라가겠다고 했고, 태권 소녀는 자기만 쉴 수는 없다고 고집을 부렸다.

발목이 좋지 않은 여자까지도 그런다고 하는데, 남자인 삼식이와 유빈이 쏙 빠진다고 하기가 또 좀 그래서 결국 모두 뭉텅이로 움직이게 됐다. 사공이 많으면 배가 산으로 간다지만, 이건 도가 지나칠 만큼 이상하다…….

유빈은 뭔가 납득이 되지 않았다. 문제를 인식하고 상황을 개선하기 위해 아이디어를 모두 모았는데, 결론적으로는 더 악화되었다. 하지만 본인들이 좋다는데 누가 뭐라고 해 봐야 아무 소용 없는 일이다.

그리고 사실 여기에 신입과 규영이 둘만 계속 덩그러니 놔둔다는 것도 마음이 좀 쓰이기는 한다. 아직 만난 지 얼마 안 된 사이니까 더 자주 얼굴을 마주하고 접촉해서 신뢰를 쌓을 필요가 있다…….

계단을 오르다가 허벅지와 무릎에서 비명이 터져 나올 때마다 유빈은 그런 생각을 하며 달랬다.

"자, 바짝 기합을 주고 일을 또 해 볼까! 아냐, 아냐. 제니야, 제발 그거 만지지 마. 가시 박힐라. 손톱만큼이라도 다치면 오빠 화낼 거야!"

보안관은 듣는 제삼자조차 낯이 부끄러워 견딜 수가 없는 이야기들을 술도 안 마신 맨정신으로 잘도 지껄이면서 쉬지 않고 페인트 통을 나르고 마개를 끼운 욕조에 부어 댄다.

두 번째 색깔은 보안관의 열정을 닮은 빨강이었다. 그리고 그다음은 검정. 시간이 갈수록 도로에는 여러 가지 색깔의 발자국들이 점점 더 어지럽게 늘어났다.

좀비들의 행진이 나타날 때마다 피하느라 몇 번을 오르락내리락하여 온몸이 땀에 흠뻑 젖은 대가로 그들은 세 개의 좀비 무리에 컬러를 부여해 줄 수 있었다.

그 뒷정리를 마저 하고 욕조에 네 번째 색깔인 노란색 페인트를 채워 놓은 뒤 조금 여유롭게 올라왔을 때는…… 정말이지, 온몸의 정기를 다 빨린 기분이 든다.

"으아…… 벌써 5시가 다 됐어. 참도 못 먹었네. 뭐랄까, 힘은 엄청 들고 일도 많이 한 것 같은데, 따지고 보면 효율은 별로 안 났어. 하루 종일 준비해서 겨우 세 개 한 거잖아. 그사이에 지나간 놈들이 몇인데…… 그 많은 걸 언제 다 하냐?"

페인트 색깔과 그 시간을 정리해 놓은 종이를 두드리며 삼식이가 한숨을 쉰다. 스포츠 음료 병나발을 불던 유빈이 달랬다.

"뭐, 기다리는 시간이 있으니까 그사이에 쉬엄쉬엄하는 거지. 너무 확 당겨서 바짝 일하다가 퍼지는 것보다는 이편이 나을지도 몰라."

"하하하, 너 진짜로 작업반장님 말투랑 비슷해졌다? 야, 삼식아, 유빈아, 이거 얼마 안 되니까 후딱 끝내고 오늘은 일찍 들어가서 쉬어. 반장님이 그렇게 말하면 이틀 꽉 찬 일거리였는데…… 쉬엄쉬엄? 세상에 뭔 소리야? 프로 야구 전지훈련을 와도 이것보다는 널널하겠다. 어휴, 오늘 계단을…… 가만있어 봐, 몇 번 오르내린 거야? 아침부터 한 열댓 번 왔다 갔다 한 거 같은데…… 6층, 아니지,

1층은 빼고, 5층 곱하기 열댓 번이면…… 이런 젠장! 63빌딩 걸어서 올라갔다가 내려온 거잖아!"

삼식이는 주머니에서 전자 담배를 꺼내 빡빡 빨아 댄다. 고개를 숙인 채 니코틴을 증발시킨 수증기라도 마셔 보겠다고 애쓰는 그 모습이 너무 폼이 안 나서 더 불쌍하게 보인다. 검지와 중지 사이에 담배를 끼우고 간지 나게 연기를 흩날리던 과거의 모습은 어디로 가고, 이건 그냥 촌 동네 노인네다.

"아, 63빌딩이라는 말 듣고 나니까 더 아득해지는걸? 삼식아, 우리 계산하지 말자. 그리고 오늘은 저 노란색으로 시마이하고 밥 잘 챙겨 먹자. 그나저나, 그거…… 피울 만해?"

"몰라, 그냥…… 담배를 피우기가 껄끄러워서 이거라도 입에 물고 있는 거야. 사실 담배처럼 구수한 맛은 없지 뭐."

삼식이는 아직 낯선 전자 담배를 물끄러미 쳐다본다. 그냥 담배를 피우려면 선로로 올라가서 저 멀리 예전의 그 천막을 쳐 뒀던 중랑천까지 한참을 걸어간 다음, 거기에서 피워야 마음이 편하다. 이 부근은 좀비들이 너무 자주 많이 다니니까, 혹시라도 다른 일행들에게 피해를 주게 될까 봐 두려운 것이다.

"맞아, 씨발. 이거 아무리 빨아 봐야 계속 아쉬워. 좆같아."

덩달아 널브러진 신입도 전자 담배에 대한 불평을 늘어놓았다.

"들어온다! 들어와요, 누나!"

망원경으로 저 멀리 사거리를 주시하고 있던 규영이 좀비들의 출현을 알렸다.

그래, 착하기도 하지. 이렇게나 더운데 성실하게…….

좀처럼 움직이려 들지 않는 다리를 억지로 끌어당겨 일어선 제니가 칭찬과 함께 규영의 볼을 쓸어 주다가 깜짝 놀랐다.

너무 뜨끈뜨끈해서 삶은 계란 같다. 직사광선을 오래 쬐지 않으려 모자도 써 보고 여러모로 애는 썼지만, 어쨌든 하루 종일 지붕도 없는 옥상에서 한여름의 뙤약볕을 고스란히 받고, 거기에 더해 옥상의 복사열까지 뒤집어썼으니…….

제니는 너무 안타까워 휠체어에 앉은 규영의 얼굴을 가만히 안아 주었다. 이

어린 녀석도 그 누구 못지않게 몸을 혹사해 가며 최선을 다해 함께 싸운 것이다. 힘든 티도 내지 않고…….

"어, 어…… 어어~ 어!"

예상치 못했던 포옹에 규영의 얼굴은 더 빨갛게 달아올랐고, 벌어진 입술에서는 다양한 어조의 감탄사가 흘러나왔다.

"야, 그만해라. 저러다 애 너무 흥분해서 코피 쏟고 죽겠다."

태권 소녀가 만류하기까지 몇 초간 행복한 남자가 되었던 규영의 가슴이 콩닥콩닥 뛴다.

누나, 저…… 내일도 망 열심히 볼게요!

규영은 눈을 또랑또랑하게 빛내며 제니를 향해 미소 지었다. 제니는 얼른 수건에 물을 적셔 규영의 얼굴과 머리를 식혀 주었다.

"어디…… 해바라기반에는 어떤 친구들이 들어올 건가?"

좀비들이 노란색 페인트를 뒤집어쓰는 광경을 보기 위해 보안관도 난간까지 기다시피 하며 이동했다. 뱉어 놓은 말이 있어서 끝까지 버티기는 했지만, 계단 오르기는 그에게도 정말 죽을 맛이었다. 특히 마지막 두 번의 왕복이 힘들었다.

"어? 근데…… 저거, 저거 저러면 안 되는데?"

제니 덕에 에너지를 채워 망원경을 들고 있던 규영이 중얼거린다.

응? 뭔 소리야, 이 꼬맹이가?

멀리 보기 위해 눈을 가늘게 뜬 삼식이의 얼굴에도 당혹스러운 빛이 스쳤다.

"스머프들이잖아!"

"뭐?"

"스머프들이 또 왔어. 아까 파란 페인트 맞았던 새끼들……. 야, 이놈들아, 욕심부리지 말고 사이좋게 한 색깔씩 나눠 맞아야지……. 이러면 헛고생한 게 되잖아."

몽고 사람의 시력을 가진 삼식이가 안타깝게 중얼거린다.

하아~ 젠장.

작업해 놓은 게 다 물거품이 됐다는 걸 깨달은 유빈의 입에서도 욕설이 새어 나왔다. 기껏 선명한 노란색으로 다 세팅을 해 놨는데, 이미 파란색 목욕을 한 놈들이 그걸 또 엎어 버리면 한 그룹이 두 색을 가져가 버리는 거다. 단순히 한 번 더 작업을 해야 한다는 것 외에 이제 파랑과 노랑은 변별력이 없어지니까, 또 새로운 색을 만들어야 하는 게 성가시다.

옥상의 안타까운 마음과 달리 무심히 트랩 아래를 지나가던 좀비들이 또 줄을 잡아당기고, 도르래가 방향을 바꿔 마개를 뺀다.

툭, 쭈르르르륵― 쫘아아악―.

청소, 대기, 세팅. 도합 한 시간 가까이 걸려서 준비해 둔 노란색 페인트가 작은 폭포처럼 쏟아져 내렸다.

이번에 처음 페인트 세례를 받아 병아리처럼 노래진 좀비들도 있지만, 기존에 파란색으로 칠해져 있던 놈들 중 일부가 또 파이프 아래로 지나가자 파랑과 노랑이 어지럽게 섞인 이상한 놈들이 됐다. 그 꼴을 보며 삼식이가 탄식을 한다.

"으아! 예쁜 스머프들이 저렇게 얼룩덜룩이가 돼 버렸어. 쯧쯧쯧."

얼룩덜룩이…… 왜 그새를 못 참고 네놈들이 또 여기를 지나가 가지고 우리를 헛고생한 걸로 만들어 버리냐, 이 웬수 같은 새끼들아…….

한숨을 쉬던 유빈이 갑자기 번쩍 고개를 들고 말했다.

"아니다! 생각해 보니까 속상할 일이 아니었네! 오히려 기쁠 일이었어! 이제 처음으로 좀비 새끼들 색깔 칠해 주느라 그 죽을 똥을 싼 효과를 보는 거잖아!"

"그건 또 뭔 소리래? 무슨 효과?"

팔짱을 끼고 있던 태권 소녀가 시큰둥하게 물었다.

"저 스머프들이 몇 시간 만에 다시 한 바퀴를 도는 건지 알게 됐잖아. 삼식아, 아까 파란색으로 칠한 게 몇 시야? 써 놨지?"

"응, 어디 보자…… 파란색은 2시 6분."

"그래. 근데 지금 5시 13분이니까 대충…… 에, 그게, 세 시간 좀 넘게 만에 한 번씩 이리로 돌아오는 거잖아. 저놈들 걷는 속도 계산하고 거기에 시간 넣으면

재네가 반경 몇 킬로 정도 돌아서 여기로 오는지 대강은 알 수 있는 거라고. 그나저나 한 시간에 3킬로미터만 잡아도 세 시간이면 9킬로미터인데…… 와, 쟤들, 엄청나게 멀리까지 돌아다니는구나."

그 말을 듣고 다른 멤버들도 새삼 깨달았다.

그래, 이 퀘스트는 각 좀비 그룹에게 선명한 색깔을 입히는 데 목적이 있는 게 아니었어. 대체 몇 개나 되는 그룹이 얼마나 자주 돌아다니는 건지 알 수 있도록 하는 거였지…….

거기에 생각이 미치고 나자 흉물스럽던 얼룩덜룩 무늬도 꽤 괜찮게 보였다. 기록 요원 삼식이도 기분이 긍정적으로 변해서 차분히 정리를 한다.

"음…… 파노 얼룩덜룩, 2시 6분에 이어서 5시 13분. 좋아, 그러면 좀 있다가 빨강이나 검정이 또 지나갈 수도 있다는 말이네. 아니면 우리가 준비하는 사이에 같은 놈들이 두세 번 돌았을 수도 있고. 그야 정말 모르는 거니까."

"그러네. 내일은 저 새끼들 지난 다음부터 시작하면 이 짓 좀 덜해도 되나……. 아이구, 다리야. 다리에 알 배기겠다."

긴장이 풀린 보안관의 입에서 자기도 모르게 진심이 흘러나오자 태권 소녀가 콧방귀를 뀌었다.

"뭐야? 남들이 다 2층까지만 간다고 했을 때 자기가 6층으로 오겠다고 고집을 피워 놓고, 이제 와서 그런 약한 소리를 하다니. 흠, 허세였구만? 근데…… 한 바퀴 도는 시간이니, 몇 그룹이니, 그런 게 그렇게 중요해? 나는 아직도 잘 모르겠어. 어차피 망을 보고 있으면 좀비들 멀리서 오는 거 알 수 있으니까 미리 시간을 정해 두고 피하는 거랑 그렇게 다를 것도 없어 보이거든? 사람이 부족해서 망볼 인원이 없는 것도 아니고…… 이까짓 게 이렇게 다들 무리해 가면서까지 할 만한 일이야?"

음, 마지막 얼룩덜룩이들과 병아리들이 노란색 발자국을 남기며 사라져 가는 걸 구경하고 있던 유빈이 태권 소녀를 돌아보며 말을 골랐다.

"물론 색깔만 칠해 놔 봐야 아무 소용 없지. 만약에 내가 최종적으로 바라는 게 뭐냐고 물어보는 거라면, 나는 저놈들이 여기로 지나다니는 간격을 조정하고 싶거든. 그래야 코스트코를 털든 어디를 털든 뭔가 행동을 해 보지. 지금처럼 30분이 멀다 하고 좀비들이 지나다녀서야 어디 뭘 해 볼 엄두가 안 나잖아. 그래서……."

"잠깐, 잠깐. 행진의 간격을 조정한다고? 그게 어떻게 가능해?"

"아, 뭐, 그거야…… 다음 그룹이 올 때까지 한 팀을 붙잡아 놓으면 되는 건데. 그러면 뒤의 놈들이랑 앞의 놈들이랑 뭉쳐져서 하나가 될 테니까."

태권 소녀는 의심 가득한 눈으로 유빈을 보면서 고개를 저었다.

"그렇게 하면 두 놈들끼리 안 떨어지고 서로 붙어 다녀? 그렇게 해 본 적이 있어?"

"아니, 안 해 봤어. 우린 계속 도망만 다녔는데 뭐. 나도 확실하게는 몰라. 근데 저 많은 놈들이 애초부터 서로 우리끼리 꼭 뭉쳐 다니자, 하고 시작한 건 아닐 거 아냐? 상상해 보자면 이 동네에서 몇 마리, 저쪽 골목에서 또 몇 마리, 큰길에서 또 몇십 마리, 이렇게 차근차근 붙어서 저만큼 모여 다니는 걸 거잖아. 그러니까 시도해 볼 가치는 있다고 생각해서."

유빈은 평안한 얼굴로 떠들고, 보안관과 삼식이, 제니는 '봤지?' 하는 득의만면한 얼굴로 태권 소녀를 마주 본다. 하지만 태권 소녀는 아직 의문이 다 풀리지 않았다.

"그럼 처음부터 그렇게 묶어 놓는 것부터 하면 되는 거였잖아? 뭐 때문에 색을 입히느라고 이 고생을 이틀이나 걸려서 한 거냐고? 어떤 색을 어떤 색과 묶어야 할지 궁합 보느라고 그러는 건 아닐 테고."

"누구와 누구를 묶는 게 좋을지는 중요한 문제이기는 해. 가능하면 자주 도는 놈들 위주로 붙여 놔야겠지. 그래야 여차해도 별 손해를 보는 게 없으니까. 만약에 하루에 한 번 이 길로 지나던 놈들이 있었는데, 그놈들이랑 자주 도는 놈들을 붙여 놨더니, 그 많은 것들이 두 시간에 한 번씩 여기로 지나간다고 생각해 봐. 지옥이지. 물론 내 생각에는 더 멀리 다니는 놈들한테 섞이면 그놈들을 따라서 같이 갈 것 같기는 한데, 확실하지는 않으니까. 그러니까 누가 누구인지 알아야 했고, 그걸로 주기를 파악하는 게 먼저였어. 또 그래야 제대로 합쳐졌는지 아닌지도 알아볼 수 있는 거고. 한 사나흘만 더 고생해. 그러면 대충 윤곽이 보일 거고, 8월에는 이 앞 도로도 좀 한산해져야지. 그 정도면 우리도 좀 숨통이 트일 거 아냐."

탈진해 죽을 것 같은 상황에서도 유빈은 기운 좋게 잘도 지껄인다. 태권 소녀는 유빈과 그런 유빈을 믿고 아무 의심 없이 힘을 빌려주는 보안관의 넓고 단단한 등을 번갈아 바라보았다.

정말 이 녀석들을 믿어 봐도 좋은 걸까?

검은 헬리콥터가 떠나 버린 그 날 이후 완전히 닫혀 버렸다고 생각했던 그녀의 마음이 조금씩 흔들린다. 오후 5시 50분. 여전히 태양은 아주 뜨겁게 타오르고 있다.

03

파라다이스 모텔로 돌아와 다 함께 저녁을 먹는 동안에도 달아오른 피부는 좀처럼 식지 않았다. 물수건으로 볕에 탄 얼굴과 목을 식히고, 눈두덩에도 대고 있어야 했다. 그래도 여전히 괴롭고 화끈거린다. 냉장고에서 꺼낸 시원한 얼음과 차가운 맥주 한 잔이 너무도 간절하다. 고된 하루를 보냈으니 잘 먹어야 한다는 걸 알지만, 지친 몸은 음식보다 수분만 찾게 만든다.

삼식이가 맥주 여섯 캔을 가져와 규영을 제외한 모두에게 한 개씩 나눠 줬다. 맥주 양은 하루에 두 캔을 넘기지 않기로 정해 두었었다. 괜히 술독에 빠졌다가는 언제 죽는지도 모르는 채 저세상으로 갈 수도 있으니까.

"다들 고생했어. 쭉 들이켜고 내일도 힘내자."

맥주 캔을 든 유빈이 지친 목소리로 건배사를 할 때, 규영이 입맛을 다시며 웅얼댔다.

"나도 한잔 마시고 싶다. 어차피 열다섯이면 다 큰 건데. 사실 여기 있는 사람들 다 지금 내 나이에 술 마셔 봤잖아요."

'하긴 그러네. 미성년자고 뭐고 무슨 소용이야. 보호해 줄 안전망도 없는 세상에서…….'라고 말하며 캔을 뜯으려던 삼식이가 먼저 태권 소녀의 눈치를 본다. 잠시 고민을 하던 태권 소녀도 고개를 끄덕였다.

"뭐…… 괜찮겠지. 그래, 너도 한번 마셔 봐. 많이는 안 되고, 딱 한 잔만."

칙— 태권 소녀는 직접 캔을 따서 규영이에게 쥐여 주었다.

킁킁, 캔의 입구에 대고 냄새를 맡던 규영이 과감하게 한 모금을 꿀꺽 삼킨다. 그러고는 곧 얼굴을 찌푸렸다.

"어우, 이거 괜찮은 거 맞아? 쓰기만 한 것 같은데……."

"큭큭, 뭐, 그래. 원래 그런 맛이야. 차가웠더라면 좀 더 나았겠지만. 마시기 싫으면 그건 나 주고 어린이는 콜라 마셔. 억지로 다 먹지 않아도 돼."

삼식이가 손을 내밀자 규영은 맥주를 감싸며 단호하게 도리질을 한다. 어렵게 얻은 음주의 기회를 그렇게 한 입 만에 포기할 수는 없는 모양이다. 어차피 몇 모금 더 마시다 보면 제풀에 그만둘 테니, 다들 그냥 내버려 두었다.

"오, 이거 꽤 맛있다. 파만 있었으면 더 좋았을 텐데……."

초고추장에 무친 통조림 골뱅이를 집어 먹으며 보안관이 입맛을 다신다. 삼식이가 대강 쏟아붓고 만든 건데, 제니가 했던 요리들과는 비교조차 안 될 만큼 꿀맛이다. 하긴 요리라고 하기에는 칼질 한번 없이 휘리릭 섞어 대충 버무린 것이긴 하지만.

어쨌든 골뱅이 무침과 햄, 김과 통조림 피클을 반찬으로 삼고 미지근한 맥주를 반주로 하는 저녁은 꽤나 그럴듯했다. 좀비 세상이라는 것을 감안할 때, 이 정도면 임금님의 밥상급이다. 다들 열심히 먹고 있다. 이런 환경에서는 잘 먹는 것도 다 경쟁력을 기르는 일이다.

"너, 좀 괜찮아졌니? 아까 얼굴 엄청 뜨거웠는데……."

제니가 손등으로 규영이의 볼을 짚어 본다. 후끈후끈한데 이게 열이 아직도 식지 않은 건지, 아니면 술기운이 오르는 건지를 모르겠다.

후후후……. 규영이가 배시시 웃었다.

"헐, 저 멀쩡해요. 근데 제니 누나, 안 더워요? 시원하게 반바지로 갈아입으세요. 반바지 입으면 오우~ 이히힛, 시워~언해져요. 후후후."

아, 제니는 고개를 끄덕였다. 다행히 이 열기는 술기운 때문인가 보다. 몇 모금 마시지도 않았는데…….

"차에 가서 에어컨 쐬다 오고 싶다. 담배도 마음대로 피우고. 응? 야, 가자. 갔다 올까?"

신입이 꾀어 봤지만 삼식이는 단호하게 고개를 저었다. 그 먼 데까지 걸어갔다 올 생각만으로도 탱탱 부은 다리가 아파 오는 기분이다. 계단을 오르락내리락하는 것은 이제 진저리가 난다. 그리고 밤에는 가급적 움직이지 않는 편이 낫다.

9시가 넘어가자 도시는 순식간에 어둠 속에 묻혔다. 조금 전까지 불그스름한 노을 속에서 자신의 윤곽을 드러내던 건물들도 이제는 캄캄한 그늘과 하나가 되어 시야에서 사라졌다.

파라다이스 모텔 303호에서도 랜턴을 켜고 창문에 커튼을 쳤다. 앞뒤로 창문을 모두 열어 놓고 바람을 맞아도 덥던 판에 문을 닫으니 순식간에 공기는 후끈해진다. 태권 소녀가 빛이 새어 나가는 걸 워낙 질색하고 싫어했기 때문에 다들 따라 주는 수밖에 없었다.

"근데, 꼭 이렇게까지 해야 돼? 며칠 동안 아무도 안 오더구만."

손으로 부채질을 하며 삼식이가 찡얼거리자 태권 소녀가 단호하게 대꾸했다.

"네가 지금 사람 무서운 걸 안 겪어 봐서 하는 말이지."

태권 소녀는 몸서리를 치며 중얼거렸다.

"좀비보다 사람이 더 무서울 때도 있어. 더 잔인하고…… 더 징그러워."

그녀의 말에 일행들은 길에 매달려 있는, 그 사타구니가 날아간 남자의 모습을 떠올렸다. 한 사람을 그렇게 모질게 죽이고, 그것으로도 모자라 보란 듯이 길거리에 걸어 전시를 하는 상황.

분명 잔인한 일이다. 도대체 그는 어떤 잘못을 저질렀기에 그런 신세가 돼 버린 걸까? 처음 만나 시비가 붙었을 때 화두가 되었던 이름이 떠오른 유빈이 물었다.

“그…… 민철이인지…… 인철인지 하는 놈? 걔네가 그렇게 무서워?”

“뭐, 걔네뿐만은 아니야. 언제든지 사람들이 기어 들어올 수 있으니까. 그러니까 이렇게 매일 나가서 망을 보는 거잖아.”

보안관이 주섬주섬 일어나 나갈 준비를 한다.

“오늘은 내가 먼저 나갔다 올게. 좀 쉬고 있어.”

며칠 동안 늘 유빈이 제일 먼저 보초로 나가서 초저녁부터 새벽까지 버텼고, 덕분에 가장 잠자는 시간이 적었다. 계속 그렇게 하도록 놔둘 수는 없다.

“괜찮겠어? 피곤할 텐데.”

유빈의 말에 보안관은 당연하다는 표정을 짓는다.

“피곤한 거야 다 똑같지. 만날 너만 무슨 죄로 그 고생을 하냐? 오늘은 내가 총대 멜 테니까 한잠 푹 자고 일어나서 나와.”

“그럼 같이 가자. 그리고 이제부터는 나도 보초 보는 멤버에 끼워 줘.”

태권 소녀도 자리에서 일어나자, 보안관이 곤란한 표정을 지었다. 친한 사이도 아니고, 워낙 틱틱거리는 성격이라 아직까지 단둘이만 있는 건 좀 불편하다. 하지만 그걸 또 대놓고 말하기도 어려운 사이라서 그저 쭈뼛거릴 수밖에 없다.

그런데 이건 꽤나 의미 있는 사건이기는 했다. 늘 규영이만 싸고돌던 태권 소녀가 처음으로 다른 사람들에게 그 애를 맡기고 밤에 밖으로 나가는 거니까. 이제 아주 작게나마 신뢰가 쌓였다는 증거다.

“잠깐, 이거. 둘 다 이 배낭 메고 가.”

유빈이 표준 장비가 든 배낭을 두 사람에게 건넨다. 언제 어디를 얼마나 가 있을 계획이든 간에 무기와는 별도로 기초 생존 장비는 꼭 몸에 지니고 있어야 한다. 예전에 제니와 함께 경전철역을 오를 때, 라이터를 가져가지 않아 그 어둠의 긴장을 온몸으로 느끼면서 아주 절감을 했던 바다.

"그, 그럼 가, 갈까?"

태권 소녀와 단둘이서 몇 시간 동안 보초를 설 생각에 눈앞이 깜깜해진 보안관이 로봇처럼 뻣뻣한 말투로 물었다. 보초를 함께 설 짝꿍이 제니였다면 더 바랄 게 없었을 테고, 하다못해 신입만 됐어도 눈치는 보지 않을 수 있었는데…….

보안관과 태권 소녀는 파라다이스 모텔의 뒤쪽, 비밀 문을 통해 밖으로 나왔다. 길을 걸어갈 때에도, 가발 가게 건물 옥상에 설치해 둔 플라스틱 의자에 앉아서도 둘 다 거의 말을 하지 않았다.

큼, 어흠, 큼, 큼……. 어색하게 헛기침만 계속 나온다.

잠시 후, 코가 뻥 뚫리는 악취를 앞세우고 좀비들이 나타났다. 두 사람은 쥐 죽은 듯 가만히 앉아서 좀비들의 행렬이 지나가기를 기다렸다. 어쩌면 페인트가 묻은 놈들인지도 모른다. 물론 밤이어서 분간이 되지는 않지만.

"야."

어둠 속에 잠긴 도로를 거의 30분 동안 잠자코 노려보던 두 사람 사이에서 처음으로 의미를 가진 목소리가 울렸다.

응? 왜?

보안관은 태권 소녀 쪽을 돌아봤다.

"한잔 더 할래?"

태권 소녀가 배낭에서 맥주 캔을 꺼내 흔든다. 뭐, 목이 칼칼하기도 하고, 이걸 마셔도 아직 두 병째니까 정해 놓은 규칙을 어기는 건 아니라서 보안관은 흔쾌히 받았다. 몇 모금을 들이켜다가 보안관이 물었다.

"근데 너희 분위기 희한하다? 굉장히 엄한 것 같으면서도 술 마시는 것에는 의외로 너그럽네?"

"우리 분위기라는 게 무슨 소리야? 나랑 규영이밖에 없구만."

태권 소녀도 의자에 기대앉아 맥주 캔을 기울이며 대답한다.

"아니, 그래도…… 최소한 맥주랑 소주 같은 걸 다 챙겨 놨잖아. 반주로도 마시고. 전에 길에서 만났을 때 이야기해 보고 완전…… 그 뭐냐, 수도원처럼 빡빡할 거라고 상상했었는데."

훗, 태권 소녀가 어이없다는 듯 웃었다. 죽음이 가까이 있다고 느끼는, 좌절한 청춘 남녀들 20명이 넘게 모여 살았는데 술과 이성 교제가 통제되었다면 그게 더 이상한 일이다. 자기 당번 업무에 지장을 주거나 남에게 피해를 주는 정도만 아니면 다들 적당히 취한 채로 살았었다. 그러지 않고는 견딜 수가 없었으니까.

그래서 그녀에게는 이 새로 만난 집단의 문화가, 이해가 안 갈 만큼 순수한 척하는 그 도덕적인 태도가 이질적으로 느껴졌다. 수도원 운운한다면 오히려 얘네들 쪽이다. 따라서 분명 그들이 아직 가면을 쓰고 있는 거라는 의심을 버릴 수가 없는 것이다.

오늘 그녀가 보안관을 따라 나와 맥주를 권한 것은 다 따로 꿍꿍이가 있는 행동이다. 이 녀석들의 선량한 얼굴 뒤에 감춰진 바닥을 보고 싶었다.

"……너, 제니 좋아하지?"

태권 소녀가 대화의 맥락에서 벗어난 질문을 던졌다. 그걸 물어보는 표정이 진지해서, 그게 오히려 더 웃음이 난다. 보안관은 질문자를 힐끗 돌아보고 대답했다.

"허, 굳이 그렇게 물어봐야 알 수 있을 만큼 내가 티를 안 내는 줄은 몰랐네. 며칠이지만 같이 지내는 동안 봤으니까 알잖아."

"그런데 어떻게 참아? 그렇게 좋아하는 사람이 바로 옆방에 잠들어 있잖아. 그게 가능하냐고?"

우와, 이게 지금 무슨…….

보안관은 태권 소녀의 얼굴을 뚫어져라 쳐다보았다. 달빛에 비쳐 보는 거라 확실하지는 않지만, 그리 술기운이 오른 것처럼 보이지도 않는다.

"야, 너 취했냐? 난 있지, 제니 처음에 TV에 나올 때부터 왕팬이었지만, 올해 7월 14일 이전까지는 그저 먼 하늘에 떠 있는 별이었어. 그래도 나는 잘 살았고. 그런데 이제 와서 굳이 못 참을 이유가 뭐야? 무슨 질문이 그러냐?"

"하지만 지금은 바로 옆에서 보잖아. 상황이 달라졌다고. 손만 뻗으면 만질 수 있는데?"

듣기에 기분 좋은 질문은 아니지만, 보안관은 태권 소녀가 진지하다는 걸 깨달았다. 아마 오늘 밤 대화를 통해 뭔가 확실히 해 두려는 모양이다.

아니…… 세상에 말만 번지르르하고 실상은 좆같은 새끼들이 얼마나 많은데, 굳이 그걸 말로 물어보겠다는 생각을 한 거지? 야, 인마. 평소 행동을 보라고, 행동을!

보안관은 속으로 한숨을 쉬었다. 이 혜주라는 사람…… 순진하다고 해야 할지, 아니면 직선적이라고 해야 할지 알쏭달쏭한 성격이다.

"너, 있지…… 할 수 있는 일과 해도 되는 일의 차이에 대해서 생각해 본 적 있어?"

"뭐?"

보안관이 갑자기 진지해지자 태권 소녀가 당황스러워한다. 그러거나 말거나 보안관은 자기 할 말을 계속했다.

"나도 고등학교 1학년 때까지는 그 두 가지를 구분 못 했어. 어린 마음에 그냥 '내가 이런 걸 할 수 있구나.'라든가, '이런 게 되는구나.' 싶어서 감탄하고 오버하는 경우가 훨씬 많았지. 뭐, 그래 봐야 대부분 투닥거리고 싸움박질하는 거였지만……. 하여간 그러다가 어느 날 내가 할 수 있는…… 아주 쉽게 할 수 있는 어떤 일을 했는데…… 그 결과를 보자마자 갑자기 후회가 존나게 밀려오더라고. 그때는 왜 그런 기분이 드는 건지를 이해할 수가 없었어. 그냥 '이게 뭐지? 기분이 왜 이렇게 더럽지?' 하는 정도였지. 하여간 사람들 얼굴을 볼 기분이 아니어서 밤늦도록 집에도 안 들어가고 동네 구석에 짱 박혀서 고개만 푹 수그리고 있었지. 그때, 삼식이가 나를 찾아왔더라고."

"삼식이? 멀대 말하는 거야? 머리카락 찰랑거리는 걔?"

"그래. 어릴 때부터 친구였다고 했잖아. 한참 아무 말 없이 옆에 앉아 있다가 삼식이가 지금 내가 너한테 물어봤던 거랑 똑같은 걸 물어봤어. '보안관, 할 수 있는 일과 해도 되는 일의 차이를 알아?' 뭐, 이러면서. 그래서 나는 '몰라, 개새끼야. 뭔 개소리야?'라고 대답했고. 기분이 더러웠거든. 그랬더니 삼식이는 그냥 하하하, 하고 웃었지. 한 20분 정도 지난 다음에 내가 궁금증을 못 이기고 먼저 물어봤어. '그게 뭔 차이가 있는데? 뭔 말을 하고 싶었어?' 이렇게."

"걔가 하는 조언을 진지하게 들었다고?"

태권 소녀는 도무지 이해할 수 없다는 표정을 지었다. 보안관은 고개를 끄덕였다.

"그래, 네가 무슨 생각 하는지 알아. 삼식이 새끼 싱겁지. 근데 가끔 도인 같은 소리도 곧잘 하거든. 하여간 그날 삼식이가 한 말은 이랬어. '할 수 있는 걸 다 하는 건 사람이 아니라 짐승이다. 그런 사람이 가진 힘이 클수록 세상은 좆같아진다. 예를 들어 원숭이한테 총을 쥐여 줬다고 생각해 봐라. 어떤 꼴이 나겠냐.'라고. 그래서 내가 '그럼 해도 되는 일만 하라는 의미야?'라고 물어봤더니, 그건 또 온전한 사람이 아니라 노예래."

"뭘 어쩌라는 거야? 둘 다 별로잖아."

태권 소녀가 짜증을 내자 보안관이 맞장구를 쳤다.

"나도 똑같이 말했었어. 그랬더니 삼식이가 씩 웃으면서 그러는 거야. '그래, 맞아. 둘 다 별로야. 그러니까 우리 스스로 그 중간을 찾아야 돼. 행동을 하기 전에 할 수 있는 일 중에서 뭘 해도 되고, 뭘 하면 안 되는 건지를 미리 생각해 둬야 한다고. 남들이 해도 된다고 말하는 게 아니라 내 마음에서 해도 된다고 허락받은 일만 하면 된다고. 그게 사람답게 사는 거라는 거고. 그러다 보면 사람으로서의 내 가치가 정해지는 거야.'라고 하더라고."

"참 내…… 그게 뭐야? 다들 그렇게 하면서 살고 있지 않나?"

"뭐, 정말 그렇다면야 내가 더 할 말은 없지만, 좌우간 나한테는 그게 꽤 충격적인 말이었어. 너는 자꾸 삼식이를 싱겁니, 멀대니, 바보 취급 하는 것 같은데, 내 친구들이라서가 아니라 유빈이도 그렇고, 엄청 괜찮은 놈들이야. 삼식이 새끼도…… 어쩌면 마음씨가 얼굴보다 더 잘생겼을걸? 그래서 그날 이후 할 수 있는 일과 해도 되는 일에 대해서 고민을 많이 했지. 복잡한 것 같았는데, 의외로 단순한 걸 수도 있더라고. 하고 싶은 일에는 좀 더 엄격해지면 돼."

현자처럼 중얼거리는 보안관을 보며 태권 소녀는 속으로 '그렇게 고민을 많이 했는데 그 결과가 이렇게 성질이 지랄 맞아진 거야?'라고 생각했다. 하지만 말싸움을 하려는 게 아니니까 굳이 입 밖에 내지는 않았다. 대신에 다른 걸 물었다.

"그래서? 밤에 제니 방에 들어가는 건 할 수 있는 일이기는 하지만, 해도 되는 일이 아니니까 안 한다, 그 이야기인 거네?"

보안관은 고개를 끄덕였다.

"맞아. 나는 기관총을 든 원숭이가 되고 싶지는 않거든. 그런 게 될 바에는 차라리 평범한 제니 광팬의 하나로 남는 편이 천배는 더 좋다고 생각해. 먼발치에서 바라보고 마는……."

"아, 얘 짜증 나는 스타일이네. 너 말이지, 여자랑은 어떻게 사귀어? 늘 이런 식이었어? 혼자 막 좋아하다가 제풀에 지쳐서 포기하고 그러는…… 아니, 설마 여자 한 번도 사귀어 본 적 없냐?"

"뭐래? 야! 나 여자들한테 인기 많…… 후우우~ 인기가…… 없지는 않았어."

"그럼 간단하잖아. 바로 옆에 있겠다, 정식으로 물어보면 되는 거 아니야? '야, 제니야. 우리 사귈래?' 만약에 제니가 그러자고 하면 그때부터는 눈치 볼 것 없잖아? 이도 저도 아니고, 지금 뭘 하자는 거야?"

쯧쯧, 보안관이 한심하다는 시선으로 태권 소녀를 바라보며 혀를 찼다.

"바로 그게 하면 안 되는 일이야, 인마. 야, 생각을 해 봐. 지금 제니는 나보다 약한 상태야. 그리고 걔 마음속에는 나한테 신세를 지고 있다는 생각이 있다고. 그런데 내가 '우리 사귈래?'라고 해 봐. 걔는 그냥 보답하는 의미로 그러자고 할 거 아냐. 어쩌면 그냥 거절하기가 무서워서일 수도 있고……. 그런데 나는 그런 것도 모르고 연인들끼리 하는 행동을 하려고 들면…… 어우, 젠장. 그 생각만 하는데도 좋기는 하네……. 하지만 안 돼! 그런 짓이 바로 안 되는 거라고! 절벽에 매달려서 살려 달라고 소리 지르는 사람한테 '나를 어떻게 생각해?'라고 물어보는 거랑 뭐가 다르냔 말이야. 당연히 좋은 소리 하겠지. 하지만 그게 정말 진심이라고 생각할 수 있어?"

뭐지, 이 고릴라? 인생을 왜 이렇게 복잡하게 살지?

태권 소녀는 열변을 토하는 보안관의 얼굴을 가만히 쳐다보며 물었다.

"그럼, 너는 평생 제니를 못 사귀겠네? 언제 고백을 할 건데?"

"그야 간단하지. 내 도움이 없어도 제니가 아주 편안하게 살 수 있을 때, 예를 들어 좀비 세상이 끝나고 우리가 다 원래 살던 동네로 돌아가서 자기 하던 일을 할 때, 그럴 때 고백할 거야. 그것도 곧바로 고백을 하면 꼭 본전 생각하는 것처럼 보이니까 안 되고, 적당히 시간이 지난 다음에."

태권 소녀는 고개를 저으며 보안관에게 내뱉었다.

"도 닦고 앉아 있네. 내가 볼 때, 너 그런 식으로 행동했다가는 평생 제니 못 사귀어. 이제 네 친구 새끼들이 중간에 확 낚아채서 재미 실컷 다 보고 '헤헤, 미안. 난 네가 관심 없는 줄 알았어.' 이딴 소리나 듣게 될 거다. 등신."

열이 확 오르는 소리였다. 남자가 이딴 식으로 지껄였으면 곧바로 죽빵을 날려 버렸겠지만, 여자니까 그보다는 지적으로 문제를 해결해야 한다. 보안관은 꽉 쥐어지는 주먹을 억지로 펴면서 침착함을 가장하고 웃었다.

"하…… 하하, 내 친구들…… 그런 애들이 아니라니까? 걔들…… 아니다, 걔들까지 갈 것도 없어. 삼식이랑 제니는 이미 궁합이 안 맞으니까 제외하고, 유빈이 걔는 나보다 더 '해도 되는 일'에 관심이 많은 애라고. 그러니까 그런 쓸데없는 걱정은 관둬."

억지로 웃어 보려는데 눈이 자꾸 치켜 올라가려고 하고, 가짜 미소를 짓는 입꼬리는 경련이 나는 것 같다. 그래도 보안관은 꾹 참았다. 그러고는 말했다.

"이 정도로 민감한 문제를 물어보는 걸 보니, 우리…… 그래도 꽤 친해진 거 맞지?"

"뭔 소리를 하고 싶어서 그렇게 징그러운 표정을 짓고 있냐? 뭐, 그래. 처음 만났을 때보다는 친해졌지."

태권 소녀는 맥주의 마지막 한 모금을 들이켠다. 그러자 보안관은 길거리의 매달린 남자를 가리키며 물었다.

"저 아저씨가 왜 저 꼴 났는지 물어봐도 될 만큼 친해졌냐?"

흠, 태권 소녀는 거시기가 날아간 남자의 시체를 잠시 바라보다가 되물었다.

"너 사람 죽여 봤어?"

그러고는 곧바로 덧붙였다.

"아니다, 아니다. 그랬을 리가 없지. 해도 되는 일이니, 할 수 있는 일이니 따지고 있는 놈이 그런 일을 해 봤을 리가 없지. 다시 물어볼게. 잘 생각하고 대답해. 너, 사람 죽일 수 있어?"

"반쯤 죽여 놓은 적은 여러 번 있긴 한데……."

"그런 거는 안 돼. 정말로 숨을 끊는 거야."

태권 소녀의 말에 보안관은 잠시 고민에 잠겨 있다 반문했다.

"……얼마나 나쁜 새낀데?"

"뭐, 아주 나쁜 새끼라고 해도 상관없어. 네가 제일 싫어하는 어떤 일을 한 새끼라고 하면 상상하는 데 도움이 될까? 예를 들어 제니를……."

"됐어, 거기까지. 더 말하지 마. 당연히 죽일 거야."

보안관은 태권 소녀의 말을 막고 대답했다. 태권 소녀는 씁쓸한 표정을 지으면서 일어나 난간에 몸을 기댔다.

"그렇지? 죽일 수 있을 것 같지? 하지만 말이야, 아주 반 죽여 놓는 것까지는 그렇게 어려운 게 없거든? 화가 나서 턱을 돌리고, 옆구리를 차고…… 근데 나머지 절반이 정말 어려워. 완전히 뻗어서 움직이지도 못하는 상대가 질질 짜고 막 빈단 말이야. 살려 달라고, 제발 살려 달라고…… 그러다가 이런 말을 하는 거야. '너 이거 오해야. 난 그런 적 없어. 나를 죽인 다음에 네 생각이 틀린 걸 알면 어떡하려고 그래? 그때 후회해 봐야 돌이킬 수 없단 말이야!' 그런 소리를 듣잖아? 그러면 정말로 무서워진다? 그런데 옆에서는 약한 애들이 막 또 편이 갈려서 소리를 질러 대. '죽여! 죽여! 죽여야 돼!' 이러는 게 반이고, '안 돼, 혜주야! 그냥 놔둬! 그럴 가치도 없어!' 이러는 게 반이야. 저기 저 개새끼는……."

태권 소녀는 돌아서서 보안관을 보며 잠시 말을 멈췄다. 그러고는 한숨과 함께 이야기를 이었다.

"후우~ 그렇게 우유부단하던 내가 만든 비극이야. 내 손으로 죽여 버렸어야 할 놈을 다른 사람에게 넘겨 처리하면 그때는 잠시 편하고 좋지만, 그 뒤에 치러야 할 대가가 만만치 않더라고. 그러니까 너도 미리부터 준비를 해 둬. 우리는 이제 뭐든지 스스로 해야 하는 상황이야. 사람을 죽이는 것도…… 그걸 못 하는 사람은 결국 손해를 보게 되는 거라고. 너희들이 아무리 똑똑한 척을 해도 그러지 못하면 반푼이일 뿐이야."

태권 소녀의 차가운 조언을 들으면서 보안관은 생각했다. 사람 모양을 한 좀비들은 정말 무지하게 많이 죽였다. 하지만 말을 하고 숨을 쉬는 사람을 죽이는 일은 좀비의 대갈통을 부수는 것하고는 또 꽤나 다를 것이다. 그런 생각을 하던 보안관은 유빈의 일이 떠올랐다.

약국 옥상에 삼식이와 둘이 고립되어 있을 때, 제니와 함께 자신들을 구하러 왔던 유빈. 녀석은 그날 두 명을 죽였다고 했다. 그때에는 그걸 그리 심각하게 받아들이지 않았었다. 어차피 그 며칠 동안 사람 모양의 좀비들을 어지간히 박살 냈으니까.

하지만 지금 이야기를 듣고 보니 그 두 가지는 꽤나 큰 차이가 있는 일인가 보다. 태권 소녀는 거꾸로 매달린 남자의 시체를 향해 경멸 어린 시선을 던지면서 말했다.

"저 새끼는 저 건너편에 있는 스마일 마트 본사에서 파견 온 간부 직원이었어. 그리고 초기 우리 생존자 중에는 스마일 마트에서 일하던 애들이 꽤 많았고. 웃기는 게 뭐냐면, 걔들이 대부분 저 새끼한테 잘 보이고 싶어서 하늘처럼 받들더라는 거야. 차장님, 차장님, 이러면서……. 걔들도 아마 이 좀비 세상이 금방 끝날 거라고 믿었던 거겠지. 그러니까 이럴 때 점수를 따 두면 나중에 혹시 저 거지 같은 새끼가 무슨 줄이라도 되어 줄 거라고 생각했던 모양이고. 참…… 역겨운 이야기지. 하여간 그래서 저 새끼 주변에 파벌 같은 게 생겼었고, 저놈은 아무것도 안 하는 주제에 이래라저래라 명령을 하더란 말이지."

"그런 놈들 있지. 갑질 좋아하는 새끼들. 사실 그냥 있는 정도가 아니라 존나 발에 차일 정도로 많아. 그런데 그것도 다 옛날이야기지. 이 지경이 된 다음에는 왜 휘둘려? 월급이 나오는 것도 아니고, 참 답답하네."

보안관이 고개를 끄덕이며 마치 징그러운 걸 본 듯한 표정을 짓는다. 태권 소녀는 씁쓸하게 웃었다.

"너같이 말하는 사람들도 있기는 했는데, 몇 명 안 됐어. 다들…… 저 망할 놈이 많이 배웠고, 사회적으로 지위도 조금 있었으니까 뭔가 남들보다 나을 거라고 기대를 했던 것 같아. 훗, 한심한 이야기지. 그 새끼, 점점 더 나쁜 일을 많이 했어. 멍청한 짓거리로 사람들 사지로 몰아넣은 적도 여러 번이고, 나중엔 여자애들 꾀고 협박해서 반강제로 못된 짓도 했지. 그걸 알게 된 나랑 경순이 언니가 끌어내 족쳤어……."

쨍그렁— 텅— 텅—.

갑자기 시끄러운 소리가 나는 바람에 이야기가 끊겼다. 보도 안쪽이었다. 두 사람은 거의 동시에 창밖으로 얼굴을 내밀고 플래시를 켜 소리가 난 방향을 좇았다. 플래시를 비춘 자리에는 후다닥 뛰어가는 개들의 모습이 스쳐 지난다.

무리 지어 다니는 개들이 빈 페인트 통을 자빠뜨리고 지나간 모양이다.

으르르르, 덩치 큰 놈 한 마리가 보안관과 태권 소녀를 향해 돌아서서 잇몸이 보일 만큼 이빨을 드러내며 으르렁거리다가 어디론가 도망가 버렸다.

들개 무리는 몸집이 꽤 크고 기세도 사나워서, 저쯤 되면 애완용이라는 말이 무색해질 지경이다. 아무리 무기를 들고 있다 해도 서너 마리 정도만 한꺼번에 덤벼든다면 엄청난 위협이 될 것이다.

음식 쓰레기를 신경 써서 버린다고 나름 애는 쓰지만, 동네 전체의 모든 냉장고와 찬장 청소를 다 하지 않는 이상 개들은 계속 주변을 배회할 수밖에 없다. 물론 저 많은 걸 거둬 키우는 건 더 안 된다. 사람 마실 물도 부족한 판국이니까.

"우와, 삼식이 새끼, 담배 피우러 갈 때 조심하라고 해야겠네. 저것들 요새 더 바짝 마른 것 같은데…… 게거품도 좀 문 것 같고…… 그랬지?"

개라는 것을 확인하고 나서 마음을 놓은 보안관과 달리 태권 소녀는 아직도 야구 배트를 꽉 움켜쥔 채 숨을 씩씩거리고 있다. 외부인에 대한 두려움이 굉장히 큰 모습이다. 보안관은 플래시를 끄면서 말했다.

"근데 너한테 또 검은 헬리콥터 이야기 꺼내서 미안하지만, 생각해 보면 인철이인지 뭔지를 포함해서 이 근처에 있던 다른 사람들도 전부 그놈들한테 끌려가지 않았을까? 여기만 콕 찍어서 내리지는 않았을 테니까 말이야. 그러니 이렇게 불안해하지 않아도 될 것 같은데……. 아, 맞다. 그리고 그날, 저기 아래쪽 중화동에서 총소리랑 비명이랑 같이 울렸었구나. 그놈의 휴대폰 영상에만 정신이 팔려서 그건 까맣게 잊고 있었네……."

"총소리에 비명? 그게 무슨 일이었는데?"

태권 소녀가 갑자기 큰 관심을 보이며 물었다.

"헬리콥터가 어떤 건물 위에 떠 있고, 거기 옥상에서 그 두 가지 소리가 같이 들렸었거든. 우리한테 핸드폰 준 아저씨는 피를 질질 흘리면서 도망 나오고…… 와, 생각해 보니까 그냥 전쟁터였네. 젠장, 소름 끼쳐."

"그래서? 그 위에서는 무슨 일이 났었던 건데? 올라가 봤어?"

"아니…… 이런 상황에서 누가 총소리 난 데를 굳이 쫓아가서 보겠냐? 뭔 일이 있을 줄 알고 그런 데를……. 그랬다가 괜히 눈먼 총알이나 맞지. 그냥 그런 일이 있었다, 까지만 아는 거지. 게다가 좀비들이 쫓아오는데 한가하게 그 옥상을 오르락내리락할 시간도 없었고. 왜? 인철이라는 애들이 그 근방에서 살았어?"

"아니…… 걔들 어디에 숨어 있는지 전혀 몰라. 그 정도만 알았어도 이렇게까지 불안하지는 않을 거야."

태권 소녀는 어둠 속에서 눈을 빛내며 중얼거린다. 그 기세를 보아서는 얘가 며칠 내로 그 동네에 다시 한번 가 보자고 할 분위기다.

아, 귀찮은데…… 거기 좀비들 사는 아파트도 있고…….

그 아파트 단지를 지나고, 길거리의 좀비들을 다 처리한 다음에 건물 옥상까지 올라가고, 거기에 분명히 있을 피바다와 시체들을 눈으로 볼 생각에 보안관은 벌써부터 골이 지끈거리는 것 같다. 하지만 새로 얻은 동료가 부탁을 한다면 거절할 만큼 모질지도 못하니까…… 결국 가게 될 것이다.

후우~. 보안관은 제풀에 지쳐서 한숨을 쉬었다.

"왜, 너도 불안해?"

태권 소녀는 그 한숨을 엉뚱하게 받아들인 모양이다. 보안관은 도리질을 했다.

"아니, 불안하기는. 그까짓 놈들 떼로 덤벼 봐야 탁, 하고 팍! 해서 주먹 몇 방 날리면 그냥 끝이야. 껌이지. 그보다 저기…… 아까 저놈 이야기를 하던 중이었는데……."

보안관이 거꾸로 매달린 남자를 가리키자 태권 소녀는 이야기를 다시 시작했다.

"뭐, 한심한 이야기야. 저놈 붙잡아서 한참 두드려 팰 때까지는 좋았는데, 그다음이 막막하더라고. 후후, 경찰에 넘길 수 없다는 게 그렇게 곤란한 일인 줄 몰랐어. 내 손으로 체포도 하고, 판결도 하고, 사형 집행까지 다 해야 하더란 말이지. 당사자인 저 새끼는 막 울부짖지, 옆에 편드는 놈들은 이제 그만하라고 하지, 쌓인 게 있는 사람들은 빨리 죽이라고 하지…… 머릿속이 전부 하얗게 지워지는 느낌이었어. 그때, 갑자기 인철이가 나서더니 들고 있던 칼로 저 놈 배를 사정없이 찔렀어. 몇 차례나……. 바닥이 피범벅이 되는데도 인철이 놈은 아무렇지도 않은 얼굴로 나를 보면서 '야, 너는 사람들을 위해서 이까짓 걸 못 해? 네가 대장 하면 안 되겠다. 그렇게 물러 터져서 뭘 하겠냐?'라고 하는 거야. 그러고는 씨익 웃었지. 그 순간에 서열이 바뀌었고, 인철이가 리더가 된 거지."

"거참, 짜증 나는 새끼네. 근데 이미 죽은 놈 거시…… 사타구니에 총은 왜 쏜 거야?"

"인철이는 경고를 해 줘야 한다고 하면서 죽은 남자를 거꾸로 매달아 놓고 온갖 짓을 다 했어. 칼로 찌르고, 총으로 쏘고, 오줌도 갈겼지. 웃기는 건 뭐냐면, 인철이 그놈도 스마일 마트에서 일하던 패거리 중 하나였다는 거야. 처음에는 그 차장한테 잘 보이려고 온갖 아부를 다 하던 놈이 갑자기 태도를 바꾸고 그따위 짓을 하면서 우리를 통솔하려 들었다는 거지."

대강 알 만했다. 교활한 새끼들은 원래 요리조리 옮겨 붙기를 잘한다. 어쩌면 그게 그들이 타고난 생존 기술일지도 모른다. 게다가 잔인하기까지 하면…… 그런 놈들은 꽤 귀찮다. 사람의 마음이 약해지도록 만들어서 그 틈을 파고드는 것이다.

그때 일들을 생각하는지 태권 소녀는 간간이 한숨을 섞어 가며 말을 이었다.

"시간이 지난 뒤에 인철이 일행을 결국 다 쫓아내기는 했어. 제일 신경 쓰이던 게 총이었는데, 그걸 가진 애를 설득해서 결국은 우리 편으로 끌어들였거든. 하지만 그렇게 될 때까지 안 당했어도 될 피해를 본 애들이 많았어. 사람들도 편이 갈려 나뉘었고. 돌이켜 보면 그 모든 게 다 내가 그 차장 놈을 제대로 처리하지 못해서 벌어진 일이야. 그때, 망설이지 않고 내 손으로 어떻게든 결말을 내야 했던 건데…… 쯧."

태권 소녀는 못내 아쉽다는 듯 고개를 숙였다. 사실 냉정하게 말하자면, 어차피 헬기에 끌려갔을 테니까 그때 죽고 안 죽고는 아무 의미가 없는 일이다. 그런데도 혜주의 머릿속에서는 엄청나게 중요한가 보다. 물론 그사이에도 계속 자책을 했을 터다. 자신의 잘못 때문에 인철이라는 괴물이 힘을 얻은 거라고…….

"아니, 나는 그렇게 생각하지 않는데."

보안관은 등을 긁적거리면서 말했다.

"문제는 네가 아니라 아무 생각 없이 우르르 몰려다니는 새끼들한테 있는 거야. 생각해 봐. 다들 기가 죽어서 좆같은 일을 당하고도 아무 말을 못 하고 있는데 너는 용기 있게 나섰고, 결국에는 그 개똥 같은 새끼를 족쳐서 모두 보는 앞에서 무릎을 꿇렸어. 잘못된 상황을 정리할 수 있는 기회를 줬다는 말이야. 그럼 그다음은 저희들이 알아서 했어야지, 뭘 누구더러 죽여라 마라야? 안 그래? 그렇게 죽이고 싶을 만큼 미웠으면 자기들이 했으면 되는 거였잖아? 몽둥이 있겠다, 그 새끼 힘도 없이 자빠져 있는데……. 그놈들은 그냥 자기 손은 더럽히고 싶지 않고, 자기 머리로 생각하기 싫으니까 너보고 다 알아서 하라고 한 거야. '혜주야, 네가 알아서 해 줘! 우리 아무 생각 하지 않고 편안하게 살도록…….' 그게 씨발, 어떻게 가능해? 그게 되면 슈퍼맨이지. 네가 그렇게 망설이지 않았어도 결과는 마찬가지였을 거야. 그렇게 궂은일에 남을 앞세워 놓고 입으로만 나불대는 새끼들은 언젠가 또 다른 일이 있었을 때 인철이 편으로 쪼르르 갔을 놈들이라고. 또 말이야, 네가 만약 그 차장 새끼 죽였지? 그랬으면 당장 다음 날부터 뭐든지 다 네 책임 되는 거야. 전에 차장 있을 때는 안 그랬는데…… 혜주, 저게 대장 되고 나서는 영 불편하다는 둥……. 어휴, 생각만 해도 빡 도네. 씨발, 누가 누구를 탓해? 혜주, 너는 잘못 없어. 아니, 잘못이 없는 게 아니라 훌륭해. 찍어 누를 때는 아무것도 못 하고 있다가 뒤에 숨어서 이래라 저래라만 했던 놈들보다 네가 몇 배나 훌륭하다고!"

보안관의 예상치 못한 열변에 태권 소녀는 잠시 멍해져서 미동도 하지 못했다. 간간이 욕설이 섞여 들어가 있기는 하지만, 그 어떤 멜로드라마의 대사보다도 달콤하게 느껴지는 이야기다.

……네 잘못이 아니야.

그건 그동안 그녀가 정말로 듣고 싶던 말이었다. 게다가 이 고릴라, 그 이유도 제법 그럴듯하고 똑 부러지게 일러 준다. 하지만…… 혜주는 아직 자신이 지고 있는 굴레에서 벗어날 준비가 온전히 되어 있지 않았다. 그래서 다시 물었다.

"하지만 그 사람들은 그냥 평범하고 무력한…… 그냥 양 떼 같은 사람들이었어. 나는 줄곧 운동을 했고, 그러니까 조금이라도 더 센 내가 양들을 보호하는 역할을 했어야 하는 거였다고……."

"야, 뇌에는 근육이 없어. 마음도 마찬가지고! 이, 이 팔뚝처럼 운동으로 단련이 되는 데가 아니란 말이야. 그래, 좆같은 새끼를 두드려 패서 제압하는 건 운동한 사람이 더 잘할 수 있겠지. 그런데 한 새끼 인생을 끝내는 일이, 부담스러운 건, 누구나 다 똑같아. 그런 짓을 잘하는 건 또 다른 종류의 새끼들이겠지. 양 떼? 너 그거 알아야 돼. 동물들은 남 탓 같은 거 안 한다. 도와준 사람을 비난하지는 더더욱 않고."

말투만 들으면 꼭 다그치는 것 같지만 한마디, 한마디가 다 치유의 말들이어서 태권 소녀의 눈에는 살짝 눈물이 맺혔다. 어두워서 다행이라고 생각하며 태권 소녀는 얼른 한 발 뒤의 어둠으로 물러나 표가 나지 않도록 눈을 깜빡거렸다. 그동안 줄곧 쌓이기만 했던 자책과 후회가…… 긴장이 풀리자 그 틈을 타고 빠져나오려 했던 모양이다.

휘이잉—.

불어오는 바람에 또다시 지독한 악취가 섞여 들어온다. 좀비들의 행진이 곧 이어질 거라는 의미다.

그롸아아아—.

목적 없는 좀비들의 포효가 밤하늘을 흔든다.

두 사람은 구역질 나는 냄새를 꾹 참고 다시 침묵 속에서 대기했다. 30도에 가까운 열대야지만 태권 소녀는 바로 곁, 보안관의 커다란 몸에서 피어오르는 후끈한 열기와 숨결이 싫지 않았다. 그건 그녀가 정말 오랜만에 느끼는 감정 때문이었다.

자기가 지켜 주지 않아도 되는, 자신보다 무력이 뛰어난 사람과 함께 있다는 그 묘한 안정감이 좋았다. 게다가 바로 그 강자가 자신의 무죄를 논리적으로 증명하고 편을 들어 주는 사람이라는 게 이렇게나 마음을 편안하게 해 준다는 걸 아주 잊고 살았었다. '리더'라는 두 글자가 어깨를 짓누르고 있을 때에는 느껴보지 못한 안정감이었다.

04

"좀 어떻습니까? 나아지는 기미가 보입니까?"

의무대 하사가 병실 문을 나서자마자 어두운 복도에서 기다리고 있던 밤톨이 다가와 말을 건넸다. 하사는 대답하지 않고 밤톨의 등짝을 밀어 계단 쪽으로 걸어 나왔다. 복도 끝에 다다른 밤톨이 무슨 의미인지 알겠다는 듯 고개를 끄덕인다.

"아, 병실 앞에서 정숙해야 해서 그러시는 겁니까? 앞으로 조심하겠습니다."

"병실이라니까 병실인 거지, 사실은 그냥 사무실이잖아. 그리고 나도 그냥 치료하라고 하니까 흉내를 내는 거지만, 그냥 의무병일 뿐이고."

옥상을 향해 올라가며 의무대 하사가 중얼거리자 밤톨의 얼굴이 심각해졌다.

"왜 갑자기 그런 말씀을…… 상태가 안 좋아졌습니까? 걱정이 되지 말입니다."

"아니, 그런 거 없어. 어제랑 똑같아. 항생제 맞으니까 썩지는 않을 거고, 통증이랑 진통제 때문에 몽롱한 상태야. 그냥 내가 워낙 아는 게 없으니까 답답한 거지. 사실 진짜 의사가 있었어도 총 맞고 칼 박힌 환자를 하루 만에 이것보다 더 많이 치료할 수는 없지 않았을까? 음, 모르겠네……."

하사는 뻔뻔한 얼굴로 고개를 갸웃거렸다. 말은 이렇게 해도 그는 잠실 군인들을 도왔다는 환자에게 꽤나 지극정성을 다하고 있다. 수액이 떨어지지 않도록 관리해 주고, 붕대도 자주 갈아 주고, 병원에서 가져왔다는 무통 주사까지도 달아 놓았다.

그걸 알면서도 밤톨은 자꾸 또 캐묻게 된다. 언제 도로 공사가 마무리돼서 잠실 쉘터로 복귀하게 될지는 모르지만, 그 전에 다시 민구가 운신을 하고 말을 하는 모습을 보고 싶은 것이다.

"대화는…… 아직 어렵겠죠?"

옥상에 올라 담배에 불을 붙이며 밤톨이 물었다.

후우우~. 하사는 연기를 길게 뿜으며 고개를 저었다.

"야, 말이 쉽지, 총알이 살을 이만큼 뚝 떼어 내고 지나갔는데…… 지금 내장이 온전하겠냐? 아마 다 한 번 뒤집어졌을 테니까 자기 속이 아닐 거다. 그리고…… 칼에 맞아서 나간 갈비뼈, 시퍼렇게 부었어. 그 정도만 해도 대부분 아파서 죽는다고 난리를 칠걸? 숨 쉴 때마다 뒈지는 기분일 거라고. 저 정도로 얌전히 앓는 것만 해도 어지간히 독한 인간이야, 저 환자."

그렇군요…….

음, 그런 거야…….

밤톨과 하사가 사이좋게 담배 연기를 뿜으면서 두런두런 이야기를 나누는 곳에서 몇 미터 떨어지지 않은 장소에는 또 한 무리의 병사들이 있다. 서치라이트를 도로 쪽으로 비추고, 필요한 경우 저격도 하기 위해 대기하는 병력들이다. 그 중 하나가 소리쳤다.

"저거 봐, 또 왔어! 와…… 진짜 저거 뭐지?"

"응? 뭔데 호들갑이야?"

갑자기 소란스러워진 병사들을 향해 하사가 묻자 저격병들이 대로 너머를 가리킨다.

"아, 고 하사님. 잘 오셨습니다. 굉장히 신기한 구경거리지 말입니다."

며칠 전, 작업반장이 죽었던 위치에서 100여 미터 북쪽쯤이다. 새로 쳐 둔 철책 뒤쪽으로 좀비들이 다가온다. 그런데…… 그중 몇 마리의 모습이 범상치가 않다.

"야, 저거 뭐냐? 피를 뒤집어쓴 건가? 아닌데…… 피는 저렇게 빨갛지가 않아…….”

서치라이트의 불빛을 받은 좀비는 머리끝부터 허리께까지가 온통 시뻘겋다. 그놈 하나만 그런 게 아니라 그 뒤로도 몇 놈이나 비슷한 꼴을 하고 있다. 지난 보름 동안 좀비 구경은 정말 할 만큼 했다고 생각했는데, 이건 또 처음 보는 유형이다. 하사와 밤톨은 담뱃재가 길게 늘어질 만큼 그 빨간 좀비들에 몰두했다.

“뭐지, 저거? 온몸에서 뭔가 빨간 물이 줄줄 흘러나오나? 옷까지 다 시뻘게. 어휴, 존나게 흉측하네. 야, 조 병장. 너 잠실에서 저런 거 본 적 있어?”

밤톨도 고개를 저었다. 빨간 물이 땀처럼 솟아 나오는 좀비라니…… 이건 그로테스크함의 새로운 장을 연 기분이다. 빨간 좀비들은 일반 좀비들에 섞여 철책 부근을 천천히 배회한다.

허, 하사는 이해가 가지 않는다는 표정으로 병사들에게 물었다.

“너희는 저거 처음 본 게 아닌가 보네?”

“예. 오늘 벌써 두 번째지 말입니다. 오후 늦게 한 번, 그리고 지금 또 보는 겁니다. 저 새끼들, 정말 기분 나쁘지 말입니다.”

“그래, 기분 안 좋지. 뻘건 게 피도 아니고…… 저게 뭐야, 대체?”

“저희도 처음에는 무슨 이상한 액 같은 걸 분출하는 건 줄 알고 바짝 긴장 탔었는데 말입니다, 그게 아니라 페인트랍니다. 낮에 저런 놈들이 스치고 지나간 나뭇가지에 보니까 빨간 페인트가 묻어 있어서 그제야 알았답니다.”

병사들의 대답에 하사가 반문했다.

“페인트? 야이, 씨발. 그것도 이상하잖아? 페인트가 왜 저렇게 묻어 있어? 아니, 저 새끼들이 페인트 통에 가서 뒹굴지는 않을 거 아니야? 그런데도 대가리부터 들이민 것처럼 아주 골고루 묻었는데?”

“킄킄킄, 그래서 낮부터 말이 많았습니다. 다들 추리도 많이 하고.”

허어, 기분 안 좋아. 저게 뭐지? 무슨 징조도 아니고…….

낮게 중얼거리던 하사가 갑자기 난간에 몸을 기대며 건물 아래를 향해 소리를 질렀다.

"어이, 아저씨! 뭐요! 거기 왜 기웃거려요?"

그가 소리를 지른 대상은 덩치가 큰, 젊은 남자였다. 철조망을 타고 쉘터에서 이쪽 별관 건물로 몰래 넘어오려던 사내가 황급히 다시 되돌아간다.

"뭐야, 저런 새끼들? 야, 여기는 경계 관리 확실히 안 하냐?"

"그게 말입니다…… 고 하사님, 사실 이쪽으로 쉘터 사람들이 많이 넘어옵니다. 그…… 남녀가 짝을 이뤄서 새벽에 몰래…… 아시잖습니까. 조용한 데 찾고 싶으니까 말입니다. 또 잠실에서 온 사람들 격리해 둔 다음에는 그 사람들 만나러 오는 사람들도 간간이 있지 말입니다."

하긴 누가 뭐 훔쳐 갈 게 있다고 경계를 하겠어…….

의무대 하사도 납득할 만한 이야기였다. 하지만 저 덩치 큰 남자는 뭔가 좀 찜찜한 구석이 있다. 특히 미안하다는 말 한마디 없이 후다닥 도망가는 꼴이, 어딘가 불순한 냄새가 난다.

"또 넘어오면 그땐 그냥 안 보내 줍니다! 체포할 겁니다!"

주차장 건물 뒤로 숨는 사내의 그림자를 향해 하사는 엄포를 놓았다. 그러고는 동료 병사들과 함께 킥킥거리며 다시 빨간 좀비들에게 관심을 돌렸다.

"하아~ 하아~. 씨발, 존나게 놀랐네. 니미."

주차장 건물에 몸을 숨긴 덩치 큰 남자가 숨을 헐떡이며 욕설을 내뱉는다. 기동이였다. 땀을 훔치는 기동이의 뒤춤에는 주방에서 몰래 훔쳐 온 식칼이 꽂혀 있다.

"저 등신 같은 새끼들, 저희들이 지금 누구 병수발을 들고 있는 줄이나 알고 있냐? 멍청한 새끼들…… 뒈지는 줄도 모르고."

기동이는 원망이 가득 담긴 목소리로 옥상의 병사들을 향해 욕설을 내뱉었다.

세상에…… 살다 보니 나랏밥 먹는 놈들이 민구를 치료하는 꼴을 다 본다.

그게 무슨 짓이란 말인가. 함정에 빠진 호랑이를 구해 주는 것도 아니고…….

기동이는 이를 바드득 갈았다. 비록 지금은 실패했지만, 민구가 더 기운을 차리기 전에 힘줄 한두 개쯤은 반드시 끊어 놔야 한다. 안 그러면 자신은 죽은 목숨이다.

Chapter 42

칠월의 마지막 날

01

다음 날도 비슷한 듯 다르게, 똑같은 것 같으면서도 낯선 일과들로 각자의 24시간이 채워졌다. 민구는 사경을 헤매며 침대 시트를 땀으로 흥건히 적셨고, 보안관 일행은 뙤약볕 아래서 페인트를 좀비들에게 붓고 계단을 올랐다.

테라는 젠킨스의 탐욕스러운 얼굴을 마주한 채 소름 끼치는 이야기를 들었으며, 제주도에서는 채 장군 세력에 대한 대대적인 소탕 작전이 별다른 성과를 거두지 못한 채 하루가 지나갔다.

……그리고 진우는 강원도의 어느 길을 걷고 있었다. 하 중위를 만났던 냇가에서 그리 멀지 않은 곳이다.

이틀 동안 그는 거의 한 발짝도 나아가지 못했다. 하 중위의 시신을 수습하는 데 꽤나 긴 시간이 걸렸기 때문이다. 잔인하고 뒤늦은 복수를 끝낸 뒤, 진우는 피가 흐르는 그녀의 시체를 안아 들고 오두막으로 옮겼다. 죽어서까지도 그 네 놈과 한 장소에 같이 있게 하고 싶지가 않아서였다.

오두막 문을 열고 내부로 들어서자 하 중위라는 사람에 대한 연민이 더 크고 강렬하게 북받쳐 올라서 진우의 눈에서는 또다시 뜨거운 눈물이 솟았다. 그야말로 보잘것없는 집의 보잘것없는 살림들…….

더러운 벽지와 허술한 집기들, 좀먹은 이불 따위가 눈에 들어온다. 진우의 눈에 비친 오두막은 삶이 아니라 그저 생존을 위한 공간이었다. 자존이나 행복 따위의 개념들은 아주 깨끗하게 지워 버린 곳이었다.

이런 곳에서…… 그 대접을 받으면서도…….

진우는 자신에게 안겨 있는, 하 중위의 핏기 없는 얼굴을 내려다보았다. 자기는 괜찮으니 어서 가라고 등을 밀던 그 목소리가 귓가에 생생하게 울리는 것 같다. 처참한 오두막은 하 중위의 시신을 쉬게 하기에 좋은 장소가 아니었다.

묻어 주자…….

진우는 그렇게 결심했다. 예전에 펜션 옆 농가의 할머니처럼 묻어 주자고. 그런데 주변을 아무리 뒤져 봐도 삽이 없었다. 야전삽 하나가 너무나 아쉬워진 상황. 진우는 뒤늦은 후회를 하며 혀를 찼다.

"젠장, 다음에 마을을 만나면 무조건 야전삽부터 챙겨야겠다."

하지만 여전히 진우는 그녀를 그대로 내버려 둔 채 길을 나설 수 없었다. 개들 때문이다. 올무에 발목이 잡힌 오 대위가 개에게 잡아먹혔다는 이야기를 하면서 진저리를 치던 그 목소리가 가슴속 메아리가 되어 울려 온다.

결국 진우는 놈들이 갖고 있던 총의 개머리판과 대검으로 젖은 땅을 팠다. 적합하지 않은 연장이 제대로 기능을 할 리가 없어서, 사람 하나 겨우 누울 자리를 마련하는 게 여간 어렵지 않았다. 하지만 진우는 이를 악물고 대검을 끼워 땅을 쑤시고, 개머리판으로 두드리고 긁어내 흙과 돌을 들어냈다. 작은 구덩이를 파는 데만도 꼬박 한나절이 걸렸다.

그날 밤을 하 중위의 차가운 시신과 함께 오두막 안에서 보낸 진우는, 다음 날 아침 일찍부터 냇가에서 자갈을 짊어지고 와 구덩이 옆에 부었다. 자갈들을 쓸어 가방에 담는 동안 손가락마다 크고 작은 피멍이 들었지만, 그 고통만이 상실감과 죄책감을 잊게 해 주는 유일한 진통제였다.

수십 번 자갈을 길어 와 산더미처럼 부린 뒤, 진우는 하 중위를 어제 파 놓은 구덩이 안에 넣었다. 그러고는 그녀의 두 손을 모아 쥐고 중얼거렸다.

"미안……합니다."

아무리 자책하며 사과하고 후회해도 차갑고 뻣뻣해진 그녀의 몸에 다시 온기가 도는 일은 없었다. 진우도 그걸 잘 알기에 더 미련을 갖지 않고 그녀의 시신 위에 자갈을 올리고, 차곡차곡 쌓았다. 자갈이 흔들리지 않도록 사이사이를 흙으로 메우고 물도 길어 와 채웠다. 그런 후, 무덤의 가운데에 그녀의 구급약 상자를 올려 두었다.

그렇게 해 봐야 막상 개들이 달려들어 파헤치기 시작하면 그리 오래 버티지 못할 거라는 것쯤은 진우도 잘 안다. 횟가루로 다져 놓지 않으면 몇 번의 비바람에 이내 씻겨 버릴 것도…… 알고 있다. 하지만 진우로서는 그 정도라도 해야만 했다. 그렇게 뭔가 몰두해서 단순한 노동을 하고, 자신의 성의를 보이지 않으면 미쳐 버릴 것만 같았기 때문이다.

그것이 지난 이틀 동안 진우가 한 일이다. 어제저녁, '이제 가겠습니다.'라는 짧은 인사를 남기고 출발해 지금까지 그는 거의 쉬지 않고 걸었다. 멈춰 서기만 하면 밀려드는 후회와 죄책감 때문에 견디기가 너무 힘이 들었다. 눈물과 땀으로 가슴속에 있는 응어리가 녹아서 빠져나가 주기를 바랐던 건지도 모른다.

하지만 아이러니하게도 이 일을 겪고 난 뒤, 살아야겠다는 의지만은 오히려 더 강하고 굳건해졌다. 하 중위가 그 모진 환경 속에서도 끝내 놓지 않으려 했던 삶의 끈과 의지가…… 진우로서도 도저히 포기할 수 없는 것이 되었다.

'어떻게 해야 했다고?'

"하 중위를 붙잡고 있다가 네 명이 모두 내려오는 걸 확인하고 가장 뒤의 놈부터 차례로 머리를 쏴서 사살."

'그럼 만약 그 냇가의 상황이었다면?'

"두 명을 먼저 제압한 뒤, 하 중위를 데리고 냇가 건너편에 몸을 숨기고 있다가 나타나는 놈들 먼저 사살하고 기절한 놈들 처리."

걸어가면서 진우는 계속 자신이 실수했던 그 상황을 되짚어 보고 복기했다.

그의 상상 속에서 네 명의 탈영병은 수없이 죽고, 죽고, 또 죽었다.

헤드 샷을 당해 머리에 구멍이 난 채 쓰러지기도 하고, 가슴이 뻥 뚫린 채 절벽 아래로 굴러떨어지기도 했다. 그 여러 번의 상상 중 놈들이 동정을 받아 살아남거나 부상당한 채 방치되는 일은 더 이상 없었다.

진우는 계속 스스로에게 질문을 던지고, 그럴 때마다 가장 신속하고 확실하게 놈들을 죽이는 방법을 고안해서 대답했다. 인질이 둘이고, 상대가 다섯이라면…… 인질이 각기 다른 장소에 있다면……. 질문은 점점 더 어려운 상황을 가정해서 만들어졌고, 그럴 때면 진우가 고민을 하는 시간도 길어졌다.

그 모든 일들이 결국은 자신의 실수를 무효화시키고 싶다는, 실수하기 이전으로 다시 시간을 돌리고 싶다는 욕망일 뿐이라는 걸 알면서도 진우는 그 잔인한 문답을 멈추려 들지 않았다. 다시 한번 비슷한 상황을 맞닥뜨리게 되면, 그때는 이렇게 아픈 결과와 마주하고 싶지 않기 때문이다.

이제 다시는…… 다시는 그렇게 머뭇거리거나 오판을 하지 않을 것이다. 우쭐해서 멍청한 실수를 하지 않을 것이다. 다시는…… 착한 사람이 억울하게 죽는 모습을 보지 않을 것이다.

돌무더기를 나르느라 시꺼멓게 멍이 든 손끝은 슬쩍슬쩍 스치기만 해도 짜릿한 통증을 주었지만, 그 통증이 스스로에게 가해지는 형벌이라는 생각이 들면 오히려 통쾌하기까지 하다. 생명이 걸린 순간에 선택을 망설였던 자신은 벌을 받아도 싼, 그런 놈이다.

그렇게 자학하며 걷던 오후, 서서히 해가 서산으로 기울어 가기 시작할 때, 진우는 널찍한 왕복 4차선 도로를 만나게 되었다. 아주 시원하게 뻥 뚫린 도로로, 중앙분리대가 튼튼하고 넓다.

"젠장, 이렇게 가까운 데 길이 있었는데……."

길을 잃고 헤매다 죽은 오 대위나, 너무 멀어서 엄두가 안 난다고 했던 하 중위나…… 겨우 하루 만에 이런 큰길을 만날 수 있다는 걸 알았다면 또 다른 삶을 살 수 있었을 텐데.

그나저나 여기가…….

진우는 배낭 안에서 꼬깃꼬깃 접어 둔 지도를 꺼내 손가락으로 짚어 봤다. 계산이 맞는다면 자신은 지금 영동 고속 도로에 서 있는 것이리라. 이 길을 따라 계속 서진을 하다가 원주에서 북쪽으로 방향을 바꾸면 화천까지 갈 수 있다. 물론 아무 방해도 받지 않았을 때의 이야기다.

길을 가다가 주둔하고 있는 부대를 만나거나, 이동하는 군 병력과 맞닥뜨리게 되면 이쪽에서 피하는 수밖에는 없다. 그리고 그러면 또 산길을 빙 둘러서 기약도 없이 먼 우회를 감수해야 한다.

근처에 움직임이 보이지 않는 걸 확인한 진우는 바닥에 귀를 대 봤다. 지축을 뒤흔드는 소리는 없다. 운이 좋다. 이렇게 근처에 군 병력이 없다면 대로로 가는 게 최고다. 빠르고, 직선이고, 발이 편하다.

"으아……."

한참을 걷다 보니 불타 버린 자동차들과 사지가 잘려 나간 시체들이 바닥에 흩어진 채 진우를 맞이한다. 연기가 피어오르지 않는 걸 보면, 이미 불이 난 때로부터 꽤 오랜 시간이 지난 모양이다.

진우는 시꺼먼 그을음으로 덮인 자동차들 사이로 걸어 들어갔다. 승용차 지붕에 뚫려 있는 커다란 구멍을 보니, 일반 소총에 의해 만들어진 게 아니다. 게다가 주변에는 뒤집히고 날아간 자동차들과 완파된 흔적까지 보인다.

아마 이 근처에서 대규모의 사격과 폭격이 벌어졌던 듯하다.

좀비들의 행렬을 막기 위해 이랬던 것일까?

새까맣게 탄화된 시체 더미를 피해 걸으며 진우는 생각했다.

수십, 수백 대의 차가 불에 탄 잔해로만 남았고, 그 사이사이에는 한때 사람이었던 숯덩이가 수백 구나 널브러져 있다. 뭐가 뭔지 명확하지는 않지만, 이런 데 휘말리면 죽음뿐이라는 것만은 확실하다.

끔찍한 데드 존을 지나 걷기를 다시 20여 분. 1킬로미터 앞에 터널이 있다는 것을 알리는 파란색 표지판이 나왔다. 터널 길이를 확인한 진우가 탄성을 내지른다.

"둔내 터널…… 3.3킬로미터?"

터널이 3킬로미터…… 그 깜깜한 암흑이 3킬로미터가 넘게 펼쳐져 있다고? 자동차로 지나간다면 몰라도 걸어서 40분 동안 거길 지나간다?

생각만 해도 아찔한 이야기였다. 게다가 만약에 뭔가가 그 안에 있다면 그때는 정말…….

"어쩌지?"

진우는 마음을 정하지 못했으면서도 계속 터널을 향해 걸었다. 어차피 좌우에는 다 야산이거나 교량 아래의 낭떠러지뿐이어서 딱히 우회할 만한 길도 없다.

그리고 다시 표지판이 스쳐 간다. 터널까지의 거리가 500미터라는 알림이 쓰여 있다. 꼬리에 꼬리를 문 자동차들은 터널 쪽을 향해 머리를 둔 채 도로를 꽉 메우고 버려진 상태였다.

"흐음……."

이상한 벌레 캐릭터 두 마리가 그려진 감속 표지판 앞에서 진우는 결국 멈춰 섰다. 바로 몇십 미터 너머에는 둔내 터널이 시꺼멓고 커다란 아가리를 떡 벌린 채 그를 기다리고 있다.

젠장, 이거 얼마나 긴 거지?

터널 입구에서 열 걸음쯤 걸어 들어간 진우는 손전등을 켜서 안쪽을 비춰 보았다.

물론 끝까지 닿지 않는다. 플래시에서 뻗어 나간 불빛은 얼마 이어지지 못하고 중간을 가로막고 있는 깊은 어둠 속에 삼켜져 버렸다. 게다가 터널 내부까지도 자동차들이 간간이 멈춰 서 있어서 시야는 더욱 불량하다. 들어가고 싶은 마음이 깨끗하게 사라진다.

퉁— 퉁—.

진우는 돌멩이를 몇 개 집어 와 힘껏 집어 던져 봤다. 어느 승용차의 지붕을 때린 돌이 힘없이 튕긴 뒤 바닥을 구른다. 그래도 터널 안쪽에서는 여전히 아무런 반응이 없다.

차라리 그 돌에 맞은 좀비들이 몇 마리쯤 소리를 지르며 달려 나와 준다면 깨끗하게 포기를 할 텐데, 이건 좀 애매한 상황에 처해 버렸다.

"저 위로 해서 돌아갈 수는 없을까?"

터널 측면을 돌아보며 진우가 중얼거렸다. 타원형의 입구 주변에는 펜스가 세워져 있고, 그 옆으로는 정말 단순한 구조의 계단식 건축물이 설치되어 있다. 진우는 그 높은 계단들을 딛고 터널의 위쪽으로 올라가 보았다.

우아~. 탄식이 절로 나오는 광경이 시야를 가득 채운다.

험하다. 터널 입구의 둥근 천장 부분을 제외하면 그 뒤로는 온통 산과 구릉, 짙은 녹색의 나무숲들이 끝없이 펼쳐져 있다. 그 광활한 기세에 진우의 입에서는 헛웃음이 픽픽 터져 나왔다. 저 험로에서 저만한 거리를 다 돌파하려면 아마 아무리 부지런히 움직여도 사흘 이상은 잡아야 한다. 그것도 아주 운이 좋아 길을 잃지 않는다는 가정하에…….

굶어 죽지는 않겠지만, 아마 마지막 하루 정도쯤은 식량 없이 주파해야 하는 상황에 부딪히게 될 것이다. 따라서 저 험한 길을 정면으로 돌파하는 것보다는 컴컴한 터널을 관통하는 편이 몇 배나 빠르고 효율적이다.

후우~. 아래로 내려온 진우는 큰 한숨을 내쉬면서 터널을 다시 살피기 시작했다. 등 뒤에서는 벌써 노을이 산을 집어삼키면서 붉게 타오르는 중이다. 터널을 종단하는 것도 서두르지 않으면 안 된다는 뜻이기도 했다. 여기에서 더 늑장을 부렸다가는 터널을 빠져나온 뒤에도 밤의 암흑과 또 마주하게 될 테니까.

정말 내키지는 않지만, 여길 통과하면 최소한 사흘이라는 시간을 단축할 수 있다. 그리고 또 앞으로도 얼마나 많은 터널을 만나게 될지 모르는데, 언제까지고 그걸 피해서 다닐 수만은 없는 노릇이다. 가치가 있는 경로니까 마음에 안 들어도 가야 한다. 꼭 가야 한다.

한 가지 그에게 희망적인 소식이라면, 터널의 한쪽 벽에 정비 요원이 지나다니도록 만들어 놓은 보행 통로가 있다는 점이다. 도로 면으로부터 1미터 정도 올라와 있는 좁은 길, 사람 하나가 겨우 지날 만큼의 폭이다. 여기로 지나가면 최소한 발밑을 신경 써 가면서 움직이지는 않아도 된다.

그런데 이것이 과연 안전한 길일까? 이 허술한 철제 난간이 나의 안전을 지켜 줄 수 있을까?

진우는 난간을 잡고 흔들어 보다가 개머리판으로 때려 봤다.

띠이잉— 위이이잉— 위잉—.

난간이 울리는 소리가 터널 저 안쪽까지 진동해서 들어갔다가 작은 메아리를 만들어 낸 뒤, 이내 사라진다. 진우는 K-2의 주야 조준경을 켜서 아직 작동하는지 확인해 보고, 일단 테이프로 플래시를 고정했다.

02

처음 200여 걸음은 쉬웠다. 바깥에서 비쳐 들어오는 햇빛과 천장을 통해 반사된 빛 덕분에 플래시를 켜지 않아도 될 만큼 주변이 훤했기 때문이다. 하지만 그 뒤로는 한 발, 한 발을 내디딜 때마다 어둠과 압박감이 확확 밀려오며 몇 곱절씩 배가되었다.

그리고 그로부터 또 150여 걸음. 마침내 주변은 완전한 암흑으로 물들었다. 플래시의 둥근 불빛이 닿는 곳만 눈에 들어온다. 나머지는 온통 한통속의 어둠이다. 숨이 막힐 것 같은 검정.

우우우우우웅— 고오오오오오— 콰아아아아—.

정체를 명확히 구분할 수 없는 소리가 아치형의 터널 곡면 전체를 울림판으로 삼아 증폭된 채 쉬지 않고 울려 댄다. 불어오는 바람 소리라고 하기에는 공기의 흐름이 전혀 느껴지지 않고, 엔진음이라고 하기에는 너무 불규칙하다. 그럼 좀비의 울음소리인가 하면 그건 또 아니다.

어쨌든 기분이 좋지는 않은 소리였다. 신경을 있는 대로 긁으며 사람의 마음을 흔든다. 바깥에서는 느끼지 못하던 소리건만, 안으로 들어올수록 점점 비례적으로 커진다.

어쨌든 상황을 정리해 보자면, 시야는 플래시 불빛 하나만큼의 크기로 줄어들어 있다. 귓가에서는 계속 알 수 없는 웅성거림이 메아리친다. 그리고 이제는 뒤를 돌아보아도 빛이 비쳐 들지 않을 만큼 바깥도 어두워져 있다. 터널 내부의 공기는 무겁고 탁하고 답답하다. 어디서 경유가 새고 있는지 특유의 기름 냄새가 먼지와 썩은 음식물 악취에 섞여 있다.

오감 중에 원거리를 담당하는 세 가지가 거의 70퍼센트 이상 봉쇄당한 셈이다. 자연스레 심장의 박동이 빨라지고 긴장한 온몸에는 소름이 돋는다.

"하아아~ 하아아~."

두려움에 비례하여 진우의 숨소리도 커졌다. 천천히 걸음을 옮기면서 가끔 한 번씩 좌우로 총구를 돌려 주변을 살폈다. 플래시의 각도는 정면으로 15도쯤 아래를 향해 비스듬히. 그보다 위쪽을 비추면 벽에 붙은 반사판이 번쩍여 눈을 어지럽히기 때문에 곤란하다.

버려진 차들이 어지럽게 널려 있지만, 움직이는 것은 없다. 멈춰 서 있는 자동차들이 만들어 내는 커다랗고 짙은 그림자는, 기계문명의 시체처럼 음산했다. 진우는 스스로에게 계속 말을 걸었다. 침착하기만 하면 그리 어렵지 않게 지날 수 있다…… 필요 이상으로 두려워하지 않아야 한다…….

처음에 터널 안으로 들어서면서 진우가 가장 두려워했던 것은 암흑 속에서 거리와 방향감각을 상실하면 어쩌나 하는 것이었다. 하지만 다행히도 벽면에 설치되어 있는 이런저런 장비들을 확인하면서 그 걱정은 하지 않아도 된다는 걸 깨달았다.

전화기, CCTV 등 온갖 것들이 눈에 띄었지만, 가장 자주 나타나는 것은 소화전이었다. 그래서 진우는 각 소화전 간의 거리를 보폭으로 쟀다. 소화전에서 출발해 60걸음을 걸으면 또 새로운 소화전을 만난다. 툭 튀어나온 표지판이 있어서 놓치고 지날 일도 없다.

"미터로 하면 얼마나 되는 걸까? 50? 60?"

진우는 한 발을 떼어 놓고 그 거리를 눈대중으로 재면서 중얼거렸다. 그게 50이든 60이든, 혹은 40밖에 안 되든 간에 분명한 거리의 단위가 하나씩 줄어든다는 건 중요하다. 3,300미터라고 하면 까마득한 것 같지만, 그걸 50으로 나누면 66밖에 안 된다. 이런 소화전 66개를 지나면 저 끝에 닿는다는 말이다.

"그래, 씨발. 별거 아니야."

듣는 사람이 아무도 없지만 진우는 허세 섞인 톤으로 혼잣말을 중얼거렸다. 그렇게 하는 것만으로도 은근히 기운이 솟는다. 소화전을 세기 시작한 이후, 일곱 개를 더 지나고 나자 잠시 차선이 넓어지는 구간이 나타났다.

아마도 정비 구간이나 뭐 그런 종류의, 만일의 사태를 위해 만들어 둔 공간일 터이다. 물론 지금은 이 좁은 공간이라도 파고들어 어떻게든 남들보다 빨리 가 보려던 자동차가 벽에 코를 박은 채 멈춰 서 있다.

고오오오오— 콰아아아아— 우우우우—.

고막을 자극하는 괴이한 울림은 점점 더 커져 갔다.

그 소리를 그만 듣고 싶다는 스트레스가 은근히 커서 진우는 이를 악물어야 했다. 플래시를 위로 비춰 보니 공기 순환용 팬은 전혀 돌아가지 않고 있다. 그러니 이건 바람 소리는 아니다.

뭐지? 뭐가 이런 소리를 만들어 내는 거지?

상상력을 총동원해 봐도 그 소리를 구체화하지는 못했다. 그저 막연하게 오싹해지고 공연히 자꾸 등 뒤를 힐끔거리게 된다. 물론 거기에는 아무것도 없다.

"집중해, 집중! 벌써 소화전 일곱 개 넘게 지났어! 이제 길어 봐야 60개 정도만 더 지나면 돼."

점점 커지는 두려움과 달아나고 싶다는 욕망을 억누르며 전진을 계속하던 진우는 스스로를 다그쳤다. 지금 돌아 나가 봐야 얻는 것 하나 없이 그저 시간만 허비한 셈이니까. 도로로 나가 버스 지붕 같은 곳에 기어올라 밤을 보낸다고 해도 어차피 어둠과 마주하는 것은 같다.

그리고 내일 아침 해가 뜨면 다시 또 이 터널 안으로 걸어 들어올 수밖에 없다. 그런 헛짓거리를 하느라 소중한 물과 식량을 낭비하고 싶지는 않았다.

"후우우~ 쿨럭! 쿨럭!"

1킬로미터를 넘어간 시점부터 숨 쉬기가 상당히 힘겨워졌다. 제대로 순환되지 못해 고여 있던 공기 중에는 불타 버린 자동차에서 뿜어져 나온 유독가스도 섞여 있다. 거기에 기름 냄새와 악취, 이산화탄소…….

진우는 면 티를 끌어 올려 입과 코를 가리고, 가끔 한 번씩 손을 내저어 악취를 흩어 내며 기침을 했다. 이러다가 뻗어 버리면 어쩌지 하는 두려움에 온몸은 식은땀으로 흠뻑 젖는다.

"그, 그래. 그…… 라이터를 켜서 불을 붙여 보면……."

산소가 없으면 불이 꺼진다는 것에 생각이 미쳤다. 초등학교 때 배운 지식까지 총동원한 진우는 배낭 안에서 꺼낸 초에 라이터로 불을 붙였다.

이런 젠장, 촛불이 영 시원치가 않다. 그럼 산소가 부족하다는 뜻이고, 자신도 아슬아슬하다는 말이다.

후, 진우는 촛불을 끄고, 초를 전술 조끼의 비어 있는 주머니에 집어넣었다.

이러다가는 얼마 못 가 죽는다. 수를…… 무슨 수를 내야 한다. 아니면 터널 입구로 되돌아가든가.

진우는 다급하게 사방을 훑었다.

젠장, 어디 산소통 같은 거 없나? 혹시 모르잖아. 소화기 옆에 그런 장비가 있을지도…… 아니, 지나오면서 그런 건 전혀 못 본 것 같은데…….

쿨럭, 쿨럭! 기침을 할 때마다 숨이 가빠지고 기분 탓인지 머리까지도 멍해지는 것 같다.

그때, 진우의 머릿속에 번개처럼 번뜩이며 아이디어 하나가 스쳐 지나갔다. 그는 얼떨떨해진 표정으로 왼쪽의 두 개 차선을 돌아보았다. 가까운 곳에 멀쩡한 공기가 있었다. 그것도 아주 많이…….

진우는 난간을 훌쩍 타 넘어 1미터 아래의 차도로 내려섰다. 그러고는 대검을 꺼내 자동차 타이어의 옆면을 그었다. 생각보다 타이어라는 게 단단해서 단번에 찢어지지 않았고, 진우 역시 한 번에 푹 칼을 찔러 넣을 생각은 없었다. 한 번도 해 보지 않은 일이어서 어떻게 될지 조심스러웠기 때문이다. 조심스레 몇 번을 긋고 또 긋다가 칼날이 박혀 들어가는 게 느껴지자 진우는 칼을 비틀어 살짝 돌렸다.

취이이이익―.

타이어에서 급격하게 바람이 빠져나온다. 고무 냄새가 잔뜩 밴, 그러나 숨 쉬기에 충분한 공기가 진우의 팔뚝과 얼굴을 시원하게 만들며 퍼졌다.

하아아……. 그만큼의 산소를 들이마시는 것만으로도 진우의 관자놀이에 솟아 있던 핏줄이 가라앉는다. 한결 살 것 같다. 한쪽 바퀴의 바람이 빠지면서 자동차가 기운다. 진우는 그 뒤의 바퀴에도 대검을 댔다.

취이이익―.

또 타이어 한 개 분량의 공기가 빠져나온다.

자동차 다섯 대의 바퀴에서 바람을 빼내자 그 주변의 공기가 달라진 것이 몸으로 느껴진다. 진우는 다시 정비로로 올라가 초에 불을 붙여 봤다. 멀쩡하게 곧은 불꽃이 올라온다.

크, 촛불 하나가 사람을 이렇게 기쁘게 하다니.

진우는 만족한 웃음을 지었다. 앞으로 터널을 무사히 통과하기 전까지 이따금씩 이 짓을 해서 산소를 확인해 봐야 한다.

"스물여섯, 스물여섯……."

정말 지긋지긋한 길이지만, 발을 멈추지 않으면 앞으로 나아가게 되어 있다. 또 소화전 하나를 지났고, 진우는 다시 차선으로 내려가 타이어의 바람을 빼면서 스물여섯이라는 숫자를 되뇌었다. 이 어둠을 절반 가까이 헤쳐 왔다.

이제 되돌아가는 시간이나, 앞으로 나아가는 시간이나 똑같다. 그러니 더 용기를 내서 돌파해 버리면 다 지난 일이 되어 버린다. 언제 힘들었느냐고 웃을 수도 있다. 두려움과 불안이 커지면서 줄곧 스스로를 괴롭히던 죄책감과 후회가 한구석으로 밀려난 것도 싫지 않았다. 오로지 자신의 주변에만 집중할 수 있으니까.

후다다닥—.

10여 미터 전방에서 주먹 크기의 쥐새끼 서너 마리가 정비로 바닥의 철망 사이로 숨어든다. 쥐는 정말 어디에나 있다. 저놈들을 보고 있으면 좀비들이 동물에게 전염되지 않는다는 게 얼마나 고마운 일인지 절감하게 된다. 저 작고 교활하고 빠른, 그러면서도 어디로든 구멍을 뚫고 돌아다니는 놈들에게 물려도 좀비가 된다면, 그건 또 새로운 차원의 지옥일 것이다.

"서른넷, 서른넷…… 다 왔다. 정말 다 왔어. 조금만 더 가면 돼."

서른네 번째 소화전 앞에서 진우는 한숨을 쉬며 물을 마셨다. 타이어에 칼을 대려는데, 또 예의 그 굉음이 증폭된다.

구우우우웅— 위이이이잉— 구우오오오—.

이제 소리는 더욱 커져서 바로 귓가에서 두꺼운 철판을 때리며 흔드는 것 같다. 궁금증이나 두려움보다 이젠 분노가 훨씬 더 커져 버렸다.

이 소리를 만드는 원인을 찾아내면 반드시 박살을 내 버리리라…….

진우는 다짐을 하고 또 했다. 탄창 하나를 다 써 버리는 한이 있어도 그렇게 할 것이다.

이만큼 깊숙하게 들어왔는데도 여전히 많은 자동차들이 각 차선마다 꼬리를 물고 서 있다.

저 많은 수의 버려진 자동차들, 저 안에 타고 있던 사람들은 길게 계속되는 정체를 겪으면서 무슨 생각을 하고 있었을까? 다들 좀비를 피해 달아나려고 나선 길일 텐데, 이렇게 폐쇄된 공간 속에 갇혀 버렸을 때 어디로 간 걸까? 다들 어디로들 도망갔을까?

타이어에서 쏟아져 나오는 공기를 쐬며 진우는 그런 생각을 했다. 아까 길에서 보았던 불탄 시체들만으로는 설명이 안 된다.

물병을 기울이면서 진우는 아래쪽 도로를 가득 메운 자동차들을 물끄러미 바라보았다. 분명 저 자동차들을 뒤져 보면 쓸 만한 물건들이 잔뜩 나올 테지만, 그 정도의 심리적인, 또 시간적인 여유는 없다.

지금은 이성을 유지한 채 한 걸음씩을 내딛는 것만으로도 벅차다. 그리고 플래시의 배터리도 얼마나 더 버텨 줄 수 있는지 가늠이 안 된다. 진우는 다시 촛불을 켜 보고 산소가 있는 것을 확인한 뒤, 걷기 시작했다.

"이상한데?"

소화전 세 개를 더 지나고 진우의 이마가 찌푸려진다. 앞쪽을 비추던 플래시의 불빛이 닿는 면이 뭔가 지금까지와 다르다. 빛이 뻗어 나가다가 차츰 소멸되는 게 아니라 뭔가에 꽉 막힌 듯한, 그런 느낌이다.

이건…… 뭔가 잘못되었다.

불안해진다. 진우는 소화전 개수를 세는 것도 잊은 채 뛰다시피 했다. 급해진 마음을 따라 발걸음이 빨라지고, 거리가 줄어들수록 그 사태가 명확해졌다.

슥— 벽면을 스친 팔뚝에 새까맣게 그을음이 묻어났다. 지금까지 줄곧 평탄했던 바닥에도 파편들이 밟힌다. 그리고…… 눈앞에는 커다란 탱크로리 세 대의 잔해가 무너져 내린 돌 더미 속에 파묻혀 있다. 막혔다. 더 이상 나아갈 수 없다.

"후우우~."

불타 버린 자동차들의 잔해 옆에 서서 진우는 크게 한숨을 내쉬었다. 운동과 분노 때문에 올라간 심장 박동이 좀처럼 가라앉지를 않는다. 진우는 주변을 둘러보았다.

커다란 폭발이 있었던 모양이다. 그리고 터널의 전광판과 공기 순환용 파이프, 조명등, 그리고 커다란 콘크리트 더미까지 무너뜨리게 만든 주범은…… 저 탱크로리들일 것이다.

대체 뭘 운반하고 있던 것일까? 휘발유? 가스?

뭐라고 해도 이상하지는 않다. 긴급 상황이었던 만큼 이런 피난민들보다 유류 운반차가 더 바쁘게 움직였어야 할 테니까.

하지만…… 그런 것도 전부 사고가 나지 않았을 때의 이야기다. 자빠진 채 돌더미에 깔린 탱크로리를 보면서 진우는 한숨을 내쉬었다. 그 뒤로 몇 줄인가의 자동차도 폭발에 휘말렸고, 결국 아무도 이 터널을 벗어나지 못하게 돼 버렸다.

혹시 뚫고 지나갈 만한 공간이 있을까 싶어 열심히 위아래로 플래시를 휘둘러 보고, 직접 돌무더기를 밟고 올라가도 봤다. 틈이 없지는 않다. 하지만 워낙 좁아서 쥐들이나 겨우 들락거릴 수 있을 정도이다.

막혔다. 폭발로 주변 구조물이 모두 무너져 내리는 바람에 흙더미와 돌무더기에 꽉 막혔다. 사람 키 세 길이 될까 말까 한 천장까지도 모두 다…….

큭큭큭, 진우는 눈가를 문지르면서 헛웃음을 지었다. 너무 어처구니가 없어 어떤 반응을 보여야 옳은 건지도 잘 판단이 서지 않는다. 40개가 넘는 소화전을 지나쳐 왔다. 불안함 때문에 온몸을 땀으로 적시며 그 두려운 마음을 이기고 먼 길을 왔는데, 얻은 성과가 고작 무너져 내린 터널의 내부를 확인하는 것이라고?

사고가 날 거였으면 좀 입구에서 가까운 데에서 나든가, 사람 고생은 고생대로 다 시켜 놓고…….

고오오오오— 쿠우우우우—.

그놈의 이상한 울림은 여전히 끊이지 않고, 막혀 있는 잔해에 부딪쳐 되돌아오며 고막을 자극한다. 이래도 화를 내지 않을 거냐고, 주저앉지 않을 거냐고, 도발하는 것 같다. 이럴 때는 흔들리는 영혼을 붙들어 냉철함을 유지해야 한다. 그래야 이기는 거다.

뒤로 물러난 진우는 이를 악물고 뭔가 이성적인 판단을 하기 위해 애를 썼다. 이 상황과 괴이한 울림에 무너지지 않고 버티리라.

20여 미터 뒤쪽으로 되돌아 걸어 나와 눈에 보이는 것 중 가장 고급 승용차를 찾았다. 물론 그러느라 험한 꼴도 좀 봐야 했다. 자동차 안에서 탈출하지 못한 채 불길에 휩싸인 사람들의 시체가 여기저기 눈에 띈다.

멀쩡한 에쿠스를 찾은 진우는 타이어를 찢은 뒤, 뒷좌석 문을 열고 들어가 앉았다. 공기가 빠지면서 조금씩 가라앉고는 있지만, 널찍하고 푹신하다. 갇혀 있던 공기는 좀 답답해도 점점 나아지는 중이다. 진우는 앞좌석 팔걸이에 촛농을 떨어뜨려 초를 고정해 두고 한숨을 돌렸다. 진정할 필요가 있다.

"어디…… 생각을 해 보자, 생각을."

배낭을 뒤적거려 음식을 꺼내 씹으면서 진우는 막혀 있는 앞쪽을 노려보았다. 사고를 일으킨 탱크로리에 대한 분노가 가라앉으면서 차츰 이성과 추리력이 돌아가기 시작한다.

비단 좀비 때문에 대피를 하던 게 아니라도 이런 사고는 일어날 수 있다. 자동차 두 대만 부딪쳐도 터널은 꽉 막힌다. 그러면 대체 견인을 어떻게 하는 거지? 역주행으로 들어오지는 않을 텐데…… 그리고 한쪽 차선을 아예 못 쓰게 되면 교통 체증이 장난이 아닐 것이다.

"아! 맞다!"

그제야 반대 방향 터널도 있었다는 게 떠올랐다. 입구에 들어오기 전, 좌우를 기웃거리면서 어느 구멍으로 들어갈까 생각도 했었다. 골라도 참 하필 여기를…… 진우는 자신의 불운에 애도를 표하면서 뒤를 돌아보았다.

저 컴컴한 어둠을 지나 되돌아가야 하나?

그러기에는 너무 멀고 귀찮다.

"중간에 서로 이어진 통로 같은 게 있지 않을까?"

그런 게 있어야 논리적으로 말이 된다. 음식과 물로 재충전을 마친 진우는 다시 초를 챙겨 들고 에쿠스 밖으로 빠져나왔다. 만약에 통로가 있다면 그가 걸어왔던 정비로의 맞은편에 있어야 하는 구조다. 그래야만 저쪽의 맞은편 차선에 닿을 테니까.

진우는 이번엔 터널의 좌측에 붙어서 되짚어 가 보기로 했다. 아까는 거리를 재는 기준이 소화전이었다면, 이번에는 자동차다. 자동차 하나를 지날 때마다 진우는 카운트를 하나씩 올렸다. 60이 넘었을 때, 터널과 직각으로 뚫린 통로가 모습을 드러냈다.

코너를 돌며 '피난 연락갱'이라는 글자를 발견한 진우는 안도의 한숨을 내쉬었다. 셔터가 내려져 있어서 건너편이 보이지는 않지만, 맞은편 터널로 이어진 것 같다.

"그래, 있을 줄 알았어. 하아~ 다행이다. 더 멀리 안 가도 돼서……. 어디, 이거를 어떻게 연다?"

셔터 상부에는 자동 개폐용 센서라 짐작되는 카메라가 붙어 있다. 물론 지금은 전기가 들어오지 않으니 저것도 작동하지 않을 게 빤하다. 그렇다면 수동으로 열 수 있는 장치도 있을 것이다. 재난 상황을 대비해 만들어 놓은 설비가 전기로만 움직인다면 말이 되지 않으니까.

하단부 쪽으로 플래시를 움직이며 개폐 장치를 찾던 진우가 움찔했다.

쿠오오오오— 쿠우우우우—.

터널에 들어온 내내 그를 괴롭히던 그 굉음이 그 어느 때보다 크고 선명하게 들려온다. 그리고 그 소리에 맞춰서 셔터도 가볍게 흔들린다.

출렁— 쿠오오오오— 출렁— 쿠오오오오—.

찾았다. 진우의 눈빛에 만감이 교차한다. 반드시 없애 버리겠다고 수없이 다짐했던 굉음의 장본인을 찾은 것 같다. 이 셔터 너머 어딘가에 있다. 뭘 어쩌는지 모르겠지만, 그것이 난리를 칠 때마다 이 셔터까지도 함께 출렁거리고 바닥의 틈새에서 기이한 소리가 울려 나온다.

문제는 탄창 하나로 그 범인을 다 처리할 수 있을지 알 수 없다는 점이다.

대체 몇 마리나 있는 거지? 그리고 뭘 하느라 이런 소리를 내는 거지?

"후우~ 미치겠다, 진짜."

어떻게 할지를 정하기 위해 진우는 두 발을 번갈아 떼면서 이런저런 경우의 수를 생각했다. 팔에는 여전히 소름이 돋아 있다. 그러고 보니…… 단순히 불안해서 터널을 걷는 내내 이렇게 소름이 끼쳤던 게 아닌 모양이다.

셔터에 손을 대 봐도 직접적인 충격은 느껴지지 않는다. 그 말인즉슨, 좀비들이 이 셔터를 들이받고 있는 건 아니라는 이야기다.

그럼 뭐지? 대체 뭘 어떻게 하고 있으면 이런 소리가 나지?

진우는 지금까지 걸어오며 봤던 주변의 시각 정보를 되짚어 봤다. 하지만 이런 소리를 만들어 낼 만한 특별한 장치는 기억이 나지 않는다.

혹시 하행선 터널 안에는 이쪽과 다른 어떤 장치가 있는 걸까?

사실 그런 것보다 더 중요한 문제는 이 셔터를 열 것인가, 말 것인가 하는 것이었다. 연다면 건너편으로 갈 수 있고, 거기에서 1킬로미터도 채 떨어지지 않은 곳에 출구가 있다. 드디어 긴 여정을 끝내고 이 지긋지긋한 터널의 밖으로 나갈 수 있다는 뜻이다. 물론 좀비들에게 붙잡혀 뜯어 먹히지 않았을 때의 이야기이지만.

그게 너무 도박적이라 싫다면, 다시 터널 밖으로 얌전히 되돌아 나가는 수도 있다. 그러나 그런 뒤에 남는 것은 뭔가. 진우는 아까 터널 위의 건축물에 올라가서 보았던, 끝없는 산과 계곡의 모습을 아직도 생생하게 기억하고 있다.

또다시 그런 산속으로 들어가자고? 한번 길을 잃으면 또 언제 이렇게 편한 도로를 만나게 될지도 모르면서?

진우는 고개를 저었다. 어떻게 만난 고속도로인데…… 그건 싫다.

결국 모험을 해 보기로 마음을 먹은 진우는 양쪽 벽에 각각 하나씩 붙어 있는 크레인 손잡이 중 왼쪽 벽의 것을 붙잡고 천천히 돌렸다.

키리리리— 키리리릭—.

크레인은 생각했던 것보다 훨씬 부드럽게 돌아갔고, 몇 바퀴 돌리지 않은 시점부터 셔터가 올라가는 게 눈으로도 보였다. 기름칠이 잘되어 있던 듯하다.

물론 그보다 먼저 셔터가 열렸음을 알려 준 것은 냄새였다. 지금까지 맡았던 것과는 비교도 되지 않을 만큼 강렬한 악취가 건너편 터널로부터 유입되어 들어온다.

윽, 어후~.

진우는 오만상을 찌푸리며 크레인을 돌리던 손을 멈추고 살짝 떼어 봤다. 힘이 가해지지 않아도 셔터가 도로 내려오려는 기미는 없다. 역진 방지 기어가 장착되어 있는 모양이다.

셔터는 지면에서 30센티 정도의 폭만큼 올라와 있다. 이 정도면 어떤 돌발적인 공격이 있다 해도 이편에서 빨리 방어하기에 더 용이하고, 눈으로 건너편을 확인할 수도 있는 높이다.

진우는 셔터의 꺾여 있는 손잡이에 발을 대고 밟는 시늉을 해 보았다.

카랑—.

살짝 힘을 주는 것만으로도 셔터가 흔들린다. 여차할 때 이런 식으로 밟으면 닫힐 것이다.

쿠오오오오— 콰아아아아—.

개방된 공간을 통해 굉음은 한층 더 크고 또렷하게 들려온다.

"후~ 그럼 어디 봐 볼까……."

진우는 K-2에 부착된 주야 조준경을 켜며 호흡을 가다듬었다. 그러고는 몇 걸음 물러나 낮게 포복하며 열린 셔터 틈을 조준했다.

03

주야 조준경의 초록색 화면에 건너편 통로가 비친다. 그쪽에도 자신이 포복해 있는 것과 똑같은 넓이와 형태의 차선 하나가 마주하고 있다. 그리고 그 너머는 직각으로 이어진 터널이다. 멀리 자동차 바퀴들이 보일 뿐, 움직이는 것은 눈에 띄지 않는다. 셔터를 여는 동안 예상은 했던 일이다. 뭔가가 기다리고 있었다면 당연히 셔터에 달려들어 치받거나 흔들어 대면서 생난리를 쳤을 테니까. 그렇다고 건너편에 아무것도 없다는 판단을 내리자니, 저놈의 굉음이 섭섭해할 것 같다.

쿠우우우— 쿠우우우—.

막혔던 벽을 치우니 이제는 대놓고 시끄럽게 울려 댄다.

"와 봐라…… 이거냐?"

진우는 천천히 일어나 셔터 앞으로 다가갔다. 이미 30센티 높이까지 열었는데, 그보다 좀 더 올린다고 무슨 큰일이 날까 싶다. 두려운 마음을 꾹 억누르고 셔터를 허리 높이까지 들어 올렸다.

드르르륵—.

그러고는 몸을 굽혀 건너편 터널로 넘어갔다.

흐으읍—.

숨을 들이켜 봤다. 상행선 방향과 그리 다르지 않은 공기다. 경유 냄새, 썩은 음식물의 냄새, 먼지 냄새, 그리고 지긋지긋한 좀비 냄새는 더 강렬해졌다. 하지만 의외로 반대 차선보다 호흡하기가 한결 수월한 기분이 든다.

"어디에서 바람이 들어오나?"

진우는 주야 조준경에서 눈을 떼고 테이프로 고정해 둔 플래시의 스위치를 올렸다. 주야 조준경 배터리는 충전을 할 수 없으니 정말 필요한 순간을 위해 가능한 한 아껴 둬야 한다. 그렇게 발발 떨어 가며 사용해도 이제 앞으로 몇 시간 쓰기 어렵다. 진우는 일단 피난 연락갱 안에서 멈춰 선 채 직각으로 나 있는 터널의 양쪽 끝을 훑듯이 플래시를 돌렸다.

없어라, 없어라, 아무것도 없어라…… 만약에 올 거면 차라리 지금 와라…….

주문을 외우듯 작게 중얼거리며 천천히 전진했다. 그을음이 가득했던 건너편 연락갱과 달리 새로 들어선 하행선 벽은 깨끗하다. 폭발 사고가 일어날 때, 이미 셔터가 내려져 있었다는 의미이다.

진우가 이렇게 자신만만할 수 있는 데에는 여유가 생긴 실탄도 크게 한몫했다. 오두막의 탈영병들이 가지고 있던 탄창까지 전부 회수했기 때문에 전술 조끼가 두둑하다. 게다가 배낭에도 예비 탄창이 들어 있다.

진우는 차선 두 개를 가로질러 정비로로 올라섰다. 비록 1미터밖에 안 되지만, 지형적으로 우위에 서는 건 중요하다. 난간이 있어서 예상치 못한 습격으로부터도 비교적 안전하다. 쉬지 않고 울리며 메아리를 만들어 대는 굉음 때문에 소리로 미리 예측을 할 수 없으니, 가능한 한 안전을 위주로 움직여야 한다.

터널 내부는 이미 경험한 것과 거의 차이가 없었다. 소화전, 반사판, 송풍기, 지시등…… 이런 것들이 차례로 등장하고 멈춰 서 있는 차들이 가득하다. 자동차들이 서 있는 방향이 바뀌어 앞쪽을 보며 걸어간다는 것 정도가 다른 점이라면 다른 점이다.

슷—.

소화전 두 개 거리를 지났을 때, 10여 미터 앞 SUV 유리창 너머로 검은 그림자가 나타났다. 사람의 그림자. 이 터널에 들어와 처음으로 보는 사람의 형태였다. 물론 99.9퍼센트 확률로 진짜 사람이 아니라 좀비겠지만……. 그림자의 바로 옆에도 또 검은 뭉치들이 붙어 있다.

헉, 진우는 짧은 탄성과 함께 벽에 바짝 붙어 섰다.

이제야 나타났구나, 이 개새끼들…….

진우는 개머리판을 어깨에 대고 방아쇠에 손가락을 걸었다. 대체 왜 이놈들은 포효조차 하지 않고 있던 것일까 하는 의문과 함께.

진우는 호흡을 가다듬으며 검은 그림자가 SUV 밖으로 모습을 드러내기를 기다렸다. 그리고 그 일은 순식간에 일어날 거라고 예측했다. 지금까지 수없이 봐왔던 좀비들의 속도가 그랬으니까. 둘을 세기 전에 아마 SUV의 꽁무니를 돌아나와 아가리를 벌리며 달려들 것이다. 그러면 곧바로 방아쇠를 당겨서 조수석을 지나기 전에 대가리를 날려야지.

하나, 두……우……울, 음? 뭐지?

셋을 세고 넷을 셌는데도 좀비가 나오지를 않는다. 진우는 예상을 벗어난 상황에 당황하면서 시야를 넓혔다. 좀비는 벌써 다른 방향으로 돌아오고 있는데 혹시 자신이 그 움직임을 놓친 것인가 싶어서다.

하지만 아니다. 여전히 SUV 뒤쪽으로 놈의, 아니, 놈들의 그림자가 길게 드리워 있다. 믿을 수 없을 정도로 느릿느릿 움직이는 그림자가 천천히 C필러를 돌아 나온다.

그으으~으.

30대 중반이나 후반, 폴로 티셔츠, 굵은 금목걸이, 고급 청바지에 갈색 보트 슈즈…… 꽤나 여유롭게 살던 사람인가 보다. 물린 곳은 아마도 오른쪽 옆구리. 그곳에서부터 흘러나온 피가 주변을 온통 검게 물들여 놨다…… 따위의 정보를 모두 읽어 낼 수 있을 만큼의 시간 동안 좀비가 한 일이라고는 맥없이 작게 그렁대면서 두 발짝을 내디딘 것뿐이다. 그것도 보폭이 30센티 정도나 겨우 될까 싶게 어기적거리며 걷는다.

그으으—.

폴로 좀비가 또 한 걸음을 떼며 반대쪽 손을 천천히 들어 올린다. 관절염을 앓는 100세 노인이라고 해도 그보다는 날렵하게 움직일 것 같다. 느리다. 너무 느리다.

"하아~ 하아~ 뭐지, 이 새끼들? 무슨 수작이지? 페이크인가……?"

뜻밖의 상황이 오히려 진우를 당혹스럽게 만든다. 폴로 좀비의 뒤를 이어 등장한 나이키 좀비와, 러닝셔츠 좀비, 반바지 좀비와 아줌마 좀비, 대머리 좀비까지…… 모두 다 한결같이 느린 움직임으로 좁은 자동차 사이를 걸어 나오고 있다.

거리는 10미터 정도밖에 안 되지만, 놈들이 여기까지 닿으려면 30초는 기다려야 할 것 같다. 물론 이쪽에서 서너 발짝만 뒤로 물러나면 그 시간은 또 늘어날 것이다.

여섯 마리나 되는 좀비와 마주쳤는데 이렇게 여유롭다니…… 믿을 수가 없다. 아무리 유심히 살펴봐도 지금까지 죽여 왔던 수많은 좀비들과 별다른 차이도 없는데……. 혹시 이놈들을 미끼로 쓰는 이상한 전법인가 하는 의심이 든 진우는 사방으로 시선을 돌려 봤다. 그래도 역시 움직이는 건 이놈들뿐이다.

그으으으—.

반바지 좀비가 비틀거리다가 바닥에 자빠진다. 놈은 한쪽 다리의 살이 너무 많이 뜯겨 나가 있어서 움직임이 영 불안정하다. 그 바람에 넘어지는 놈에게 걸린 러닝셔츠 좀비도 함께 뒹굴었다. 다들 도무지 매가리가 없다.

이쯤 되면 아주 저질 코미디를 0.2배속 정도로 보는 기분이 든다. 당연히 무섭지도 않다. 오히려 이놈들을 죽인다는 게 약자를 괴롭히는 일처럼까지 느껴진다. 예전의 진우였으면 망설였을지도 모른다.

"왜 그렇게 약해졌는지는 모르겠지만, 어쨌든 너희들에게 물려도 죽는 거니까……."

한동안 좀비들을 관찰하던 진우는 이내 방아쇠를 당겼다.

타앙—.

첫 발이 발사되자마자 터널 전체를 뒤흔들 만큼 커다란 메아리가 수십 번을 반복해서 만들어지며 귀를 울린다. 30대 중반의 옆구리를 물린 폴로 좀비는 이마에 커다란 구멍이 뚫린 채 바닥에 쓰러졌다.

물론 선두의 놈이 그런 꼴을 당한 뒤에도 나머지 좀비들은 더 서두르거나 움직임이 빨라지지는 않았다. 여전히 어기적어기적, 천천히 걸음을 뗄 뿐이다. 총소리 때문에 먹먹해진 고막에는 들리지 않을 정도로 작게 포효하면서…….

타앙— 타앙— 타앙—.

진우는 더 시간 끌지 않고 잇달아 총알을 날렸다. 한 마리에 한 방씩, 순식간에 다섯 마리를 제거한 진우는 자동차 사이에 넘어져 있는 반바지 좀비가 일어나기를 기다렸다. 반바지 좀비는 도무지 제대로 몸을 가누지 못했다.

비틀, 쿵— 비틀, 쿵—.

머리가 보일 만하면 넘어지고, 다시 또 일어나는가 싶으면 보닛 아래로 모습을 감춘다. 기다리다 지겨워진 진우가 아래로 내려갈까 고민을 시작했을 때쯤에야 반바지 좀비는 겨우 몸을 일으켜 세웠다. 그러면서도 여전히 그 시선만은 진우에게 고정되어 있다.

"근데 대체 너희들…… 그런 굉음은 어떻게 낸 거야? 그렇게 힘도 없는 놈들이."

반바지 좀비가 아가리를 벌리려 할 때, 진우가 발사한 총알이 놈의 머리를 꿰뚫었다. 반바지 좀비의 두 다리가 힘없이 꺾이고, 뇌수가 쏟아지는 놈의 뒤통수가 바닥을 때린다.

하아~. 진우의 입에서 가벼운 한숨이 나온다. 별로 개운치 않다. 그래도 이제 그 지겨운 소리는 더 듣지 않아도 된다……고 생각했다, 아주 잠시.

쿠우우우우— 고오오오오— 위이이이잉—.

총소리의 여운이 끝나기도 전에 진우를 비웃기라도 하듯 예의 그 굉음이 계속 이어졌다.

그럼 그렇지, 이렇게 쉬울 리가 없어…….

진우는 납득한다는 표정을 지었다. 이 끝없이 지속되는 힘찬 소리를 저런 놈들이 만들어 냈다고 하면 그게 오히려 더 말이 안 된다. 저 앞에 분명 다른 놈들이 있다.

하지만 진우가 이해할 수 없는 것은 이렇게 총소리가 크게 울렸는데도 왜 놈들이 계속 그 굉음을 만들어 내는 데만 열중하고 있는가 하는 점이었다. 대체 그게 얼마나 대단한 의미가 있는 일이기에…….

키이이이잉—.

신경을 긁는 굉음은 끊이지 않고 이어진다. 마치 그를 유혹하기라도 하는 듯. 진우도 홀린 사람처럼 멈추지 않고 걸었다. 한 걸음, 한 걸음 뗄 때마다 그 소리는 더욱 크고 선명해졌다. 즉, 그 근원이 이 앞 어딘가에 있다는 의미다.

그리고 다시 소화전 네 개를 더 지났을 때, 진우는 왼쪽 벽에 붙은 수상한 문을 발견했다.

"여긴가……."

계단을 걸어 내려온 진우는 안쪽으로 미는 방식의 커다란 쇠문 한 쌍 앞에 멈춰 서서 중얼거렸다. 3분의 1쯤 열린 채 내려진, 도어 스토퍼 발굽으로 고정되어 있는 문은 생김새가 일반 문과 조금 달랐다. 재질은 쇠로 되어 있고 꽤나 두툼하지만, 10센티미터 정도 폭의 긴 구멍이 촘촘하게 나 있는, 두꺼운 철창 같은 모양이다.

"……급기 환기실."

진우는 문의 상단에 붙은 글자를 읽었다. 문의 안쪽에서는 멋대로 증폭된 그 굉음이 악취와 뒤섞인 채 파도처럼 계속 밀려 나온다. 진우는 플래시로 안쪽을 비쳐 봤다. 급격한 곡선으로 된 복도다. 벽면은 터널 내부와 같은 거친 콘크리트 재질, 천장에 촘촘하게 붙어 있는 조명들은 물론 모두 꺼져 있다.

문에 분명하게 박혀 있는 '관계자 외 출입금지' 여덟 글자에서 알 수 있듯, 이 길은 터널의 뭔가를 관리하는 곳으로 이어진 통로다.

그 유혹하듯 삐죽 열린 문과 앞으로 쭉 뻗어 있는 정비로를 진우는 잠시 번갈아 바라봤다. 어차피 터널 밖으로 나가는 길은 정비로를 계속 따라가기만 하면 된다. 눈앞에서 자신을 현혹하고 있는 이 통로가 아니다. 다시 말해 이 문 안으로 굳이 들어가지 않아도 터널을 빠져나가는 데는 아무런 문제가 없다.

"……그래, 뭐 하러 굳이 무리해? 그냥 가자."

굉음을 만들어 내는 범인을 찾기만 하면 반드시 죽여 버리겠다고 증오의 다짐을 했던 게 마음에 걸리지만, 별다른 소득은 보이지 않고 위험하게만 보이는 일에 뛰어들지 말자고 진우는 스스로를 설득했다.

그까짓 굉음, 지금은 이렇게 신경을 갉아먹는 것처럼 거슬리고 짜증이 나지만, 여기에서 벗어나기만 하면 이내 들리지 않게 될 소리니까. 오로지 이 터널 안에서만 위력을 발휘하는 소음일 뿐이다. 아무리 실탄을 확보했어도 그런 데에 낭비할 만큼 여유롭지는 않다. 눈감고 귀 막고 외면해 버리면 없는 것이나 매한가지다. 그냥 가자.

진우는 살금살금 발소리를 죽여 그 문제의 문 앞을 지나쳤다.

코오오오— 위이이잉—.

멀어지는 진우의 등에 또다시 조롱하는 것처럼 굉음이 덮쳐 온다.

슬쩍 뒤를 돌아보면서 진우는 자신의 감정을 억누르기 위해 이를 악물어야 했다. 마음이 흔들리기는 했지만, 어쨌든 그는 용케 그 문에서 멀어졌다. 다시 소화기 하나 정도의 거리를 지날 때쯤, 굉음이 크게 들려온다.

"이건 또 뭐야?"

진우는 고개를 들어 소리의 진원지를 찾았다. 그의 머리에서 2미터쯤 위에 커다란 파이프들이 잇달아 돌출되어 있다. 끝부분에 필터가 달린 둥근 모양이나 크기를 보면 바람이 나오는 관임이 분명하다.

그리고 그 통풍관들에서 조금 전 문 앞에서 들었던, 예의 그 괴상한 소리가 울려 나온다. 마치 파이프 오르간을 연상시키는, 그런 웅장한 울림이다.

이상한 터널이다. 통풍관에서는 나오라는 바람 대신 굉음이 쉬지 않고 뿜어져 나오고, 좀비들은 허약하기 짝이 없고, 뭔가 비정상적인 곳이다. 게다가 집요하다. 정말 어렵게 문 앞에서 유혹을 뿌리쳤는데, 통풍관들이 다시 발목을 잡는다.

고오오오오— 쿠우우우우— 위이이이이—.

하도 지겨워서 이젠 소리가 날 때마다 저절로 이를 악물게 된다.

"젠장…… 계속 짜증 나게 하는구나. 이러다가 미쳐 버리겠다. 뭔 놈의 소리가 사람의 기운을 이렇게 쪽 빼는……."

그렇게 중얼거리던 진우가 갑자기 말을 멈췄다. 저 멀리서 또 좀비들이 비척거리며 걸어오는 걸 발견했기 때문이다. 이번에는 세 마리. 하지만 느려 터졌다는 것에는 변함이 없다.

뭐지? 얘들, 아까부터…… 내가 모르는 사이에 좀비들이 다 퍼져 버린 건가? 설마…… 이 소리가 좀비들을 약화시키는 기능을 하는 건가? 원리를 알 수는 없지만, 뭔가 이상한 주파수가 좀비들의 뇌를 자극해서 운동 능력을 약화시키는?

멍한 표정을 짓고 있던 진우는 일단 총구를 돌려 다가오는 좀비들부터 처리했다.

타앙— 타앙— 타앙—.

세 마리의 좀비를 차례로 고꾸라뜨린 진우는 자신의 가설을 되짚어 봤다. 말이 되는 것 같다. 그게 아니라면 대체 아까의 그 약한 좀비들을 뭐라고 설명할 수 있단 말인가.

그렇다! 이 소리가, 이 기분 나쁜 굉음이 바로 좀비들의 약점이었던 거다! 그동안 아무도 몰랐던 좀비들의 아킬레스건!

자신의 생각이 새삼 그럴듯하게 느껴진 진우는 회심의 미소를 지었다. 만약에 그게 사실이기만 한다면 얼마나 놀라운 일이 일어날 수 있을지 상상하는 것만으로도 기분이 좋아진다. 지능이 낮다는 점을 제외하면 약점이라고는 도무지 없어 보이던 그 강한 놈들이 만약 어떤 소리 하나에 이렇게 무력화된다면…….

'아니, 아니, 잠깐만…….'

또 다른 자아가 진우에게 말을 건다.

'너 지금 그건 그냥 핑계잖아. 너는 단지 저 굉음이 나는 곳에 가 보고 싶은 것뿐이야. 그래서 만약에 저 안에서 좀비들이 이상한 짓을 하고 있으면 속이 시원하게 쏴 죽여서 복수하고 싶은 거라고. 여기 좀비 새끼들 비실거리는 것도 봤겠다, 별로 겁낼 필요 없다고 생각하는 거지. 그러면서 무슨…… 이상한 가설 같은 걸 억지로 만들어? 그런 거 다 핑계일 뿐이라는 걸 나도 알고, 너도 알아. 그러니까 잊어버려. 잊어버리고 그냥 앞만 보고 쭉 걸어가. 그게 남는 거고, 안전한 길이야.'

진우는 고개를 저었다.

'핑계 아닌데…… 생각해 봐. 모든 좀비가 아까 그놈들처럼 약해지기만 하면…… 더 이상 아무도 피눈물 흘리지 않아도 돼. 그냥 저 소리를 녹음해서 엄청 큰 스피커로 틀어 주다가 비틀거리는 좀비들을 천천히 정리하면 된다고.'

그리고 또 다른 자아가 다시 개입하기 전에 돌아서서 문 쪽으로 걷기 시작했다. 이 비밀을 직접 눈으로 확인하고 싶다. 어쩌면 지금의 좀비 세상에서 가장 강력한 무기가 되어 줄지도 모르는 어떤 것이 바로 근처에 있었는데, 단순히 무섭다는 이유로, 위험할지도 모른다는 이유로 그냥 지나쳐 버리고 싶지는 않다.

'내 생각에는 넌 그냥 스트레스를 풀고 싶은 것 같아. 알아, 하 중위를 못 지키고 그렇게 죽는 걸 지켜볼 수밖에 없던 게 어지간히 스트레스를 줬겠지. 그래, 그깟 두 놈 죽여 봐야 아무 분도 안 풀려. 게다가 그렇게 열받아 있는데 이상한

소리는 계속 귀를 울리지…… 이해해. 아무거라도 막 다 쏴 죽여 버리고 싶은 거겠지…….'

"닥쳐! 그런 거 아니야! 세상을 바꿀 소중한 기회가 있을지도 모르는데, 겁을 내다가 그걸 놓치고 싶지 않은 거라고!"

진우는 혼잣말로 또 다른 자아를 윽박지른 뒤, 문의 안쪽으로 들어섰다. 활 모양으로 휘어져 있는 복도를 따라 안쪽으로 들어가는 동안에도 굉음은 끊임없이 이어졌다.

은박으로 덮인 아름드리 파이프들이 꽉 찬, 넓은 통로가 나타났다. 그리고 바닥에 길게 이어져 있는 검은 얼룩들이 보인다. 아마 말라붙은 피일 것이다.

안쪽으로 더 깊숙하게 들어갈수록 얼룩의 수와 면적이 늘어난다. 벽면과 파이프에도 피 칠갑이 되어 있다. 한때 이곳에서 대대적인 살육이 일어났던 모양이다.

"응? 이건……."

플래시의 광원 밖, 당연히 암흑이어야 할 부분에 뭔가가 희끗희끗 비친다. 빛이다. 뭔가에 반사된 빛이 벽면에 어른거리다가 사라지고, 다시 어른거린다. 빛의 등장과 더불어 공기의 흐름도, 냄새와 소리도 더 강해진다.

빛…… 빛과 그림자가 어지럽게 교차하는 걸 보면서 진우는 본능적으로 주야 조준경을 켜고 플래시를 껐다. 이제 뭔가가 일어나고 있는 곳에 아주 가까워졌다. 어른거리는 빛 덕분에 플래시를 껐는데도 주변이 어렴풋이 보인다. 이 깊은 지하에서…… 이상한 일이다.

쿠오오오— 위이이이— 고오오오오—.

고막을 흔드는 소리의 폭력을 꾹 참고, 진우는 주야 조준경의 녹색 화면에 의지하며 휘어진 복도를 따라 조심스레 한 발짝씩을 내디뎠다. 그리고 마침내 이 굉음의 실체를 마주한 진우의 입에서는 탄식이 흘러나왔다.

"이…… 이게 뭐야?"

복도가 끝나는 지점, 폭이 20미터는 족히 될 넓은 방에는 커다란 둥근 금속 기둥이 수직갱을 따라 서 있다. 이 터널의 공기 순환을 담당하는 환기탑이다. 환기탑의 주변에는 수없이 많은 좀비들이 금속 기둥을 에워싼 채 풀쩍풀쩍 뛰고 있었다. 빛이 번쩍일 때마다 좀비들이 포효하며 기둥을 들이받고, 그 충격에 금속판이 울리며 괴이한 소리를 만들어 낸다.

쿠오오오— 고오오오—.

놈들이 노리는 것은 기둥을 빙 둘러 부착되어 있는 무수히 많은 금속 회전판들이다. 에어컨의 송풍구와 유사한 구조로 열리고 닫히며 공기의 흡입을 조절하는 장치다. 물론 전기가 끊어진 지금, 인위적인 조절은 되지 않지만, 유입되는 공기의 양과 방향에 따라 무작위로 쉼 없이 여닫혔다.

회전판들이 열릴 때마다 빛이 번쩍이는 걸 보면, 이 금속 기둥은 외부에 돌출된 형태로 햇빛을 투과시키고 있는 듯하다. 그리고 놈들은 열린 회전판의 그 좁은 틈새로 빛이 반사되기만 하면 열광하듯 그곳을 향해 몸을 날렸다.

'왜? 대체 왜 저렇게 빛을…….'

진우는 자신이 보고 있는 광경을 이해할 수가 없었다. 번쩍거리는 곳에 뛰어들어 어떻게든 빛을 차지하려는 그 모양새는, 개나 고양이들이 거울에 반사된 빛을 쫓아 뛰어다니는 것과 비슷하다.

다만, 이놈들은 반사된 빛의 방향에는 무관심하고 오로지 손바닥만큼 비쳐 드는 빛을 붙잡아 두려고 한다. 어찌나 집중하고 있는지 바로 등 뒤에 진우가, 살아 있는 인간이 와 있는데도 뒤를 돌아보는 놈은 단 한 마리도 없다.

가장 인기가 있는 지점은 회전판이 부서져 꺾인 곳이다. 놈들은 날카로운 회전판의 단면에 이제는 다 말라붙어 버린 살가죽이 찢겨 나가면서도 그 안으로, 장밋빛 햇살이 비쳐 드는 곳으로 뛰어들기 위해 경쟁적으로 대가리를 들이밀고 있다.

삼척에서 원자력 발전소 건물을 에워싸고 있던 놈들 이래 이만큼 열정적인 놈들은 본 적이 없었다. 속도나 힘도 여느 좀비들보다는 못하지만, 아까 터널에서 보았던 것처럼 약해 빠진 놈들이 아니다. 그러니까 굉음이 좀비들을 약화시킨다는 진우의 가설은 완전히 틀린 것으로 판명이 났다.

04

돌아가자…….

햇빛이 비쳐 드는 금속 기둥을 향해 광기 어린 다이빙을 하는 좀비들을 보면서 진우는 생각했다.

빨리 가자. 이놈들이 여기에 정신이 팔려 있을 때…….

그때였다.

반짝— 다시 회전판이 돌면서 햇살이 비쳐 드는가 싶더니, 갑자기 거짓말처럼 반짝임이 사라지고 주변은 완전한 어둠 속에 묻혔다. 진우는 그 이유를 알고 있었다. 아까부터 노을로 경고를 해 주었던 해가 마침내 서편으로 넘어갔다. 강원도에 밤이 찾아온 것이다.

그롸아아아아—.

기둥을 에워싼 채 들이받고 있던 좀비들이 일제히 진우를 향해 돌아선다. 햇살 놀이가 끝났으니 이제야 불청객과 놀아 주고 싶은 모양이다.

"으아아아—!"

진우는 곧바로 뒤돌아 뛰었다.

저놈들, 그렇게 빠르지 않다. 바깥에 있는 놈들처럼 도저히 뿌리칠 수 없는, 그런 괴물들이 아니다. 열심히! 최선을 다해서! 달리기만 하면!

"하아~ 하아~."

문!

발굽으로 고정되어 있던 열린 철창문이 기억난다. 그 문만 잠가 버리면 된다! 놈들의 지능으로는 손잡이에 달린 그 작은 자물쇠를 돌려 안으로 끌어당길 정도가 안 될 거다!

진우는 플래시를 켜고 앞을 비추면서 죽어라 달렸다.

그롸아아아아—.

좀비들도 지지 않고 달려온다. 하긴 얼마 만에 만난 신선한 인간의 피와 살일 텐데…… 당연하다.

탁탁탁탁탁—.

수없이 많은 발이 한꺼번에 대지를 두드릴 때에만 나는 그 발소리가 등 뒤에서 울린다.

개새끼들아! 돌아가서 기둥이랑 좀 더 놀아! 잠시 구름이 낀 건지도 모르잖아!

진우는 돌아보고 싶은 욕망을 꾹 참으며 이를 악물고 뛰었다.

검은 핏자국이 잔뜩 묻어 있는 넓은 방을 지나, 급격한 곡선으로 된 복도의 벽을 따라 달렸다. 속도를 못 이겨 몇 번이나 손으로 벽을 밀쳐 내야 했다.

젠장, 총 두 자루를 달고 뛴다는 건 왜 이렇게 힘이 드는지…… 숨이 턱 끝까지 차오른다. 마침내 문이 보인다. 이제 결정의 순간이 왔다. 딱 한 번, 지금은 뒤를 돌아봐도 된다. 아니, 돌아봐야 한다.

진우는 총구와 함께 고개를 돌렸다. 가장 앞서서 쫓아오는 놈들은 다섯 마리. 그 뒤로는 곡선의 복도 벽 뒤에 가려져 모습이 보이지 않고 소리만 들린다.

투투둑— 투두둑— 투투둑— 투두둑—.

총알을 아끼지 않고 재빠르게 갈겼다. 어찌나 서둘렀는지 두 마리는 머리에 맞히지도 못했다. 당연하다. 그냥 복도 전체에 붓질을 하듯 갈긴 거니까…….

가슴과 어깨가 박살 난 채 날아간 두 마리가 그륵거리며 일어나려 애쓰는 동안, 진우는 급기 환기실 문의 고정 발굽을 전투화로 걷어차 올리면서 안쪽의 자물쇠 손잡이를 돌리고 문밖으로 빠져나갔다.

그롸아아아아—.

뒤를 따르던 제2열의 좀비 수십 마리가 코너를 돌아 달려 나오며 뒈진 놈들의 대갈통을 걷어차고 짓밟는다. 진우는 바깥에서 문을 끌어당겼다.

콰당!

두꺼운 쇠문이 닫혔다.

철컥.

자물쇠가 걸리는 이 믿음직한 소리. 진우는 떨리는 손으로 손잡이를 잡고 아주 살짝 돌려 봤다. 잠겼다. 바깥에서 돌아가지 않는다.

쿵!

진우가 안도의 한숨을 내쉼과 동시에 문이 흔들리며 둔중한 소리를 만들어냈다. 좀비들이 몸통으로 부딪쳐 오는 것이다. 그리고 좀비들의 손가락이 철창 사이로 비집고 나온다. 진우는 얼른 손잡이를 놓고 터질 것 같은 가슴을 꽉 누르며 뒷걸음질을 쳤다.

쿵— 쿵—.

문은 계속 흔들리지만, 굳건하게 닫혀 있다. 정말 어지간한 행운이 놈들에게 주어지지 않는 한 절대로 열리지 않을 것이다.

그롸아아아—.

분을 이기지 못한 좀비들의 포효하는 소리가 쇠문 틈을 통해 들려온다. 이제 이 문이 왜 이렇게 생겼는지 알겠다. 공기 흡입을 방해하지 않기 위해서…….

"살았다……. 내가 미쳤지, 거기를 왜……."

이마의 땀을 닦아 낸 진우가 탄창을 갈아 끼우고 있을 때, 지금껏 숨죽이고 있던 또 다른 자아가 낄낄거리며 고개를 들었다.

'하여간 너는 멍청해. 그냥 네 갈 길 갔으면 이 고생 안 했지. 너는 가야 할 때 망설이고, 망설여야 할 때 가는 밥통이야.'

"지랄하지 마. 그래도 이렇게 잘 막아 냈어, 멍청아."

진우는 이를 바득 갈며 무시했다. 이번에는 정말 괜한 짓을 하기는 했다. 만약 이 쇠문이 제대로 잠기지 않았다면…….

휴우우~. 그 생각만 해도 아찔해서 한숨이 난다. 그 많은 좀비들이 그렇게 좁은 데서 달려드는 꼴은 정말 어마어마한 박력이었다. 소리로 좀비를 무력화시킨다니, 어리석고 엉뚱한 꿈을 꾸었다.

후들거리는 다리를 좀 진정시킨 진우는 정비로를 따라 다시 걸었다. 더 쉬고 싶어도 계속 문을 들이받는 좀비들 때문에 불안해서 그렇게 하고 있을 수가 없다. 굉음이 끝나니 이젠 저놈의 쿵쿵, 소리. 이 터널은 잠시라도 조용하면 안 되는 곳인가 보다.

"젠장, 여기서 나가도 이젠 깜깜하겠네."

아까 진우가 발을 돌렸던 그 통풍관들 아래까지 왔다. 통풍관 안쪽, 저 너머에서 좀비들의 포효가 울려온다. 놈들의 악취는 덤이다. 진우는 통풍관을 올려다보며 중얼거렸다.

"아까 그 방이랑 여기가 이어진 건가……."

사방은 캄캄하고, 등 뒤에서, 그리고 머리 위에서 괴물들의 울음소리가 들려온다. 주변에는 아무도 없고, 보이는 것이라고는 멈춰 선 자동차들의 시꺼먼 형체뿐. 그야말로 귀신의 집이 아닌가.

라이브 귀신의 집.

등 뒤에서 울리는 쿵쿵, 소리가 문이 닫혀 있음을 보증해 준다는 걸 알면서도 심장이 오싹해져서 자꾸 뒤를 돌아보게 된다. 물론 거기에는 배기관을 통해 울리는 울음소리도 한몫을 했다. 질린다.

그 뒤로 소화기를 또 여섯 개 지났다. 이제 슬슬 출구가 보여야 하지 않나 싶은 지점이다. 도중에 전기실이라고 써 붙여진 방을 만났지만, 거들떠보지도 않고 지나쳐 왔다. 더 이상의 오지랖은 부리지 않을 계획이다.

"급기 환기실……."

진우는 조금 전 자신이 잠그고 나왔던 방의 이름을 중얼거렸다. 그리고 방금 지나온 곳이 전기실.

아닌데…… 진우는 고개를 갸웃거렸다.

급기 환기실이라는 단어를 들으면 저절로 연상되어야 하는 짝 단어가 있는데, 기억이 나지 않는다. 예전에 공사하러 다니면서 주워들은 풍월이다. 전기실은 확실히 아니다.

"뭐지? 급기 환기실…… 그 짝이…… 아, 이제 머리가 잘 안 돌아가나 봐. 수분이 부족해서 그런가?"

진우는 뒤로 손을 뻗어 배낭에서 물을 꺼내기 위해 멈춰 섰다. 잠시 시선이 정면에서 벗어난 사이, 플래시 불빛 저 너머에서 자동차들 사이로 검은 그림자가 휙 스쳐 간다.

"또 나왔냐? 너희는 안 무서워, 새끼들아. 저 환기실 쪽 놈들이 무섭지."

터널 내에서 세 번째로 그림자들을 만났을 때, 진우는 그리 당황하지 않았다. 거리도 있겠다, 물 한 모금 마시고 잡아도 된다. 어차피 이놈들도 조금 전 보았던 두 무리처럼 느려 터진 놈들일 테니까.

환기탑 주변에 있던 좀비들과 달리 이 터널 안에 있던 놈들은 두려울 게 없다. 햇빛을 보지 못해 골다공증이라도 걸렸는지 고함도 지르지 못할 만큼 무기력한…….

그롸아아아아악! 그와아아—!

"어?"

전혀 예상치 못한, 박력 가득한 포효에 진우는 물병을 찾던 손을 급하게 되돌려 총을 고쳐 잡았다.

이 좀비들은…… 뛰어온다.

그라아악—.

게다가 엄청나게 큰 소리로 울부짖는다.

타앙— 타앙— 타앙—.

보닛을 밟고 뛰어오르는 놈부터 대가리를 꿰뚫었다. 그러고는 자동차들 사이로 내달려 오는 놈과 난간을 붙잡고 정비로로 기어 올라오려는 놈을 차례로 쓰러뜨렸다. 하지만 아직도 더 있다.

타앙—.

자동차 지붕을 밟고 겅중겅중 뛰어오던 놈의 머리를 날린 진우는 곧바로 총구를 돌려 2차선 쪽에 바짝 붙어 달려오던 놈들의 미간에 총알을 박아 넣었다.

순식간에 일곱 마리의 좀비를 잡았지만, 그래도 꽤 아슬아슬했다. 가장 마지막에 죽인 놈은 그가 서 있는 정비로에서 채 몇 걸음도 떨어지지 않은 곳에 엎어져 있다.

"하아아~ 뭐야, 이 새끼들……. 환기실 쪽 놈들인가? 한 가지만 좀 하지…… 사람 헷갈리게. 느렸다, 빨랐다…… 하아아~."

혹시 좀비가 남아 있나 싶어 사방으로 총구를 돌리면서 진우는 믿을 수 없다는 듯 중얼거렸다. 혹시나 해서 뒤도 돌아보았다. 조용하다. 이해가 가지 않는다. 빠르고 힘센 놈들은 조금 전, 그 급기 환기실이라고 적힌 철문으로 막아 두고 왔다. 그러니 빠져나올 수 없다. 그런데 왜…….

"기억났다……. 급기 하면 배기지……. 배기 환기실이네."

영혼이 없는 목소리로 진우가 중얼거렸다. 답이 떠올라 줬지만, 하나도 반갑지가 않다. 공기를 빨아들이는 곳이 있으면 빼 주는 곳도 있는 법. 그 환기탑과 이어진 문이 하나 더 있는 것이다.

그리고 아까의 그 비스듬히 휘어진 복도 모양을 생각하면, 배기 환기실 문이 어디쯤 있는지도 예측할 수 있을 것 같다. 대칭을 이루며 이 앞쪽 어딘가에 뚫려 있어야 맞다.

그리고 아마도 그 문은…… 열려 있나 보다.

그롸아아아아—!

진우의 예측이 정답임을 알리며 배기 환기실 문을 통해 좀비들이 뛰쳐나온다. 그가 서 있는 곳에서 100여 미터 전방. 너무 멀어서 플래시 불빛이 선명히 닿지도 않는다. 그저 뭔가 검은 그림자들이 휙— 휙— 뛰쳐나오고 있다는 것 정도만 어렴풋이 알 수 있다.

투두둑— 투두둑— 투두둑—.

진우는 문가를 향해 지향 사격을 하며 재빨리 주야 조준경을 켰다. 전원이 들어오기를 기다리는 동안 탄창 하나를 다 소진했다. 하지만 워낙 어두워서 뭐가 맞았는지 아닌지도 구분이 되지 않는다.

터널을 뒤흔들며 메아리치는 총소리 때문에 고막은 터져 나가는 것 같다. 하지만 놈들은 그렇게 깜깜하고 혼란스러운 상황에서도 진우의 위치를 정확히 감지하고 있다. 존나게 불공평하다.

"왔다, 왔어!"

탄창을 갈아 끼우는 사이, 주야 조준경의 녹색 화면이 들어오는 걸 확인한 진우는 얼른 플래시를 껐다. 이제야 조금 비슷한 처지에서 싸우게 됐다.

70여 미터 전방, 좁은 정비로를 가득 메우고 좀비들이 떼로 달려드는 게 보인다. 그 바로 옆의 차선에서도, 그 옆의 자동차 지붕에서도 좀비들이 물밀 듯이 몰려온다. 비슷한 처지에서 싸운다는 말은 취소다.

탕— 탕, 탕탕, 탕, 탕탕탕탕탕—!

정비로, 아래 도로, 자동차 위, 다시 도로, 정비로, 자동차 위…… 그 순서에 따라 쉬지 않고 총구를 움직여 가며 총알을 날리지만, 역부족이다. 개새끼들이 너무 많다. 끊임없이 쓰러뜨리고는 있지만, 좀비들과의 거리는 계속 줄어든다. 이 자리에서 멍청하게 기다렸다가는 죽기 딱 좋다.

화르륵— 퍼엉!

그 순간, 배기 환기실 문 앞에 멈춰 서 있던 자동차 중 한 대가 갑자기 불길에 휩싸이더니 폭발해 버렸다. 처음에 플래시로 비춰 보며 아무렇게나 날린 총알이 연료통을 때렸던 모양이다.

뛰어나오던 좀비들 중 몇 마리가 폭발에 휩쓸려 내동댕이쳐지고, 다른 놈들은 머리카락과 옷에 불을 붙인 채 달려온다.

화르륵—.

구형 쏘나타가 활활 타오른다. 잘된 건지, 더 안 좋게 흘러가는 건지조차 판단하기가 어려울 만큼 진우는 혼란스러웠다. 일단 놈들이 직선으로 달려올 수 있는 이 자리에서 벗어나는 게 급선무다.

두두둑 투투두—.

진우는 계속 뒷걸음질을 치면서 총알을 날렸다. 오직 주야 조준경 안에서만 또렷하게 보이는 좀비들은 진우의 총구가 돌려질 때마다 뇌수를 흩뿌리며 쓰러진다.

안전한 곳, 안전한 곳!

머릿속에는 그 한 단어밖에 떠오르지 않는다.

하지만 어디가 안전하지? 어디로 달아날 수 있지?

좀비를 무력화시킬 수 있을지 모른다는 욕망은 아주 혹독하게 대가를 요구하며 그를 압박해 들어오고 있다. 본능처럼 뒤를 돌아보아도 그를 기다리고 있는 것은 아무것도 분간할 수 없는 암흑뿐이다.

완전한 어둠. 주야 조준경을 통해 보지 않으면 바로 옆에 뭐가 있는지, 자신이 어디쯤을 지나는 건지도 전혀 알 수 없다. 그렇다고 플래시를 켜자니, 그러면 주야 조준경이 무력화되고 시야가 3분의 1 이하로 줄어들게 된다.

그렇게 계속 뒤로만 물러나던 진우가 움찔하며 멈춰 섰다. 지금 막 지나친 자리의 오른쪽 차선에 나타난, 높고 커다란 차체가 도로 쪽의 시야를 가렸다.

고속버스다. 꽤나 안전한 곳. 넓고, 높고, 폐쇄적인 곳이다. 측면, 후면 모두 유리창이 높이 나 있어서 좀비들이 쉽게 깨고 들어올 수 없는 장소다. 오로지 정면만 신경 쓰면 되는 장소다. 게다가 문도 열려 있다.

이거다 싶어진 진우는 도로와 정비로로 달려오는 좀비들을 향해 난사한 후, 곧바로 난간을 넘어 도로로 내려섰다. 열린 문을 통해 버스 안으로 뛰어든 진우는 녹색 화면을 통해 내부를 비춰 보자마자 곧바로 후회했다.

여기…… 결전의 장소로 삼기에 영 별로다. 그가 상상했던, 그런 공간이 아니다. 양쪽으로 두 개씩 빼곡하게 들어찬 좌석들 때문에 시야는 반 토막이 나고, 움직일 수 있는 복도는 너무 좁다. 그나마도 엉망으로 버려진 짐들과 쓰레기들 때문에 걸어 다니기에 영 불편하다. 게다가 무슨 영문인지 앞문은 닫히지도 않는다.

"아, 씨발……."

그렇게 중얼거리면서도 진우는 서둘러 안쪽으로 들어갈 수밖에 없었다. 후면의 넓은 유리창을 통해 달려오는 좀비들의 어른거리는 그림자를 봤기 때문이다. 이제 돌아 나가기에는 너무 늦었다. 여기에서 최선을 다해 보는 수밖에 없다.

버스 맨 뒷자리까지 걸어간 진우는 손으로 짚어 후면 유리창이 온전한 것을 확인한 뒤, 넓은 뒷좌석에 기대앉았다.

퉁— 퉁—.

버스 차체에 부딪쳐 가며 좀비들이 달려온다. 그리고 좌우의 창문에도 뻗어 올라와 두드리는 손바닥이 있다. 이제 조금 있으면 저 열려 있는 앞문으로 첫 번째 손님이 입장할 것이다.

진우는 탄창을 갈아 끼우고 총구를 정면으로 겨눴다. 녹색 화면 안에 의자들 사이로 덥수룩한 머리가 하나 쑤욱 들어온다.

타앙—.

진우는 방아쇠를 당겼다. 첫 번째 좀비가 녹색 뇌수를 흩뿌리며 바닥에 고꾸라진다. 놈의 머리를 관통한 총알은 버스의 앞 유리에 박히며 커다란 금이 가도록 만들었다. 좋지 않다.

두 번째 놈과 세 번째 놈이 다투듯이 거의 동시에 뛰어 올라온다.

타앙— 타앙—.

두 발의 총성. 그리고 두 놈이 쓰러지기도 전에 또다시 다른 놈들이 밀려들었다. 상황은 점점 급박해진다.

탕, 탕, 탕탕탕—.

입구에 쌓이는 시체들이 늘어 가면서 진우가 느끼는 압박감도 커졌다.

와장창—.

여러 차례 총알에 관통당해 이미 박살이 나 있던 전면 유리창이 완전히 부서져 내린다.

턱— 턱—.

창틀을 붙잡고 오르려는 손들이 몇 개나 한꺼번에 나타났다. 이제부터는 서

너 방향에서 동시에 좀비들이 들어오기 시작할 거라는 의미다.

'이제 알겠다. 넌 그냥 뒈지고 싶었던 거구나? 완전히 지쳐서 그냥 죽을 자리랑 방법을 찾고 있었던 거야. 크크크, 그렇다면 아주 잘 골랐어. 잘했어…….'

한동안 잠자코 있던 또 다른 자아가 아주 아프게 꼬집는다.

"좀 닥쳐, 이 씨발!"

진우는 욕설을 내뱉었지만, 적어도 한 가지에 대해서는 동의할 수밖에 없었다. 버스 내부는 최후 결전의 장소로 정말 별로다. 그걸 절감하면서 진우는 다시 탄창을 갈아 끼웠다.

05

사방은 온통 암흑이라 진우가 볼 수 있는 것은 녹색과 검정으로 이뤄진 주야조준경 화면뿐이다. 그리고 그 녹색 화면에 비친 버스의 앞쪽은 기를 쓰고 달려드는 좀비들로 가득 채워졌다.

타앙— 탕, 탕, 탕탕탕탕—.

총구의 불이 번뜩인다. 하지만 달려 들어오는 좀비들의 머리통을 쉬지 않고 날려도, 그다음 놈이 비집고 뛰어드는 기세에는 변함이 없다.

겁 좀 먹어라, 이 개새끼들아!

좀비들과 교전을 벌일 때마다 하게 되는 말을 진우는 다시 중얼거렸다. 활짝 열려 있는 앞문에서는 수많은 좀비들이 '내가 먼저 갈 거야.'를 온몸으로 표현하고 있다.

텅, 텅, 부웅—.

앞을 막고 정차되어 있는 자동차 지붕과 트렁크를 차례로 밟고 삼단뛰기 선수처럼 뛰어든 놈이 버스 앞 유리 창틀에 몸을 걸친다. 전면 유리를 통해 들어온

1번 손님이시다. 이놈처럼 다른 차들 위로 뛰어오는 좀비들 때문에 버스가 가진 높이의 이점은 크게 줄어들었다. 그 오른쪽에도 창틀을 꽉 붙잡고 기어오르려는 놈들이 보인다.

물론 그러는 시간 동안 앞문을 통해 뛰어드는 놈들의 수는 셋을 넘었다. 버스의 양쪽에서 쉬지 않고 철판과 유리를 두드려 대는 좀비들의 교란작전은 덤이다. 진우의 총구도 더 빠르게 좌우로 움직이며 불을 뿜어 댔다.

쾅— 쾅— 콰아앙~!

버스 내에서 울리는 총소리는 그 메아리가 몇 배나 증폭돼서 고막을 찢을 기세다.

총 맞은 놈이 맥없이 고꾸라지는 시간보다 뒤의 놈들이 한 걸음을 내디디는 시간이 더 짧다.

맞혔나?

명중 여부를 확인하기도 전에 새로운 놈이 손을 뻗으며 달려온다. 어쩔 수 없이 좀비들과 진우의 거리는 점점 가까워졌다.

손바닥보다 작은 녹색 화면 속에서 어떤 놈이 이미 죽은 놈이고, 어떤 놈이 아직 위험한 놈인지 순간적으로 파악하기가 어렵다. 그리고 문제적인 좀비 두 마리가 나타났다.

화르륵—.

폭발한 자동차에 휘말렸던 놈들이 불똥을 뒤집어쓴 채 뛰어 들어온다. 온몸에 불이 붙은 좀비가 두 마리나 동시에 등장하자 그 강렬한 빛 때문에 주야 조준경의 변별력이 저하됐다. 녹색과 검정으로 구성되어 있던 화면의 대부분을 눈부실 정도로 커다란 흰색 덩어리가 덮어 버렸다.

휘익— 휘익—.

하얀 도트들과 그 잔상이 하도 선명해서 다른 것들은 보이지도 않는다.

"윽! 이 새끼들!"

진우는 주야 조준경에서 눈을 떼고 시각에 의존해 방아쇠를 당겼다.

투두둑— 투투둑—.

불덩이가 된 채 동료들의 시체를 타 넘던 좀비들의 머리가 터져 나간다. 그런데 놈들이 쓰러진 뒤에도 불은 꺼지지 않고 계속 타올랐다. 당연하다. 놈들이 의지를 가지고 피워 올리고 있던 불이 아니니까…….

화르륵— 화아악—.

어지럽게 널브러져 있던 좀비들의 머리칼과 옷에, 그리고 사람들이 버리고 간 짐들에 불이 옮겨붙으며 버스 앞면 전체가 이내 불길에 휩싸여 버렸다. 그 끔찍한 불구덩이를 뚫고 달려오는 좀비들의 몸에도 물론 불이 옮겨붙었다.

화아아악—.

엄청난 열기가 공기의 흐름을 따라 밀려든다. 그리고 매캐한 유독가스도. 젠장, 점점 더 악화되어 가는 상황에 진우는 입술을 꽉 깨물며 탄창을 갈아 끼웠다.

여기는 텄다. 눈앞이 너무 밝아 시야도 불량하고, 그 역경을 딛고서 좀비들을 제압하더라도 저 연기를 계속 들이마시다가는 얼마 못 버티다 자신이 먼저 의식을 잃을 것이다.

위이이잉—.

좁은 차내에서 계속 총성을 들었던 귀는 벌써 오래전부터 울려 대는 중이다.

투투투— 투투— 투투투투투—.

앞쪽을 향해 무차별 사격을 가하던 진우는 총구를 왼쪽 유리창 쪽으로 돌려 세 발을 쐈다.

투투툭—.

관통당해 너덜너덜해진 유리창을 개머리판으로 때려 부쉈다.

쨍강.

유리창이 박살 난 걸 확인할 겨를도 없이 다시 정면으로 몸을 돌렸다. 버스의 좌석을 타 넘고 기어오는 좀비들이 있다. 그놈들에게 총알 세례를 퍼부어 준 뒤, 더 시간을 끌지 않고 깨뜨려 놓은 왼쪽 창문 밖으로 몸을 내밀었다.

그롸아아아아—!

전면 창 부근에 서 있던 놈들이 갑자기 얼굴을 내민 진우를 알아보고 격하게 반기며 돌아 달려온다.

"죽어! 이 새끼들아!"

진우는 놈들의 머리와 상반신을 한꺼번에 날려 버리고는 한 발을 창틀에 걸치고 올라섰다. 지붕으로 가야 한다.

"읏!"

손을 올려 더듬거리던 진우는 이내 포기했다. 버스의 지붕은 매끈하다. 루프랙도 없고, 빗물이 빠지도록 파 놓은 홈도 없고, 손으로 붙잡을 만한 게 아무것도 없다. 물론 그렇게 버벅대는 사이, 앞쪽에서는 불타는 또 다른 좀비들이 뛰어오고 있다.

"좀 가자! 이것들아!"

진우는 다시 버스 안으로 총구를 돌려 난사하고, 대검을 꺼냈다. 제발, 제발 이 대검이 아직도 버스 강판을 뚫어 줄 만큼 날이 서 있기를 바라면서. 의자와 창틀을 밟고 올라선 진우는 대검을 쥔 손을 힘껏 휘둘렀다.

칵— 칵— 칵—.

세 번을 해 보고 진우가 내린 결론은…… 이 각도, 이 연장으로는 버스의 지붕을 뚫지 못한다는 거였다. 안 된다.

그롸아아아—.

어느새 바로 발밑까지 뛰어온 좀비가 몸을 날리며 갈퀴 같은 손을 휘젓는다. 물론 그래 봐야 전투화 코를 긁고 제 손톱이나 벗겨질 뿐이다. 하지만 등골이 오싹해지는 터치임에는 틀림없다.

진우는 얼른 몸을 버스 안으로 집어넣고, 먹이를 놓친 게 못내 아쉬워 팔을 뻗는 좀비의 얼굴에 5.56㎜탄을 먹였다.

하아아~ 하아아~.

당혹스러움 때문에 진우의 호흡이 가빠진다. 불길은 점점 더 크게 번지고 있는데, 이 버스에서 빠져나가기가 너무 어렵다.

그와아아─.

그러는 동안에도 좀비들은 계속 쇄도한다.

탕탕탕─ 탕─ 탕탕탕탕─.

뒤통수가 터져 날아가는 좀비와 그 뒤로 죽 널린 시체 더미에서 시선을 떼지 않은 채 탄창을 갈아 끼우는 진우의 목덜미에서는 식은땀이 주르르 흘러내렸다. 배낭 안에 든 탄창을 꺼낼 만큼의 작은 여유도 없다.

빨리 달아나야 하는데…… 대검으로 구멍이 뚫렸어야 했는데, 왜 이렇게 단단해서…….

원망스러운 눈으로 불빛이 어른거리는 천장을 힐끗 올려다보던 진우에게 발상의 전환이 찾아왔다.

그래, 구멍이 없으면 만들면 되고, 대검으로 안 되면 총을 쓰면 된다. 제까짓게 그저 일반 고속버스인데, 아무리 단단해 봐야 방탄일 리는 없으니까.

투투둑─ 투투둑─.

진우는 버스 천장을 향해 여섯 발을 날렸다. 두 번, 세 번 시도하느라 시간을 허비하기 싫어서 구멍 한두 개는 뚫릴 수밖에 없도록 화끈하게 퍼부어 버렸다.

그리고 정면의 놈들에게는 여덟 발을 썼다. 전면 유리창은 이제 기어 올라오는 좀비들로 북적북적한다. 흔들리는 불길 사이로 납빛으로 썩은 얼굴들이 튀어나오면 진우는 놈들의 미간에 총알구멍을 뚫어 뇌수까지 뽑아 주었다.

“읏차!”

난사 후 얻은 약간의 틈을 놓치지 않고 진우는 창밖으로 몸을 내밀었다. 어김없이 달려드는 좀비 세 마리.

투툭─ 툭─ 툭─.

네 발을 썼다. 지겹다, 이 반복되는 패턴.

이번에는 어떻게든 올라가야 한다. 진우는 총을 사선으로 메고, 오른손에 대검을 쥔 채 지붕을 더듬거렸다. 총알이 뚫고 나온 날카로운 단면이 손가락을 찌른다. 그 따끔함이 반갑기까지 하다. 진우는 팔을 쭉 뻗으면서 대검에 체중을 실어 힘껏 구멍 안으로 찔러 넣었다.

칵—.

박혔다. 그 느낌이 손에 전해진다. 진우는 두 손으로 대검을 잡은 채 당겨 봤다.

카가각—.

체중을 실어도 될 만큼 깊게 들어갔다는 것을 확인한 진우는 창틀을 밟고 뛰며 몸을 끌어 올렸다.

끄롸아아아아!

어느새 불길을 뚫고 버스 중앙 통로를 달려온 좀비가 팔을 뻗어 진우의 전투화를 붙잡는다.

젠장, 왜 안 오나 했다.

까드득—.

순식간에 하중이 늘어나 버린 대검에서 날카로운 쇳소리가 울린다.

"읏! 놔! 놔! 이 새끼야!"

진우는 달려드는 좀비의 손과 얼굴을 정신없이 걷어찼다. 하지만 상대도 어지간히 간절하게 진우를 원하는지라 그 정도로 보내 줄 수는 없는 모양이다. 진우는 자신의 전투화 발목을 붙잡은 좀비의 엄지손가락을 으깨듯 밟아 풀어낸 후에야 겨우 벗어날 수 있었다.

탁, 진우가 발을 뗀 창틀로 달려들던 좀비는 결국 중심을 잃고 버스 아래로 떨어진다. 그사이 진우는 바로 옆의 창문을 발판 삼아 밟고 겨우 지붕에 올라섰다.

"허억, 허억…… 이쪽으로 올라올걸……. 젠장."

버스 뒤쪽을 보고 앉아 숨을 몰아쉬던 진우가 푸념을 늘어놓았다. 버스 지붕의 맨 뒤에 야트막한 리어 스포일러가 툭 튀어나와 있는 게 보였기 때문이다. 처음에 옆 창문이 아니라 뒤쪽 유리창을 깨고 나왔으면 그 난리를 치지 않고도 저걸 붙잡고 아주 손쉽게 올라올 수 있었을 텐데, 쯧.

어쨌든 지금 그는 원하던 대로 버스 지붕에 올라와 있으니 됐다. 버스 주위로는 계속 좀비들이 몰려들고 있고 버스 내부에서는 활활 타오르는 불이 점점 더 크게 번지고 있지만, 일단 여기까지는 왔다. 숨을 돌리고 가방에서 탄창을 꺼내 재정비할 시간 정도는 벌었다.

"이 새끼들, 불을 보더니 아주 잔치가 났네……."

예비 탄창들을 꺼내 전술 조끼에 끼워 넣던 진우가 중얼거렸다. 좀비들은 모닥불에 뛰어드는 벌레들처럼 버스를 겹겹이 둘러싼 채 두드리고, 또 흔들어 대며 포효한다. 그는 이제 폭 2.5미터 길이 12미터의 섬에 갇힌 신세가 되었다.

어처구니없게도 이 긴박한 순간에 어릴 적 했던 '떨어지면 악어!' 놀이가 생각난다. 지금은 이 섬에서 벗어나면 악어나 상어보다 진짜로 더 무서운 놈들이 곧바로 달려들어 엄청나게 깨물어 댈 거다. 게다가 그 섬은 폭발을 위한 카운트다운에 들어가 있는 상태다.

대체 이런 상태로 계속 불타다가 얼마나 지나면 터져 버릴 것인지, 이 버스가 멈춰 서기 전에 연료가 얼마나 남아 있었는지 전혀 모르기 때문에 진우는 초조했다. 그것만 아니라면 차분하게 이 위에 버티고 서서 아래의 놈들을 한 마리, 한 마리 쏴서 잡으면 될 텐데…….

반대편 상행선 터널을 막아 버린 탱크로리의 폭발처럼 강렬한 기세는 아니겠지만, 버스의 외부까지 전체가 다 불길에 휩싸인다면 그 위에 올라서 있는 자신 역시 멀쩡할 리가 없다.

"우와, 높기는 진짜 높구나."

재정비를 마치고 중심을 잡으며 일어난 진우는 터널의 천장이 말 그대로 손을 뻗으면 닿을 거리에 있다는 걸 알고 놀랐다. 그 높이를 깨닫자 한 걸음을 옮기는 일도 훨씬 더 신중해진다.

그롸아아아—.

자동차들을 밟고 뛰어오른 좀비가 진우를 노려보며 날아올랐다가 고속버스 상단부를 들이받고 바닥으로 떨어져 내렸다.

으직—.

어딘가의 뼈가 부러지는 소리가 메아리를 만들어 내며 울린다.

"매끄러워서 잡을 데가 없어, 이 새끼야. 안 그랬으면 나도 아까 그 고생 안 했지……. 근데 너희들, 그렇게 많지 않잖아? 아까 보았던 건 이보다 훨씬……."

아래를 내려다본 진우가 의외라는 표정으로 중얼거린다. 환기탑에서 보았던 놈들의 규모보다 여기 남아 있는 좀비들의 수가 월등히 적다. 높은 데서 내려다보는 것의 이점이 그런 거였다. 전체적인 규모 파악. 게다가 버스 내부가 활활 타오르면서 뿜어내는 빛 덕분에 반경 10여 미터 이내 정도는 훤히 보인다.

좀비들의 머릿수를 헤아려 보며 아무래도 영 부족한 것 같아 고개를 갸웃거리던 진우는 그제야 자신이 지금까지 어지간히 많은 놈들을 죽여 버렸다는 걸 깨달았다.

하긴…… 대충 손으로만 꼽아도…… 60마리가 넘는다. 어쩌면 80마리일지도 모르고.

화르륵—.

진우에게 딴생각하지 말라고 재촉이라도 하듯, 깨진 유리창을 통해 시꺼먼 연기가 계속 뿜어져 나온다. 통째로 날아간 전면 창 쪽의 불길은 이따금씩 지붕 위로까지 붉은 혀를 날름거리고 있다.

지금 당장 연료통이 폭발한다고 해도 이상하지 않다. 시간 끌면 안 된다. 진우는 고개를 사방으로 돌리며 도망갈 곳을 골랐다. 물론 그래 봐야 거의 독 안에 든 쥐 꼴이긴 하다.

왼편 차선에는 SUV가 서 있고, 그 너머는 터널 벽이다. SUV의 앞쪽에는 중형 승용차가, 또 그 앞에도 중형 승용차가 서 있다. SUV의 뒤쪽은 소형차다. 자신의 오른편에는 지겹게 걸었던 그 1m 높이의 정비로가 길게 뻗어 있다. 버스의 바로 뒤에는 고급 세단이 서 있다.

버스의 앞쪽은…… 지금은 연기에 가려져 정확하게 보이지 않지만, 아까 좀비들을 쏠 때의 기억을 더듬어 볼 때, 승용차가 멈춰 서 있었다.

그러니까 결국 요점만 말하자면, 선택지라는 게 벽, 아니면 자동차뿐이다. 뛰어내리기 수월한 쪽은 SUV의 지붕을 노리는 것일 테지만, 그것도 높이 차이가 꽤 나고 폭도 1미터 가까이 되기 때문에 마냥 쉽다고만 할 수는 없는 수준이다.

진우는 침을 꿀꺽 삼켰다.

과연 저 지붕에 무사히 안착할 수 있을까? 내가 저기로 뛰어내려서 다시 그 뒤쪽으로 달아나는 동안 좀비들은 과연 몇 마리나 쫓아올까? 그리고 그 일들이 어찌어찌 잘 성공한다고 하면 그다음에는 또 어디로 몸을 숨겨 가며 이 많은 좀비들을 다 죽인다는 말인가.

'숨는다'는 단어를 떠올리자마자 연상된 것은 아까 반대편 터널에서 이쪽으로 올 때 지나온 그 셔터였다. 물론 그 피난 연락갱은 멀리 저 앞에 있으니 거기까지 가는 것은 무리다. 하지만 이 터널 안에 피난 연락갱을 그것 하나만 만들어 놓지는 않았을 것 같다.

당연한 이야기지만, 사고를 대비해서 뚫어 놓은 것이니 일정한 간격마다 하나씩 준비되어 있지 않을까?

후우우욱—.

자신이 총알로 뚫어 놓은 구멍을 통해 불길이 환하게 비쳐 보인다. 버스 뒤쪽으로 3분의 1 지점에 있는, 방석 크기 정도의 네모난 송풍구에서도 조금 전부터 계속 검은 연기가 뭉게뭉게 솟아오르고 있다. 열기는 이미 말할 것도 없다.

"쿨럭! 쿨럭!"

숨을 턱턱 막는 연기를 손으로 헤치면서 진우는 SUV 쪽을 내려다봤다.

여기에서 뛰면…… 좀비들은 곧바로 쫓아 달려오기 시작할 거고, 만에 하나 발을 삐끗하기라도 하면 그 순간 사형선고를 받는 거다.

그것이 자꾸 진우를 망설이게 만들었다.

사실 평시에 뛰라고 하면 100에 아흔아홉 번은 완벽하게 해낼 수 있는 일일 텐데, '다른 방법은 없어? 좀 더 안전한 거?' 하고 마음 저 안쪽에서 두려움이라는 놈이 자꾸 발목을 잡으려 든다.

"그럼 여기서 아무것도 안 하다가 죽을래? 더 시간 끌면 그땐 뛰고 싶어도 못 뛰어!"

왁! 소리를 지르며 결심을 굳힌 진우는 머릿속으로 동선을 짰다. SUV 지붕에 내려서자마자 곧바로 다음 스텝을 떼서 오른쪽 도로로 내려서야 한다. 그리고 아직도 불길이 다 가라앉지 않은, 처음 불이 났던 자동차를 향해 쉬지 않고 달려야 한다.

경로는 직선. 그 경로가 아닌 다른 길은 전부 좀비들의 시체로 어지럽혀져 있어서 마음대로 달리기가 어렵다.

거기로 가야 하는 또 다른 이유는 그래야만 혹시 있을지 모르는…… 아니, 꽤 높은 가능성으로 있으리라 추정되는 피난 연락갱을 만났을 때, 그 안으로 뛰어들 수 있기 때문이다. 그리고 그게 출구 쪽으로 가는 방향이기도 하다.

하지만 일단 가까운 데 있는 놈들은 좀 쓸어 버리고 가야 뒷덜미를 잡히지 않을 텐데…….

그러나 앞쪽의 연기가 워낙 자욱해져서 이젠 좀비들의 모습이 그 속에 완전히 숨어 버렸다. 버스를 두드려 대고 울부짖으니까 거기에 있다는 건 알지만, 정확한 위치는 확인할 길이 없는 것이다.

탕— 탕탕— 탕— 탕탕— 탕—.

발목이든 뭐든 희끗희끗 보이는 놈들에게 총알을 날려 주고 두 발짝을 도움닫기 한 진우는 힘차게 몸을 날렸다.

그롸아아아—.

진우의 몸이 하늘로 떠오르자마자 참 용케도 그걸 눈치챈 좀비들이 버스 앞쪽에서부터 달려온다. 허공에 떠서 SUV 지붕에 안착하기까지 그 짧은 시간 동안인데도 연기를 헤치고 뛰어오는 좀비들의 모습이 곁눈으로 보인다. 옷자락에 불이 붙어 제 몸이 타오르고 있는 줄도 모르는 지독한 새끼들.

쿵—.

진우의 두 발이 SUV 지붕에 내려앉았다. 움푹 내려앉은 지붕 강판 덕인지, 다행히 충격은 그다지 없다. 계획했던 대로 진우는 곧바로 다시 몸을 날려 도로에 내려섰다. 그리고 쫓아오는 놈들 중 가장 가까운 놈들의 머리통을 날려 주기 위해 돌아섰다.

탕— 탕—.

두 발을 쏜 진우는 얼른 방향을 돌려 달리기 시작했다. 두 놈만 처리하면 되는 거라서 그런 게 아니다. 너무 많아서 그렇게 하고 있을 여유가 없었다. 차라리 죽어라 뛰는 편이 더 살 가능성이 높을 것 같았기 때문이다.

그롸아아!

연기 속에 있던 거의 모든 좀비들이 진우를 향해 몸을 돌렸을 때.

콰아아앙—!

버스가 폭발하며 꽤나 묵직한 충격파를 날렸다.

양옆과 뒤쪽의 모든 유리창이 일시에 박살 나고, 주홍색 불꽃 구름이 피어나 주변을 삼켰다.

콰장창—!

버스의 옆면을 따라 달리던 좀비들이 그 충격에 휘말려 날아가며 멈춰 서 있던 자동차나 정비로의 콘크리트를 들이받고 나뒹굴었다. 물론 크레모아가 아니니까 이미 꽤 멀리 달려온 진우까지 다 날려 버릴 만큼의 위력을 발휘하지는 못했다. 하지만 박살 나며 날아온 작은 파편과 유리 조각들이 주변을 때리고 떨어질 정도는 되었다.

"우와앗!"

확— 하고 등을 덮쳐 온 열기에 진우는 얼른 몸을 낮추고 뒤를 돌아보았다. 수십 마리에 달하는 좀비들이 뼈가 부러진 채 옆 차 위로 날아가 얹혀 있거나 불길에 집어삼켜졌다. 그리고 정말로 엄청난 크기의 검은 연기가 버스 내부에서부터 피어나오고 있다.

그 난리 통에 용케 휘말리지 않고 아직 멀쩡하게 살아남은 좀비들의 수는 열댓 마리. 그중 절반은 커진 불꽃에 끌리는지 멍하니 멈춰 섰고, 나머지 절반은 뒤쪽에서 무슨 일이 일어났는지 관심도 없다는 듯 일직선으로 덤벼 댄다.

"허!"

갑자기 일어난 전세의 변화에 진우의 입에서는 탄성이 터졌다. 그러고는 곧바로 몸을 돌려 사격 자세를 취했다. 70마리가 한꺼번에 달려드니까 무서운 거지, 일곱 마리 정도쯤은 장난이다. 게다가 이놈들은 밖에서 보아 왔던 여느 좀비들보다는 좀 느리기까지 하다.

탕— 탕— 탕— 탕탕탕— 탕탕— 탕탕—.

진우가 방아쇠를 당기며 차례로 총구를 돌리자 순식간에 일곱 마리 좀비의 머리에서 뇌수가 뿜어져 나왔다. 자동차 지붕을 타 넘으려던 일곱 번째 놈의 목이 뒤로 꺾인 채 바닥으로 고꾸라지는 걸 확인한 진우는 참아 왔던 숨을 내쉬었다. 이제 한결 여유로워졌다. 더 이상 뒷덜미를 낚일까 봐 마음 졸이며 달리지 않아도 된다.

물론 그렇다고 이 아슬아슬한 서바이벌 게임이 끝난 것 역시 아니다. 그것을 증명하기라도 하듯, 폭발에 휘말려 내동댕이쳐졌던 좀비들이 삐거덕거리며 슬슬 다시 일어서고 있다.

불이 붙어도, 뼈가 부러져도, 심지어 얼굴이 반 이상 날아가도 여전히 덤벼든다. 정말 한결같은 놈들이다. 오른쪽 도로와 자동차 보닛에는 기묘하게 뼈가 꺾인 채 불타고 있는 좀비들의 시체가 널렸다.

"하아~ 대가리가…… 하아~ 터지지 않아도…… 불이 오래…… 붙어 있으면…… 하아~ 죽나 보네……."

머리가 멀쩡하게 달려 있는 좀비의 시체를 보며 진우가 중얼거렸다. 지금껏 그 많은 좀비들을 죽여 왔지만 잘 모르던 사실이다. 그의 특기는 주로 마주하자마자 이마에 구멍을 내 주는 거였으니까 불붙은 좀비를 이렇게 오래 움직이도록 내버려 둔 적이 없었다.

06

이제 진우는 급기와 배기가 짝을 이루는 말인 것에 대해 생각했던 지점을 지나, 배기 환기실까지 왔다. 지금 그의 뒤를 쫓는 좀비들이 뛰어나온 근원지였던 곳.

불타는 자동차는 세 대로 늘어났다. 버스에서 총격전에 몰두해 있는 동안 이쪽에서는 아무도 봐 주지 않는 화재가 계속 번졌던 모양이다. 그 덕에 공기는 정말 탁하게 오염되어 있고, 연기는 시꺼멓게 터널 전체를 채웠다.

물론 좋은 점도 있다. 이 타오르는 불꽃 덕에 플래시에 의존하지 않고도 모든 것이 훤히 보인다.

그림자가 과장되게 어른거리는 터널 속을 얼마나 더 내달렸을까, 진우는 이미 본 적이 있는 형태의 둥근 연결로를 만났다. 건너편 터널 차선과 이어진, 또 다른 피난 연락갱이다. 처음 그가 지나온 것과 똑같이 생겼다. 다른 점이라면 이 연락갱 주변에는 그리로 빠져나가 보려던 자동차들이 코를 박은 채 멈춰 서 있다는 것 정도다.

콰악—.

진우는 액션 영화의 주인공처럼 몸을 날려 보닛 위를 미끄러지며 자동차 바리케이드를 가로질렀다. 동시에 K-2에 붙여 둔 플래시를 켰다. 터널과 직각으로 뚫려 있는 연락갱 안쪽에는 불타오르는 자동차에서 뿜어져 나온 불빛이 미치지 않는다.

"아, 젠장. 이걸 계속 켜 놨었네……."

주야 조준경의 녹색 화면에 연락갱의 내부가 비치는 걸 보며 진우는 혀를 찼다. 버스 안에서 불붙은 좀비들 덕에 기능을 하지 못하게 된 시점부터 지금까지 계속해서 귀중한 배터리를 소모해 왔던 것이다. 물론 그것에 관해 신경을 쓸 만큼 상황이 한가하지는 않았다.

셔터가 내려진 것과 수동 개폐 장치의 위치를 확인한 진우는 뒤를 돌아보았다. 화염 좀비들은 이제 버스에 흥미를 잃었는지 30여 미터 뒤에서 그를 쫓아 달려오고 있다.

탕— 탕탕— 탕—.

그냥 내버려 두면 안 될 만큼 가까워진 놈들 셋을 제압한 뒤, 진우는 곧바로 연락갱 안으로 들어가 손잡이를 돌렸다.

키리리릭— 키리리릭— 키리리릭—.

체인이 걸려 돌아가는 소리는 나는데, 셔터가 올라가는 속도는 너무나 느리다.

10센티미터, 20센티, 30센티…… 마음이 바빠진다.

탁탁탁탁탁탁—.

와아아아—.

좀비들의 발소리와 울음소리가 점점 가까워진다. 마침내 사람 하나가 겨우 빠져나갈 정도로 셔터가 올라갔을 때, 진우는 수동 개폐 장치에서 손을 떼고 총을 잡았다. 등 뒤쪽이 훤하게 밝아지는 걸 느꼈기 때문이다.

그롸아악—.

어느새 연락갱 입구까지 도달한, 불타는 좀비가 포효한다.

투두둑—.

세 발을 날려 놈의 얼굴과 가슴을 모두 박살 내 버리고 곧바로 셔터 사이로 몸을 던졌다. 더 시간을 끌어 봐야 후속 좀비들과 대치하는 시간만 늘어날 뿐이다.

콰창—!

그롸아악— 그르르—!

진우가 몸을 일으킴과 동시에 셔터가 흔들리고 울부짖는 소리가 들려왔다. 쫓아온 좀비들이 셔터에 몸을 부딪쳐 온 것이다. 진우가 셔터를 밟아 내려 버리려고 할 때, 크롸아아— 요란한 울음소리와 함께 좀비의 머리와 팔이 틈을 비집고 들었다.

투투둑—.

겨냥도 제대로 하지 못하고 총구만 놈들 쪽으로 돌린 채 방아쇠를 당겼다.

핑—.

좀비의 머리통이 터지는 순간, 바닥을 때린 탄환 하나가 진우의 얼굴 근처로 튕겨 날아온다.

"으아!"

유탄에 치명상을 입을 뻔한 아찔한 순간이지만, 놀라고 있을 여유도 없다. 5미터 길이의 셔터 전체에 걸쳐 밑으로 비집고 들어오려는 놈들의 연기 나는 머리통과 새까맣게 탄 손이 마구 뻗어 나오고 있기 때문이다.

놈들은 무지막지한 기세로 어깨와 머리를 움직여 가며 셔터를 들어 올리고 있다. 뇌가 없는 놈들이라 미는 힘도 비슷하게 작용하고 있어서 실제로 셔터가 올라가는 폭은 그다지 크지 않지만, 박력만은 정말 대단했다.

콰장창— 우지직—.

요란한 소리를 내며 파도처럼 출렁거리는 셔터와 그 아래에서 발광을 하는 좀비들의 불탄 얼굴, 갈퀴 같은 손을 보고 있으면 혼이 빠져나가는 기분이다.

그롸아아—!

진우의 발목을 보고 흥분한 좀비가 팔을 쭉 뻗는다. 진우는 얼른 뒷걸음질을 쳐서 물러나며 탄창을 갈아 끼웠다.

내가 맛이 있어 봐야 대체 얼마나 맛이 있다고 이렇게나 많은 놈들이 저 뒈지는 줄도 모르고 달려든단 말인가. 그냥 좀 내버려 둬 주면 서로 편할 텐데…….

진우는 좀비들의 광기 어린 얼굴을 향해 총구를 겨누며 생각했다. 물론 그런 합의가 통할 것 같으면 그가 상대하는 게 좀비들이 아닐 테지만.

툭— 투둑— 툭— 툭— 투둑— 툭—.

상체가 거의 다 빠져나와 일어서려는 놈부터 차례로 총알을 박아 넣었다. 좀비들은 악귀처럼 발버둥을 치다가 뒤통수가 터져 나간 후에야 얌전히 고꾸라졌다. 사격은 금방 끝났다.

셔터 사이에 끼어 있겠다, 불에 타고 있으니 자체 발광으로 시야 양호하겠다,

거리도 10여 미터 내외니…… 이건 빗나갈 리가 없다. 하도 격렬하게 대가리를 흔드는 바람에 두 방씩을 쏘게 만든 놈들은 두엇 된다.

"하아아~ 하아아~."

연기가 피어오르는 개폐문을 보면서 진우는 숨을 몰아쉬었다. 이제 개폐문 너머, 저편 터널에 남은 좀비들은 아직까지도 그의 뒤를 쫓아오지 못할 만큼 심하게 몸이 망가져 버린 놈들뿐일 것이다. 게다가 불이 붙어 있기도 하고, 그 주변에는 폭발할 수 있는 자동차들이 잔뜩 늘어서 있다. 그놈들에 대한 걱정은 접어 둬도 괜찮을 듯하다.

이제 이 지랄 맞은 추격전이 대충 끝나 가는 것 같기는 한데, 자신의 현 위치가 대체 터널의 어디쯤인지 전혀 가늠이 되지 않는다. 아까 보았던 그 터널이 막힌 사고의 현장은 돌아서 지나오긴 한 걸까?

연기와 열기, 탁한 공기, 그리고 긴장 때문에 목은 칼칼하고 눈은 따끔거린다. 산속을 헤매는 게 지긋지긋하다고 했는데, 터널 속도 만만치 않게 고되다.

뭐, 이번 터널에서는 그놈의 호기심 때문에 일을 더 키운 측면이 있기는 하지만, 완전히 헛된 일만은 아니었다. 가장 긍정적으로 생각해서, 다음에 누군가 자신이 걸었던 길을 똑같이 걸어 터널을 지나려는 사람이 있다면, 그 사람은 자신이 했던 고생을 반복하지 않아도 될 것이다. 이미 좀비들을 다 죽이거나 공격력을 아주 약하게 만들어 버렸으니까.

"이쪽이 나가는 길인가? 아니, 잠깐만 내가 들어올 때 차들이 어느 방향이었지?"

터널을 가로질러 정비로로 올라간 진우는 잠깐 방향을 잡지 못했다. 그만큼 전후좌우를 가리지 않고 정신없이 움직였고, 이 암흑 속에서 너무 오랜 시간을 보냈다. 자신이 자동차의 진행 방향으로 가야 한다는 걸 기억해 낸 진우는 다시 소화전을 세며 걷기 시작했다.

플래시의 밝기와 비추는 거리가 꽤나 약해졌다. 하긴 어지간히 오랫동안 켜고 뛰어다녔으니 당연한 일이다. 중간에 꺼져 버리지 않은 것만 해도 정말 고맙다. 다섯 개의 소화기를 지났을 때, 불어오는 바람에서 지금까지와는 다른 뭔가가 느껴졌다.

이건…… 신선하다.

"흐으으음~."

진우는 가슴을 쭉 펴고, 그 적당히 시원하고 무엇보다도 싱싱한 풀 냄새가 섞인 공기를 온몸으로 들이마셨다. 출구가 멀지 않다는 걸 미리 와서 전해 주는 반가운 바람이다. 진우는 환기탑 주변에 모여서 반짝이는 햇빛을 향해 몸을 날리던 좀비들의 행동을 이제 이해할 수 있을 것 같다.

아…… 내가 이 공기를 갈구하는 것처럼 그놈들한테는 태양이 필요했던 걸까?

"다 왔다."

몇 분 지나지 않아 터널의 끝에 도착한 진우는 힘겹게 한마디를 중얼거렸다. 존나게 빡센 3.3킬로미터였다. 물론 중간에 막힌 곳이 있어 돌아갔으니까 실제 그가 걸은 거리는 그보다 조금 더 길 테지만.

정비로가 끝나는 지점, 노란색과 까만색으로 칠해진 경계에서 도로로 뛰어내리자, 자유의 땅에 닿았다는 안도감이 밀려온다. 이제 전후좌우 어디든 갈 수 있다.

"완전히 깜깜해졌네……."

터널 입구에서 진우는 어둠이 내려앉은 도로를 둘러보았다. 당장에라도 주저앉고 싶지만, 이제 밤을 보낼 곳을 찾아야 한다. 플래시의 배터리도 갈아야 하고, 따끔거리는 눈도, 칼칼한 목도 조금이나마 휴식을 취해 줘야 내일 또 걷고 싸울 수 있다. 하 중위를 그렇게 허망하게 보내고 줄곧 혹사해 왔던 몸이 이제 슬슬 한계에 도달했나 보다.

"저기는 마을인가?"

좌측으로 그리 멀지 않은 곳에 야트막한 건물 몇 개가 있다. 달빛을 받아 반짝이는 지붕의 모서리를 보면서 진우는 잠시 고민했다.

마을…… 마을에 들어갔다가 별로 좋았던 기억이 없다. 음, 하긴 그렇게 따지면 산에서도 별로 좋았던 적이 없고, 터널에서도 그랬는데? 큭큭큭, 좋았던 기억은…… 없네, 씨발. 그러니까 좀비 세상이지.

진우는 혼자서 대화를 주고받으며 키득거렸다. 하여튼 마을 안에 발을 들여놓기가 조심스러운 것만은 분명한 사실이다. 사람이 살고 있었으니까 좀비가 나올 확률도 높아질 터였다.

하지만 거기에는 생존에 요긴한 물건도 있으리라. 먹을 것과 마실 것. 그 유혹은 크다. 게다가 슬슬 식량이 떨어져 가고 있으니 보충을 해야 한다. 마을을 만나지 못했더라면 내일은 하루 종일 자동차의 트렁크만 부수고 다녀야 할 판이었다.

진우는 중앙분리대를 넘고 잔디밭을 지나 다시 건너편 도로로 올라섰다. 거리가 줄어들자 더 많은 정보가 들어왔다. 그가 마을이라고 착각했던 것은 터널의 관리 사무소와 기자재 창고 건물들이었다. 어쨌든 그래도 찬 이슬을 피하게 해 줄 지붕과 좀비의 이빨로부터 막아 줄 벽이 있다.

진입로를 따라 올라간 진우는 창고처럼 생긴 높다란 건물들을 지나쳐 터널 관리 사무소 앞에 도착했다. 좀비들의 움직임이나 울음소리 같은 건 없다. 그저 버림받은 건물 네 개가 아주 한산하게 서 있을 뿐이다.

그가 선택한 것은 새로 지은 냄새가 물씬 나는 2층 벽돌 건물이다. 여기라면 하룻밤을 안전하게 보내는 데 큰 무리가 없어 보인다.

끼이익—.

유리로 된 문을 밀고 들어간 진우는 천천히 조심스럽게 1층 사무실과 회의실들을 수색하고 2층으로 이어진 계단을 올랐다. 몇 개의 2층 방에는 역시 아무도 없다. 구석에 있는 방 하나를 골라 들어간 진우는 문을 닫고 자물쇠를 돌렸다. 달칵, 하는 소리가 '이제 좀 쉬어.'라고 말하는 것 같다.

"후우우……."

그제야 완전히 마음을 놓은 진우는 바닥에 주저앉으며 크게 한숨을 내쉬었다. 배낭에서 물병을 꺼내 마시고, 아깝지만 눈에도 조금 뿌렸다. 아까부터 따가

워서 견디기가 힘들다.

팽, 근처에 놓여 있던 티슈를 빼서 코도 풀었다. 시꺼먼 코가 나온다. 전술 조끼에서 초를 꺼냈다. 아주 여러 동강이 나 있지만, 아직 심지가 붙어 있으니 불은 켤 수 있다. 그리고 촛불에 의지해 플래시의 배터리를 갈아 끼웠다.

확— 스위치를 켜자 새 배터리의 위력이 여실히 발휘된다. 지금까지 뿌옇게만 보이던 실내가 이제 겨우 훤하다.

"관사 같은 거였나?"

침대와 작은 책상, 서랍장, 냉장고와 TV 따위가 배치된 방의 구조를 보면서 진우가 중얼거렸다. 냉장고…… 먹을 것, 생각이 거기에 미치자 위장도 활동을 개시하겠다는 신호를 보내온다. 진우는 다시 몸을 일으켜 방을 뒤지기 시작했다.

냉장고 문을 열자 퀴퀴한 냄새가 난다. 별로 든 건 없었다. 물과 곰팡이가 핀 주스, 고추장 통과 밑반찬 정도다.

"에이, 맥주 정도는 좀 넣어 두지."

육포만 꺼낸 후, 냉장고 문을 닫고 진우는 당장 봉지를 뜯어 한 조각을 우물거리며 서랍장을 하나씩 열어젖혔다. 남이 입던 속옷과 양말 따위, 허접한 것들이 몇 개 나온다.

별 소득을 거두지 못하던 진우의 눈이 일순 번뜩였다. 의외의 곳에 보물이 있었다. 서랍장 옆, 선물용 나무 상자가 몇 개나 쌓여 있다.

"……삼척 명품 머루 와인, 끌로너와? 와인? 이거 술?"

적혀 있는 글자를 읽던 진우는 이상한 이름이라고 생각하면서도 일단 상자를 열었다. 한잔 시원하게 들이켜서 칼칼해진 목을 좀 달래고 싶은 마음이 굴뚝같다. 상자에 들어 있는 오프너로 마개를 따고 킁킁, 냄새를 맡은 다음, 크게 한 모금을 삼켰다.

카아—.

"이베리아반도의 춤추는 여인이 보이는구나. 이런 거였어."

눈을 감은 채 실없는 농담을 던진 진우는 아직 혀끝에 남아 있는 단맛이 채 사라지기도 전에 다시 병을 입에 대고 기울였다. 달콤하고 적당히 씁쓸하고…… 좋다. 살아 있으니까 느낄 수 있는 온갖 기분 좋은 자극이 입과 코를 채운다.

육포를 씹다가 와인을 마시고, 와인을 마시다가 다시 육포를 씹었다. 열려 있는 창문을 통해 이따금씩 시원한 바람이 불어오는 방에서, 배낭을 벗고 침대에 누워 와인을 마시고 있다. 불과 한 시간 전에 터널 안에서 이를 악물고 방아쇠를 당기던 순간에는 상상도 못 했던 호사다.

"아, 이거 달달한 줄만 알았더니…… 은근히 취하는데?"

세 병째 마개를 따면서 진우가 중얼거렸다. 지역 특산물 활성화를 위해 도로공사에서 구입해 뒀던 머루 와인이 오늘 아주 제대로 임자를 만났다. 진우의 눈은 슬슬 감겨 온다. 세 병째의 와인을 반쯤 비웠을 때, 진우의 손에서 힘이 빠지고, 툭 떨어진 와인 병은 또르르 구르며 바닥을 적셨다.

푸우우— 푸우우—.

조금 벌어진 진우의 입술 사이로 술 취해 잠든 사람 특유의 숨소리가 뿜어져 나온다.

주인이 깊고 달콤하게 잠들어 있는 동안에도 그의 왼손 팔목에 채워진 손목시계만은 성실하게 제 할 일을 하고 있었다.

1초, 1초가 흐르다 이윽고 07:31—23:59였던 전자시계의 화면이 08:01—00:00으로 바뀌었다.

이제 8월이 시작되었다.

Chapter 43

Rush

01

8월의 첫 아침은 쾌적하게 시작되었다. 멀쩡한 방의 침대 위에서.

"아, 개운하다……."

햇살을 받으며 깨어난 진우는 믿어지지 않는 표정으로 눈을 깜빡였다. 이렇게 개운하게 아침을 맞아 본 것이 대체 얼마 만인지 모르겠다. 낯선 곳에서 잠이 들었다가 지금 막 눈을 떴지만, 방금 전 이 방에 들어왔던 것처럼 모든 게 다 기억난다.

여기는 둔내 터널의 관리 사무소에 붙은 관사 2층이고, 어제 자신은 터널에서 100마리가 넘는 좀비들을 쏴 죽이고, 태워 죽이고, 폭파시켜 죽였다. 그리고 어젯밤, 아주 달콤하고 쌉쌀한 와인을 세 병째 마시다가 잠이 들었었다.

"역시 술의 힘인가……. 하긴 그동안 오래 참았지."

진우는 침대에 걸터앉으며 중얼거렸다. 시계가 표시하는 시간은 오전 7시. 요즘은 늘 선잠이 든 채로 꿈속에서조차 시달리기가 일쑤였는데, 오늘은 정말 푹 잤다.

바닥에는 어제 마시다가 놓쳐 버린 와인 병이 자줏빛 와인을 눈물처럼 쏟아

낸 뒤 뒹굴고 있다.

쯧쯧, 아까운 술을…….

진우는 아쉬운 마음에 끌탕을 했다.

입대하기 전, 진우는 대단한 애주가였다. 그 괴물 같은 삼식이에게는 못 이기지만, 보안관이나 유빈이보다는 확실히 셌다. 같이 일하던 아저씨들보다도 잘 마셨다. 주량 하면 떠오르는 사람이 있다. 자신의 외삼촌이다.

주민등록증을 받은 이래 평생 아침을 냉면 사발에 채운 소주와 날달걀 한 개로 때웠다는 전설적인 외삼촌의 이야기를 감안해 볼 때, 진우의 주량은 외가 쪽에서 물려받은 재능인지도 모른다. 물론 요즘은 혹시라도 생존의 끈을 놓치게 될까 봐 자제하는 중이다.

"앞으로 종종 마시고 자 줘야겠는데?"

기지개를 켠 뒤, 배낭을 메고 하이바와 두 자루의 총을 챙기면서 진우가 중얼거렸다. 배낭을 놓고 나왔다가 실탄을 모두 화재로 잃어버렸던 이래, 진우는 어디를 가든 버릇처럼 모든 짐을 챙겨 다닌다.

어찌나 만족스러운 휴식이었는지, 마음 같아서는 저 머루 와인을 몇 병 넣어 가고 싶다. 하지만 그가 개운한 아침을 맞을 수 있던 진짜 이유는 정말 오랜만에 침대에서 큰대자로 뻗어 잤기 때문이다. 발전소를 나와 지금까지 그가 누렸던 것 중 가장 편하고 푹신한 잠자리였다.

쪼르르르르—.

2층의 공용 화장실로 간 진우는 소변기에 오줌을 누고 있는 자신의 모습을 깨닫고 헛웃음을 지었다. 보는 사람도 없겠다, 찾아올 사람도 없겠다, 그냥 아무 데나 갈겨도 되는 거였는데, 버젓한 건물에 들어와 있자니 버릇처럼 화장실의 소변기를 찾았다.

몸에 밴 버릇이란 무서운 거구나…….

진우는 새삼 깨달았다. 며칠 정도의 야생 생활 정도로는 금방 바뀌지 않는 모양이다.

꾸르르륵—.

물을 마시자 위장까지 타고 내려가는 느낌이 고스란히 전해지며 배 속에서 요란한 소리를 냈다. 어젯밤 제대로 먹지도 않은 채 술병만 껴안고 뒹굴다가 잠이 드는 바람에 속에 든 거라고는 육포 몇 조각이 전부다.

그래그래, 뭐 좀 먹자…….

진우는 고개를 끄덕거리며 1층으로 내려왔다. 어젯밤 희미한 플래시 불빛에 의존해 정찰했을 때, 주방을 봐 뒀었다. 회의실 옆에 위치한 주방은 그리 크다고 할 수 없었지만, 개수대와 조리 도구, 냉장고와 찬장, 밥솥 따위를 모두 갖추고 있다. 그게 어딘가.

딸칵—.

가스레인지의 스위치를 돌리자 파란 불꽃이 올라온다. 진우는 신기하다는 듯 그 불꽃을 바라보았다. LPG 가스를 쓰는 곳이니 불이 들어오는 게 당연한데도, 아직 작동하고 있는 문명의 이기를 만나는 일은 낯설고 반갑다.

"불은 들어오니까 해 먹을 수 있는 게 뭐가 있나 좀 볼까?"

찬장 문을 열자마자 엄지손가락만 한 크기의 검은 생물들이 사방으로 후다닥 흩어진다. 바퀴벌레다. 어지간히도 많다.

어우, 진우는 인상을 찌푸리면서 얼른 손을 뗐다. 좀비들을 만났을 때와는 다른 종류의 소름이 돋아 올랐다.

툭, 찬장 앞쪽으로 기어 나오다가 바닥으로 떨어진 놈이 얼른 싱크대 아래로 몸을 숨긴다. 저 개새끼들이 꼬물거리는 걸 봤으니 개봉되어 있던 건 손도 대지 말아야겠다.

"라면…… 참치, 꽁치, 스팸, 즉석밥…… 다들 비슷하게 먹고 살았구나."

그 외에도 다른 것들이 몇 가지 더 있지만, 밀봉된 상태가 아니어서 아예 거들떠보지도 않았다. 정식으로 끓인 라면에 밥을 먹어 볼까 하고 걸려 있던 냄비를 집었다.

흠흠흠, 가볍게 콧노래를 부르면서 정수기 옆에 줄줄이 놓여 있던 새 생수통

하나를 뜯었다. 깨끗이 씻은 냄비에 물을 끓이는 동안, 진우는 어제 잤던 방 냉장고에서 고추장 통을 꺼내 왔다. 주방의 냉장고는 열 생각도 없다. 근처만 지나가도 풍기는 구리구리한 냄새가 절대 그러지 말라고 경고한다.

이윽고 식사 준비가 다 됐다. 메뉴는 참치 라면과 밥, 고추장을 찍어 먹는 스팸. 김치를 곁들이지 못하는 것이 못내 아쉽기는 해도 이 정도면 성찬에 가깝다고 할 수 있다. 뽀글이가 아니라 정식으로 끓인 라면이라니!

바깥 풍경이 보이는 사무실의 탁자로 먹을 것들을 옮긴 진우는 소파에 앉아 젓가락을 들었다.

흐으음~. 참치 기름이 듬뿍 밴 라면 국물 냄새가 콧구멍 속으로 빨려 들어온다. 좋은 냄새다. 그리고 맛있다. 진우는 간만에 맛보는 문명인의 식사를 아주 제대로 만끽했다.

"산밖에 없네."

식사를 마치고 사무소 밖으로 나온 진우는 주변을 둘러보며 중얼거렸다. 터널 방향을 포함해 사방 어느 쪽을 향하여 서 있든 간에 야트막한 산이 그를 맞는다. 민가도 없고, 마을도 보이지 않았다.

하긴 그러니 이렇게 한산하게 자고, 평화로운 식사를 할 수 있었겠지…….

진우는 캐비닛에서 꺼내 온 열쇠 꾸러미들을 들고 창고 쪽으로 걸어갔다. 이것만 있으면 주변의 건물 네 개가 다 그의 것이나 다름없다. 비상용 발전기가 들어 있는 건물을 지나자 SUV 한 대, 승용차 한 대, 이렇게 두 대의 자동차가 주차되어 있다. 물론 진우는 이놈들의 열쇠도 가지고 나왔다.

철컥, SUV의 문을 연 진우는 운전석에 앉아 키를 넣고 돌려 봤다.

키리리릭— 위위잉—.

2주 이상 방치되어 있던 터라 배터리가 좀 시원찮았지만, 약간의 지연이 있은 후에 결국은 시동이 걸렸다.

화아악—.

미지근한 바람이 불어 나오는 송풍구를 꺼 버리고, 진우는 차창 너머 도로를 물끄러미 바라보았다.

"부릉— 부릉— 빵빵! 빵빵! 우우우웅~."

두 손으로 핸들을 잡고 가볍게 흔들며 어린애처럼 입으로 차를 몰아 봤다.

이렇게 달릴 수만 있다면…… 그러면 화천이든 서울이든 몇 시간 만에 도착할 수 있을 텐데…….

하지만 그것은 이뤄질 수 없는 꿈이다. 그의 눈앞에 길게 펼쳐진 도로는 양방향 모두 자동차들로 꽉 막혀 있다. 이걸 몰고 달릴 수 있는 곳은 이 주차장에서부터 20여 미터 앞의 진입로까지가 전부다.

"젠장, 더럽게 아쉽네. 군인들이 뚫어 놓은 도로까지만 가면 되는데……."

자동차 문을 열 때부터 이걸 타고 달릴 수 없다는 걸 알고 있었지만, 막상 운전대를 잡고 바라보니 그 상실감은 몇 배나 더 커졌다. 당장에라도 관리 사무소 2층으로 뛰어 올라가서 어제 마신 머루 와인을 또 한 두어 병 비워 버리고 싶은 기분이다.

그의 앞에 끝없이 펼쳐진 것 같은 직선 도로를 계속 걷고, 또 걷고…… 그래 봐야 목적지 부근에도 못 미친다. 그 생각을 하니 벌써부터 가슴이 턱 막히는 것 같다.

딸깍, 진우는 혹시나 하는 마음에 라디오를 켰다. 아무리 주파수를 위아래로 바꿔 봐도 들리는 것이라고는 치이이익— 하는 잡음뿐이다.

"적어도 피난소가 어디 있는지 정도는 계속 알려 줘야 하는 것 아닌가?"

진우는 원망 가득한 눈으로 아무 죄도 없는 라디오를 빤히 노려보았다. 그러다가 혹시 CD가 있을까 싶어 글러브 박스를 열었다. 있다. 좀 긁히긴 했지만, 세 장이나 들어 있다.

그런데 영 그의 취향이 아니다. 구리다. 핑크 펀치는 기대도 안 했지만, 세 장 모두 트로트 메들리만 고집할 필요까지는 없었을 텐데.

포기하려던 진우의 눈에 운전석 도어 포켓에 있는 한 장의 CD가 들어왔다. 지하철 행상들이 들고 다니며 파는, 아주 구닥다리 컴필레이션 앨범이다. 만 원만 내면 몇 장이나 주는, 그런 싸구려. 아니면 무단 복사해서 파는 불법 음반이든가.

그래도 진우는 그 CD를 오디오에 넣었다. 음악이 듣고 싶다. 어느 날 갑자기 지옥이 되어 버린 공간에서 끊임없이 들어야 했던 괴물들의 기괴한 울부짖음, 비명과 총소리, 무너지고 터지면서 고막을 쉬지 않고 진동시킨 전장의 소음들, 그리고 바로 몇 시간 전에도 자신을 미쳐 버리기 직전까지 몰아붙이던 터널 안의 굉음까지…….

신경을 긁어 대는, 수많은 일그러진 그 음파에 지친 채로 진우의 자아는 너무나 간절히 문명의 소리를 원하고 있었다. 생각해 보니 노래를 마지막으로 들었던 게 대체 언제였는지도 기억나지 않는다.

언제 어디서 무슨 일을 만나게 될지 몰라 늘 귀를 활짝 열어 두고 살아야 하는 좀비 세상에서 음악을 듣는다는 건 대단히 사치스러운 일이 돼 버렸다. 아니, 거의 살아남길 포기한 행동과 다름없다. 평화롭던 시절처럼 이어폰을 낀 채 걸어 다녔다가는 아마 한나절을 못 넘기고 뒤쪽에서 덮치는 좀비의 밥이 되고 말 것이므로.

"첫 번째는 넘기자."

1번 곡이 '마이 웨이'여서 진우는 CD를 넣자마자 다음 곡으로 옮겨 가려 했다. 정말 간만에 듣는, 그리고 언제 또 듣게 될지 모르는 노래인데, 느끼한 아저씨 목소리로 서막을 장식하고 싶지 않다. 그런데 낯선 남의 차라 그 간단한 조작이 빨리빨리 되지 않았다.

진우가 버튼을 찾는 동안 CD는 재생을 시작했다. 그가 아는 것과 다른 '마이 웨이'였다. 음색으로 봐서는 나이가 꽤 든 여자가 부르는, 그것도 일본어로 부르는 '마이 웨이'다. FF 버튼을 찾아내서 누르려던 진우가 손가락을 멈칫했다. 그런 후, 자동차 문을 잠그고 볼륨을 높였다.

누구인지도 모르고, 음질도 꽤나 후진 데다, 가사가 무슨 뜻인지도 모르겠다. 아마 영어 가사를 일본어로 바꿔 부르는 것일 테지만…… 그런데 이 목소리가 너무 좋아서, 오케스트라 반주를 압도하는 이 기교가 좋아서 진우는 눈을 감고 귀를 기울였다.

몇천 번이나 생채기를 입은 청각이 모처럼 치유받는 듯하다. 지속적으로 자신을 괴롭히던 이명마저도 잦아드는 기분이다. 전체 음악이 끝났을 때, 진우는 처음의 그 노래를 다시 재생시켰다. 이번에는 눈을 뜬 채 핸들에 얼굴을 기대고 삭막한 도로를 바라보며 들었다.

"좋다. 아줌마, 노래 잘하네."

똑같은 노래를 여러 번 반복해서 들은 후, 진우는 CD를 꺼내 아무 케이스에나 담고 배낭에 챙겨 넣었다. 이건 가지고 있을 만한 가치가 충분하다. 언젠가 그가 알던 사람을 다시 만나게 된다면 함께 이 노래를 들으며 말해 주리라. 정말 다 귀찮아져서 주저앉고 싶었을 때, 내게 큰 힘을 준 노래라고.

오오~ 그거 꽤 있어 보이잖아?

그렇게 대화를 나누는 상황이 멋진 것 같아서 상상을 하는 것만으로도 진우의 입가에는 슬쩍 미소가 번졌다.

"야! 그러고 싶으면 움직여! 가만히 여기 앉아 있어 봐야 너 아는 사람 절대 이리로 안 온다."

스스로에게 동기를 부여한 진우는 SUV 밖으로 나와서 창고 쪽으로 걸어갔다. 달리지도 못하는 자동차보다는 뭔가 좀 더 쓸모가 있는 게 있기를 기대하면서. 한참 열쇠 더미와 씨름을 하다가 결국 제1창고라는 태그가 붙어 있는 열쇠를 찾아냈다.

끼이익—.

창고 문을 열자 가장 먼저 눈에 띈 것은 청소 도구와 몇 가지 장비가 실려 있는 리어카다. 플래시를 켠 K-2를 앞세우고 들어가기는 했지만, 위쪽으로 뚫린 창문을 통해 워낙 빛이 환하게 비쳐 들어서 보조 조명이 필요하지는 않았다.

핸드 드릴부터 소형 진동 롤러까지, 주로 도로 공사용 장비들이 비치되어 있었다. 모두 다 지금의 그에게는 별 필요 없는 것들이다. 시큰둥한 표정으로 창고를 한 바퀴 돈 진우는 이제 나가야겠다고 생각하면서 구석에 물체를 덮은 방수포를 열어젖혔다. 그러고는 곧 눈을 반짝였다.

자전거다, 자전거!

딱 봐도 뭐 그리 대단한 고급품 같지는 않아 보이지만, 그래도 나름 있을 건 다 있다. 램프에, 물통에, 핸드 펌프에, 안장 뒤쪽에는 조그만 가방도 붙여 놨다. 이거라면 차가 꽉 막힌 도로라도 쌩쌩 지나다닐 수 있다. 지금까지보다 몇 배나 더 빠르게…….

새로운 장비를 발견하자마자 진우의 가슴이 두근거린다. 그동안 계속 산속만 헤매고 다니느라 꿈도 꾸지 못했던 자전거 투어링이다.

진우는 자전거를 꺼내 주차장에 세워 놓고 필요한 것들을 챙기기 위해 사무실로 뛰어 들어갔다. 여분의 배터리, 여분의 플래시, 물을 보충하고 한 컵 시원하게 들이켰다. 작업용 장갑과 라면도 배낭에 쑤셔 넣었다.

가져가고 싶은 것은 잔뜩 있지만 짊어질 수 있는 무게에 한계가 있으니까 스팸과 참치 캔은 딱 한 개씩만 챙겼다. 이렇게 용기가 쇠로 된 것들과 수분을 함유하고 있는 것들은 아무래도 무겁기 마련이라 부담스럽다.

“가만있어 봐…… 뭐 안 가져가는 것 없나?”

문을 나서면서 진우는 아쉽다는 듯 사무소를 한번 돌아보았다.

젠장, 저 가스레인지, 냄비, 생수통에 가득가득 들어 있는 물, 머루 와인, 그리고 침대……. 여기서 나가 길바닥을 헤매다 보면 또 얼마나 생각이 날까?

진우는 하루쯤 더 푹 쉬고 싶다는 유혹을 애써 뿌리치고 주차장으로 뛰어나왔다.

하루를 쉬고 나면 이틀을, 이틀을 쉬고 나면 일주일을 쉬고 싶은 게 사람 마음이다. 그리고 그렇게 무의미한 시간이 지나가는 동안 나아질 건 하나도 없다. 화천을 찍고 탄약을 찾아 서울로 가기로 했으니 반드시 그렇게 할 것이다. 그래서 아끼던 사람들을, 전부 다는 아니더라도 적어도 한두 명쯤은 만나고 싶다. 꼭…… 만나고 싶다.

개머리판을 접어 둔 채 한 자루는 허리 뒤로, 한 자루는 대각선으로 비껴 멘 진우는 자전거 안장에 앉은 채로 익숙해질 때까지 몇 차례나 그걸 빠르게 잡으며 사격 자세를 취하는 연습을 하고 멜빵끈의 길이를 조절했다.

자전거를 타고 달리다가 갑자기 자동차 사이로 튀어나오는 놈들이나, 언덕 위에서 뛰어내리는 놈들을 만나게 됐을 경우를 대비해서다. 괜히 어정쩡한 자세로 방아쇠를 당겼다가 갈비뼈를 다치거나 하고 싶지는 않다.

"좋아, 이쯤 하면 된 것 같다."

총 잡기가 익숙해졌으니 이제 주행 연습이다.

사락— 좌락— 좌라락— 좌라락—.

페달을 밟아 보니 꽤나 부드럽게 바퀴가 돈다. 처음에는 등에 지고 있는 배낭과 두 자루의 총 무게 때문에 중심을 잡는 게 어색했지만, 주차장을 한 바퀴 돌다 보니 이내 익숙해진다.

하이바 끈을 고정한 진우는 힘차게 페달을 밟아 진입로를 따라 내려갔다. 도로로 진입해 방향을 꺾으면서 멈춰 서 있는 고급 승용차를 자전거로 슬쩍 긁고 말았지만…… 그런 것 따위, 이젠 아무도 신경 쓰지 않을 터였다.

싸아아아—.

귓가를 울리는 바람 소리가 그에게 빨라진 속도를 일러 준다. 기분이 좋다. 도로가 약간 내리막이어서 별로 힘을 들이지 않아도 자전거는 주변의 풍경들을 슥슥, 지나쳐 버린다.

멀리 보인다고 생각했던 표지판이 어느새 머리 위로 와 있다가 저 뒤로 사라지고, 정신을 차리고 보면 어느새 수십 대의 자동차를 제쳤다. 정말 간만에 느껴 보는 속도감에 진우는 소년처럼 크게 입을 벌리고 웃었다.

"하하하하하— 하하하—!"

주욱 늘어서 있는 축사 부근을 지날 때, 죽은 소들이 썩어 가는 냄새인지, 똥 냄새인지 모를 악취를 들이켜면서도 진우의 웃음은 그치지 않았다. 이까짓 거, 제아무리 구려도 좀비들에게서 풍겨 나오는 냄새에 비하면 참고 맡아 줄 만하다. 그리고 금방 지나쳐 버리면 그만이다. 진우는 몸을 앞으로 기울인 채 폐 속 가득 똥 냄새를 들이마시며 신나게 페달을 밟았다.

그렇게 열심히 빠르게 자동차들 사이를 질주하는 동안에도 인가는 거의 눈에 띄지 않았다. 그럼 대체 이 많은 자동차들은 어디에서부터 여기까지 온 걸까 하는 생각이 든다.

번호판에 지역명이 적혀 있지 않으니 전혀 알 길이 없지만, 아주 멀리에서부터 여기까지 도망을 온 거였는지도 모르겠다. 그러다가 마침내 꽉 막힌 정체를 만나고 결국은 차를 버린 채 뛰어서라도 달아났을 테지.

그리고 지금 진우는 그 많은 사람들이 도망쳐 온 곳을 향해 풀 스피드로 달려가고 있다. 좀비와, 죽음과, 폐허 같은 끔찍한 이미지들이 덧칠해진 곳으로.

"금방 간다! 기다려!"

그리운 사람들의 얼굴을 떠올리며 진우는 페달을 밟는 다리에 더 힘을 주었다. 맞부딪쳐 오는 바람이 온몸을 시원하게 식혀 준다. 하 중위가 감아 준 그대로의 붕대 안쪽까지도 스며들 만큼 시원한 바람이었다. 들어 줄 사람은 단 한 명도 없지만, 속도를 높이며 진우는 자전거 손잡이에 부착된 벨까지 울렸다.

띠리링— 띠리링— 띠리링—.

씨이잉—.

금속 벨의 가냘픈 울림만을 남기고 진우를 태운 자전거는 빠르게 멀어져갔다.

02

띠리링— 띠리링—.

삼식이가 재미를 들였는지 계속 자전거 벨을 눌러 댄다. 설명을 하던 유빈이 잠시 말을 멈추고 쳐다보면 씨익 웃으며 멈췄다가, 다시 이야기를 시작하면 또 손가락으로 벨 손잡이를 튕긴다. 유빈은 가볍게 한숨을 쉬었다.

"야, 너…… 긴장하지 않는 건 좋은데…… 이러다가 실수할까 봐 겁난다, 나는."

"아니, 뭐, 복잡한 임무라야 열심히 듣고 기억하려고 애를 쓰지. 엄청 간단한 일이잖아. 나는 신입이랑 저 멀리 사거리 밖으로 자전거 타고 나가서 우측으로 또 두 블록 더 간 다음, 거기에서 담배를 열라 피운다. 통에도 좀 피워 놓고. 그러면 그동안 너희는 여기에서 간단한 공사를 한다. 그거잖아. 뭐, 더 있어?"

삼식이가 생글거리는 걸 보고 있자니 마음이 복잡하다. 자전거를 타고 간다고는 하지만, 그래도 어디까지나 위험한 곳으로 더 멀리 나가는 거고, 게다가 담배 연기를 계속 피워서 미끼가 되는 일이다. 그런데도 이놈은 여유만만이다. 물론 바로 옆에 서 있는 신입처럼 죽상을 하고 있는 것보다는 낫지만.

지금까지 얻은 정보와 계산에 따르면, 그렇게까지 아슬아슬한 상황은 없을 거긴 하다. 다음 좀비 무리인 분홍이들이 삼식이가 담배를 피울 곳까지 오려면 앞으로도 20분 이상 걸릴 거고, 그때 놈들이 오는 걸 보자마자 삼식이와 신입은 자전거를 타고 이리로 도망 오면 되니까.

"후우~ 진짜 담배 한 대 편하게 피우고 오는 게 이렇게까지 위험하고 힘든 일이어야 하냐? 내가 진짜…… 후우, 나니까 참는 건지도 모르겠다, 이런 생활. 매일매일 지옥이 따로 없다. 하루도 편하게 지나는 날이 없어."

신입은 고급 자전거의 손잡이를 꽉 쥔 채 한숨을 푹푹 쉬었다. 태권 소녀는 같잖다는 표정으로 한 소리 한다.

"네가 대체 힘든 일을 한 게 뭐가 있다고 지옥이니, 편한 날이 없느니 떠들어?"

"뭐? 뙤약볕에서 매일 망보는 게 쉬운 줄 알아?"

지지 않으려 대들면서도 신입은 얼른 자전거에 올라탔다. 태권 소녀는 별로 자비가 없어서 여차하면 엉덩이로 킥이 들어온다는 걸 잘 알고 있기 때문이다. 지난 며칠 동안 대여섯 번 걷어차이면서 얻은, 값진 교훈이다.

"담배 충분히 챙겼지?"

유빈의 질문에 삼식이와 신입은 배낭을 툭툭, 두들겨 보인다.

그래, 유빈은 고개를 끄덕였다.

"그럼 가서 실컷 피우고 와. 아주 너구리 굴을 만들어."

모두의 배웅을 받으며 삼식이와 신입은 상봉 터미널 쪽으로 자전거를 몰았다. 한산한 인도를 씽씽 내달리면 더 편할 텐데, 유빈은 반드시 도로의 중앙으로만 다니라고 신신당부를 했다. 그래야 건물에서 뛰어내리는 좀비가 있을 때 피하기가 훨씬 용이하다는 이유에서다. 타당한 말이라고 생각해서 삼식이와 신입도 버스 차선에 바짝 붙어서 움직였다.

차르르륵— 차르르륵—.

몇 번 페달을 돌리지도 않았는데 자전거는 그들을 400여 미터 앞 사거리로 데려다준다. 코너에서 우회전을 한 두 사람은 거기에서 두 블록을 더 간 뒤에야 멈춰 섰다.

도로 양쪽으로 보이는 풍경은 좌 이마트, 우 상봉 터미널. 말만 들으면 대단한 번화가일 것 같지만, 의외로 길은 그리 넓지 않다.

"더 가지 마. 너무 가까이 가면 저기에서 보고 뛰어내릴라."

백화점처럼 커다란 이마트 건물을 가리키며 삼식이가 신입을 향해 말했다. 벽면이 유리로 되어 있어서 여러 놈이 한꺼번에 부딪쳐 오면 깨질 것 같다. 그 옆에 있는 아파트도 신경이 쓰이기는 매한가지다.

물론 그들이 서 있는 곳은 5차선 도로의 한가운데니까 저기서 제아무리 빠르게 몸을 날린다고 해도 여기까지 닿을 가능성은 제로다.

"아우, 씨발. 징그러워."

이마트 진입로에 드문드문 누워 있는 시체들을 보며 신입이 중얼거렸다. 코스트코 앞마당처럼 이 주변에서도 심심찮게 시체들을 발견할 수 있었다.

제일 흔한 유형은 역시 머리통이 움푹 함몰되어 있거나 뒤통수가 으스러진 시체들이다. 사람들과 싸우다가 죽은 놈들도 있겠지만, 고층 건물에서 아래를 노리고 뛰어내렸다가 머리부터 떨어지는 바람에 즉사한 걸로 보이는 좀비들이 더 많다. 가끔은 자동차 유리창 안에 머리를 박은 채 죽어 버린 놈들도 있다.

썩어 가는 시체들의 상태는 사망 원인과 무관하게 전부 다 끔찍해서, 자기도 모르게 외면하게 된다. 지난 14일 이래 사람 죽은 꼴은 참 지겹게도 봐 왔지만, 그럼에도 불구하고 저걸 빤히 쳐다보고 있는 건 아무래도 익숙해지지 않는 일이다.

"야, 이 자전거 확실히 존나 좋다. 씨발, 몇백 우습게 넘었겠는데?"

자전거에서 내린 신입은 알루미늄과 카본으로 된, 가벼운 자전거를 들었다 놨다 하며 만족스러운 표정을 지었다. 자전거 가게를 털 때 상단에 걸려 있던 놈을 굳이 욕심내서 집어 오더니, 어지간히 마음에 드는 모양이다.

"근데 그거 너한테 너무 높아. 타고 내릴 때 가랑이 아프지 않냐?"

멈춰 서자마자 담배를 꺼내 문 삼식이가 불을 붙이면서 대꾸해 준다. 한 모금을 빨자마자 목에 턱 걸리는 맛이 있다.

후우우~. 삼식이는 손가락 사이에 끼워진 담배를 보며 생각했다. 역시…… 이 깊은 맛과 만족스러운 향은 전자 담배가 따라올 수 없다. 혹시 너무 높다는 이유로 자전거를 빼앗기기라도 할까 봐 천만의 말씀이라는 듯 도리질을 하는 신입을 보며 삼식이가 말했다.

"뭐, 좋을 대로 해. 네 불알은 네가 챙기는 거니까……."

빈 양철 쿠키 통을 가방에서 꺼낸 삼식이는 몇 모금 빨지 않은 장초를 그 안에 던져 버리고, 또 금방 새 담배에 불을 붙여 빨았다. 그러고는 담배만 피우다 보면 목이 너무 빨리 칼칼해질까 봐 캔 커피를 따서 마셨다. 그 외에도 넉넉하게 음료수를 챙겨 왔다.

신입도 계속 사방을 두리번거리며 담배에 불을 붙였다. 둘은 옛날 할리우드 갱 영화에 나오는 악당들처럼 뻑뻑 연기를 뿜어 댔다. 흡연이 임무가 됐다고 생각하니 좀 우습지만, 어차피 이 일은 일곱 명 중에 삼식이와 신입, 둘밖에 못 하는 거니까.

“이렇게 괜한 짓으로 시간 끌지 말고, 그냥 이거 타고 쭉 가면 되는 거 아냐?”

신입이 자전거 브레이크를 잡았다 놨다 해 보면서 묻는다.

“어디로?”

“어디긴, 이 답답아. 원래는 한강인지 잠실인지 거기 수용소 가기로 했었잖아. 이거 타 보니까 존나 빠르고 쫙쫙 나가는데, 그냥 이거 타고 쫙 빼면 될 것 같다는 이야기잖아.”

“하하하, 이거 타고 가다가 뭘 만날지 알고 그런 소리를 해? 자동차처럼 지붕이 있냐, 들이받으면 좀비들이 죽기를 하냐? 육교 아래 같은 데 지나가다가 한 놈만 뛰어서 덮쳐도 그냥 끝이야. 또 만약에 타고 가다가 저 앞에서 좀비들이 튀어나왔다, 그러면 그때는 어떻게 하려고?”

삼식이가 웃으면서 저 멀리 면목동 쪽 사거리를 가리킨다. 당장 20분쯤 뒤에 좀비들이 등장할 방향이다. 물론 신입은 지지 않고 받아쳤다.

“옆으로 꺾지, 그럼 그 상황에서 가만히 서 있겠냐?”

“그래, 좋아. 꺾었어. 뒤로 돌아가지 않을 거면 좌우 중에 한 방향이겠지. 근데 거기는 또 이미 다른 좀비들이 지나가고 있는 중이면 어쩔래? 네가 서울 시내 길 다 알아서 싹싹 빠져나갈 수 있을 것 같아? 인간 내비게이션이야?”

“씨발, 이 새끼. 말 같지도 않은 소리로 토만 달고 있네. 좀비가 만날 너 필요할 때에만 나와? 당장 여기만 해도 한 마리도 안 보이는구만.”

“그거야 우리가 저 새끼들한테 페인트를 발라서 지나가는 시간을 알게 됐으니까 그렇지. 바로 이삼일 전만 해도 전혀 몰랐던 거잖아. 그때 같았으면 이렇게 여유롭게 담배나 빨고 있을…… 으앗! 저거 움직여!”

삼식이가 다급하게 외치며 페달에 발을 올리는 시늉을 하자, 신입은 소스라치게 놀라 자전거를 돌리려다 핸들을 놓치고 버둥댔다.

“장난이야, 장난! 카하하하, 너 표정 진짜…….”

삼식이는 배를 잡고 웃었다. 신입은 분하기도 하고 여전히 무섭기도 해서 얼굴이 시뻘게졌다. 신입이 삼식이의 어깨를 손바닥으로 후려치며 소리를 버럭 지른다.

"야, 이 개새끼야! 그런 짓 좀 하지 마! 놀란다고! 아우, 씨발. 열받아!"

"하하하! 것 봐, 무섭잖아. 밖에 나오면 무방비라서 무섭고 쫄게 되어 있어. 지금은 농담이니까 이렇게 내 팔에 화풀이하면 끝이지만, 실제였으면 큰일 나는 거야. 내 몸을 숨길 데가 없다는 게 그렇게 무서운 거라고. 그러니까 편하게 잘 곳 있고, 먹을 것 떨어져 가지 않는 상황에서 굳이 위험한 길을 나설 생각 하지 마. 거기까지 갈 용기랑 운, 반씩만 가지고도 이 근처에서 잘 살 수 있어. 저기 저 시체들도 처음에 밖으로 나올 때는 다들 뭔가 계획을 가지고 나왔을 거야. 하지만 실패해서 결국 저 모양이 된 거지. 모험, 그거 아무나 하는 거 아니다, 너?"

"그럼 그때 복지 센터에서는 왜 반대 안 했어? 유빈이 새끼가 반나절 만에 닿고 어쩌고 할 때에도 똑같이 좀 말해 보지? 그때는 같이 꿍짝꿍짝해 놓고서. 하여간 이 새끼들도 차별 은근 쩐다니까?"

"그때는 차가 있었잖아. 달릴 도로도 있었고. 그리고 사방에서 좀비들이 점점 가까이 오는데 어떻게 손 놓고 앉아 있어. 위험해 보이는 걸 알더라도 아무거라도 해 볼 수밖에 없었지. 지금이랑 달라."

삼식이는 반쯤 피운 꽁초를 쿠키 통 안에 던져 넣고 새 담배를 물었다. 오늘의 작전은 두 가지의 실험을 위한 것이다. 먼저 보안관 일행이 알아보고 싶었던 것은 좀비들의 이동 경로에 담배를 피워 두면 놈들이 잠깐이라도 멈춰 서서 그 냄새를 감상하는가이다.

그 첫 번째 실험을 위해서 이렇게 양철통 안에 자꾸 불붙은 담배를 모아 두고 있다. 두 사람이 부지런히 임무를 수행한 덕에 어느새 통 안에는 두어 번씩만 빨아 댄 담배가 두 갑 가까이 쌓인 채 모락모락 연기를 피워 올리는 중이다.

"쿨럭쿨럭, 야, 이거 통 저쪽으로 좀 치울까? 몇 분 동안 계속 맡았더니, 냄새…… 씨발, 완전……."

바람이 바뀌는 바람에 고스란히 연기를 뒤집어쓴 신입이 기침을 쿨럭거리며 뒷걸음질을 친다. 삼식이도 슬슬 담배 냄새가 거슬리기 시작했다. 어제도 하루 종일 전자 담배만 빨면서 이 순간만을 기다렸는데, 참 인간은 간사한 동물인가 보다.

삼식이와 신입이 자전거로 이동하며 연기 만드는 일에 열중하고 있는 동안 코스트코 앞 도로에서는 보안관 일행이 바쁘게 움직이고 있었다. 분홍이들의 발을 묶어 줄 지연 장치를 만들기 위해서다.

"다 준비됐지? 장갑! 고글! 다들 꼈어? 우리 제니도 오케이?"

팔목까지 오는 두툼한 철조망 전용 장갑을 낀 보안관이 안전 고글을 고쳐 쓰며 물었다. 제니, 유빈, 태권 소녀 순으로 쪼르르 서서 장갑 낀 손을 들어 보이고 고개를 끄덕인다.

좋아, 간다!

보안관은 묵직한 망치를 들어 맨 끝 차선의 자동차 운전석 유리를 사정없이 후려쳤다.

쾅창!

유리는 산산조각이 나서 부서져 내렸다. 보안관은 철조망 장갑을 낀 왼손을 차 안으로 넣어 잠금장치를 해제했다. 그러고는 곧바로 몸을 돌려 옆 차선 자동차의 조수석 유리도 부수고 그것의 잠금장치 역시 풀었다. 이것으로 이 차선에서 보안관이 할 일은 끝. 이제 옆 차선으로 옮겨 가 똑같은 일을 반복하면 된다.

철컥, 제니는 보안관이 작업한 자동차들의 문 두 짝을 열어 서로 마주 보도록 대 놓는 일을 맡았다. 날다람쥐처럼 재빠르게 한쪽 문을 반쯤 열고, 그 옆 차 문을 반쯤 열고 뒤로 물러나면서 두 차의 문을 최대한 활짝 열리도록 당긴다. 그렇게 하고 나면 그녀 역시 보안관처럼 옆 차선으로 이동한다.

다음 순서로 뛰어드는 것은 유빈과 태권 소녀가 한 조를 이루는 결속팀. 이건 호흡이 중요하다. 태권 소녀와 유빈이 문 하나씩의 앞에 선다. 그리고 허리에 빨랫줄 두루마리를 철사에 꿰서 휴지처럼 차고 있는 유빈이 줄을 쭉 뽑아 틀만 남은 한쪽 창문을 관통시킨 다음, 옆 차 문 앞에서 기다리고 있던 태권 소녀에게 준다.

그러면 태권 소녀는 그걸 다시 자신의 차 창틀에 한 번 돌리고 다시 유빈에게 넘기는 식이다.

이렇게 두 개의 문이 팽팽하게 연결되도록 서너 번 반복하고 나서 가위로 줄을 자르고 매듭을 단단히 묶는다. 모든 자동차가 서로 문을 마주할 수 있도록 간격을 맞춰 세워진 게 아니니까 필요한 줄의 길이도, 각도도 매번 다르다.

이 모든 작업이 가능한 것은 200미터 두루마리의 무게가 1킬로그램도 되지 않는 3㎜ 다용도 나일론 줄, 흔히 말하는 빨랫줄의 위엄 덕분이다. 다른 소재였으면 아마 그 무게 때문에 작업이 몇 배나 힘이 들었을 것이다.

“꽉 당겨! 너무 느슨하잖아!”

유빈의 매듭을 보면서 태권 소녀가 잔소리를 한다. 유빈이 억울한 표정을 지으며 힘껏 줄을 당겼다. 매번 잔소리하던 입장에서 졸지에 잔소리를 듣는 대상이 되어 버리자, 그거 영 기분이 별로다.

‘저기…… 너, 팔다리 길고 주먹이랑 힘이 세다는 건 잘 알지만, 나도 일단은 막노동으로 먹고살았는데…….’라고 말하고 싶다. 어쨌든 두 사람은 땀을 뻘뻘 흘리면서 문을 꽉 잡은 채로 서로 줄을 주거니 받거니 하며 매듭을 묶었다.

“근데 이거 별로 튼튼해 보이지 않는데…… 정말 이 정도로 좀비들을 붙잡아 둘 수 있어? 분홍이들이 적다고 해도 수백 마리나 되잖아?”

여러 겹의 빨랫줄을 꽉 당겨 한데 묶으며 태권 소녀가 물었다.

우드득, 플라스틱 창틀이 부서질 것 같은 소리가 들린다. 손아귀 힘도 참 어지간히 세다.

“완전히 가두려고 하면 이런 걸로 안 되겠지만, 잠시 동안만 발을 묶어 두는 정도는 뭐, 정강이 높이로 줄 하나만 매어 놔도 약간의 지연은 가능하지. 분명 우왕좌왕하다가 자빠지고 난리도 아닐 테니까. 문제는 그렇게 몇 분을 묶어 둘 수 있느냐 하는 거야. 네 말대로 분홍이들은 수백 마리가 넘잖아. 그래서 머릿수가 모여야만 끊을 수 있는 정도로 해 놓는 거야. 단단하기로 따지면 케이블을 쓰는 게 맞겠지만, 그렇게 해 놓으면 정말 너무 튼튼해서 그게 문제지. 아예 안 끊어지면 이 앞에 좀비들을 모아서 양식하는 거나 다름없어지잖아…….”

“너 있지…….”

다음 차로 옮겨 가 작업을 하는 동안에도 내내 이어지는 유빈의 설명을 끊으며 태권 소녀가 말했다.

“설명하는 거 엄청 좋아하는 거 알고 있냐? 그냥 된다, 안 된다 정도만 이야기해 줬어도 되는 질문이었는데, 계집애처럼 계속 종알종알…… 자, 거기 잡아.”

윽, 또 지적받았다.

유빈도 마냥 지고 있을 수만은 없어서 받아쳐 봤다.

“네가 물어봐 놓고…… 네가 너무 남자 같은 거지! 다른 여자애들은 이렇게 자세히 말해 주면 다들 좋아하더구만.”

“다른 여자애? 정말? 누가 그렇게 했는데?”

매듭 묶기를 마친 태권 소녀가 허리를 펴며 피식 코웃음을 쳤다.

응? 누가 좋아했냐고?

유빈은 다음 차를 향해 뛰어가며 고개를 갸웃거린다. 생각해 보니까 다른 여자애라고 해 봐야 뭐, 별로 그렇게 통계적으로 따져 볼 만큼 많은 수를 만나고 다닌 몸이 아니긴 하다. 하지만 최근에 누군가…… 아, 맞다. 제니, 제니였어.

“뭐, 멀리 갈 것도 없네. 제, 제니도 내가 이렇게 설명해 주면 좋아했어. 막…… 웃어 주고.”

당혹스러우니까 말까지 더듬게 된다.

어떠냐? 최고 아이돌도 내 이야기를 듣고 좋아했다는 말이다!

유빈은 나름 최선을 다한 반격이었는데, 태권 소녀는 심드렁하게 대꾸했다.

“그건 걔가 친절해서 그래. 아이돌이잖아. 웃어 주는 게 버릇처럼 몸에 뱄다고.”

이런 젠장!

더 받아쳐 봐야 자기만 구차한 사람이 된다는 걸 깨달은 유빈은 그냥 응대 태도를 바꾸기로 했다. 누가 약점이라고 놀리는 걸 대놓고 인정해 버리면 그건 더 이상 대단한 약점이 아닌 게 된다.

"하긴, 뭐 내가 말이 좀 많은 것 같기도 하네. 설명하는 거 좋아하고……."

전략적으로 고른 답이었는데, 자신의 입으로 말하고 나니 왠지 좀 슬프다. 별로 멋있어 보이지 않는 성격이다.

"뭐, 다들 성격이 다른 법이니 나쁘다는 건 아니야. 그냥 그렇구나 하고 느낀 점을 말한 거야. 자, 다음!"

태권 소녀는 악의가 없었다는 표현으로 어깨를 툭, 치고 다음 차로 넘어간다. 그러니까 그 느낀 점을 대놓고 말하는 성격이 문제인 건데, 얘는 그걸 모르는 것 같다. 혜주에게는 듣는 사람의 기분을 배려하는 언어 순화 필터링 과정이 생략되어 있다. 뭐, 겉으로만 입에 발린 소리를 하고 속이 시커먼 놈들보다야 몇천 배 낫기야 하지만…….

지금 그들이 하고 있는 이 모든 번거로운 준비는 담배에 이은, 오늘의 두 번째 실험을 위한 것이다. 두 번째 실험의 목적은 서로 경로와 이동 시간이 다른 두 좀비 무리가 타의에 의해 합쳐졌을 때, 놈들이 어떻게 되는지 알아보려는 데에 있다.

두 개의 무리가 다시 나뉘어 따로 움직일 것인지, 아니면 한 덩어리로 합쳐져 같은 경로로 이동할지를 파악하는 일은 중요하다. 그리고 또 만약 합쳐진다면, 그때 놈들이 짧았던 쪽을 따라 움직일지, 아니면 크게 원을 그리며 돌던 쪽의 경로를 따라 이동할지도 체크해야 할 사항 중 하나다.

그래서 그들은 일단 서로의 주기가 가장 비슷하다고 할 수 있는 분홍이 그룹과 파랑 노랑 얼룩 그룹을 한데 합쳐 보려고 하는 중이다. 분홍이 그룹은 대략 다섯 시간 반마다 한 번 정도 이 앞을 지나고, 파랑 노랑 얼룩 그룹은 세 시간에 한 번씩 코스트코 앞 도로로 행진을 한다.

그러니까 만약 이놈들이 합쳐져서 단시간, 즉 세 시간 코스 쪽으로 이동을 한다고 해도 보안관네 입장에서는 크게 손해를 보는 건 없다. 이놈들 말고 다른 그룹들은 시간 간격이 커서 무작정 실험의 대상으로 삼기에 너무 위험부담이 크다.

유빈과 혜주가 티격태격하며 창틀을 묶어 길을 막는 동안, 자동차 유리를 깨고 문을 여는 작업을 다 마친 보안관과 제니 조는 다른 임무에 돌입해 있었다.

한쪽 길의 건물 기둥에 사람 키 높이와 허벅지 높이로 빨랫줄을 동여매고 돌린 다음, 양쪽에서 나란히 잡고 길 건너편 인도까지 뛰어간다. 그런 후, 거기에 있는 건물 기둥에 또 똑같은 높이와 비슷한 위치에 마저 묶는다. 이건 자동차 위를 밟고 지나가는 놈들을 방해하기 위한 장치다.

"하하하, 내가 더 빨랐죠?"

제니가 까르르 웃는다. 매듭을 돌려 출발한 뒤 8차선 도로를 가로질러 달려서 반대편 인도 건물까지 누가 빨리 가는지 시합이라도 한 모양이다. 제니가 손으로 기둥을 칠 때, 보안관은 그 한 발 뒤에 있었다.

태권 소녀는 고개를 돌려 머쓱해하는 보안관과 그의 등을 두드려 주며 위로하는 제니의 모습을 힐끔 쳐다보았다. 그러고는 곧바로 다시 자동차 문끼리 묶는 작업에 열중했다.

바보…… 누가 봐도 너 기분 좋으라고 저 고릴라가 일부러 져 주는 거잖아…….

"여기는 끝!"

유빈과 태권 소녀 조가 손을 들고 외쳤다. 그로부터 몇 초 뒤에 보안관도 끝이라며 두 팔을 흔든다. 어찌나 서둘렀는지, 열네 개나 되는 차 문을 열어 그 사이를 결속하고 인도까지 다 막는 데 7분 남짓밖에 걸리지 않았다. 하지만 2차 저지선을 설치해야 해서 아직 쉬고 있을 여유는 없다.

허리에 차고 있던 빨랫줄 두루마리를 새것으로 교체한 네 명은 곧바로 20여 미터 뒤쪽으로 뛰어가 거기에서 똑같은 작업을 한 번 더 했다.

보안관은 부수고, 제니는 열고, 유빈과 태권 소녀는 묶고, 그사이 다시 보안관과 제니는 인도까지 단속하는 것의 반복이다.

"후~ 생각보다 더 금방 끝났는데? 15분도 안 걸렸어."

일을 다 마치고 로프가 팽팽하게 묶였는지 당겨 보며 보안관이 숨을 고른다. 삼식이가 출발하는 것과 동시에 누른 타이머는 이제 막 00:15:20을 지나고 있다.

아직 시간 여유가 있다는 말을 듣고 유빈과 태권 소녀도 겨우 한숨 돌렸다. 혹시라도 일하는 중간에 좀비들이 들이닥치면 안 되니까 다들 초조해서 미친 듯이 끈을 주고받으며 손을 놀려 매듭을 묶고…… 하여간 서둘렀던 결과이다.

"삼식이네 쪽에서는 슬슬 좀비들 오는 게 보이려나?"

고글을 위로 올리며 보안관이 멀리 사거리 쪽을 바라본다.

03

그 시각, 삼식이와 신입은 담배 연기로 누가 더 큰 도넛을 만드는지 시합을 벌이고 있었다. 뽁, 삼식이가 입 안 가득 모았던 연기를 내뿜자 거대한 뭉게구름이 튀어나온다. 신입이 만든 것보다 몇 배나 크고 두툼한 도넛이다. 하지만 곧바로 신입이 이의를 제기했다.

"아니, 아니! 그거는 실격이야. 안 된다고, 씨발! 끝이 벌어져 있잖아. 링이 아니야. 저러면 저게 추로스지, 도넛이냐?"

"하하하, 신입, 너 이제 슬슬 억지 쓴다? 담배 연기니까 당연히 풀어지지…… 엇!"

실없이 웃던 삼식이가 외마디 비명과 함께 머리를 감싸 쥐었다. 낭패다.

"왜 그래, 또? 사람 후달리게. 씨발, 뭔데?"

"아, 젠장. 시계 타이머 세팅 안 했다. 출발할 때 누른다고 해 놓고 깜빡했네. 신입, 우리 여기 온 지 얼마나 됐을까? 10분? 15분?"

"……글쎄다? 모르겠는데…… 15분까지는 안 지나지 않았을까? 대충 10분 정도? 에이, 10분도 아니야. 온 지 뭐 얼마나 됐다고. 근데 무슨 상관이야? 어차피 그 새끼들 오는 거 여기서 빤히 다 보일 텐데."

"음, 네 말 듣고 보니까 그것도 그러네. 그럼 앞으로 10분 타이머 해 놓고……."

그렇게 말하며 전자시계 버튼을 조몰락거리던 삼식이가 약간 씁쓸하다는 투로 중얼거렸다.

"생각해 보니까 우리는 이거 약 갈아 끼울 줄도 모르는구나. 어떻게 보면 정말 간단한 일일 것 같은데…… 한 번도 해 본 적이 없어. 아마 막상 해 보면 굉장히 어려울지도 모르고. 그러니까 배터리 떨어지면 멀쩡한 시계 그냥 버리고 새거로 바꿔 차야 돼. 허~ 누군가 얼마나 공을 들여서 만든 물건일 텐데…… 게다가 새 시계 적응하려면 은근 불편할 것 같기도 하고. 언제 시간 나면 시계 뜯는 연습도 해 봐야겠다. 약만 갈아 끼울 수 있는지."

"헐, 진짜네? 그러고 보니 나도 손목시계 배터리 갈아 본 적 없어."

그렇게 노닥거리는 사이, 저 멀리 도로를 꽉 채우고 걸어오는 것들이 보였다. 신입의 눈에는 아직 점처럼 작아 분간이 되지 않지만, 삼식이는 분명하게 알아보고 신입의 어깨를 두드렸다.

"온다, 온다. 가자. 자전거 올라타."

신입이 허둥거리며 높다란 자전거 안장에 오르는 동안 삼식이는 한꺼번에 담배 몇 대를 더 불붙여 넣고 쿠키 통 뚜껑을 덮었다. 송곳으로 미리 자잘한 구멍들을 뚫어 놓은 것이라 이렇게 덮어 줘야 좀비의 발에 차여 담배통이 엎어져 버리는 불상사를 막을 수 있다.

청테이프를 찢어 단단히 뚜껑을 봉해 놓은 뒤, 삼식이도 자전거에 올랐다. 두 사람은 담배통을 놓아둔 곳에서 200여 미터 떨어진 사거리까지 가서 자동차 뒤에 몸을 숨긴 채 기다렸다.

과연 담배통 앞에서 얼마나 많은 좀비들이 멈춰 설지, 멈춰 선다면 거기에서 얼마나 시간을 지체하는지를 지켜보기 위해서다.

삼식이의 시계 타이머가 세팅된 지 4분 21초 지났다고 표시하고 있을 때, 좀비 무리의 맨 앞줄이 담배통 부근까지 도달했다. 기분 탓인지 모르겠지만, 근처에 온 놈들의 걸음이 좀 빨라진 것 같다. 처음에는 선두의 몇 놈이 멈춰 서서 흥미를 보였고, 이내 점점 더 많은 놈들이 연기가 모락모락 피어오르는 담배통 주변을 에워싼다.

"오, 저 개새끼들, 존나 좋아한다."

신입이 소리 죽여 중얼거렸다. 담배가 좀비를 끌어들인다 어쩐다 말은 있었지만, 저 꼴을 라이브로 보는 건 처음인지라 삼식이도 마른침을 삼키면서 눈을 떼지 못했다. 그사이 모여든 좀비들은 더 늘어서 이제는 원 모양인지 뭔지도 모를 정도의 큰 덩어리로 밀집되어 있다.

이례적인 일이다. 지난 며칠 내내 코스트코 부근의 모텔 옥상에서 놈들이 행진하는 걸 지켜봤지만, 저 정도로 긴 시간 동안 한 지점에 모여 멍 때리는 건 구경해 본 적이 없었다.

원을 이루는 놈들 중에는 선명한 분홍색으로 온몸이 덧칠해진 좀비도 드문드문 섞여 있어 코믹하면서도 기괴한 느낌을 더해 주었다. 놈들을 멈춰 서게 하는 동기가 담배 연기 혹은 그 타오르는 열기에 대한 증오인지, 호감인지는 모르겠지만, 이걸로 분명해졌다. 좀비들은 담배에 끌린다. 흡연자인 둘에게 좋은 소식은 결코 아니었다. 그런데 그보다 더 안 좋은 소식도 있다.

좀비들 중 꽤 많은 놈들은 담배를 그냥 지나쳐 일정한 속도로 걸어오고 있다는 것이다. 담배에 끌리려면 아예 전부 예외 없이 끌리든가, 아니면 아예 철저하게 무관심하든가 하지 않고, 확률의 문제로 넘어가 버렸다.

어떤 놈은 끌리고, 어떤 놈은 무관심하고…… 이러면 정 급할 때 담배통을 멀리 던져서 그걸로 놈들의 주의를 끌고 그 틈을 타서 달아나는 꼼수 같은 것도 쓸 수 없다. 여전히 담배는 못 피우면서 말이다.

"이제 가자. 여기 더 있다가는 저놈들이 우리 알아채겠다."

다가오는 좀비들의 거리가 100미터 이내로 좁혀졌을 때, 삼식이와 신입은 얼른 페달을 밟아서 친구들이 기다리는 코스트코 앞으로 돌아갔다. 공연히 놈들을 자극해 봐야 좋을 게 하나도 없다.

"어서 와! 이쪽으로 와야 돼. 그쪽은 다 막았어."

인도의 빨랫줄 함정 앞에 서서 기다리고 있던 유빈이 자신을 향해 오라고 손짓을 한다. 삼식이와 신입은 자전거를 들고 두 줄로 된 트랩 사이로 들어갔다. 그러고는 모텔 현관 안에 자전거를 세워 두고 계단을 뛰어올랐다.

철컹!

보안관이 셔터를 내리고 자물쇠를 잠갔다.

"어땠어? 좀비들, 담배 보고 멈춰 서?"

성큼성큼 계단을 오르는 동안 유빈이 눈을 빛내며 물었다. 삼식이는 고개를 끄덕였다. 흡연의 자유를 빼앗긴 게 어지간히 아쉬운지 한숨까지 푹 내쉬면서……. 신입도 꽤나 실망한 얼굴이다.

"응. 멈춰 서기만 하는 게 아니고, 이예 빙 둘러싸더라. 아, 센상. 그 새끼들, 그냥 담배 같은 데 끌리지 말지. 좀비가 담배 좋아한다는 거는 헛소문이었다…… 이랬으면 나도 마음 편하게 피울 수 있을 텐데……. 아, 근데 좀 웃긴 게, 좀비들 중에 비흡연자들도 있나 봐. 어떤 놈들은 그냥 앞만 보고 쭉 걸어오더라고."

"그래? 그건 의외네. 비율이 어떤데? 어떤 놈들이 더 많아? 끌리는 쪽, 안 끌리는 쪽?"

"비슷……한 것 같은데? 처음에 오던 놈들이 담배를 빙 둘러쌌고, 나중에 온 놈들은 그냥 못 본 척하더라고……. 아닌가?"

거기까지 말하던 삼식이가 고개를 갸웃거렸다. 지금 생각해 보니까 정확한 비율을 말할 만큼 오래 보고 있지 않았다. 좀비와의 거리가 너무 줄어들기 전에 이쪽으로 와 버렸기 때문이다. 삼식이는 생각을 다시 정리해서 말해 줬다.

"음, 비율은 말하기가 좀 그럴지도 모르겠다. 점점 가까이 오는 놈들이 있어서 그냥 얼른 도망쳤거든. 조금 더 서서 보다가 올 걸 그랬나?"

"아냐, 아냐. 잘했어. 괜히 위험한 일 할 필요 없어. 끌리는 놈들이 있다는 건 확인했잖아. 일단은 그걸로 된 거야. 어차피 내일도 또 나가 봐야 하는데, 무리하지 마."

열려 있는 문을 통해 옥상으로 나가며 유빈이 등을 두드려 준다. 이미 올라와 기다리고 있던 세 명이 가볍게 손을 흔들며 맞이했다.

"내일? 내일 또 나한테 목숨을 걸라고? 왜?"

신입이 과장되게 반응하며 인상을 썼다. 여자애들이 보고 있으니 뭔가 더 숭고한 일을 한다는 인상을 주고 싶었나 보다. 유빈은 개의치 않고 고개를 끄덕였다.

"응, 몇 번 더 수고해 줘. 내일은 너희 전자 담배에 넣는 그 니코틴 용액 있지? 그 누런 거. 그걸 어느 정도 가져가서 스펀지나 이런 데 뿌려 놔 봤으면 좋겠어. 그래 보면 좀비들이 니코틴을 좋아하는 건지, 아니면 다른 것 때문에 담배에 끌리는 건지 좀 더 정확하게 알 수 있잖아."

"그러지, 뭐. 아하, 저렇게 문끼리 묶어 놨구나. 어이~ 꼬마, 망 잘 보고 있었어?"

삼식이가 버릇처럼 규영의 머리카락을 엉클며 장난을 건다.

아이, 씨, 머리 만지지 말라고!

규영은 또 싫어서 난리를 친다. 보안관은 그 꼴을 보고 껄껄거리고, 잠시나마 아주 평화로운 일상으로 돌아왔다. 이제 지켜보는 일이 남았다.

"저거, 근데 얼마나 무거운 것까지 버텨?"

열 손가락을 총동원해 겨우 머리카락 세팅을 다시 끝낸 규영이 자동차 창문들을 연결한 빨랫줄을 가리키며 묻는다. 음, 유빈도 정확하게 알지는 못한다. 하지만 전에 옥상에 갇힌 보안관과 삼식이를 구출하러 갔던 날, 제니와 옥상에서 그 두 놈을 만났을 때 경험해 본 바로는 성인 남자 두 명의 무게를 잠시나마 버텼었다. 지금 저건 너덧 겹으로 둘러놓았으니 더 튼튼할 것이다.

"글쎄, 200킬로그램 이상은 충분히 버틸 것 같은데……. 저거, 밀어서 끊기는 정말 어려울 거야. 아마 앞쪽에서 미는 힘 때문이 아니라, 옆쪽의 쇠나 뭐 날카로운 데 긁히면서 빨랫줄의 올이 점점 풀리다가 끊어지지 않을까?"

"그래? 저렇게나 가느다란 줄이……."

규영이가 감탄하며 지켜보는 동안 드디어 분홍이 좀비들이 코너를 돌아 등장했다. 옥상의 일행은 숨을 죽이고 놈들이 트랩을 어떻게 대하는지를 지켜보았다.

퉁, 자동차 사이를 걷던 놈이 열린 문에 부딪치더니, 뒤로 살짝 밀린다. 그리고 그다음 놈들도 마찬가지로 문과 문 사이에 걸려 더 이상 나아가지를 못한다. 자동차 지붕을 타고 오던 놈들은 걸어 둔 로프에 가슴이 걸려 아래로 나동그라졌다.

'자, 어떻게 할 거냐? 막혔어. 너희들이 다니던 그대로 가려고 하면 못 가.'

유빈이 호기심 가득한 눈으로 좀비들을 바라본다. 예전에 복지 센터 아래쪽의 도로에서 자동차 사이를 막아 놈들을 불태워 죽일 때에는 아예 출입 자체가 불가능할 정도로 촘촘하게 케이블을 쳐 뒀지만, 이번에는 상황이 많이 다르다.

그저 문을 양쪽으로 벌린 뒤 고정한 것이 사실상 장애물의 거의 전부라서, 놈들이 빠져나갈 수 있는 구멍이 무지하게 많다. 이게 오늘의 세 번째 실험이다.

그르르르르~.

정체가 발생한 도로 여기저기서 좀비들이 낮게 그렁대기 시작했다. 뒤에서 밀려오던 놈들이 앞에 멈춰 선 놈들과 부딪치고, 앞에서는 속도를 줄이지 않고 지나가려던 놈들이 밧줄에 걸려 뒤로 나자빠진다.

쿵, 쿵!

자동차 문짝을 향해 몸통 박치기를 하는 놈들이 하나둘 늘어 갔다. 물론 그 정도로는 아직 뚫리지 않는다. 태권 소녀가 얼마나 꽉 묶어 둔 빨랫줄인데…….

자동차 창문 사이로 대가리를 들이미는 놈이 나타났다. 녀석은 어깨까지 꽉 낀 상태에서 계속 밀고 나가려고만 한다.

“야, 저거 보고 있으니까 좀 아쉽다. 빨랫줄이 아니라 톱을 걸어 놨어야 하는 건데. 그랬으면 저 새끼들 다 셀프로 모가지 뎅겅뎅겅이잖아.”

신입이 입맛을 다신다. 다른 사람들이 대꾸하지 않자 신입은 자신의 말을 듣지 못해서 그런 줄 알고 한 번 더 정식으로 제안을 한다.

“야, 어때? 내일은 저딴 거 말고 아예 톱이랑 칼을 달아 놓자. 얼마나 편해? 저희들 발로 와서 저희들이 다 알아서 썰려 줄 거 아니야? 땀 한 방울 안 흘리고 싹 다 죽여 버리는 거지. 아이디어 쩔지? 이런 생각을 좀 해내란 말이야.”

자신의 머리를 손가락으로 톡톡, 두드리는 신입에게 유빈이 대답해 줬다.

“다 못 죽여. 톱을 고정하는 것도 어렵지만, 그래 봐야 몇 마리 못 죽이고 부러질 거야. 피랑 지방이 엉겨서 결국 날이 하나도 안 남아날 테니까. 그러면 그다음엔 톱이고 칼이고 가릴 것 없이 그냥 얇은 쇠판일 뿐이야. 게다가 그 많은 톱은 다 어디서 구하고?”

“그래도 수를 줄이는 게 어디냐. 시작이 반이랬잖아. 하여간 이 새끼, 해 보지도 않고 질투만 많아서.”

“아니, 씨발. 저렇게 많은데 몇십 마리 죽인다고 그게 무슨 표가 나냐? 그냥 조용히 보고 있어, 좀! 정신없게 하지 말고.”

귀찮아서 상대도 해 주지 않던 보안관이 더 못 참고 쏘아붙인다. 기세에 눌린 신입은 삼식이 뒤쪽으로 물러나 혼자 입 속으로 뭐라고 욕설을 중얼거렸다.

사실 저 많은 걸 다 죽일 수 있다고 해도 큰 문제가 난다. 예전에 복지 센터에서 가시방석으로 몇십 마리를 해치웠을 때도 악취가 풍기는 그 시체들을 치우느라 그 죽을 고생을 했는데, 천 마리가 이 앞에서 죽어 자빠지면…….

만약 그렇게 되면 다른 아지트로 옮겨 가든가, 한 달 내내 코를 막고 시체만 들어서 치워야 할 것이다. 상상만으로도 끔찍하다.

“어후, 재 저거 살이 다 찢어지는데도 좋단다. 어어어, 야…… 어깨 빠진다, 인마.”

삼식이가 눈살을 찌푸렸다. 창문 틈새를 억지로 비집고 들던 놈의 쇄골이 부러지고 어깨가 빠진다. 아래로 축 처지며 좁아진 어깨 덕에 녀석은 결국 어찌어찌 창문을 통과했지만, 그 과정에서 놈의 피부와 옷은 그야말로 만신창이가 되었다. 그리고 부러진 어깨 때문에 제대로 땅을 짚고 일어나지도 못한다.

다른 좀비들은 그 녀석보다는 현명하게 문제를 해결하고 있었다. 몇 번 트랩에 걸려 뒤로 튕겨 나갔던 놈들은 어찌어찌 두 로프의 사이로 대가리를 들이밀기도 했고, 아니면 힘을 합쳐 자동차 문을 밀어 댔다.

뿌드득, 뿌드득, 자동차 문의 경첩에서 가장 먼저 한계 신호가 들려왔다. 하긴 문짝 하나에 좀비 대여섯 마리가 몰려 온 체중을 실어 대고 있으니 부서진대도 이상할 건 없는 상황이긴 하다.

바닥을 기는 놈들도 등장했다. 문짝 쪽도 안 되고, 자동차 위를 걸어서 이동하는 것도 줄에 걸려 무산되자 몇몇 놈들이 바닥을 택했고, 자동차의 하체와 도로 사이로 기어 나왔다. 그냥 무작정 정면에서 밀어 대기만 할 거라고 생각했는데, 조금 의외의 반응이었다.

하지만 그 수는 그리 많지 않았다. 워낙에 앞에서 자동차로 달라붙은 놈들이 많아 그 사이를 비집고 기어 들어갈 틈 자체가 없었기 때문이다.

"벌레 같네요. 뭘 보고 판단하는 게 아니라, 그냥 갈 수 있는 방향은 다 가 보는 모양이에요."

소름이 돋은 팔을 쓸면서 제니가 중얼거린다. 그녀의 말처럼 좀비들은 이동할 수 있는 방법을 찾아 본능처럼 이리저리 계속 움직여 댔다. 대다수의 좀비들이 트랩에 막혀 정체되어 있는 동안, 함정에서 빠져나온 몇십 마리는 뒤도 한 번 돌아보지 않고 예전의 루트를 따라 계속 걸어가 버렸다.

어깨가 탈골된 놈도 비척비척 움직인다. 저것들에게는 동료 의식이랄지, 뭐 그런 게 정말 조금도 없는 모양이다. 물론 20여 미터 뒤에는 똑같은 구조의 두 번째 트랩이 기다리고 있기 때문에 놈들은 다시 또 막혔다.

"큭큭, 쟤 좀 봐. 아까는 잘 기어갔으면서 이번엔 또 민다. 그새 까먹었나 봐."

두 번째 트랩에 먼저 도착한 좀비들이 문짝을 밀며 그렁거린다. 이것들에게는 학습 효과가 없는 건지도 모르겠다. 그러는 동안 시간이 흘렀고, 첫 번째 트랩에서는 하나둘씩 빨랫줄이 끊어지고 자동차 문짝이 부서져 내리기 시작했다.

크와아아—.

트랩이 뚫려 좁게 길이 열린 곳으로 좀비들이 몰리며 병목현상이 발생했다.

우드득, 뿌드득.

마침내 첫 번째 트랩이 모두 파괴되었다. 총 24분 이상이 지난 시점의 일이다. 트랩은 이제 하나밖에 안 남았다.

"후달린다. 얼룩덜룩이도 빨리 와 줬으면 좋겠는데."

유빈은 초조한 얼굴로 두 번째 트랩 앞에 모여 서 있는 좀비들과 시계, 그리고 파랑 노랑이들이 등장할 사거리 방향을 번갈아 보았다. 첫 번째 트랩이 예상보다 더 오래 버텨 주기는 했지만, 그래도 불안함이 온전히 가시지 않는 건…… 저 너머에다가는 아무런 보험도 장치해 두지 않았기 때문이다.

저게 만일 맥없이 뚫려 버리면 오늘 한 일 중의 절반은 헛수고가 되어 버리는 것이다.

우드드득, 빠드드득.

로프가 하중을 받아 요란하게 울릴 때마다 가슴이 묵직해진다.

04

"오, 저기 온다! 어서 와! 어서!"

손으로 빛을 가린 채 사거리 쪽을 살피던 삼식이가 반가운 목소리를 냈다. 파랑 노랑 얼룩이들의 등장이다. 얼룩이들은 태연하게 도로를 걸어와 아직도 트랩을 뚫지 못하고 있는 분홍이들 무리의 뒤쪽과 합류했다.

합류하는 데 아무런 주저함이나 머뭇거림도 보이지 않았다. 그저 아주 자연스럽게 서로 뒤섞이고 있다. 좀비 무리들을 인위적으로 합체시키는 데 성공한, 역사적인 순간이다.

두 배로 늘어난 좀비들이 트랩에 갇히면서 도로는 순식간에 혼잡스러워졌다. 냄새도 장난이 아니다. 이제는 빨리 빨랫줄을 끊고 여기서 나가 줬으면 좋겠는데, 맨 앞에 선 놈들이 어지간히 멍청한지, 도무지 한 걸음도 나아가지를 못한다.

수십 미터에 걸쳐 늘어선 엄청난 수의 좀비들이 자동차 사이를 메운 채 서성이며 포효한다. 슬슬 무서워지기 시작했다. 그리고 그때, 돌발 상황이 벌어졌다.

"어? 저, 저! 저 새끼들! 야! 이리로 오지 마! 너희들 일행 따라가라고, 이 개새끼들아!"

보안관이 당황한 표정으로 중얼거린다. 좀비들 무리의 뒷줄에서 계속 기다리고 있던 놈들 중 일부가 대열을 이탈해서 골목 안쪽으로 걸어 들어오기 시작한 것이다. 이곳으로 와서 그렇게 무리를 벗어나는 놈들을 본 건 처음이었다.

너무 기다림이 길어져서 지루해진 놈들이었는지, 혹은 이 함정을 만든 범인을 찾기 위해 나선 특공대인지, 아니면 뭔가 다른 이유가 있었는지는 모르겠다. 분명한 것은 그들이 몸을 숨기고 있는 모텔 골목 쪽으로 좀비들이 유입되고 있다는 사실이다.

"으아! 하나, 둘, 셋, 넷, 다섯…… 그만 와! 여섯, 일곱……."

유빈은 파랗게 질린 얼굴로 이탈한 좀비들의 머릿수를 세기 시작했다.

한 무더기의 놈들이 뻔뻔한 표정으로, 오지 말아 달라는 유빈의 부탁을 거부하고 골목 안 깊숙이 들어왔다. 총 열한 마리. 모텔 건물 아래를 지나는 놈들의 대갈통이 빤히 내려다보인다. 난감하다. 이렇게 되면 이제 이 골목은 더 이상 안전 지역이 아니다.

마음 같아서는 당장에라도 뛰어 내려가 놈들을 저지하고 싶지만, 지금 셔터를 올린다는 건 도로에서 대기하고 있는 천 마리 이상의 좀비들을 향해 어서 오시라고 호객 행위를 하는 거나 다름없다.

"으아, 어떡하나. 젠장…… 그만 들어가. 거기 좀 서라고, 이 개새끼들아."

이탈자 좀비들의 동선을 따라 옥상에서 이동하며 유빈이 안타까운 애원을 한다. 보안관이라는 아군의 막강한 전력을 생각할 때, 열한 마리라는 숫자는 사실 그리 무섭지 않다. 조금 후달리고 애를 먹겠지만, 얼마든지 해치울 수 있는 양이다.

문제는 저놈들이 대체 어디로 숨어 버릴지 모른다는 데에 있었다. 열한 마리의 좀비는 아주 태연하게 자기 동네 마실 나온 놈들처럼 계속 어슬렁대며 멀어져 간다. 이대로라면 곧 시야 밖으로 사라져 버릴 것이다.

우지직— 뿌드득—.

앞쪽 도로에서는 아직도 다 깨지지 않은 트랩이 문짝과 그것을 밀고 있는 좀비의 갈비뼈를 함께 부수며 요란한 소리를 내고 있다. 아까는 그렇게 흥미롭고 재미있는 구경이었는데, 이제 다 귀찮다. 더 이상 말썽 피우지 말고 그깟 빨랫줄 몇 겹 빨리 끊고 꺼져 버리기나 했으면 좋겠다. 두 번째 트랩은 너무 튼튼하게 만들었나 보다.

"어디로 갔냐…… 어디…… 좀 나와 봐라. 숨지 말고, 이 새끼들아……."

다들 당혹스러운 표정으로 좀비들이 사라진 방향을 노려보고 서 있다. 혹시라도 다시 모습을 드러내 주기를 기대하면서. 그중 심정적으로 가장 괴로운 건 물론 유빈이다.

지금 서 있는, 그리고 오늘 밤 돌아가서 잠을 청할 건물이 있는 골목 안으로 좀비들이 들어가 버렸다. 모두 자신의 계획이 가진 허술함 때문에 이 사달을 냈다는 자책이 가슴을 짓누른다.

길이 막혔을 때 모든 좀비가 무작정 뚫고만 갈 것이라 가정했던 게 문제였다. 이렇게 많은 놈들을 상대할 거였으니 당연히 본진에서 떨어져 나오는 무리에 대해서 대비해야 했다.

"오빠."

제니가 곁으로 와서 유빈의 손끝을 살짝 잡고 흔들었다.

응? 멍해져 있는 유빈에게 제니가 말했다.

“오빠는 그냥 도로 쪽 계속 봐요. 좀비들 어떻게 빠져나가는지 알고 싶어 했잖아요. 골목 살피는 건 내가 할게요. 그건 내가 대신 할 수 있는 일이니까…… 걱정하지 마요. 좀비들 다시 보이기 시작하면 부를게요.”

그녀의 말이 맞다. 그게 현명한 대처다. 길을 막아 놓으면 좀비들이 어떻게 반응할지를 알고 싶어 몇 시간에 걸쳐 물건들을 준비하고 작업을 했던 결과가 지금 도로 위에서 펼쳐지고 있다. 지금 이 순간밖에는 못 본다.

그러니까 기회가 주어졌을 때, 놈들의 반응과 움직임 같은 걸 최대한 많이 살펴봐야 한다. 그래야 다음에는 더 효과적으로 놈들을 상대할 수 있다. 젠장, 논리적으로는 그렇다. 하지만 사람이 그렇게 냉철해지기가 어디 쉬운가.

하여간 제니에게 등을 떠밀린 유빈은 다시 도로 쪽 난간으로 위치를 옮겨 트랩의 마지막을 지켜보았다. 문과 좀비 떼 사이에 끼어 있는 놈들의 몸통은 뒤에서 밀어 대는 압박 때문에 아주 박살이 나 있다. 부러진 갈비뼈가 가죽을 뚫고 나와 그 사이로 녹색의 체액이 주르륵 흐른다.

눈으로는 그 징그럽고 기괴한 꼴을 좇고 있지만, 유빈의 머릿속에는 온통 사라져 버린 열한 마리의 이탈자 좀비 생각뿐이다.

아까 그 새끼들…… 대체 어디로 숨었지? 지금쯤 어디를 돌아다니고 있을까? 그걸 어떻게 끌어내야 하는 거지?

빠지직—.

마지막까지 버티던 트랩마저 부서지고, 좀비들의 대열은 앞쪽부터 천천히 다시 움직이기 시작했다.

휴우~ 다행이다. 그래, 꺼져 줘라.

유빈은 놈들의 행진이 재개된 것을 보며 안도의 한숨을 내쉬었다. 슬슬 다음 좀비 무리인 빨갱이들이 올 시간이 다가오고 있어서 두려워지던 참이다. 지금도 어지간히 많은데 만약 저기에 빨갱이들까지 합쳐지면…….

생각만 해도 끔찍하다. 이건 사는 곳 근처에서 벌이기에는 너무 큰 모험이었다. 유빈은 이마의 땀을 닦으며 생각했다. 다음번에 좀비들을 합칠 때에는 좀 더 멀리 진출해서 거기에 트랩을 설치해야겠다고…….

“야! 조금만 기다리면 되는데, 왜? 앞줄 지금 움직이고 있구만!”

삼식이와 규영이가 난간을 두드리며 함께 안타까워한다. 두 번째 이탈자 좀비들이다. 계속 제자리에 서 있어야 했던 뒷줄의 몇 마리가 더 이상은 못 참겠는지 대열을 벗어나 걷기 시작한 것이다.

하나, 둘, 셋, 넷…… 규영은 조금 전 유빈이 했던 걸 그대로 따라서 좀비들의 수를 헤아리기 시작했다. 모두를 곤경에 빠뜨린 미안함 때문에 유빈의 등에서는 식은땀이 뚝뚝 떨어졌다.

몇 마리가 더 들어올지 예측할 수도 없고, 그렇게 들어오는 놈들을 제지할 방법도 없다. 그저 더 이상은 오지 말라고 마음속으로 빌 뿐이다. 이번에는 처음보다도 더 많은 놈들이 무리에서 떨어져 나왔다. 다행히 더 많은 놈들이 빠져나오기 전에 도로에 정체되어 있던 좀비들 무리는 전진을 시작했다.

열네 마리. 그 자체로도 적지 않지만, 이놈들이 먼저 이탈한 좀비들과 합류하면 스물다섯 마리나 된다. 이제는 제아무리 보안관이 있다고 해도 한 번에 맞대결로 제압하기는 어려운 숫자가 되어 버렸다.

일행은 초조한 심정으로 도로 저 멀리 사라져 가는 좀비들의 대행렬과 골목 안의 이탈자 좀비들을 번갈아 바라보았다.

“지금이라도 내려가서 저 새끼들 잡을까? 몇 마리 아직 여기서 보이는데?”

작업용 장갑의 팔목 부분을 조이며 해머를 집어 드는 보안관을 유빈이 잡았다.

“안 돼, 나가지 마. 빨갱이들, 이 앞으로 지날 시간이야. 3분도 안 남았어.”

후우~. 보안관이 한숨을 쉬며 성질을 꾹 누른다. 답답하다. 없애야만 하는 위험한 놈들이 시야 밖으로 도망가고 있는데, 여기에 갇혀서 꼼짝도 못 한다. 신입은 벌써 전부터 유빈의 탓을 하며 혼잣말을 웅얼거리고 있다.

“전부 몇 마리였어?”

보안관이 묻는다. 유빈이 대답했다.

“처음에 열한 마리, 두 번째가 열네 마리. 총 스물다섯.”

“스물다섯? 스물다섯? 으아, 씨발. 갑자기 좀비 동네가 돼 버렸네. 야! 너 이제 어떻게 할래? 이거 어떻게 책임질 거야? 저 새끼들 언제 다 잡느냐고? 아니, 씨발. 감당하지도 못하는 계획은 왜 자꾸 짜고 지랄인데?”

구체적인 숫자를 듣자 신입은 더 흥분해서 길길이 날뛰기 시작했다. 딱히 틀린 말이 아니어서 유빈은 고개를 주억거리며 듣고만 있었다. 보안관이 나서려는 것도 만류했다. 이럴 때 서로 목소리 높여 봐야 감정만 상한다.

“목소리 낮춰. 빨갱이들 왔어.”

망을 보고 있던 삼식이가 주의를 준 다음에야 신입의 성토는 조금 진정됐다. 그러거나 말거나 제니는 아직도 골목 안쪽을 향해 서서 혹시 모습을 드러내는 놈이 있나 살피는 중이었다. 땀을 훔치는 유빈의 어깨를 두드리며 보안관이 말했다.

“괜찮아, 유빈아. 그렇게 우울한 얼굴 하지 마. 스물다섯 마리라 해 봐야 별거 아니야. 한 번 나갈 때마다 다섯 마리씩 잡는다고 치면 댓 번이면 다 죽일 수 있다고.”

“뭐, 죽일 수 있는 건 둘째 치고…… 미안해서 그러지. 신입 말도 맞는 게, 이게 지금 벌써 몇 번째야. 내가 아이디어랍시고 내기만 하면 다 재앙으로 돌아오는 것 같아서…… 지금도 그래. 나 때문에 이제 골목 안쪽도 마음 놓고 못 다니게 되어 버렸잖아. 그리고 스물다섯 마리나 되는 좀비를 잡는 것도 꽤나 큰일이지. 그 새끼들이 어디에 있는 줄 알고 그걸 다 찾아.”

“스물다섯 마리보다 더 돼. 길 건너에서도 일곱 마리 빠져나갔어.”

태권 소녀가 끼어들어서 아무 감정도 느껴지지 않는 목소리로 일러 준다. 유빈과 보안관이 눈을 똥그랗게 뜨며 물었다.

“일곱 놈이나? 그건 또 언제? 어디로?”

“너희가 바보 같은 표정으로 하나둘 하면서 좀비들 머릿수 세고 있을 때, 저쪽

길 건너에 있던 놈들이 슬쩍 빠져나와서 저기로 가더라. 저기 보여? 토끼 굴 있는 데. 그리로 갔어."

우와, 그녀가 가리킨 방향을 훑던 유빈의 등은 또 땀으로 흠뻑 젖었다. 자신들이 숨어 있는 골목 쪽만 신경 쓰느라 그쪽에서 무슨 일이 일어나는지는 전혀 몰랐다. 고맙다는 말을 하기 위해 태권 소녀 쪽으로 고개를 돌리자, 그녀는 손사래를 쳤다.

"아, 고맙다느니, 미안하다느니…… 뭐, 그런 말 할 거면 관둬. 나도 너만 믿고 이쪽으로 좀비들 몇 마리 들어오는지는 안 세었으니까. 그냥 자연스러운 임무 분담인 거야, 이런 거는. 이쪽 보는 사람 있으면, 저쪽 보는 사람도 있어야지. 제니처럼 골목만 지키는 사람도 있는 거고…… 저 신입이라는 자식처럼 징징대는 역할도 있는 거고. 뭐, 그런 것보다도 이제 어떻게 할 건지나 이야기해 보자."

"그걸 뭐 이야기하고 말고 할 게 있나? 간단한 건데. 다 잡아야지. 때려죽이면 돼."

보안관이 장갑 낀 손바닥을 주먹으로 치며 자신 있게 뻥뻥 내뱉었지만, 태권 소녀는 귓등으로도 듣지 않고 유빈을 쳐다보며 대답을 기다렸다.

"응? 나? 싸움은 보안관이 훨씬……."

유빈이 웅얼거리자 태권 소녀는 고개를 저으며 말했다.

"쟤는 세. 정확히는 모르지만, 아마 져 본 적도 거의 없을 거야. 그러니까 저런 애가 싸우는 방식은 다른 평범한 사람들한테 아무 도움도 안 돼. 혼자 다 잡을 수 있을 숫자면 그냥 쟤 하고 싶은 대로 내버려 두면 되겠지만, 스무 마리가 넘으면 그러기에 너무 많아. 나도 발목이 아직 온전히 낫지 않았고. 그러니까 이럴 때는 너 같은 애 의견이 더 필요해. 힘보다 잔머리로 싸우는 타입. 자기는 가능한 한 덜 다치고 상대를 이기는 방식을 궁리하는, 너 같은 애."

이게 지금…… 칭찬이야, 아니면 비꼬는 거야?

유빈은 혼란스러워하면서 태권 소녀의 입술을 멍하니 바라봤다.

야, 네가 묘사하는 나라는 인간은 완전히 비열한 쥐새끼에, 뒤에서 칼 박을 것 같은 얍삽이잖아. 똑같은 말이라도 좀 더 듣기 좋게 포장해 줄 수 있을 텐데…….

어쨌든 본질적으로 틀린 말은 아니어서 유빈은 고개를 끄덕였다.

그래, 내 역할은 계획을 짜는 거다. 비록 완벽하지 않아서 바라지 않던 부작용을 일으키기도 하지만, 그나마 그게 내가 제일 잘하는 거다.

그렇게 생각하니 조금은 의욕이 솟아나는 것 같다. 모두를 모이게 한 유빈은 머리를 긁적이며 입을 열었다.

"에, 일단…… 미안해. 그리고 이제부터라도 좀비들이 더 들어오는 일이 없도록 하는 게 제일 중요한 것 같아. 나는 지금까지 저놈들이 그냥 일직선으로 쭉 간다고만 생각했어. 며칠 동안 그런 꼴만 봤고. 그래서 우리들이 있는 골목으로 빠져나온다거나 하는 생각은 일절 하지 않고 아예 선택지에서도 빼 놨었어. 물론 그건 내가 경솔한 거였지만……."

"또 이야기 늘어진다. 작전만 딱 말하라고. 너는 이거! 또 너는 이거! 구체적으로 사람이랑 일이랑 딱딱 찍어서! 그리고 한 가지만 일러 주자면, 네가 경솔한 게 아니야. 나도 도로를 지나가던 좀비들이 저기로 들어오는 건 처음 봤어."

태권 소녀의 말에 유빈은 다시 고개를 끄덕였다. 요점만 간단히.

"좋아. 짧게 말하자면, 조를 세 개로 나눈다. 감시조, 설치조, 전투조. 먼저 감시조. 얘네는 원래대로 이 자리에서 감시하다가 좀비 행렬이 오면 호각을 부는 거야. 그다음이 설치조. 이 팀은 내려가서 여기 골목 안쪽부터 네 블록의 입구마다 돌며 줄을 쳐 놓고 깡통도 달아 놔. 만약에 좀비들이 거기를 지나간다면 건드려서 소리가 나도록. 그리고 전투조. 전투조는 설치조가 일하는 동안 옆에서 지켜 줘. 그리고 좀비들 나오거나 깡통이 울리면 쫓아가서 싸워야 하고."

"왜 네 블록이야? 너무 좁잖아. 좀비들 분명 거기보다 더 멀리까지 갔을 것 같은데."

"이 건물이랑 우리 모텔까지 이어지는 곳부터 일단 먼저 정리를 해야 이동을 하지. 그 동선 내에 없으면 한 방향씩 넓혀 가면서 차츰 찾고. 아예 이 동네 밖으로 저희들이 알아서 나가 주면 더 좋고. 네가 그랬잖아, 가능한 한 덜 다치고 상대를 이기는 방식이어야 한다면서? 이게 그나마 제일 안전해."

음, 다들 잠시 생각에 빠져 있는 동안 태권 소녀가 신입을 정면으로 응시하며 물었다.

"너 혹시 이거보다 더 나은 작전 있어? 아까 보니까 불만이 많더라?"

"아니…… 뭐, 작전이야 생각을 하다 보면 나오는 거지, 무슨 이렇게 서두른다고……."

신입이 눈을 피하면서 중얼거린다. 태권 소녀는 그럴 줄 알았다는 표정을 지으며 일어나서 자신의 무기인 야구 배트를 집어 들었다. 신입과 규영, 제니를 감시조에 넣었고, 유빈과 삼식이로 설치조, 보안관과 태권 소녀로 전투조가 짜였다.

어차피 설치하는 도중에 좀비들을 만나게 되면 결국 설치조도 싸워야 하겠지만, 가장 중요한 건 전투력이 센 두 사람이 항상 준비를 갖춘 채 기다리고 있다는 점이다.

"처음 작업하는 데는 이 모텔이랑 저기 저…… 붉은 벽돌 건물 사이야. 일단 오늘은 줄을 쳐서 저 안쪽, 좁은 여관 골목으로 들어가거나 나가지 못하게 막아 놓을 거고, 내일 철물점으로 다시 가서 철조망이나 뭐 적당한 걸 찾아오면 다시 한번 일해야 돼. 작업을 하는 도중이든 뭐든, 만약에 너무 많은 좀비들이 한꺼번에 몰려오면 무조건 다시 안으로 피하는 거야. 알았지?"

유빈은 안전제일이라는 걸 다시 강조했다. 놈들이 모두 한데 몰려 있을 가능성도 완전히 배제할 수는 없기 때문이다. 척 하면 착, 눈치로 서로의 맘을 헤아릴 수 있는 보안관과 삼식이는 고개를 끄덕였지만, 태권 소녀는 눈살을 찌푸리며 물었다.

"너무 많이라는 게 도대체 몇 마리야? 확실하게 해야지. 야, 너. 몇 마리 잡을 수 있어? 무리하지 않는 범위라고 하면."

"아홉 마리, 아니면 열?"

보안관의 허풍은 그새 더 발전을 했다. 일곱 마리를 운운하더니, 이제는 열 마리를 한 번에 잡는단다. 태권 소녀는 어처구니없다는 표정을 지었다. 물론 삼식이도, 유빈도 믿지 않았다. 유빈이 정확한 숫자를 제시했다.

“다섯 마리까지는 싸우자. 보안관 셋, 혜주 하나, 우리 둘이 하나. 거기까지는 그렇게 무리 없을 것 같으니까. 여섯부터는 너무 많은 거야. 됐지?”

“그럼 여섯까지 싸우는 걸로 해. 나도 두 마리 정도쯤은 문제없으니까.”

태권 소녀가 말했다.

얘도 참…… 싸우는 걸로 자존심 세우는 일에는 보안관 못지않다.

그래, 알았어. 그럼 일곱부터 피하자.

그래 봐야 어차피 세 명이 세 마리를 상대하는 셈이어서 유빈은 그녀에게 동의해 주고, 장갑과 대형 스패너, 커터, 빨랫줄을 챙겼다. 이놈의 빨랫줄, 이제는 보기도 싫다.

“빨갱이들 다 갔어. 그다음 놈들 올 때까지 25분 여유 있어.”

도로 쪽을 담당하고 있는 규영이 시간표를 확인하고 일러 준다. 25분이라고 적어 놓기는 했지만, 워나 부족한 데이터로 만든 허술한 시간표라 앞뒤로 7분 정도는 언제든 변경될 수 있다. 그러니까 17분 내에 돌아오는 걸로 생각하고 일을 시작해야 한다.

“조심해야 돼요. 정말 조심해요.”

“하하, 네가 망봐 줄 거잖아. 걱정할 거 없어.”

간절하게 당부하는 제니에게 웃음으로 인사를 해 주고, 네 명은 빠르게 계단을 뛰어 내려갔다.

좌르륵—.

자물쇠를 풀고 셔터 문을 들어 올린 보안관이 열쇠를 태권 소녀에게 넘긴다. 자신의 손바닥에 올려진 열쇠를 낯선 물건 보듯 하며 태권 소녀가 물었다.

“이거 뭐야? 왜 나한테 이걸 줘?”

“뭐긴! 너 버리고 안 갈 테니까 안심하라는 의미지. 오케이?”

보안관은 찡긋 윙크를 하며 엄지까지 들어 보인다.

오케이 같은 소리 하고 있네. 촌스럽기는…….

무슨 말을 하는 건지는 태권 소녀도 안다. 좀비들이 돌아다니는 이 골목에 내려선 네 명 중 자신을 제외한 셋은 원래부터 일행이었다. 그런 상황이니 외톨이 이방인을 심리적으로 안정시키기 위함이라는걸.

원래대로라면 '됐어, 너 믿으니까.'라고 하며 다시 돌려줘야 멋진 상황의 완성이겠지만, 태권 소녀는 못 이기는 척하고 열쇠를 받아 주머니에 넣었다.

정말 치사한 변명처럼 들릴지 몰라도, 그녀에게는 규영이를 책임지고 돌봐야 할 의무가 있다. 그러니 쿨하지 않더라도 일단은 열쇠를 챙기는 편이 확실하다.

그리고…… 이제 그만 잊고 싶지만, 한 팀이라고 꾹 믿었던 일행들에게 버림받았던 기억이 여전히 그녀를 불안하게 했다.

"와, 이거, 꽤 오랜만에 휘둘러 보네. 흐앗! 으랴압!"

골목의 안팎을 휙 둘러본 다음, 보안관은 한쪽으로 들어서서 해머로 연습 스윙을 해 보았다.

부웅— 붕—.

묵직한 쇳덩어리가 바람을 가르며 엄청난 소리가 난다. 며칠 연습을 쉬었다고 해서 녹이 슬 정도의 근육이 아닌가 보다.

반대쪽에서도 태권 소녀가 야구 배트를 돌린다. 둘이 마음껏 힘자랑을 하게 두고, 삼식이와 유빈은 빨랫줄을 가로질러 돌려서 골목을 막는 데 집중했다. 어차피 근처로 좀비가 다가오면 위에서 내려다보는 제니가 뭔가 신호를 보낼 테니까.

코스트코로 들어오는 진입로와 달리 이쪽 여관 골목으로 들어오는 길은 차 한 대가 겨우 지나갈 만큼 좁아서, 허술한 그물 모양을 만드는 데 그리 긴 시간이 걸리지는 않았다.

"여기에 뭘 달아서 소리를 낼 거야?"

빨랫줄 매듭을 기둥에 묶으면서 삼식이가 물었다.

"이걸로."

마지막 두 가닥을 길게 빼서 셔터와 팽팽하게 연결하며 유빈이 말했다. 누군가 저 골목으로 들어가고 싶어서, 혹은 저기에서 나오고 싶어서 이 허술한 빨랫줄 그물에 무게를 실어 흔들면 셔터가 출렁거리며 소리를 내는 방식이다.

묶은 줄을 시험 삼아 당겨 보자 차르릉— 차르릉— 셔터의 쇠파이프들이 특유의 소음을 만들어 냈다. 살짝 당기는 것만으로도 이 정도니, 매달리고 발광을 하면 더 뚜렷하게 알 수 있을 것이다.

호오~. 삼식이가 꽤 만족스러워한다.

"야, 저거, 저 새끼들……."

지치지도 않고 해머를 돌리던 보안관이 멈칫하며 골목 안쪽을 가리켰다. 태권 소녀도 비슷한 타이밍에 스윙 연습을 멈추고 배트를 단단히 그러쥐었다.

여관 골목 안쪽, 20여 미터 떨어진 좁은 사거리에 좀비들이 지나고 있다. 하나, 둘…… 모두 다섯 마리다.

다섯 마리의 좀비는 〈최신 DVD, 커플 PC 완비〉라고 적힌 여관 주차장의 포럼 속으로 들어가 버렸다. 어서 오라고 유혹하는 것처럼 푸른색 포렴이 흔들거린다.

눈빛을 교환한 네 사람은 일제히 무기를 빼 들고 달려갔다. 다들 기회를 놓치지 말아야겠다는 생각뿐이었다.

다섯 마리! 저만큼 작은 규모로 따로 떨어져 있을 때 죽여 놔야 편하다.

05

탁탁탁탁탁.

네 명의 발소리가 골목 안에 요란스럽게 메아리쳤다. 주차장까지 1미터쯤 남았을 때, 보안관이 모두에게 멈추라는 신호를 보냈다. 손가락으로 짚어 혜주와 두 친구에게 위치를 정해 준 보안관은 살금살금 발소리를 죽인 채 주차장 반대편으로 가서 섰다. 그러고는 해머를 들어 올려 후려칠 자세를 취했다.

이 정도 소리도 내 주고 사람이 네 명이나 뛰어와 줬으니 그 성의를 봐서라도 마중을 나와 줄 때가 됐다. 혜주도 배트를 어깨 뒤로 돌렸다.

크롸아아아—.

아니나 다를까, 포렴이 젖혀지면서 좀비들이 튀어나오기 시작했다.

우지끈!

가장 앞서서 뛰어나온 좀비가 먼저 해머를 맞았다. 쇄골과 목, 그리고 안면을 한꺼번에 강타당한 좀비는 골목을 가로지르며 날아가 건너편 건물 벽에 패대기쳐졌다.

두 번째 놈은 태권 소녀가 맡았다. 배트를 짧게 잡고 기다리던 태권 소녀는 보안관을 노리고 뛰어나오던 놈의 관자놀이에 정확한 일격을 날렸다. 아주 간결한 스윙이었다. 불필요한 동작도 없고, 눈은 끝까지 좀비에게서 떼지 않는다. 야구를 했어도 잘했을 것 같다.

중심을 잃고 쓰러지는 두 번째 좀비의 뒤통수에 한 번 더 태권 소녀의 배트가 들어가 꽂힌다. 쩍! 하는 요란한 소리와 함께 좀비는 바닥을 뒹굴었다.

카아악—.

세 번째, 네 번째 좀비가 잇달아 튀어나왔지만, 별다른 소득을 거두지 못한 채 해머와 배트의 희생양이 되어 버렸다. 보안관은 놈의 가슴팍을 쳐서 중심을 흐트러뜨리고 곧바로 해머를 다시 내리꽂아 정수리를 박살 냈다.

태권 소녀는 네 번째 놈의 무릎을 때려 넘긴 뒤, 일어서려고 상체를 드는 놈의 목덜미와 뒤통수 중간을 노리고 매서운 스윙을 날렸다.

빠각!

목뼈인지 두개골인지, 하여튼 뭔가의 뼈가 부러지는 소리와 함께 놈의 턱이 홱 들린다. 아주 무리한 각도였다. 그로테스크한 모양으로 목이 꺾인 좀비는 더 이상 움직이지 못하고 뻗어 버렸다.

“어, 어?”

스패너와 망치라는 짧은 무기만 가지고 뒤쪽에서 기다리던 유빈과 삼식이에게는 기회도 오지 않을 만큼 순식간에 싸움이 끝나 버렸다. 다섯 번째 놈의 턱을 보안관이 후려갈기자, 팽그르르 돌며 자빠지려는 녀석의 머리통에 태권 소녀의 배트가 날아든다.

뻐억!

순식간에 두 번이나 방향을 바꾸며 날아간 좀비가 엉덩방아를 찧을 때, 보안관이 그 대갈통을 말뚝 박듯 때려 버렸다.

와자작!

그 대단한 기세에 수십 개의 뼈가 한꺼번에 복합 골절을 일으킨다. 물론 좀비는 그 자리에서 더 일어나지 못한 채 목과 머리가 납작해져 죽었다.

“훗.”

보안관과 태권 소녀가 서로 마주 보며 강자들만이 지을 수 있는 시건방진 표정을 짓는다. ‘꽤 하는데?’, ‘너야말로…… 뭐.’ 이딴 소리를 눈으로 주고받는 것 같다. 벌써 다섯 마리. 이쪽 거리에는 이제 스무 마리가 남았다. 분위기가 좋았다.

……계산에 없던 한 마리가 더 튀어나오기 전에는.

그롸아아악!

여섯 번째 좀비는 포렴 아래로 몸을 날렸다. 방심하고 있던 보안관과 태권 소녀가 미처 대응을 하지 못하고 피하기에 급급한 동안, 놈은 벌떡 일어나서 태권 소녀의 다리를 향해 아가리를 쩍 벌리고 달려들었다.

“피해!”

삼식이가 큰 소리로 외치며 망치를 휘둘렀다.

빠악!

망치는 좀비의 귓바퀴를 정확하게 때렸지만, 애초부터 그 정도로 죽을 놈들이 아니다.

콰당탕—.

타격의 충격으로 날아간 좀비는 광고판을 자빠뜨리면서 함께 나뒹굴었다.

그와아아—.

놈이 포효하며 다시 일어서려 할 때는 이미 늦었다. 보안관이 있는 힘껏 휘두른 해머가 놈의 머리를 광고판 속에 박아 넣었다.

빠직!

박살 난 좀비의 머리가 두 겹의 플라스틱판을 모두 꿰뚫고 들어간다. 통, 통…… 놈의 뇌수가 떨어지며 플라스틱 통을 두드리는 소리가 났다.

"하아~ 하아~ 뭐야? 왜…… 왜 여섯 마리야? 아까 분명히 다섯이었잖아."

보안관이 숨을 몰아쉬며 이해할 수 없다는 표정을 지었다. 여섯 번째 좀비의 등장이 당혹스럽기는 태권 소녀도 마찬가지여서 짧은 커트 머리가 다 땀으로 범벅이 됐다. 하지만 삼식이는 당연하다는 얼굴로 말했다.

"이거, 아까 그놈들 아니잖아."

"뭐?"

"아까 우리가 보고 쫓아왔던 그 좀비들이 아니고, 다른 놈들이라고."

삼식이는 확신에 차서 말했다.

정말? 그놈들이 아니라고?

세 사람은 깜짝 놀라 다시 한번 좀비들의 시체를 살펴봤다. 그러나 아무리 보고 또다시 봐도 이걸 어떻게 구분하는 건지 도저히 모르겠다.

다 똑같이 회색빛 피부에 검은 피딱지가 덮이고, 걸레처럼 찢어진 복장들이다. 하지만 삼식이니까 뭔가 다른 걸 봤을 수도 있다. 보안관이 미심쩍다는 표정으로 물었다.

"아까 걔들은 어떤 특징이 있었는데?"

"아니, 그걸 왜 모르지? 지금 잡은 여섯 마리 중에는 분홍색 페인트 바른 놈이 둘이잖아. 아까 이 안으로 들어간 놈들 중에는 하나밖에 없었다고."

그런가?

기억을 되짚어 봐도 모르겠다. 상식적으로 누가 좀비들을 쫓으면서 페인트 묻은 놈들이 몇인지를 헤아리고 있겠는가. 당연히 놈들이 어디로 가는지, 그 주변에 다른 놈들은 없는지에만 관심을 갖게 마련일 텐데…….

“근데 이 페인트 바른 놈들 중에 하나는 아까 우리가 봤던 놈일 수도 있잖아. 그런데 너는 지금 완전히 다른 놈들이라는 식으로 말하네?”

바닥에 널브러져 목이 꺾인 시체들을 하나씩 돌아보며 태권 소녀가 물었다. 이번에도 삼식이는 답답해하며 일러 준다.

“아까 걔는 페인트가 이런 식으로, 이렇게 오른쪽에만 잔뜩 묻어 있었어. 얘들처럼 골고루 뒤집어쓴 방식이 아니야. 한마디로 완전히 다른 놈들이야.”

확실히 삼식이는 장난기가 많고 아무 때나 실없는 농담을 던지는 걸 좋아하긴 하지만, 이 정도로 진지하고 위험한 일에 거짓말을 할 정도로 사리 분별을 못하는 녀석이 아니다. 세 명은 다시 무기를 고쳐 잡고, 포렴 너머 여관 주차장을 바라보았다.

저놈 말대로라면, 아직 이 안에는 적어도 다섯 마리가 더 있다는 거다. 그런데 왜 나오지 않고 있는 거지? 바깥이 이렇게 시끄러운데…….

보안관은 유빈과 눈빛을 교환했다.

들어가 봐야겠지?

응, 그래 보자.

두 사람은 동시에 고개를 끄덕이고 자세를 낮췄다.

허리를 굽히고 흔들리는 포렴 아래를 통해 안쪽을 들여다봤다. 주차장에는 별다른 움직임이 없다. 당연하다. 만약에 바로 몇 미터 떨어진 곳에 있으면서도 조금 전의 싸움에 끼어들지 않는 좀비가 있다면, 그런 놈들이랑은 공존까지도 가능할 테니까.

네 사람은 발소리를 죽이며 살금살금, 주차장 안으로 들어갔다. 차량 네 대 정도나 겨우 나란히 설 만한 좁은 주차장의 한쪽 끝에 여관 후문이 보인다.

문이 활짝 열려 있다. 거기를 제외하면 따로 갈 만한 데는 눈에 띄지 않았다.

"저기로 들어갔나 봐."

보안관이 후문을 가리키며 속삭였다.

음, 어쩌지…….

유빈은 쉽게 결정을 하지 못하고 주저했다. 이건 새로운 변수를 만들어 낼 수 있는 선택의 순간이기 때문이다. 아까 골목을 막기 위해 작업을 하던 곳에서 여기까지는 20미터 거리밖에 안 되고, 직선으로 이어져 있다. 다시 말해 오직 전방에만 신경을 쓰면 된다는 뜻이다.

하지만 만일 저 문 안으로 들어간다면, 그때부터는 사방 어느 쪽도 안심할 수 있는 방향이 없어지는 거다. 당장 지금 이 순간만 해도 혹시 좀비들이 뒤에서 덮치는 건 아닌가 싶어 자꾸 포렴 쪽을 뒤돌아보고 있지 않은가.

그렇다고 그냥 돌아가자니 뒤가 영 찜찜하다. 어차피 이따가 다시 이 앞을 지나야만 자신들의 아지트인 파라다이스 모텔로 돌아갈 수 있다. 일곱 명이나 되는 사람이 모두 위험해질 바에는 차라리 지금 정찰을 해서 처리해 버리는 편이 낫다.

게다가 휠체어를 타고 있는 규영이가 합류하게 될 귀갓길은 여러모로 신경 쓸 게 더 늘어날 수밖에 없다. 귀찮고 무서워도 지금 해치워야 한다.

"다들 갈 거지?"

유빈의 질문에 모두 고개를 끄덕였다.

힐끔, 문밖에서 들여다보니, 여관 내부는 꽤나 캄캄하고 음침하다. 물론 음침하다는 건 철저하게 기분이 반영된 주관적인 평가이긴 하지만……. 보안관과 태권 소녀는 좁은 공간에서 휘두르기 좋도록 무기를 바투 잡았다.

큰 건물이 아닌데도 놈들이 어디로 갔는지 단번에 파악하는 게 불가능했다. 네 명은 복도를 좌우로 훑고, 정문 쪽 입구까지 나가 봤다. 조그만 카운터와 계단 사이에 유리문이 있다. 지금은 박살이 나 버려서 문틀만 겨우 붙은 채다.

삐죽삐죽 솟은, 날카로운 유리 파편의 여기저기에 찐득한 검은색 액체가 묻어 있다. 유성 볼펜의 잉크처럼 바짝 말라붙은 좀비의 피다. 안으로 들어왔던 좀비들이 아마 이 유리문을 깨고 거리로 나가 버린 모양이다.

"아, 이 새끼들…… 가만히 한자리에 진득하게 좀 있지."

보안관은 불평을 하면서도 부지런히 놈들의 뒤를 쫓아 움직였다. 길바닥에 점점이 떨어져 있는 검은 핏자국과 부서진 유리 파편, 그리고 썩은 몸뚱이에서 흘렀을 녹색의 체액만 따라가면 되는 것이기에 추격은 쉬웠다.

다만, 돌아가는 길이 점점 길고 멀어지는 게 불안해서 유빈은 자꾸 힐끔거리며 뒤를 돌아보았다.

이래도 되는 걸까?

여기서부터는 건물들에 가려져 제니에게 전혀 보이지 않는 각도다. 경보장치가 해제된 거라고 생각하면 덜컥 겁이 난다. 그리고 그 불안감은 코너를 도는 횟수가 늘어날수록 증폭됐다.

"저기로 들어갔네."

보안관이 가리킨 곳은 10미터 남짓 떨어진 삼거리 우측의 해물낙지집. 놈들이 흘린 검은 피와 체액이 그 앞에서 끊겨 있다. 전면 유리창이 박살 나 있는 걸 보니, 이번에도 유리를 깨고 가게 안으로 들어간 모양이다. 일행은 발소리를 죽이며 살금살금 해물낙지집 앞으로 다가갔다.

그때였다.

끄롸아아— 끄와아아아!

갑자기 전혀 엉뚱한 방향에서 좀비들의 포효가 울렸다.

뭐야, 이건 또?

네 사람은 깜짝 놀라 소리가 나는 방향을 쳐다보았다. 파란색 페인트에 노란색이 점점이 묻은 얼룩덜룩이 좀비 세 마리가 그들을 향해 전속력으로 달려오고 있다. 분홍색이 아니다. 이놈들은 2차 이탈자였던 열네 마리 중의 일부인 것이다.

또 엉뚱한 놈들을 만난 건가? 그럼 그 다섯 마리는 대체 어디로…….

의아한 생각이 머리를 스칠 때, 와장창! 요란하게 유리창을 박살 내며 원래 그들이 쫓던 좀비들이 몸을 날렸다.

얼굴과 온몸에 유리 파편이 박히고, 살가죽이 다 찢어져 근육까지 들여다보이는 좀비들 중에 한 놈이 유독 눈에 띈다. 삼식이가 말한 것처럼 오른쪽 옆구리 부근에만 핑크색이 칠해져 있는 놈이다.

"으앗!"

네 명은 비명을 지르며 흩어졌다. 뒤쪽에서 얼룩덜룩이 좀비 세 마리. 옆에서는 그들이 쫓던 다섯 마리의 좀비. 이 상황은 분명 아까 옥상에서 유빈이 말한, 싸우지 말고 도망가야 하는 바로 그 조건이다.

하지만 문제는 이미 도망가기엔 늦었다는 거였다. 그놈의 빌어먹을 까만 핏자국을 너무 오래 쫓았다.

"이야아!"

보안관이 휘두른 해머가 핑크 옆구리 좀비의 광대뼈와 목뼈를 동시에 박살냈다. 하지만 그 반동으로 놈의 몸에 박혀 있던 유리가 산산조각이 나서 사방으로 튀었다.

윽! 고글을 쓰고 있는데도 유리 조각 공격은 여전히 매섭다. 유리의 예리한 단면이 핏— 하고 스치고 지나가자 따끔한 통증과 함께 볼에서 피가 흘렀다. 주춤하는 사이, 두 번째 놈이 해머의 자루를 잡고 누른다.

유리를 온몸에 박고 있는 좀비들 때문에 애를 먹는 것은 태권 소녀도 마찬가지였다. 배트로 놈들의 몸과 얼굴을 때릴 때마다 날카로운 파편이 사방으로 튄다. 파이터 둘이 그렇게 고전을 하고 있는 마당이니, 유빈과 삼식이가 겪는 난감함은 말할 필요도 없다.

가뜩이나 짧은 무기를 가지고 있어서 그것만으로도 핸디캡이 있는데, 졸지에 둘 다 한 놈씩과 정면 대결을 하게 됐다.

빠악, 빠악!

삼식이가 망치를 휘두르며 뒷걸음질을 친다.

유빈도 스패너로 좀비가 뻗어 오는 손아귀와 팔을 후려갈기고 있지만, 놈의 손바닥에 박힌 칼날 같은 유리 조각이 너무 신경 쓰인다. 저기에 목이라도 베이면 그것으로 끝이다.

그렇게 시간을 보내는 동안 뛰어온 파랑 좀비 세 마리도 참전했다. 처음 분홍색 페인트 좀비는 보안관이 처리했으니, 이제 4 대 7의 싸움이 된 셈이다. 해머자루를 가지고 좀비와 씨름을 하던 보안관이 발을 들어 놈의 배를 걷어찼다.

퍽!

300㎜ 안전화의 일격에 좀비의 몸이 뒤로 밀려나고, 그사이 보안관은 해머를 온전히 되찾을 수 있었다.

"으야압!"

놈의 몸통을 향해 분노의 해머가 날아든다.

우두둑!

갈비뼈 박살 나는 소리가 울리고 명치 부근이 움푹 들어가 버린 좀비가 부웅— 날아가 박살 난 유리창 위로 떨어졌다.

이제 카운트는 4 대 6!

끈덕지게 해머를 잡고 늘어지던 놈이 떨어져 나갔으니 이제 보안관의 세상이다. 보안관은 달려드는 파랑이 좀비의 얼굴을 향해 해머를 풀스윙했다. 놈의 코가 꺼지고 턱뼈가 몇 개의 조각으로 박살 났다.

얼굴이 다 부서져 버린 놈이 몇 바퀴나 구르며 나뒹구는 동안, 보안관은 그다음 놈의 골반을 후려갈겼다.

으직, 다리뼈가 탈골된 좀비가 휘청거리며 한쪽으로 기운다. 보안관은 다시 한번 해머를 돌려서 무방비로 노출된 놈의 옆머리를 호되게 때렸다.

끄르으~. 좀비는 이상한 비명과 함께 날아가 벽에 박혀 버렸다.

그러는 동안 태권 소녀는 자기 몫의 한 마리를 해치우고 더 도울 사람을 찾기 위해 고개를 돌렸다. 삼식이와 유빈은 상대적으로 불리한 무기만 가지고 있으면서도 의외로 잘 싸우는 중이다. 하지만 동시에 둘 다 좀비를 완전히 압도하지도 못하고 있다.

누구를 먼저 도울까…… 고민하며 한 발을 내딛는데, 뭔가가 발목을 잡아당긴다. 아까 보안관이 명치를 박살 내서 유리창 안쪽으로 날려 보낸 좀비였다.

그렇게 만신창이가 되었는데도 아직 죽지 않고 기어와 태권 소녀의 발목을 낚아챈 것이다. 치명상을 주거나 한 것은 아니지만, 중심만은 확실하게 흐트러뜨렸다.

윽! 앞으로 고꾸라지지 않으려고 급하게 발을 딛던 태권 소녀의 표정이 일그러진다. 다쳤던 발목, 이제 겨우 조금 회복되나 싶었던 발목이 다시 돌아갔다.

으윽! 태권 소녀는 골프 스윙을 하듯 야구 배트를 휘둘러 자신의 발목을 잡고 있는 좀비의 팔을 떼어 냈다. 그러고는 곧바로 스윙의 방향을 바꾸어 좀비의 머리통을 몇 번이고 사정없이 내려쳤다.

콰직— 콰직— 콰직—.

수없이 정수리에 직격을 당하고 난 뒤, 태권 소녀의 발목을 잡고 있던 놈의 손아귀에서 힘이 빠져나간다.

"끄윽! 읏!"

태권 소녀는 꺾인 발목을 끌다시피 걸어가 유빈의 맞상대인 좀비의 뒤통수를 후려갈겼다.

빠작, 발목의 통증 때문에 정확하게 가격되지 않는다. 겨우겨우 목뼈를 때린 태권 소녀는 그 자리에 한쪽 무릎을 꿇고 주저앉았다. 여기까지가 한계다.

"다들 괜찮아?"

파랑이 좀비 세 마리를 모두 끝장낸 보안관이 뒤를 돌아봤을 때, 삼식이도 유빈의 도움을 받아 겨우 자기 몫의 좀비 머리를 깨뜨리는 참이었다.

45도 이상 꺾인 채 덜렁거리던 좀비의 모가지가 삼식이가 휘두른 최후의 일격에 완전히 부서져 버리고, 놈의 머리는 가죽과 힘줄에만 의존해서 덜렁거리며 매달려 있다. 물론 목뼈가 다 박살 난 그 시점에서 놈은 이미 죽었다. 4 대 8의 싸움이 승리로 끝났다.

"어? 너 왜 그래?"

고통스러운 표정으로 땅을 짚고 앉아 굵은 땀을 뚝뚝 떨어뜨리는 태권 소녀를 발견한 보안관이 놀라서 뛰어간다. 유빈이 그녀에게 일어났던 일을 설명했다.

“나 도와주려다가 뒤에서 덤벼든 놈한테 발목이 꺾였어. 가뜩이나 발목이 좋지 않았는데…… 괜찮아? 일어날 수 있어? 내가 부축해 줄게.”

“괜찮아. 이 정도쯤이야…… 내 발로 걸어갈 수 있으니까.”

부축하겠다는 유빈을 뿌리치고 태권 소녀는 고집을 부렸다. 하지만 누가 봐도 걷기에는 무리다. 야구 배트를 지팡이 삼아 절뚝거리며 한 발을 뗄 때마다 그녀의 이마에서는 샤워기로 뿌려 댄 것처럼 투두둑, 투두둑, 땀이 떨어졌다.

물론 그렇게 걷는데 속도가 날 리 없다. 보다 못한 보안관은 해머를 삼식이에게 맡기고 태권 소녀의 앞으로 가서 등을 들이댔다.

“뭐, 뭔데? 왜 이래?”

“너, 남의 도움 안 받겠다는 마인드는 좋은데, 이러다가 또 좀비들이라도 만나면 우리 전부 다 큰일 난다고! 업혀! 그게 네가 협조하는 거니까.”

고통을 참느라 그런 것인지 태권 소녀의 얼굴이 빨갛게 달아올랐다. 잠시 머뭇거리던 태권 소녀가 보안관의 등에 기대며 목을 감았다. 그녀의 배트는 유빈이 받았다.

“……나 때문에 다 위험해지면 안 되니까 업히는 거야.”

“그래, 알았어. 엄청 고맙다, 업혀 줘서……. 캑, 캑…… 야! 목은 조르지 마. 내가 네 다리 잡고 있으니까 그렇게 꽉 잡지 않아도 안 떨어뜨린다고.”

그렇게 티격태격하는 보안관과 태권 소녀를 앞세우고 걷던 유빈은 삼식이가 갑자기 멈춰 서는 바람에 녀석의 등에 얼굴을 부딪쳤다. 유빈은 코를 문지르며 삼식이에게 물었다.

“아우, 코야. 왜 그래, 삼식아? 왜 갑자기 멈춘 거야?”

“저거 봐. 이상한 게 떠다녀.”

삼식이가 손가락으로 먼 하늘을 가리킨다. 유빈은 그가 가리키는 방향으로 고개를 돌렸다. 정말로 이상한 게 떠 있었다. 군용 드론이라고 하기에는 좀 작고, 무선조종 비행기라기에는 너무 크다. 그 두 가지의 중간 크기 정도 되는 비행 물체가 저 하늘을 날고 있다.

하지만 정말 이상하게 여겨지는 것은, 비행 물체보다도 그것이 뒤에 달고 있는 물건이었다. 배구 네트와 크기도, 모양도 비슷한 물건이 쫙 펴진 채 비행 물체를 따라서 떠다닌다. 그리고 거기에는 숫자 한 개와 알파벳 여섯 자가 흰 글씨로 적혀 있었다.

① RM, KF, FD

보고 있어도 무슨 의미인지 모르겠다. 단어가 되는 것도 아니고, 익히 알려진 약어도 아니다. 태권 소녀를 등에 업은 보안관도 뒤늦게 그 괴비행 물체를 발견하고 멈춰 섰다. 네 개의 시선이 창공을 향해 꽂혔다. 보안관이 묻는다.

"뭐냐, 저거?"

다들 고개를 저을 수밖에 없었다.

모른다.

(다음 권에서 계속)